HEYNE
BÜCHER

Das Buch

In einer Welt, die durch bessere Verkehrsverbindungen und die aktuelle Entwicklung in den Kommunikationsmitteln enger zusammenwächst, findet auch im organisierten Verbrechen eine immer stärkere internationale Zusammenarbeit statt. Deshalb beruft der Generalsekretär der Vereinten Nationen eine Sondersitzung ein. Die Staatengemeinschaft muß handeln, wenn sie das Verbrechen in Grenzen halten will. Die Gründung einer internationalen Einsatzgruppe mit Namen UNACO, die weltweit und unabhängig von den örtlichen Polizeikräften arbeiten kann, soll diesem Zweck dienen. An brisanten Aufträgen wird es der UNACO nicht mangeln.

Dieser Roman basiert auf einem Exposé des 1987 verstorbenen Alistair MacLean. Er hat zu Lebzeiten sein grundsätzliches Einverständnis gegeben, daß seine Exposés zu vollständigen Romanen ausgearbeitet werden. Alastair MacNeill hat dies mit großem Einfühlungsvermögen in die Themen und Handlungsvorgaben MacLeans ausgeführt. So entstanden bereits eine ganze Reihe von Titeln, zum Beispiel *Spur des Todes* (01/9062), *Drei Tage bis zur Ewigkeit* (01/9420) und *Ventura* (01/10329).

Die Autoren

Der schottische Autor Alistair MacLean hat zu seinen Lebzeiten 30 Bücher veröffentlicht, von denen die meisten zu Bestsellern wurden. Titel wie *Die Kanonen von Navarone* (01/7983), *Der Satanskäfer* (01/5034), *Der Santorin-Schock* (01/7754) oder *Agenten sterben einsam* (01/8828) sind jedem Thriller-Fan wohlbekannt; einige Romane wurden auch erfolgreich verfilmt. Alistair MacLean starb am 2. Februar 1987.

Alastair MacNeill wurde – wie Alistair MacLean – in Schottland geboren. Er wuchs in Südafrika auf und lebt seit 1985 wieder in Großbritannien.

ALASTAIR MACNEILL

Alistair MacLean's

CODEBREAKER

Roman

Aus dem Englischen
von Peter Pfaffinger

Deutsche Erstausgabe

WILHELM HEYNE VERLAG
MÜNCHEN

HEYNE ALLGEMEINE REIHE
Nr. 01/10562

Titel der Originalausgabe
CODEBREAKER
erschienen bei HarperCollins Publishers Ltd.

Umwelthinweis:
Das Buch wurde auf
chlor- und säurefreiem Papier gedruckt.

Redaktion: Werner Heilmann

Printed in Germany 1998
Umschlagillustration: Tony Stone Image/Mark Wagner
Umschlaggestaltung: Atelier Ingrid Schütz, München
Satz: Pinkuin Satz- und Datentechnik, Berlin
Druck und Bindung: Ebner, Ulm

ISBN 3-453-13148-7

PROLOG

An einem Septembertag des Jahres 1979 eröffnete der Generalsekretär der Vereinten Nationen eine von offizieller Seite totgeschwiegene außerplanmäßige Versammlung mit sechsundvierzig Teilnehmern aus allen Kontinenten. Auf der Tagesordnung stand nur ein Punkt: die dramatische Zunahme des *Organisierten Verbrechens.* Es wurde beschlossen, unter Führung des Sicherheitsrats der Vereinten Nationen eine multinationale Einsatztruppe aufzustellen. Das Ziel dieser United Nations Anti-Crime Organization (UNACO) sollte darin bestehen, ›Personen oder Gruppen, die sich zu international operierenden Verbrechersyndikaten zusammengeschlossen haben, abzuwehren, auszuschalten und/oder zu fassen‹.* Für den Vorsitz der UNACO nominierten die Gesandten jeweils eigene Kandidaten, aber die letzte Entscheidung blieb dem Generalsekretär der Vereinten Nationen vorbehalten.

Der 1. März 1980 markiert den Beginn der geheimen Existenz der UNACO.

* UNACO-Charta, Art. 1, § 1c

1

23. Dezember

Ein unauffällig gekleideter Offizier der portugiesischen Antiterroreinheit *Brigade für Sondereinsätze* schleuste die zwei Männer zügig durch den Zoll des Lissabonner Flughafens Portela in die VIP-Lounge. Die Formalitäten waren im voraus geregelt worden, so daß eine Bodenhosteß ihnen nur noch die gestempelten Reisepässe und die Bordkarten zu überreichen brauchte.

Offiziell wurden die zwei Herren, Sergei Koltschinski und Professor Abraham Silverman, als Wissenschaftler der UNESCO geführt, die nun nach einwöchigem Forschungsaufenthalt in Portugal in die USA zurückkehrten. Dies diente aber nur der Tarnung. Tatsächlich hatten Koltschinski und Silverman vier Tage lang zusammen mit den Topleuten sämtlicher mit Terrorabwehr befaßter Behörden Europas an einer streng geheimen Konferenz teilgenommen. Beide Männer bekleideten Schlüsselpositionen innerhalb der UNACO. Koltschinski, ein ehemaliger Major des KGB, war seit drei Jahren stellvertretender Direktor der UNACO, und Silverman, der in Fachkreisen als der führende Kryptologe der Welt galt, hatte für den israelischen Geheimdienst Mossad gearbeitet, bevor er Mitte der achtziger Jahre zur UNACO gewechselt war. In seinem Diplomatenkoffer, den er sich mit Handschellen an den Arm gekettet hatte, lagen die Protokolle zur Konferenz und detaillierte Informationen über die Organisation selbst. Er hatte die Aufzeichnungen persönlich verschlüsselt und kannte als einziger den Code.

Ursprünglich hatte der Direktor der UNACO, Colonel Malcolm Philpott, ein eigenes Elitekommando zur Begleitung seiner Mitarbeiter abstellen wollen, doch die portugiesischen Behörden hatten auf den Einsatz ihrer Spezialisten bestanden. Als persönlicher Leibwächter wurde Koltschinski und Silverman darum ein gewisser Leutnant Carlos Pereira zugeteilt, den sie von Anfang an als äußerst angenehm empfanden. Sein freundliches, offenes Wesen stand in krassem Gegensatz zum mürrischen und oft anmaßenden Ton seines Vorgesetzten Major Joao Inacio, dem Hauptverantwortlichen für die Sicherheit der Konferenzteilnehmer. Nun, bis New York sollte Pereira den zwei Gesandten erhalten bleiben. Philpott und Inacio hatten sich darauf geeinigt, daß Pereira die beiden auf dem Rückflug zum John-F.-Kennedy-Airport bewaffnet begleiten sollte, wo sie ein Team der UNACO in Empfang nehmen und zur UNO-Zentrale eskortieren würde. Inacio hatte dem Zoll bereits die nötigen Anweisungen gegeben, alle drei unbehelligt passieren zu lassen. Und bisher war alles plangemäß verlaufen …

Als den drei Männern Kaffee angeboten wurde, lehnte Koltschinski ab. Während die anderen zur Cafeteria abzogen, setzte er sich ans Fenster mit Blick auf die Startbahn und zündete sich eine Zigarette an. Er war Anfang fünfzig, hatte schütteres schwarzes Haar, ein trauriges Gesicht und setzte langsam einen Speckgürtel um die Hüften an, der seiner Meinung nach bei Leuten mittleren Alters unvermeidlich war, wenn sie wie er fast ihr ganzes Arbeitsleben hinter dem Schreibtisch verbracht hatten.

Nach seinem Eintritt in den KGB hatte sich Koltschinski früh als brillanter Taktiker erwiesen und war bereits mit dreiundzwanzig zum Major aufgestiegen. Dennoch hatte er sich mit seiner lautstarken Kritik am brutalen Vorgehen des KGB gegen die Gegner des Kommunismus sehr schnell unbeliebt gemacht. Und als er die Geduld seiner Vorgesetzten endgültig überstrapaziert hatte, wurde er als Militärattaché in den Westen fortkomplimentiert. In den folgenden sechzehn Jahren diente er in allen möglichen sowjetischen Botschaften, ehe er zurückgeholt wurde, um im Zweiten Direktorat am Moskauer Lubjanka-Platz, das für Auslandsspionage zuständig war, ein hohes Amt zu bekleiden. Nach seiner Rückkehr konnte er sich freilich nicht mehr so recht mit dem Leben in der Sowjetunion anfreunden; vor allem vermißte er den Komfort, an den er sich im Westen gewöhnt hatte. Darum griff er sofort zu, als der Posten des Vizedirektors der UNACO frei wurde.

Jetzt war er wieder an einem Scheideweg angelangt. Angefangen hatte es mit einem Herzinfarkt, der Philpott Anfang des Jahres gezwungen hatte, in Pension zu gehen. An seiner Stelle war Koltschinski zum Direktor ernannt worden, doch der zusätzliche Druck hatte ihn von Anfang an stark belastet. Und als bei einem Einsatz in London sämtliche Mitglieder eines Kommandos ihr Leben verloren, wuchs ihm seine Aufgabe endgültig über den Kopf, auch wenn er sich zunächst noch weigerte, sich von Rücktrittsforderungen einschüchtern zu lassen. Allerdings stand er unter den Politikern in der Zentrale der Vereinten Nationen nun zunehmend isoliert da, begriff zu guter Letzt, daß seine Position nicht mehr zu halten war, und bat den Generalsekretär, ihn von seinem Amt zu entbinden. Sein Gesuch wurde angenommen und Philpott zurückgeholt. Dessen erste Aufgabe wiederum bestand darin, Koltschinski der UNACO als seine Nummer zwei zu erhalten. Der Russe ließ sich dazu überreden, behielt sich aber vor, seine Situation am Ende des Jahres zu überdenken. Jetzt war es soweit. Er hatte seine Entscheidung schon vor dem Ende dieser Konferenz gefällt, wollte sie aber bis zu seiner Rückkehr für sich behalten. Sie fiel ihm auch jetzt noch nicht leicht, doch die Erfahrung hatte ihn gelehrt, stets seinem Instinkt zu folgen. Und tief in seinem Innersten wußte er, daß es der richtige Schritt war.

Er rauchte seine zweite Zigarette, als Silverman und Pereira aus der Cafeteria zurückkehrten. »Werde ich froh sein, wenn ich das Zeug los bin«, seufzte Silverman und deutete auf die Handschelle um seinen Unterarm.

»Warum nehmen Sie sie nicht ab, bis wir zum Flugzeug gehen?« schlug Pereira vor. »Hier drinnen sind Sie sicher.«

»Nicht bevor ich wieder in der UN-Zentrale bin«, entgegnete Silverman schroff.

Pereira zuckte die Schultern und ließ die Augen durch

den Raum wandern, bis sie bei einem beleuchteten Weihnachtsbaum in der Ecke verweilten. Wenn das in einer Lounge für die erste Klasse nicht überflüssig war ...? Hier gab es doch nirgendwo Kinder! Und Weihnachten war in erster Linie ein Fest für Kinder. Er selbst hatte zwei Söhne und freute sich schon auf das Weihnachtsfest mit ihnen. Ursprünglich hätte er am Heiligen Abend arbeiten müssen, doch dann war es ihm möglich gewesen, mit einem unverheirateten Kollegen, der zu einer Silvesterfeier wollte, zu tauschen. Mit Partys konnte man ihn nicht mehr locken – jetzt zählte für ihn nur noch seine Familie.

Silverman legte die Hand auf seine Schulter. »Sie denken an Ihre zwei Jungen, nicht wahr?«

Pereira lächelte. »Stimmt. Haben Sie eigentlich Kinder, Professor?«

»Ich habe eine Tochter in Israel. Nach Neujahr fliege ich rüber, und dann bleibe ich bei ihr.«

»Ach, richtig – das ist ja Ihre letzte Dienstreise für die UNACO. Ende des Jahres gehen Sie in Rente. Sie müssen sich schon darauf freuen.«

»Fragen Sie mich das nächstes Jahr noch mal, dann kann ich Ihnen genaueres sagen«, brummte Silverman mit einem resignierten Schulterzucken. »Ich bin jetzt vierundsechzig. Wenn ich es ruhig angehen lasse und mein Herz einigermaßen mitmacht, bleiben mir wahrscheinlich noch zehn, fünfzehn Jahre. Da hat man viel Zeit, übers Leben nachzudenken.«

Pereira wandte sich dem Vizedirektor zu. »Leben Ihre Angehörigen noch in Rußland, Mr. Koltschinski?«

»Was?« Koltschinski löste den Blick vom Fenster und lächelte ihn verlegen an. »Verzeihen Sie, ich war gerade ganz woanders.«

»Ich habe gefragt, ob sich Ihre Verwandten noch in Rußland aufhalten.«

»Die Familie meiner verstorbenen Frau lebt in Estland. Ansonsten habe ich keine Angehörigen mehr.«

»Vermissen Sie Rußland?«

»Manchmal«, erwiderte Koltschinski ausweichend. Er

deutete auf die *International Herald Tribune,* die aus Silvermans Reisetasche schaute. »Ist die von heute?«

Silverman nickte und reichte ihm die Zeitung. Pereira verfiel in nachdenkliches Schweigen und betrachtete wieder den Weihnachtsbaum. Er hatte den Wink verstanden.

Die drei diensthabenden Sanitäter schoben am Flughafen eine ruhige Nachmittagsschicht. Zumindest Jaime Fernandes bedauerte das allmählich, denn sie vertrieben sich die Zeit mit Pokern. Zwar ging es nicht um übermäßig hohe Einsätze, doch Jaime hatte schon genug verloren, um von seiner Frau Schelte zu bekommen. Jetzt witterte er allerdings endlich die Chance, den Schaden zu begrenzen; mit diesem Blatt müßte er eigentlich den Pott einstreichen. Seine Augen flackerten zu den anderen zwei Mitspielern hinüber. Augusto, der jüngste der drei, hatte bereits gepaßt. Luis, sein bester Freund, belauerte ihn.

»Okay, zeig her, was du hast, Jaime«, sagte Luis und pochte mit dem Finger ungeduldig auf den Tisch.

»Vier Damen!« verkündete Jaime triumphierend und breitete die Karten vor sich aus. »Bin ja gespannt, ob du das schlagen kannst.«

Luis nickte anerkennend. »Nicht schlecht – aber nicht gut genug für einen Straight Flush.«

Jaime warf verzweifelt die Arme in die Höhe und ließ sich auf seinem Stuhl zurücksinken, während Luis alles Geld auf dem Tisch zu sich herüber schob.

In diesem Moment ging hinter Luis die Tür auf, und ein hochgewachsener, kräftiger Mann in Mechanikeroverall und mit einem Werkzeugkoffer in der behandschuhten Hand kam herein. Ihm folgte ein kleinerer Bursche mit fettigem schwarzem Haar. Auch er trug einen Overall und hatte einen Werkzeugkoffer dabei. Er schloß die Tür hinter sich.

»*Ola*«, begrüßte Jaime sie lächelnd. »Gibt es ein Problem?« Plötzlich schnappte er nach Luft, als er sah, wie der Große eine Automatik mit Schalldämpfer unter seinem Overall hervorzog. Zeit zum Reagieren blieb ihm nicht mehr. Eine Kugel durchschlug seine Stirn. Augusto wollte sich gerade zu den zwei Männern umdrehen, als er ebenfalls mit einem Kopfschuß getötet wurde. Luis sprang von seinem Stuhl hoch und rannte auf die Tür zur Garage zu, in der ihr Krankenwagen stand. Zwei Kugeln in den Rücken schleuderten ihn mit dem Gesicht voran gegen die Wand. Er sank leblos zu Boden.

Der kleinere der zwei Männer sah sich im Zimmer um, bis er den Wagenschlüssel an der Wand über der Fernsprechanlage entdeckte. Er nahm ihn vom Haken und folgte seinem Kumpan in die Garage, wo ein dritter Mann bereits auf sie wartete. Der Kleine warf ihm den Schlüssel zu, und er sperrte die Hecktür des Krankenwagens auf.

Unterdessen öffnete der Größere seinen Werkzeugkoffer, ließ die Automatik darin verschwinden und nahm ein Handy heraus. Er wählte eine Nummer. Am anderen Ende der Leitung wurde sofort abgenommen. »Wir sind drin«, erklärte er auf russisch. »Haben Sie Stellung bezogen?«

»Jawohl!« erhielt er zur Antwort. »Ich kann die Startbahn sehr gut überblicken. Koltschinski und Silverman brauchen nur noch rauszukommen.«

»Wir halten uns bereit«, gab der Große durch und beendete das Gespräch. Er stellte den Koffer auf der Transportfläche ab, nahm zusammen mit dem Kleinen daneben Platz und befahl dem Fahrer auf deutsch, die Tür zuzuschlagen.

»Wie in der guten alten Zeit«, grinste der Kleine und holte zwei MP 5 von Heckler & Koch aus seinem Werkzeugkoffer.

Wortlos zog der andere einen Strumpf aus der Tasche, stülpte ihn sich über den Kopf und legte sich eine der Maschinenpistolen auf die Schenkel. Er sah auf die Uhr. Gleich mußte die Maschine nach New York aufgerufen werden …

Bevor Koltschinski in die kalte Nachtluft hinaustrat, schlug er seinen Mantelkragen hoch; dann reihte er sich zusammen mit seinen Gefährten in die Schlange der zur TAP

Boeing 747 strebenden Passagiere ein. Nach der anstrengenden Konferenz freute er sich auf zu Hause. Auch würde ihm ein Stein vom Herzen fallen, wenn sie den Diplomatenkoffer, der immer noch an Silvermans Handgelenk gekettet war, im Hauptquartier der UN endlich wieder in den Safe schließen konnten.

Plötzlich tauchte hinter den Lagerhallen ein Krankenwagen mit rotierendem Blaulicht auf und raste direkt auf den wartenden Jet zu. Koltschinski sah sich beunruhigt um. Er wußte, daß man normalerweise keine Patienten in ein Flugzeug brachte, während die Passagiere noch an Bord gingen. Sein Blick begegnete dem von Pereira, in dem sich dasselbe Unbehagen spiegelte. Der Krankenwagen steuerte nun geradewegs auf die Menschenschlange zu. Für einen Augenblick bekam Koltschinski den Fahrer zu sehen. Sein Gesicht war unter einem schwarzen Strumpf verborgen.

Er fuhr erschrocken zu Pereira herum, doch der Leibwächter zog bereits seine Astra aus dem Holster und schrie den Passagieren zu, sie sollten sich zu Boden werfen.

Mit quietschenden Reifen kam der Krankenwagen zum Stehen, und ehe die Leute begriffen, was los war, wurden Rauchgranaten auf die Startbahn geschleudert. Unter den Passagieren brach Panik aus. Fast alle schrien; einige versuchten, durch den dichten Rauch zurück ins Terminalgebäude zu rennen, andere stolperten zum Flugzeug. Weil der Krankenwagen den direkten Rückweg versperrte, drängte Koltschinski Silverman zur Gangway. Pereira versuchte verzweifelt, seinen Schützlingen den Fluchtweg freizuhalten, doch er hatte keine Chance, das Fahrzeug, geschweige denn dessen Insassen, bei diesem beißenden Rauch ins Visier zu nehmen. Er hörte ein metallenes Geräusch, als die Hecktür des Krankenwagens aufflog, sah noch einen Blitz aus der Mündung einer Maschinenpistole, dann erlosch seine Wahrnehmung. Zwei Schüsse ins Herz töteten ihn auf der Stelle.

Koltschinski sah voller Entsetzen Pereira unmittelbar vor sich zusammenbrechen. Nach einer kurzen Schrecksekunde stieß er Silverman weiter auf die Gangway zu und bückte sich gleichzeitig nach Pereiras Pistole. Als er sich wieder aufrichtete, sprintete unmittelbar vor ihm eine Gestalt durch die Rauchwolke zur Gangway und stellte sich Silverman in den Weg. Koltschinski wollte feuern, doch in diesem Moment schwang Silverman plötzlich den Diplomatenkoffer und traf den Angreifer mit der Kante am Wangenknochen. Der Mann heulte vor Schmerz auf und taumelte benommen die Treppe hinunter; seine Heckler & Koch glitt ihm aus der Hand. Während er nach seiner Waffe tastete, bot er Koltschinski ein hervorragendes Ziel, aber bevor er abdrücken konnte, schlug vor ihm eine weitere Rauchgranate ein und raubte ihm die Sicht. Wütend fluchend tastete sich Koltschinski durch den Nebel, die Pistole auf Armeslänge vor sich haltend. Dann löste sich die Rauchwolke so unmittelbar auf, wie sie entstanden war, und Koltschinski sah Silverman bewußtlos auf der Gangway liegen. In seinem Genick steckte ein Betäubungspfeil.

Über Silverman kauerte ein anderer Mann. Er bemerkte Koltschinski und sah zu ihm auf; in der Hand hielt er noch immer das Betäubungsgewehr. »Knall ihn ab!« befahl er seinem Komplizen auf russisch.

Diese Stimme ... Koltschinski kannte sie doch! Sein um den Abzug gekrümmter Finger erstarrte. In diesem kurzen Moment des Zögerns huschte der andere Typ mit seiner Heckler & Koch im Anschlag aus dem Schatten des Krankenwagens. Koltschinski bekam die Bewegung aus den Augenwinkeln mit und fuhr herum, doch da traf ihn auch schon eine Kugel im Bauch. Einen Augenblick lang fühlte er sich nur unsicher auf den Beinen ... dann jagte ein brennender Schmerz durch seinen Bauch, und die Pistole fiel ihm aus den tauben Fingern. Schließlich gaben die Füße unter ihm nach, und er schlug am Boden auf.

Er war kaum noch bei Bewußtsein, als das erste Polizeiauto an ihm vorbeiraste und die Verfolgung des davonbrausenden Krankenwagens aufnahm. Ein zweiter Einsatzwagen hielt neben ihm an. Er hörte Stimmen. Aufgeregte Stimmen. Aber sie klangen so merkwürdig entfernt ...

2

C. W. Whitlock blieb vor der geschlossenen Küchentür stehen und hörte lächelnd zu, wie seine Frau Carmen etwas außer Takt geraten die Michael-Feinstein-Kassette mitsummte, die er ihr zum letzten Geburtstag geschenkt hatte. Normalerweise duldete sie es gern, wenn er ihr beim Kochen Gesellschaft leistete, nur heute hatte sie ihm striktes Küchenverbot erteilt. Und mit ihr streiten wollte er nun wirklich nicht.

So ging er ins Wohnzimmer und schenkte sich einen kleinen Whisky ein. Clarence Wilkins Whitlock war ein vierundvierzigjähriger Kenianer mit verhältnismäßig heller Hautfarbe und adrett gestutztem Schnauzer, den er schon seit seiner Zeit an der Universität trug. Nach dem Studium in Oxford war er nach Kenia zurückgekehrt und hatte dort kurze Zeit in der Armee gedient, bis ihn das Aufklärungscorps anwarb, bei dem er die nächsten zehn Jahre blieb und bis zum Colonel aufstieg. Danach war er zur UNACO gewechselt. Er gehörte zu Philpotts Agenten der ersten Stunde.

Seine seit sechs Jahren bestehende Ehe war alles andere als eine Idylle. Von Anfang an hatte sich Carmen um seine Sicherheit gesorgt, doch er hatte sich stets beharrlich geweigert, seine oft gefährliche Tätigkeit als Agent gegen einen Arbeitsplatz hinter einem Schreibtisch einzutauschen. Erst als sie ihm mit der Trennung drohte nahm er – wenn auch höchst widerwillig – einen Posten in der Verwaltung an. Weil Koltschinski nach Philpotts Rücktritt gerade zum Direktor aufgestiegen war, rückte er für ihn als Stellvertreter nach. Zu Hause kehrte damit schlagartig Friede ein, er selbst war jedoch auf seinem neuen Posten todunglücklich. Folglich beantragte er sofort nach Philpotts Wiedereinsetzung als Direktor seine Rückversetzung in die Agententätigkeit. Seinem Gesuch wurde stattgegeben, so daß er wie der mit seinen alten Kollegen Mike Graham und Sabrina Carver von der Strike Force Three zusammenarbeiten durfte.

Carmens Reaktion überraschte und beunruhigte ihn allerdings. Er hatte sich auf eine Szene gefaßt gemacht, doch gab es weder Wutausbrüche noch Vorhaltungen oder Drohungen; sie schien sich stoisch in ihr Schicksal zu ergeben. Aber auch wenn sie die Zähne zusammenbiß und sich nichts anmerken ließ, war ihm klar, daß sie innerlich kochte. Der Gegenschlag würde schon noch kommen …

»Das Essen ist in einer Viertelstunde fertig!« Carmen, eine gebürtige Puertoricanerin mit schulterlangem Haar und von einer Schönheit, die ihre vierzig Jahre Lügen strafte, erschien in der Tür. Als sie sah, daß er vor dem Fenster stand, stellte sie sich neben ihn und schaute gemeinsam mit ihm dem Schneetreiben über dem sieben Stockwerke unter ihnen gelegenen festlich erleuchteten Central Park zu.

Er legte den Arm um sie, und sie schmiegte sich an ihn. »Darf ich jetzt in die Küche?«

»Nein«, erwiderte sie lächelnd. »Ich habe es dir doch schon mal gesagt – heute gibt es ein ganz besonderes Menü für uns beide. Es gehört zu deinen Lieblingsspeisen, aber mehr verrate ich nicht. Schauen darfst du erst, wenn es auf dem Tisch steht.«

»Kann ich dir denn überhaupt nicht helfen? Den Tisch decken oder die Weinflasche entkorken …«

»Alles schon erledigt«, erklärte sie sanft. »Genieße einfach den Frieden und die Ruhe, solange du noch kannst.«

Er verdrehte die Augen. »Erinnere mich nicht! Es ist mein letzter Tag in Freiheit, ehe morgen deine Mutter aus Puerto Rico angerollt kommt.«

»So etwas sagt man nicht!« Sie spielte die Entrüstete. »Sie freut sich doch so auf uns, schließlich ist es ihr erster Besuch seit unserer Hochzeit.«

»Solange keine Gewohnheit daraus wird …«, brummte Whitlock und wich ihrem neckischen Fausthieb aus.

»Ich kümmere mich besser ums Essen«, sagte sie und kehrte in die Küche zurück.

Whitlock setzte sich unterdessen in seinen Lieblingssessel. Gerade wollte er den Fernseher einschalten, als das Telefon schrillte. Stöhnend erhob er sich und nahm den Hörer ab.

»C. W.?«

»Guten Abend, Colonel«, antwortete er. Philpotts schottischen Akzent hätte er unter tausenden wiedererkannt.

»Alarm Roter Code.«

Whitlock ließ sich benommen auf die Sofalehne sinken. Roter Code bedeutete, daß er alles stehen und liegen lassen und zur Einweisung in die Zentrale eilen mußte. Er griff sich verzweifelt an die Stirn.

»Sind Sie noch dran, C. W.?«

»Ich bin noch dran, Sir«, versicherte Whitlock ihm hastig.

»Sie werden in einer halben Stunde eingewiesen«, erklärte Philpott.

»Ich werde dasein, Sir.«

Ein Knacken, und die Leitung war tot.

Whitlock legte den Hörer auf und fuhr hoch. Erst jetzt sah er, daß Carmen in der Tür stand. Ihre Lippen waren zusammengekniffen, ihre Augen kalt. »Wann?«

Whitlock gab sich einen Ruck. »Auf der Stelle. Es tut mir leid, Carmen, ich ...«

»Spar dir die Mühe. Ich hätte es mir gleich denken können.«

»Du wußtest doch, daß ich über Weihnachten zum Bereitschaftsdienst eingeteilt worden bin«, verteidigte er sich und zog sich seine Jacke an.

»Das wäre nicht passiert, wenn du Vizedirektor geblieben wärst. Aber du hast ja nicht im Traum daran gedacht, es noch ein bißchen zu probieren.«

»Ich habe durchgehalten, bis es einfach nicht mehr ging. Ich konnte die Vorstellung nicht ertragen, bis ans Ende meines Lebens hinter einem Schreibtisch zu hocken. Das ist nichts für mich.«

»Das kannst du deinen Kollegen weismachen, aber nicht mir, C. W. Ich kann in dir lesen wie in einem Buch.

Mit dem Schreibtisch hast du überhaupt kein Problem, sondern mit dem Altwerden! Nur darum hast du dich auf die erstbeste Gelegenheit gestürzt, in den Außeneinsatz zurückzukehren. Ein letzter verzweifelter Versuch, dir noch was zu beweisen.« Sie wischte sich Tränen aus den Augen. »Du bist keine dreißig mehr, C. W. Du mußt lernen, loszulassen.«

»Ich muß zu einer Einweisung«, sagte Whitlock schroff.

»Dann geh doch zu deiner Einweisung!« schrie sie. »Aber erwarte nicht, daß ich noch da bin – falls du zurückkommst. Wenn du dich nicht wie ein verantwortlicher Vater verhalten kannst, dann muß ich eben ohne dich zurechtkommen.«

Whitlock, der die Hand schon an der Klinke hatte, erstarrte. Er drehte sich langsam zu Carmen um. »Vater?«

Sie sah ihm einen langen Moment in die Augen. »Ich wollte es dir beim Essen erzählen«, antwortete sie schließlich. »Zumindest hatte ich es mir so vorgestellt. Dieser Abend hätte uns in Erinnerung bleiben sollen. Aber daraus wird ja wohl nichts.«

Whitlock starrte sie ungläubig an. »Heißt das, daß ich Vater werde?«

»Nur, wenn du dich endlich wie einer verhältst.«

Whitlocks Mund klappte auf, doch er fand keine Worte. Kopfschüttelnd streckte er ihr beide Hände entgegen. Noch immer hatte er Mühe, zu begreifen, was sie ihm da eröffnet hatte. Langsam breitete sich ein Grinsen auf seinem Gesicht aus – aber als er sie umarmen wollte, stieß sie ihn weg.

»Du mußt doch zu deiner Einweisung«, bemerkte sie spitz.

»Carmen ...«

»Wir sprechen darüber, wenn du mal wieder Zeit hast.« Sie wandte sich abrupt ab und verschwand in der Küche.

Whitlock wollte ihr schon folgen, ließ es aber bleiben. Dieser verdammte Philpott! Ein letzter verzweifelter Blick in Richtung Küche, dann verließ er widerstrebend die Wohnung.

»In dieser Aufmachung gehst du doch nicht auf die Straße!«

»Stimmt.« Sabrina Carver zog eine Schirmmütze der New York Giants aus der Tasche und setzte sie auf. »So. Jetzt bin ich fertig.«

George Carver beäugte seine Tochter mißtrauisch. »Diese Jeans ist dir doch viel zu groß. Und deine Lederjacke sieht aus, als hätte sie ein halbes Jahr zusammengeknüllt im Schrank gelegen.«

Sabrina grinste. »Das nennt man Mode, Daddy.«

Mit einem hilflosen Schulterzucken wandte sich George Carver wieder seinem Kreuzworträtsel zu. Seit drei Jahren flogen George und Jeanne Carver von Miami nach New York, um Weihnachten gemeinsam mit Sabrina in deren kleiner Wohnung in Manhattan zu feiern. So hatten sie die Gelegenheit, ihre Tochter zu besuchen und gleichzeitig einige der berühmten Shows am Broadway zu sehen, wie es sie in Florida eben nie gab. George konnte sich gut an die Tage erinnern, als Sabrina mit ihnen noch überall hingegangen war. Das hatte sich inzwischen geändert. Nun, überrascht war er nicht. Sie führte ihr eigenes Leben, hatte ihre eigenen Freunde, und wie ihre Mutter war sie dickköpfig und pochte auf ihre Unabhängigkeit. Er sah von seinem Rätsel auf. Sie hockte auf der Sofakante und schaltete abwesend mit der Fernbedienung von einem Fernsehkanal zum anderen. Er lächelte. Richtig – genau wie ihre Mutter.

Sabrina war eine atemberaubende Schönheit von achtundzwanzig Jahren mit schulterlangem blondem Haar, das sie sich rotbraun getönt hatte, und einer makellosen Figur, die sie an drei Abenden pro Woche mit Aerobic in Form hielt. Daneben betrieb sie Karate, worin sie es zum Schwarzen Gürtel gebracht hatte, und gab zweimal im Monat Selbstverteidigungskurse für Frauen. Sie hatte am Wellesley College romanische Sprachen studiert und nach ihrem Abschluß ein Aufbaustudium an der Pariser Sorbonne absolviert. Danach war sie dank der Beziehungen ihres Vaters beim FBI untergekommen, wo sie nicht nur als Beste ihres akademischen Jahrgangs ausgezeichnet wurde, sondern auch beim Schießen einen Rekord nach dem anderen brach. Gleichwohl zwang die wachsende Mißgunst unter den Kollegen sie zum Gehen. Trotz aller Auszeichnungen meinten einige immer noch, sie hätte ihren Erfolg allein dem Einfluß ihres Vaters zu verdanken. Der Direktor empfahl sie daraufhin Colonel Philpott als mögliche Agentin für die UNACO, und dort stellte man sie sofort ein – diesmal ausschließlich aufgrund ihrer eigenen Verdienste. Sie war die erste und bislang einzige weibliche Agentin innerhalb der Organisation.

George Carver legte seine Zeitung beiseite. »Wohin gehst du heute abend?«

»Ins Fat Tuesday's«, antwortete Sabrina. »Das ist ein Jazzclub in der Third Avenue.«

»Sie trifft sich mit Mike Graham«, erklärte Jeanne Carver, die in diesem Moment hereinkam. Ihr Akzent verriet immer noch ihre französische Herkunft.

»Das ist nichts Ernstes«, protestierte Sabrina hastig. »Mike ist nur mein Partner. Wir mögen eben beide Jazz.«

»Und Football«, fügte Jeanne Carver mit einem wissenden Lächeln hinzu und setzte sich neben ihre Tochter. »Früher hast du Football immer gehaßt. Aber plötzlich bist du eine Anfängerin der New York Giants. Mike ist doch auch ein Fan von ihnen, *n'est-ce pas?*«

»Ich war zweimal mit Mike im Meadowlandsstadion draußen und habe zugeschaut«, verteidigte sich Sabrina. »Du kannst da hineininterpretieren, was du willst, aber für mich ist er nicht mehr als ein Kumpel. Punkt.«

»Lernen wir ihn an den Feiertagen endlich kennen?« fragte Jeanne Carver.

Sabrina verdrehte die Augen. »Nein, warum?« Sie drückte ihrer Mutter die Fernbedienung in die Hand. »Du kannst fernsehen, wenn du Lust hast. Bis morgen früh.«

Gerade wollte sie die Wohnung verlassen, als das Telefon klingelte. Sabrina nahm schnell ab und legte Sekunden später mit grimmiger Miene auf. »Das war Colonel Philpott«, erklärte sie ihren Eltern. »Ich habe Bereitschaftsdienst, und jetzt muß ich in einer halben Stunde zur Einweisung.«

»Es wird also nichts mit dem Jazzclub«, meinte George Carver mit einem nachsichtigen Lächeln.

»Es wird also nichts mit Weihnachten«, entgegnete Sabrina mit einem resignierten Schulterzucken, steckte die Autoschlüssel ein und ging.

Es war nun schon zwei Jahre her, daß Mike Grahams Frau und Sohn ermordet worden waren. Doch obwohl er inzwischen glaubte, darüber hinweggekommen zu sein, war ihm klar, daß die eigentliche Prüfung noch vor ihm lag: Weihnachten. Letztes Jahr hatte er die Feiertage zusammen mit seiner Mutter in Kalifornien verbracht, aber diesmal besuchte sie ihren Bruder und dessen Familie in Australien. Diesmal war er allein ...

Wie jeden Mittwoch war er auch heute von seinem Wohnort Vermont zum in der Nähe seiner ehemaligen Wohnung gelegenen Friedhof von Murray Hill in New York gefahren, um am Grab frische Blumen niederzulegen. Bei der Rückkehr in sein Hotel hatte er auf der Türschwelle Sabrinas Einladung ins Fat Tuesday's für heute abend gefunden. Natürlich freute er sich auf ihre Gesellschaft ...

Schnee rieselte herab, als er wieder aus dem Hotelgebäude trat. Er vergrub die Hände in den Taschen und ging mit schnellen Schritten zum nächsten U-Bahnhof. Kaum war er unten angekommen, fuhr auch schon sein Zug ein. Ihm fiel auf, daß die Wagen allenfalls zur Hälfte besetzt waren, was ihn so früh am Abend ein wenig überraschte. Auch gut, so bekam er zur Abwechslung einen Sitzplatz.

Mit seiner athletischen Figur und seinem kragenlangen, wuscheligen braunen Haar wirkte der achtunddreißigjährige Graham frisch und jugendlich. Im Sport hatte er sich schon immer hervorgetan; so war er in seinem Abschlußjahr an der High-School Kapitän sowohl der Football- als auch der Basketballmannschaft gewesen. Mit dem Abschlußzeugnis in der Tasche war er an die University of California gegangen, an der er ein Diplom in der Sparte

Politische Wissenschaft erwarb. Danach bekam er einen Vertrag bei den New York Giants, von jeher seine Lieblingsmannschaft, wurde jedoch nur einen Monat später nach Vietnam eingezogen. Eine Schulterverletzung, die er dort bald erlitt, bereitete seiner vielversprechenden Karriere als Footballer schlagartig ein Ende. Bei der Army wurde er aber noch gebraucht, auch wenn es mit dem Kampfeinsatz vorbei war. Statt dessen wurde er in eine CIA-Einheit versetzt, wo man früh seine Führungseigenschaften erkannte und ihn entsprechend förderte. Nach seiner Rückkehr in die Vereinigten Staaten wurde er von DELTA angeworben, der Eliteeinheit zur Bekämpfung des Terrorismus.

Innerhalb von elf Jahren stieg er dort zum Teamleader der *Squadron-B* auf. Seine erste Mission führte ihn als Chef einer fünfköpfigen Gruppe nach Libyen, wo er in der Nähe von Benghazi ein größeres Terroristenlager vernichten sollte. Als sie zum Schlag ansetzten, erreichte ihn die Nachricht, daß maskierte Männer in seine Wohnung in Murray Hill eingedrungen und seine Frau Carrie und ihren fünfjährigen Sohn Mikey verschleppt hatten. Ihm war klar, daß man sie als Geiseln benutzte, um ihn zum Rückzug zu zwingen, dennoch machte er weiter und zerstörte das Lager. Allerdings gelang ausgerechnet den Männern, die sie hatten eliminieren wollen, Salim Al-Makesh und Jean-Jacques Bernard, die Flucht. Und was seine eigene Familie betraf, so stieß man trotz einer landesweiten Fahndung durch das FBI nie auf eine Spur. Daraufhin wurde er auf eigenen Wunsch aus der DELTA entlassen und dank einer Empfehlung seiner Vorgesetzten von Philpott bei der UNACO angeheuert. Bei einem seiner letzten Einsätze war er schließlich Bernard begegnet, dem Mann, der seiner Meinung nach die Verantwortung für das Verschwinden seiner Familie trug. Und erst jetzt erfuhr er die ganze Wahrheit. Zur Zeit der Entführung hatte Bernard für Robert Bailey, den Vizedirektor des FBI, gearbeitet. Weil Bailey nicht riskieren wollte, Bernard, der für ihn sehr wertvoll war, zu verlieren, hatte er von Langley aus Carries und Mikeys Entführung organisiert, um so Bernard die Chance zur Flucht zu geben, ehe Grahams Trupp zuschlug. Von Bernard erfuhr Graham schließlich auch, wo man die Leichen verscharrt hatte. Er ließ sie exhumieren und Seite an Seite auf dem Friedhof der Kirche beerdigen, in der er und Carrie getraut worden waren. Endlich konnten sie in Frieden ruhen ...

Der Zug fuhr im nächsten Bahnhof ein, und zwei neue Fahrgäste stiegen zu. Sie fielen Graham sofort auf. Es waren Skinheads in zerrissenen Jeans und nietenbeschlagenen Lederjacken. Einer spuckte auf den Boden, dann hielt er sich lässig an der Stange über seinem Kopf fest und flüsterte seinem Freund etwas ins Ohr; beide sahen daraufhin mit einem lüsternen Grinsen zu einer hübschen Brünetten hinüber. Als die Türen sich schlossen und der Zug wieder anfuhr, schlenderten die zwei Jugendlichen auf sie zu und pflanzten sich direkt vor ihr auf. Ängstlich sah sie zu ihnen auf und senkte sofort wieder den Blick.

»Wie heißt du, Süße?« fragte einer von ihnen und beugte sich über sie.

Die junge Frau wollte aufstehen, doch der andere stieß sie zurück. »Das ist aber nicht nett von dir. Wie heißt du?«

»Bitte ... ich ... ich will keinen Ärger«, stammelte sie mit deutschem Akzent.

»Joe, da haben wir was Ausländisches!« grinste der erste.

Joe setzte sich neben sie und strich ihr mit den Fingern durch die Haare. Sie wandte sich ab, doch da packte er sie am Kinn und zwang sie, ihn anzusehen. »Was ist los, Baby? Bin ich etwa nicht dein Typ?« Er deutete auf seinen Freund. »Wie wär's mit Matt? Gefällt er dir besser?«

Sie sah sich verzweifelt um, doch niemand reagierte auf ihren flehenden Blick. »Willkommen in New York, Süße«, höhnte Matt. »Lektion Nummer eins für die U-Bahn: Keiner hilft keinem. Du bist ganz allein. Entspann dich einfach und genieß die Fahrt.«

Graham verfolgte die Szene mit wachsendem Unbehagen. Wo zum Teufel steckten die U-Bahn-Cops? Oder die Guardian Angels? Auf keinen Fall wollte er in diesen Fall verwickelt werden und unnötig Aufmerksamkeit auf sich lenken. Doch ihm wurde schnell klar, daß niemand dem Mädchen helfen würde.

Der Typ hatte recht – in der U-Bahn war man auf sich selbst gestellt. Unvermittelt griff einer der Jugendlichen dem Mädchen unter den Pullover, und als sie versuchte, ihn wegzustoßen, zückte der andere ein Messer und hielt es ihr an die Kehle. Sofort hörte sie auf, sich zu wehren und kniff beide Augen fest zu, während sein Kumpan weiter an ihr herumfummelte.

Graham unterdrückte einen Fluch. So konnte das nicht weitergehen. Er sprang auf und näherte sich den Rambos.

Matts Grinsen erstarb. »Was glotzt du so, hey?«

»Laß sie in Ruhe«, knurrte Graham.

Joe sah zu ihm auf. »So, so, da haben wir ja einen richtigen edlen Ritter. Zieh Leine, wenn du weißt, was gut für dich ist. Sonst tust du dir vielleicht noch weh.«

Matt stand betont langsam auf. Seine Lippen waren zu einem schiefen Grinsen verzogen, das Messer hielt er auf Graham gerichtet. Gleichzeitig packte der andere Graham von hinten an den Armen. Doch ehe er wußte, wie ihm geschah, versetzte Graham ihm mit dem Hinterkopf einen brutalen Hieb auf die Nase. Sein Angreifer heulte auf vor Schmerzen, taumelte zurück und sank, mit beiden Händen seine gebrochene Nase haltend, in die Knie. Jetzt griff Matt an, stach mit dem Messer wütend nach Graham, doch der blockierte geschickt mit einem Arm, schloß die andere Hand wie einen Schraubstock um das Handgelenk des Burschen und verdrehte es so brutal, daß der Typ ins Stolpern geriet. Mit dem Fuß half Graham nach, und noch ehe der Skinhead auf dem Boden aufschlug, trat er ihm in die Hoden. Matt brüllte vor Schmerzen. Das Messer fiel ihm aus der Hand, und er griff sich mit beiden Händen zwischen die Beine. Graham nahm das Messer an sich und sah kurz zu dem anderen Typen hinüber, der bedeckte mit blutverschmierten Händen noch immer sein Gesicht. So schnell würden die zwei niemand mehr bedrohen. Graham steckte das Messer ein und setzte sich neben das total verängstigte Mädchen.

»Alles in Ordnung?« fragte er sanft.

Sie nickte. »Danke«, sagte sie mit tränenerstickter Stimme.

»Willst du die zwei Drecks... die zwei Typen anzeigen?«

Sie schüttelte den Kopf. »Ich will keinen Ärger.«

»Sehr vernünftig. Es ist die Mühe nicht wert.«

»Ich muß hier aussteigen«, sagte sie nervös, als der Zug langsamer wurde.

Graham wartete geduldig, bis sie draußen war, dann schleifte er die zwei Skinheads auf den Bahnsteig. Sofort kam ein Polizist herbeigeeilt, der Graham fragend ansah.

»Ich habe die Arbeit erledigt, für die eigentlich Sie zuständig sind«, fauchte Graham ihn an.

»Was ist passiert?« wollte der Polizist wissen.

Graham klärte ihn auf.

»Wo ist die Frau jetzt?«

»Sie hatte es mit dem Aussteigen furchtbar eilig. Können Sie es ihr verdenken?«

Während der Polizist per Funk Verstärkung anforderte, gab er dem Fahrer durch Handzeichen zu verstehen, daß er nicht zu warten brauchte. Sekunden später verschwand der Zug im Tunnel.

»Ich brauche ein paar Angaben von Ihnen«, brummte der Polizist und zückte seinen Notizblock. »Name?«

»Michael Greene.« Das war ein Deckname der UNACO.

»Adresse?«

Graham gab ihm eine fiktive Anschrift, die er ebenfalls von der UNACO hatte. Er wußte, daß seine Organisation jede weitere Untersuchung abblocken konnte. Freilich war ihm jetzt schon klar, daß Philpott ihm die Hölle heiß machen würde, weil er sich in so etwas hatte verwickeln lassen. Andererseits tat es ihm kein bißchen leid.

Nachdem der Cop alle gewünschten Auskünfte erhalten hatte, klappte er das Notizbuch zu. »Wir setzen uns mit Ihnen in Verbindung, falls wir Sie noch mal brauchen.«

Zwei weitere Beamte trafen ein und ließen sich kurz vor ihrem Kollegen informieren. Graham sah gelassen zu, wie sie die Jugendlichen hochzerrten und abführten.

»Wenn das alles ist ...« Graham sah auf die Uhr. »Ich wollte mich in zwanzig Minuten mit einer Freundin treffen. Aber jetzt nehme ich lieber ein Taxi.«

»Mann!« rief ihm der Polizist nach. »Das war schon klasse, wie Sie die zwei Scheißer erledigt haben. Wo haben Sie das gelernt?«

»Ich schaue mir jede Menge Krimis im Fernsehen an«, antwortete Graham und hastete weiter zur Treppe.

»Entschuldigen Sie!« hörte er eine Frauenstimme in seinem Rücken.

Er drehte sich um. Die Frau mußte Mitte Dreißig sein. Sie war groß und schlank und hatte ein hübsches Gesicht unter langem rotem Haar, das sie sich hinten zu einem Pferdeschwanz zusammengebunden hatte.

»Sie haben das da im Zug verloren.« Sie zeigte ihm eine Brieftasche.

Er betastete automatisch seine Hose. Tatsächlich, seine Brieftasche fehlte. »Vielen Dank«, sagte er lächelnd und nahm sie entgegen.

»Sie ist Ihnen rausgefallen, als Sie die zwei Skinheads angriffen.«

»Nochmals herzlichen Dank. Ich hatte gar nicht gemerkt, daß sie weg war.«

»Mein Name ist Katherine Warren«, stellte sich die Frau vor. »Ich bin Reporterin beim *New York Sentinel* und würde gerne einen Artikel über Sie schreiben. Unsere Leser lieben nichts so sehr wie gute Geister in der U-Bahn.«

Graham überlegte fieberhaft. Eine Reporterin! Er mußte sie abschütteln. Und zwar schnell. Und ohne Verdacht zu erregen. Er brachte ein verlegenes Lächeln zustande. »Das ist sehr nett von Ihnen, aber ich stehe nicht gern im Rampenlicht. Wissen Sie, das war eine ganz spontane Sache.«

»Ein Cop sind Sie nicht, oder?« fragte sie. »Aber Sie schienen genau zu wissen, wie man solche Typen außer Gefecht setzt.«

»Nein, ich bin kein Cop«, grinste er. »Nur einer von den besorgten Bürgern.«

»Waren Sie in der Army?«

»Ich bin wirklich spät dran und ...« Graham verstummte abrupt. Ausgerechnet jetzt mußte sein Handy losfiepen. Er brachte es eilig zum Verstummen. »Sie müssen mich entschuldigen. Aber nochmals vielen herzlichen Dank.« Bevor die Journalistin weiterreden konnte, jagte Graham die Treppe hoch und verschwand in der Menge.

Katherine Warren lächelte. Sie witterte eine Story. Warum hatte sich dieser Mann dem Cop gegenüber als Michael Greene ausgegeben, wenn auf seiner Kreditkarte der Name Michael Graham stand? Wie hieß er nun wirklich? Und was verbarg er? Sie war fest entschlossen, die Antwort herauszufinden. Das mußte sich doch feststellen lassen. Hastig zog sie den Reißverschluß ihres Anoraks zu und folgte Graham. Natürlich ganz diskret ...

Nachdem er mit Philpott telefoniert hatte, winkte Graham einem Taxi und bat den Fahrer, ihn zur Zentrale der Vereinten Nationen zu bringen. Vor dem Eingang am Dag-Hammerskjöld-Gebäude angekommen, zeigte er dem Sicherheitsbeamten seinen Dienstausweis und durfte passieren. Mit dem Lift fuhr er ins zweiundzwanzigste Stockwerk und steuerte auf eine nicht gekennzeichnete Tür am Ende des Korridors zu. An der Wand gegenüber befand sich ein Codeschloß, in das er eine Nummernfolge eingab. Mit einem metallischen Klicken sprang die Tür auf, und er betrat einen kleinen, spartanisch eingerichteten Raum. Hinter ihm schloß sich die Tür automatisch. Drei Wände dieses Zimmers waren hellbeige tapeziert, die vierte mit Teakholz verschalt, in das zwei Schiebetüren integriert waren, die nur mit Mikrosendern bedient werden konnten. Die linke Tür, die verschlossen blieb, führte in die schalldichte Kommandozentrale der UNACO, in der mehrere

Teams von Analytikern rund um die Uhr das Weltgeschehen verfolgten. Die linke Tür führte ins Büro des Direktors. Sie stand offen.

Sabrina, die Grahams Kommen auf einem Monitor verfolgt hatte, kam zur Schwelle und winkte ihn herein.

»Wo ist der Colonel?« wollte Graham wissen.

Sabrina deutete auf einen Ausgang hinter Philpotts Schreibtisch. »In der Kommandozentrale. Ich soll ihm Bescheid geben, sobald wir alle da sind.«

Graham setzte sich auf das nächste von zwei schwarzen Ledersofas. »Weißt du schon was Genaueres?«

Sie schüttelte den Kopf. Dann sah sie sich nach der Kaffeemaschine um. »Kaffee?«

»Gern. Kann ich gut gebrauchen, nach allem, was vorhin passiert ist.«

Sabrina schenkte eine Tasse mit Milch und Zucker ein und reichte sie ihm. »Was war denn los?« fragte sie und setzte sich neben ihn.

Er schilderte ihr den Vorfall inklusive seiner Begegnung mit der Journalistin.

»Der Colonel wird toben, wenn er das erfährt«, meinte sie. »Vor allem, wenn die Journalistin die Sache weiter verfolgt. Du weißt doch, wie er reagiert, wenn Agenten der UNACO unnötig in Schlagzeilen geraten.«

»Was zum Teufel hätte ich sonst tun sollen?« fuhr er sie an. »Im ganzen Wagen war niemand, der auch nur einen Finger gerührt hätte!«

»Hey, ich sehe es doch genauso wie du«, versicherte sie ihm hastig. »Ich hätte nicht anders gehandelt, das weiß du doch.«

»Ja, natürlich. Tut mir leid. Diese Reporterin hat mir alles vermasselt.« Graham deutete auf den Monitor. »C. W. ist da.«

Sabrina wählte mit einem der Telefone auf Philpotts Schreibtisch die Nummer der Kommandozentrale. Der diensthabende Offizier nahm sofort ab. »Würden Sie bitte Colonel Philpott mitteilen, daß die Strike Force Three sich zur Einweisung eingefunden hat?«

Whitlock hatte unterwegs beschlossen, seinen Kollegen nichts von Carmens Schwangerschaft zu erzählen – zumindest so lange nicht, bis er selbst ausführlich mit ihr darüber gesprochen hatte. Er konnte ihre Wut und Enttäuschung verstehen, andererseits durfte er sich während eines Einsatzes nicht von privaten Angelegenheiten beeinflussen lassen.

Die Tür hinter dem Schreibtisch öffnete sich. Colonel Philpott, ein fünfzigjähriger Schotte mit hagerem Gesicht und schütterem rotem Haar, trat ein und schloß die Schiebetür sofort wieder mit Hilfe einer Fernbedienung. Als Folge einer Verwundung aus dem Koreakrieg hinkte Philpott auffällig mit dem rechten Bein. Er setzte sich hinter den Schreibtisch, lehnte seinen Stock dagegen und schlug einen vor ihm liegenden Ordner auf.

»Sir, bevor es losgeht, muß ich Ihnen etwas gestehen«, murmelte Graham mit einem Seitenblick auf Sabrina.

Philpott sah mißtrauisch zu ihm auf. Er hatte Tränensäcke unter den Augen. »Nun?«

Graham schilderte ihm bis ins Detail, was in der U-Bahn geschehen war, und richtete sich schon einmal auf einen Wutausbruch ein.

Doch nichts dergleichen geschah. Statt dessen rieb sich Philpott müde die Augen und kritzelte ein paar Notizen in seinen Block. »Wenn irgend jemand Fragen stellt, werde ich sie abblocken.«

Graham und Sabrina wechselten argwöhnische Blicke. Das war ganz und gar nicht der Philpott, den sie kannten. Warum blieb er so ruhig?

»Unter normalen Umständen wären Sie jetzt gerügt worden«, erklärte Philpott als Antwort auf ihre verblüfften Mienen, »denn Ihr Verhalten war ein krasser Verstoß gegen die Anweisung der UNACO, keinerlei Aufmerksamkeit auf sich oder die Organisation zu lenken. Aber im Moment haben wir es mit der schlimmsten Bedrohung zu tun, mit der die UNACO je konfrontiert wurde, und da Sie mein erfahrenstes Team sind, benötige ich Sie viel zu dringend für die notwendigen Operationen.« Er senkte Blick auf den Ordner. »In Portugal ist soeben eine streng geheime viertägige Konferenz mit Topleuten der führenden Antiterroreinheiten ganz Europas zu Ende gegangen. Sergei war als unser Abgesandter dabei. Von den Mitarbeitern der UNO wußte außer ihm und mir nur noch Professor Abe Silverman Bescheid, der mit Sergei daran teilgenommen und vorher als zusätzliche Sicherheitsmaßnahme sämtliche Dokumente verschlüsselt hat. Vor zwei Stunden haben drei Maskierte die diensthabenden Sanitäter am Lissabonner Flughafen erschossen, deren Krankenwagen gekapert und Sergei und Professor Silverman überfallen, als sie gerade das Flugzeug nach New York besteigen wollten. Ihr Leibwächter, ein Offizier der portugiesischen Brigade für Sondereinsätze, wurde erschossen. Sergei bekam eine Kugel in den Bauch. Er lebt, liegt jetzt aber auf der Intensivstation.«

»Wird er es schaffen?« fragte Sabrina besorgt.

»Laut den Ärzten kommt es auf die nächsten vierundzwanzig Stunden an. Wir müssen abwarten. Ich habe mit der Brigade für Sondereinsätze die Bewachung von Sergeis Zimmer rund um die Uhr vereinbart, falls die Terroristen zurückkehren sollten, um ihren Auftrag abzuschließen.«

»Befürchten Sie das denn, Sir?« fragte Sabrina.

»Ich halte es für unwahrscheinlich, aber wir können uns kein Risiko leisten.«

»Und was ist mit dem Professor?« wollte Whitlock wissen.

»Professor Silverman wurde betäubt und in den Krankenwagen geschleppt, mit dem sich die Terroristen dem Flugzeug genähert hatten. Sie konnten fliehen, bevor die Polizei am Tatort eintraf. Der Krankenwagen wurde später in einem Waldgebiet in der Nähe des Flughafens verlassen aufgefunden. Von Professor Silverman und seinen Entführern fehlt jede Spur.

Professor Silverman hatte sich einen Diplomatenkoffer ans Handgelenk gekettet. Darin befanden sich zwei Ordner mit höchst brisanten Unterlagen, einer verschlüsselten Liste der zehn Einsatzkommandos und Details über alle größeren Operationen, die die UNACO in den letzten fünf Jahren durchgeführt hat.«

Sabrina beugte sich vor. Das Gesicht hatte sie hinter den Händen verborgen, mit den Augen fixierte sie einen imaginären Punkt auf dem Teppich. Schließlich ließ sie die Hände sinken und atmete tief durch. »Und wenn die Entführer genügend Druck anwenden, könnten sie den Professor dazu zwingen, die Aufzeichnungen für sie zu entschlüsseln.«

Graham nickte. »In diesem Fall wäre es ihnen möglich, mit Hilfe der Akten offene Rechnungen mit der Organisation zu begleichen.«

»Darum müssen wir seine Entführer unbedingt finden, ehe sie die Informationen gegen uns benutzen«, erklärte Philpott.

Whitlock sah den Colonel fragend an. »Das hört sich ja so an, als hätten Sie sich damit abgefunden, daß sie Silvermans Widerstand brechen.«

»In der Tat«, erwiderte Philpott fast beiläufig. »Wie Sie wissen, hat Professor Silverman letztes Jahr einen Herzinfarkt erlitten. Seitdem muß er regelmäßig Tabletten schlukken, und es bedarf wohl keines übermäßigen Drucks, um ihn zum Reden zu bringen.«

»Warum zum Teufel mußte dann ausgerechnet Silverman den Koffer tragen?« brauste Graham auf. »Es wäre doch sicher klüger gewesen, wenn Sergei ihn genommen hätte.«

»Im nachhinein ist man immer klüger«, erwiderte Philpott unwirsch. »Aber das ist jetzt wohl nicht das Hauptproblem, oder?«

Schweigen trat ein, bis Sabrina die nächste Frage stellte: »Gibt es irgendwelche Anhaltspunkte?«

»Ja, einen. Unter dem Fahrersitz des Krankenwagens wurde eine Streichholzschachtel gefunden. Von ihr konnten Fingerabdrücke genommen werden, die zu keinem der Sanitäter paßten. Wir haben sie in unseren Computer eingegeben und sind auf einen gewissen Heinrich Berger gestoßen. Er hat in den letzten zwei Jahren als Erpresser für einen Gangster aus Marseille namens Emile Jannoc gearbeitet. Es heißt, er sei jetzt nicht mehr für Jannoc tätig ..., aber ich habe da meine Zweifel.«

Whitlock runzelte die Stirn. »Warum, Sir?«

»Vor einem halben Jahr wurde Christian Jannoc, Emiles jüngerer Bruder, bei einer Schießerei im alten Hafen von Marseille getötet. Bei der Beerdigung schwor Jannoc Rache für seinen Tod.«

»Trotzdem sehe ich immer noch keinen Zusammenhang.«

»Unsere *Strike Force Eight* war damals auf verdecktem Einsatz in Marseille. Das Ziel war, Jannocs Bande auszuheben. Dabei wurden sie in die Schießerei verwickelt, die Christian Jannoc das Leben kostete. Ballistische Untersuchungen ergaben zwar, daß die tödliche Kugel nicht aus den Waffen unserer Leute stammte, trotzdem mußten wir die Operation abbrechen und sie rausholen.«

»Und inzwischen fand Jannoc irgendwie heraus, daß ein Team der UNACO die Hände im Spiel hatte; jetzt macht er die Organisation für den Tod seines Bruders verantwortlich«, schloß Graham.

Sabrina nickte. »Offenbar weiß er aber nicht, welches unserer Teams in Marseille war, und sucht jetzt nach Details zur Operation.«

»Warum schnappen wir ihn uns nicht einfach?« wollte Graham wissen.

»Weil wir keinerlei Beweise für seine Beteiligung am Anschlag auf dem Flughafen haben«, erklärte ihm Philpott. »Wir haben nur Bergers Fingerabdrücke. Aber Berger hat Jannoc mutmaßlich vor über drei Monaten verlassen. Und selbst wenn wir eine Verbindung herstellen könnten, würde sie uns nicht notwendigerweise zu Professor Silverman oder den Akten führen. Unter Umständen würden die Aufzeichnungen dann in irgendwelchen dunklen Kanälen verschwinden. Und das können wir uns nicht leisten. Nein, wir rühren Emile Jannoc nicht an – zumindest solange wir nicht die Akten in Sicherheit gebracht haben.«

»Wie konnte Jannoc von der Konferenz in Lissabon

Wind bekommen, Sir?« fragte Whitlock. »Sie haben gesagt, sie sei streng geheim gewesen.«

Philpott lehnte sich zurück.

»Diese Frage liegt mir schon die ganze Zeit im Magen, seit ich vom Attentat erfahren habe. Ganz offensichtlich wurde es ihm verraten. Ich gehe davon aus, daß er eine Quelle innerhalb der Organisation hat. Keiner der Delegierten wußte, was der Professor in seiner Tasche hatte. Aber lassen Sie das meine Sorge sein. Sie haben auch so genug andere Dinge am Hals.«

»Gut«, brummte Graham, »und wie gehen wir an die Operation heran?«

»Sie und Sabrina fliegen nach Lissabon.« Philpott klappte eine Mappe auf und reichte ihnen je einen Umschlag. Darin befanden sich ein maschinegeschriebenes Blatt mit ihren Anweisungen, das sie nach dem Lesen vernichten mußten, ein Flugschein, ein Reservierungsschein für ein Hotelzimmer, eine kurze Beschreibung ihrer Kontaktperson und portugiesische Escudos. »Ihr Kontaktmann wird Major Joao Inacio sein, ein hoher Beamter der Brigade für Sondereinsätze. Rufen Sie ihn gleich nach Ihrer Ankunft an. Bei dieser Operation müssen wir so eng wie möglich mit den portugiesischen Behörden zusammenarbeiten.«

»Jawohl, Sir«, sagte Graham und stand auf.

»Mir ist klar, daß Ihr Leben nicht mehr viel wert ist, wenn die Akten entschlüsselt werden und den falschen Leuten in die Hände fallen«, fuhr Philpott fort. »Aber es hat keinen Sinn, den Einsatz als Vendetta zu verstehen. Sie müssen diszipliniert und professionell vorgehen.«

Graham sagte nichts mehr. Er wußte, daß Philpotts letzte Bemerkung auf ihn gemünzt war.

»Und was habe ich zu tun?« meldete sich Whitlock.

»Das erkläre ich Ihnen gleich.« Philpott wandte sich noch einmal an Sabrina und Graham. »Ich will regelmäßig Berichte von Ihnen. Mindestens zweimal täglich. Und jetzt machen Sie sich fertig. Ihr Flugzeug wartet nicht.«

»Jawohl, Sir!« rief Graham und folgte Sabrina, die bereits zur Tür strebte.

Erst jetzt zog Philpott einen dritten Umschlag aus seiner Mappe und gab ihn Whitlock. »Sie reisen verdeckt nach Marseille, machen aber einen Zwischenstopp in Paris. Dort werden Sie Jacques Rust treffen. Er ist schon auf dem Weg von unserem Züricher Büro nach Paris und wird Ihnen alles Weitere erklären.«

Whitlock erhob sich. »Verstanden, Sir. Wann fliege ich?«

»Noch heute abend geht ein Flugzeug nach Paris. Wir haben einen Platz für Sie gebucht.«

»Was passiert, wenn die Akten dechiffriert werden, bevor wir sie finden?«

»Finden Sie sie vorher«, brummte Philpott und klappte die Mappe zu. »Das ist alles, C. W.«

»Das ist er«, flüsterte Katherine Warren, als sie Graham mit ihrem Nachtfernrohr einfing.

»Meinst du, du kriegst ihn?«

»Klar«, lautete die Antwort.

Katherine Warren war Graham in einem Taxi bis zur Zentrale der Vereinten Nationen gefolgt. Dort hatte sie den Fahrer bezahlt, sofort den diensthabenden Redakteur des *New York Sentinel* angerufen und umgehend einen Fotografen angefordert. Jetzt saßen sie in seinem direkt vor dem Haupteingang geparkten Wagen und lauerten.

»Hey, wer ist denn das?« entfuhr es dem Fotografen, als Sabrina ihrem Kollegen auf die Straße folgte. Er pfiff leise durch die Zähne.

»Alle Achtung, die sieht ja klasse aus.«

Karen richtete das Fernglas auf Sabrina und bekam mit, wie die zwei auf einen champagnerfarbenen Mercedes 500 SEC zusteuerten.

Der Fotograf machte mehrere Aufnahmen, auch vom Wagen. Schließlich ließ er die Kamera sinken. »Und jetzt?«

»Wir folgen ihnen.«

»Wer ist die Frau?« wollte der Fotograf wissen.

Karen legte das Fernglas auf den Schoß. »Keine Ahnung. Im Moment zumindest noch nicht. Aber bei ihrem

Aussehen bringt sie bestimmt die richtige Würze in die Story.«

»*Wenn* es eine Story wird«, verbesserte der Fotograf.

Um Katherine Warrens Lippen spielte die Andeutung eines Lächelns. »Da gibt's eine Story. Wir müssen sie nur aufspüren. Und genau das habe ich vor.«

3

24. Dezember – Heiliger Abend

Auch wenn Jacques Rust seit zweieinhalb Jahren an den Rollstuhl gefesselt war, betrachtete er sich nicht als Behinderten und blaffte jeden sofort an, der den Fehler machte, ihn als solchen zu behandeln. Erst heute morgen war ihm das bei der Ankunft im Hotel wieder passiert. Sein Fahrer, der ihn bei allen Auslandsreisen begleitete, hatte wie immer seinen tragbaren Rollstuhl aufgeklappt und vor die Hecktür gestellt. Er wußte, daß Rust sich unter keinen Umständen helfen ließ und wartete darum stets, bis sein Chef sich allein aus dem Auto gewuchtet und in den Rollstuhl gezwängt hatte. Doch der Türsteher wollte das nicht mit ansehen und eilte herbei, um ihm behilflich zu sein. Rust war klar, daß all diese Samariter es nur gut meinten, aber konnten sie nicht begreifen, daß er sich durch ihr Eingreifen erniedrigt fühlte? Und darum wurde er regelmäßig wütend …

Rust schob sich zum Fenster seines Hotelzimmers und sah hinaus auf die Skyline von Paris. Er war ein Franzose von zweiundvierzig Jahren mit kurzem schwarzem Haar und funkelnden Augen, die seinem markanten Gesicht Leben verliehen. Nach vierzehnjähriger Tätigkeit für das französische *Service de Documentation Exterieure et de Contre-Espionnage* war Rust in die Dienste der UNACO getreten und arbeitete seitdem eng mit Whitlock zusammen. Als der Generalsekretär später Philpotts Antrag auf Ausweitung der Agententätigkeit bewilligt hatte, war Sabrina in das Team aufgenommen worden. Die drei bildeten die ursprüngliche Strike Force Three.

Ein halbes Jahr später wurden Sabrina und Rust im Hafen von Marseille bei verdeckten Ermittlungen gegen einen zwischen Algerien und Frankreich operierenden Drogenring von den Schmugglern unter Beschuß genommen. Rust gelang es, Sabrinas Rückzug zu decken, doch als er ihr folgen wollte, traf ihn eine Kugel ins Rückgrat. Seitdem war er von der Taille an abwärts querschnittgelähmt. Das Ende seiner Karriere bei der UNACO bedeutete das allerdings nicht. Philpott, der Rusts Fähigkeiten seit jeher bewundert hatte, bot ihm das Amt des Koordinators der europäischen Zweigstelle der UNACO in Zürich an. Dort arbeitete Rust nun seit achtzehn Monaten. Nach Philpotts vorübergehendem Rücktritt hatte man ihm das Amt des Direktors angetragen, doch hatte er das abgelehnt. Es gefiel ihm in Zürich, und angesichts seiner hervorragenden Kenntnisse der europäischen Politik und seiner engmaschigen Kontakte über den gesamten Kontinent konnte seine Entscheidung kaum jemanden überraschen. Jacques Rust war *die* Anlaufstelle der UNACO in Europa.

Jemand klopfte, und Rust fuhr zur Tür. Zu seiner Überraschung stand Whitlock auf der Schwelle. »Ich hatte dich nicht so früh erwartet.«

»Ich kann natürlich später noch mal vorbeischauen, wenn dir das lieber ist«, grinste sein Partner.

»Sei mir willkommen«, sagte Rust und winkte ihn herein. Dann schloß er die Tür und schob sich ganz nahe an Whitlock heran. »Du siehst gut aus, *mon ami.* Wie läuft es mit Carmen?«

»Könnte besser sein«, seufzte Whitlock und setzte sich. »Das ist jetzt schon das dritte Weihnachten hintereinander, das ich nicht mit ihr verbringe. Sie ist alles andere als glücklich darüber.«

Rust nickte. »Das glaube ich gern. Aber so was gehört eben zum Beruf, nicht wahr?«

»Sag das mal Carmen.«

»Du solltest ernsthaft daran denken, ein richtiges Familienleben zu führen, C. W. Ihr kämt euch dann wieder näher.«

»Kann schon sein«, erwiderte Whitlock ausweichend.

»Ganz bestimmt sogar. Und ich weiß, daß ihr großartige Eltern abgeben würdet.«

Whitlock zuckte nur die Schultern und hoffte, die Sache wäre damit abgetan. Rust war ihm ein enger Freund, doch er konnte ihm unmöglich erzählen, daß Carmen schwanger war. Noch nicht. Er stellte sich vors Fenster und drehte sich dort wieder zu Rust um. »Der Colonel hat mir gesagt, du würdest mich über die verdeckte Aktion in Marseille aufklären ...«

Rust holte seine Aktentasche und nahm eine Mappe heraus. »Wieviel weißt du denn schon?«

»Ich habe im Flugzeug die Akte über Jannoc gelesen. Das ist aber auch alles. Den Rest mußt du mir erklären.«

Rust entnahm seiner Mappe ein Foto und reichte es Whitlock. »Er heißt Frank Royce. Oder vielleicht sollte ich besser sagen: Er *hieß* Frank Royce. Vor zehn Tagen ist er bei einem Autounfall ums Leben gekommen.«

»Und ich soll seine Identität annehmen?«

Rust nickte.

Whitlock nahm das Foto näher in Augenschein. »Na ja, zumindest haben wir die gleiche Haarfarbe«, sagte er gedehnt. »Immerhin etwas.«

»Ihr müßt euch nicht unbedingt ähneln. Dich wird ohnehin keiner erkennen.«

Whitlock gab ihm das Foto zurück. »Dann erzähl mir mal ein bißchen über diesen Frank Royce.«

»Als er starb, war er achtunddreißig. Stammte aus London. Verlor im Alter von zwei Jahren beide Eltern. Ging nach der Schule zur Armee, wurde aber ein Jahr später gefeuert, weil er einen Offizier geschlagen hatte. Danach verdingte er sich in Afrika als Söldner. Er galt als harter Bursche, erfüllte seine Aufträge aber stets absolut korrekt. Auch wenn es makaber klingt, er verlor bei seinem ersten Besuch in der Heimat nach zehn Jahren das Leben, als er in der Nähe von London mit einem Sattelschlepper zusammenstieß. Weil er keine engen Freunde hatte, blieb sein Tod praktisch unbemerkt. In der Mappe stehen noch mehr Einzelheiten. Lern sie auswendig. Du wirst sie später vielleicht brauchen können. Es ist die perfekte zweite Identität für dich.«

»Und wozu das alles?« fragte Whitlock und setzte sich aufs Bett.

»Für die Infiltration von Jannocs Organisation. Du sollst herausfinden, wo sie Abe Silverman gefangenhalten.«

»Aber laut der Akte nimmt Jannoc nur ehemalige Fremdenlegionäre bei sich auf. War Royce denn je in der Fremdenlegion?«

»Nein, aber das kann nur von Vorteil für dich sein. Keiner seiner Männer wird dich erkennen.«

»Und wie soll ich Jannoc dazu überreden, nach all den Jahren seine Gepflogenheiten zu ändern?«

Rust entnahm seiner Mappe ein anderes Foto. »Das ist seine elfjährige Tochter Mathilde. Man wird heute noch versuchen, sie zu entführen. Ich gehe davon aus, daß er dir dankbar sein wird, wenn du das verhinderst. Vielleicht bietet er dir sogar einen Job an, wenn er erfährt, daß du auf Arbeitssuche bist.

»Eine Entführung?« Whitlock runzelte mißtrauisch die Stirn.

Rust nickte. »Wir wissen dank einer Quelle in Marseille, daß Mathilde Jannoc heute zur Geburtstagfeier einer Freundin geht. Ein Leibwächter wird sie hinbringen und warten, bis es vorbei ist. Das müßte so gegen acht sein. Die Kidnapper schlagen zu, wenn er sie heimfahren will.«

»Woher weißt du so gut über die Pläne Bescheid?«

Rust lächelte schlau. »Weil sie von mir stammen.«

»Das hätte ich mir eigentlich gleich denken können«, brummte Whitlock.

»Emile Jannoc hat viele Feinde, vor allem in und um Marseille. Darum läßt er seine Tochter überallhin von einem Leibwächter begleiten. Sie ist seine Achillesferse. Und seine Feinde wissen das auch. Vor ein paar Monaten hat schon mal einer versucht, sie zu entführen. Das hat mich auf die Idee gebracht. Ich habe auch schon zwei ehemalige Sträflinge aus Nantes dafür angeheuert.« Rust reichte seinem Freund zwei Fahndungsfotos. Das sind sie: Sebastian Ronnet und Pierre Mensel – zwei ausgesprochen üble Burschen mit einem ellenlangen Vorstrafenregister. Die Sache hat allerdings einen Haken. Sie glauben, daß ich als Mittelmann eines anonymen Marseiller Gangsters auftrete, der mit Jannoc noch eine Rechnung offen hat.«

»Das heißt, sie halten die Entführung für echt«, fuhr Whitlock an seiner Stelle fort. »Wenn ich aufkreuze, werden sie sich nicht kampflos geschlagen geben, richtig?«

»Anders hätte ich ihr Vertrauen nicht gewinnen können«, antwortete Rust mit einem bedauernden Schulterzucken. »Aber sie werden dich nicht vor allzu große Probleme stellen, C. W. Es sind ja nur zwei schwere Jungs, mehr nicht.«

»Werden sie bewaffnet sein?«

»Ich habe ihnen strenge Anweisung gegeben, keine Waffen mitzunehmen. Das war Teil des Vertrags.«

»Warum fühle ich mich trotzdem nicht beruhigt?« brummte Whitlock. »Der Leibwächter wird bestimmt bis an die Zähne bewaffnet sein.«

»Alles andere würde mich wundern. Aber Mensel und Ronnet sind mit allen Wassern gewaschen. Die kriegen das schon hin, zumal sie ja das Überraschungsmoment ausnutzen können.« Rust schloß die Mappe und gab sie Whitlock. »Dein Flugzeug nach Marseille geht in zwei Stunden.«

»Und was ist, wenn Jannoc mich nicht nimmt?«

»Sorge dafür, daß er dich nimmt. Wenn er hinter dem Überfall gestern in Lissabon steckt – und davon bin ich überzeugt –, dann weiß er auch, wo Abe Silverman versteckt wird. Und das bedeutet, daß wir nur über ihn die Dossiers zurückbekommen können, bevor sie entschlüsselt werden. Der Colonel will, daß wir eng zusammenarbeiten. Ich fliege heute nachmittag wieder nach Zürich. Halte mich regelmäßig auf dem laufenden.«

»Mache ich«, versprach Whitlock und schickte sich zum Gehen an.

»Noch was, C. W.!« rief ihm Rust eilig nach. »Viel Glück!«

»Irgendwie habe ich das Gefühl, daß ich es nötig haben werde«, seufzte Whitlock und trat in den Flur.

Major Joao Inacio holte Graham und Sabrina am Lissabonner Flughafen ab. Er war ein hochgewachsener Mann Ende Vierzig; vor seinem Eintritt in die Brigade für Sondereinsätze hatte er an den Feldzügen in Angola und Mozambique als Mitglied der Eliteeinheit *Corpo de Fuzilieros* teilgenommen.

»Ich habe draußen einen Wagen, der Sie in Ihr Hotel bringen wird«, erklärte der Major den Amerikanern in fehlerfreiem Englisch und geleitete sie zum Ausgang.

»Wie ist Koltschinskis Zustand?« erkundigte sich Sabrina.

»Unverändert«, antwortete Inacio. »Er liegt immer noch auf der Intensivstation im Koma.«

Als sich Inacio und die zwei Agenten dem Dienstwagen näherten, sprang der Fahrer aus dem Mercedes, verstaute das Gepäck der Amerikaner im Kofferraum und setzte sich wieder hinters Steuer. Die anderen stiegen unterdessen ein.

»Zum Altis Hotel«, beschied ihn Inacio knapp und wandte sich dann zu Sabrina und Graham um. Aus seiner Jackentasche zog er eine kleine Plastikflasche. »Das wurde auf der Startbahn in der Nähe der Stelle gefunden, an der Professor Silverman entführt wurde.«

Graham nahm das Fläschchen entgegen. Plötzlich bekam er ein flaues Gefühl im Magen. Der Aufschrift nach handelte es sich um Glyceril Trinitrat. Seit er vor einem Jahr einen schweren Herzinfarkt erlitten hatte, war Silverman auf dieses Mittel angewiesen. Er reichte das Fläschchen an Sabrina weiter.

Sie las das Etikett mit bedrückter Miene. »Sie waren Professor Silvermans Lebensversicherung«, murmelte sie. »Er hatte sie immer dabei, wohin er auch ging.«

»Ohne sie wird er nicht lange überleben«, bestätigte Graham.

»Wenn er nicht schon tot ist«, schaltete sich Inacio ein.

Graham und Sabrina schwiegen. Sie wußten, daß er womöglich recht hatte.

»Das wäre vielleicht gar nicht mal so schlecht für

uns«, fuhr Inacio in unbekümmertem Ton fort. »Schließlich können seine Entführer ohne ihn den Code nicht knacken. Und dann wäre die ganze Aktion umsonst gewesen.«

Als Silverman erwachte, fand er sich auf einem unbequemen, schmalen Bett in einem dunklen Raum wieder. Das einzige Licht sickerte vom Korridor durch ein winziges Gitter in der Metalltür herein. Als er sich aufzusetzen versuchte, schoß ihm ein stechender Schmerz durch den Kopf. Er schnappte mit fest aufeinandergebissenen Zähnen nach Luft und ließ sich langsam auf die abgewetzten Matratze zurücksinken. Dann schloß er wieder die Augen und massierte sich behutsam das Genick, bis der Schmerz verebbte. Regungslos blieb er mehrere Minuten lang liegen, bis er den nächsten Versuch unternahm, diesmal aber vorsichtiger. Zwar hatte er wieder Schmerzen, doch nicht mehr so schreckliche wie vorher. Er schwang die Beine über die Bettkante und blieb, das Kinn in die Hände gestützt, sitzen. In seinem Kopf wirbelten die Ereignisse, die zu seiner Verschleppung geführt hatten.

Immer noch konnte er sehen, wie Pereira grotesk herumgetaumelt war, als die Kugeln seine Brust durchschlugen. Es war das erste Mal, daß er miterlebt hatte, wie ein Mensch erschossen wurde. Und es stimmte, was ihm die Kollegen von Mossad und UNACO erzählt hatten: Man sah es wirklich so, als würde es sich in Zeitlupe abspielen. Auch konnte er sich daran erinnern, wie Koltschinski auf der Landebahn zusammengebrochen war, obwohl er bei all dem Krach und der Aufregung um sich herum keinen Schuß gehört hatte. Und dann hatte er einen Stich im Genick gespürt. Der Pfeil mit dem Betäubungsmittel. Unwillkürlich berührte er die Gesichtsseite, mit der er auf dem Boden aufgeschlagen war, und zuckte zusammen. Er mußte einen Bluterguß haben. Danach konnte er sich an nichts mehr erinnern. Der Grund für seine Entführung lag auf der Hand. Er sollte die Aufzeichnungen im Diplomatenkoffer, den sie ihm abgenommen hatten, dechiffrieren.

Aber wo war er nur? Und wie lange hatte er bewußtlos dagelegen? Er mußte es herausfinden.

Inzwischen hatten sich seine Augen an die Dunkelheit gewöhnt, und er sah sich vorsichtig um. Ganz offensichtlich hatten sie ihn in eine Art Gefängniszelle gesperrt, die bis auf das Bett in der Ecke leer war. Er stand auf und schlich zur Tür. Als er durch das Gitter in den Flur hinaus spähte, mußte er die Augen gegen das grelle Licht der nackten Birne gegenüber der Tür abschirmen. Der Korridor war verlassen. Es gab hier noch mehr Zellen, doch der erdrückenden Stille nach zu urteilen, war keine davon besetzt. Das paßte ihm sehr gut. Nach und nach nahm ein Plan in seiner Vorstellung Gestalt an.

Er trommelte mit den Fäusten gegen die Tür. Prompt jagten gräßliche Schmerzen durch seinen Kopf, aber wenn sein Vorhaben gelingen sollte, mußte er einen der Wächter in die Zelle locken. So hämmerte er weiter, bis sich Schritte näherten. Er sah einen Schatten hinter dem Gitter.

»Was willst du?« fragte eine Männerstimme mit gutturalem deutschem Akzent.

»Ein Glas Wasser. Meine Kehle ist ausgetrocknet.«

Silverman hörte den Wärter den Gang hinunterschlurfen. Als er zurückkehrte, sperrte er die Tür mit Hilfe einer Chipkarte auf. In einer Hand hielt er eine Heckler-&-Koch-MP, in der anderen eine Tasse mit Wasser. »Setz dich aufs Bett«, befahl er und wies ihm mit dem Lauf der Maschinenpistole die Richtung.

Silverman gehorchte. »Wo bin ich?« fragte er, als er saß und der Wärter die Tasse in der Mitte der Zelle auf den Boden gestellt hatte.

»Das geht dich nichts an«, knurrte der andere.

»Und ob es mich was angeht! Schließlich werde ich gegen meinen Willen hier festgehalten!« schrie Silverman und stand auf.

Sofort wurde die Heckler & Koch auf ihn gerichtet. »Du bleibst, wo du bist!« fauchte der Mann.

»Ihr könnt mich nicht umbringen«, stieß Silverman hervor. Seine Tapferkeit war gespielt, doch er hoffte, der

Mann würde nicht merken, daß sich darunter nackte Angst verbarg. »Ihr braucht mich. Wozu hättet ihr euch sonst soviel Arbeit gemacht?«

»Stimmt, ich werde dich nicht umbringen«, gab der Mann zu. »Aber ich werde dir in die Beine schießen. Dann kannst du nicht mehr laufen. Capito?«

»Wie soll ich entkommen, wenn du mit dieser Maschinenpistole da rumfuchtelst?« schnaubte Silverman. Dann deutete er auf die Tasse. »Darf ich jetzt trinken?«

Sein Wärter nickte, worauf sich Silverman nach der Tasse bückte und einen Schluck trank. »Wo sind deine Spießgesellen?« fragte er beiläufig.

»Spießgesellen?« Mit diesem Begriff war der Wärter eindeutig nicht vertraut.

»Der Rest der Bande«, erklärte Silverman ungeduldig.

»Sie kommen später zurück. Dann wirst du zu tun bekommen.«

»Einen Teufel werde ich ...« Plötzlich griff sich Silverman ans Herz. Die Tasse glitt ihm aus den Fingern, und er sackte zu Boden. Sein Atem kam nur noch stoßweise.

»Tabletten!« keuchte er. »Ich brauche meine Tabletten. Bitte gib sie mir ...!«

Der Deutsche blieb zögernd auf der Schwelle stehen; die Unsicherheit war ihm deutlich anzumerken. Einerseits vermutete er einen Trick, andererseits durfte er Silvermans Bitten nicht ignorieren, falls die Schmerzen echt waren. Wenn er in der Abwesenheit der Russen starb, würden sie ihn dafür verantwortlich machen. Er schloß die Tür und ging zu dem auf dem Boden liegenden Professor hinüber.

»Bitte hilf mir«, flüsterte Silverman mit zusammengebissenen Zähnen. »Meine Tabletten. Ich brauche meine Tabletten.«

Den Lauf seiner MP auf den Professor gerichtet, beugte sich der Deutsche über ihn und drehte ihn auf den Rücken. Als er ihm die Krawatte lockern wollte, packte Silverman ihn krampfhaft am Hemd; aus seinem Mundwinkel floß Speichel. Silverman öffnete den Mund, als wolle er sprechen, und instinktiv beugte sich der Wärter über ihn, um ihn besser zu verstehen. Da riß Silverman plötzlich die Hand hoch und bohrte ihm mit aller Kraft die Finger in die Augen. Der Mann heulte auf vor Schmerz und taumelte zurück, versuchte aber trotzdem noch die Maschinenpistole zu heben, als Silverman ihn schon gegen das Knie trat. Der Deutsche krachte mitsamt seiner MP zu Boden. Silverman riß ihm die Waffe aus der Hand und schlug ihm den Kolben mit aller Kraft gegen die Schläfe. Hastig durchwühlte er die Taschen des Bewußtlosen, fand die Chipkarte und eilte auf den Korridor hinaus. Dort vergewisserte er sich zunächst, daß er allein war, dann sperrte er hinter sich ab.

Durch die offenstehende Tür am Ende des Korridors gelangte Silverman in eine große Halle, wo er sich unvermutet einer Unmenge von Türen gegenübersah. Silverman hielt inne und wischte sich den Schweiß von der Stirn. Sie alle führten zu weiteren Korridoren, die Frage war nur, wie er zum Ausgang gelangen konnte. Vorsichtig stieg er über zahllose leere Bierkästen hinweg, bis er das andere Ende der Halle erreichte. Wieder blieb er stehen, um sich zu orientieren. Ihm fiel auf, daß nur einer der Korridore nicht mit Zellen gesäumt war. An seinem Ende war eine weitere verschlossene Tür zu sehen. War sie die richtige? Silverman packte die Chipkarte und rannte den Gang hinunter. Das Schloß ließ sich problemlos öffnen. Nun stand er in einem schwarzweiß gekachelten Raum und sah sich vier weiteren verschlossenen Türen gegenüber, drei davon aus Holz, eine aus Metall. Er entschied sich für die metallene. Wieder klickte es wie bei den anderen, und die Sperre glitt zur Seite. Er setzte einen Fuß auf die Schwelle und sah sich um …

Plötzlich schrie er auf. Ein stechender Schmerz schoß durch seine Brust, jagte bis zum Hals hinauf und breitete sich auf den Rücken aus. Silverman taumelte in den Korridor; seine Hände umklammerten die Herzgegend. Die Tabletten! Wo waren seine Tabletten? Hatte der Wärter sie? Er bezweifelte es. Der Deutsche hatte ihm doch helfen wollen. Und selbst wenn er sie hatte, würde Silverman es nicht mehr rechtzeitig bis zur Zelle schaffen. Er konnte sich nicht mehr rühren. Vor seinen Augen verschwamm alles. Er fühlte sich kalt. So kalt ...

Ein neuerlicher Schmerz jagte durch seine Brust, warf ihn auf die Knie und umklammerte ihn mit gnadenlosem Griff. Sekundenlang erlitt Silverman gräßliche Qualen, bis ihn die Dunkelheit gnädig umhüllte und er vornüber auf den Boden kippte. Seine blinden Augen starrten mit leerem Blick die Chipkarte an, die wenige Zentimeter vor seiner ausgestreckten Hand lag.

Zu Grahams und Sabrinas Erleichterung eröffnete Inacio ihnen, daß er nicht beabsichtige, die Rolle des ständigen Begleiters zu übernehmen. Statt dessen gab er ihnen eine Nummer, unter der sie ihn im Notfall Tag und Nacht erreichen konnten. Philpott hatte ihm anscheinend erklärt, daß sie am liebsten allein arbeiteten. Nun, das war ihnen mehr als recht.

Nachdem sie sich in ihren Zimmern umgezogen hatten, trafen sie sich wieder im Foyer, jeder mit einer Beretta 92 Automatik bewaffnet, die Inacio ihnen gegeben hatte, bevor er in sein Büro zurückgefahren war. Graham hatte außerdem den Schlüssel für einen weißen Ford Sierra, der vor dem Hotel auf sie wartete. Auch ihn hatte Inacio für sie bereitgestellt.

Bislang war ihr einziges Indiz die im Krankenwagen gefundene Streichholzschachtel, auf deren weißen Deckel die in zartem Blau gemalte Silhouette einer Frau prangte. Laut Aufdruck stammte die Schachtel aus einer Weinbar in der Rua de Sao Pedro in der Alfama, der Altstadt.

Mit ihren *tabernas,* Restaurants und den anscheinend zahllosen Straßenverkäufern, die leichtgläubigen Ausländern billigen Schmuck andrehten, war die Rua de Sao Pedro im Sommer eine Touristenfalle. Jetzt allerdings zeigten sich hier nur wenige Fremde. Wenn trotzdem die Kassen klingelten, dann dank der Einheimischen, die noch vor Ladenschluß Weihnachtsgeschenke suchten.

Als Graham den Wagen vor der *taberna* parkte, eilte auch schon ein Straßenverkäufer herbei, doch Graham schickte ihn gleich weg, und so stiegen sie unbehelligt die Treppe zur Bar hinunter. Ein Mann, der allein hinter der Theke saß und Zeitung las, sah kurz auf. »Wir haben noch nicht geöffnet«, brummte er und beugte sich wieder über das Blatt.

»Wir wollen ja auch nichts trinken«, erklärte Graham und legte ein Foto von Berger auf den Tresen. »Haben Sie diesen Mann schon mal gesehen?«

Der Barkeeper nahm das Foto in die Hand und schüttelte sofort den Kopf. »Nein.«

»Schauen Sie genauer hin«, forderte ihn Sabrina auf portugiesisch auf. »Wenn er da war, dann irgendwann gestern oder vorgestern.«

Der Barkeeper musterte Sabrina mißtrauisch. »Wer sind Sie?« fragte er. In seiner Muttersprache zu reden war ihm offensichtlich lieber.

»Wir sind Freunde von ihm. Er hätte uns heute morgen am Flughafen abholen sollen, ist aber nicht gekommen. Und jetzt sieht es so aus, als wäre er verschwunden. Er muß aber hier gewesen sein, denn bei seinem letzten Anruf hat er uns von Ihrer Bar erzählt. Sind Sie wirklich sicher, daß Sie ihn nicht gesehen haben?«

Der Barkeeper sah sich das Foto genauer an, schüttelte dann aber erneut den Kopf. »Nie gesehen.«

»Hey, lassen Sie mich mal schauen!« rief ein Amerikaner hinter ihnen.

Sabrina und Graham drehten sich um. Am Fuß der Treppe stand ein junger Mann Anfang Zwanzig mit braungebranntem Gesicht, von der Sonne gebleichtem Haar und einem goldenen Ring im linken Ohrläppchen. Nun trat er auf sie zu. »Mein Name ist Ricky Hardin«, stellte er sich mit einem freundlichem Lächeln vor. »Ich arbeite hier. Sie müssen Luis entschuldigen; er kehrt seinen Charme nur dann raus, wenn er Geld sieht.«

Der Barkeeper stieß ein Grunzen aus und verzog sich mit seiner Zeitung ans andere Ende der Theke.

»Sie sind ja ganz schön weit weg von daheim«, meinte Sabrina.

»Eigentlich wollte ich hier nur den Sommer verbringen, aber dann hat es mir so gut gefallen, daß ich geblieben bin. In diese Kneipe kommen nur Touristen. Darum habe ich den Job hier gekriegt.« Hardin deutete auf das Foto in Sabrinas Hand. »Lassen Sie mich mal sehen.«

Sie reichte ihm das Bild.

Hardin schürzte nachdenklich die Lippen, doch auch er schüttelte schließlich den Kopf. »Tut mir leid, aber ich kenne ihn nicht. Sind sie sicher, daß er hier war?«

»Ganz sicher«, bestätigte Graham.

»Wissen Sie was?« schlug Hardin vor, wobei er Sabrina die ganze Zeit anstarrte. »Geben Sie mir Ihre Nummer, und dann rufe ich Sie an, sobald er sich blicken läßt.«

»Sie erreichen mich im Hotel Altis. Mein Name ist Graham.«

Hardin lächelte. »Wenn Sie mich jetzt entschuldigen? Ich muß die Bar herrichten, bevor die Leute kommen.«

Graham steckte das Foto wieder ein und ging zur Treppe.

»Ihr Freund?« fragte Hardin Sabrina.

»Ja«, erwiderte sie grinsend und ließ ihn stehen.

»So ein Glückspilz«, murmelte Hardin. Dann bemerkte er, daß Luis die Zeitung hatte sinken lassen und den beiden mit kaltem Blick nachsah. Er schnappte sich ein Flugblatt und eilte ihnen hinterher. »Hey, warten Sie!« rief er. Graham und Sabrina drehten sich um. »Wir veranstalten heute abend eine Weihnachtsfeier. Wenn Sie das hier vor zehn Uhr vorzeigen, kommen Sie kostenlos rein.«

»Danke – kein Interesse«, erwiderte Graham.

»Der Typ war hier«, flüsterte Hardin und drückte Sabrina das Blatt in die Hand. »Nehmen Sie es trotzdem mit«, sagte er laut. »Das verpflichtet Sie ja zu nichts.«

»Wann war er hier?« fragte Graham.

»Ich kann jetzt nicht reden«, murmelte Hardin. »Treffen wir uns später im Hotel, sagen wir um vier. Aber die Info kostet sie einen Riesen – einen amerikanischen.«

»Was? Wir haben kein ...«

»Ohne Geld kein Deal!« Hardin wich einen Schritt zurück und deutete auf das Flugblatt in Sabrinas Hand. »Geht um acht los. Wird eine Riesensause. Wäre schön, wenn Sie auch kommen.«

»Was hältst du davon?« fragte Sabrina ihren Partner, als sie draußen standen.

»Offenbar weiß er was«, meinte Graham. »Aber der andere ist auch nicht so ahnungslos, wie er tut. Man konnte förmlich riechen, daß er Angst hat.«

»Stimmt. Ich hatte ebenfalls den Eindruck, daß er was verbergen wollte.«

»Und mit etwas Glück erfahren wir von Hardin, was das ist«, sagte Graham und öffnete die Wagentür.

Sabrina sah ihn über das Wagendach hinweg fragend an.

»Und wohin jetzt?«

»Solange wir nicht mit Hardin gesprochen haben, können wir nichts tun. Hoffentlich ist er sein Geld auch wert.«

Larry Ryan telefonierte gerade, als Katherine Warren anklopfte und zur Tür hereinschaute. Er winkte sie in sein Büro und deutete auf den Besucherstuhl. Der Mittvierziger Ryan hatte eine rasante Journalistenkarriere hinter sich. Nach mehrjähriger Tätigkeit als stellvertretender Chefredakteur erst beim *Miami Herald* und dann bei der *Washington Post* hatte ihn vor kurzem der *New York Sentinel* als Chefredakteur angeworben.

Seit acht Jahren war Ryan mit Katherine Warrens jüngerer Schwester Louise verheiratet, die fürs Kinderfernsehen als überaus populäre Moderatorin arbeitete. Und sehr zu seiner und Louises Freude hatten sich vor etwa einem Jahr Katherine und Mark Randall, einer seiner besten Freunde und ebenfalls Journalist, ineinander verliebt. Zwei Monate später durfte Ryan Trauzeuge sein. Damals arbeiteten noch alle drei für die *Washington Post.* Doch mit der Ehe ging es schnell bergab. Randall wollte Kinder, Katherine den beruflichen Aufstieg. Während Louise automatisch zu ihrer Schwester hielt, saß Ryan zwischen allen Stühlen. Insgeheim stimmte er freilich Katherine zu; sie war eine seiner besten Reporterinnen, und er wollte sie nicht verlieren. Die Krise erreichte schließlich ihren Höhepunkt, als Katherines Vater starb und sie sich in New York bewarb, um ihrer Mutter näher sein zu können. Randall wollte Washington aber nicht verlassen. Damit war ihre Ehe zu Ende.

Ryan legte den Hörer auf. »Das war deine kleine Schwester, Katy. Sie läßt dir liebe Grüße ausrichten. Ich soll dich daran erinnern, daß du heute abend bei uns eingeladen bist.«

Seit ihrer Kindheit hatte Katherine immer auf dem vollen Namen bestanden – kein ›Kate‹ oder ›Kathy‹, es mußte Katherine sein. Trotzdem hatte Ryan sie von Anfang an Katy genannt, und aus irgendeinem Grund, den sie selbst nicht verstand, hatte Katherine es ihm nie verübelt. Er war jedoch die einzige Ausnahme.

»Ich habe es nicht vergessen, aber ich weiß nicht, ob ich es schaffe.«

»Was soll das heißen?« fragte Ryan mißtrauisch. »Du weißt doch, daß Louise sich seit Wochen darauf freut. Willst du sie wirklich enttäuschen?«

»Ich glaube, ich bin einer heißen Story auf der Spur, Larry. Einem Knüller.«

Ryan lehnte sich mit hinter dem Kopf verschränkten Händen zurück. »Ich höre.«

Katherine erzählte ihm vom Zwischenfall in der U-Bahn und ihrer Begegnung mit Graham.

»Der Typ wollte sich also auf keine weiteren Fragen einlassen«, stellte Ryan fest, als sie fertig war. »Und darum gab er dem Cop einen falschen Namen an. Na ja, man kann es ihm nicht verübeln nach all dem Staub, den der Fall Bernie Goetz aufgewirbelt hat.«

»Es ist mehr dahinter, Larry«, beharrte Katherine und berichtete ihm von Grahams Besuch bei den Vereinten Nationen. Dann nahm sie einen Umschlag aus ihrer Mappe und schob sie über den Schreibtisch. »Diese Aufnahmen haben wir gestern abend vor der UN-Zentrale gemacht.«

Ryan blätterte langsam die Fotos durch, bis er auf das Bild von Sabrina stieß. »Wer ist denn die Frau mit dem knackigen Hintern?«

»Ich dachte mir doch, daß sie dich interessieren würde«, meinte Katherine mit dem Anflug eines Lächelns. »Ich habe die zwei bis zum JFK-Flughafen verfolgt. Sie sind in eine Maschine nach Portugal gestiegen. Dann bin ich heimgefahren und habe ein Fax nach Langley geschickt. Dort kennen ich einen von der CIA, der mir noch einen Gefallen schuldet.«

»Und?« Ryans Interesse war nun eindeutig geweckt.

»Über beide gibt es eine Akte.« Sie reichte ihm einen Bogen Papier. »Mein Bekannter hat mir das hier heute morgen gefaxt.«

Ryan las die Angaben sorgfältig durch. Dann sah er auf. »Das ist aber unvollständig.«

»Das dachte ich beim ersten Lesen auch. Darum habe ich den Mann noch mal angerufen – und was habe ich erfahren? Sämtliche Tätigkeiten von Graham und Sabrina Carver seit ihrem Ausscheiden aus DELTA beziehungsweise dem FBI unterliegen strenger Geheimhaltung.«

»Kommt er an die Informationen ran?«

»Ihm fehlt die nötige Vollmacht, obwohl er bei der CIA ein ziemlich hohes Tier ist.«

»Also sind sie inkognito unterwegs, was immer sie auch treiben. Glaubst du, sie arbeiten für die CIA?«

Katherine stand auf und ging zum Fenster hinüber. »Das bezweifle ich. Als ich das Fax hatte, habe ich gleich bei der UNO angerufen. Graham wird dort als außenpolitischer Berater des UNO-Botschafters geführt, und Sabrina Carver als Französischdolmetscherin bei der Vollversammlung. Angesichts ihres Hintergrundes ist das totale Desinformation.«

»Worauf willst du hinaus?« fragte Ryan.

Katherine drehte sich abrupt zu ihm um. »Ich könnte mir vorstellen, daß sie für die UNACO arbeiten.«

Ryan zündete sich eine Zigarette an und sog nachdenklich daran. »Wenn sie existiert«, sagte er langsam.

»Genau das will ich ja herausfinden. Wenn sie irgendwo im Einsatz sind, dann will ich darüber Bescheid wissen. Es wäre doch ein Wahnsinnsknüller, oder? Eine ultrageheime Antiterrororganisation unter dem Deckmantel der UNO – und wir berichten exklusiv!«

Ryan nahm wieder Sabrinas Foto in die Hand. »Eine Klassefrau, was?«

»Ihr Gesicht allein garantiert schon einen Verkaufserfolg. Das wäre doch die Story des Jahres! Was meinst du, Larry?«

Ryan zog wieder lang an seiner Zigarette. »Ich will einen Beweis, daß die UNACO wirklich existiert. Und außerdem will ich einen Beweis, daß Graham und Carver für die UNACO arbeiten. Ansonsten gibt es keine Story. Indizien allein reichen nicht aus, und im Moment haben wir nichts anderes. Bring mir Beweise, und ich verspreche dir, daß jeder Redakteur in diesem Land von dir sprechen wird.«

»Darauf kannst du Gift nehmen, Larry«, grinste Katherine.

»Brauchst du Verstärkung?«

»Nein, ich werde mit Ed Miller arbeiten. Das ist ein alter Freund von mir, der viel über Spanien und Portugal schreibt. Er hat ein Haus in Lissabon. Zu zweit werden wir schon zurechtkommen.«

»Miller?« Ryan legte die Stirn in Falten. »Ist das nicht dieser schwule Journalist, den Mark bei eurer Hochzeitsfeier verprügelt hat?«

»Ich hätte damals schon begreifen müssen, was für ein Arschloch ich geheiratet habe«, stieß Katherine hervor.

»Ist Miller auch verläßlich?« fragte Ryan.

»Verläßlicher als jeder andere bei dieser Zeitung. Was ist los, Larry? Stört es dich, daß Miller schwul ist? Muß man deswegen gleich seine Fähigkeiten als Journalist anzweifeln?«

Ryan hob abwehrend die Hände. »Mensch, Katy, du müßtest mich doch kennen. Mir ist scheißegal, ob er schwul ist oder nicht. Mir geht es nur darum, daß er die

Nerven behält, wenn es brenzlig wird. Und wenn wir tatsächlich der UNACO auf der Spur sind und die was merken, könnte es sehr brenzlig werden.«

»Ed hat über Nicaragua, El Salvador und neulich über Bosnien berichtet. Brenzliger als dort kann es wohl kaum noch werden.«

»Okay, du hast freie Hand. Können wir von hier aus irgendwas für dich tun?«

»Ich habe schon jemanden, der sich bei den verschiedenen Nachrichtendiensten diskret über die UNACO informiert. Das einzige, was mir noch fehlt, ist Geld.«

»Hol dir alles, was du brauchst, aus unserer Schmiergeldkasse. Ich stelle dir eine Blankovollmacht aus.« Ryan beugte sich über den Tisch. »Ich erwarte aber eine Story von dir, Katy. Und zwar eine verdammt gute. Enttäusche mich nicht.«

»Keine Sorge.«

»Wie stellst du dir das mit dem Flug vor? Am Heiligen Abend kriegst du unmöglich noch einen Platz. Soll ich meine Beziehungen spielen lassen?«

»Nicht nötig«, erwiderte sie und zog einen Flugschein aus der Tasche. »Habe ich selbst schon gemacht. Ich wußte ganz einfach, daß du dir einen Knüller wie diesen nie entgehen lassen würdest.«

Ryan bedachte sie mit einem müden Lächeln. »Wann geht dein Flugzeug?«

»Um elf. Ich habe schon gepackt und bin reisefertig.«

»Warum bist du dann noch hier?« fragte Ryan und drückte seine Zigarette aus.

»Danke, Larry!« rief Katherine, schon auf dem Weg zur Tür.

»Ach, noch was, Katy.« Ryan wartete, bis sie sich zu ihm umgedreht hatte. »Frohe Weihnachten.«

»Da habe ich ein gutes Gefühl.« Mit einem zufriedenen Lächeln auf den Lippen schloß Katherine die Tür.

Graham nahm sofort nach dem ersten Klingeln ab.

»Graham, ich bin's, Hardin.«

»Sie sind spät dran«, knurrte Graham und sah auf die Uhr.

»Ich mußte mich vergewissern, daß mir niemand folgt. Haben Sie das Geld?«

»Ich habe es, ja«, antwortete Graham gereizt.

»Schön. In fünf Minuten werde ich in der Durchfahrt hinter dem Hotel sein.«

Ein Knacken, und die Leitung war tot.

Graham rief bei Sabrina an und bat sie, sofort ins Foyer zu gehen. Dann schob er seine Beretta ins Holster, zog sich eine Lederjacke an, steckte das Geld ein und fuhr mit dem Lift hinunter. Sabrina wartete bereits auf ihn.

Als sie ins Freie traten, hatte sich der Himmel zugezogen. Es sah nach Regen aus. Sabrina und Graham blickten sich nach allen Seiten um, ehe sie in die Einfahrt traten. Dort waren sie nicht allein. Ein Hotelangestellter stopfte Kartons in einen Müllcontainer gegenüber dem Hintereingang. Er beäugte sie mißtrauisch, verschwand aber schließlich wieder im Hotel.

Wenig später tauchte, die Hände tief in den Jackentaschen vergraben, Hardin am anderen Ende der Einfahrt auf. Auch er sah sich, ehe er näher kam, nach allen Richtungen um. »Zeigen Sie erst das Geld«, sagte er, als er sie erreicht hatte.

Graham nahm die Scheine aus der Tasche und blätterte sie kurz mit dem Daumen durch. »So, Sie haben es gesehen. Jetzt zeigen Sie uns, ob Sie es verdienen.«

Statt einer Antwort zündete sich Hardin eine Zigarette an. »Woher kommen Sie überhaupt? FBI oder was?«

»Erzählen Sie uns, was Sie wissen«, fuhr ihn Graham an.

Hardin zog achselzuckend an seiner Zigarette. »Letzte Woche schaute ich in der Bar vorbei, um meinen Lohn abzuholen. Luis ...«

»Der Typ, den wir heute gesehen haben?« unterbrach ihn Graham.

»Genau. Luis Caldere. Er ist der Eigentümer. Ein Riesenarschloch, aber er zahlt gut. Nur darum habe ich es so lange ausgehalten. Wie auch immer – ich höre Stimmen aus der Bar. Das Komische war, daß sie so früh am Abend noch nicht geöffnet hat. Unter der Woche machen wir immer erst spät auf. Ich will also reingehen und rausfinden, was da los ist, als ich plötzlich Luis schreien höre. Mann, war der wütend. Und er schrie was von einer Entführung. Da bin ich abrupt stehen geblieben. Ich komme Luis nicht gern in die Quere, wenn er so rumschreit. Also schaute ich durch den Spion in die Bar. Sie saßen zu dritt an einem Tisch, Luis mit dem Gesicht zur Bar und der Typ auf dem Foto neben ihm. Er hatte einen fremden Akzent, deutsch, glaube ich. Den dritten konnte ich nicht sehen. Er saß mit dem Rücken zu mir, aber dem Akzent nach zu urteilen müßte es ein Einheimischer gewesen sein.«

»Konnten Sie verstehen, worüber sie redeten?« schaltete sich Sabrina ein.

»Ich habe ein paar Fetzen aufgeschnappt«, antwortete Hardin. »Es ging um eine Entführung hier in Lissabon. Der Typ hieß Silver oder so ähnlich. Ich glaube nicht, daß Luis sich an der Entführung direkt beteiligen sollte, aber so wie ich das mitgekriegt habe, wollte man den Typ vom Foto dazu kriegen, den Fluchtwagen zu fahren. Ich hatte den Eindruck, daß er nicht unbedingt glücklich darüber war.«

»Erwähnten sie, was man mit dem Opfer nach der Entführung vorhatte?« fragte Sabrina.

Hardin schüttelte den Kopf. »Das ist alles, was ich gehört habe. Ich suchte eiligst das Weite, als Luis sich der Tür näherte. Bis heute weiß ich nicht, was er mit der Sache zu tun hat, aber so neugierig, daß ich einen Krach mit ihm riskieren wollte, war ich wiederum auch nicht. Das Ganze hat doch sicher mit dieser Sache am Flughafen vor zwei Tagen zu tun, oder?«

Graham ging nicht auf diese Frage ein. »Warum sind Sie nicht zur Polizei gegangen?«

»Mann, ich habe schon etliche Begegnungen mit den hiesigen Cops hinter mir und will mir nicht noch mehr Ärger einhandeln. Und überhaupt, die zahlen mir nichts für meine Info. Ich muß doch auch leben, verstehen Sie.«

»War das alles?« fragte Graham.

»Reicht das denn nicht? Jetzt können Sie Luis ausquetschen. Das wollten Sie doch sowieso, oder?«

»Dann wären Sie aber Ihren Job los«, meinte Sabrina.

»Sowieso Zeit zum Weiterziehen, ich bin jetzt seit acht Monaten in der Gegend«, sagte Hardin mit einem gleichgültigen Schulterzucken. Ein Lächeln flackerte um seine Lippen. »Und mit diesem Tausender finanziere ich mir den Rückflug.«

»Was können Sie uns über Luis Caldere sagen?« fragte Graham und hielt das Geld hoch.

Hardin entriß es ihm und zählte die Scheine eilig durch. »Verheiratet, zwei Kinder, jedes mindestens so unangenehm wie der Vater. War früher Soldat, behauptet er zumindest. Aber das ist so ziemlich alles, was ich weiß. Wir haben privat nicht viel miteinander zu tun.« Er steckte das Geld ein. »Aber erwarten Sie nicht, daß ich das vor Gericht wiederhole. Ich bin nur gekommen, um Ihnen einen Tip zu geben und mir ein bißchen Geld zu verschaffen. Was Sie mit meiner Aussage machen, liegt ganz bei Ihnen. Mich betreffend, hat es dieses Gespräch nie gegeben. Ich denke, wir verstehen uns. Frohe Weihnachten.«

»Ich glaube nicht, daß ihm klar ist, mit was für Kalibern er es zu tun hat«, schnaubte Graham, als Hardin weg war.

»Wenigstens war der Preis günstig«, meinte Sabrina.

»Mir wäre es lieber gewesen, er hätte mehr verlangt. Dann hätten wir wenigstens die Gewißheit, daß wir nicht an einen dämlichen Amateur geraten sind. Aber gerade das macht ihn ja so gefährlich. So wie ich den Kerl einschätze, quatscht er mit jedem, wenn die Kohle stimmt.«

»Wir könnten Inacio bitten, ihn festnehmen zu lassen«, schlug Sabrina vor.

»Damit würden wir nur Caldere aufschrecken«, erwiderte Graham und ergriff Sabrina am Arm. Die ersten Tropfen fielen, und er wollte zurück ins Hotel.

»Was sollen wir dann tun?« fragte Sabrina, als sie die Lobby betraten.

»Nichts – zumindest solange wir nicht Caldere auf den

Zahn gefühlt haben. Wenn Hardin recht hat, dann könnte er unser Bindeglied zu den Kidnappern sein.« Graham deutete auf den Lift. »Komm mit. Ich möchte Inacio anrufen und mich nach unseren Freund Luis erkundigen.«

»Was haben Sie über diesen Caldere in Erfahrung gebracht, Mike?« fragte Philpott bei ihrer täglichen Telefonkonferenz.

»Er war fünfzehn Jahre lang Marineinfanterist in der portugiesischen Armee und ist Veteran der beiden Kolonialkriege in Mozambique und Angola. Vor drei Jahren schied er aus der Armee aus und kaufte die Weinbar. Er ist verheiratet, hat zwei Kinder und lebt hier in der Stadt.«

»Zu Jannoc und zur Fremdenlegion besteht also keine Verbindung?«

»Inacio ist nichts davon bekannt«, antwortete Graham. »Sollen wir ihn uns vorknöpfen?«

»Nein, denn falls die Kerle Verdacht schöpfen, wird es noch schwieriger sein, die Akten zu finden. Ich vermute, daß er nur eine kleine Nummer in einer gigantischen Operation ist. Wahrscheinlich brauchen sie ihn nur hin und wieder als Informanten. Nein, im Moment ist es das Beste, wenn Sie ihn nur beobachten. Er könnte Sie zu Berger oder einem der anderen Kidnapper führen. Und dann schlagen Sie zu.«

»Dafür werden wir wohl Inacio einschalten müssen«, murmelte Graham widerstrebend.

»Er mag ein Arschloch sein, Mike«, mahnte ihn Philpott, »aber sein Handwerk versteht er immer noch. Er ist Ihr Kontaktmann; benutzen Sie ihn. Ich weiß, daß er Sie nach Kräften unterstützen wird.«

»Jawohl, Sir. Gibt es Neuigkeiten über Sergei?«

»Er liegt nach wie vor im Koma. Ich habe die Leute im Krankenhaus angewiesen, Ihnen Bescheid zu geben, sobald sich etwas ändert. Dann erfahren Sie es gleich direkt.«

»Danke, Sir. Und wie läuft die Suche nach dem Maulwurf?«

»Ich habe den Kreis der Verdächtigen auf fünf Abteilungsleiter eingeengt. Das sind die einzigen, die überhaupt etwas über die Konferenz wußten. Trotzdem fällt mir die Vorstellung schwer, daß auch nur einer von ihnen zum Verrat fähig sein könnte.«

»Irgendwo muß das Leck aber sein.«

»Das überlassen Sie ruhig mir. Wenden Sie sich an Major Inacio und bitten Sie ihn, die Weinbar und Calderes Haus überwachen zu lassen. Aber das muß unauffällig vonstatten gehen. Caldere ist im Moment unser einziges Bindeglied zu den Entführern. Wir dürfen ihn nicht verschrecken.«

»Ich werde mich gleich darum kümmern, Sir«, versprach Graham.

»Halten Sie mich auf dem laufenden, Mike«, sagte Philpott und legte auf.

Der Flughafen von Marseille liegt dreißig Kilometer außerhalb der Stadt in Marignane. Whitlock kam dort schon am frühen Vormittag an und fuhr gleich mit der Bahn weiter zum Hauptbahnhof Gare St. Charles. Dort ging er als erstes zu den Schließfächern und entnahm mit Hilfe eines Schlüssels, den Rust ihm gegeben hatte, eine für ihn deponierte Reisetasche. Darin befanden sich eine alte Bluejeans, ein Sweatshirt, ein Paar abgewetzter Stiefel und ein dicker Mantel mit Fischgrätmuster – alles Kleider, die Rusts Überzeugung nach sein Auftreten als Frank Royce glaubwürdiger erscheinen lassen könnten. In einer Toilette zog er sich um und sperrte dann seine eigenen Sachen in das Schließfach. Da er schon im Flugzeug die Stadtkarte aufmerksam studiert hatte, wußte Whitlock genau, wo Mensel und Ronnet den Wagen mit Jannocs Tochter aufhalten wollten. Es handelte sich um ein verlassenes Bauernhaus am Stadtrand. Auf ein Taxi wollte Whitlock allerdings verzichten; Frank Royce war am Tag seines Todes praktisch mittellos gewesen. So fuhr Whitlock seiner neuen Rolle entsprechend mit dem Bus bis zur Endhaltestelle und bewältigte den Rest des Wegs zu Fuß.

Um halb sieben erreichte er schließlich das Bauernhaus.

Er kundschaftete kurz die Gegend aus, dann trottete er die von Regenfällen verschlammte Auffahrt zum Haus hinunter. Beim Eintreten fuhr ihm der Schreck durch alle Glieder, so laut quietschte die Tür. Er erholte sich aber schnell und ging durchs Zimmer zu einem zerbrochenen Erkerfenster, von dem aus er die Straße gut übersehen konnte. Laut Rusts Angaben wollten Mensel und Ronnet an der Auffahrt warten, bis Jannocs goldmetallicfarbener BMW 8501 am Bauernhaus vorbeifuhr. Diese Stelle war hervorragend geeignet, weil man von der Straße aus nicht erkennen konnte, daß jemand hinter einer Reihe knorriger Eichen lauerte.

In der Küche fand Whitlock ein verrostetes Faß, trug es ins Wohnzimmer und stellte es vor dem Erkerfenster auf, so daß er bequem darauf sitzen konnte. Jetzt mußten nur noch die Entführer kommen.

Eine Stunde verstrich. Beißend kalt fegte der Mistral ums Haus und drang durch das zerbrochene Fenster ein. Trotz des Mantels fror Whitlock jämmerlich; er knöpfte ihn bis zum Kinn zu und vergrub die Hände in den Taschen, doch nichts half. Was für ein Weihnachten! Carmen und ihre Mutter saßen bestimmt Eierlikör schlürfend vor dem Fernseher, während ihnen aus der Küche der Duft von gebratenem Truthahn in die Nase stieg. Er fluchte wütend vor sich hin. Konzentrier dich gefälligst auf deine Aufgabe, hielt er sich vor. Doch schon binnen weniger Sekunden hatte er wieder Carmen vor Augen. Seit seinem Abflug aus New York war sie in seinen Gedanken allgegenwärtig. Permanent nagten schreckliche Schuldgefühle an ihm, dann wiederum ärgerte er sich maßlos genau darüber. Er hatte sich doch nichts vorzuwerfen. Die UNACO war sein Leben. Und jetzt stand die Organisation vor einer der bedrohlichsten Herausforderungen ihrer Geschichte.

Motorengeräusch riß ihn aus seinen Gedanken. Vorsichtig spähte er durch das Fenster und erkannte den schwarzen Mercedes, den Rust ihm beschrieben hatte. Sofort ging er in Deckung und verfolgte, wie der Wagen sich über die Auffahrt näherte. Einen Moment lang hatte er Angst, er würde unmittelbar vor dem Fenster parken, doch dann wendete der Fahrer nur und blieb weiter vorn in der Nähe des Tores stehen. Nun erstarb auch der Motor, und die Lichter wurden ausgeschaltet. Die Beifahrertür ging auf, und ein Mann mit Schirmmütze über ungepflegtem, schulterlangem schwarzem Haar kletterte heraus. Das mußte Pierre Mensel sein. Sein Partner, Ronnet, reichte ihm durch die offene Tür eine brennende Zigarette. Mensel steckte sie sich in den Mund und beugte sich vor, um etwas vom Armaturenbrett zu nehmen. Im ersten Moment wurde Whitlock nicht schlau daraus, bis er begriff, daß es sich um ein Funksprechgerät handeln mußte. So sollte die Falle also zuschnappen: Mensel wollte sich am Straßenrand auf die Lauer legen und Ronnet Bescheid geben, sobald der BMW auftauchte. Plötzlich schoß Whitlock ein beunruhigender Gedanke durch den Kopf. Was war, wenn die zwei es sich anders überlegten und für den Überfall eine Stelle wählten, die näher bei der Stadt gelegen war? Doch je länger Whitlock darüber nachdachte, desto unlogischer erschien ihm seine Befürchtung. Weder Ronnet noch Mensel kannten Marseille, was ja auch einer der Gründe war, warum Rust ausgerechnet sie ausgewählt hatte. Und wenn Whitlock sich ihre Akte so ansah, fiel ihm die Vorstellung immer schwerer, daß ihre Intelligenz für einen Alternativplan ausreichen könnte. Sie waren Mitläufer, keine Organisatoren.

Whitlock wartete, bis Mensel verschwunden war, dann verließ er das Bauernhaus und schlich sich durchs Unterholz in die Nähe des Mercedes, wo er hinter einem Baum in Deckung ging. Ein Blick auf die Uhr bestätigte ihm, daß es schon Viertel vor acht war. Er schlug den Mantelkragen hoch, drehte sich mit dem Rücken zum Wind und wartete.

Weitere zwanzig Minuten im bitterkalten Wind verstrichen, bis der Mercedes mit einem Stottern ansprang. Whitlock war sofort hellwach. Er richtete sich auf, während das Auto unbeleuchtet auf die Straße zukroch und vor der Einfahrt wieder stehenblieb. Sekunden später sah Whitlock, wie das Fernlicht eines heranbrausenden Wagens die Fahrbahn und den Straßenrand bis zum Tor hin in Helligkeit tauchte. Worauf wartete Ronnet nur? Er kannte den Plan doch: Rausfahren, wenn der BMW kam, und den Leibwächter so zum Ausweichen oder zur Vollbremsung zwingen. Das Brummen des Motors wurde immer lauter, doch der Mercedes blieb weiter im Hinterhalt liegen wie eine schwarze Katze, die zum Sprung auf ihr argloses Opfer ansetzt. Erst als Whitlock die goldene Motorhaube des BMW durch die Bäume schimmern sah, begriff er, was Ronnet vorhatte.

Der BMW war keine zehn Meter entfernt, als der Mercedes mit heulendem Motor durch das Tor schoß und ihn mitten in die Seite rammte. Durch die Wucht des Aufpralls drehte sich der BMW um die eigene Achse, bis er entgegengesetzt zur Fahrtrichtung stehenblieb. Ronnet war in die Fahrertür gerast. Der Leibwächter hing bewußtlos im Gurt; aus einer Wunde über seinem Auge strömte Blut. Mathilde, die hinten saß, fummelte noch verzweifelt an ihrem Gurt herum, als Mensel durch das zerborstene Fenster die Verriegelung löste und die Tür aufriß. Im nächsten Moment hatte er den Gurt gelöst, zerrte das schreiende Mädchen brutal aus dem Wagen und schleifte es auf den Mercedes zu.

Whitlock reagierte sofort. Er jagte durchs Unterholz und hatte gerade das Tor erreicht, als Ronnet seinem Kumpan die Tür öffnete. Beide hatten ihm den Rücken zugekehrt. Mensel stieß Mathilde auf den Rücksitz, doch als er sich neben sie zwängen wollte, riß sie die Hände hoch und zerkratzte ihm wütend das Gesicht. Mensel heulte auf vor Schmerz und griff sich unwillkürlich an die Wange. Das Mädchen versuchte die Gelegenheit zu nutzen und zu fliehen, aber Ronnet riß sie zurück. Whitlock hatte den Wagen fast erreicht, als Mensel ihn bemerkte und eine Warnung schrie, doch Ronnet reagierte zu spät. Whitlock griff ihn von hinten an, und beide Männer gingen zu Boden. Ronnet richtete sich als erster auf, traf Whitlock mit der Handkante am Nasenknochen und setzte mit einem Fußtritt in die Rippen nach. Einen Moment lang bekam Whitlock keine Luft mehr, doch dann gelang es ihm, seinen Gegner mit einem Überwurf zur Seite zu schleudern. Inzwischen war Mensel aus dem Wagen geklettert, und Whitlock sah, wie er eine Automatik aus der Jackentasche zog, doch bevor er zielen konnte, riß ihm Whitlock mit einem Tritt an den Fuß das Standbein weg. Mensel taumelte gegen den Wagen. Ehe er das Gleichgewicht wiedererlangen konnte, war Whitlock hinter dem BMW in Deckung gegangen. Mensel wischte sich Blut aus dem Gesicht und näherte sich dem Wagen.

»Laß ihn!« rief ihm Ronnet wütend zu und warf sich auf den Fahrersitz des Mercedes. »Wir müssen hier weg, bevor noch jemand kommt!«

»Er könnte uns hinhängen«, knurrte Mensel, ohne den Blick von Whitlock zu wenden.

»Steig ein und kümmere dich um die Göre!« schrie der andere, gegen den sich das Mädchen mit aller Kraft wehrte.

Mit einem wütenden Fluch rannte Mensel zum Mercedes zurück und stieg neben Mathilde Jannoc ein. Dann fuhr der Wagen auch schon in Richtung Stadt los.

Mittlerweile zerrte und rüttelte Whitlock an der Fahrertür des BMW. Vergeblich. Beim Aufprall war sie total eingedrückt worden. So mußte er warten, bis der Mercedes verschwunden war, dann lief er zur anderen Seite hinüber und kletterte auf die Hintersitze. Von dort aus befreite er den immer noch bewußtlosen Leibwächter aus dem Gurt und wuchtete ihn kurzerhand auf den Beifahrersitz. Dabei entdeckte er unter der Jacke des Mannes ein Holster mit einer SIG P 225 Automatik darin. Er steckte sie ein, zwängte sich hinters Steuer und griff voller Angst nach dem Schalthebel. Wenn der Motor defekt war, konnte er die Verfolgung vergessen. Er trat die Kupplung durch, schaltete in den ersten Gang, ließ das Gas langsam kommen – und der Mercedes fuhr an. Sogar die Lenkung funktionierte. Mit einem Stoßseufzer der Erleichterung stieg er aufs Gaspedal und jagte dem Mercedes nach. Jetzt mußte er nur noch befürchten, daß er die Entführer nicht mehr einholen konnte, bevor sie die erste Wohnstraße erreichten. Eine Schießerei durfte er sich nicht leisten, zumal am Heiligen Abend noch viele Leute unterwegs waren. Aber zum Glück wußte er dank des Studiums der Karte, daß die alte Straße sich noch ein ganzes Stück durch unbebautes Gebiet wand, bis sie schließlich in die A 50 mündete, die direkt in die Stadt führte. Er mußte die Entführer also unbedingt vor der Autobahn stellen …

Trotz des Schadens ließ sich der BMW erstaunlich leicht steuern, und nach weniger als einer Minute entdeckte Whitlock bereits die Rücklichter des Mercedes und kam ihnen immer näher. Von dem Mädchen war allerdings nichts zu sehen, obwohl er deutlich die Köpfe von Ronnet und Mensel erkennen konnte. Hatten sie die Kleine etwa bewußtlos geschlagen, damit sie sich nicht mehr wehren konnte? Whitlock hatte keine Zeit, darüber nachzudenken, weil sich Mensel plötzlich aus dem Fenster beugte und auf den BMW schoß. Whitlock duckte sich instinktiv, auch wenn der Schuß weit danebenging. Waren die Scheiben kugelfest? Whitlock hatte nicht vor, es auf ein Experiment ankommen zu lassen. Er wartete, bis Mensel sich erneut aus dem Fenster beugte, schaltete plötzlich das grelle Fernlicht ein, gab noch einmal Gas und rammte den Mercedes. Die Wucht des Aufpralls schleuderte Mensel mit dem Kopf gegen den Fensterrahmen. Blitzschnell scherte Whitlock auf die Gegenfahrbahn aus. Als beide Wagen gleichauf waren, zerrte Ronnet seine Automatik aus dem Holster; Whitlock riß das Lenkrad herum und traf den Mercedes in der Seite. Ronnet blieb nichts anderes übrig, als sich aufs Steuern zu konzentrieren. Noch einmal stupste Whitlock den Mercedes an, und fast hätte Ronnet die Herrschaft über den Wagen verloren. Whitlock nutzte seine Verwirrung aus, gab drei Schüsse auf den Reifen ab, der ihm am nächsten war, und traf. Der Mercedes kam bedenklich ins Schlingern. Ronnet kämpfte verzweifelt mit dem Lenkrad, konnte aber nicht verhindern, daß der Wagen von der Straße abkam. Unmittelbar vor den Bäumen brachte er ihn zum Stehen. Whitlock riß den BMW mit quietschenden Reifen herum, so daß das Fernlicht voll auf den Mercedes gerichtet war, hielt ebenfalls an und kletterte durch die Beifahrertür ins Freie. Gerade noch rechtzeitig, denn schon schlug auf der Fahrerseite die erste Kugel ein.

Vorsichtig spähte Whitlock um die Kühlerhaube herum. Ronnet hing mit dem Kopf über dem Lenkrad. Sein Gesicht war blutüberströmt. Weil die Windschutzscheibe zersplittert war, nahm Whitlock an, daß Ronnet bei der Vollbremsung dagegen geprallt war. Und Mensel? Offenbar war er aus dem Wagen gesprungen und irgendwo in Deckung gegangen. Aber was war mit dem Mädchen? Er konnte sie nirgendwo sehen. Wenn ihr etwas geschehen war ...

Schon wieder schlug eine Kugel in den BMW. Whitlock preßte sich auf den Asphalt und spähte unter dem Boden des Autos zum Mercedes hinüber. Alles war schwarz. Dann registrierte er aus den Augenwinkeln eine Bewegung. Mensel versuchte, auf die andere Seite seines Wagens zu huschen. Whitlock benetzte sich die ausgedörrten Lippen, richtete die Pistole mit beiden Händen auf den Verbrecher und drückte ab. Mensel brüllte auf. Er hatte ihn im Knöchel getroffen. Schon war Whitlock aufgesprungen und spurtete zum Mercedes. Hinter dem Kofferraum ging er in Deckung, brachte die Waffe in Anschlag und wirbelte herum. Vor ihm kauerte Mensel. Mit der einen Hand hielt er den blutverschmierten Knöchel umfaßt, in der anderen hatte er immer noch seine Pistole.

»Waffe fallen lassen!« befahl ihm Whitlock auf französisch.

Doch Mensel riß die Pistole hoch, und Whitlock schoß ihm zweimal in die Brust. Die Kugeln schleuderten den Mann zu Boden. Whitlock näherte sich dem reglos vor ihm liegenden Verbrecher und fühlte nach dem Puls. Nichts mehr zu machen. Er stieß Mensels Pistole ins Unterholz und riß die Hecktür des Mercedes auf. Mathilde Jannoc lag zwischen Vorder- und Rücksitz festgekeilt auf dem Boden. Ihre Hände waren hinter dem Rücken gefesselt, ihr Mund mit einem Pflaster zugeklebt. Mit in panischer Angst weit aufgerissenen Augen starrte sie ihn an. Über ihre Wangen strömten Tränen. Whitlock lächelte sie aufmunternd an. Er wollte sie gerade aus dem Auto heben, als er auf einmal das Rattern eines Hubschraubers hörte, der sich rasch näherte. Zu seinem Entsetzen erkannte Whitlock am Rumpf die Insignien der französischen Polizei. Und dann wurde auch schon ein greller Scheinwerfer geschwenkt, der binnen Sekunden den Mercedes erfaßte. Whitlock blinzelte nach oben, konnte im grellen Licht aber nichts mehr erkennen.

»Waffe fallen lassen und mit erhobenen Händen weg vom Wagen!« bellte eine Stimme durch ein Megafon.

Woher kam bloß der Hubschrauber? Hatte etwa jemand Alarm ausgelöst? Whitlock wußte, daß später noch genug Zeit für Fragen sein würde. Es hätte keinen Sinn, zum BMW zu rennen. Er mußte Mathilde rausholen, doch freiwillig würde sie ihm nie folgen. Ebenso klar war ihm, daß die Operation gescheitert war, wenn er jetzt verhaftet wurde. Wie sollte er Jannoc von einer Gefängniszelle aus kennenlernen?

»Waffe weg und mit erhobenen Händen weg vom Wagen, habe ich gesagt!« bellte die Stimme wieder. Zögernd gehorchte Whitlock.

4

Katherine Warren gehörte zu den ersten, die die TAP 747 nach der Landung im Lissabonner Flughafen verließen. Nachdem sie ihr Gepäck abgeholt und den Zoll passiert hatte, trat sie hinaus in die Abfertigungshalle voller Menschen. Sie erkannte Ed Miller auf Anhieb. Seine polierte Glatze, seine grellkarierte Jacke und seine im Mundwinkel hängende Cherootzigarre wären ihr in jeder Menschenmenge aufgefallen. Katherine wußte schon gar nicht mehr, wann sie sich kennengelernt hatten, so lange waren Ed und sie befreundet.

»Wie war der Flug?« erkundigte er sich und gab ihr ein Küßchen auf die Wange.

»Öde«, stöhnte sie. »Hast du ein Zimmer für mich aufgetrieben?«

»Weißt du, bei unseren unregelmäßigen Arbeitszeiten halte ich es für das Beste, wenn du bei mir wohnst; deswegen habe ich das zweite Zimmer für dich hergerichtet.«

»Wunderbar«, lächelte sie. »Und was ist mit unserem Vagabundenduo?«

»Sie waren schon fleißig«, fing Miller an und erzählte Katherine auf dem Weg zu seinem Auto von Sabrinas und Grahams Ausflug zur Weinbar und ihrem Treffen mit Hardin hinter dem Hotel.

»Hast du mitgekriegt, worüber sie sprachen?«

»Ich wagte mich nicht in Hörweite, sonst hätten sie mich womöglich noch gesehen. Schon als ich ihrem Auto folgte, mußte ich höllisch aufpassen, um nicht aufzufallen. Das sind Vollprofis, Katherine.«

»Bist du sicher, daß sie nichts gemerkt haben?«

»Hundertprozentig sicher.«

»Und was hast du über diesen Hardin rausgefunden?«

»Nur daß er Amerikaner ist und sich in Europa durch Jobben über Wasser hält.«

»Ich glaube, ich sollte ihn bald mal kennenlernen«, meinte Katherine.

Miller grinste. »Da läßt sich was machen. Zufälligerweise steigt in der Weinbar heute abend eine Weihnachtsparty.«

Sie hatten den Wagen erreicht und stiegen ein. Miller deutete auf ein Flugblatt auf dem Armaturenbrett. »Damit kommen wir kostenlos rein, solange wir vor zehn Uhr da sind.«

Katherine sah auf die Uhr. »Dann hätte ich gerade noch Zeit, mich für die Fete umzuziehen.«

Miller ließ lächelnd den Motor an.

Mit ihrem hautengen schwarzen Kleid zog Katherine bewundernde Blicke auf sich, als Miller und sie die Straße zur Weinbar überquerten. Der Türsteher, ein Bursche mit der Figur eines kampfgestählten Bodybuilders, sah nur höchst widerwillig von ihren elegant bestrumpften Beinen auf, um von Miller das Flugblatt entgegenzunehmen und den Gästen die Glastür zu öffnen.

Drinnen sah sich Katherine zunächst ausgiebig um. Die übliche Nachtclubdekoration zielte offenbar auf Touristen ab. Sie konnte sich gut vorstellen, daß diese Bar im Sommer gerammelt voll war. In einer Ecke tanzten eine Handvoll Gäste mittleren Alters zu einer Schnulze, die sie seit den siebziger Jahren nicht mehr gehört hatte.

Miller legte eine Hand auf ihren Arm. »Was möchtest du trinken?«

»Laß mich die Drinks holen«, bat sie ihn. »Ich möchte mich nämlich mit unserem Freund unterhalten. Ist es der mit dem gebleichten Haar und dem Ohrring?«

Miller, der sie schon über Hardin and Caldere informiert hatte, nickte. »Gut, dann sichere ich uns einen Tisch.«

»Aber möglichst weit weg von der Tanzfläche«, stöhnte Katherine naserümpfend, weil nun ein noch älterer Schlager aus den Lautsprechern dröhnte. »Was trinkst du, Ed?«

»Ein Glas Hauswein. Das ist das einzig Genießbare in diesem Loch.«

Katherine wartete noch, bis Hardin einen anderen Gast bedient hatte, dann ging sie zum Tresen. Doch in diesem Moment trat von hinten ein etwas älterer Mann – sie nahm an, daß das Caldere war – in den Schankraum und näherte sich ihr. Zu ihrer Erleichterung kam Hardin ihm zuvor. Caldere beobachtete ihn mit kühlem Blick, mußte dann aber jemand am anderen Ende bedienen.

»Was soll's denn sein?« fragte Hardin und beugte sich vor.

»Hey, Sie sind ja auch aus L. A.!« rief Katherine und drohte ihm schelmisch mit dem Finger.

»Woher wissen Sie das?«

»Ich kenne den Akzent. Mein Exmann kommt von dort.«

Hardin nickte. »Und wo sind Sie her?«

»Ich bin in New York geboren und aufgewachsen.«

»Ach ja?« Mit einem Griff unter die Theke förderte Hardin einen Button mit der zartblauen Silhouette einer Frau auf weißem Untergrund zutage. Den gleichen trug er auf seiner Weste. »Ein Souvenir. Nehmen Sie es mit zum Big Apple.«

»Danke«, sagte Katherine und steckte ihn sich ans Kleid.

»Ich heiße übrigens Ricky Hardin.«

»Katherine Warren.« Sie schüttelten sich die Hand.

Hardin sah zu Miller hinüber. »Ist das Ihr Freund?«

»Nein, nur ein Geschäftspartner. Er empfiehlt Ihren Hauswein.«

»Ich auch.« grinste Hardin. »Zwei Gläser?«

Katherine nickte. »Und eins für Sie.«

»Danke.« Hardin schenkte zwei Gläser ein und stellte sie vor ihr hin. »Wenn Sie noch nichts Bestimmtes vorhaben, könnten wir uns später irgendwo treffen. Was halten Sie davon?«

»Klingt toll«, erwiderte sie. »Bei der Gelegenheit sollten Sie mir erzählen, was die zwei Amerikaner hinter dem Hotel Altis von Ihnen wollten.«

Hardins Lächeln erstarb. »Wovon reden Sie da?« stammelte er.

»Keine Angst, ich bin nicht von der Polizei«, versicherte sie ihm hastig und reichte ihm ihre Visitenkarte. »Es könnte sich durchaus für Sie lohnen.«

»Sind Sie Journalistin?« fragte Hardin mißtrauisch.

»Das steht zumindest auf der Karte. Nun, was sagen Sie?«

»Warum wollen Sie von mir wissen, was ...?«

»Der Grund ist nicht wichtig«, unterbrach sie ihn. »Wieviel haben sie Ihnen gegeben?«

»Zweitausend«, bluffte Hardin.

»Von mir kriegen Sie das Doppelte. Aber dafür verraten Sie mir Wort für Wort, was geredet wurde. Falls mir später zu Ohren kommen sollte, daß Sie mich reingelegt haben, würde mein Kollege Ihnen das Leben hier in Portugal sehr schwer machen. Kommen wir ins Geschäft, Mr. Hardin?«

»Klar«, erwiderte der andere mit einem nervösen Blick in Richtung Caldere. »Nur können wir hier nicht sprechen. Kennen Sie Lissabon?«

»Wo wollen Sie mich treffen?«

»Vor dem Santa-Apolonia-Bahnhof. Er ist nicht weit von hier.«

»Wann?«

Hardin sah auf die Uhr. »Wir schließen erst um eins. Sagen wir um halb drei? Und halten Sie das Geld bereit.«

»Ich bringe es mit«, sagte sie und blätterte ihm zwei Scheine für den Wein auf die Theke. »Genießen Sie Ihren Drink.«

Hardin sah ihr nach, bis sie sich an ihren Tisch gesetzt hatte, dann machte er sich ans Abspülen. Gerade hatte er die ersten Gläser in die Spüle gelegt, als das Telefon klingelte. Er nahm ab.

»Caldere?« fragte eine Stimme.

»Nein, aber ich hole ihn«, sagte Hardin auf portugiesisch, deckte die Muschel ab und rief seinen Chef.

Caldere nahm den Hörer entgegen. Um bei dem Lärm in der Bar wenigstens etwas zu verstehen, mußte er ihn fest ans Ohr pressen und das andere mit dem Finger verstopfen. Trotzdem hörte er dem Anrufer mit vor Anstrengung verzerrtem Gesicht zu, bis er schließlich auflegte. »Laß die Gläser«, fuhr er Hardin an, der weiter abräumte. »Das erledige ich. Du kannst inzwischen den Müll rausbringen. Im Moment ist sonst ja nicht viel los.«

Der junge Amerikaner ging ins Hinterzimmer, wo drei prallgefüllte Müllsäcke an der Wand lehnten. Er packte sie und trug sie durch die Hintertür in den Hof. Draußen fuhr ihm ein kalter Wind durch das dünne Nylonhemd. Er entledigte sich der Säcke und wollte zurück ins Haus, als auf einmal hinter einer der Mülltonnen eine Gestalt auftauchte. Das Gesicht war teilweise von einem schwarzen Filzhut verdeckt, aber als der Mann in den Schein der Hoflampe trat, bemerkte Hardin einen Bluterguß auf der rechten Wange. Betont langsam nahm der Fremde seine behandschuhten Hände aus der Tasche. In einer hielt er eine Walther P88 mit einem über die Mündung geschraubten Schalldämpfer. Hardin wollte wegrennen – zur Tür waren es nur wenige Schritte –, doch seine Beine waren plötzlich schwer wie Blei. Er wollte etwas sagen, aber vor Angst brachte er nichts heraus. Mit ausdrucksloser Miene hob der Mann die Walther und schoß ihm zweimal ins Herz.

Seelenruhig schraubte der Mann den Schalldämpfer ab und ließ die Waffe in seinem Holster verschwinden. Dann wandte er sich zum Gehen, doch da versperrte ihm der Türsteher den Weg. Zum erstenmal huschte so etwas wie ein Lächeln über seine Lippen. Sich die Finger massierend, näherte er sich der vor der Ausfahrt postierten Gestalt.

Der Türsteher setzte zu einem Faustschlag in sein Gesicht an, aber der Mann blockte mit dem Unterarm ab und stieß ihm den Ellbogen brutal in die Rippen. Der Türsteher sackte mit einem Schmerzensschrei zusammen. Als er versuchte, sich aufzurichten, traf ihn ein Uppercut an der Schläfe. Der Türsteher war bewußtlos, noch ehe er auf dem Boden aufschlug.

Händereibend verließ der Mann den Hinterhof und stieg in einen um die Ecke geparkten Ford.

Inacio hatte sofort Graham informiert, als ihm Hardins Ermordung gemeldet worden war. Und bei Grahams und Sabrinas Eintreffen am Tatort wartete er in der Einfahrt. »Sieht nach einem professionellen Killer aus«, kommentierte er, während die Spurenermittler den ganzen Hinterhof nach möglichen Indizien absuchten. »Zwei Kugeln durchs Herz. Er muß auf der Stelle tot gewesen sein.«

»Ist seinen Beschattern denn nichts aufgefallen?« fragte Graham.

Inacio schüttelte den Kopf. »Nichts. Aber sie standen ja auch am anderen Ende der Straße.«

»Und der Türsteher? Konnte der den Mörder nicht beschreiben?«

»Das hat er schon getan. Aber seine Angaben sind – vorsichtig gesagt – sehr wolkig. Er hat erklärt, daß die Einfahrt dunkel war und daß der Mörder sich einen Hut übers Gesicht gezogen hatte.«

»Hätte es Caldere sein können?« wollte Graham wissen.

»Er hätte ein Motiv gehabt, falls ihm hinterbracht worden wäre, daß Sie mit Hardin gesprochen haben. Aber alle Zeugen können beschwören, daß er die ganze Zeit in der Bar war. Wie auch immer, jemand hat den Mörder mit einem roten Ford Escort fliehen sehen.«

»Registriernummer?« fragte Sabrina.

»Das Nummernschild war mit Klebestreifen unkenntlich gemacht.«

»Womit Berger und seine Komplizen die Hauptverdächtigen wären«, brummte Graham. »Vielleicht wußte unser Freund Hardin mehr, als er verriet.«

»Das ist möglich«, pflichtete ihm der Portugiese bei. »Ich habe zwar einen Agenten auf Berger angesetzt, aber trotzdem glaube ich, daß wir von Caldere noch am ehesten etwas über ihn erfahren. Wie Sie von mir verlangt haben, lasse ich ihn rund um die Uhr beschatten. Vielleicht versucht er ja, Berger zu erreichen. Und wenn er das tut, werden wir eingreifen und alle beide verhaften.«

»Unternehmen Sie nichts, ohne uns vorher Bescheid zu sagen«, schärfte ihm Graham ein.

»Unter Umständen müssen meine Männer schnell zuschlagen«, widersprach ihm Inacio. »Vielleicht bleibt ihnen keine Zeit, Sie zu informieren.«

»Die sollten sie sich nehmen. Wir riskieren hier schließlich unser Leben. Sie tun nichts, ohne sich vorher mit uns abzusprechen, haben Sie verstanden?«

Inacio schluckte seine Wut hinunter. Er wußte, daß ein Streit nichts gebracht hätte, denn er hatte nun mal den Auftrag, der UNACO zuzuarbeiten. »Ich verstehe«, sagte er kurz angebunden, entschuldigte sich und ging.

»Nur die Ruhe, Mike«, beschwichtigte Sabrina ihren Partner, sobald Inacio außer Hörweite war. »Es ist keinem gedient, wenn du dich mit ihm anlegst. Wir sind in seinem Revier und arbeiten mit seinen Leuten zusammen. Wir brauchen ihn.«

»Ist ja klar«, brummte Graham lustlos. »Komm, fahren wir, hier können wir nichts mehr ausrichten.«

»Hoffentlich hat C. W. in Marseille mehr Glück als wir hier«, meinte Sabrina, als sie wieder im Wagen saßen und zurück zum Hotel fuhren.

Whitlock war nun schon seit vier Stunden in Polizeigewahrsam. Niedergeschlagen hockte er auf seiner Pritsche in der Zelle. Ihm wurde immer klarer, daß er ohne Rusts oder Philpotts Eingreifen so gut wie keine Chance hatte, hier schnell wieder rauszukommen – nicht einmal gegen Kaution. Aber ihm war auch bewußt, daß seine ganze Dekkung auffliegen würde, wenn er sich an sie wandte. Insgeheim hatte er gehofft, Jannoc würde vielleicht seine Beziehungen spielen lassen, um ihn rauszuholen, und sei es auch nur, weil er seine Version in Erfahrung bringen wollte. Freilich wurde auch das von Minute zu Minute unwahrscheinlicher. Nun, überrascht war er eigentlich nicht. Jannoc hatte bestimmt seine Informanten bei der Polizei, die ihm längst den Stand der Ermittlungen hinterbracht hatten. Am Anfang war er fast zwei Stunden lang in einem fensterlosen Raum von zwei Beamten auf französisch mit Fragen bombardiert worden. Und ständig hatten sie versucht, ihn bei Widersprüchen zu ertappen. Aber er hatte sich unbeirrbar an seine Version gehalten und ihnen ansonsten alles so geschildert, wie es tatsächlich geschehen war. Sein Anwalt, ein verdrießlicher Typ, dem es offensichtlich nicht paßte, daß er am Heiligen Abend arbeiten mußte, hatte ihm kaum helfen können. So war Whitlock froh gewesen, als er endlich in seine Zelle zurückkehren durfte. Hier konnte er wenigstens seine Gedanken in Ruhe neu ordnen. Andererseits rechnete er damit, daß die Beamten ihn bald wieder holen würden, um ihn aufs neue auszuquetschen.

Weil in der Zelle nebenan ein Betrunkener unentwegt krakelte, hörte er nicht, daß sich Schritte näherten, und sah erst auf, als sich ein Schlüssel im Schloß drehte. Ein uniformierter Beamter trat ein, aber nicht auf ihn achtete Whitlock, sondern auf die Gestalt hinter ihm. Whitlock schätzte den Mann auf etwas über vierzig und gut einen Meter achtzig. Er hatte bronzefarbene, lederne Haut und eine gezackte Narbe vom Mundwinkel bis zum Kinn hinunter. Er nickte dem Polizisten zu und trat ein, während der Beamte sich in den Gang zurückzog und dort mit dem Rücken zur Zelle stehenblieb.

»Frank Royce?« fragte der Mann.

Whitlock stand auf. »Richtig. Wer sind Sie?«

»*Parlez-vous français?*«

»Nur mit Muhe«, erwiderte Whitlock wahrheitsgemäß.

»Gut, dann spreche ich englisch mit Ihnen. Mein Name ist Saisse. Fabien Saisse. Ich arbeite für Monsieur Emile Jannoc.«

Whitlock hatte den Namen in Rusts Dossier gelesen. Ein vormaliger Offizier der französischen Fremdenlegion, der jetzt als Jannocs rechte Hand arbeitete, oder, wie Rust es ausgedrückt hatte, als Jannocs Mann fürs Grobe.

»Den Vater des Mädchens?« fragte Whitlock mit gespieltem Staunen.

Saisse nickte. »Richtig. Ich soll mich in Monsieur Jannocs Namen für die Verzögerung bei Ihrer Freilassung entschuldigen, aber er mußte eine Reihe von Telefonaten führen, bis sie gewährt wurde. Ich bringe Sie zu ihm. Monsieur Jannoc möchte Sie kennenlernen.«

»Er hat die Kaution für mich gezahlt?« fragte Whitlock, während sie die Zelle verließen.

»Das war nicht nötig.«

»Wie ...? Das verstehe ich nicht.«

»Die Polizei wird den Fall nicht weiter verfolgen. Mehr brauchen Sie nicht zu wissen.«

»Was? Mann, Jannocs Kleine wäre fast entführt worden, und jetzt sagen Sie, die Bullen lassen die Sache auf sich beruhen! Das ist doch verrückt.«

»Mehr brauchen Sie nicht zu wissen!« fauchte ihn Saisse an.

Whitlock verstummte. Nachdem er seine persönlichen Besitzgegenstände zurückbekommen hatte, folgte er Saisse zu einem vor dem Revier geparkten weißen BMW. Nun, es wunderte ihn überhaupt nicht, daß Jannoc die Ermittlungen so mühelos hatte abwürgen können. In der UNACO war bekannt, daß er beste Beziehungen zu hohen Persönlichkeiten der Stadt pflegte. Ganz offensichtlich hatten Bestechung und Erpressung durchaus Vorteile, dachte Whitlock bitter. Andererseits würde Rust nach dem Abschluß ihres Einsatzes garantiert dafür sorgen, daß die französischen Behörden die Unregelmäßigkeiten untersuchten. Zumindest diese Gewißheit empfand er als tröstlich.

Schließlich brach Saisse beim Einsteigen das Schweigen. »Sie sind Soldat, glaube ich?«

»Ja.«

»Söldner?«

»Manchmal.«

»Wo haben Sie gekämpft?«

»Äthiopien. Sudan. Tschad. Praktisch überall dort, wo Verstärkung gebraucht wurde.«

»Und was machen Sie jetzt in Marseille?« fragte Saisse und beobachtete im Rückspiegel Whitlocks Gesicht.

»Ich will zurück nach Afrika. Ich habe fast mein ganzes Geld auf dem Weg von London bis hierher aufgebraucht und habe seit über vierundzwanzig Stunden nichts mehr gegessen.«

»Wie wollen Sie ohne Geld nach Afrika kommen?«

Whitlock wußte, daß Saisse ihn testete und seine Antworten später überprüfen würde. »Ich kann die Überfahrt auf dem Schiff abarbeiten. Das habe ich schon mal gemacht. Gerade in dieser Zeit trinken sich viele Seeleute einen an oder werden verhaftet. Nach den Feiertagen gehe ich einfach zum Hafen raus, und dann werde ich ja sehen, wo eine Aushilfe gebraucht wird. Das dürfte nicht allzu schwer sein.«

»Nein, schwer ist das wirklich nicht«, stimmte Saisse zu. »Aber warum hielten Sie sich in dem Bauernhaus auf? Es steht seit Jahren leer.«

»Bei meinem letzten Besuch war es noch eine Pension! Ich war ganz überrascht, als ich es verlassen vorfand. Was ist aus Madame Noiret geworden?«

Saisse musterte ihn erneut. »Sie ist tot. Seit zwei Jahren schon.«

»Das tut mir leid. Ich habe sie gemocht. Leider kann ich das gleiche nicht über ihre Katzen sagen. Sie muß insgesamt mindestens dreißig gehabt haben. Und alles Streuner.«

»Ich erinnere mich an die Katzen«, meinte Saisse mit einer wegwerfenden Bewegung. »Wie lange waren Sie denn im Bauernhaus?«

»Ich bin heute morgen angekommen. Wie gesagt, ich bin pleite, und da habe ich mir gesagt, Menschenskind, bis nach Weihnachten kannst du dort schon bleiben. Na ja, so habe ich mir das vorgestellt, bis dann diese Sache heute abend passiert ist.«

Als nächstes wollte Saisse von Whitlock eine genaue Schilderung seiner eigene Rolle bei der Verhinderung der Entführung von Mathilde Jannoc hören. Whitlock tat ihm den Gefallen, aber erst nachdem er seinem Unmut über die angebliche Zumutung Luft gemacht hatte, daß er das Ganze schon wieder erklären sollte. Gelegentlich unterbrach ihn Saisse mit einer gezielten Nachfrage, hielt sich aber im wesentlichen zurück. Als sie ihr Ziel erreichten, schien er zufrieden zu sein.

Le Boudin war einer der beliebtesten Nachtclubs von Marseille. Das Gebäude lag direkt am alten Hafen, und aus seine hell erleuchteten Fenstern fiel Licht auf die sanft im Wasser schaukelnden Jachten. Saisse stellte den Wagen in einer Einfahrt neben der Bar ab.

»Gehört das Jannoc?« fragte Whitlock beim Aussteigen.

»*Le Boudin* ist einer von Monsieur Jannocs Clubs. Er hat mehrere in der Stadt.«

»*Le Boudin?*« sinnierte Whitlock, während Saisse eine Seitentür mit einem Minisender öffnete. »Ist das nicht der Marsch der französischen Fremdenlegion? Was bedeutet es eigentlich?«

»Monsieur Jannoc war Offizier in der *Légion Etrangère Française*«, antwortete Saisse und schob Whitlock ins Haus, um die Tür sogleich wieder hinter sich zu schließen. »Er unterhält immer noch enge Verbindungen zur *Légion.* Sämtliche Mitarbeiter sind ehemalige Legionäre, und er bewirtet auch die Offiziere vom Fort Saint Nicolas, der Anwerbestelle der *Légion* in Marseille.«

Whitlock folgte Saisse eine Treppe hinauf. »Sie waren also auch bei der Fremdenlegion?« wollte er wissen.

»Ich war *sergent* bei der *Police Militaire.*«

»Ich habe von euch gehört. Ihr verfolgt Deserteure, nicht wahr?«

Saisse blieb oben auf dem Treppenabsatz stehen. »In der *Legion Etrangère* werden viele Verbrechen verübt. Das schlimmste ist die Fahnenflucht. Es ist eine Ehre, wenn man dazu auserwählt wird, diese Feiglinge von Deserteuren zu jagen und zurück in die *Citadelle* zu bringen, damit sie vors Kriegsgericht gestellt werden können.«

»Tja, so kann man das wohl auch sehen.«

»Das können Sie nicht verstehen, Royce. Sie sind Söldner. Sie tun es wegen des Geldes. Ich war immer ein treuer Diener der *Légion.*«

»Warum jagen Sie dann die sogenannten Feiglinge nicht mehr durch Afrika?« fragte Whitlock, ohne Saisses eisigem Blick auszuweichen.

»Das geht Sie nichts an!« fuhr ihn der andere an.

Whitlock konnte verstehen, warum Saisse sich nicht gern dazu äußerte. Dank Rusts Dossier wußte er, daß er zu drei Jahren Gefängnis verurteilt worden war, weil er einen Deserteur mit einem Spaten totgeschlagen hatte. Nach seiner Entlassung hatte man ihn degradiert und aus der Fremdenlegion geworfen.

Saisse öffnete eine Tür zu einem luxuriös ausgestatteten Badezimmer mit in den Boden eingelassener Wanne und Whirlpool. »Hier können Sie sich baden. Danach wird Monsieur Jannoc Sie empfangen. Ich lasse Ihnen frische Kleider bringen. Wenn Sie fertig sind, drücken Sie bitte die Klingel über dem Waschbecken, dann wird jemand kommen und Sie zu Monsieur Jannoc führen.«

»Ich bin überwältigt von soviel Gastfreundschaft!« rief Whitlock nicht ohne eine Spur von Sarkasmus, aber dann fügte er aufrichtig hinzu: »Bin ich froh, daß ich mich baden kann.«

»Haben Sie Hunger?«

»Und ob!«

»Ich schicke Ihnen mit den Kleidern auch etwas zu ...« Saisse verstummte abrupt, als am anderen Ende des Flurs eine Gestalt aus dem Aufzug trat.

Whitlock mußte zweimal hinsehen, so überrascht war er, als er die große, respektgebietende Gestalt erkannte, die nun mit autoritärem Gebaren auf sie zustolzierte. Es war kein anderer als Oberst Nikolai Zlotin, der als einer der verdientesten Offiziere in der Geschichte des sowjetischen militärischen Abschirmdienstes galt, des *Spetzialnoye Nazhacheniye* oder auch *Spetznaz.* In der UNACO gab es keinen Agenten, der nicht mit sämtlichen Details zu Zlotins Leben vertraut war. Einige gaben sogar unverhohlen zu, daß sie ihn als ihr Vorbild betrachteten. Laut Dossier war Zlotin Ukrainer, dreiundvierzig Jahre alt, aber anders als auf den Fotos in der Kommandozentrale der UNACO waren seine kurzgeschnittene Haare nicht mehr überall braun, sondern an den Schläfen bereits graumeliert. Dazu verliehen ihm die tiefen Falten in seinem wettergegerbten Gesicht ein älteres und würdevolleres Aussehen.

»Wir müssen etwas besprechen«, beschied Zlotin Saisse kurz angebunden auf französisch, einer der acht Sprachen, die er, wie Whitlock wußte, fließend beherrschte.

»Ich muß etwas erledigen«, verabschiedete Saisse in scharfem Ton von Whitlock und ging mit Zlotin zum Aufzug.

Whitlock schloß die Tür hinter sich und setzte sich an den Rand des Beckens. Saisses Miene hatte ihm verraten, daß Zlotin in diesem Haus ein und aus ging. Aber hatte der Ukrainer auch bei der Entführung von Abe Silverman die Hand im Spiel? Hatte er zu den drei Maskierten am Flughafen gehört? Wenn das stimmte, warum steckte er dann mit einem Gangster wie Jannoc unter einer Decke? Handelte er im Auftrag der *Spetznaz?* Oder arbeitete er auf eigene Rechnung? Und wußten Jannoc und Saisse überhaupt, daß Zlotin Oberst bei der sowjetischen Militärspionage war?

Whitlock massierte sich die Schläfen. Das waren zu viele Fragen auf einmal. Nach dem Gespräch mit Jannoc mußte er unbedingt Rust anrufen. Er konnte seinen Bericht erst schreiben, wenn er mehr über die Hintergründe wußte. Er ließ das Wasser einlaufen und legte seine Kleider auf einen Stuhl in der Ecke. Jetzt brauchte er zunächst Zeit, um sich zu sammeln.

»Was machen Sie hier?« fauchte Saisse den Oberst an, sobald er die Tür zu Jannocs Büro hinter sich geschlossen hatte.

»Das werde ich mit Jannoc besprechen.«

»Weiß Monsieur Jannoc, daß Sie da sind?«

»Ich habe ihn noch nicht gesehen, aber ich habe einen Bediensteten gebeten, ihm auszurichten, daß ich gekommen bin«, erklärte Zlotin und richtete den Blick auf sechs expressionistische Gemälde, die in regelmäßigen Abständen an drei beige gestrichenen Wänden aufgehängt waren. Die vierte Wand, ein nach außen hin durchsichtiger Spiegel, befand sich hinter einem antiken Schreibtisch aus Walnußholz. Im Moment war sie von mehreren Jalousien verdeckt.

Zlotin schien sich auf ein bestimmtes Gemälde zu konzentrieren, wollte wohl irgendeinen Sinn hineininterpretieren, gab aber schließlich kopfschüttelnd auf. Für seine Begriffe war das ein Durcheinander aus Spiralen und Strichen, die jemand in einem Wutanfall auf die Leinwand gespritzt hatte, aber keine Kunst. »Sind das Originale?«

»Selbstverständlich«, knurrte Saisse empört.

»Nun, anscheinend bringt der Verkauf von Heroin an Jugendliche durchaus Vorteile mit sich.«

»An Ihrer Stelle würde ich meine Zunge hüten«, blaffte Saisse und stach mit dem Finger in Zlotins Richtung.

In diesem Moment trat Emile Jannoc ein. Er war ein untersetzter Mann Ende Vierzig mit pockennarbigem Gesicht und zu einem Pferdeschwanz zusammengebundenem schwarzem Haar. Bekleidet war er mit Smoking und schwarzer Krawatte. Wortlos durchquerte er den Raum, setzte sich an den Schreibtisch und zündete sich eine Zigarette an. Erst jetzt schien er Zlotin zu bemerken. »Sie hätten nicht herkommen dürfen!« fuhr er ihn an. »Warum haben Sie meine Anweisung mißachtet?«

»Silverman ist tot«, erwiderte Zlotin.

»Tot? Wie ist das passiert?«

»Anscheinend hat er bei einem Fluchtversuch einen Herzinfarkt erlitten. Und fast wäre er sogar entkommen.«

»Warum war er nicht in seiner Zelle?«

»Als meine Kollegen und ich ihn verließen, war er noch drin. Während unserer Abwesenheit hätte Berger ihn im Auge behalten sollen. Aber Silverman gelang es, ihn in seine Zelle zu locken und zu überwältigen. Bei unserer Rückkehr war jedenfalls Berger eingesperrt.«

»Wo ist Berger jetzt?«

»Auch tot«, schnaubte Zlotin verächtlich. »Ich habe ihn nach seinem Bericht über den Hergang unverzüglich eliminiert. Wer unter meinem Kommando steht, darf sich keine Fehler leisten.«

Saisse ballte die Fäuste. »Er stand nicht unter Ihrem Kommando, Sie Scheißkerl! Er war einer von uns. Der beste Mann, den ich je hatte. Nur darum habe ich ihn Ihnen überlassen. Er erhielt seine Befehle aber immer noch von mir und nicht von Ihnen.«

»Wenn er Ihr bester Mann war, sieht es für Ihre Organisation nicht gut aus.«

»Ich habe so ziemlich die ...«

»Setz dich, Fabien!« bellte Jannoc.

Saisse hatte sich immer noch nicht beruhigt, kehrte aber zu seinem Stuhl zurück.

»Hat Silverman vor seinem Tod irgendwelche Dokumente dechiffriert?« fragte Jannoc, an Zlotin gewandt.

»Nein.«

Jannoc drosch wütend die Faust auf den Tisch. »Das heißt, wir müssen von vorne anfangen. So erfahre ich nie die Wahrheit über den Tod meines Bruders. Die ganze Operation war pure Zeit- und Geldverschwendung.«

»Im Gegenteil«, widersprach Zlotin. »Ich habe schon nach unserer ersten Besprechung einen Alternativplan entworfen, für den Fall, daß der erste Versuch scheitern sollte, und sehe nichts, was sein Gelingen verhindern könnte.«

Jannoc drückte seine Zigarette aus und beugte sich vor.

»Sprechen Sie weiter.«

»Wie Ihnen mit Sicherheit bekannt ist, unterrichtete Silverman mehrere Jahre lang an der Sorbonne in Paris, bis ihn die Israelis anwarben. Damals bildete er eine Reihe brillanter Wissenschaftler aus. Zwei davon, Günther Auerbach und Alain Fisier, gelten inzwischen als Kapazitäten auf ihrem Gebiet, die ihrem Mentor in nichts nachstehen. Dr. Auerbach leitet heute das Institut für Kryptologie an der Universität Leipzig, und Professor Fisier lehrt an der Sorbonne. Sie sind wahrscheinlich die einzigen Menschen auf der ganzen Welt, die Silvermans Code knacken können.«

»Heißt das, wir sollen sie benutzen, um die Akten der UNACO zu dechiffrieren?« fragte Jannoc.

»Sie bräuchten einen gewissen Anreiz. Auerbach ist Witwer, aber er hat eine minderjährige Tochter. Fisier ist verheiratet. Ich bin sicher, daß wir sie zur Mitarbeit überreden können, wenn wir die Frau und das Mädchen als Geiseln nehmen.«

Jannoc benetzte sich erregt die Lippen. »Das könnte klappen. Wissen Sie, wo Auerbach und Fisier zur Zeit sind?«

»Nicht genau, aber das läßt sich schnell rausfinden.«

»Trotzdem könnte es Monate dauern, bis sie den Code geknackt haben«, warf Saisse an Jannoc gewandt ein. »Soviel Zeit haben wir nicht. Vergiß nicht, daß die UNACO zwei Leute nach Lissabon geschickt hat. Und sie waren auch schon in Calderes Kneipe ...«

»Aber nur, weil Berger eine Streichholzschachtel mit seinen Fingerabdrücken drauf im Krankenwagen liegen ließ«, fiel ihm Zlotin ins Wort. »Trotzdem kann ich Sie beruhigen. Wir werden ihnen eine Frist für die Dechiffrierung setzen und keinen Zweifel daran lassen, was geschieht, wenn sie es bis dahin nicht schaffen.«

»Gut«, brummte Jannoc. »Aber diesmal will ich Ergebnisse sehen.«

»Die werden Sie bekommen«, versicherte ihm Zlotin.

»Was wissen Sie über die zwei UNACO-Agenten in Lissabon?« fragte Jannoc. »Können sie die Operation gefährden?«

»Natürlich können sie das. Das sind Vollprofis. Die UNACO nimmt nur die Allerbesten. Die Frau ist mir kein Begriff, aber ihren Partner kenne ich nur zu gut. Mike Graham, ehemaliges Mitglied der amerikanischen Antiterroreinheit DELTA. Ein guter Mann. Eigenwillig und sehr hartnäckig. Wir dürfen ihn nicht aus den Augen lassen.«

»Warum bringen wir ihn nicht einfach um?« wandte Jannoc ein.

»Dann würden sie Ersatz schicken. Nein, es ist besser, man kennt seinen Gegner. Und ich kann mir das zunutze machen, indem ich ihn auf falsche Fährten locke. Allerdings – wenn er uns zu sehr stört, wissen wir, was wir zu tun haben.«

Ein Klopfen an der Tür unterbrach sie.

»*Entrez!*« rief Jannoc.

Ein Kopf erschien im Türspalt. »Monsieur, draußen wartet Monsieur Royce. Sie wollten ihn sehen, glaube ich.«

Saisse schlug sich mit der Hand an die Stirn. »Ich wollte

dir sagen, daß ich diesen Royce auf der Polizeiwache abgeholt habe, aber dann ist es mir wegen Zlotin entfallen. Es tut mir leid.«

»Bitten Sie ihn, noch einen Moment zu warten.«

Die Tür schloß sich wieder.

»Wer ist Royce?« fragte Zlotin.

Jannoc klärte ihn kurz über die versuchte Entführung seiner Tochter auf, dann verlangte er von Saisse Auskunft über den Mann, der das vereitelt hatte. Saisse kam der Aufforderung nach.

»Und was für einen Eindruck hattest du?« wollte Jannoc am Ende wissen.

»Ich bin mir nicht sicher«, antwortete Saisse. »Mir gefällt nicht ganz, daß er ausgerechnet um diese Zeit rein zufällig in dem verlassenen Bauernhaus gewesen sein soll. Aber ich kann mich natürlich auch täuschen.«

Mit einem nachdenklichen Nicken bat ihn Jannoc, den Fremden zu ihm zu bringen. Bei Whitlocks Eintreten war er die Herzlichkeit in Person. Er sprang auf und schüttelte ihm die Hand. »Es ist mir eine Freude, Sie endlich kennenzulernen, Mr. Royce!« rief er auf englisch. »Ich kann Ihnen gar nicht genug für das danken, was Sie heute abend für mich und meine Tochter getan haben. Mein Leben lang werde ich in Ihrer Schuld stehen.«

Mit einem betrübten Kopfschütteln setzte sich Saisse wieder auf seinen Stuhl. Er hätte sich gleich denken können, daß Jannoc seine vorsichtige Warnung in den Wind schlagen würde. Royce hatte seinen frühreifen Balg vor zwei dämlichen Kidnappern gerettet, und das war das einzige, was für ihn sprach. Mathilde war schon immer Jannocs Achillesferse gewesen. Sie wickelte ihn regelmäßig um den Finger und hatte es sogar geschafft, ihn gegen seine eigene Frau aufzuhetzen. Saisse hatte mehr als einmal die Blutergüsse in ihrem Gesicht gesehen, als sie es gewagt hatte, Mathilde zurechtzuweisen. Für ihn stand fest, daß das Mädchen auch Jannocs Ruin sein würde. Und der Teufel sollte ihn holen, wenn er es bei ihm so lange aushielt, bis es soweit war.

»Ich glaube, Sie haben die Schuld schon beglichen«, meinte Whitlock lächelnd. »Immerhin haben Sie mich aus dem Gefängnis geholt. Mir ist ein Rätsel, wie Sie das bewerkstelligen konnten. Sie müssen in dieser Stadt ja ganz schön viel gelten.«

»Nun, jemand schuldete mir noch einen Gefallen«, meinte Jannoc mit einem bescheidenen Schulterzucken. »Ich bin ein sehr angesehener Geschäftsmann hier in Marseille, Mr. Royce, und kann mir keine negativen Schlagzeilen leisten. Andere könnten auf dumme Gedanken kommen, wenn Sie verstehen, was ich meine.«

Whitlock verstand nur zu gut. Sollte Mathilde je entführt werden, würde ihn das ein astronomisches Lösegeld kosten, und wenn dann auch noch die Presse davon Wind bekäme, würden sich andere zur Nachahmung angeregt fühlen.

Jannoc nahm Whitlocks Paß aus der Schublade und gab ihn ihm zurück. »Sie können sich nun wieder frei bewegen, gehen, wohin immer Sie wollen.«

»Was wird aus dem Kidnapper, der überlebt hat?« fragte Whitlock.

»Mit ihm wird man sich auseinandersetzen, sobald man ihn aus dem Gefängniskrankenhaus entläßt. Dafür werde ich persönlich sorgen.« Jannoc rieb sich die Hände. »Doch das braucht Sie nicht zu kümmern. Möchten Sie einen Drink?«

»Bourbon, wenn Sie einen haben«, antwortete Whitlock, dem gerade noch eingefallen war, daß Royce das am liebsten getrunken hatte.

Jannoc schenkte ihm ein großes Glas ein. »Fabien hat mir gesagt, daß Sie Söldner sind. Waren Sie etwa auch bei der Fremdenlegion?«

»Nein, aber ich habe in Afrika einige Legionäre kennengelernt.«

»Wo haben Sie denn überall gekämpft«, fragte Zlotin, der Englisch ebenso perfekt beherrschte wie Französisch.

»Das ist ein Geschäftsfreund von mir«, warf Jannoc hastig mit einer Geste auf Zlotin ein, ohne allerdings seinen Namen zu nennen.

»Ich habe ein Jahr im Tschad verbracht, war zweimal in Sudan, habe auch ein paar Aktionen in Äthiopien und Somalia mitgemacht. Eigentlich war ich in den letzten zwölf Jahren so ziemlich überall, wo es einen Krieg gab.«

»Klingt ja ganz so, als hätten Sie einiges mitgemacht,« meinte Zlotin.

»Wenn Sie so wollen, ja. Aber es ist eben das einzige, was ich kann. Darum gehe ich ja auch wieder zurück. Hoffentlich kann ich mir die Überfahrt auf irgendeinem Kahn verdienen. Nach Weihnachten werden ja immer Besatzungsmitglieder gesucht.«

Jannoc nickte. »Lassen Sie das getrost mich machen. Ich sorge schon dafür, daß Sie nach Afrika kommen.«

»Wirklich? Das wäre eine große Hilfe.«

»Das ist ja wohl das mindeste, was ich tun kann.« Jannoc legte einen Arm um Whitlocks Schulter und führte ihn zur Tür. »Solange Sie sich in Frankreich aufhalten, sind Sie selbstverständlich mein Gast. Unten läuft eine Party für ein paar Freunde und Geschäftspartner. Gesellen Sie sich doch einfach dazu. Ich komme bald nach. Fabien zeigt Ihnen den Weg.«

Jannoc wartete, bis die zwei Männer draußen waren, dann zog er die Jalousien hoch. Durch den Spiegel konnte er verfolgen, wie Saisse und Whitlock die Treppe hinuntergingen und in der Bar verschwanden. Er wandte sich an Zlotin. »Was halten Sie von Royce?«

»Darüber habe ich noch gar nicht nachgedacht. Warum fragen Sie mich das?«

»Wir brauchen Ersatz für Berger.«

»Halten Sie etwa Royce für geeignet?« fragte Zlotin überrascht. »Er gehört doch gar nicht dazu.«

»Immerhin ist er ein Profi, und gegen ein reizvolles Angebot würde er tun, was man von ihm will, ohne groß zu fragen.«

»Es wäre zu riskant.«

»Nicht, wenn er nach Abschluß der Operation eliminiert wird.«

»Wir wissen doch gar nichts über ihn.«

»Wir beide kennen aber genügend Leute, die ihn bis morgen früh von A bis Z durchleuchten können.« Jannoc setzte sich wieder hinter seinen Schreibtisch. »Außer Saisse war Berger das einzige Mitglied meiner Organisation, das über die Aktion am Lissabonner Flughafen Bescheid wußte. Saisse ist meine rechte Hand. Ich brauche ihn hier. Royce dagegen ist völlig ahnungslos, und wenn er verschwindet, sobald wir wissen, was in den Akten steht, kräht kein Hahn danach. Einen Versuch ist es zumindest wert.«

Zlotin überlegte. Schließlich nickte er. »Na schön. Ich werde einen Kollegen von der *Spetznaz* bitten, ihn heute nacht zu überprüfen. Wenn er bestätigen kann, daß der Mann uns die Wahrheit gesagt hat, benutzen wir ihn.«

»Und wenn nicht?«

»Dann bringe ich ihn um. Ob so oder so, Royce ist ein toter Mann.«

Malcolm Philpott saß mit grimmiger Miene im Fond seines weißen Dienstmercedes, der sich vorsichtig durch den frühabendlichen Verkehr von New York schlängelte. Anders als all die Leute, die auf der Suche nach dem verflixten unauffindbaren Geschenk in letzter Minute von einem Geschäft zum nächsten hasteten, hatte Philpott keinen Gedanken für Weihnachten übrig. Seit zwei Tagen jagte er nun schon diesen Maulwurf, hatte die letzten zehn Stunden allein in seinem Büro über den vorhandenen Informationen gebrütet. Am Morgen waren es noch fünf Verdächtige gewesen. Diesen Kreis hatte er bis zum Nachmittag auf zwei einengen können, und jetzt glaubte er zu wissen, wer der Verräter war. Aber noch wartete er auf das Fax, das seine schlimmsten Befürchtungen bestätigen würde. Erst dann konnte er zuschlagen …

Statt des ersehnten Fax' hatte ihn vorhin ein Anruf von Jacques Rust erreicht. Sein Mitarbeiter in Europa hatte ihn über Whitlocks letzten Bericht informiert, und sie hatten gemeinsam gerätselt, warum Nikolai Zlotin, ein hochdekorierter Offizier der *Spetznaz*, ausgerechnet mit einem

Gangsterboß zusammenarbeitete. Handelte er im Auftrag halbseidener Hardliner, denen es darum ging, die UNACO in Mißkredit zu bringen? Nun, das erschien ihm wenig plausibel, konnte aber nicht ganz von der Hand gewiesen werden. Oder hatte er, angewidert vom Zusammenbruch der einstmals größten Militärmacht der Welt, seinem Land den Rücken gekehrt? Wie auch immer, Philpott brauchte die Antwort, und er wußte, wer sie ihm geben konnte.

Der Mercedes bog in die West Fifty-seventh Street ab, in der sich das russische Teehaus befand. Weil sein Chauffeur dort keinen Parkplatz fand, blieb er kurzerhand in zweiter Reihe stehen.

»Es dauert nicht lange«, erklärte ihm Philpott. »Warten Sie bitte.«

Der Fahrer salutierte. »Jawohl, Sir.«

Kaum hatte Philpott das Restaurant betreten, näherte sich ihm auch schon der Ober. »Guten Abend, Sir. Kann ich Ihnen behilflich sein?«

»Ja. Ich suche Botschafter Zhorew. Soviel ich weiß, speist er heute bei Ihnen.«

»Ja, Sir. Gehören Sie zu seiner Gruppe?«

»Nein, aber ich muß ihn unbedingt sprechen. Würden Sie ihm bitte ausrichten, daß Colonel Philpott gekommen ist?«

»Der Botschafter gibt bei uns einen Empfang und ...«

»Sagen Sie ihm einfach, daß ich ihn sprechen möchte.«

Der Ober verneigte sich steif und verschwand im angrenzenden Saal. Minuten später kehrte er in Begleitung eines beleibten kleinen Mannes Anfang Fünfzig zurück. Anatoli Zhorew, ein streitbarer Gegner des orthodoxen Kommunismus, war seit sieben Monaten der russische Botschafter bei den Vereinten Nationen. Nun wartete er, bis der Ober sich entfernt hatte.

»Gibt es ein Problem, Malcolm?«

»Kann man so sagen. Ich muß Sie sprechen.«

»Konnten Sie keinen günstigeren Zeitpunkt wählen? Ich bewirte eine Gruppe von Freunden.«

»Sie wissen, daß ich Sie nicht bemüht hätte, wenn es nicht dringend wäre.«

»Na gut. Worum geht es?« Zhorew konnte einen Anflug von Verärgerung nicht ganz verbergen.

Philpott sah sich um. »Nicht hier. Mein Wagen steht draußen. Dort können wir uns ungestört unterhalten. Es sei denn, Sie wollen vor aller Öffentlichkeit über Nikolai Zlotin sprechen.«

Plötzlich wich alle Farbe aus Zhorews Gesicht. Er deutete auf die Tür hinter sich. »Wenn Sie bitte einen Moment warten würden«, sagte er leise. »Ich muß mich nur bei meinen Gästen entschuldigen.«

Als er zurückkam, gingen die zwei Männer schweigend zum Mercedes hinüber. Der Fahrer hielt ihnen die Tür auf, setzte sich dann hinters Steuer und drehte sich mit fragender Miene zu Philpott um.

»Fahren Sie einfach um den Block«, beschied ihn sein Chef und unterbrach per Knopfdruck die Lautsprecheranlage. Damit drang kein Wort mehr durch die schalldichte Glasscheibe zwischen den Vorder- und Rücksitzen. »Ich habe Sie noch nie so erschüttert gesehen, Anatoli. Wollen Sie mir nicht sagen, was da gespielt wird?«

Zhorev senkte den Blick auf seine Hände, die ineinander verhakt in seinem Schoß lagen. »Ist Zlotin etwa in eine Operation der UNACO verwickelt?« fragte er leise, ohne Philpott anzusehen.

»Ja, aber das ist im Moment das einzige, was ich sagen kann. Strengste Geheimhaltung ist nötig.«

»Ich wußte, daß es so kommen würde«, zischte Zhorew wütend. »Ich habe die Leute gewarnt, aber keiner wollte auf mich hören. Nein, sie mußten es vertuschen!«

»Sie sprechen in Rätseln, Anatoli! Was mußte vertuscht werden?«

Zhorew deutete auf die Minibar vor ihnen, »Darf ich?«

»Aber natürlich«, brummte Philpott ungeduldig.

Zhorew schenkte sich ein Glas Whisky ein und kippte es hinunter. »Kennen Sie Zlotin persönlich?« fragte er dann.

»Nein.«

»Ich kenne ihn nur zu gut. Aber nicht freiwillig, das kann ich Ihnen versichern. In der Zeit, in der ich Bürgermeister von Kalinin war, befehligte er die dortige Garnison der *Spetznaz*. Er ist gebürtiger Ukrainer, hat sich aber immer zuallererst als Russe verstanden. Nie als Ukrainer. Er ist ein Verfechter der einheitlichen Nation und lehnt eine Föderation autonomer Einzelstaaten vehement ab. Gern bezeichnet er sich als patriotischen Kommunisten und betreibt mit Stalin einen wahren Heldenkult; Leute wie Gorbatschow oder Jelzin verachtet er dagegen. Jetzt können Sie sich in etwa denken, mit was für einem Typen wir es hier zu tun haben.«

»Mit anderen Worten: Er hat sich von seinem Land abgewandt, als all seine Überzeugungen in sich zusammenfielen«, schloß Philpott.

»Wenn es nur so einfach wäre«, seufzte Zhorow. »Zlotin hat nie mit seiner Kritik an Gorbatschows neuer Politik hinterm Berg gehalten, aber natürlich war er nicht der einzige. In der Armee gibt es genügend hochrangige Leute, die *Glasnost, Perestroika, Demokratisazia* und alles, was sonst noch mit Liberalisierung zu tun hat, auf das heftigste bekämpfen. Gorbatschow hätte gegen sie vorgehen müssen, aber dazu fehlte ihm damals die Weitsicht. Wie Sie wissen, wurde ihm die Rechnung präsentiert, als im August 1991 sein Vizepräsident Gennadi Jannajew, sein Verteidigungsminister General Dimitri Jasow und noch eine Reihe anderer hoher Militärs gegen ihn putschten. Erst danach wurde bekannt, daß Zlotin mehr als nur eine Stimme in der Menge gewesen war. Er war vielmehr Jasows Mann in der *Spetznaz*. Hätte Janajew die Nerven nicht verloren, wäre die Sache vielleicht ganz anders ausgegangen. Zlotin machte zumindest von Anfang an klar, daß er vorhatte, die Truppen überall dort einzusetzen, wo sie gebraucht würden – einschließlich der Straßen von Moskau und Sankt Petersburg, wo die halbe Bevölkerung für die Demokratie demonstrierte. Zum Glück geriet Janajew in Panik und pfiff Zlotin zurück. Und als Zlotin begriff, daß sich das Blatt gegen die Putschisten gewendet hatte, war es zu spät. Inzwischen kontrollierten Gorbatschow-treue Soldaten Moskau und Sankt Petersburg, und Zlotin wurde zusammen mit seinen Adjutanten Major Viktor Rodenko und Hauptmann Valentin Jemenkow und einer Reihe anderer *Spetznaz*-Offiziere verhaftet, die sich am Putsch beteiligt hatten. Alle drei wurden wegen Verrats vor Gericht gestellt. Das Urteil lautete auf Aberkennung sämtlicher militärischer Ehren und fünfundzwanzig Jahre Gefängnis.

Der Konvoi, der sie anschließend in ein Militärgefängnis in den Außenbezirken von Moskau bringen sollte, wurde jedoch von maskierten Männern überfallen. Keiner von ihnen konnte gefaßt werden, aber wir nehmen an, daß es Sympathisanten der *Spetznaz* waren. Zlotin, Rodenko und Jemenkow sind jedenfalls entkommen. Meine Regierung hat die ganze Angelegenheit verschleiert. Sie verhängte sofort eine Nachrichtensperre, und die polizeilichen Ermittlungen gingen unter strengster Geheimhaltung vonstatten – ohne Erfolg. Zunächst bestand noch die Hoffnung, sie zu fassen, ehe sie sich in den Westen absetzen konnten; danach erging an unsere Offiziere in sämtlichen Botschaften die Weisung, die drei aufzuspüren und heimzubefördern.«

»Warum die Geheimhaltung?« wollte Philpott wissen.

»Meine Regierung bemühte sich verzweifelt, die Rolle der Armee bei diesem Putschversuch herunterzuspielen. Wenn der Westen gemerkt hätte, daß immer noch ein interner Machtkampf zwischen der Armee und der Regierung im Gange war, hätte das womöglich die Verhandlungen zwischen unseren und den westlichen Führern belastet.«

»Und sonst steckt nichts dahinter?« hakte Philpott nach, dem Zhorews besorgter Gesichtsausdruck nicht entgangen war.

»Doch. Wir haben kürzlich aus zuverlässiger Quelle erfahren, daß Zlotin einen neuerlichen Putsch planen könnte. Er hat schon vor seiner Verhaftung darüber gesprochen, und in der Armee gibt es immer noch genügend Falken, die sich sofort auf seine Seite schlagen würden.«

»Aber Ihre Regierung hat sich doch bestimmt gegen jede Bedrohung gewappnet.«

Zhorew sah Philpott fest in die Augen. »Wie wollen Sie sich gegen eine Atombombe wappnen, die irgendwo in Ihrem Land gelagert wird?«

Philpott wurde aschfahl. »Gott im Himmel«, ächzte er. »Wie kann er einen nuklearen Sprengsatz ins Land schmuggeln, ohne ertappt zu werden?«

»Wozu sollte er ein solches Risiko auf sich nehmen, wenn auf dem Schwarzmarkt genügend atomwaffenfähiges Plutonium verkauft wird? Als die Sowjetunion in soundsoviele Republiken zerfiel, ließ es sich gar nicht vermeiden, daß ein – wenn auch minimaler – Teil des Materials aus den Lagern entwendet wurde. Und wenn Zlotin genügend Plutonium in seinen Besitz gebracht hat, kann er jede Regierung der Welt damit erpressen.«

»Warum wurde die UNACO nicht sofort informiert?« drängte Philpott.

»Hätte die UNACO davon erfahren, dann hätte man es auch allen anderen Organisationen sagen müssen. Das wäre aber verheerend für die Glaubwürdigkeit meiner Regierung gewesen. Darum wurde die Angelegenheit ja vertuscht. Aber wenn Zlotin seine Verbrechen jetzt im Ausland begeht, kann ich nicht länger schweigen. Wir dürfen dieses Täuschungsmanöver nicht länger fortführen. Einige unserer *Spetznaz*-Offiziere kennen Zlotin besser als Ihre Topspione. Darum halte ich es für das Beste, wenn wir gemeinsam alle Kräfte mobilisieren. Meine Vorgesetzten würden einer konzertierten Aktion sofort zustimmen. Es ist vielleicht unsere letzte Chance, ihn zu ergreifen.«

»Völlig ausgeschlossen«, knurrte Philpott. »Das erledigen wir allein.«

»Malcolm, ich finde, Sie sollten sich das genau überlegen ...«

»Lassen Sie Ihre Leute aus dem Spiel, Anatoli. Wenn nicht, sorge ich dafür, daß jeder Geheimdienst der Welt von unserem kleinen Gespräch erfährt. Und wenn Sie es noch so heftig dementieren, ich habe alles auf Band aufgenommen. Selbst wenn Sie glauben, das wäre nur ein Bluff – an Ihrer Stelle würde ich es nicht darauf ankommen lassen.«

»Ich habe Ihnen das alles in gutem Glauben anvertraut!« rief Zhorew empört.

»Sie haben es mir anvertraut, weil Sie mit dem Rücken zur Wand stehen. Sie klammern sich an den letzten Strohhalm, das wissen Sie ganz genau. Ich bin enttäuscht von Ihnen, Anatoli. Was ist aus der *Glasnost* geworden? Oder dient das Wort nur noch dazu, die ausländische Presse zu blenden?«

»Ich hatte meine Anweisungen«, entgegnete Zhorew schroff.

»Sie können sich darauf verlassen, daß ich morgen früh als erstes zum Generalsekretär gehe und ihm den Sachverhalt melde. Weihnachten hin oder her, ich werde dafür sorgen, daß er weiß, was gespielt wird.« Philpott schaltete die Sprechanlage wieder ein. »Jerry, bringen Sie den Botschafter ins Restaurant zurück. Wir wollen doch nicht, daß seine Gäste länger als nötig auf ihn warten.«

5

Erster Weihnachtsfeiertag

Graham wachte um sechs Uhr auf. Nicht, daß er in der Nacht viel geschlafen hätte! Im Zimmer nebenan hatte bis in die frühen Morgenstunden eine Party getobt – und das bei seinem ohnehin nur leichten Schlaf! Auf eine Beschwerde hatte er trotzdem verzichtet. Ihm war klar, daß er sowieso kaum ein Auge zugetan hätte. Zum einen beschäftigte ihn unentwegt der Verbleib der geraubten Akten, zum anderen hatte er ständig an Carrie und Mikey denken müssen. Er wälzte sich herum und griff nach einem Foto von ihnen, das er gestern abend aus der Brieftasche genommen und aufs Nachtkästchen gelegt hatte. Sanft strich er über Carries Gesicht, betrachtete einmal mehr Mikey in seinem geliebten Trikot von den New York Giants und mit einem Football unter dem Arm, sah wieder sein schelmisches Grinsen. Liebevoll flüsterte er »Frohe Weihnachten« und legte das Foto zurück.

Dann kroch er aus dem Bett, schlüpfte in seinen Trainingsanzug und erledigte sein übliches fünfundvierzigminütiges Morgentraining. Anschließend duschte er, stand zwanzig Minuten später in Jeans und Sweatshirt vor dem Telefon und bestellte beim Zimmerdienst Frühstück und die neueste Ausgabe der *International Herald Tribune*. Um die Wartezeit zu überbrücken, setzte er sich aufs Bett, klemmte ein Kissen zwischen Wand und Rücken und machte den Fernseher an. Zerstreut schaltete er von einem Programm zum nächsten, verweilte schließlich bei einer Nachrichtensendung, von der er kein Wort verstand, und gab am Ende entnervt auf.

Ein Klopfen ließ ihn hochfahren. Er zog seine Beretta unter dem Kopfkissen hervor und steckte sie in die Gesäßtasche, ehe er zur Tür huschte und durch den Spion hinausschaute. Es war Sabrina. Beruhigt machte er auf.

»So früh schon wach und munter?« grinste er. »Ich dachte, ohne Zwang kriechst du nie vor halb neun aus dem Bett.«

»An Weihnachten mache ich immer eine Ausnahme«, sagte sie und trat ein. »Im Grunde meines Herzens bin ich wohl noch ein Kind.«

»Das wird vielleicht ein Fest werden«, schnaubte Graham bitter und schloß die Tür.

»Ich hab' schon schönere erlebt«, stimmte sie zu und gab ihm einen leichten Kuß auf die Lippen. »Frohe Weihnachten, Mike.«

»Dir auch.« Mike legte die Beretta auf das Nachtkästchen. »Ich habe gerade Frühstück für mich geordert. Willst du auch was?«

»Klar.«

Graham rief noch einmal beim Zimmerdienst an, und als er aufgelegt hatte, stand Sabrina mit einem in Geschenkpapier eingewickelten Päckchen in der Hand vor ihm.

»Sabrina, wir haben doch ausgemacht, daß wir uns dieses Jahr nichts schenken und lieber der UNICEF was spenden.«

»Es ist ja nur eine Kleinigkeit«, verteidigte sie sich mit einem verschämten Lächeln. »Mach's doch einfach auf.«

Mit einem resignierten Kopfschütteln löste Graham das Geschenkpapier von der rechteckigen Schachtel. Darin lag ein Schweizer Offizierstaschenmesser von Mauser mit olivgrünem Griff, das alles bot, was man so brauchen konnte: rostfreie Stahlklinge, Schälmesser, Säge, Schraubenzieher, Flaschenöffner und Korkenzieher.

»Du hast mir letzte Woche beim Manöver in Virginia doch erzählt, daß du dein altes verloren hast«, erklärte sie ihm. »Und so wie ich dich kenne, hätte es Ewigkeiten gedauert, bis du dazu gekommen wärst, es zu ersetzen. Es steht übrigens auch eine Widmung drauf.«

Graham drehte das Messer hin und her, bis er sie fand: *Für Mike – einen wahren Freund. Alles Liebe, Sabrina.*

Mike war sichtlich verlegen. »Das ist wirklich toll, danke«, murmelte er.

»Paß auf, daß du es nicht verlierst«, erwiderte sie grinsend.

Erneut wurde geklopft. Sie wechselten mißtrauische Blicke. Für den Zimmerdienst war es noch zu früh. Graham steckte wieder die Beretta ein und spähte durch den Spion. »Das ist ja Jacques!« rief er überrascht und machte auf. Tatsächlich schob sich Jacques Rust mit seinem Rollstuhl herein.

»Was machst du denn hier?« fragte Sabrina perplex und begrüßte ihn mit einem Küßchen auf die Wange. »Uns hat keiner gesagt, daß du kommst.«

»Hätte ich euch wirklich um drei Uhr morgens anrufen und sagen sollen, daß ich auf dem Weg nach Lissabon bin?« Rust klappte seinen Diplomatenkoffer auf und reichte ihnen je einen Umschlag. »Leider kein tolles Weihnachtsgeschenk.«

»Es ist ja auch kein tolles Weihnachten«, entgegnete Sabrina. »Was ist da drin?«

»Eine Kopie der Faxe, die mir der Colonel heute nacht geschickt hat. Er hat mich gebeten, sie euch persönlich zu überbringen. Sie sind nur für eure Augen bestimmt. Ihr werdet verstehen, warum, wenn ihr sie lest.«

Sie öffneten die Umschläge und beugten sich stumm über die Dokumente. Graham war als erster fertig. Er sah Rust besorgt an. »Hat der Kreml Zhorews Behauptungen bestätigt?«

Rust nickte. »Ja. Der Colonel hat noch in der Nacht ein persönliches Gespräch mit dem russischen Präsidenten geführt. Es stimmt alles.«

»Dann kriegen wir Schwierigkeiten, gewaltige Schwierigkeiten.« Graham ließ sich kopfschüttelnd auf die Bettkante sinken. »Das Alptraumszenario, nicht wahr? Nur daß sich nicht irgendwelche Terroristen eine Atombombe bauen möchten, sondern einer der scharfsinnigsten und brillantesten Taktiker, die die russische Armee je hervorgebracht hat. Er ist ein Anachronismus im heutigen Rußland, ein Rückfall in den Kalten Krieg, aber das macht ihn nur um so gefährlicher. Menschenskind, wer war das, der behauptet hat, Patriotismus sei eine Tugend?«

»Während deiner Zeit bei der DELTA bist du doch so was wie ein Zlotin-Experte geworden, nicht wahr?« fragte Rust.

»Stimmt. Ich habe ihn zehn Jahre lang studiert – den Menschen und den Soldaten. Es gibt so gut wie keinen Unterschied zwischen den beiden. Und gerade das macht wohl seine Besonderheit aus. Aber ich habe eine Schwachstelle in seinem Panzer entdeckt. Zlotin ist ein Idealist. Sein ganzes Leben ist ein einziger verbissener Kreuzzug für die Verbreitung des Kommunismus. Und gerade wegen dieser fanatischen Einstellung ist er wenigstens berechenbar.«

»Was weißt du über Rodenko und Jemenkow?« fragte Rust.

»Über den ersteren habe ich bei DELTA einmal einen psychiatrischen Bericht gelesen. Ein übergelaufener *Spetznaz*-Offizier hatte ihn außer Landes geschmuggelt. Darin wurde Rodenko als Psychopath bezeichnet. Jede andere Eliteeinheit hätte so einen Menschen wohl auf der Stelle ausgemustert, aber anscheinend beeindruckte der Bericht die verantwortlichen Leute bei der *Spetznaz* wenig. Im Gegenteil, Rodenko stieg noch in ihrer Achtung. Sie ließen den Bericht verschwinden, und der Psychologe wurde zum Schweigen verpflichtet. In gewisser Weise hatten diese Offiziere ja recht, denn Rodenko heimste einen Orden nach dem anderen ein. Gleichzeitig war er im Afghanistankrieg aber auch für die unmenschlichsten Greueltaten an Frauen und Kindern verantwortlich, die man sich nur vorstellen kann. Dafür wurde er nie zur Rechenschaft gezogen; was bedeutet, daß seine Vorgesetzten bereit waren, diesen Teil von ihm zu übersehen. Was taktisches und strategisches Denken betrifft, kann er es nicht mit Zlotin aufnehmen, aber auf seine Weise ist er nicht minder gefährlich.«

»Und Jemenkow?« fragten Rust und Sabrina wie aus einem Munde.

Graham schüttelte den Kopf. »Ist mir kein Begriff. Laut Fax ist er erst Ende Zwanzig. Gehört wahrscheinlich zu den Offizieren, die sich im Afghanistankrieg hervorgetan haben. Aber wenn er Zlotins Vertrauen genießt, muß er mindestens genauso gefährlich sein wie die anderen.«

»Die Russen sind bereit, uns ausführliche Informationen über alle drei zu schicken«, schaltete sich Rust ein. »Wenn die Dossiers eintreffen, werden wir ein deutlicheres Bild von Jemenkow haben.«

»Angenommen, Zlotin will uns Silvermans Akten für viel Geld verkaufen«, meinte Sabrina an Graham gewandt. »Hältst du es für möglich, daß er sich mit dem Geld genügend atomwaffenfähiges Plutonium beschafft, um die russische Regierung zur Übergabe der Macht an die Kommunisten zu zwingen?«

»Unbedingt.«

»Aber er muß doch begriffen haben, daß das nie klappen könnte«, wandte Rust ein. »Selbst wenn die russische Regierung nachgäbe, das Volk würde nicht mitmachen.«

»Das sind Fanatiker, Jacques«, hielt ihm Graham vor, »Zlotin, Rodenko und die Kommunisten daheim in Rußland, die im Verborgenen die Fäden ziehen. Sie glauben unerschütterlich daran, daß sie das Richtige für ihr Land tun, und würden auch über Leichen gehen. Das haben wir doch alles schon gehabt: die japanischen Kamikazepiloten im Zweiten Weltkrieg, die libanesischen Terroristen in den siebziger und frühen achtziger Jahren, die schiitischen Moslems im Iran und Irak. Die waren alle bereit, für ihre Sache zu sterben. Und so wie ich das sehe, hätten sie auch eine Atombombe gezündet, wenn sie irgendwie rangekommen wären. Mit dieser Art von Fanatismus haben wir es jetzt wieder zu tun. Andererseits sind sie wahrscheinlich gar nicht darauf angewiesen, sich das Material im Ausland zu beschaffen.«

»Ich kann dir nicht ganz folgen«, murmelte Sabrina.

Rust hob aufgeregt die Hand. »Ich schon. Mike will damit sagen: Seit die alte Sowjetunion in lauter kleine unabhängige Staaten zerfallen ist, liegen in allen möglichen Lagern Atomwaffen herum, die nur darauf warten, in die Hände der falschen Leute zu geraten.«

»Einem Gerücht zufolge ist das ja sogar schon geschehen«, brummte Graham.

»Jetzt verstehe ich!« rief Sabrina. »Wenn die Kommunisten noch mehr Bomben kaufen und strategisch im ganzen Land verteilen könnten, würden sie aus einer Position der Stärke heraus verhandeln.«

»Wenn es überhaupt noch Verhandlungen gäbe«, murmelte Graham düster. »Stell dir vor, von einer Basis in Georgien wird eine atombestückte Rakete auf Rußland abgeschossen. Die Russen würden sofort zurückschlagen, aber statt in Georgien schlägt ihre Atombombe in – sagen wir – Armenien ein. Und so würde es weitergehen, bis fünf, sechs Atombomben gezündet worden sind. Der Befehl zum Vergeltungsschlag wäre selbstverständlich nicht von den Regierungen der Republiken gekommen, sondern die Rebellen hätten eigenmächtig gehandelt. Mit Sicherheit wären die Regierungschefs bis dahin längst tot – dafür hätten die Rebellen schon gesorgt. Chaos im ganzen Land wäre die zwangsläufige Folge.«

»Und aus der Asche würde der Kommunismus neu erstehen«, folgerte Rust. »Ein nettes Szenario, Mike, aber nicht gerade originell. Eine Fallstudie aus der Feder eines KGB-Offiziers, wenn ich mich nicht täusche. Nur daß es dort statt ›Kommunisten‹ ›subversive Elemente in der Sowjetunion‹ heißt. Ich habe sie in der Übersetzung studiert, als ich noch bei der SDECE war. Wie man den russischen Bären von innen angreift – theoretisch eine gute Idee, aber das ist auch schon alles.«

»Damals, als du das gelesen hast, war Rußland noch nicht in viele zerstrittene Kleinstaaten zersplittert. Außerdem wurde die Studie nicht von einem KGB-Offizier geschrieben, sondern war vor zwanzig Jahren Prüfungsthema eines jüngeren Mitglieds der Sondereinsatztruppe, gleichzeitig Student der Militärwissenschaften an der Lenin-Universität der Luftwaffe in Ryazan. Sein Name war Leutnant Nikolai Zlotin.«

»Ach, das wußte ich nicht«, gab Rust zu.

»Menschenskind, Mike!« rief Sabrina. »Wenn er so berechenbar ist, wie du sagst, dann wird er vielleicht wirklich so vorgehen, sobald die Sprengköpfe erst mal bereitgestellt sind.«

»Es kommt darauf an, wie groß sein Einfluß auf seine Vorgesetzten ist«, erwiderte Graham. »Wenn sie ihm Grünes Licht für einen militärischen Schlag gegeben haben, greift er bestimmt auf einen Plan zurück, von dem er überzeugt ist. Leider ist dieses eine Szenario nur allzu realistisch.«

Wieder unterbrach sie ein Klopfen. Sabrina öffnete die Tür, und diesmal war es der Kellner mit dem kontinentalen Frühstück für zwei. Rust, der schon im Flugzeug gegessen hatte, lehnte Sabrinas Angebot, für ihn eine zusätzliche Portion zu bestellen, dankend ab, sagte aber nicht nein zu einer Tasse Kaffee.

»Wo war ich stehengeblieben?« brummte Graham, als der Kellner wieder draußen war. »Ach ja. Wenn Zlotin diese Operation wirklich schon so lange plant, wie die Russen behaupten, dann muß er von sich aus an Jannoc herangetreten sein und ihn mit einem Angebot gelockt haben, von dem sie beide profitieren würden.«

»Das bringt uns zwangsläufig zu der Frage, wie er von der UNACO-Operation Wind bekommen hat, bei der Christian Jannoc ums Leben gekommen ist«, führte Sabrina Grahams Gedanken zu Ende.

»Genau. Aber eins ist mir noch nicht klar: Er mag ja irgendwie von der Konferenz hier in Lissabon erfahren haben, aber wie konnte er wissen, daß auch die UNACO daran teilnimmt?«

»Jetzt verstehe ich, worauf du hinauswillst«, sagte Rust nachdenklich. »Ich weiß, daß der Colonel immer noch nach einem Maulwurf in unserer Organisation fahndet. Wenn er ihn aufspürt, erfahren wir bestimmt auch die Antworten auf unsere Fragen.«

»Vielleicht«, sagte Graham lahm.

»Du hältst es für unwahrscheinlich?« fragte Rust.

»Das nicht. Mir geht nur Colonel Philpotts Fax nicht aus dem Kopf. Diese Geschichte von der Allianz zwischen Jannoc und Zlotin glaube ich einfach nicht. Irgend etwas ist faul daran.«

»Sprich weiter«, drängte Rust, als Graham verstummte.

»Ich verstehe nicht, warum er sich mit einem wie Jannoc zusammentut, es sei denn, er verfolgt ein höheres Ziel. Jannoc und Konsorten gehören doch zu seinen Erzfeinden – den Kapitalisten. Dazu ist Jannoc durch und durch korrupt. Irgendwas ist da faul, wenn ihr mich fragt.«

»Aber kann es nicht sein, daß der Zweck die Mittel heiligt, wenn er von Jannoc eine hübsche Summe für seine Mitarbeit einstreicht?« gab Rust zu bedenken.

»Jacques, wir sprechen über Atomwaffen. Die kosten ihn zig Millionen, wenn er die Stabilität der russischen Regierung ernsthaft gefährden will. Und ich kann mir nicht vorstellen, daß Jannoc ihm so viel geben könnte. Du etwa?«

Sabrina schüttelte den Kopf. »Du glaubst also, daß Zlotin Jannoc reinlegen und die Dokumente an sich reißen will, wenn sie entschlüsselt sind?« vollendete sie den Gedanken.

»Anders würden sie ihm nichts nützen. Auf diese Weise kann er die Akten gegen das höchste Gebot verkaufen. Und weil genügend Leute auf Rache brennen, werden die Interessenten bei ihm Schlange stehen.«

»Das könnte stimmen«, brummte Rust. »Aber im Moment hat euer Augenmerk ausschließlich dem Dossier zu gelten.«

»Du gehst wohl davon aus, daß wir die Scheißkerle kriegen?« kommentierte Graham und schenkte sich eine zweite Tasse Kaffee ein.

»Ich weiß, was passiert, wenn wir sie nicht kriegen«, prophezeite Rust düster.

»Da hast du recht«, gab Graham zu.

Schweigen breitete sich aus, bis Sabrina sich räusperte. »Hast du eigentlich Neuigkeiten von C. W.?

»Nicht mehr, seit er mir Zlotins Auftauchen gemeldet

hat«, antwortete Rust. »Für den Fall, daß er es heute wieder versucht, habe ich den diensthabenden Beamten in der Zentrale gebeten, ihm die Nummer dieses Hotels zu geben. Aber er hat schon bei unserem letzten Gespräch gesagt, daß er nicht weiß, wann er sich wieder melden kann.«

In diesem Augenblick klingelte das Telefon. Graham und Sabrina sahen sich an. Sie schienen beide dasselbe zu denken. Dann nahm Graham hastig ab.

»Spreche ich mit Mr. Graham?« fragte eine Stimme zögernd.

»Am Apparat«, antwortete Graham und sah Sabrina mit einem heftigen Kopfschütteln an. Es war nicht Whitlock. »Wer spricht da, bitte?«

»Ich bin Dr. de Sousa. Ich wurde gebeten, Kontakt mit Ihnen aufzunehmen, sobald Mr. Koltschinski das Bewußtsein wiedererlangt.«

»Wann ist er denn zu sich gekommen?«

»Vor wenigen Minuten.«

»Ich bin schon unterwegs!« rief Graham.

»Sie dürfen ihn aber nur kurz besuchen, verstehen Sie«, warnte ihn der Arzt. »Er ist noch sehr schwach. Fragen Sie nach mir, wenn Sie im Krankenhaus eintreffen – nach Dr. Eduardo de Sousa.«

Graham bedankte sich und legte auf, dann wandte er sich an die anderen. »Sergei ist aus dem Koma erwacht. Ich fahre sofort hin.«

Sabrina sprang auf. »Ich komme mit.«

»Aber jemand muß doch hierbleiben, falls Nachrichten eintreffen«, wandte Graham ein.

»Dann bleibe ich«, bot Rust an. »Ich muß sowieso noch ein paar Anrufe erledigen.«

»Danke, Jacques.« Sabrina war schon auf dem Weg zur Tür. »Mike, ich hole nur noch meine Jacke. Wir treffen uns unten im Foyer.«

»Schon gut«, murmelte Graham zerstreut und steckte seine Beretta ins Holster.

»Richte Sergei meine Grüße aus!« rief Rust ihm nach.

Graham stand schon auf der Schwelle. »Mach' ich«, versprach er und schloß die Tür hinter sich.

Katherine Warren schenkte sich aus der mitgebrachten Thermoskanne Kaffee ein, kippte ein Päckchen Kondensmilch hinein, trank den ersten Schluck und verzog das Gesicht. Das Gebräu war ja bitter! Aber natürlich, Miller nahm nie Zucker. Und er hatte ihr gestern abend den Kaffee gemacht und ein paar Sandwiches eingepackt. Sie trank mit gerümpfter Nase noch einen Schluck und biß in das letzte Sandwich.

Seit zwei Stunden saß sie nun schon gegenüber dem Hotel Altis im Auto. Von hier aus hatte sie alles im Blick, sowohl den Haupteingang als auch die Ausfahrt vom Parkplatz. In jedem Fall würde sie Graham und Carver sehen, wenn sie das Hotel verließen. Nur eins machte ihr etwas Sorge: Würde sie sich auch wirklich in den nächsten drei Stunden wach halten können, bis Miller sie ablöste? Seit ihrer Ankunft in Lissabon hatte sie bestenfalls zwei Stunden geschlafen. Und sie spürte die Müdigkeit in allen Gliedern. Aber das ließ sich leider nicht ändern. Sie mußte die Story unbedingt haben ...

Katherine war immer noch wütend, weil sie die Weinbar gestern gleich nach dem Gespräch mit Hardin verlassen hatten. Andererseits hatte Miller natürlich recht, wenn er sagte, sie hätten unmöglich wissen können, was zehn Minuten danach geschehen würde. Ein schwacher Trost. Zum vereinbarten Zeitpunkt hatten sie dann im Santa-Apolonia-Bahnhof auf Hardin gewartet – umsonst. Erst als sie wieder zur Weinbar gefahren waren, hatten sie von dem Mord gehört. Wenn sie wenigstens ihr Glas ausgetrunken hätte! Dann wäre sie die erste Journalistin am Tatort gewesen und hätte sich nicht auf Miller verlassen müssen, um aus zweiter Hand an die Nachricht heranzukommen. Wie erniedrigend! Gut, sie wußte, daß der Mord irgendwie mit ihrer Story über Carver und Graham zusammenhing – aber hatten die beiden ganz konkret die Hände im Spiel? Irgendwie konnte sie sich das nicht vorstellen.

Die Beschreibung des Türstehers paßte nicht auf Graham. Wahrscheinlicher war wohl, daß die Gegenseite Hardin zum Schweigen gebracht hatte. Aber wer war das? Sie mußte es herausfinden, denn es gehörte bestimmt auch zu ihrer Story. Die Sache war ein heißes Eisen und extrem gefährlich, aber das tat ihrem Selbstvertrauen keinen Abbruch – im Gegenteil! Unter Druck, wenn genügend Adrenalin durch ihren Körper gepumpt wurde, arbeitete sie immer am besten. Genauso klar war ihr freilich, daß höchste Vorsicht geboten war. Hatten Graham und Carver wirklich mit der UNACO zu tun – und das stand für sie fest –, dann durfte niemand sonst von ihrer Beschattungsaktion Wind bekommen – oder Graham und Carver saßen im nächsten Flugzeug Richtung Staaten. Und das wäre das Ende ihrer Story.

Sie schüttete den Inhalt ihrer Tasse zurück in die Kanne und wollte gerade den Deckel zuschrauben, als sie den weißen Ford Sierra den Parkplatz verlassen sah. Graham saß am Steuer, Sabrina auf dem Beifahrersitz. Katherine wartete, bis der Wagen an ihr vorbei war, dann ließ sie den Motor an und folgte den beiden in sicherem Abstand.

Dr. de Sousa empfing Graham und Sabrina an der Pforte des Krankenhauses und führte sie zum Aufzug.

»Wie geht es Mr. Koltschinski?« fragte Graham, als sie im Lift standen und die Tür sich geschlossen hatte.

»In Anbetracht der Tatsache, daß er gestern noch künstlich beatmet wurde, sehr gut. Ich muß zugeben, daß wir während der Operation mehrmals das Schlimmste befürchteten, aber er ist offensichtlich eine Kämpfernatur.«

»Stimmt, das ist er.« Graham grinste Sabrina an.

»Wie lange muß er im Krankenhaus bleiben?« erkundigte sich Sabrina.

»Für eine genaue Prognose ist es noch zu früh. Wenn er keinen Rückfall erleidet – den ich allerdings für höchst unwahrscheinlich halte –, kommt er schon in einer Woche raus.«

Der Aufzug hielt an, und sie traten in den Korridor. Sofort stellten sich ihnen zwei bewaffnete Wachtposten in den Weg. De Sousa deutete auf das Dienstabzeichen auf seinem Kittel, Graham und Sabrina zeigten ihren Passierschein der *Brigade für Sondereinsätze* vor, den ihnen Inacio bei ihrer Ankunft am Flughafen gegeben hatte. Daraufhin setzten sich die Wachtposten wieder auf ihre Stühle vor der Tür.

»Länger als fünf Minuten können Sie aber nicht bleiben«, erklärte der Arzt. »Mr. Koltschinski ist noch sehr schwach; das nächstemal wird er dann schon belastbarer sein.«

»Vielen Dank, Doktor«, sagte Sabrina und folgte Graham ins Krankenzimmer.

Koltschinski lag reglos im Bett. Durch eine Kanüle tröpfelte eine Infusion in seinen Arm. Sein Gesicht war bleich, seine Augen geschlossen. Schon befürchteten seine Besucher, er wäre wieder bewußtlos geworden, doch dann begann er zu blinzeln, und ein Lächeln flackerte um seine trockenen Lippen.

Sabrina zog einen Stuhl heran und berührte sanft seine Hand. »Wie fühlst du dich, Sergei?«

»Hab' mich schon mal besser gefühlt«, antwortete Koltschinski mit schwacher Stimme.

»Schön, dich wieder unter den Lebenden zu haben, Kumpel«, grinste Graham. »Aber ich muß sagen, wir haben uns in den letzten Tagen ganz schön Sorgen um dich gemacht. Zwischendurch sah es so aus, als hättest du dir schon eine Fahrkarte nach Walhalla gekauft.«

»Ich gehe, wenn ich soweit bin, Mike, aber nicht vorher. Könnte ich etwas Wasser haben?«

Auf dem Tisch neben dem Bett stand eine Karaffe. Sabrina schenkte ein Glas voll und führte es Koltschinski an die Lippen. Er nippte daran, dann hob er zitternd die Hand und schob es weg. »Ich habe einen von den Männern am Flughafen erkannt«, erklärte er.

»Nikolai Zlotin?« fragte Sabrina.

»Ja«, antwortete er verblüfft. »Habt ihr ihn erwischt?«

»Noch nicht«, sagte Graham, ohne sich weiter über die

Ermittlungen auszulassen. Dafür war später auch noch Zeit.

»Was ist mit Abe?«

»Zlotin und seine Spielgesellen haben ihn entführt. Wir wissen noch nicht, wo sie ihn gefangenhalten, sind ihnen aber auf der Spur.«

»Und die Dossiers?«

»Die haben sie auch.«

»Was will denn die *Spetznaz* mit so etwas?« wunderte sich Koltschinski.

»Die Zeit ist zu knapp, um das ausführlich zu erklären, Sergei«, sagte Sabrina. »Aber ich verspreche dir, daß wir bald wiederkommen und dich ausführlich informieren.«

Koltschinski drückte Sabrinas Hand mit aller Kraft. »Ihr müßt Abe finden. Er ist doch krank. Wenn er unter Druck steht, wird er das nicht lange überleben.«

»Wir werden ihn finden«, versprach Sabrina und löste sich von ihm.

Koltschinski schloß die Augen; der Besuch hatte ihn sichtlich erschöpft. Sabrina sah zu Graham hinüber, der mit dem Kinn auf die Tür deutete. Schweigend verließen sie das Zimmer.

»Komisch, Sergei hat immer behauptet, er wäre Zlotin in seiner Zeit beim KGB nie begegnet«, brummte Graham, als sie im Aufzug standen. »Wie kann er sich dann so sicher sein, daß Zlotin beim Überfall dabei war? Außerdem hatten sich laut Augenzeugen Zlotin und seine Leute Strümpfe über das Gesicht gezogen.«

»Vielleicht hat er Zlotin anhand des Fahndungsbildes im Computer erkannt«, mutmaßte Sabrina.

»Klar«, sagte Graham in sarkastischem Ton. »Obwohl er eine Maske trug.«

Sie waren unten angekommen. Sabrina trat achselzukkend in den Korridor.

Graham ergriff sie am Arm. »Was wird da gespielt?«

»Was soll die Frage?« Ihr Blick glitt unwillkürlich zu einer Krankenschwester hinüber, die aus einem anderen Aufzug getreten war.

»Ich spüre, daß du mir etwas verheimlichst, Sabrina. Du siehst mir nicht mehr in die Augen. Was ist los?«

Sie wartete mit der Antwort, bis die Schwester außer Hörweite war. »Sergei hat Zlotin tatsächlich kennengelernt, aber nicht in seiner Zeit beim KGB. Der Colonel wollte Zlotin für die UNACO gewinnen. Sergei führte damals innerhalb von zwei Wochen drei intensive Gespräche mit ihm, ohne Erfolg. Zlotin weigerte sich sogar strikt, sich den Vorschlag durch den Kopf gehen zu lassen. Er war nicht bereit, die *Spetznaz* zu verlassen, und Sergei kam mit leeren Händen zurück.

»Warum steht nichts davon in Zlotins Dossier? Und warum weißt ausgerechnet du Bescheid?«

Sabrina starrte lange auf ihre Fußspitzen hinunter, ehe sie mit der Antwort herausrückte. »Zlotin war damals Colonel Philpotts erste Wahl, als Jacques nach seinem Ausscheiden aus der Strike Force Three ersetzt werden mußte. Aber weil Zlotin die *Spetznaz* partout nicht verlassen wollte, hat er statt dessen dich geholt. Außer Sergei, dem Colonel, C. W. und mir weiß sonst niemand darüber Bescheid. Der Colonel tat alles, um die Sache herunterzuspielen. Nicht nur, um sein Gesicht zu wahren, sondern auch, um dich nicht in Verlegenheit zu bringen, zumal du ja aufgrund deiner Arbeit für die DELTA als Kenner der *Spetznaz* und insbesondere Zlotins gegolten hast. Darum wurden C. W. und ich auf Geheimhaltung eingeschworen.«

»Trotzdem hättest du mich informieren können«, zischte Graham aufgebracht.

»Mir schien es nicht so wichtig, Punkt!«

»Ja, gut, ich kann ja verstehen, warum der Oberst Zlotin haben wollte«, murmelte Graham, schon wieder etwas besänftigt. »Er ist der Beste auf diesem Sektor.«

»Ich würde sagen, das ist Ansichtssache.« Sie sah ihm direkt in die Augen.

»Komm, gehen wir«, brummte Graham, obwohl er ihre Andeutung sehr wohl verstanden hatte.

Schweigend gingen sie zum Wagen. Beim Aufsperren

fiel Graham ein Audi auf, in dem seine Frau saß. Er sah gleich wieder weg und stieg ein.

»Was ist, Mike?« fragte Sabrina, der seine besorgte Miene nicht entgangen war.

»Erinnerst du dich an die Reporterin, von der ich dir erzählt habe?«

»Du meinst den Vorfall in der U-Bahn?«

»Ja. Nun – sie sitzt in dem blauen Audi dort drüben.«

»Bist du sicher, daß sie das ist?«

»Natürlich bin ich mir sicher!«

Sabrina runzelte besorgt die Stirn. »Was hast du jetzt vor? Sie zur Rede stellen?«

»Nein, das würde alles nur noch schlimmer machen.«

»Was willst du dann unternehmen?«

»Wir fahren zum Hotel zurück, als wäre nichts geschehen. Hören wir uns erst mal an, was Jacques dazu meint.«

»Das hat uns gerade noch gefehlt!« stöhnte Rust entnervt, als er Grahams Bericht über die Reporterin gehört hatte. »Wie hat sie nur rausgefunden, daß du in Lissabon bist?«

»Ich bin von der U-Bahn direkt zur UN gegangen«, antwortete Graham nach kurzem Nachdenken. »Möglicherweise ist sie mir gefolgt.«

»Hast du dich nicht umgesehen?«

»Natürlich habe ich mich umgesehen! Das ist bei uns doch Routine. Wahrscheinlich saß sie in einem Taxi. Menschenskind, am Abend sind Tausende von Taxis unterwegs. Wie hätte ich etwas bemerken sollen, wenn sie auf Abstand geachtet hat?«

»Hey, wollt ihr euch jetzt ewig weiterzanken, oder wollen wir nicht lieber versuchen, den Schaden zu begrenzen?« schaltete sich Sabrina ein.

Rust stieß einen resignierten Seufzer aus. »Sabrina hat recht. So kommen wir nicht weiter. Ich rufe den Colonel an, dann werden wir ja sehen, was er dazu meint. Wer weiß, vielleicht kommt er zu dem Schluß, daß ihr beide jetzt ein Sicherheitsrisiko seid, und zieht euch ab. Wie auch immer, die Entscheidung liegt bei ihm.«

Graham holte sich aus der Minibar eine Flasche Mineralwasser und stellte sich damit neben Sabrina ans Fenster.

»Jacques hätte dich nicht so anfahren dürfen«, sagte sie leise mit einem Seitenblick auf Rust, der mit dem Rücken zu ihnen stand und mit Philpott telefonierte.

»Im Moment liegen bei uns allen die Nerven bloß«, meinte Graham und trank einen Schluck. »Es stimmt ja auch – ich habe sie nicht bemerkt, und jetzt müssen wir die Suppe auslöffeln, die ich uns eingebrockt habe.«

Sabrina starrte auf die Straße hinunter. »In diesem Fall wären wir beide schuldig. Wahrscheinlich ist sie uns auch schon zum Flughafen gefolgt. Wie sonst hätte sie rausfinden können, daß wir nach Lissabon geflogen sind? Und ich habe auch nicht aufgepaßt.«

»Jetzt hat es keinen Sinn mehr, sich den Kopf darüber zu zerbrechen«, meinte Graham. »Geschehen ist geschehen. Zumindest wissen wir, daß sie hier ist, und können sie wenigstens bei der nächsten Fahrt abschütteln.«

»Wenn wir dann noch für diesen Fall zuständig sind«, erinnerte ihn Sabrina.

»Ihr seid dafür noch zuständig«, sagte Rust hinter ihnen. »Zwar müssen wir das Schlimmste annehmen, nämlich daß Katherine Warren vermutet, daß ihr für die UNACO arbeitet, aber wenn jetzt ein anderes Kommando zum Einsatz käme, würde das ihren Verdacht nur bestätigen. Sie darf allerdings nicht merken, daß wir sie enttarnt haben, denn dann säßen wir wirklich in der Tinte.«

»Kann der Colonel nicht seine Beziehungen spielen lassen und für ihre Abberufung sorgen?« fragte Sabrina.

»Das würde uns mehr schaden als nützen«, widersprach Rust. »Die Zeitung könnte beschließen, aus dem vorliegenden Material eine Story zu fabrizieren. Vielleicht wissen sie noch nicht viel über euch, aber wir können uns dieses Risiko nicht leisten.«

»Aber je länger sie ungehindert rumschnüffelt, desto mehr Indizien wird sie sammeln«, wandte Sabrina ein.

»Nicht notwendigerweise. Ihr beide seid auf dem Papier Angestellte der UN, Mike als außenpolitischer Berater des US-Botschafters und du als Dolmetscherin bei der Vollversammlung. Und laut eurer Personenbeschreibung seht ihr euch auch privat recht oft. Selbst wenn sie gesehen hat, daß ihr gemeinsam das UN-Gebäude verlassen habt, ist daran noch nichts Verdächtiges. Ihr habt eben erfahren, daß Sergei Koltschinski, ein Mitglied der UNESCO und gemeinsamer Freund von euch, bei einem anscheinend willkürlichen Angriff angeschossen worden ist, und seid nach Lissabon geflogen, um euch um ihn zu kümmern. Falls es Fragen geben sollte, werden wir diese Version verbreiten. Deswegen ist es schon um der Glaubwürdigkeit willen unabdingbar, daß ihr Sergei weiter regelmäßig besucht.«

Graham legte die Stirn in Falten. »Diese Warren wird garantiert das Hotel beobachten lassen. Wie können wir ihr – oder einem möglichen Partner – entwischen, wenn es nötig sein sollte?«

»Für Besuche bei Sergei nehmt ihr weiter den Sierra, und für offizielle Fahrten wird ein anderes Auto in einer Seitenstraße bereitstehen. Ich werde Major Inacio bitten, euch sobald wie möglich eins zur Verfügung zu stellen.«

»Warum wird nicht einfach ein anderes Team eingeflogen, und wir spielen den Lockvogel?« schlug Sabrina vor.

»Das hätten wir auch getan, wenn nicht Zlotin mitmischen würde. Mike kennt ihn besser als jeder andere bei der UNACO. Und sein Wissen bringt uns womöglich den entscheidenden Vorteil.«

»Hoffentlich enttäusche ich euch nicht, Jacques«, sagte Graham. »Er ist einer der Besten in unserem Fach.«

»Wie du auch«, entgegnete Rust. »Und darum brauchen wir dich unbedingt vor Ort. Ohne dich haben wir keine Chance, ihn zu schnappen.«

Sabrina schüttelte den Kopf. »Das ist doch grotesk ... Selbst wenn wir die Dokumente unversehrt zurückholen, müssen wir trotzdem damit rechnen, daß die Organisation kompromittiert wird, falls diese Reporterin tatsächlich ihren Artikel über uns veröffentlicht.«

Über Rusts Gesicht huschte ein Lächeln. »Ich glaube, daß Colonel Philpott da auch noch ein Wörtchen mitzureden hat. Er hat anscheinend selbst in den verfahrensten Situationen immer noch ein As im Ärmel. Und so wie ich ihn kenne, wird er es genau dann ausspielen, wenn die anderen am wenigsten damit rechnen.«

Im Augenblick hatte Philpott kein As im Ärmel, mit dem er Katherine Warren hätte schlagen können. Im Laufe der Jahre an der Spitze der UNACO hatte er gelernt, daß der Gebrauch gesetzlicher Mittel zur Wahrung des geheimen Charakters der Organisation ein äußerst zweischneidiges Schwert war. Solche Maßnahmen kosteten vor allem Geld und viel Zeit. Darum hatte er vier ehemalige FBI-Beamte angeworben, damit sie im Privatleben all derer herumstöcherten, in denen er eine Bedrohung für die Organisation sah, und – wenn möglich – Indiskretes oder sogar kriminelle Aktivitäten aufdeckten. Obwohl dieser Bereich offiziell den Titel ›Büro für Desinformation‹ trug, hatten die Agenten bald den Begriff ›Abteilung Nestbeschmutzer‹ geprägt. Sämtliche Materialien, die diese vier Leute sammelten, belegten sie mit eidesstattlichen Erklärungen und, wenn möglich, mit Fotos. Nun, bislang war die UNACO noch nie in die Schlagzeilen geraten. Und Philpott wollte dafür sorgen, daß es auch in Zukunft so blieb.

Besonderes Interesse zeigte das Desinformationsteam an den Chefredakteuren der einflußreichen in und ausländischen Zeitungen. Und da die Leute in den Führungspositionen ständig wechselten, mußten die Mitarbeiter der ›Abteilung Nestbeschmutzer‹ ihre Materialien und Daten regelmäßig auf den neuesten Stand bringen. Über den früheren Chefredakteur des *New York Sentinel* hatten sie genug in Erfahrung gebracht, um ihn im Notfall mundtot zu machen. Gegen den momentanen Macher dieser Zeitung, Larry Ryan, hatten sie bislang aber nichts in der Hand. Heute morgen hatte Philpott sie in sein Büro bestellt und sie aufgefordert, etwas – irgend etwas – über Ryan oder Katherine Warren aufzutreiben, das sich im

Bedarfsfall gegen sie verwenden ließe. Dem Colonel war klar, daß Weihnachten war und alle vier eine Familie hatten, doch Rusts Anruf hatte ihn zum Handeln gezwungen.

Jetzt mußte es schnell gehen …

Der Wagen verließ den Interborough Parkway in Queens und hielt nach zweihundert Metern vor einem Metalltor an. EINSTURZGEFAHR! BETRETEN VERBOTEN! warnte ein daneben angebrachtes Schild, doch der Fahrer öffnete mit Hilfe eines Sendegeräts das Tor und fuhr durch. Kaum hatte der Wagen es passiert, schloß es sich automatisch wieder. Einen Kilometer hinter dem Tor erreichten sie eine allem Anschein nach verlassene Fabrikanlage mit insgesamt sechs Gebäuden.

Der Fahrer blieb vor einer von mehreren verschlossenen Garagen stehen; erneut betätigte er seinen Sender und fuhr hinein. Sobald sich die Tür hinter ihnen geschlossen hatte, gab er schon wieder einen Code in das Gerät ein – er wurde täglich geändert –, woraufhin sich eine starke Hydraulik in Bewegung setzte und den Garagenboden langsam auf eine Tiefe von fünfzig Metern unter der Erde absenkte. Sie befanden sich jetzt im Testzentrum der UNACO. Um maximale Sicherheit zu gewährleisten, war es eigens unterirdisch angelegt worden. Es beherbergte die Abteilungen Ballistik, Gerichtsmedizin und Forschung, einen Gymnastiksaal, in dem die Agenten mindestens fünf Stunden pro Woche Nahkampf trainieren mußten, und eine Hightech-Schießanlage, in der die Agenten regelmäßig hinsichtlich ihrer Fähigkeiten im Umgang mit den neuesten Waffen getestet wurden.

Als Philpott ausgestiegen war, fuhr der Chauffeur weiter zum ebenfalls unterirdisch gelegenen Parkplatz. Vor dem Colonel öffnete sich eine Aufzugtür, und eine hochgewachsene, kahlköpfige Gestalt trat auf Philpott zu. Major Neville Smylie, ein früherer Offizier der SAS, der bei Einsätzen in Malaysia, Oman und Nordirland militärische Ehren erworben hatte, stand dem Testzentrum seit dessen

Gründung Anfang der achtziger Jahre vor. Obwohl der überkorrekte und humorlose Engländer bei den Agenten nicht besonders beliebt war, bewunderten alle seine Fähigkeiten als Soldat. Seiner Kritik, die immer beherzigt wurde, hatten auch schon einige das Leben zu verdanken. Philpott kannte Smylie seit Malaysia. Er gestand es sich nicht gern ein, doch auch er war mit dem SAS-Offizier nie richtig warm geworden.

»Morgen, Malcolm«, sagte Smylie mit seinem abgehackten Upperclassakzent und streckte die Hand aus. »Hatte heute gar nicht mit Ihnen gerechnet.«

Philpott schüttelte ihm die Hand. »Dasselbe könnte ich auch Ihnen sagen. Herrgott, es ist Weihnachten. Warum sind Sie nicht bei Sheilah und Ihren Kindern?«

»Ich muß noch ein paar Sachen klären. Aber ich habe Sheilah gesagt, daß ich rechtzeitig zurückkomme, um den Truthahn zu tranchieren. Und was führt Sie hierher?«

»Geschäftliches. Es handelt sich um den Überfall auf Abe und Sergei im Flughafen von Lissabon.«

»Wie geht es Sergei?«

»Er ist heute morgen aus dem Koma aufgewacht. Die Ärzte sind zuversichtlich, daß er sich vollständig erholen wird.«

»Das ist eine gute Nachricht«, sagte Smylie, ohne allerdings wirklich erleichtert zu wirken.

»Ich bin aber nicht gekommen, um Ihnen nur das zu sagen«, fuhr Philpott fort. »Ich wollte etwas anderes mit Ihnen besprechen.« Er zögerte. »Wissen Sie, ich hatte von Anfang an den Verdacht, daß ein Maulwurf in unserer Organisation sitzt, der die Verbrecher über die Konferenz in Lissabon informiert hat. Anders hätten sie nie erfahren können, daß Abe brisante Unterlagen in seinem Aktenkoffer mit sich führte.«

»Und sie verdächtigen jemanden hier im Testzentrum?«

»Ja. Ich habe von meinem Büro aus eine gründliche Untersuchung durchgeführt und weiß jetzt, um wen es sich handelt. Unter dem Vorwand, ich würde dringend Informationen von ihm benötigen, habe ich ihn hierher gebeten.«

»Wer ist es?« fragte Smylie.

Philpott zog eine Akte aus seiner Tasche und deutete auf den Namen auf dem Deckel.

»Das glaube ich nicht!« stieß Smylie hervor, als er den Namen las.

»Mir ging es zunächst genauso wie Ihnen. Aber ich wäre bestimmt nicht gekommen, wenn ich mir nicht absolut sicher gewesen wäre. Die Beweise sind eindeutig.«

»Verstehe ...«, murmelte der andere benommen.

»Ich würde gern Ihr Büro benutzen, wenn ich darf.«

»Aber natürlich.« Smylie deutete auf den Aufzug.

Gemeinsam fuhren sie eine Ebene tiefer und traten in einen tristen, mit schilderlosen Metalltüren gesäumten Betonkorridor. Hinter all diesen Türen verbargen sich schalldichte Räume, in denen Mitarbeiter der UNACO auf ihrem jeweiligen Spezialgebiet mit Hilfe ultramoderner Geräte den Kampf gegen das organisierte Verbrechen dokumentierten und auswerteten. Die Tür am Ende des Korridors führte in Smylies Büro. Auch sie ließ sich mit einem Sendegerät öffnen und schloß sich automatisch nach ihrem Eintreten.

An drei Wänden hing eine ganze Serie von gerahmten Schwarzweißfotos, die allesamt Smylies Karriere bei der Armee belegten. Die vierte dagegen zierte ein gewaltiges Schwert mitsamt Scheide. In den Knauf waren die Insignien des Regiments eingraviert, in dem er zuletzt gedient hatte. Seine Kollegen hatten es ihm zum Abschied geschenkt, als er zur UNACO gewechselt war.

Philpott setzte sich an den Mahagonischreibtisch, wählte eine interne Nummer, sprach ein paar kurze Worte in den Hörer und legte wieder auf. Dann sah er zu Smylie auf. »Postieren Sie einen bewaffneten Wachmann vor der Tür. Ich lasse es Sie wissen, sobald ich hier fertig bin.«

»Selbstverständlich.« Smylie machte auf dem Absatz kehrt und stolzierte hinaus.

Philpott schlug die Akte auf. Es fiel ihm immer noch schwer zu akzeptieren, daß jemand, auf den er so große Stücke gehalten hatte, der UNACO in den Rücken gefallen war. Noch dazu ein Abteilungsleiter im Testzentrum. Professor Marcel Toure war seit drei Jahren für den Bereich Ballistik zuständig. Philpott hatte ihn damals selbst eingestellt. Jetzt fühlte er sich persönlich verraten, und er war wütend ...

Über der Tür blinkte ein Lichtsignal; jemand hatte auf die Klingel gedrückt. Ein Blick auf den Monitor bestätigte Philpott, daß draußen der Mann wartete, den er herbestellt hatte. Der Colonel ballte die Fäuste, zügelte aber sogleich wieder seine Gefühle und betätigte den Öffner.

»Morgen, Malcolm«, sagte Toure mit einem fröhlichen Lächeln. »Ich wünsche Ihnen ... na, Sie wissen schon, was.«

»Setzen Sie sich.« Es kostete Philpott enorme Mühe, sich seine Wut nicht anmerken zu lassen.

Toure ließ sich immer noch lächelnd auf dem Besucherstuhl nieder. »Ihr Anruf heute morgen war etwas rätselhaft, Malcolm, aber selbstverständlich habe ich mich gleich auf die Socken gemacht. Sie haben angedeutet, Sie bräuchten bestimmte Informationen von mir. Worum handelt es sich denn?«

»Was können Sie mir über Emile Jannoc sagen?« Philpotts Blick bohrte sich in Toures Augen.

Schlagartig erstarb Toures Lächeln. »Jannoc?« fragte er zögernd. »Ach ja, ich erinnere mich. Ich mußte bei dem Prozeß gegen ihn aussagen. Es ging um einen Mord. Muß fünf Jahre her sein.«

»Und Ihre Aussage führte zu seinem Freispruch, richtig?«

»Die Pistole, die ich begutachten mußte, war nicht mit der Mordwaffe identisch. Ich verabscheue Jannoc und seinesgleichen, aber ich stand unter Eid und mußte die Wahrheit sagen.«

»Der mit dem Fall betraute Kommissar beteuerte später, die Pistole, die er Ihnen geschickt hatte, sei die Tabwaffe gewesen; seiner Meinung nach wurde sie gegen eine andere vertauscht – innerhalb des Zeitraums, in dem sie in Ihrer Obhut war.«

»Stimmt«, erwiderte Toure achselzuckend. »Er wollte mit aller Macht eine Verurteilung erreichen, und als er sie nicht bekam, setzte er diese ungeheuerlichen Beschuldigungen gegen mich in die Welt. Daraufhin wurde eine interne Untersuchung angestellt, die mich in jeder Hinsicht entlastete.«

Philpott nahm einen Bogen aus der Mappe und legte ihn vor Toure auf den Tisch. »Das sind die Ergebnisse der Untersuchung. Wie Sie sagten, wurden Sie voll und ganz rehabilitiert. Wissen Sie noch, wer die Untersuchungskommission leitete?«

»Auf Anhieb fällt es mir nicht ein. Aber was soll das überhaupt, Malcolm?«

»Leiter der Ermittlungen war ein gewisser Captain Alain Laroux von der Pariser Sûreté«, sagte Philpott, ohne auf die Frage einzugehen. »Unten steht auch seine Unterschrift. Anfang dieses Jahres wanderte Laroux wegen Korruption ins Gefängnis. Beim Prozeß kam heraus, daß er acht Jahre lang Bestechungsgelder von führenden Größen der Unterwelt erhalten hatte, darunter auch Emile Jannoc.«

Toure wurde auf einmal leichenblaß. »Davon wußte ich nichts!«

Philpott deutete ungerührt auf das Dokument. »Ich würde sagen, der neue Sachverhalt rückt diesen Bericht hier in ein beträchtliches Zwielicht, oder sehen Sie das anders?«

Toure schluckte nervös. »Sie glauben doch nicht, daß ich mit Jannoc und Laroux unter einer Decke steckte?«

Philpott entnahm der Mappe ein Fax und legte es neben den Bericht. »Das ist gestern abend eingetroffen. Es stammt von meinem Kollegen in der Sûreté. Es ist das von Laroux unterschriebene Geständnis. Ihm zufolge haben Sie die Waffen vor dem Prozeß gegen Jannoc eigenhändig vertauscht.«

»Aber das ist doch grotesk! Er würde alles sagen, nur um mildernde Umstände zu bekommen.«

»Die Polizei hat ihm kein Gegengeschäft angeboten. Er hat seine Aussage freiwillig gemacht. Aber das war erst der

Anfang, nicht wahr? Jannoc hatte Sie von da an in der Hand und benutzte Sie noch öfter, wenn er Insiderwissen brauchte – oder täusche ich mich da?«

»Ich weiß nicht, was das soll, Malcolm«, ächzte Toure mit bebender Stimme.

»Mir ist völlig egal, wenn Sie sich mit Laroux zusammentun, um in Frankreich die Rechtsprechung zu pervertieren«, knurrte Philpott. »Und dort können Sie von mir aus auch für Ihre Gefälligkeiten Bestechungsgelder von Jannoc kassieren, soviel Sie wollen. Mir geht es einzig und allein um die UNACO. Sie haben uns verkauft, Marcel. Sie haben Jannoc die Konferenz in Lissabon gemeldet, nicht wahr?«

»Malcolm, ich ...«

»Nicht wahr?« donnerte Philpott.

Toure verbarg das Gesicht in den Händen.

»Mir wird richtig schlecht, wenn ich daran denke, daß Abe Silverman Ihr Freund war. Und so vergelten Sie ihm seine Freundschaft: Sie händigen ihn an Jannoc aus. Bestimmt hat sich das finanziell gelohnt!«

Toure hob langsam den Kopf. Seine Augen schwammen in Tränen. »Ich schwöre Ihnen, daß ich nicht wußte, daß sie so etwas vorhatten, Malcolm. Er hatte mir versprochen, daß Abe kein Härchen gekrümmt würde. Daß niemandem etwas geschehen würde. Ich war wie vom Donner gerührt, als ich die Nachricht hörte.«

»Das glaube ich Ihnen aufs Wort«, erwiderte Philpott in schneidendem Ton.

»Ich wollte nicht mitmachen, Malcolm, aber Jannoc drohte mit meiner Aufdeckung, wenn ich mich nicht genau an seine Anweisungen hielte,« Toure raufte sich verzweifelt die Haare. »Ich hatte keine andere Wahl. Ich habe doch eine Familie. Ich mußte sie vor einem Skandal schützen!«

»Dafür ist es zu spät«, bemerkte Philpott bitter.

»Was wird nun aus mir?« fragte Toure, als würde ihm erst jetzt die ganze Tragweite seines Verrats bewußt.

»Das hängt von Ihnen ab. Wenn Sie bei der Untersuchung voll und ganz mitarbeiten, wird das sicherlich zu Ihren Gunsten gewertet.«

»Ich werde mitarbeiten«, versprach Toure resigniert. »Was wollen Sie wissen?«

Philpott legte den Mikrokassettenrecorder, der sich in seiner Aktentasche befunden hatte, auf den Tisch und schaltete ihn auf Aufnahme. »Ich stelle Ihnen jetzt ein paar Fragen. Später wird man Sie hier im Testzentrum ausführlich verhören. Sie haben ein Recht auf Hinzuziehung eines Anwalts bei dieser und allen zukünftigen Vernehmungen. Möchten Sie jemanden anrufen?«

Toure schüttelte den Kopf.

»Bitte geben Sie mir eine definitive Antwort«, sagte Philpott und deutete auf das Aufnahmegerät.

»Im Moment möchte ich keinen Anwalt hinzuziehen.«

»Sehr schön. Wie oft haben Sie seit Aufnahme Ihrer Tätigkeit hier im Testzentrum Informationen über die UNACO an Jannoc weitergegeben?«

»Das hier war das erste Mal, das schwöre ich Ihnen.«

»Wann nahm er hier in New York Verbindung mit Ihnen auf?«

»Das genaue Datum weiß ich nicht mehr, aber es war kurz nach der Beerdigung seines Bruders.«

»Was wollte er von Ihnen?«

Toure beugte sich vor. Sein Blick war auf den Teppich gerichtet. »Er hatte von einem Informanten erfahren, daß eines unserer Einsatzkommandos am Tod seines Bruders schuld gewesen sein soll. Zuerst wollte er von mir wissen, wer damals in Marseille war. Ich sagte ihm, daß sämtliche Informationen über unsere Agenten unter Verschluß gehalten werden und nur den obersten Stellen bekannt sind.«

»Wie hat er reagiert?«

»Es beeindruckte ihn überhaupt nicht. Er wollte die Namen der Verantwortlichen erfahren, und ich sollte sie ihm melden. Da habe ich in meiner Verzweiflung die Leitung in Abes Büro angezapft. Ich wußte, daß er die Mitglieder der Einsatzteams kennen würde.«

»Die Büros werden morgens nach Wanzen durchsucht«, sagte Philpott. »Warum wurde die Ihre nie entdeckt?«

»Bevor ich heimging, habe ich sie jeden Abend entfernt

und am nächsten Tag nach der Durchsuchung neu angebracht. Diese Lösung war alles andere als zufriedenstellend, aber in Anbetracht der kurzen Frist gab es nichts Besseres.«

»Auf diese Weise haben Sie von der Konferenz in Lissabon erfahren?«

Toure nickte. »Ja. Abe und Sergei diskutierten darüber mehrmals auf der Leitung, die ich angezapft hatte. Ich teilte das Jannoc mit, und er muß daraufhin zu dem Schluß gekommen sein, daß er nur anhand der Akten erfahren könne, wer seinen Bruder getötet hat.«

»Sprach er mit Ihnen über seinen Plan?«

»Er sagte mir nur, daß er die Akten während Abes Aufenthalt in Lissabon an sich bringen wollte. Aber von seiner Methode hatte ich wirklich keine Ahnung. Hätte ich das gewußt ...« Er verstummte abrupt.

»Sie wollten etwas sagen?« bohrte Philpott nach.

Toure rutschte auf seinem Stuhl herum. »Ich wußte nicht, daß sie auf Sergei schießen und Abe verschleppen würden. Das schwöre ich Ihnen bei Gott!«

»Das kaufe ich Ihnen nicht ab, Marcel. Jeder Dummkopf hätte begriffen, daß die Akten Jannoc nichts nützen, wenn Abe sie nicht für ihn entschlüsselt. Jannoc ist auf Abe angewiesen.«

»Ich wollte doch nicht, daß so etwas geschieht, Malcolm! Aber ich hatte keine Wahl. Das müssen Sie verstehen.«

»Heben Sie sich Ihre Bitten für den Richter auf«, brummte Philpott und schaltete den Kassettenrecorder aus. »Er hat vielleicht mehr Verständnis für sie.«

»Aber Sie geben doch nichts an die Presse weiter, oder?«

»Natürlich nicht. Jedes Verfahren, in dem es um die UNACO geht, wird streng geheimgehalten. Sie haben doch selbst bei einigen ausgesagt.«

Philpott öffnete per Fernbedienung die Tür und winkte den Wachtposten herein. »Bringen Sie Mr. Toure ins Verhörzimmer. Keiner darf mit ihm sprechen, es sei denn, er hat Major Smylies oder meine Ermächtigung. Ist das klar?«

»Jawohl, Sir.«

Toure stieß den Arm des Wärters weg und stand von allein auf. Auf halbem Weg zur Tür stolperte er plötzlich und mußte sich am nächsten Stuhl festhalten. Um ihn zu stützen, griff der Wärter nach seinem den Oberarm ... Da riß ihm Toure blitzschnell die Heckler & Koch aus dem Holster, fuhr herum und richtete sie auf Philpott.

»Legen Sie die Pistole weg, Marcel«, sagte der Colonel leise. »Sie stecken auch so schon in genügend Schwierigkeiten. Machen Sie es nicht noch schlimmer.«

Der Wachtposten trat einen Schritt auf Toure zu; sofort zeigte der Lauf auf ihn. »Ich will niemandem etwas zuleide tun, aber das ist unvermeidlich, wenn Sie mir noch einen Schritt näher kommen. Ich habe die Pistole und bin im Vorteil, egal wie gut Sie im Nahkampf sind. Zwingen Sie mich nicht, Sie zu töten.«

Philpott bedeutete dem Wachtposten, zurückzuweichen. »Sie wissen, daß Sie hier nie und nimmer rauskommen, Marcel. Warum legen Sie nicht einfach die Pistole auf den Boden, und wir vergessen diesen kleinen Vorfall?«

»Ich will, daß Sie beide jetzt rausgehen.« Toures Blick flackerte zwischen den beiden Männern hin und her. »Los.«

Auf seinen Spazierstock gestützt, kam Philpott um den Schreibtisch herum. »Marcel, das ist es nicht wert ...«

»Sparen Sie sich den Sermon. Es gibt kein Zurück mehr.« Toure deutete zur Tür. »Raus. Und zwar beide!«

Philpott gab dem Wachtposten mit einem Nicken zu verstehen, daß sie gehorchen mußten. Kaum hatten sie die Schwelle überschritten, ging die Tür automatisch zu. Toure hatte sich im Büro eingeschlossen.

»Alarmieren Sie Major Smylie!« bellte Philpott. »Und sagen Sie ihm, er soll den Ersatztüröffner mitbringen.«

Der Wachtposten rannte zum Telefon, das weiter hinten in der Wand verankert war. Als er den Auftag erledigt hatte, fand er Philpott so vor, wie er ihn verlassen hatte. Mit angespannter Miene starrte der Colonel die Tür an. Es war nicht möglich, mit Toure zu sprechen. Alle Räume in diesem Komplex waren aus Sicherheitsgründen absolut schalldicht.

In diesem Moment kam Smylie herbeigestürzt. »Was ist los?« keuchte er.

Als Philpott es ihm mit knappen Worten erklärt hatte, blitzte er den Wachtposten wütend an, weil der sich mit einem Anfängertrick hatte übertölpeln lassen, reichte dann aber wortlos Philpott die Fernbedienung und zog seine Browning aus dem Holster.

»Ich habe so ein Gefühl, daß das nicht nötig sein wird«, meinte Philpott.

»Wir dürfen kein Risiko eingehen«, brummte Smylie und bezog neben der Tür Stellung.

Währenddessen betätigte Philpott den Öffner. Mit der Browning im Anschlag sprang Smylie ins Büro – und ließ die Waffe dann langsam sinken. Toure hatte mit einem Schuß in den Mund Selbstmord begangen Die Kugel hatte das Gehirn und die Schädeldecke durchschlagen und war in der mit Blut bespritzten Wand hinter ihm stecken geblieben. Obwohl Smylie bereits wußte, daß jede Hilfe zu spät kam, fühlte er Toure dennoch routinemäßig den Puls. Schließlich sah er langsam zu Philpott auf und schüttelte den Kopf.

»Holen Sie den Sanitäter«, befahl der Colonel dem Wachtposten, der sofort losrannte.

»Schauen Sie.« Smylie deutete auf Toures Hand, die selbst im Tod noch den Mikrokassettenrecorder umklammert hielt.

Philpott löste das immer noch laufende Gerät aus den noch schlaffen Fingern, hielt das Band an und spulte es zurück, bis er die Stelle fand, an der er Toures Befragung beendet hatte. Dann setzte er sich an den Schreibtisch und hörte mit regungsloser Miene Toures letzte Worte an.

»Malcolm, erst jetzt wird mir das ganze Ausmaß meines Verrats bewußt, aber ich schwöre Ihnen, ich habe nie auch nur geahnt, daß es einmal so schlimm kommen könnte. Ich weiß, was für eine Schande es für meine Familie bedeuten würde, wenn ich vor Gericht käme. Meine Frau ist ein aufrichtiger und stolzer Mensch. Es wurde ihr das Herz brechen, wenn sie erführe, was ich getan habe, noch dazu für kaum mehr als ein Taschengeld. Und meine Tochter steht kurz vor dem Abschluß ihres Studiums an der Columbia University. Ich will nicht, daß sie zeit ihres Lebens mit der Bürde meiner Verbrechen belastet wird. Darum habe ich mich für diesen Weg entschieden. Es wird also keinen Prozeß geben. Ich weiß, daß ich Ihr Vertrauen mißbraucht habe, Malcolm, und Sie sind zu Recht wütend auf mich. Aber nun muß ich es Ihrem Gewissen überlassen, ob Sie es wirklich für nötig halten, meiner Familie zu erklären, was heute geschehen ist. Ich weiß ja, daß Sie immer das tun werden, was Sie für richtig halten.«

Gleich darauf dröhnte ein Schuß durch den Lautsprecher. Philpott schaltete das Gerät aus und lehnte sich zurück.

»Haben Sie vor, es seiner Frau zu sagen?« fragte Smylie.

»Nein«, antwortete Philpott nachdenklich. Er griff nach dem Stock und ging langsam zur Tür. »Beordern Sie meinen Fahrer hierher. Ich habe so ein Gefühl, daß mir noch ein langer Tag bevorsteht.«

6

Whitlock war wach, noch bevor das Telefon zum zweitenmal schrillte. Er setzte sich auf, knipste die Nachttischlampe an und nahm ab.

»Royce?« bellte eine Stimme.

»Ja.« Whitlock rieb sich verschlafen die Augen und sah auf die Uhr. Es war halb sechs. »Wer spricht?«

»Jannoc. Ziehen Sie sich an. Ich habe ein Angebot für Sie, das Sie unter Umständen interessieren könnte.«

»So früh am Morgen?« fragte Whitlock ungläubig.

»Sind Sie interessiert oder nicht?«

»Klar bin ich interessiert.« Whitlock war jetzt hellwach. »Worum geht es?«

»Alles Nähere besprechen wir in meinem Büro. Saisse holt Sie in etwa zehn Minuten ab, einverstanden?«

»Klar«, brummte Whitlock. Schon war die Leitung wieder tot. Whitlock überlegte fieberhaft. Ein Geschäft? Offenbar hatte Jannock seinen Lebenslauf überprüft und keine Widersprüche gefunden. Nun, alles andere hätte ihn überrascht. Philpott bezog wirklich jeden eventuellen Störfaktor in seine Planungen mit ein und überließ nichts dem Zufall – da brauchte er sich keine Sorgen zu machen. Aber an was für eine Art Geschäft dachte Jannoc jetzt? Wollte er ihm am Ende eine Stelle in seiner Organisation anbieten? Das erschien ihm noch am plausibelsten. Und als was? Würde er dann Zugang zu Jannocs Büro haben und dort vielleicht sogar die Miniaturwanzen verstecken können, die Rust ihm in Paris gegeben hatte? Sogleich hielt er sich vor, daß das alles nur müßige Spekulation war. Mehr würde er erst erfahren, wenn er mit Jannoc sprach.

So stellte sich Whitlock zunächst unter die Dusche, und als es knapp zehn Minuten später klopfte, zog er sich gerade an. Er schlüpfte noch hastig in seinen Pullover und öffnete dann.

»Sind Sie fertig?« fragte Saisse. »Monsieur Jannoc wartet auf Sie.«

Whitlock folgte Saisse zu einem Aufzug. Neben der Tür gab es keine Knöpfe, nur einen Schlitz, in den Saisse nun eine Chipkarte schob. Die Tür glitt zurück; Saisse forderte Whitlock mit einer Geste auf, einzutreten, und folgte ihm dann. Auch innen ließ der Lift sich nur mit der Karte bedienen. Erst als Saisse sie in den Schlitz gesteckt hatte, leuchtete ein Schaltbrett auf. Er drückte auf PENTHOUSE.

Die Aufzugtür öffnete sich direkt zu Jannocs Büro, doch hinter dem Schreibtisch thronte nicht der Franzose, sondern Zlotin. Er studierte zwei vor ihm liegende Faxe. Jannoc saß mit einer Tasse Kaffee in der Hand auf einem Sessel. Kaum war Whitlock eingetreten, zog Saisse eine Pistole aus dem Holster und deutete mit dem Lauf auf einen mitten im Büro postierten Holzstuhl.

»Was zum Teufel soll das Theater?« fuhr Whitlock Jannoc an.

»Setzen Sie sich.«

Angst stieg plötzlich in Whitlock hoch. Er kämpfte sie nieder und nahm Platz. War er aufgeflogen? Wenn ja, warum hatten sie ihn dann nicht einfach in der Nacht umgebracht? Und warum hatten sie vorhin so einen Aufwand betrieben? Sie hätten ihn doch nicht eigens zu holen brauchen. Nein, je mehr er darüber nachdachte, desto unbegründeter erschien ihm seine Befürchtung. Das beste war wohl, wenn er in die Offensive ging. Erstens paßte das gut zu Royces Charakter, und außerdem konnte er damit die eigene Unsicherheit überspielen. »Ich will wissen, was das soll! Herrgott noch mal, ich werde um halb sechs in der Früh aus dem Schlaf gerissen. Angeblich will man ein Geschäft mit mir besprechen, aber als ich dann ins Büro komme, fuchtelt man mit einer Pistole vor meiner Nase rum und behandelt mich wie einen Angeklagten vor Gericht. Was wird hier gespielt?«

Zlotin sah bedächtig zu Whitlock auf. »Sie haben Jannoc Ihr Interesse an seinem Angebot bekundet, richtig?«

»Ich bin immer an Angeboten interessiert, vor allem dann, wenn sie sich lohnen.«

»Sie werden die Vergütung für diesen Auftrag selbst für Ihre Standards als überaus großzügig empfinden«, entgegnete Zlotin voller Verachtung. »Aber bevor wir Sie damit betrauen, müssen wir uns vergewissern, daß Sie wirklich derjenige sind, für den Sie sich ausgeben.«

»Was soll das schon wieder? Ich bin Frank Royce. Herrgott noch mal, für wen halten Sie mich?«

»Wie gesagt, wir müssen Ihre Identität überprüfen. Darum haben heute nacht Jannoc und ich jeder für sich Erkundigungen über Sie eingezogen. Jannoc hat Kontakte zu Afrika und ich zu Rußland.« Zlotin pochte mit dem Finger auf die zwei Faxe auf dem Schreibtisch. »Die Details sind heute morgen eingetroffen.«

»Und?« Whitlock sah ihm herausfordernd in die Augen. »Ist der Test zu Ihrer Zufriedenheit ausgefallen?«

»Kein Zweifel, die Existenz eines Frank Royce steht außer Frage«, erklärte Zlotin. »Beide Faxe enthielten in etwa die gleiche Information. Andererseits ist diese Art von Information nicht schwer zu beschaffen. Worauf es mir vor allem ankommt, das ist eine Fotografie, die zudem von zuverlässiger Quelle als authentisch bestätigt wird. Nur dann bin ich überzeugt, daß Sie Frank Royce sind.«

»Wenn Ihre Kontaktleute ihre Hausaufgaben richtig gemacht haben, dann müßten Sie jetzt wissen, daß ich nicht für die Kamera posiere. Ich habe mich immer schön im Hintergrund gehalten. Eine ganz gute Taktik, wie ich meine, denn sie hilft mir, ein bißchen länger am Leben zu bleiben.«

»Es gibt aber eine Fotografie«, widersprach ihm Zlotin voller kaum verhohlener Zufriedenheit. »Ich hatte gehofft, sie würde vor Ihrem Kommen eintreffen, aber wir müssen uns noch gedulden.«

Whitlocks Augen verengten sich. »Woher soll sie denn stammen?«

»Sie wurde im Militärarchiv von Ryazan gefunden.«

Ryazan? Die Zentrale der Militärakademie der *Spetznaz*?

Wie konnte ein Foto von Royce ausgerechnet dorthin gelangen?

»Sie wirken verwirrt«, bemerkte Zlotin, der Whitlock aufmerksam musterte. »Wenn Sie Royce sind, brauchen Sie sich doch wegen nichts zu sorgen.«

»Und ob ich mich sorge«, knurrte Whitlock. Ihm war klar, daß es jetzt ganz auf seine Improvisierkunst ankam. Er hatte keine andere Chance. »Ich habe Ihnen doch schon gesagt, daß ich mich vor keine Kamera stelle. Meines Wissens gibt es nur ein Foto von mir. Es wurde an meinem ersten Tag in der britischen Armee gemacht.«

»Dasjenige, das ich meine, stammt aber nicht von der Armee. Mir wurde gesagt, es handle sich um einen Schnappschuß irgendwo in Afrika. Die Details werden zusammen mit dem Bild eintreffen.«

Wenigstens war es keine offizielle Aufnahme. Immerhin ein Trost. Ansonsten hätte ihm keine Ausrede mehr geholfen. Wenn das Bild in Afrika entstanden war, konnte er noch versuchen, sich mit einer Verwechslungsgeschichte herauszureden. Auch wenn Zlotin ihm wohl nicht glauben würde, gewänne er noch ein paar Sekunden. Aber wie sollte er dann den Kopf aus der Schlinge ziehen? Saisse stand direkt neben ihm. Und er hatte seine Pistole gezogen. Ob es ihm gelingen würde, ihn zu überrumpeln und zu entwaffnen …?

»Sie können natürlich jederzeit gehen, wenn Sie wollen«, schaltete sich zum erstenmal Jannoc in das Gespräch ein. »Niemand wird Sie aufhalten. Heute nachmittag fährt ein Frachter nach Algier. Ich müßte nur anrufen und Ihnen eine Kabine reservieren. Es liegt ganz bei Ihnen.«

Whitlock war bereits klar: Wenn er sich jetzt umdrehte, käme das einem Geständnis gleich, daß er nicht Royce war. Er würde den Raum nicht lebend verlassen. Und selbst wenn sie ihn nicht töteten – was würde er der UNACO an Bord eines Frachters nach Algier nützen? Nein, er mußte es auf das Foto ankommen lassen. Und weil er wußte, daß sein Wagemut im Moment sein einziges Plus war, ging er sofort wieder in die Offensive: »Und was ist, wenn das Foto gar nicht mich zeigt?«

»Tja, dann müßten wir herausfinden, wer Sie wirklich sind«, erwiderte Zlotin und griff nach der Kaffeetasse neben seinem Ellbogen.

»So wird es einem also gedankt, wenn man einem Mädchen das Leben rettet«, brummte Whitlock mit einem betrübten Kopfschütteln. »Mensch, wäre ich nur nie nach Marseille gekommen!«

»Ich habe es Ihnen doch schon gesagt: Wenn Sie Royce sind, haben Sie nichts zu befürchten.«

»Und ich sage Ihnen schon die ganze Zeit, daß ich für keine Kamera posiere. Wenn irgendwo ein knipswütiger Kriegsberichterstatter einen Kerl fotografiert hat und das Bild versehentlich mir zuordnet, darf ich mir den Mund fusselig reden, bis Sie mir endlich glauben. Halten Sie das etwa für fair?«

Saisse deutete auf den Aufzug. »Sie können jederzeit gehen.«

Das würde dir so passen, was? Whitlock hatte von Anfang an gespürt, daß Saisse ihn auf dem Kieker hatte. Dieser Typ wartete nur darauf, daß er ihm eine Kugel in den Rükken jagen konnte. Ihm fehlte nur noch Jannocs Zustimmung. Wie er ihn schon ansah!

Whitlock hielt seinem Blick stand. »Ich riskiere es«, erklärte er. »Mein Riecher sagt mir, daß ein hübsches Sümmchen drin ist. Aber hoffentlich bringen wir diesen Kuddelmuddel bald hinter uns; sonst können Sie Gift drauf nehmen, daß ich den Frachter nach Algier besteige.«

In diesem Moment fing das Faxgerät hinter Zlotin zu tikken an. Der Russe fuhr herum und starrte gebannt auf den Bogen. Whitlock spürte, wie sich unter seinem Haaransatz ein Schweißtropfen bildete und über seine Wange rann. Er sah zu Saisse hinüber, der sich lässig gegen den Schreibtisch lehnte, ohne ihn allerdings aus den Augen zu lassen. Whitlock spannte seine Muskeln an, wappnete sich für einen Angriff, falls es nötig werden sollte …

Zlotin nahm die Kopie des Fotos in die Hand, betrachtete sie eingehend und warf sie auf den Schreibtisch, damit auch Whitlock sie sehen konnte. Langsam, fast widerwillig senkte dieser den Blick darauf. Zunächst war er völlig perplex. Dann wäre er vor Erleichterung fast in hysterisches Gelächter ausgebrochen. Das Bild zeigte ihn selbst, wie er zusammen mit den Mitgliedern der *Strike Force Nine* gegen einen Felsen gelehnt dasaß. Sabrina hatte es bei einem gemeinsamen Manöver der beiden Teams in einem geheimen Camp der UNACO in Pennsylvania geschossen. Er konnte sich gut an diesen Tag erinnern. Graham hatte sich am Morgen den Knöchel verstaucht und war im Zelt zurückgeblieben, während die anderen ohne ihn trainierten. Das Tolle an dem Foto war seine Authentizität. Es war abgegriffen und zerknittert, als hätte sein Eigentümer es jahrelang in seiner Brieftasche mit sich herumgetragen – ein typisches Werk von Colonel Philpott. Der alte Fuchs hatte offenbar geahnt, daß Zlotin seine Identität überprüfen würde, und hatte den Russen vorsichtshalber ein Foto untergejubelt. Aber wie hatte er das in so kurzer Zeit nur geschafft?

»Sie wirken überrascht«, bemerkte Zlotin, der Whitlock genau beobachtete.

»Das bin ich auch«, gab dieser wahrheitsgemäß zu. »Ich hatte das alles ganz vergessen, und plötzlich bin ich wieder mitten drin.«

»Laut dem Begleitschreiben stehen die Namen der anderen auf der Rückseite. Wer sind sie?«

Whitlock dachte fieberhaft nach. Bluffte Zlotin nur, oder hatte Philpott tatsächlich Namen auf die Rückseite geschrieben, um das Foto noch echter wirken zu lassen. Aber welche standen dann darauf? Die richtigen der Mitglieder des Einsatzkommandos oder Pseudonyme? Das Dumme war nur, daß jeder Agent drei zusätzliche Identitäten mitsamt den dazugehörigen Pässen hatte. Und all diese Namen konnte Whitlock unmöglich kennen. Nein, es mußten die richtigen sein. Er würde es gleich erfahren

»Das sind Simon Houchem, Dietmar Reuter und Johnny Ellis«, erklärte Whitlock und deutete jeweils auf die zum Namen gehörende Person.

Mit regungsloser Miene stand Zlotin auf und ging zum

Lift. Dort drehte er sich noch einmal zu Whitlock um. »Jannoc wird Ihnen die Einzelheiten des Auftrags erklären. Wenn Sie mitmachen, brechen wir in einer Stunde auf. Seien Sie bis dahin reisefertig.«

Jannoc wartete, bis Zlotin mit Saisse gegangen war, dann setzte er sich hinter den Schreibtisch. Er sah sich das Foto kurz an und schob es mit einem zufriedenen Nicken zur Seite. »Meine Geschäftsbedingungen sind absolut unkompliziert. Sie arbeiten mit dem Russen zusammen und bekommen dafür dreißigtausend britische Pfund, die Hälfte sofort, den Rest nach Erledigung des Auftrags. In vier, spätestens fünf Tagen müßte alles vorbei sein. Sie stehen unter seinem Befehl, und es wird blinder Gehorsam von Ihnen erwartet. Als erfahrenem Soldat dürfte Ihnen das nicht allzu schwerfallen. Sie brauchen nicht alle Teile der Operation zu kennen. Was Sie wissen müssen, entscheidet der Russe; er wird Sie entsprechend instruieren.«

Whitlock vermochte seine Aufregung nur mühsam zu bezähmen, hörte jedoch weiter mit steinerner Miene zu. Ursprünglich hatte er bestenfalls darauf hoffen dürfen, irgendwo im Club eine Anstellung zu finden und so Jannoc aus der Nähe zu beobachten. Und jetzt wurde er mit einem Schlag mitten ins Herz der Operation katapultiert. Der ersehnte Durchbruch war geschafft. Und wie nötig sie ihn doch hatten! Allerdings durfte er nicht einen Augenblick aus seiner neuen Rolle fallen. Er mußte denken, reden und handeln wie Royce. Noch ein paar Sekunden blieb er sitzen, dann stand er auf und begann, die Hände in den Hosentaschen vergraben, hin und her zu gehen. Schließlich drehte er sich wieder zu Jannoc um. »Ich muß noch mehr wissen, bevor ich mich entscheiden kann.«

»Das sind unsere Bedingungen, Royce. Wenn sie Ihnen nicht passen, können Sie immer noch den Frachter nach Algier nehmen. Es liegt allein bei Ihnen.«

Schon jetzt fand Whitlock bestätigt, auf was für einen Drahtseilakt er sich eingelassen hatte. Royce würde angesichts solch vager Bedingungen natürlich Verdacht schöpfen, würde es sich aber nicht leisten können, zu lange zu taktieren – dafür wäre die Verlockung zu groß. Er mußte im richtigen Moment einlenken. »Wer ist dieser Russe überhaupt? Ich weiß nicht mal, wie er heißt.«

»Und daran wird sich auch nichts ändern, es sei denn, er hält es für angebracht, Ihnen seinen Namen zu sagen.«

»Wie soll ich Ihnen meine Zusage geben, wenn ich keinen Schimmer von der Operation habe? Okay, dreißigtausend Pfund sind ein Schweinegeld, aber ich muß wissen, was Sie dafür von mir verlangen. An meiner Stelle würden Sie doch sicher genauso denken.«

»Sie werden einem Team angehören, das bestimmte Gefangene zu bewachen hat. Mehr kann ich Ihnen nicht sagen.«

»Wo?« drängte Whitlock.

»Fordern Sie Ihr Glück nicht heraus, Royce. Ich kann jederzeit Ersatz für Sie finden. Sind Sie jetzt dabei oder nicht?«

»Ich mache mit«, sagte Whitlock zögernd. »Menschenskind, ich habe mein Leben schon für viel weniger Geld riskiert.«

Jannoc zog einen versiegelten Umschlag aus der Jackentasche und warf ihn auf den Tisch. »Fünfzehntausend, wie vereinbart.«

Whitlock schlitzte den Umschlag sogleich auf und zählte die Scheine. »Sie hätten dem Russen auch einige von Ihren Leuten zur Verfügung stellen können, und das hätte Sie keinen Penny gekostet. Warum nehmen Sie gerade mich?«

»Weil ich Sie für den geeignetsten Mann halte. Ich habe Sie gestern nacht überprüfen lassen. Sie haben sich in Afrika einen guten Ruf erworben, und so kampferprobt wie Sie ist kein einziger von meinen Leuten. Das hat letztlich den Ausschlag gegeben. Wie heißt es doch? Nichts geht über Erfahrung.«

»Hoffentlich enttäusche ich Sie nicht«, brummte Whitlock und steckte das Geld ein.

»Das hoffe ich auch – um Ihrer selbst willen.«

»Was soll das heißen?« fragte Whitlock mißtrauisch.

»Der Russe ist nicht so überzeugt von Ihnen wie ich. Aber weil ich der Auftraggeber bin, muß er sich auf mein Urteil verlassen. Wenn Sie seine Befehle buchstabengetreu ausführen, haben Sie nichts zu befürchten. Kommen Sie ihm aber ins Gehege, sind Sie ein toter Mann.«

»Warum sagen Sie mir das erst jetzt?«

»Als Berufssoldat sind Sie es doch gewöhnt, Befehle zu erhalten, Royce. Tun Sie einfach alles, was er Ihnen sagt, und Sie sind am Ende der Woche um dreißig Riesen reicher.«

Whitlock schien zu überlegen. Schließlich meinte er mit einem schiefen Grinsen: »Tja, das müßte sich wohl hinkriegen lassen.«

»Das sehe ich auch so«, erwiderte Jannoc und griff zum Telefon.

Wenig später trat Saisse wieder ins Büro, um Whitlock zurück in sein Zimmer zu eskortieren.

Nachdem Saisse ihn verlassen hatte, wartete Whitlock noch mehrere Minuten, bevor die Tür öffnete und vorsichtig in den Korridor spähte. Niemand war zu sehen. So schlüpfte er hinaus, schloß leise die Tür hinter sich und huschte zur Treppe. Er mußte unbedingt mit Rust Kontakt aufnehmen und ihn über die neueste Entwicklung informieren. Danach würde er wohl nicht mehr so bald die Gelegenheit dazu haben.

Als Saisse ihn gestern in die Bar geführt hatte, war ihm im ersten Stock ein Münztelefon aufgefallen. Jetzt war die Bar geschlossen und der Flur verlassen. Erneut sah sich Whitlock um, dann nahm er den Hörer ab und wählte die Nummer der europäischen UNACO-Zentrale in Zürich. Dort erfuhr er, daß Rust zur Zeit in Lissabon zu erreichen war. Whitlock, dem langsam die Münzen ausgingen, diktierte dem diensthabenden Beamten die Nummer des Münzapparats und bat ihn, sie Rust durchzugeben, damit er ihn zurückrufen könne.

Er brauchte nicht lange zu warten, bis Rust sich meldete. Un aller Eile berichtete er ihm, was heute morgen geschehen war.

»Und du bist sicher, daß er von ›Gefangenen‹ in der Mehrzahl gesprochen hat?« wollte Rust als erstes wissen.

»Absolut sicher.«

Am anderen Ende der Leitung trat nachdenkliches Schweigen ein, ehe Rust, die Worte einzeln abwägend, weitersprach. »Wenn sie tatsächlich vorhaben, einen oder mehrere Kryptologen zu benutzen, würde das bedeuten, daß Abe etwas zugestoßen ist.«

»Ich teile deine Sorge. Hör zu, Jacques, ich muß aufhören. Allein schon mit diesem Anruf riskiere ich Kopf und Kragen. Ich weiß nicht, wann ich mich wieder melden kann. Es wird ganz von den Umständen abhängen.«

»Ich verstehe. Paß auf dich auf, *mon ami.*«

»Darauf kannst du dich verlassen.«

Auch auf dem Rückweg lief Whitlock keiner Menschenseele über den Weg, doch als er in sein Zimmer trat, prallte er zurück. Vor dem Fenster stand Saisse und schaute auf den alten Hafen hinaus. Jetzt hieß es ruhig Blut bewahren und wenn möglich in die Offensive gehen.

Saisse drehte sich zu ihm um. »Wo waren Sie?«

»Mir ein bißchen die Beine vertreten, aber was geht das Sie an?«

»Ich habe Ihnen doch gesagt, daß Sie das Zimmer nicht verlassen dürfen.«

»Stimmt nicht. Sie haben mir nur gesagt, ich soll den Club nicht verlassen. Und daran habe ich mich gehalten. Zufrieden?«

Saisse baute sich dicht vor ihm auf. »Sie haben ja ganz schön viel Selbstvertrauen. Zuviel Selbstvertrauen kann eine gefährliche Schwäche sein.«

»Ich werde Ihren Rat beherzigen«, entgegnete Whitlock kühl. »Wenn Ihr Spionagegang Ihnen die gewünschten Ergebnisse gebracht hat, werden Sie die Tür sicher auch ohne meine Hilfe finden.«

»Sie mögen Monsieur Jannoc für sich eingenommen haben, aber mein Vertrauen haben Sie noch nicht. Ich kann nicht genau sagen, was mir an Ihnen nicht gefällt, aber sobald ich es weiß, wird der Russe es als erster erfahren.«

Saisse öffnete mit einem kühlen Lächeln die Tür. »Ich bin sicher, daß Sie daran denken werden, *Mister* Royce.«

Whitlock ließ sich aufs Bett fallen und holte tief Luft. Ihm war klar, daß die UNACO alles Menschenmögliche getan hatte, um seine Geschichte wasserdicht zu machen. Wenn Saisse sich aber vornahm, der Sache auf den Grund zu gehen, drohte ihm höchste Gefahr. Er wäre nicht der erste, den man enttarnt hätte. Gut, ihm waren die Risiken bei verdeckten Ermittlungen bekannt – als Agent lebte man damit –, aber das war nur ein schwacher Trost, wenn man aufflog. Wie oft hatte Carmen ihn angefleht, den Außeneinsatz bleiben zu lassen, ehe ihm doch noch etwas zustieß! Hatte sie recht? Forderte er sein Glück mit jedem Auftrag heraus? Er hatte stets behauptet, man sei in jeder beliebigen Situation seines Glückes Schmied. Seines Glückes – das einem Menschen ewig treu bleiben oder ihn jeden Moment verlassen konnte …

Sollte ihn sein Glück am Ende verlassen?

»Das ist ja irre!« rief Sabrina begeistert, als Rust ihr von Whitlocks letztem Anruf aus Marseille berichtet hatte. »Aber wie konnte der Colonel nur das Foto so schnell ins Archiv der *Spetznaz* reinschmuggeln?«

»Wir haben seit sechs Jahren einen Mann dort sitzen. Ein hochrangiger Offizier, von dem nur der Colonel, Sergei und ich wissen. Es ist ihm nicht nur gelungen, das Foto gestern nacht abzuheften, er konnte sogar den Eintrag im Computer rückdatieren, so daß es so aussieht, als hätten sie es schon seit Jahren. Zlotins Kontaktmann konnte unmöglich ahnen, daß es ihnen untergejubelt wurde.«

Sabrina sah zu Graham hinüber, der vor dem Fenster stand und nachdenklich auf die Straße hinausschaute. »Was geht dir durch den Kopf, Mike?"

»Zlotin sitzt offenbar ganz schön in der Tinte«, meinte Graham gedehnt.

»Wie kommst du darauf?« wollte Rust wissen, als Graham keine Erklärung folgen ließ.

»Es gehört seit jeher zu Zlotins Prinzipien, nur mit Leuten zusammenzuarbeiten, die sich sein Vertrauen verdient haben. Und glaube mir, man muß schon eine ganze Menge vorzeigen können, um ihn für sich zu gewinnen. Wie ihr bestimmt wißt, hatte er ein eigenes Elitekommando in der *Spetznaz,* dessen Mitglieder er über Monate hinweg sorgfältig ausgesucht hatte, ehe er ihnen einen Platz in seiner Einheit anbot. Darum paßt es so ganz und gar nicht zu seinem Charakter, wenn er einen rekrutiert, dem er erst in der Nacht zuvor begegnet ist. Da muß etwas geschehen sein, das den Auslöser dafür gab, daß er über Nacht seine Prinzipien über den Haufen wirft. Was hat Jannoc zu Whitlock gesagt? Daß er Gefangene bewachen soll? Vielleicht liegt der Schlüssel darin. Außerdem nehme ich an, daß Abe Silverman tot ist. Damit war leider zu rechnen, wenn er seine Medikamente nicht rechtzeitig bekam. Jetzt muß Zlotin einen Ersatzmann auftreiben – vielleicht sogar mehrere, weil er von Gefangenen in der Mehrzahl gesprochen hat. Denn wenn ihm niemand die Akten dechiffriert, ist sein Plan gescheitert.«

»Aber Abe hatte einen persönlichen Code verwendet«, wandte Rust ein. »Niemand außer ihm kann ihn knacken.«

»Das heißt, daß Zlotin improvisieren muß.«

»Aber natürlich!« Sabrina schnipste aufgeregt mit den Fingern. »Er holt sich jemanden, der so denkt wie Abe. Jemanden, der mit ihm zusammengearbeitet hat.«

»Oder einen Schüler von ihm«, fügte Graham hinzu. »Ich könnte mir denken, daß er zwei, vielleicht sogar drei der führenden Kryptologen rankarrt, die den Code für ihn entschlüsseln sollen. Und dabei wird er sich auf diejenigen konzentrieren, die mit Abe Silverman zusammengearbeitet oder bei ihm gelernt haben.«

»Das könnte eine heiße Fährte sein, Mike«, sagte Rust nach kurzem Überlegen. »Ich rufe sofort den Colonel an und lasse mir von der Kommandozentrale eine Liste mit den Namen der Leute geben, die in Frage kommen. Bis dahin könntet ihr einen kleinen Auftrag erledigen.«

»Was denn?« fragte Graham mißtrauisch.

»Als ich den Colonel über C. W.s Meldung informierte,

meinte er, wir täten gut daran, eine Wanze in Calderes Büro zu schmuggeln. Falls Zlotin oder einer seiner Spießgesellen Kontakt mit Caldere aufnehmen, wäre sie vermutlich unsere einzige Informationsquelle. C. W. wird sich wohl nicht mehr so bald melden, wenn er mit den Russen zusammen arbeitet.«

»Aber wimmelt es in der Bar nicht von Cops?« fragte Graham.

»Ich habe vorhin mit Major Inacio gesprochen, und er hat mir versichert, daß die Spurenfahnder heute früh fertig geworden sind. Die Durchfahrt wird aber immer noch von der Polizei abgeriegelt.«

»Und wie sollen wir dann unerkannt ins Haus reinkommen?« wollte Graham wissen.

Rust zog einen Schlüsselbund aus seiner Tasche und reichte ihn Graham. »Die Brigade für Sondereinsätze hat ihn in Hardins Wohnung gefunden. Es sind Duplikate der Schlüssel für die Weinbar. Mit einem davon kommt ihr durch die Tür, die man von der Durchfahrt aus nicht sehen kann.«

»Das ist ganz schön riskant, Jacques«, murmelte Sabrina.

»Nicht, wenn sie euch nicht sehen.« Rust griff in seinen Koffer und drückte Graham zwei Funkgeräte in die Hand. »Einer von euch muß den Aufpasser spielen, während der andere in die Bar eindringt. Ich rechne nicht mit Schwierigkeiten, aber sollte doch etwas geschehen, müßt ihr euch schleunigst zurückziehen. Ich will keine Konfrontation mit der hiesigen Polizei. Verstanden?«

»Klar«, versprach ihm Graham. »Und was genau pflanzen wir in Calderes Büro?«

»Eins unserer Standard-CG11«, antwortete Rust und gab ihm ein winziges Abhörgerät. »Damit kann man eine Leitung sogar außerhalb des Gebäudes anzapfen. Wie gesagt, ich halte es für äußerst unwahrscheinlich, daß sich Zlotin telefonisch mit Caldere in Verbindung setzt, aber wir müssen für jede mögliche Entwicklung gewappnet sein.«

»Warum bringen die Leute von der *Brigade für Sonder-*

einsätze die Wanze nicht gleich selbst an?« meldete sich Sabrina zu Wort. »Falls die Cops ihnen Ärger machen, können sie sie gleich in ihre Schranken weisen und ungestört weiterarbeiten.«

»Der Colonel wünscht die Durchsuchung des Büros. Und wir beide würden uns wohler fühlen, wenn *ihr* euch dort umseht, statt das der Brigade zu überlassen. Wie ihr euch denken könnt, beziehen wir bei der UN zur Zeit wegen der verschollenen Akten kräftig Prügel. Falls ihr etwas auftreibt, das uns weiterbringt, hätten wir unseren Kritikern endlich etwas vorzuweisen.«

»Wer wird die Wanze abhören?« fragte Graham.

»Leute von der *Brigade für Sondereinsätze*. Sie informieren Major Inacio, und er gibt die relevanten Informationen an mich weiter.«

»Wo ist Caldere jetzt eigentlich?« meldete sich Sabrina zu Wort.«

»Daheim bei seiner Familie. Er öffnet die Bar erst am späten Nachmittag. Ihr habt also genügend Zeit, euch dort umzusehen.«

Sabrina und Graham strebten bereits zur Tür.

»Und vergeßt nicht!« rief Rust ihnen nach. »Keine Konfrontation mit der Polizei. Haut ab, sobald ihr Gefahr wittert.«

Nachdem sich Sabrina und Graham in ihren Zimmern ihre Waffen geholt hatten, trafen sie sich wieder im Foyer und verließen das Hotel durch einen Seiteneingang. Direkt gegenüber wartete ein blauer VW-Passat auf sie; ein Mitglied der Brigade für Sondereinsätze hatte ihn dort am Morgen abgestellt. Sabrina, die die Schlüssel hatte, setzte sich hinters Steuer, während Graham sich zunächst in alle Richtungen umsah und erst auf den Beifahrersitz kletterte, als er sicher war, daß sie nicht beobachtet wurden. Mit Hilfe eines detaillierten Stadtplans gelang es ihnen, den Hotelvorplatz und damit die neugierige Journalistin zu vermeiden und die Hauptstraße auf Schleichwegen zu erreichen. Nach zügiger Fahrt durch die Altstadt parkte Sabrina den Wagen in Sichtweite der Weinbar.

»Da ist der Cop.« Graham deutete auf einen uniformierten Beamten, der die Absperrung der Straße bewachte. »Ach Gott, das ist ja ein Milchgesicht! Viel älter als zwanzig ist er bestimmt nicht.«

»Wetten, daß er jetzt an Weihnachten denkt und überall lieber wäre, nur nicht hier«, grinste Sabrina.

»Laß ihn keinen Moment aus den Augen«, warnte Graham sie und machte Anstalten, die Tür zu öffnen. »Und gib mir Bescheid, wenn er im Haus nachschauen geht.«

»Was hast du vor?«

»Dumme Frage.«

»Nicht, wenn *du* losziehst. Jacques will doch, daß wir das Büro durchsuchen, oder?«

»Ja, und?«

Sabrina zog in gespieltem Staunen die Augenbrauen hoch. »Seit wann kannst du denn Portugiesisch? Oder glaubst du, Calderes Aufzeichnungen sind in englischer Sprache?«

Graham ließ sich fluchend auf seinen Sitz zurücksinken. Schließlich zog er mit einem resignierten Schulterzucken den Schlüsselbund und die Wanze aus der Tasche und reichte beides Sabrina. »Wir müssen unbedingt in Funkverbindung bleiben. Es ist besser, wenn du dich regelmäßig meldest – sagen wir alle fünf Minuten: Dann weiß ich, daß alles nach Plan läuft.«

»Einverstanden.« Sie stieg aus.

»Viel Glück!« rief Graham ihr nach.

Sabrina überquerte die Straße. Mit einem zufriedenen Lächeln registrierte sie, daß der Polizist mit den Schuhspitzen in der Erde herumstocherte. Da sie heute Schlabberlook trug und sich die Haare hoch aufgetürmt hatte, zog sie anders als normalerweise keine lüsternen Männerblicke auf sich. Unbemerkt konnte sie um die Bar herumschleichen, bis sie sich in einer engen Gasse von einem Nebeneingang wiederfand. Sie streifte sich ihre Lederhandschuhe über und verglich kurz die Schlüssel mit dem Schloß. So gut wie jeder konnte der richtige sein. Sie versuchte es mit dem ersten. Er paßte in etwa, aber die Tür blieb zu. Mit dem zweiten und dritten Schlüssel hatte sie nicht mehr Erfolg. Der vierte ließ sich erst gar nicht ins Schloß stecken. Mit dem fünften konnte sie schließlich das Schloß öffnen. Sie schlüpfe ins Haus und zog die Tür sofort lautlos wieder hinter sich zu. Nun befand sie sich in einem mit Teppich ausgelegten Vorraum, der zu einer Schwingtür wie in einem Westernsaloon führte. Auch ohne nachzusehen wußte sie bereits, daß dahinter das Billardzimmer lag, hatte sie doch im Wagen einen flüchtig skizzierten Grundriß des Gebäudes studiert, den ein Mitarbeiter der *Brigade* für sie im Wagen zurückgelassen hatte. Sie zog die Zeichnung aus der Tasche und fand mit ihrer Hilfe eine Treppe am anderen Ende des Billardzimmers, die sie zu einem Korridor im ersten Stock brachte, den sie entlanghuschte, bis sie auf eine Holztür mit der Aufschrift *Luis Caldere – Gerente* stieß. Und wieder erschwerte ihr die Vielzahl von Schlüsseln das Aufsperren.

Wenn Calderes Schreibtisch Rückschlüsse auf den Besitzer zuließ, dann zählte Ordnungsliebe nicht gerade zu seinen Haupteigenschaften. Dokumente, Mappen, Memos und Rechnungen lagen willkürlich über die ganze Tischplatte verstreut, eine halb aufgegessene Pizza war achtlos neben einen überquellenden Aschenbecher geworfen worden, und eine angestoßene Kaffeetasse stand gefährlich nahe bei der Kante.

Sabrinas Blick fiel auf ein eingerahmtes Foto an der Wand hinter dem Tisch. Es zeigte Caldere, wie er grinsend den Arm um einen sichtlich verlegenen Mann im Smoking legte. Sie zog das Abhörgerät aus der Tasche und befreite es sorgfältig von seiner Plastikhülle, die sie sogleich wieder in die Tasche stopfte. Dann sah sie sich nach dem geeignetsten Versteck für die Wanze um. Kurz erwog sie die Schreibschale und die künstliche Blume auf dem Aktenschrank, entschied sich dann aber für eine der Steckdosen an der Wand rechts neben dem Schreibtisch. Mit Hilfe ihres Schweizer Armeemessers schraubte sie sie auf, brachte die winzige Wanze innen an und versiegelte sie wieder. Das Ganze dauerte nicht länger als eine Minute.

Da sie noch Zeit hatte, fing sie an, die Dokumente auf dem Schreibtisch zu sichten, wobei sie darauf achtete, alles wieder so hinzulegen, wie sie es vorgefunden hatte. Unter einem Stoß Rechnungen entdeckte sie einen aufgeschlagenen Terminkalender und überflog die eilig hingekritzelten Eintragungen. Meistens standen nur irgendwelche Namen da und in Klammern die Uhrzeit. Auf einige der Namen stieß sie regelmäßig; es handelte sich daher ausnahmslos um Portugiesen. Sabrina nahm an, daß es entweder Vertreter oder Eigentümer anderer Etablissements waren, aber um sicherzugehen, fotografierte sie jede einzelne Seite mit ihrer Minikamera, die bei den Agenten der UNACO zur Standardauerüstung gehörte. Bei einem zwei Wochen alten Eintrag stieß sie schließlich auf eine diagonal über die ganze Seite geschriebene Telefonnummer und darüber einen deutschen Namen. Er lautete unverkennbar auf *Berger*. Sie fotografierte eilig die Seite und blätterte weiter. Dort stand wieder Bergers Name, diesmal mit einem *meio-dia* – Mittag – in Klammern daneben. Das mußte eine Verabredung sein. Die nächsten drei Seiten waren leer, doch danach stieß sie auf: *Saisse – Aeroporto, 16.45.* Darunter stand, erneut in Klammern, eine Telefonnummer. Auch diese Seite fotografierte sie. Zum Schluß tauchte noch zweimal der Name Berger auf, jeweils mit *meio-dia* dahinter, und dann noch einmal Saisse zusammen mit der gleichen Telefonnummer wie vorhin.

Sie placierte den Terminkalender wieder vorsichtig unter den Rechnungen und rief Graham an.

»Hast du die Wanze gepflanzt?« fragte er.

»Ja. Ich habe auch seinen Terminkalender gefunden.«

»Und?«

»Es stehen Verabredungen mit Berger und Saisse drin. Ich habe die betreffenden Seiten fotografiert. Jetzt schaue ich mir noch den Rest des Schreibtischs an. Tut sich draußen was?«

»Nichts« beruhigte Graham sie. »Milchgesicht hat sich die ganze Zeit nicht von der Stelle gerührt. Wie lange, glaubst du, bleibst du noch drin?«

»Schwer zu sagen. Kommt drauf an, was ich noch finde.«

»Alles klar, aber halte mich auf dem laufenden.«

Sabrina wandte sich wieder den Schubladen zu. Sie enthielten nichts von Belang. Aber vielleicht war etwas unter den Boden geklebt worden? Sie zog sie einzeln heraus. Erneut Fehlanzeige. Somit blieb nur noch der Aktenschrank in der Ecke übrig. In den ersten zwei Schubladen fand sie nichts als mit Gummiringen gebündelte Rechnungen. Ohne Bedeutung. Die unterste war verschlossen. Aber wozu hatte sie Hardins Schlüssel? Diesmal fand sie auf Anhieb den richtigen und öffnete die Schublade. Als erstes fiel ihr eine Pistole ins Auge; sie war geladen. Sabrina schob die Waffe beiseite und nahm das darunterliegende Journal in die Hand. Es enthielt eine detaillierte Auflistung der Einnahmen und Ausgaben der letzten drei Monate. Damit konnte sie aber nichts anfangen. Auch die Mappen darunter bezogen sich ausschließlich auf Geschäftliches. Dann aber, als sie, einer Eingebung gehorchend, die Schublade anhob, entdeckte sie zu guter Letzt doch noch etwas – ein unter den Boden geklemmte rotes Büchlein. Darin standen Dutzende von Namen und die meisten davon mit Adresse und Telefonnummer.

Plötzlich raschelte das Funkgerät. »Sabrina, du mußt raus. Over.«

»Was ist los, Mike?«

»Probleme. Milchgesicht ist soeben angerufen worden und geht jetzt zu der Tür, durch die du reingekommen bist. Höchste Zeit, daß du abhaust.«

»Ich habe gerade Calderes Adreßbuch gefunden und muß es noch fotografieren.«

»Vergiß es. Wenn die Cops einen Wink bekommen haben, gibt es bestimmt gleich eine Razzia. Seit der Sache mit Hardin sind die hypernervös. Vergiß Rusts Warnung nicht. Wir sollen uns mit niemandem hier anlegen. Nichts wie raus, hörst du?«

»Wo ist der Cop jetzt?« fragte sie und verschloß die Schublade.

»Im Moment steht er noch vor der Tür. Wahrscheinlich wartet er auf Verstärkung. Von dort aus kann er die ganze Fassade überblicken. Du muß auf der anderen Seite raus. Ich werde versuchen, ihn abzulenken, und hole dich dann an der nächsten Ecke ab.«

»Alles klar.«

»Melde dich, sobald du draußen bist.«

»Roger. Mach' ich.« Sie klemmte das Handy an ihrem Gürtel fest, dann sah sie vom Adreßbuch in ihrer anderen Hand zur Schublade. »Was soll's?« murmelte sie und schob es in die Tasche. Bevor sie den Raum verließ und absperrte, vergewisserte sie sich, daß alles so dalag, wie sie es vorgefunden hatte. Schnell eilte sie zum Billardzimmer hinunter, wo sie kurz im Grundriß nachsah. Statt den Weg zu nehmen, auf dem sie vorhin hereingekommen war, kletterte sie nun über die Theke und verschwand durch eine Tür, die sie in die Küche führte. Von dort konnte sie entweder in die eigentliche Bar gehen, in der sie und Graham Hardin kennengelernt hatten, oder durch die Hintertür in die Durchfahrt, in der Hardin umgekommen war. Sie entschied sich für die Durchfahrt. Zwar wies die Tür doppelte Riegel auf, doch hatte man sie wegen der polizeilichen Durchsuchung nicht mehr vorgeschoben. Sie griff wieder zum Handy. »Du kannst kommen, Mike. Over.«

»Bist du soweit?«

»Ja. Ist der Cop noch vor der Tür?«

»Allerdings. Rührt sich nicht von der Stelle. Gib mir noch dreißig Sekunden, dann mußt du raus.«

»Klar. Over und out.«

Graham holte aus dem Handschuhfach einen Stadtplan, stieg aus und näherte sich dem Polizisten. »Entschuldigen Sie bitte! Sprechen Sie englisch?«

»Ja«, erwiderte der andere zögernd.

»Gott sei Dank! Ich habe mich hoffnungslos verfahren. Ich muß zum Hotel Altis. Können Sie mir sagen, wo das ist?« Er bemerkte, daß der Polizist die Straße nicht ganz aus den Augen ließ. »Ich habe es schrecklich eilig, verstehen

Sie. Ich bin erst heute morgen in Lissabon eingetroffen und hätte meine Frau und meinen Sohn vor einer Stunde im Hotel treffen sollen. Aber ich habe nicht mal die Nummer! Ich wäre Ihnen wirklich unendlich dankbar, wenn Sie mir den kürzesten Weg auf der Karte zeigen könnten.«

Der Polizist nahm den Stadtplan mißtrauisch in die Hand und schlug ihn auf.

»Danke«, seufzte Graham und kehrte der Durchfahrt bewußt den Rücken zu. »Die Sache ist die, ich habe meine Weihnachtsgeschenke im Kofferraum. Ich habe sie aus New York mitgebracht. Mein Junge ist doch erst fünf und hat noch keine Geschenke gekriegt. Er ist ohnehin schon enttäuscht ... und sehen Sie nur, wie spät es ist! Meine Frau bringt mich um!«

»Wir sind hier.« Der Polizist zeigte es ihm auf der Karte und zeichnete mit dem Finger die Strecke nach. »Und so kommen Sie zum Hotel.«

»Soll das ein Witz sein?« rief Graham in vorgetäuschtem Entsetzen. »Das sind ja Meilen! Wie bin ich denn nur hier gelandet? Gibt es keinen kürzeren Weg?«

Aus den Augenwinkeln registrierte der Polizist in der Durchfahrt eine Bewegung. Er wirbelte herum und zog seine Waffe. »*Parar!*« schrie er.

Sabrina blieb nichts anderes übrig, als stehenzubleiben. Ihre Augen wanderten instinktiv zu Graham hinüber, doch der steckte nun in einem Dilemma. Wenn er den Polizisten entwaffnete, gäbe es nur noch mehr Komplikationen. Sollte Sabrina aber wirklich verhaftet werden, müßten Rust und Inacio mit Engelszungen auf die Verantwortlichen einreden, um ihr eine Anzeige wegen Einbruchs zu ersparen.

Plötzlich kam ein Wagen mit quietschenden Reifen um die Ecke gerast und blieb direkt neben Sabrina stehen. Zwei bewaffnete Männer sprangen heraus. Der junge Polizist eilte auf sie zu, und Graham sah besorgt, wie einer von ihnen eine Dienstmarke zückte, woraufhin Milchgesicht die Hacken zusammenschlug und salutierte. Der andere Mann stieß Sabrina unterdessen gegen den Wagen, nahm ihr die Beretta ab, verdrehte ihr die Arme hinter dem Rükken und legte ihr blitzschnell Handschellen an. Dann riß er die Hintertür auf und forderte sie mit einer Geste zum Einsteigen auf. Kaum saß sie, zwängte er sich neben sie und schlug die Tür zu. Sein Kollege nahm den jungen Spund zur Seite und erklärte ihm noch etwas, dann setzte er sich hinters Steuer und ließ den Motor an.

Graham eilte zu seinem Wagen zurück. Wer waren die zwei bloß? Zivilpolizisten? Und wie ging es jetzt weiter? Rust hatte sie eindringlich vor einer Konfrontation mit der Polizei gewarnt. So gesehen, hatte Graham die Verhaftung Sabrinas nicht verhindern können. Ihm blieb nichts anderes übrig, als dem Wagen zu folgen und Rust zu melden, wohin man Sabrina gebracht hatte.

Das Auto fuhr los, und Graham folgte in sicherem Abstand. Auf keinen Fall durften sie ihn bemerken, sonst wurde die Lage noch verworrener. Nach kurzer Fahrt verließen sie die Hauptstraße und verschwanden durch ein Tor, das zu einer verlassenen Baustelle führte. Grahams Herz fing an wie wild zu klopfen. Warum machten die zwei so etwas, wenn sie tatsächlich Zivilpolizisten waren? Und wenn nicht, wer konnten sie sonst sein? Auf jeden Fall schwebte Sabrina in höchster Lebensgefahr. Graham mußte sie unbedingt rausholen. Er stellte das Auto vor dem Tor ab und huschte zu dem Holzzaun, der rings um die Baustelle führte. Mit seiner Beretta im Anschlag lief er in geduckter Haltung weiter zum Tor.

Der Wagen stand fünfzig Meter vor ihm mitten auf einem Hof. Der Fahrer saß hinter dem Steuer. Sabrina stand mit immer noch gefesselten Händen neben der Tür, der andere Typ hatte sich dicht hinter ihr aufgebaut. Alle drei kehrten ihm den Rücken zu. Gerade zog der Mann Sabrinas Beretta aus seiner Tasche und griff mit der anderen Hand nach den Handschellen.

Graham richtete seine Pistole auf ihn. »Waffe fallen lassen! Los! Und dann einen Schritt zurück, aber sofort!«

Der Mann ließ die Beretta fallen und hob zögernd die Hände.

»Wer sind Sie?« bellte Graham.

»*Capitao* Morales, *Brigade für Sondereinsätze*. Ich wollte Ihrer Partnerin ohnehin die Handschellen abnehmen. Wie Sie sehen, habe ich den Schlüssel in der Hand.«

Graham und Sabrina wechselten mißtrauische Blicke.

»Legen Sie den Schlüssel auf die Motorhaube«, befahl Graham. »Und der andere soll aussteigen – aber die Hände schön über dem Kopf, daß ich sie auch sehen kann.«

Der Fahrer gehorchte. »Ich kann Ihnen versichern, daß wir wirklich der *Brigade für Sondereinsätze* angehören. Die Marke ist in der Tasche.«

»Lassen Sie bloß die Hände oben«, knurrte Graham. Er trat heran, und sperrte, ohne Morales aus den Augen zu lassen, die Handschellen auf.

Als erstes hob Sabrina ihre Beretta auf. »So, jetzt wollen wir die Marken sehen. Beide. Sie ziehen sie ganz langsam heraus und legen sie auf die Motorhaube.«

Betont vorsichtig griffen die zwei Männer in ihre Gesäßtaschen und legten die Marken auf der gewünschten Stelle ab. Sabrina begutachtete sie kurz, und als ihr klar wurde, daß sie echt waren, steckte sie ihre Beretta wieder ein. »Tut mir leid, aber Sie hätten sich den Ärger sparen können, wenn sie sich gleich ausgewiesen hätten.«

»Unser Hauptanliegen war, Sie so schnell wie möglich aus der Bar zu holen«, erwiderte Morales. »Wir wollten Ihnen ohnehin gerade die Handschellen abnehmen und Ihnen Ihre Waffe zurückgeben.«

»Woher wußten Sie, daß ich da drin war?«

»Sämtliche Funksprüche und Telefonate der Polizei werden in unserer Zentrale routinemäßig aufgezeichnet. Ich bin mir sicher, daß man in Ihrer Organisation nicht anders verfährt. Vor wenigen Minuten ist bei der Polizei ein Anruf eingegangen; ein Anwohner hatte jemanden in die Weinbar eindringen sehen. Zum Glück hatte einer Ihrer Vorgesetzten Major Inacio mitgeteilt, daß Sie eine Wanze anbringen und das Büro nach Indizien durchsuchen wollten. Wir mußten schnell handeln, bevor die reguläre Polizei Sie festnehmen konnte. Inzwischen dürfte der Einsatzwagen vor Ort sein, aber wenn Major Inacio mit dem Polizeipräsidenten spricht, wird die Aktion wieder abgeblasen. Caldere wird von nichts erfahren.«

»Wie haben Sie es geschafft, so schnell herzukommen?« Grahams Mißtrauen war noch nicht ganz verflogen.

»Wir standen am anderen Ende der Straße. Wie Sie sicher wissen, beobachten wir seit zwei Tagen die Weinbar rund um die Uhr. Sollten dieser Russe oder einer seiner Leute mit Caldere Kontakt aufnehmen, würden wir das mitbekommen und sofort entsprechend reagieren.«

Graham sah ihn scharf an. »Was bedeutet ›entsprechend reagieren‹?«

Morales zuckte die Schultern. »Die Entscheidung darüber läge bei Major Inacio.«

»Stimmt nicht! Sie läge bei *uns*. Das hier ist unser Fall, nicht Ihrer. Wir haben hier das Sagen. Sie täten gut daran, das zu beherzigen.«

»Sie sind zu Gast in unserem Land!« schnaubte der Mann hinter Morales. »Sie täten gut daran, *das* zu beherzigen!«

Morales wies ihn wütend in seiner Muttersprache zurecht, dann wandte er sich mit einem versöhnlichen Lächeln wieder an Graham. »Wir erkennen an, daß das Ihr Fall ist. Ich wollte nur sagen, daß Major Inacio uns nach Rücksprache mit Ihren Vorgesetzten die nötigen Befehle erteilen würde. Ich habe mich mißverständlich ausgedrückt.« Er wandte sich an Sabrina. »Haben Sie in der Weinbar etwas von Belang gefunden?«

»Ich hatte leider nicht genug Zeit, um mich richtig umzusehen, aber ich konnte seinen Terminkalender fotografieren. Er enthielt Einträge zu Berger und Saisse, zwei von Jannocs Leuten. Selbstverständlich werden wir Major Inacio Abzüge schicken, sobald der Film entwickelt ist.«

»Wir wären Ihnen sehr dankbar. Wenn Sie uns jetzt bitte entschuldigen, wir müssen zurück zur Weinbar. Unsere Schicht geht erst am späten Nachmittag zu Ende.«

Sabrina drückte Morales herzlich die Hand. »Danke, daß Sie mich da rausgeholt haben.«

»Gern geschehen«, erwiderte dieser galant und verabschiedete sich mit einem Nicken von Graham. Dann stiegen die zwei Elitesoldaten in ihren Wagen und brausten davon.

»Eine tolle Idee war das!« fuhr Graham Sabrina an. »Der Terminkalender ist alles, was wir haben. Hättest du nicht warten können, bis der Film von unseren Leuten ausgewertet wurde. Aber nein, du mußtest es gleich hinausposaunen! Mensch, wir müssen denen doch nicht alles auf die Nase binden! Die sind unsere Kontaktstelle hier in Portugal, aber nicht unsere Partner. Denk beim nächstenmal bitte daran.«

»Der Film ist eben nicht alles, was wir haben«, fauchte Sabrina und zog das Adreßbuch aus der Tasche. »Das hier gibt uns garantiert mehr Aufschlüsse über Calderes Kontakte als noch so viele Terminkalender. Vielleicht willst du mal reinschauen, bevor es zu spät ist und ich den plötzlichen Drang verspüre, auch damit zur *Brigade für Sondereinsätze* zu rennen. Mach schon, nimm es endlich!«

Graham starrte das Büchlein in ihrer ausgestreckten Hand entgeistert an. Doch statt es zu nehmen, setzte er sich mit einem tiefen Seufzer auf einen Ziegelhaufen. »Tut mir leid, Sabrina. Ich hätte dich nicht so anschnauzen dürfen. Ich hatte kein Recht dazu.«

Sie setzte sich neben ihn. »Wir alle sind im Moment etwas überreizt. Kein Wunder, bei dem Druck.«

»Der Unterschied zwischen uns ist nur, daß du wie C. W. deine Gefühle immer unter Kontrolle hast. Ich dagegen habe das noch nie geschafft. Ich platze bei jedem Anlaß gleich los und merke nicht, daß ich andere damit verletze.«

»Ich habe ein dickes Fell«, erwiderte sie grinsend. »Na ja, das kriegt man wohl automatisch, wenn man regelmäßig deinen Breitseiten ausgesetzt ist.«

»Weißt du, Sabrina, ich lasse ja nur Dampf ab. Es ist nie persönlich gemeint, aber das ist dir sicher klar.«

»Am Anfang unserer Bekanntschaft war es schon persönlich«, widersprach sie. »Du warst stinksauer, daß sie dir eine Frau als Partner zugeteilt hatten, und hast ständig versucht, mich außen vor zu lassen. Ob auf privater oder auf beruflicher Ebene, dir kam es vor allem darauf an, allein als der große Held dazustehen. Wir hatten damals ganz schön heftige Auseinandersetzungen – erinnerst du dich noch?«

»Du redest ja fast so, als würdest du sie vermissen«, brummte Graham.

»Das wohl kaum. Aber ein Gutes ist dabei rausgekommen. Wir haben viel übereinander gelernt, und jetzt ist unsere Partnerschaft ... fast könnte man sagen vorbildlich. Der Zweck hat ganz offensichtlich die Mittel geheiligt, und darum bedaure ich nichts.«

»Das stimmt.«

»Sag, sollten wir uns mal richtig aussprechen?«

»Fahren wir lieber«, knurrte Graham und sprang auf. »Hier verschwenden wir nur unsere Zeit. Komm, wir müssen noch viel erledigen.«

Sabrina lächelte leise in sich hinein. Manche Dinge hatten sich in all den Jahren nicht geändert. Wenn er in die Defensive geriet und ein Gespräch zu persönlich wurde, wechselte er unweigerlich das Thema. Aber immerhin sah sie es als ein Kompliment an, daß er ihre Zusammenarbeit nicht mehr in Frage stellte ...

»Was ist so lustig?« fragte er, als er ihr Lächeln bemerkte.

Sie stand auf und wischte sich den Staub von der Hose ab. »Du.«

»Was soll das schon wieder heißen?«

»Du läßt dich wohl nie auf persönliche Themen ein, hm? Du mußt immer ausweichen, wenn man dir zu nahe kommt. Aber in Wirklichkeit ist es ganz anders, als du denkst, Mike. Sich zu öffnen ist kein Zeichen von Schwäche, vor allem nicht unter Freunden.«

»Über die Vorzüge unserer Partnerschaft können wir ein andermal weiterdiskutieren, vorausgesetzt, es gibt uns noch, wenn diese Operation vorbei ist. Aber im Moment müssen wir uns um wichtigere Dinge kümmern, zum Beispiel darum, den Film zu entwickeln und uns Calderes Adreßbuch vornehmen.«

»Na, dann los«, sagte Sabrina.

»In der Freude über deine Entdeckung ist dir nur eine Kleinigkeit entgangen«, brummte Graham auf dem Weg zum Auto. »Wenn Caldere merkt, daß das Adreßbuch fehlt, wird er doch sicher den Braten riechen, oder?«

»Nicht, wenn die Polizei ihm sagt, daß in Hardins Wohnung ein Duplikat seiner Schlüssel gefunden wurde«, entgegnete Sabrina. Sie deutete auf den Autoschlüssel in seiner Hand. »Wer fährt nun – du oder ich?«

»Bin wieder da!« rief Miller und schloß die Wohnungstür hinter sich. Als niemand reagierte, ging er weiter in die Küche. Dort brütete Katherine mit einem Stift in der einen und einer Tasse Kaffee in der anderen Hand über einer Mappe.

»Wer beobachtet das Hotel?« fragte sie, ohne aufzusehen.

»Ein Lokalreporter, der mir noch ein paar Gefälligkeiten schuldet.«

»Gibt es in dieser Stadt überhaupt noch einen Menschen, der dir keinen Gefallen schuldet?«

»Ein oder zwei, aber die koche ich auch noch weich.« Miller stellte zwei Pizzakartons auf den Tisch. »Von allem, was es in dieser Stadt zu kaufen gibt, kommt das hier einem Weihnachtsessen noch am nächsten. Zumindest sind auch Truthahnstückchen drauf.«

»Prima«, sagte sie zerstreut. Doch dann richtete sie sich unvermittelt auf und legte den Stift beiseite. »Was hast du diesem Reporter über Graham und Sabrina Carver erzählt?«

»Nichts. Wie du es wolltest: Ich habe ihm nur die Fotos gegeben, damit er sie auch erkennt, und sagte ihm, daß er sie beschatten soll, wenn sie das Hotel verlassen, und mir dann melden, wohin sie gefahren sind.« Miller deutete auf die Mappe. »Was ist denn das?«

»Ich habe meine Hausaufgaben gemacht, während du vor dem Hotel auf der Lauer lagst. Dabei habe ich rausgefunden, wen Graham und Carver heute vormittag im Krankenhaus besuchten.«

»Sergei Koltschinski?«

»Woher weißt du das?« fragte sie überrascht.

»Ich habe eben auch meine Hausaufgaben gemacht«, erwiderte Miller lächelnd. »Über das Autotelefon habe ich in aller Diskretion Erkundigungen eingezogen. Das half mir, die Langeweile zu vertreiben. Also, was hast du über Koltschinski in Erfahrung gebracht?«

»Daß er ein hohes Tier bei der UNESCO ist und hier einen Forschungsauftrag hatte. Danach bin ich ins Krankenhaus gefahren, aber dort wollte man mir nicht mal bestätigen, daß er überhaupt da ist, geschweige denn sich über seinen Zustand äußern. Auf weiteres Nachbohren habe ich dann lieber verzichtet, sonst erfahren Carver und Graham am Ende noch, daß jemand im Krankenhaus rumgeschnüffelt hat. Und das können wir am allerwenigsten gebrauchen. Wir müssen uns schön im Hintergrund halten, bis wir genug Beweise für ihre Mitarbeit bei der UNACO haben.«

»Du brauchst Beweise? Du hast doch sicher von den drei maskierten Männern gehört, die am Lissabonner Flughafen angeblich willkürlich eine Gruppe von Passagieren beim Besteigen ihrer Maschine nach New York überfielen?«

»Sicher. Es stand bei uns in allen Zeitungen. Die Behörden gehen davon aus, daß linksgerichtete Terroristen die Regierung kurz vor den Wahlen im Januar in Verlegenheit bringen wollten. Aber was hat das mit Koltschinski zu tun? Ich ...« Katherine verstummte abrupt. Auf einmal beugte sie sich vor und musterte Miller aus nächster Nähe. »Sag bloß, daß er zu denen gehörte, die bei diesem Überfall verletzt wurden!«

»Er war der einzige, der dabei verletzt wurde«, korrigierte Miller.

»Ed, sag mir alles, was du weißt!« Sie griff aufgeregt in ihre an der Stuhllehne hängende Handtasche und zog einen Mikrokassettenrecorder heraus.

Bevor sie das Gerät einschalten konnte, legte Miller seine Hand auf die ihre. »Laß mich vorher festhalten, daß meine Quelle nur deshalb zur Kooperation bereit ist, weil ich bestimmte Fotos in meinem Besitz habe, die nicht nur seine Karriere, sondern auch seine Ehe zerstören würden. Niemand weiß von seiner Vorliebe für kleine Jungen. Ich habe ihm zugesichert, daß ich seine Identität nicht preisgeben werde, und will mein Wort halten. Nur damit das klar ist, bevor wir weiterreden.«

»Seine Perversionen sind mir scheißegal, Ed, ich will nur wissen, was er dir gesagt hat.« Katherine drückte auf Aufnahme.

»Du kannst bisweilen verflucht kaltherzig sein, wußtest du das?«

»Das bringt mein Job mit sich. Also, was hat er dir erzählt?«

Bevor er anfing, zündete sich Miller eine Zigarette an. »Die Geschichte von einem Überfall durch lokale Terroristen ist eine Ente, erfunden von der *Brigade für Sondereinsätze,* der portugiesischen Antiterroreinheit. Sie haben den Fall der Polizei weggenommen, aber vorher hat meine Quelle von einem hohen Offizier noch einen vorläufigen Bericht erhalten. Demnach wurden vier Männer ermordet, darunter drei Sanitäter, einer entführt und einer verletzt. Die Operation war von A bis Z hochprofessionell und garantiert nicht das Werk von irgendwelchen versprengten Terroristen.«

Katherine benetzte sich aufgeregt die Lippen. »Was ist mit Koltschinski geschehen?«

»Er wurde von einer Kugel in den Bauch getroffen und mußte operiert werden. Eine Zeitlang hing sein Leben an einem seidenen Faden, aber inzwischen sind die Ärzte zuversichtlich, daß er sich vollständig erholen wird.« Miller machte einen tiefen Zug und stieß den Rauch in Richtung Decke aus. »Aber das Interessante kommt noch. Die *Brigade für Sondereinsätze* gab an, bei dem ermordeten Passagier handle es sich um einen hiesigen Geschäftsmann namens Carlos Pereira. Nun, der Name stimmt, aber der Beruf nicht. Lieutenant Carlos Pereira gehörte selbst der *Brigade* an und hätte Koltschinski und einen gewissen Abe Silverman nach New York begleiten sollen.«

»Und Silverman ist derjenige, der entführt wurde«, schloß Katherine.

Miller nickte. »Er wurde ebenfalls als Mitglied der UNESCO bezeichnet. Aber das ist alles, was meine Quelle über ihn rausfinden konnte. Sagte er zumindest. Weil Silverman mit einem israelischen Paß reiste, habe ich zwei befreundete Journalisten in Tel Aviv angerufen. Einer hatte noch nie von ihm gehört, der andere, ein Geheimdienstexperte, sagte mir, Silverman sei in den achtziger Jahren eine Zeitlang Leiter der Abteilung Kryptologie in der Mossad gewesen.«

»Wenn Silverman also tatsächlich bei der UNACO ist«, unterbrach ihn Katherine aufgeregt, »hatte er wahrscheinlich verschlüsselte Dokumente dabei und wollte sie nach New York bringen! Damit wäre erklärt, warum er einen Leibwächter brauchte.«

Miller nickte. »Was bedeuten würde, daß diejenigen, die den Überfall durchführten, es ausschließlich auf ihn abgesehen hatten. Sie brauchen ihn, damit er die Dokumente für sie dechiffriert.«

»Was wiederum bedeutet, daß Carver und Graham diesen Silverman im Auftrag der UNACO rausholen sollen, bevor er gezwungen werden kann, den Code preiszugeben.« Katherine schaltete den Kassettenrecorder aus. »Das ist ja ein brandheißes Eisen, Ed! Aber im Moment spekulieren wir noch. Darum brauchen wir unbedingt eine Kopie des Berichts, bevor er deinem Bekannten weggenommen wird.«

»Ich habe es dir doch gesagt: Er darf da nicht reingezogen werden. Als Journalistin weißt du genau, wie wichtig es ist, die Identität seiner Informanten zu schützen.«

»Aber keiner von meinen Informanten ist ein Pädophiler. Menschenskind, Ed, du verabscheust ihn doch genauso wie ich.«

Miller sah ihr fest in die Augen. »Hast du nicht erst vorhin gesagt, daß dir seine Perversionen scheißegal sind?«

»Du solltest dir schleunigst überlegen, wem du dich mehr verpflichtet fühlst, Ed«, fauchte sie ihn wütend an, um sofort beschwichtigend die Hand zu heben. »Sei mir nicht böse, ich wollte dich nicht verletzten. Aber im Moment komme ich mir vor wie ein Esel mit Maulkorb, dem man eine Möhre vor die Nase gehängt hat.«

»Eine interessante Metapher«, bemerkte Miller und drückte seine Zigarette aus. In diesem Augenblick schrillte im Flur das Telefon. »Entschuldige mich bitte einen Moment.«

Katherine ließ sich in ihrem Stuhl zurücksinken und massierte sich das Gesicht. Ihr war klar, daß Miller recht hatte und daß sein Informant geschützt werden mußte. Andererseits würde ihre Zeitung nie ein unbestätigtes Gerücht drucken. Allein schon der Glaubwürdigkeit halber mußte sie diesen Bericht an sich bringen. Sie stand auf und holte sich aus dem Kühlschrank eine Dose Diätpepsi. Als sie zu ihrem Stuhl zurückkehren wollte, fiel ihr Millers Jakkett ins Auge, das er achtlos über die Waschmaschine gelegt hatte. Sie wußte, daß er das Haus nie ohne sein schwarzes Adreßbuch verließ. Und das war vollgeschrieben mit den Namen seiner über die ganze Welt verstreuten Kontaktpersonen. Schnell ging sie hinüber und griff in die Innentasche. Tatsächlich, da war es! Sie zog es heraus und legte es zwischen ihre Unterlagen.

Wenig später kam Miller mit einem zufriedenen Lächeln in die Küche zurück.

»Du siehst aus wie eine Katze, die gerade den letzten Rest der Sahne aufgeschleckt hat«, sagte sie und warf die leergetrunkene Dose in den Mülleimer.

»Das war ein Kollege von mir, Igor Kolamin, der stellvertretende Chefredakteur der *Prawda*. Ich habe ihn heute morgen angerufen und gebeten, für mich möglichst viel über Koltschinski rauszufinden.«

»Und?«

»Koltschinski ist ein ehemaliges Mitglied des KGB. Er verließ den Geheimdienst vor ein paar Jahren, aber keiner weiß, wohin er ging. Die Sache ist anscheinend streng geheim.«

»So wie Langleys Information über Graham und Carver«, sinnierte Katherine.

»Es könnte also durchaus eine Verbindung zur UNACO bestehen«, schloß Miller.

»Ohne diesen Bericht läßt sich das aber nicht bestätigen.«

»Ich habe dir doch schon gesagt, daß ich den Namen meines Informanten nicht preisgebe.«

»Das habe ich schon verstanden, aber du kannst mich nicht daran hindern, ihn aufzuspüren.«

»Und wie willst du das bewerkstelligen, wenn du nicht mal seinen Namen weißt?«

Katherine schlug ihren Ordner auf und hielt Miller das Adreßbuch unter die Nase. »Ich schätze, dein Informant steht irgendwo da drin. Ich probiere einfach alle örtlichen Nummern durch, bis ich auf ihn stoße. Das dürfte keine allzu schwere Aufgabe sein, findest du nicht auch?«

»So weit würdest du gehen?« rief Miller empört.

»Das ist schließlich nicht irgendeine Story, Ed. So eine Chance hat man nur einmal im Leben. Und der Teufel soll mich holen, wenn ich sie nicht nutze. Ich lasse mich doch von dir nicht daran hindern, mir den nötigen Beweis bei einem perversen Scheißkerl zu holen, der längst eingesperrt gehört.«

»Daß ausgerechnet du mir eine Moralpredigt hältst ... Du läßt mich einer Story zuliebe einfach fallen. Bedeutet dir unsere Freundschaft denn gar nichts?«

»Aha, du hast also ein Recht, Moralpredigten zu halten«, erwiderte Katherine sarkastisch. Sie beugte sich vor und starrte ihm kampflustig in die Augen. »Wie war das denn mit deinem kleinen Coup, als du Korrespondent in El Salvador warst? Hast du damals nicht die Armee über ein Rebellenlager informiert und dort dann rechtzeitig mit der Kamera Stellung bezogen, als die Soldaten anrückten? Nur versteckten sich dort jede Menge Frauen und Kinder, aber keine bis an die Zähne bewaffneten Rebellen. Wie viele Unschuldige sind infolge deines anonymen Winks draufgegangen, hm?«

»Du weißt ganz genau, daß ich nicht wußte, daß dort Frauen und Kinder waren!« schrie Miller und fuhr sich mit dem Handrücken über seine feuchte Stirn. »Und jetzt muß ich bis zu meinem letzten Tag damit leben. Herrgott, ich hätte dir nie davon erzählen dürfen!«

»Dein Geheimnis ist bei mir gut aufgehoben«, sagte sie. »Wir sind doch vom gleichen Schlag, Ed. Das ist wohl auch der Grund, warum unsere Freundschaft so lange gehalten hat. Wir respektieren einander, aber wir wären auch bereit, einander für eine tolle Story die Kehle aufzuschlitzen. Und behaupte bloß nicht, du hättest mich nicht reingelegt, wenn du an meiner Stelle gewesen wärst. Dafür kenne ich dich viel zu gut.«

»Das wird dich was kosten.« Miller richtete drohend den Zeigefinger auf sie. »Was kannst du mir bieten, das es wert wäre, meinen besten Kontakt zu opfern?«

»Was hältst du davon, wenn du als Mitautor einer exklusiven Story auf der Frontseite des *New York Sentinel* genannt wirst? So weit hast du es noch nie gebracht, oder?«

»Er heißt Captain Antonio Gonzalez. Aber laß *mich* mit ihm reden. Ich habe den besseren Draht zu ihm.«

»Von mir aus gern«, lächelte Katherine und ging zur Tür. »Du hast bestimmt nichts dagegen, wenn ich dein Telefon benutze. Ich sollte unbedingt Louise anrufen und ihr ein frohes Fest wünschen, sonst verzeiht sie mir das nie.«

»Tu dir keinen Zwang an«, brummte Miller. »Ach, übrigens, wie geht es deiner kleinen Schwester eigentlich?«

»Sie ist stinksauer auf mich, weil ich Weihnachten nicht mit dem Rest der Familie feiere. Andererseits hatte sie ja schon immer viel mehr Familiensinn als ich. Wer weiß, ob ihre Ehe sonst so lange gehalten hätte. Meine mütterliche kleine Schwester!«

»Richte ihr meine Grüße aus.«

»Mache ich.« Sie verschwand im Flur.

»Ach, und vergiß Larry nicht. Ihm wünsche ich natürlich auch ein frohes Fest.«

Katherines Kopf tauchte noch einmal in der Tür auf. Sie hielt den Mikrokassettenrecorder hoch. »Das wird er bestimmt feiern, wenn er das Band gehört hat. Bedenke ich es recht, wird er so schnell kein schöneres Geschenk erhalten.«

7

Zlotin legte nicht nur eine perfekte Landung hin, sondern steuerte die zweimotorige Piper Navaho auch bis auf fünfzig Fuß an die Hangars heran, ehe er den Motor abstellte und den Sicherheitsgurt ablegte. »Sie warten hier«, beschied er Whitlock und kletterte aus dem Cockpit, um sogleich im nächsten Hangar zu verschwinden.

Whitlock befreite sich fluchend vom Sicherheitsgurt. Wenn er nur wüßte, wo sie waren! Beim Abflug von Marseille hatte Zlotin von einer Landung in München gesprochen, doch nach zwei Stunden Flug hatte er den Flughafen München-Riem angefunkt und erklärt, er bräuchte wegen Motorproblemen dringend eine Landegenehmigung, weil der Schaden umgehend untersucht werden müsse. Sobald er über München sei, würde er sich wieder melden. Doch dazu war es nicht gekommen. Statt dessen hatte er die Richtung geändert und war in so geringer Höhe geflogen, daß kein Radar sie erfassen konnte. Natürlich hatte Whitlock wiederholt gefragt, wohin es nun ginge, aber Zlotin war beharrlich stumm geblieben. Schließlich hatte Whitlock aufgegeben und sich damit getröstet, daß er es schon noch erfahren würde.

Er sah zum Fenster hinaus. Offenbar waren sie auf einem stillgelegten Rollfeld gelandet. Unkraut wuchs durch Risse im Asphalt, und die leerstehenden Hangars waren allesamt mit Graffiti beschmiert. Weiter rechts stand der Tower, auch er nur mehr eine hohle Schale, auf der Graffiti prangten. Die Fenster waren eingeschlagen, und die Tür hing grotesk schief in einer verrosteten Angel.

Schließlich tauchte Zlotin wieder auf. Er spähte durch die offene Tür ins Cockpit. »Okay, Sie können jetzt rauskommen. Wir gehen noch mal in den Hangar.«

»Ich rühre mich erst von der Stelle, wenn ich weiß, wo wir sind und was wir hier machen«, knurrte Whitlock.

»Sie würden es ja sowieso rausfinden«, murmelte der andere mit einem Schulterzucken. »Wir sind in Leipzig. Vor dem Fall der Mauer gehörte das Rollfeld der ostdeutschen Miliz.«

Whitlock sah ihm herausfordernd in die Augen. »Damit haben Sie meine Frage erst zur Hälfte beanwortet.«

»Wir holen hier Passagiere ab.«

»Und wo sind sie? Im Hangar?«

»Nein, wir müssen sie schon selbst holen.«

»Warum nur werde ich das Gefühl nicht los, daß diese Passagiere noch völlig ahnungslos sind?« murmelte Whitlock, bequemte sich aber aus dem Cockpit.

»Keine Sorge, sie werden uns keinen Ärger machen«, sagte Zlotin und setzte sich wieder in Bewegung.

»Und wer sind sie?« drängte Whitlock.

»Ihre Namen würden Ihnen nichts sagen.«

»Sie können mich ja testen.«

Zlotin hielt inne, die Hand bereits auf der Türklinke. »Professor Günther Auerbach und seine achtzehnjährige Tochter Lisl.«

Whitlock schürzte nachdenklich die Lippen. »Sie hatten recht«, meinte er schließlich. »Sie sind mir kein Begriff.«

»Das dachte ich mir schon.«

Whitlock überlegte fieberhaft. Auch wenn er Günther Auerbach nicht persönlich kannte, hatte er doch schon oft von ihm gehört. Mit vierzehn war der Sohn eines hohen Beamten im Staatssicherheitsdienst bereits ostdeutscher Schachmeister gewesen, so daß ihn der überall gegenwärtige Geheimdienst der DDR früh als möglichen Rekruten ausersehen hatte. Dann aber wurde sein Vater als Doppelagent der CIA enttarnt, und man schmuggelte den jungen Auerbach und seine Mutter in einer dramatischen Blitzaktion außer Landes. Seinen Vater sollte Auerbach nie wieder sehen. Nach seinem Studium der Kryptologie an der Sorbonne, das er mit dem Doktortitel abschloß, warb ihn der westdeutsche Bundesnachrichtendienst an. Dort stieg er in seinem Spezialgebiet – der Dechiffrierung – schnell zum jüngsten Sektionschef in der Geschichte des BND auf, eine

Position, die er in den nächsten siebzehn Jahren bis zum Fall der Mauer innehatte. Erst danach entschloß er sich, der Welt der Spionage den Rücken zu kehren und mit seiner Tochter Lisl ein neues Leben in seinem Geburtsort Leipzig zu beginnen, dessen Universität ihn zum Professor und Leiter der Fachbereichs Kryptologie berief.

Whitlock war bekannt, daß man Auerbach in westlichen Geheimdienstkreisen inzwischen für flexibler und kompetenter als Silverman hielt. Nun, auch wenn er selbst das nicht beurteilen konnte, so standen Auerbachs Fähigkeiten für ihn außer Frage. Und wenn Zlotin diesen Mann ins Spiel brachte, dann konnte das nur eines heißen: Silverman war etwas zugestoßen.

»Royce!« bellte Zlotin. »So kommen Sie doch endlich!«

Whitlock folgte dem Russen eilig in den Hangar. Dort konnte er am anderen Ende eine Gestalt ausmachen, die, einen Strohhut tief übers Gesicht gezogen und die Hände in den Taschen eines knielangen Mantels vergraben, im Schatten eines Ford wartete.

Whitlock deutete auf den Mann. »Wer ist das?«

»Mein Kontakt hier in Leipzig. Einer der wenigen Ostdeutschen, denen ich noch trauen kann.«

»Warum zeigt er sich nicht?« fragte Whitlock leise.

»Sie brauchen nicht zu flüstern. Er versteht kein Englisch. Anders als so viele seiner Kollegen geht er kein unnötiges Risiko ein. Seit dem Ende der deutschen Teilung hält er sich lieber im Hintergrund.«

»Wo war er? Bei der Stasi?«

»Militärischer Geheimdienst«, antwortete Zlotin. Inzwischen hatten sie den Mann erreicht, und Zlotin sprach ihn auf deutsch an. Nachdem sie ein paar Worte miteinander gewechselt hatten, überreichte der Ostdeutsche ihm die Autoschlüssel, allerdings nicht ohne Whitlock kritisch zu mustern.

»Los, steigen Sie ein«, drängte Zlotin. Wir haben keine Zeit zu verlieren.«

Zlotin ließ den Wagen an und steuerte ihn aus dem Hangar. Nach kurzer Fahrt über das verlassene Flughafengelände erreichten sie eine Schnellstraße, die sie zur Leipziger Autobahn führte.

»Ein Russe mit Kontakten zum ostdeutschen Geheimdienst?« sinnierte Whitlock. Er wollte versuchen, noch mehr von Zlotin zu erfahren. »Sie kennen sich hier verdammt gut aus. Demnach sind Sie hier nicht zum erstenmal. Für wen arbeiten Sie? GRU? KGB?«

Zlotin sah ihn von der Seite her mit steinerner Miene an. »Ich habe Ihnen in Marseille schon erklärt, daß die Frage nach meiner Person nicht von Bedeutung ist. Sie täten gut daran, das in Erinnerung zu behalten.«

»Das ist doch verrückt!« rief Whitlock entnervt. »Ich werde angeheuert, um mit Ihnen zusammenzuarbeiten, und kenne nicht mal Ihren Namen! Das ist ein bißchen viel verlangt.«

»Aber ich habe nicht vor, das zu ändern.«

»Okay, dann läßt sich wohl nichts machen.«

»Schön. Dann können wir jetzt vielleicht auf den Small talk verzichten.«

»Kann ich Ihnen noch eine Frage über die Operation stellen? Oder gilt das auch als Small talk?«

»Fragen können Sie immer«, erwiderte Zlotin in einem Ton, der offen ließ, ob es eine Antwort geben würde.

»Aus irgendwelchen Gründen wollen wir einen Professor und seine Tochter entführen und per Flugzeug wegschaffen. Sie haben auch schon eine Landegenehmigung in München beantragt. Das bedeutet, daß wir als nächstes München ansteuern müssen, allein schon, um keinen Verdacht zu wecken. Dort müssen wir aber durch den Zoll, selbst wenn Sie gleich wieder woandershin fliegen. Was wollen Sie in München mit unseren Passagieren machen? Sie betäuben? Dann müßten Sie den Behörden aber einen höchst plausiblen Grund liefern. Und wenn sie bei vollem Bewußtsein sind, müssen wir damit rechnen, daß sie Alarm schlagen.«

»Gute Frage«, kommentierte Zlotin nach längerer Pause.

»Bekomme ich eine Antwort?«

»Das werden Sie rechtzeitig erfahren.«

Mehr war dem Russen nicht zu entlocken. Mit einem hilflosen Schulterzucken verfiel nun auch Whitlock in Schweigen, das erst wieder gebrochen wurde, als sie vor einem roten Backsteinhaus am Rand von Leipzig anhielten und Zlotin aus dem Handschuhfach eine Walther mit Schalldämpfer nahm.

»Kriege ich auch eine?« fragte Whitlock.

»Nein«, sagte Zlotin kurz angebunden. Er steckte die Waffe ein, stieg aus und lief zur Haustür hinüber. Whitlock folgte ihm, was der Russe allerdings nicht wahrzunehmen schien. Erst als er energisch angeklopft hatte, wandte er sich wieder zu seinem Begleiter um. »Ich führe die Verhandlung, verstanden. Für Sie besteht kein Anlaß, etwas zu sagen. Und wenn ich Ihnen dann einen Befehl erteile, erwarte ich, daß Sie ihn ohne Kommentar ausführen, klar?«

»Natürlich.«

Innen wurde ein Riegel zurückgeschoben, und die Tür ging auf. Im Flur stand ein Mädchen mit einem recht hübschen Gesicht und kurzem blondem Haar. Whitlock schätzte sie auf höchstens sechzehn Jahre.

Zlotin lächelte sie liebenswürdig an. »Sie müssen Lisl sein«, sagte er auf deutsch.

»Ja, richtig«, erwiderte sie zögernd.

»Ihr Vater hat mir viel von Ihnen erzählt. Wir sind Kollegen an der Universität, und weil ich zufällig in der Gegend bin, dachte ich mir, ich könnte mal kurz vorbeischauen und ein frohes Fest wünschen.«

»Da wird er sich bestimmt freuen. Treten Sie doch ein.«

»Und das ist ein Freund von mir«, sagte Zlotin mit einer Geste zu Whitlock. »Sie haben doch nichts dagegen, wenn er mit reinkommt?«

Sie lächelte Whitlock an. »Aber natürlich nicht.«

Zlotin bedankte sich und ließ Whitlock höflich den Vortritt.

»Mein Vater ist im Wohnzimmer«, sagte das Mädchen und schloß die Haustür. »Wahrscheinlich hat er Ihr Klopfen nicht gehört. Ich habe ihm zu Weihnachten den ›Messias‹ von Händel geschenkt, und dem lauschte er jetzt schon den ganzen Vormittag mit Kopfhörern. Er liebt klassische Musik.«

»Aber Sie nicht so sehr, wie ich Ihrem Tonfall entnehme?« meinte Zlotin.

»Nicht so besonders«, gab sie zu und trat ins Wohnzimmer.

Günther Auerbach saß mit ausgestreckten Füßen in einem Sessel vor dem Kamin, in dem ein Feuer prasselte. Sein Kopf war nach hinten gekippt, seine Augen geschlossen. Bis auf ein rhythmisches Klopfen mit den Fingern zeigte er keinerlei Regung. Als Lisl ihn leicht an der Schulter berührte, schlug er die Augen auf, nahm den Kopfhörer ab und hörte sich ihre Erklärung an. Dann erst stand er auf, drehte sich lächelnd zu den Besuchern um – und erstarrte. Zlotins Pistole war direkt auf ihn gerichtet. Lisl drückte sich an ihren Vater, der, ohne den Blick von der Waffe zu wenden, den Arm schützend um ihre Schulter legte. »Wer sind Sie?« Sein Blick wanderte von Zlotin zu Whitlock. »Was wollen Sie?«

»Wer wir sind, ist nicht wichtig«, entgegnete Zlotin auf deutsch und trat näher. »Und wir wollen nur ein wenig von Ihrer Zeit. Drei Tage – höchstens.«

»Und was soll ich für Sie tun?«

»Das werden Sie rechtzeitig erfahren.“

»Sie sind Russe, nicht wahr?« Auerbach musterte Zlotin aufmerksam, so daß ihm nicht entging, wie er die Augen überrascht zusammenkniff.

»Sie sind sehr scharfsinnig, Professor. Aber ich hatte ganz vergessen, daß Sie in Ihrer Zeit beim BND eng mit Überläufern von KGB und GRU zusammengearbeitet haben.«

»Und welcher Organisation gehören Sie an?« fragte Auerbach in verächtlichem Ton. »KGB oder GRU?«

»Weder, noch«, knurrte Zlotin gereizt, um plötzlich Lisl zu mustern, die sich immer noch an ihren Vater klammerte. Ihre Augen waren vor Angst weit aufgerissen. »Fräulein Auerbach, würden Sie bitte hierher kommen?«

bat er sie freundlich und winkte sie mit der freien Hand zu sich.

»Nein!« Auerbach drückte seine Tochter noch fester an sich. »Sie wollen etwas von mir. Lassen Sie Lisl aus dem Spiel!«

»In gewisser Hinsicht ist Ihre Tochter genauso wichtig wie Sie«, belehrte ihn Zlotin. »Ich habe nicht die Absicht, ihr etwas zuleide zu tun, es sei denn, Sie zwingen mich dazu. Sie haben die Wahl, Professor.«

»Schon gut, Papa«, sagte Lisl leise. »Ich tue, was er sagt.« Sie löste sich aus dem Griff ihres Vaters und trat auf Zlotin zu.

Dieser zog ein zigarrenförmiges Metallgefäß aus der Tasche und gab es Whitlock. »Aufmachen«, befahl er ihm auf englisch.

Whitlock schraubte den Verschluß auf. Darin befand sich eine Spritze, die bereits mit einer farblosen Flüssigkeit aufgezogen war. Ihre Nadel steckte in einer Schutzhülle.

»Sie und Ihr Vater werden uns begleiten«, erklärte Zlotin dem Mädchen. »Aus Sicherheitsgründen kann ich Ihnen unser Ziel nicht nennen. Es muß genügen, wenn Sie wissen, daß es mehrere Flugstunden von hier entfernt ist. Während des Flugs würde ich gerne ein paar Dinge mit Ihrem Vater erörtern, deren Natur Sie – wieder aus Sicherheitsgründen – lieber nicht erfahren sollten. Darum habe ich dieses kleine Sedativum für Sie vorbereitet. Es wird in etwa einer halben Stunde wirken, und dann werden Sie etwas schlafen, allerdings höchstens eine Stunde. Wenn Sie jetzt bitte den Ärmel hochkrempeln würden?«

»Nein, Lisl!« schrie Auerbach. Er wollte sich dazwischenwerfen, doch Zlotin drückte dem Mädchen den Lauf seiner Pistole an die Schläfe.

»Sie strapazieren allmählich meine Geduld, Professor. Wie ich Ihrer Tochter bereits erklärt habe, handelt es sich um ein harmloses Sedativum. Glauben Sie mir – wollte ich sie wirklich töten, dann hätte ich das längst getan. Warum setzen Sie sich nicht einfach, bevor ich das tue, das wir alle bedauern würden?«

»Tu, was er sagt, Papa«, bat Lisl mit tränenerstickter Stimme.

Den Blick unablässig auf die Spritze in Whitlocks Hand gerichtet, ließ sich Auerbach zögernd auf den Stuhl hinter ihm sinken.

»Los, machen Sie schon!« fuhr Zlotin Whitlock an. »Aber richtig, verstanden!«

Whitlock fand in der Armbeuge eine geeignete Vene und setzte die Spritze vorsichtig an. Langsam rann die Flüssigkeit in Lisls Adern.

»Sie haben jetzt fünf Minuten, um die Pässe zu holen und das Nötigste in eine Reisetasche zu packen«, beschied Zlotin das Mädchen, und an Whitlock gewandt, brummte er: »Sie gehen mit. Achten Sie darauf, daß sie wirklich nur Kleider mitnimmt.«

Sobald er mit Auerbach allein war, schloß Zlotin die Tür. Dann baute er sich vor dem Professor auf. »Jetzt, da sie uns nicht hört, kann ich Ihnen ja sagen, was die Spritze wirklich enthielt.«

Auerbach sprang erregt auf. »Was haben Sie ihr angetan, Sie Scheißkerl?«

»Nichts, vorausgesetzt, Sie arbeiten mit uns zusammen. Und ich muß Ihnen raten, Ihre Stimme zu mäßigen, Professor. Sie wollen Ihre Tochter doch gewiß nicht unnötig beunruhigen, zumindest jetzt noch nicht.«

»Was war in der Spritze?« fragte Auerbach mit vor Furcht bebender Stimme.

»Sie enthielt ein nach langjähriger Forschung in einem Geheimlabor der sowjetischen Armee entwickeltes tödliches Virus, dessen Existenz nur einer Handvoll Leute bekannt ist. Die Inkubationszeit beträgt etwa zweiundsiebzig Stunden. Die ersten Symptome äußern sich in leichtem Fieber, fehlendem Appetit, Ruhelosigkeit und zunehmender Verwirrung. Es besteht durchaus eine Ähnlichkeit mit Tollwut. Wenn es nicht rechtzeitig bekämpft wird, greift das Virus das zentrale Nervensystem an. Ich habe sogar schon einen Mann daran sterben sehen. Es war schrecklich. Er litt unter gräßlichen Krämpfen, in deren Verlauf er sich die Zunge abbiß, beide Arme und am Ende sogar die Wirbelsäule brach, bis er schließlich in ein Koma verfiel. Drei Stunden nach dem ersten Auftreten der Symptome war er tot.« Zlotin verstummte und musterte Auerbach, der verzweifelt in sich zusammensank und den Kopf in den Händen verbarg. »Aber sorgen Sie sich nicht, Professor. Es gibt ein Gegenmittel. Sie brauchen nur innerhalb der dreitägigen Frist einen Auftrag für uns zu erledigen, und das Serum wird Ihrer Tochter verabreicht. So einfach ist das.«

Auerbach riß den Kopf hoch und funkelte den anderen wütend an. »Und wenn nicht, dann sehen Sie zu, wie sie stirbt.«

»Nun, ich wäre nicht schuld an ihrem Tod, Professor. Das wären Sie allein. An Ihrer Stelle würde ich mir das immer vor Augen halten.«

»Sie Scheißkerl!« fauchte Auerbach und schlug in blinder Wut nach Zlotin.

Der Russe wich dem Angriff geschickt aus, packte Auerbach blitzschnell am Arm, riß ihn hoch und schlug ihn mit dem Kopf gegen die Wand. »Die Uhr tickt, Professor. Jede vergeudete Sekunde bringt Sie der Frist näher.«

»Ich werde alles tun, was Sie verlangen«, keuchte Auerbach. Sein Widerstand war endgültig gebrochen.

Zlotin ließ ihn los. »Sehr lobenswert, Professor. Die Spritze mit dem Virus enthielt übrigens tatsächlich auch ein Sedativum. Erschrecken Sie also nicht, wenn Ihre Tochter im Flugzeug einschläft. Wie gesagt, das Virus wird erst nach drei Tagen aktiv. Ob Sie Ihrer Tochter Bescheid sagen wollen oder nicht, überlasse ich voll und ganz Ihnen.«

»Ich werde es ihr sagen. Lisl und ich hatten noch nie Geheimnisse voreinander.«

»Sehr schön. Damit ersparen Sie uns beiden einige Probleme. Wir müssen in München und Madrid durch den Zoll, bevor wir unser eigentliches Ziel anfliegen können. Ich sage Ihnen das nur, weil Sie versucht sein könnten, die Behörden zu alarmieren und unsere Verhaftung zu veranlassen. Wir müssen dieses Risiko eingehen, aber seien Sie gewarnt: Ich trage das Gegenmittel nicht an meinem Körper und kann Ihnen versichern, daß nicht einmal die besten Toxikologen in der Lage wären, rechtzeitig ein wirksames Serum herzustellen. Ihre Tochter hat nur eine realistische Chance, lebend zurückzukehren, und die liegt bei mir. Auch das würde ich beherzigen, wenn ich Sie wäre, Professor.«

»Ich habe Ihnen doch schon gesagt, daß ich tun werde, was Sie verlangen«, stieß Auerbach bitter hervor.

In diesem Augenblick ging die Tür auf, und Lisl kam gefolgt von Whitlock mit einer Reisetasche in der Hand herein. »Wir sind fertig«, erklärte er.

»Unser Wagen steht draußen«, sagte Zlotin und deutete zur Tür. »Nach Ihnen, Professor.«

Auerbach legte den Arm um seine Tochter und ging mit ihr voran.

Zlotin steckte seine Pistole ein. »Meine Kollegen werden inzwischen ihren Teil der Operation erledigt haben und sich auf dem Rückflug zum Basislager befinden«, sagte er, an Whitlock gewandt. Er gönnte sich ausnahmsweise ein zufriedenes Lächeln. »Tja, es läuft alles nach Plan.«

»Das klingt ja ganz so, als hätten Sie in Schwierigkeiten gesteckt«, mutmaßte Whitlock in der Hoffnung, der Russe würde mehr über Silverman preisgeben.

»Wir erlitten vorübergehend einen Rückschlag.«

»Was denn für einen Rückschlag?«

»Das betrifft Sie nicht!« fuhr ihn Zlotin an. Er hatte nun die Haustür erreicht und drückte die Klinke herunter.

»Gehen wir, Professor? Sie werden sicher darauf brennen, Ihre Arbeit so bald wie möglich aufzunehmen, nicht wahr?«

Entgegen Zlotins Mutmaßung hatten Viktor Rodenko und Valentin Jemenkow ihren Teil der Operation noch nicht abgeschlossen. Ja, geradezu nichts schien nach Plan zu verlaufen.

Dabei hatte es zunächst so einfach ausgesehen. Laut Zlotins verläßlicher Quelle aus der *Spetznaz* verbrachten

Dr. Alain Fisier und seine Frau nun schon seit fünf Jahren jedes Weihnachten in einer Villa im malerischen Örtchen Vila do Conde vierzig Kilometer vor Lissabon. Fisier leitete seit sieben Jahren als Dekan den Fachbereich Kryptologie an der Pariser Sorbonne, doch obwohl er einen hervorragenden Ruf genoß, hatte Zlotin ursprünglich andere Wissenschaftler als Partner für Auerbach ins Auge gefaßt. Der erste, ein Brite, arbeitete für die MI5, der andere war Amerikaner und stand mit der CIA in Verbindung. Allerdings wäre ihr Transport nach Portugal nicht nur problematisch gewesen, sondern hätte sie auch viel Zeit gekostet, so daß Zlotin gezwungen war, umzudisponieren. Von seinen restlichen Kandidaten erschien ihm schließlich Fisier als der geeignetste, weil er momentan in unmittelbarer Nähe des Basislagers lebte und außerdem mit Silverman zusammengearbeitet hatte, wenn auch nur kurze Zeit.

Rodenko und Jemenkow waren früh am Morgen mit einem Gebrauchtwagen aufgebrochen, den Zlotin gleich nach ihrer Ankunft gekauft hatte. Zunächst waren sie zuversichtlich gewesen, Vila do Conde innerhalb einer Stunde zu erreichen, doch daß ihnen eine ganze Serie von Mißgeschicken einen Strich durch die Rechnung machen würde, hatten sie nun wirklich nicht erwartet. Eine Reifenpanne vor Porto, ein gerissener Keilriemen und schließlich die Blockierung der gesamten Straße nach Vila do Conde durch einen umgekippten Laster kosteten sie über drei Stunden. So trafen sie erst nach viereinhalb Stunden in dem Örtchen ein …

Die Villa der Fisiers stand inmitten von dreißig ähnlichen Gebäuden auf einem Hügel über der Stadt. Wer dort wohnte, genoß ein atemberaubendes Panorama. Weiter nördlich lag das Fischerdörfchen Azurara, dessen Flotte aus kleinen Holzbooten friedlich im Hafen schaukelte. Und im Süden erstreckte sich Vila do Conde mit seinen langgedehnten Stränden und zerklüfteten Korallenriffen.

»Einen Ausblick wie diesen hat bei uns daheim höchstens der Präsident von seiner Sommerdatscha«, raunte Jemenkow ehrfürchtig. Der neunundzwanzigjährige Georgier mit den jungenhaften Zügen und dem kurzgeschnittenen blonden Haar hatte sich im Afghanistan zu einem der vielversprechendsten Offiziere Rußlands entwickelt, ja, mehr noch, viele hatten in ihm schon Zlotins möglichen Nachfolger gesehen. Was Temperament, Mut und Rücksichtslosigkeit betraf, stand er dem Mann, den er seit seiner Jugend verehrte, in nichts nach. Und wenn es auch noch nicht für den Aufstieg an die Spitze der *Spetznaz* gereicht hatte, einen hohen Posten in der Armee, vielleicht sogar im Politbüro, hätten ihm alle zugetraut. Aber das war noch vor dem Putsch gewesen. Jetzt hatte ein Kriegsgericht Jemenkow sämtliche Dienstgrade aberkannt und ihn unehrenhaft aus der Armee entlassen. Plötzlich galt er als einer der ewiggestrigen Kommunisten, die das junge Rußland für immer in der Versenkung verschwinden lassen wollte. Aber Jelzins Rußland war eben nicht sein Land, nicht mehr jedenfalls ...

Auch Rodenko sah sich um, doch er war nicht beeindruckt. Und das war nicht der einzige Unterschied zu seinem um zwölf Jahre jüngeren Kollegen. Rodenko hatte fettiges schwarzes Haar und gleichgültige, kalte Augen, die tief in seinem wettergegerbten, markanten Gesicht lagen. Seit seiner Ankunft in Portugal ließ er sich einen Bart wachsen. Und in Kombination mit dem in allen Farben schillernden Bluterguß, den ihm Silvermans Stoß mit dem Aktenkoffer unter dem linken Auge eingebracht hatte, verliehen die Stoppeln seinen ohnehin schon finsteren Zügen etwas zusätzlich Bedrohliches.

Absichtlich knallte Rodenko nun mit voller Wucht die Wagentür zu und riß Jemenkow damit aus seiner Träumerei. »Ich störe dich wirklich ungern bei deinen Betrachtungen, aber wir haben nun mal einen Auftrag zu erledigen. Und zwar möglichst schnell, nach diesem Zeitverlust.«

Jemenkow kannte Rodenkos Sarkasmus zur Genüge und hütete wohlweislich seine Zunge. Im Laufe der Jahre hatte er mehrmals erlebt, wie sich junge Soldaten von seinem beißenden Spott zu einer Widerrede hatten provozieren lassen und dafür nackt vor allen anderen ausgepeitscht worden waren, oft sogar bei vorgehaltener Pistole. So ging Rodenko gegen jeden aufsässigen Untergebenen vor. Auch wenn seine brutalen Methoden zur Durchsetzung von Disziplin umstritten sein mochten, seit Jemenkow ihn kannte, war Rodenko nie von seinen Vorgesetzten zur Rechenschaft gezogen worden. Damit war er zu einem der am meisten gefürchteten und verhaßten Offiziere seiner Einheit geworden. Als Mensch hatte Jemenkow ihn nie leiden können, doch dem Soldaten Rodenko zollte er größte Bewunderung. Andererseits war ihm ebenso wie Zlotin klar, daß dieser Viktor Rodenko nicht mehr derselbe war wie der, der seine Leute furchtlos in den Kampf gegen die Mudschaheddin in Afghanistan geführt hatte. Seine Verhaftung nach dem kläglichen Scheitern des Staatsstreichs gegen Gorbatschow hatte ihn gebrochen. Er hatte es nicht verwinden können, daß ihm jetzt so viele seiner ehemaligen *Spetznaz*-Kollegen feindlich gesinnt waren. Und als ob das noch nicht gereicht hätte, war er auch noch zum Trinker geworden. Jemenkow wußte, daß Zlotin sich deswegen um den Erfolg der Operation sorgte. Auch stand für ihn außer Frage, daß Zlotin Rodenko trotz ihrer langjährigen Freundschaft im Ernstfall bedenkenlos töten würde, wenn …

Rodenko klopfte scharf an der Vordertür, schob gleich wieder die rechte Hand in die Jackentasche, in der sich seine Makarov befand, und trat einen Schritt zurück.

Niemand machte auf. Rodenko stampfte mit dem Fuß auf und klopfte noch einmal. Wieder dasselbe Ergebnis. Mit einem wütenden Fluch fuhr er zu Jemenkow herum. »Wo stecken die bloß?«

Sein Kollege stellte sich vors Wohnzimmerfenster und schaute hinein. »Niemand da«, meldete er kopfschüttelnd. »Und das Zimmer selbst sieht total aufgeräumt aus. Normalerweise müßte man doch zumindest leere Gläser oder Zeitungen sehen, noch dazu an Weihnachten. Sie sind wohl weggefahren.«

»Eigentlich braucht uns das nicht mehr zu wundern«,

brummte Rodenko. »Nach allem, was heute schon schiefgegangen ist.«

Auf dem Balkon der Nachbarvilla erschien ein kahlköpfiger Mann im Bademantel, der schnell den Gürtel zuknotete. »Sie wollen zum Doc?« fragte er mit nordenglischem Akzent.

Wie Zlotin beherrschte Jemenkow mehrere Sprachen perfekt. »Stimmt. Sieht aber nicht so aus, als ob er da wäre. Wissen Sie, ob er weggefahren ist?«

»Sie sind gestern mit dem Wohnwagen aufgebrochen. Wollen aber in ein paar Tagen wieder da sein. Haben mich und meine Frau gebeten, ein bißchen auf das Haus aufzupassen. Sind Sie ein Freund von ihnen?«

»Ja«, antwortete Jemenkow. »Wissen Sie zufällig, wohin sie gefahren sind?«

»Der Doc hat was von Richtung Norden gesagt. Wir waren gestern alle sehr überrascht, als er uns das vom Campen erzählte. Normalerweise sind er und seine Frau ja nicht gerade die Unternehmungslustigsten.«

»Da haben Sie recht«, schmunzelte Jemenkow. »Darum dachten wir uns ja, wir könnten einfach so ganz ohne Anmeldung reinschneien, weil sie ohnehin immer daheim sind.«

»Tut mir leid, Kumpel, aber heute sind Sie leider umsonst gekommen.«

»Was für ein Zufall! Wir hatten uns auch schon überlegt, ob wir zwischen den Feiertagen ein bißchen in den Norden fahren sollten. Wer weiß, vielleicht laufen wir ihnen ja noch über den Weg. Haben Sie zufällig eine Ahnung, was für einen Wagen sie haben?«

»Er hat einen blauen Capri gemietet. Ich muß das wissen, denn ich habe seit dem ersten Tag immer wieder am Motor rumgebastelt. Nachbarschaftshilfe, Sie verstehen.«

»Alles klar.« Jemenkow wandte sich zum Gehen. »Tut mir leid, daß wir Sie gestört haben.«

»Kein Problem. Soll ich dem Doc ausrichten, daß Sie da waren?«

Jemenkow zuckte die Schultern. »Wie gesagt, wir wollten morgen oder übermorgen auch Richtung Norden fahren. Wenn wir ihn nicht treffen, schauen wir auf dem Rückweg noch mal vorbei. Aber vielen Dank.«

Der Mann sah ihnen nach, bis sie in ihren Wagen gestiegen waren, dann wandte er sich zu seiner Frau um, die die ganze Zeit hinter der Balkontür gestanden hatte.

»Warum hast du sie angelogen?« fragte sie. »Ihr Wagen ist doch gar nicht blau.«

»Und es ist auch kein Capri.« Der Mann kehrte ins Wohnzimmer zurück, durchquerte den Raum bis zum Sideboard, auf dem eine Morgenzeitung lag, und kritzelte etwas an den Rand.

»Was machst du da, Joe?«

»Ich habe nur das Autokennzeichen aufgeschrieben, bevor ich es vergesse.«

»Wozu denn nur, um alles in der Welt?« fragte sie verdattert. »Erst schwindelst du sie an, und dann schreibst du auch noch ihr Kennzeichen auf! Was ist in dich gefahren?«

»Du hast die zwei Kerle nicht gesehen, oder?«

»Nein, ich habe nur eine Stimme gehört. Und die klang sehr angenehm.«

»Es war ein Ausländer – ich kann nur den Akzent nicht festmachen. Aber es war vor allem sein Kumpel, der mir nicht gefallen hat. Mann, hatte der eine Visage! Wie ein richtiger Schläger.«

»Als nächstes wirst du mir erzählen, das seien Killer gewesen oder so was«, spottete sie.

»Etwas an ihnen hat mir nicht gefallen, okay?« verteidigte er sich. »Und der Doc hat uns schließlich gebeten, bei ihm nach dem Rechten zu sehen.«

»Wenn es dich so beunruhigt, dann ruf doch die Polizei an und laß die zwei Typen überprüfen.«

»Und was soll ich denen sagen? Daß sich zwei Fremde nach unserem Nachbarn erkundigt haben? Die würden mich wohl kaum ernst nehmen. Nein, vergiß es.« Er kehrte zur Balkontür zurück, um sich dort noch einmal zu seiner Frau umzudrehen. »Aber wenn sie sich hier wieder blicken lassen, dann hole ich die Polizei, das schwöre ich dir.«

Graham unternahm keinen Versuch, den Wagen, der ihnen zum Krankenhaus folgte, abzuschütteln. Es war dasselbe Auto, mit dem Katherine Warren sie am Vormittag beschattet hatte, nur saß diesmal ein Mann hinter dem Steuer. Sie kannten ihn nicht, doch weil er ihnen so auffällig unauffällig folgte, mußte er ein Anfänger sein. Als sie beim Krankenhaus ankamen, war alles zugeparkt. Nur einem Zufall hatten sie es zu verdanken, daß jemand just im Moment ihres Eintreffens den Platz direkt vor dem Haupteingang räumte. In der Tür drehten sie sich noch einmal um und registrierten belustigt, wie ihr glückloser Verfolger weiter den Parkplatz umrunden mußte. Dann fuhren sie mit dem Aufzug in den dritten Stock. Vor Koltschinskis Zimmer hatte sich ein uniformierter Beamter postiert, doch ließ er sie anstandslos durch, als sie ihm ihre Kennkarten zeigten. Obwohl er immer noch sehr blaß war und sich tiefe Ringe um seine blutunterlaufenen Augen zogen, saß Koltschinski schon wieder aufrecht im Bett.

»Wie fühlst du dich, Sergei?« fragte Sabrina. »Du siehst jedenfalls bedeutend besser aus als heute morgen.«

»Ich fühle mich auch viel besser. Vielleicht bin ich noch etwas schwach, aber das ist wohl nicht anders zu erwarten, wenn man achtundvierzig Stunden im Koma gelegen hat. Ach, bevor ich's vergesse – frohe Weihnachten.«

»Dir auch, Sergei.« Graham zog einen Stuhl heran und setzte sich.

»Deiner Stimme nach zu urteilen, bringst du keine gute Nachrichten«, mutmaßte Koltschinski.

»Na ja«, meinte Sabrina, »im Moment ist C. W. unsere einzige Chance. Aber niemand weiß, wo er jetzt steckt. Als er sich zuletzt meldete, hatte ihn Zlotin gerade angeheuert. Seitdem ist Funkstille.«

Koltschinski nickte. »Stimmt, das habe ich auch gehört. Der Colonel hat vorhin aus New York angerufen. Er hat mich auf den letzten Stand gebracht. Allem Anschein nach müssen wir uns nicht nur mit Zlotin rumschlagen, sondern auch mit einer vorwitzigen Journalistin, die ganz scharf darauf ist, den Namen der UNACO quer über der Frontseite des *New York Sentinel* anzubringen.«

»Und bis jetzt haben die Schnüffler von der ›Abteilung Nestbeschmutzer‹ nichts in ihrem Privatleben gefunden, womit sie sie zum Aufgeben zwingen könnten«, brummte Graham mit einem resignierten Kopfschütteln. »Soweit wir gehört haben, hat der Colonel sie jetzt auf Larry Ryan angesetzt, den neuen Chefredakteur des *Sentinel*. Er ist mit Warrens Schwester verheiratet. Hoffentlich können sie wenigstens ihm am Zeug flicken. Wenn nicht, werden Sabrina und ich die unfreiwilligsten Berühmtheiten in der Geschichte des Journalismus. Und das Schlimme daran ist, wir können rein gar nichts dagegen tun.

»Sie werden schon was finden«, tröstete ihn Koltschinski. »Das war doch immer so. Das Fortbestehen der UNACO ist der schlagende Beweis dafür.«

»Kann schon sein.« Graham hörte sich allerdings nicht gerade überzeugt an.

»Hat Calderes Adreßbuch irgend etwas Nützliches ergeben?« erkundigte sich Koltschinski.

»Es wird noch in der Züricher Zentrale analysiert«, meldete sich Sabrina zu Wort. »Weltbewegendes ist bis jetzt nicht dabei rausgekommen. Nach der Übernahme der Weinbar mußte Caldere viele Kontakte knüpfen, um die Lizenz zu erhalten – und darauf bezieht sich die Mehrheit der Eintragungen. Neben Saisses Namen steht zwar eine Telefonnummer, aber die führte uns nur zum *Le Boudin,* Jannocs größtem Kasino in Marseille – also auch eine Sackgasse.«

»Ich gebe die Akten trotzdem nicht verloren«, sagte Koltschinski bedächtig. »Immerhin konnten wir C. W. einschleusen; außerdem ist deine Vertrautheit mit Zlotins Psyche ein nicht zu verachtender Faktor, Michael.«

»Du kennst Zlotin aber auch ein bißchen, Sergei.« Graham stand abrupt auf und stellte sich vors Fenster. »Und mir gegenüber hast du den großen Vorteil, daß du persönlich mit ihm gesprochen hast.«

Koltschinski sah Sabrina fragend an. »Er weiß, daß der

Colonel Zlotin mal anwerben wollte«, gestand sie mit einem schuldbewußten Nicken. »Ich konnte es nicht mehr leugnen.«

»Na gut, ich bin froh, daß die Sache endlich auf dem Tisch ist«, sagte Koltschinski. »Und falls es dich tröstet, Michael, ich war von Anfang an dagegen.«

»Das ist jetzt Schnee von gestern«, meinte Graham und sah auf den Parkplatz hinunter. Den Wagen, der ihnen bis zum Krankenhaus gefolgt war, vermochte er jedoch nicht auszumachen. »Was hattest du denn bei eurem Treffen in Moskau für einen Eindruck von ihm?«

»Keinen guten. Er war sehr arrogant. Das war mein erster Eindruck, und daran hat sich auch bei den späteren Gesprächen nichts geändert. Ich gab dem Colonel auch klar zu verstehen, daß Zlotin meiner Meinung nach nicht zur UNACO passen würde, aber ihr wißt ja selbst, wie stur der Colonel sein kann, wenn er sich mal was in den Kopf gesetzt hat. Er sagte mir mit unzweideutigen Worten, daß er Zlotin als Ersatz für Jacques haben wolle. Der Gerechtigkeit halber muß ich hinzufügen, daß ihm der Direktor der *Spetznaz* ein mehr als beeindruckendes Dossier über Zlotin geschickt hatte. Und dazu hatte auch das Politbüro Zlotin über die Jahre immer mit Lob überschüttet. Das gab den Ausschlag. Nun, theoretisch ist Zlotin ja auch ein vorbildlicher Typ: diszipliniert, furchtlos und bereit, jeden Befehl ohne zu fragen auszuführen. Aber als ich ihn persönlich kennenlernte, entdeckte ich einen gewaltigen Unterschied zwischen dem Menschen und dem Mythos, was wohl auch durch unseren momentanen Fall hinlänglich bewiesen wäre.«

»Allerdings«, knurrte Graham.

Koltschinski zögerte. »Da gibt's noch etwas, worüber ich mich mit euch unterhalten möchte. Ich habe doch vorhin mit dem Colonel telefoniert. Und er hatte vor meinem Anruf ein Gespräch mit dem Direktor des neuen russischen Geheimdienstes geführt. In Rußland ist man sehr besorgt über die Auswirkungen, die Zlotins, Rodenkos und Jemenkows mögliche Auslieferung zur Verbüßung ihrer Reststrafe mit sich bringen würde.«

Graham starrte Koltschinski argwöhnisch an. »Worauf willst du hinaus, Sergei?«

Der Russe hielt seinem Blick stand. »Ihr werdet alle drei töten müssen, sobald ihr die Akten geborgen habt.«

»Und wenn sie sich ergeben?« fragte Sabrina.

»Das ist egal. Sie dürfen auf keinen Fall nach Rußland zurückkehren.«

»Was soll das, Sergei?« brauste Graham auf. »Du bist doch sonst immer ein Paragraphenreiter und predigst uns ständig den Grundsatz der UNACO, daß Gewalt ausschließlich zur Selbstverteidigung angewendet werden darf. Die kaltblütige Tötung eines Verdächtigen ist darin nicht vorgesehen.«

»Seit wann hältst du dich denn streng an die Vorschriften?« fuhr ihn Koltschinski an.

»Klar breche ich immer wieder Regeln, aber ich habe noch nie einen unbewaffneten Verdächtigen umgebracht. Noch nie.«

»Ich weiß, Michael, und ich wollte dir das auch nicht unterstellen. Aber laß mich bitte ausreden.« Koltschinski hielt kurz inne, um seine Gedanken zu ordnen. »Falls Zlotin oder seine Komplizen ergriffen und nach Rußland ausgeliefert werden, besteht die Gefahr, daß man sie sofort wieder befreit. Gestern nacht ist eine ganze Einheit der *Spetznaz* geschlossen desertiert. Wir nehmen an, daß sie unter dem Kommando von Major Pjotr Koslow ...«

»Koslow?« fiel ihm Graham ins Wort. »Das ist Zlotins Schwager! Aber der galt doch immer als liberal! Er war einer der ersten hohen Militärs, die den Staatsstreich vom August öffentlich verurteilten und Jelzins Truppen zu Hilfe eilten. Willst du etwa sagen, daß er von Anfang an mit den Hardlinern unter einer Decke gesteckt hat?«

Koltschinski nickte. »Es wurden Dokumente gefunden, die genau das belegen. Anscheinend sind die Behörden mittlerweile zu der Auffassung gelangt, daß Koslows Distanzierung vom Coup nur ein Bluff war, damit er im Falle eines Scheiterns im Amt bleiben konnte.«

»Auf diese Weise konnten Zlotin und Konsorten wenigstens eine verläßliche Kontaktperson innerhalb der *Spetznaz* behalten«, schloß Sabrina.

»Wenn das so ist«, führte Graham den Gedanken weiter, »könnte unter Umständen auch Koslow hinter dem Überfall auf den Konvoi gestanden haben, der Zlotin, Rodenko und Jemenkow ins Militärgefängnis hätte bringen sollen.«

»Das wäre in der Tat möglich, auch wenn er zum Zeitpunkt des Überfalls in Georgien war.«

Graham räumte seinen Platz am Fenster und kehrte zum Bett zurück. »Das perfekte Alibi. Etwas anderes: Wie reagierte der Colonel denn auf das Ansinnen der Russen, daß wir ihnen die Schmutzarbeit abnehmen sollen?«

»Er wies es zunächst glatt zurück. Das mußte er ja. Schon laut ihrer Satzung ist der UNACO jede Einmischung in die Politik streng verboten. Stellt euch nur vor, der Colonel hätte zugestimmt, und die Wahrheit käme irgendwann an den Tag: Wir würden als gedungene Mörder dastehen! Das gesamte Konzept der UNACO wäre gefährdet, zumal unser Ruf bei vielen UN-Diplomaten zur Zeit ohnehin angekratzt ist.«

»Und er hat absolut recht damit«, sagte Graham.

»Sicher«, meinte Sabrina gedehnt mit einem Seitenblick auf Graham, »... wenn wir päpstlicher als der Papst sein wollen. Aber was passiert, wenn wir Zlotin ausliefern und Koslow ihn wieder befreit? Unsere ganze Arbeit wäre nicht nur umsonst gewesen, sondern wir hätten Zlotin eine zweite Chance gegeben, die russische Regierung doch noch in die Knie zu zwingen. Wer hat uns denn immer gepredigt, daß wir es mit zu allem entschlossenen Fanatikern zu tun haben? Das warst du. Und in diesem Fall können ihre Pläne zu tausendfachem Blutvergießen führen. Zum Teufel mit der Satzung, Mike! Ich würde Zlotin mit dem größten Vergnügen eine Kugel in den Kopf jagen, wenn ich damit Unschuldigen das Leben retten könnte, und sei es auch nur einem einzigen.«

»Und wenn er unbewaffnet wäre?« fragte Graham.

»Dann wäre er schön blöd«, entgegnete sie kühl.

»Hm, da hast du wohl recht«, murmelte Graham, dem Sabrinas Ausbruch fast die Sprache verschlagen hatte. So heftig reagierte sie normalerweise nie. Sonst war sie immer die pragmatischere im Team. Wie oft hatte sie ihm schon überstürzte Reaktionen ausgeredet! Und jetzt auf einmal war er derjenige, der ihr die UNACO-Charta vorhielt. Verkehrte Welt! Aber hatte sie am Ende vielleicht sogar recht?

Der Piepser an Grahams Gürtel fing an zu zirpen. Er stellte ihn hastig ab und wählte mit Koltschinskis Telefon Rusts Nummer im Hotel.

»Major Inacio hat mich soeben angerufen«, erklärte Rust. »Er hat einen wichtigen Hinweis erhalten. Am Telefon wollte er sich nicht näher darüber auslassen, aber er ist schon auf dem Weg zum Hotel, um mir alles Nähere zu erklären. Ich will, daß du mit Sabrina schleunigst zurückkommst.«

»Wir sind schon unterwegs, Jacques.«

»Wie geht es Sergei?«

»Schon viel besser«, meinte Graham mit einem Seitenblick auf Koltschinski. »Wir hatten übrigens ein recht interessantes Gespräch. Ich erzähle dir mehr, wenn wir zurück sind.«

»Ich freue mich schon darauf. Richte Sergei meine Grüße aus und sag ihm, daß ich ihn besuche, sobald ich dazu komme.«

»Mach' ich.«

»Ach, noch was. Kein Wort über C. W. in Inacios Beisein. Er braucht nicht alles zu wissen ... im Moment zumindest noch nicht.«

»Was diesen Punkt betrifft, werde ich dir bestimmt nicht widersprechen«, erwiderte Graham. »Je weniger die *Brigade für Sondereinsätze* weiß, desto besser ist das für alle Seiten.«

»Ich dachte mir schon, daß du das so sehen würdest. Also, bis gleich.«

Im nächsten Moment war die Leitung tot, und Graham legte auf. »Wir werden im Hotel gebraucht«, erklärte er Sabrina, und an Koltschinski gewandt sagte er: »Jacques wünscht dir gute Besserung.«

»Was ist los?« wollte der Russe wissen.

Graham zuckte die Schultern. »Das weiß ich auch nicht, aber Jacques wird dich bestimmt aufklären.«

»Wir schauen wieder vorbei, sobald wir es schaffen«, versprach Sabrina und folgte Graham zur Tür.

»Könnt ihr mir bei eurem nächsten Besuch was zum Lesen mitbringen?« rief Koltschinski ihnen nach. »Ich kenne die *Herald Tribune* bald auswendig.«

Graham drehte sich noch einmal um. »Wie wär's mit der Charta der UNACO?«

»Ich glaube, ein paar Zeitschriften wären mir lieber.«

»Wir treiben schon was für dich auf, Sergei«, versprach Sabrina und zog die Tür hinter sich zu. Auf halbem Weg zum Aufzug blieb sie abermals stehen. »Michael, du glaubst, ich hätte Sergei vorhin nicht recht geben sollen, hm?«

»Habe ich das etwa gesagt? Komm schon, Jacques wartet auf uns.«

Er wollte weitereilen, doch sie hielt ihn zurück. »Du bist mein Partner, Mike. Sprich mit mir. Sag mir, was du denkst.«

»Ich denke an das Treffen im Hotel. Jacques will uns was Wichtiges mitteilen.« Er riß sich los. »Gehen wir endlich.«

»Du weißt genau, daß ich recht habe!« rief sie ihm nach.

Graham drehte sich erst wieder zu ihr um, als er vor dem Aufzug stand. »Kommst du jetzt oder nicht?«

Frustiert folgte sie ihm.

Als Graham und Sabrina im Hotel eintrafen, war Inacio schon wieder gegangen.

Graham fiel gleich mit der Tür ins Haus. »Was war denn so wichtig, daß er zu dir kommen mußte?«

»Es gibt eine heiße Spur. Eine Engländerin hat heute vormittag bei der Polizei von Vila do Conde, einem kleinen Fremdenverkehrsort nördlich von Porto, angerufen. Zwei merkwürdige Gestalten haben sich bei ihr nach einem Ehepaar erkundigt, das in der Villa nebenan seinen Urlaub verbringt. Offenbar hat sie sich erst an die Polizei gewandt, als ihr Mann gar nicht mehr damit aufhörte, ihr zu erklären, warum sie ihm so verdächtig vorgekommen wären. Die Polizisten sagten ihr, sie solle sich noch mal melden, wenn die Typen zurückkehren. Damit war die Sache für sie erledigt. Aber eine Stunde später traf ein Team der *Brigade für Sondereinsätze* in Vila do Conde ein. Seine Mitglieder sollten sich um Dr. Alain Fisier kümmern, den Leiter des Fachbereichs Kryptologie an der Pariser Universität Sorbonne, der zur Zeit in Vila do Conde Urlaub macht. Er steht mit auf der Liste von Kryptologen, die ich an sämtliche mit dem Organisierten Verbrechen befaßten Sondereinheiten geschickt habe ...«

»Und es stellte sich heraus, daß die zwei Männer Fisier suchten«, fiel ihm Sabrina ins Wort.

Rust nickte. »Das englische Paar ist inzwischen verhört worden, und der Mann konnte die zwei Typen anhand von Fotos eindeutig als Rodenko und Jemenkow identifizieren.«

»Wo ist Fisier jetzt?« fragte Graham.

»Er und seine Frau sind seit zwei Tagen mit dem Wohnwagen unterwegs. Ihr momentaner Aufenthaltsort ist unbekannt. Nach ihrem Wagen wie auch dem der Russen wird gefahndet. Die *Brigade für Sondereinsätze* haben für die Suche noch ein zweites Team losgeschickt. Wir müssen die Fisiers unbedingt vor den Russen finden, zumal ich vor wenigen Minuten aus Zürich eine beunruhigende Nachricht erhalten habe. Es geht um einen weiteren Namen auf meiner Liste, Professor Günther Auerbach, den früheren Leiter der Abteilung Kryptologie beim westedeutschen BND. Nachbarn haben gemeldet, daß er und seine Tochter heute früh ihr Leipziger Haus in Begleitung zweier verdächtiger Männer verlassen haben. Einer wurde als typischer Soldat mit stockgerader Haltung und kurzgeschnittenem braunem Haar beschrieben, der andere als dunkelhäutig mit gestutztem Schnauzer und Brille.«

»Zlotin und C. W.?« fragte Graham.

»Es kann nicht anders sein. Zlotin benötigt anscheinend Auerbach und Fisier, damit sie den Code für ihn knakken.«

»Das würde heißen, daß Abe tot ist«, sagte Sabrina.

»Entweder tot oder nicht mehr in der Lage, die Texte zu entschlüsseln«, stimmte Rust zu. »Sonst bräuchte Zlotin ja nicht gleich zwei weitere Spezialisten zu holen.«

»Zumindest gewinnen wir dadurch etwas Zeit«, meinte Graham. »Auerbach mag zwar als einer der Besten seines Fachs gelten, aber selbst er würde sich an den verschlüsselten Dokumenten eine ganze Weile die Zähne ausbeißen. Falls er Abes Code überhaupt knacken kann. Ob mit oder ohne Fisiers Unterstützung, es gibt keine Garantie, daß er das schafft. Das ist offenbar der Grund, warum Zlotin auch seine Tochter entführt hat. Er will ihn zusätzlich unter Druck zu setzen.«

»Richtig«, sagte Rust. »Und je gründlicher wir Zlotin aus dem Konzept bringen, um so größer wird unsere Chance, die Dokumente rechtzeitig zu bergen. Was nun euch zwei betrifft, so müßt ihr ab sofort von Vila do Conde aus operieren. Die *Brigade* kann euch dorthin bringen. Einer ihrer Hubschrauber wird in diesem Augenblick aufgetankt. Ihr braucht nur noch zum Flughafen zu fahren und einzusteigen. Jetzt hängt alles davon ab, daß wir den Russen zuvorkommen. Unter Umständen gehen uns dann sogar Jemenkow und Rodenko in die Falle. Ich glaube zwar nicht, daß sie im Verhör zusammenbrechen und auspacken würden – dafür sind sie zu gut ausgebildet –, aber Zlotin wäre endgültig isoliert. Vielleicht provoziert ihn das zu einem Fehler, der es uns ermöglicht, zuzuschlagen.«

»Klingt theoretisch ganz gut«, meinte Graham mit einem abschätzigen Blick auf Sabrina. »Zumindest solange keiner von uns sie vor der Verhaftung tötet.«

Sabrina warf empört die Arme in die Höhe. »Das ist ja unglaublich! Wir haben im Krankenhaus doch nur über eine hypothetische Möglichkeit gesprochen.«

»Ich habe das anders verstanden«, entgegnete Graham.

»Moment mal«, schaltete sich Rust ein, bevor Sabrina widersprechen konnte. »Wir halten eine rationale Besprechung ab, und von einem Moment auf den anderen springt ihr zwei euch an die Gurgel. Was soll das?«

»Wir haben nur eine Meinungsverschiedenheit«, brummte Graham achselzuckend.

»Darauf wäre ich nie gekommen«, erwiderte Rust sarkastisch. »Kann mir bitte jemand erklären, worum es geht?«

Sabrina tat ihm den Gefallen und berichtete ihm, was sie von Koltschinski erfahren hatte.

»Ach, das war also das ›recht interessante Gespräch‹, das du erwähnt hast, als ich dich im Krankenhaus anrief?« fragte Rustan Mike gewandt.

»Richtig.«

Plötzlich stieg Rust die Zornesröte ins Gesicht. »Sergei hatte kein Recht, euch das mit Koslow zu erzählen! Diese Information war nur für die Führungsebene bestimmt, also für den Colonel, Koltschinski und mich; sonst niemanden, vor allem nicht für euch zwei!«

»Warum nicht für uns?« fragte Sabrina.

»Wie Sergei euch ja erklärt hat, geht es dem Colonel gegen den Strich, daß die UNACO dazu benutzt werden soll, persönliche Rechnungen im Auftrag der Russen zu begleichen. Und auf keinen Fall wollte er euch dreinreden. Aber dank Sergeis Indiskretion liegt ihr euch jetzt in den Haaren. Ich kann nicht verstehen, warum er das getan hat. Das ist unentschuldbar. Das hätte er doch wissen müssen! Ehrlich gesagt hat es mich gewundert, daß der Colonel ihm das mit Koslow überhaupt anvertraut hat. Ich hätte es für mich behalten. Ich für meinen Teil werde ihm nichts mehr über diese Operation sagen, und es wäre mir lieb, wenn ihr in Zukunft auch schweigen würdet.«

»Aber warum?« fragte Sabrina verblüfft. »Er ist der Vizedirektor der UNACO, Jacques. Er hat ein Recht, zu erfahren, was los ist.«

»Meines Wissens ist er nur noch dem Namen nach Vizedirektor. Was ich euch jetzt sage, bleibt unter uns, verstanden? Außer dem Colonel, Sergei und mir weiß noch niemand in der UNACO Bescheid. Wenn von euch auch nur ein Wort nach außen dringt, werde ich einige unangenehme Fragen beantworten müssen.«

»Du kennst uns doch, Jacques!« protestierte Graham.

»Sergei wurde kurz vor der Lissabonner Konferenz die Leitung des neuen russischen Geheimdienstes angeboten. Er versprach dem Colonel, daß er ihm seine Entscheidung noch vor Jahresende mitteilen würde, aber der Colonel weiß genauso wie ich, daß er sich diese Chance nie entgehen lassen wird. Seit er nach Philpotts Rückkehr wieder im zweiten Glied steht, ist er bei der UNACO nicht mehr glücklich geworden. Er sah seine Autorität in Frage gestellt, als der Generalsekretär seinen Rücktritt so schnell annahm, und behielt sich vor, bis Jahresende ganz aufzuhören. Ohne dieses Angebot wäre er wahrscheinlich in den vorgezogenen Ruhestand gegangen. Nach all den Jahren denkt er jetzt wahrscheinlich nur noch an seine Heimkehr.«

»Wirst du an seine Stelle nachrücken?« fragte Graham.

»Nein, ich bleibe in Zürich. Hier bin ich der UNACO eher von Nutzen als in New York, wo ich nur die Nummer zwei hinter dem Colonel wäre.«

»Oder vielleicht C. W.?« meinte Sabrina.

Rust zuckte die Schultern. »Ich weiß es wirklich nicht, *chérie*. Und selbst wenn ich es wüßte, würde ich es für mich behalten. Ich habe euch ohnehin schon zuviel gesagt.«

Graham legte die Hand auf seinen Arm. »Danke, daß du uns ins Vertrauen gezogen hast, Jacques.«

»Verplappert euch aber bei der nächsten Besprechung mit Sergei nicht. Damit ihr mich nicht mißversteht: Ich halte nach wie vor große Stücke auf ihn, aber das ändert nichts daran, daß er mit ziemlicher Sicherheit in wenigen Wochen nach Moskau zurückkehren wird, um dort seinen neuen Posten als Direktor des FSB anzutreten – und das ist trotz allem ein für die Gegenseite tätiger Geheimdienst.«

»Kein Angst«, beruhigte ihn Graham. »Wir werden beim nächstenmal nur das wiederkäuen, was er schon weiß.«

»Er könnte es aber immer noch vom Colonel erfahren«, gab Sabrina zu bedenken.

»Ich werde die Sache mit ihm besprechen«, sagte Rust. »Wenn er erfährt, daß Sergei die Sache mit Koslow an euch weitergegeben hat, wird er seine Zunge in Zukunft wohl etwas besser hüten.«

Graham stand auf und ging zur Tür. »Tja, ich glaube, wir müssen wieder los.«

»Sabrina?« rief Rust, als sie Anstalten machte, ihrem Partner zu folgen. »Vergiß nicht: Du bist Mitglied eines internationalen Einsatzkommandos, und als solches hast du absolut objektiv und neutral an jeden Auftrag heranzugehen. Glaubst du etwa, uns sei nicht bewußt, was passieren kann, wenn Zlotin oder seine Komplizen nach Rußland zurückkehren und wieder befreit werden? Aber sollten wir uns als Richter und Henker aufspielen, dann sind wir nicht besser als diese Verbrecher. Anders als einige afrikanische und asiatische UN-Botschafter glauben, sind wir keine Berufskiller, die über dem Gesetz stehen. Spiel ihnen nicht in die Hände. Zur Zeit stehen wir in der UN so schlecht da wie noch nie. Es würde uns eher nützen, wenn wir Zlotin und Konsorten lebend festnehmen könnten. Dann wäre es uns vielleicht möglich, sie auf neutralem Gelände an die Russen zu übergeben, und alles weitere läge in deren Verantwortung. Offen gesagt hoffe ich, daß sie Zlotin und seine Leute auf der Stelle erschießen – aber was immer sie tun, wir machen uns die Hände nicht schmutzig. Und darauf kommt es doch letztlich an, oder nicht?«

»Ich habe dich schon verstanden, Jacques«, sagte Sabrina. Graham berührte sie leicht am Arm. »Glaub mir, ich würde Zlotin für mein Leben gern bei der erstbesten Gelegenheit abknallen, aber der Teufel soll mich holen, wenn ich den Russen ihre Drecksarbeit abnehme. Jacques hat recht. Wir würden nur die UNACO in Mißkredit bringen, und das zu einer Zeit, in der sie ohnehin keinen allzu guten Ruf genießt. Denk dran, die UNACO hat Vorrang vor unseren persönlichen Gefühlen.«

»Ich weiß«, erwiderte Sabrina leise.

Ein versonnenes Lächeln spielte um Rusts Lippen. »Ich hätte nie gedacht, daß ich den Tag erlebe, an dem der letzte widerspenstige UNACO-Agent für die Prinzipien von Recht und Ordnung eintritt. Läßt du etwa nach, Mike?«

»Ich? Ich hoffe bloß, daß Zlotin so dumm ist und mich bedroht. Dann hätte ich automatisch das Recht auf Selbstverteidigung. Es wäre für mich das höchste der Gefühle, wenn ich ihn in einem Plastiksack nach Moskau schicken könnte. Aber jetzt müssen wir wirklich los. Komm, Sabrina, auf zum Flughafen.«

Nachdem sie gegangen waren, starrte Rust noch eine ganze Weile die Tür an, dann griff er zum Telefon. Philpott wartete auf seine Meldung.

Katherine legte den Hörer auf und wollte gerade ihr Notizbuch aufklappen, als sie die Wohnungstür zufallen hörte. »Bist du das, Ed?« rief sie.

»Wer denn sonst?« antwortete Miller aus dem Flur. Dann steckte er auch schon den Kopf zur Tür herein. »Oder hast du mit jemand anderem gerechnet?«

Sie schüttelte den Kopf. »Und – bist du mit dem charmanten Captain Gonzalez handelseinig geworden?«

»Klar.« Miller zog sich den Mantel aus und warf ihn über die nächstbeste Stuhllehne. »Er zeigte sich mit einem Schlag äußerst hilfsbereit, als ich ihm anbot, seiner Frau bestimmte Fotos zu zeigen. Nun, offenbar hielt er das für keine allzu gute Idee, zumal an Weihnachten.«

»Was weiter?« Sie benetzte sich aufgeregt die Lippen. »Hat er dir den Bericht gegeben?«

»Ich habe dir doch gesagt, daß er äußerst hilfsbereit war.« Miller zog ein zusammengefaltetes Dokument aus der Manteltasche. »Es ist eine faszinierende Lektüre, aber du wirst nicht ein Wort davon verstehen, solange ich es nicht übersetzt habe.«

»Tja, dann hast du heute abend eine Beschäftigung, sobald wir vom Hotel zurückgekommen sind.«

Miller, der sich gerade ein Glas Bourbon einschenken

wollte, starrte sie unverwandt an. »Was heißt *wir*? Du bist dran. Meine Schicht beginnt erst um Mitternacht.«

»Neue Sachlage. Als du unterwegs warst, habe ich ein hochinteressantes Gespräch mit deinem Kollegen Damas geführt. Er wollte sich eigentlich nur Zigaretten im Hotel kaufen – und wer kommt genau in diesem Augenblick aus dem Lift? Unser unerschrockenes Pärchen Carver und Graham. Aber statt auf den Haupteingang zuzusteuern, vor dem ihr Wagen steht, verschwinden sie durch eine Seitentür. Damas ist ihnen gefolgt und hat noch mitgekriegt, wie sie mit einem blauen Passat davongefahren sind. Er ist gleich ins nächste Taxi gesprungen und ihnen bis zum Flughafen gefolgt, aber dort hat er die Fährte verloren. Dann hat er mich angerufen.«

»Wenn sie hinter dem Hotel einen zweiten Wagen stehen haben, dann sind sie uns auf die Schliche gekommen«, schloß Miller und füllte sein Glas zur Hälfte.

»Sieht ganz so aus. Graham muß mich vor dem Krankenhaus gesehen haben. Anders kann ich mir das nicht erklären.«

»Und wie geht es jetzt weiter?«

»Wir beschäftigen noch mehr deiner Kollegen und tun so, als würden wir immer noch nur den weißen Ford beobachten. Und weil wir selbst bislang nur einen Wagen benutzt haben, wird er Graham und Carver bestimmt gleich auffallen, wenn er ständig vor dem Hotel steht. Aber für die Verfolgung des Passat nehmen wir einfach ein anderes Auto. Es sieht ja ganz so aus, als würden sie den Passat für die wichtigen Fahrten verwenden und den Ford nur für die Besuche bei Koltschinski im Krankenhaus.«

»Genau. Sie tun praktisch so, als wären sie nur nach Lissabon gekommen, um sich um Koltschinski zu kümmern. Guter Trick.«

»Richtig. Aber jetzt müssen wir sie unbedingt in dem Glauben lassen, wir hätten sie nicht durchschaut. Das ist ein unschätzbarer Vorteil für uns, vor allem dann, wenn wir sie in voller Aktion beobachten können. Etwaige Fotos würden unsere Story noch glaubwürdiger machen.«

»Aber wozu fahren wir dann zum Hotel?«

»Damas hat gesagt, daß er am Flughafen einen Wagen mieten und uns in einer Stunde hinter dem Hotel treffen will. Wir müssen einen Parkplatz beim Hinterausgang finden, von dem aus wir alles mitbekommen, wenn sie wieder mit dem Passat wegfahren.«

»Da sie ja ausgeflogen sind, könnten wir vielleicht ihre Zimmer durchsuchen. Ich habe eine Minikamera. Wenn wir was Interessantes finden, brauche ich es nur zu fotografieren und lege es dann an Ort und Stelle zurück, ohne daß sie was merken.«

»Falls sie wissen, daß wir hinter ihnen her sind, haben sie bestimmt Sicherheitsvorkehrungen getroffen: Mikrofone oder vielleicht sogar eine versteckte Kamera.«

»Ja, und? Ob wir uns nun tarnen oder nicht, sie würden uns als erste verdächtigen. Andererseits kann ich mir nicht vorstellen, daß ihr Vorgesetzter Lust hätte, den *Sentinel* anzurufen und sich bei Larry Ryan zu beschweren. Schließlich werden sie offiziell weiter an ihrer Version festhalten wollen, sie seien ausschließlich wegen Koltschinski hierher gekommen.«

Katherine schüttelte den Kopf. »Wenn sie auch nur vermuten, daß wir in ihren Zimmern waren, ist ihnen sofort klar, daß wir den Trick mit dem zweiten Wagen durchschaut haben. Wie hätten wir sonst wissen können, daß sie weggefahren sind! Nein, nein, lassen wir sie ruhig in dem Glauben, daß wir im dunkeln tappen. Das kann nur von Vorteil sein.«

»Hm, da hast du auch wieder recht«, brummte Miller. »Hoffentlich kommt bei dieser Räuberpistole irgendwann was Zählbares heraus. Wenn die UNACO uns auf die Schliche kommt, werden sie alle Register ziehen, um die Story zu unterdrücken. Mich wundert ja, daß sie uns nicht daran hinderten, die zwei so lange zu beschatten.«

»Natürlich wissen die bei der UNACO Bescheid, aber öffentliches Geschrei wäre das letzte, was sie im Moment gebrauchen können. Dann wäre Grahams und Carvers Mission erst recht gefährdet.« Katherine lächelte zufrieden.

»Und du kannst Gift darauf nehmen, daß sie längst etwas ausgeheckt haben, um meine Reportage spätestens dann zu kassieren, wenn Carver und Graham in New York aus dem Flugzeug steigen. Aber dazu müßte die UNACO schon eine Verfügung gegen den *Sentinel* erwirken – was ich allerdings bezweifle, weil sie damit erst recht Staub aufwirbeln würden ... Nein, meine Story wird der Knüller des Jahres, und den kann mir niemand wegnehmen! Sie haben keine Chance, Ed, und das werden wir ausnutzen. Glaub mir, diese Sache ziehe ich durch.«

Der Helikopter mit Graham und Sabrina an Bord landete auf einem Fußballplatz nahe dem Polizeirevier von Vila do Conde, das jetzt der *Brigade für Sondereinsätze* als Kommandozentrale für die Koordination der Suche nach den Fisiers diente. Mit einem Einsatzwagen wurden die zwei Agenten weiter zum Revier gebracht. Dort wartete jemand auf sie, den sie kannten.

»Captain Morales!« rief Sabrina und schüttelte ihm die Hand.

»Schön, Sie wiederzusehen.«

»Sie kommen ja ganz schön rum«, meinte Graham. »Ich dachte, Sie und Ihr Partner sollen Calderes Kneipe bewachen?«

»Major Inacio hat mich dort eine Stunde vor Schichtende abgezogen und als Ihren Verbindungsoffizier hierher geschickt. Als Alleinstehender muß man bestimmte Nachteile in Kauf nehmen, vor allem zwischen den Jahren.«

»Denken Sie sich nichts, bei uns ist es genauso«, tröstete ihn Sabrina. »Wir haben offenbar auch immer an Weihnachten Bereitschaftsdienst. Na ja, das gehört wohl zu unserem Job.«

»Gibt es Neuigkeiten?« erkundigte sich Graham.

»Im Moment lasse ich sämtliche Campingplätze in einem Radius von fünfzig Meilen überprüfen, aber bislang sind weder die Fisiers noch die Russen gesehen worden. Vor zwanzig Minuten wurde der Wagen der Russen in einer Nebenstraße nicht weit von der Villa der Fisiers gefunden. Sie haben ihn stehen lassen. Bis jetzt sind in der betreffenden Gegend keine Autos als gestohlen gemeldet worden, aber das heißt nicht viel. Zu Weihnachten bemerken die Eigentümer den Verlust oft erst nach den Feiertagen.«

»Wenn die Russen überhaupt eins gestohlen haben«, murmelte Graham nachdenklich.

»Wie meinen Sie das?«

»Es kann sein, daß Zlotin seinen ursprünglichen Plan kurzfristig ändern mußte. Aber er würde deswegen nicht minder akribisch vorgehen. Ich nehme an, daß sie für den Fall eines unvorhergesehenen Ereignisses von vornherein einen Ersatzwagen in der Nähe der Villa abgestellt hatten. Und da sie wohl davon ausgingen, daß sie gesehen wurden, wollten sie lieber kein Risiko eingehen und stiegen um. Es dürfte sich von selbst verstehen, daß sie auch schon genau wissen, auf welcher Route sie entkommen wollen, sobald sie sich die Fisiers geschnappt haben. Nikolai Zlotin überläßt nie etwas dem Zufall. Nie.«

»Sie halten ja sehr viel von diesem Zlotin«, meinte Morales.

»Ich bewundere seine Fähigkeiten, wenn Sie das meinen.«

»Capitao?« rief eine Stimme hinter dem Computerterminal.

»Sim?« fragte Morales.

»Telefone.«

Morales griff zum Hörer. *»Quem es?«*

»Sergente Branco.«

Morales hielt den Hörer an sein Ohr, ging nach wenigen Sekunden mit einem Stift zur Landkarte an der Wand hinüber und zog einen roten Kreis um die Stelle, an der sich Branco befand. Dann bellte er eine Serie von Befehlen in den Apparat und legte auf. »Wir haben sie gefunden!« rief er aufgeregt.

»Wen?« fragte Sabrina.

»Dr. Fisier und seine Frau. Zwei von meinen Männern sind jetzt bei ihnen und bleiben, bis wir kommen.«

»Wo genau sind sie?« wollte Sabrina wissen.

Morales zeigte es ihr auf der Landkarte. »Auf einem Zeltplatz bei Ponte de Lima, einem kleinen Ort fünfzig Kilometer nördlich von hier.«

»Und die Russen?«

»Von ihnen fehlt noch jede Spur, aber Sie können davon ausgehen, daß sie nicht lange auf sich warten lassen. Es gibt nicht viele Campingplätze für Wohnwagen. Der Nachbar der Fisiers war zwar so geistesgegenwärtig und hat ihnen falsche Angaben über den Wagen der beiden gemacht, aber das werden die Russen bestimmt bald merken. Darum müssen wir so schnell wie möglich dorthin. Ich schlage vor, wir nehmen den Hubschrauber.«

»Wohin werden die Fisiers dann gebracht?« fragte Sabrina.

»Wir haben ein sicheres Haus in Santiago. Dort können sie bleiben, bis alles vorbei ist.«

Graham war bereits an der Tür. »Worauf warten wir noch?«

Morales erteilte seinen Leuten noch einige Befehle, dann eilte er den Amerikanern hinterher. Auf der Straße holte er sie ein. »Kommen Sie, mein Wagen steht dort drüben.«

Als sie den Fußballplatz erreichten, war der Pilot bereits über Funk informiert worden und hatte den Motor angelassen. Sie rannten in geduckter Haltung über den Rasen und kletterten in die Kabine. Morales hatte die Luke noch nicht richtig zugeklappt, als der Helikopter auch schon zu steigen begann.

Graham tippte Morales auf die Schulter. »Wie weit ist es denn noch?«

»Wir haben es gleich geschafft. Höchstens vier, fünf Kilometer. Wir können bald ...«

»Capitao, olhar«, unterbrach ihn der Pilot und deutete aufgeregt auf einen Punkt in der Ferne.

Zunächst konnte Morales nichts erkennen, doch nachdem sie ein Waldstück überflogen hatten, sahen sie alle in der bezeichneten Richtung eine dichte Rauchwolke aufsteigen. Dem Portugiesen war sofort klar, daß dort der Campingplatz sein mußte, aber erst als sie näher kamen, begriff er, daß es sich nicht um ein Feuer handelte. Der Rauch stieg nicht wie bei Bränden spiralförmig auf, sondern breitete sich in alle Richtungen gleichmäßig aus und hüllte den Campingplatz in eine Dunstwolke.

»Rauchgranaten«, meldete Sabrina. Sie spähte angestrengt hinunter.

Graham forderte den Piloten mit einer Geste auf, zu landen. »Der Rauch ist noch ziemlich dicht. Das heißt, daß die Russen vielleicht noch da sind.«

»Unmöglich«, widersprach ihm Morales. »Man sieht da unten nicht mal die Hand vor den Augen. Unter solchen Bedingungen arbeiten die bestimmt nicht. Die Rauchgranaten sind nur dazu da, unsere Leute an der Verfolgung zu hindern. Nein, die Russen sind garantiert schon weg.«

Plötzlich fing das Funkgerät hinter Morales zu knattern an, und jemand schrie mit sich überschlagender Stimme: »Branco an Helikopter! Hören Sie mich? Over.«

Morales packte das Mikrofon. »Was ist da unten los?«

»Die Russen haben uns überrumpelt. Wir haben sie erst bemerkt, als sie die Wohnwagenfenster einschlugen. Und dann haben sie auch schon eine Rauchgranate reingeworfen. Wir haben versucht, sie zu stellen, wurden aber sofort unter Beschuß genommen, saßen in der Falle und konnten nicht raus. Dann ist ein Auto neben dem Wohnwagen vorgefahren. Zwei Männer sind rausgesprungen und haben die Fisiers blitzschnell gepackt und auf den Rücksitz geworfen. Wir konnten nicht gezielt schießen, weil die Sicht so schlecht war.

»Sie sind also entkommen?« fauchte Morales.

»Leider ja, Chef.«

»Habt ihr nicht wenigstens die Verfolgung aufgenommen?«

Branco zögerte. »Sie haben die Reifen unseres Wagens zerschossen und das Funkgerät zerstört. Darum konnten wir Sie ja erst jetzt erreichen.«

»Von wo aus rufst du an?«

»Die örtliche Polizei ist vorhin eingetroffen. Ich benutze eins ihrer Funkgeräte.«

»Das wird ja immer besser. Was für einen Wagen benutzen die Russen?«

»Einen roten Mazda«, gab der andere zur Antwort und konnte sogar das Kennzeichen durchgeben. »Sie sind zum Zubringer der 203 gefahren. Dort haben wir sie aus den Augen verloren. Aber die 203 führt zur Küste.«

»Wie lange ist das her?«

»Nicht ganz fünf Minuten, Chef.«

»Wenigstens etwas«, knurrte Morales sarkastisch. »Du fährst jetzt sofort mit Corporal Villarta zum Polizeirevier in Vila do Conde zurück und erstellst einen schriftlichen Bericht. Wenn ich zurückkomme, liegt er auf meinem Tisch, verstanden?«

»Jawohl, Chef.«

»Ende!« Morales wandte sich Graham und Sabrina zu. »Ich fürchte, ich habe schlechte Nachricht für Sie. Schlimmer hätte es nicht kommen können.«

»Ist schon klar – Ihre Leute haben die Russen verloren.« Graham sah Morales die Überraschung an und fügte eilig hinzu: »Sabrina spricht Portugiesisch und hat das Wichtigste für mich übersetzt.«

Morales sah Sabrina an. »Dann wissen Sie auch, daß wir die Marke und das Kennzeichen des Fluchtwagens haben.«

»Richtig«, erwiderte Graham. »Und weil Ihre Cops schon vor Ort sind, können wir die Räumung der Gegend getrost ihnen überlassen Verfolgen wir die Scheißkerle lieber aus der Luft.«

Da Morales zustimmend nickte, stieg der Pilot sofort höher, und folgte der Nationalstraße 203. Als nächstes nahm Morales Funkkontakt mit seinem Stellvertreter in der Kommandozentrale auf. Nachdem er Leutnant Degas kurz informiert hatte, wies er ihn an, eine Großfahndung nach dem roten Mazda einzuleiten und so schnell wie möglich ein weiteres Einsatzteam zur Verstärkung der Polizisten vor Ort sowie zwei zusätzliche Helikopter anzufordern.

Morales legte das Funkgerät beiseite und wandte sich

an Graham. »Wenn diese Russen wirklich so gerissen sind, wie Sie sagen, dann haben sie womöglich schon wieder das Auto gewechselt.«

»Dann hätten sie schon eins auf dem Campingplatz stehlen müssen«, meinte der Amerikaner. »Aber ich bezweifle, daß sie sich den Zeitverlust geleistet haben. Vergessen Sie nicht, daß sie schon wußten, wo die Fisiers wohnen, bevor sie hinfuhren. Auf diese Weise konnten sie den Fluchtweg genau festlegen. Aber sie hatten nicht damit gerechnet, daß die Fisiers gar nicht daheim sein würden. Das hat sie aus dem Konzept gebracht. Von da an mußten sie auf gut Glück alle Campingplätze abgrasen und hoffen, uns zuvorzukommen. Es kann keinen Alternativplan geben, denn bis vor wenigen Minuten kannten sie den Aufenthaltsort der Fisiers genauso wenig wie wir.«

»Ich verstehe, worauf Sie hinaus wollen«, sagte Morales. »Wenn Sie recht haben und die Flucht von Vila do Conde aus geplant ist, dann werden die Russen dorthin zurückfahren, weil sie sich dort besser auskennen.« Er wandte sich an den Piloten. »Wie sieht es mit dem Sprit aus?«

»Reicht noch für etwa eine Stunde. Soll ich den Kurs beibehalten?«

Morales nickte. »Wenn Mr. Graham die Lage richtig einschätzt, sind sie jetzt auf dem Weg nach Vila do Conde.«

»Das wäre das Naheliegendste. Und bleiben Sie immer über der Hauptstraße. Die Russen werden keine Abkürzung riskieren, auf der sie sich am Ende noch verfahren. Ihnen ist längst klar, daß es in der Gegend bald von Polizisten wimmeln wird.«

Der Hubschrauber folgte der sich durch die Landschaft schlängelnden N 203, überflog das Dörfchen Deao und blieb weiter auf Kurs in südlicher Richtung, bis die Straße in die Küstenautobahn mündete. Erneut überprüfte der Pilot den Tank. Ihnen blieben noch gut vierzig Minuten. Wenn ihnen der Sprit ausging, würden längst mehr Helikopter in der Luft sein.

Ein Umstand bereitete jedoch allen Sorgen. Die Russen hatten doch nur einen Vorsprung von fünf Minuten. Wenn sie auf der Hauptstraße geblieben wären, hätte man sie doch längst entdecken müssen. Andererseits durften sie keine Zeit mit Kopfzerbrechen verlieren. Es gab in diesem Fall so viele Unwägbarkeiten …

Wieder knatterte das Funkgerät. »Degas an Captain Morales. Bitte melden.«

Der Portugiese nahm das Mikrofon. »Morales.«

»Kehren Sie sofort zum Campingplatz zurück.«

»Was ist los?«

»Das können wir nicht über Funk besprechen, Chef. Höchstwahrscheinlich werden unsere Gespräche von den Russen abgehört. Den Rest erfahren Sie vor Ort.«

Morales wartete, bis Sabrina für Graham übersetzt hatte. Mit skeptisch zusammengekniffenen Augen meinte er: »Das verstehe ich nicht. Die Russen können uns nur dann abhören, wenn die Frequenz von vornherein ins Gerät eingegeben ist. Aber wenn sie eins von unseren Funkgeräten gestohlen haben, warum hat Branco das nicht erwähnt?«

»Sind Sie sicher, daß das Degas war?« fragte Sabrina.

»Die Stimme klang jedenfalls wie die seine.«

»Über Funk läßt sich eine Stimme schwer identifizieren«, meinte Graham.

Das Gerät knisterte wieder. »Degas an Captain Morales. Sind Sie noch da, Chef?«

»Ich bin noch da«, brummte Morales und schaltete wieder ab, damit ihre Konferenz nicht am anderen Ende mitgehört werden konnte. »Was glauben Sie, Mr. Graham? Daß die Russen vorhin meine Anweisungen an Degas irgendwie mitgekriegt haben und ihn jetzt nachahmen, um uns auf eine falsche Fährte zu locken?«

»Laut unseren Informationen spricht Jemenkow mehrere Sprachen fließend, unter anderem auch Portugiesisch.«

»Und wenn Sie sich auf unsere Frequenz geschaltet haben, dann wissen sie auch, daß wir ihnen auf den Fersen sind«, fügte Sabrina hinzu. »Da ihnen klar ist, daß sie gegen einen Helikopter keine Chance haben, müssen sie uns überlisten, sonst sind sie geliefert.«

Morales überlegte einen Moment, dann schaltete er wieder das Mikrofon ein. »Woher weiß ich, daß Sie wirklich Leutnant Degas sind?«

Am anderen Ende trat eine kurze Pause ein. »Sie haben auf Ihrer Karte einen roten Kreis um Ponte de Lima gezogen, als Branco meldete, daß er Dr. Fisier und seine Frau gefunden hat.«

Damit waren Morales' Zweifel ausgeräumt. Er wies den Piloten an, zurückzukehren.

Als sie den Campingplatz erreichten, hatte sich der Rauch größtenteils aufgelöst, so daß der Pilot mühelos auf einer von der Polizei abgeriegelten Zufahrtsstraße aufsetzen konnte.

Morales stieg als erster aus und eilte sogleich zu zweien seiner Männer hinüber. Nach einem längeren Gespräch kehrte er mit bedrückter Miene zu den UNACO-Agenten zurück, die, die Hände in den Taschen vergraben, im mittlerweile aufgekommenen eisigen Wind auf ihn warteten.

»Und?« fragte Graham.

»Branco und Villarta sind tot«, brummte Morales. Er bot ihnen eine Zigarette an, doch sie schüttelten stumm den Kopf. »Sie wurden im Wohnwagen gefunden. Beide sind mit einem Schuß in den Hinterkopf getötet worden.«

»Dann war es also Jemenkow und nicht Branco, der Sie angefunkt hat«, stellte Graham fest.

Morales nickte. Er schob sich eine Zigarette in den Mund, schirmte mit einer Hand den Wind ab und zündete sie sich an.

»Aber was hätten die Russen davon, wenn sie ...« Sabrinas Stimme erstarb, denn plötzlich begriff sie die Wahrheit. »Es hat nie einen roten Mazda gegeben, oder?«

»Doch«, verbesserte Morales sie. »Er steht immer noch vor dem Wohnwagen der Fisiers. Die Russen haben sich ganz einfach auf dem Gelände ein anderes Auto genommen, das sie dann ebenfalls bald stehen ließen. Die Polizei hat es wenige hundert Meter von hier gefunden. Natürlich fehlt von ihnen und den Fisiers jede Spur.«

»Dort sind die Russen offenbar wieder in ihren eigenen Wagen umgestiegen«, mutmaßte Graham. »Wahrscheinlich hatten sie ihn in sicherem Abstand abgestellt, damit ihn keiner von den Campern sehen konnte. Bei unserer Ankunft müssen sie noch auf dem Gelände gewesen sein. Da hat Jemenkow eben Branco nachgeahmt und uns auf eine falsche Fährte gelockt. Und kaum waren wir losgeflogen, konnten sie in aller Ruhe türmen.«

»Das ist noch nicht alles«, sagte Morales leise. »Anscheinend hat Jemenkow gleich danach die örtliche Polizei angefunkt. Er hat sich wieder als Branco ausgegeben und ihnen befohlen, Anrufe vom Campingplatz nicht anzunehmen, weil die *Brigade für besondere Einsätze* den Fall übernommen hätte.«

»Und uns hat er weisgemacht, die hiesigen Cops wären schon da!« stöhnte Graham. »Indem er die eine Seite gegen die andere ausgespielt, hat er dafür gesorgt, daß weder die *Brigade* noch die Polizei zum Campingplatz rausfährt und er sich ungestört aus dem Staub machen kann.«

»Leutnant Degas will auf der Straße nach Vila do Conde Sperren errichten lassen«, meldete Morales.

»Wenn die stehen, sind die Russen längst über alle Berge«, knurrte Graham.

»Eins muß ihnen der Neid lassen«, murmelte Sabrina, fast ohne die Lippen zu bewegen. »Raffiniert sind sie.«

»Sie haben uns buchstäblich an der Nase herumgeführt«, schnaubte Graham.

Morales zog lange an seiner Zigarette und stieß den Rauch nach oben. »Jetzt brauche ich viel Glück, wenn ich meinen Job hier noch behalten will.«

»Sie sind nicht der einzige, der im Regen steht, Kumpel«, seufzte Graham. »Wir hatten eine Riesenchance, diese Dreckskerle zu schnappen. Die haben wir gründlich verpaßt. Jetzt können wir wieder von vorne anfangen.«

»Wollen Sie sich hier noch etwas umschauen?« Morales beschrieb mit der Hand einen Kreis um die Umgebung. »Wenn nicht, sollten wir lieber nach Vila do Conde zurückkehren und unseren Vorgesetzten Bericht erstatten.«

Graham warf Sabrina einen fragenden Blick zu, doch sie schüttelte den Kopf. »Nein, hier können wir nichts tun«, antwortete er.

Der Himmel über ihnen wurde immer dunkler. Morales streckte die Hand aus und spürte die ersten Regentropfen. »Ich fürchte, es gibt Sturm.«

»Stimmt, und zwar in mehr als nur einer Hinsicht«, prophezeite Graham düster.

8

Whitlock stellte sich hinter Zlotin auf die Kommandobrücke.

»Wie weit ist es denn noch?«

»Sie haben es bald überstanden«, antwortete Zlotin.

Plötzlich mußte sich Whitlock festhalten, als eine Welle über das Deck hereinbrach. »Werde ich froh sein, wenn ich wieder festen Boden unter den Füßen habe!« stieß er hervor.

»Auf Wasser fühlen Sie sich nicht sehr wohl, hm?«

»Wenn ich mitten in einem Sturm bin, ganz bestimmt nicht.«

»Das ist doch nichts als ein kleines Gewitter«, meinte Zlotin ungerührt. »In ein paar Minuten ist alles vorbei.«

»Sie klingen ja ganz so, als wären Sie solche Bedingungen gewöhnt«, sagte Whitlock und ließ sich auf der gepolsterten Bank am hinteren Ende der Kommandobrücke nieder.

Zlotin musterte Whitlocks Spiegelbild in der Glasscheibe vor ihm, an der das Regewasser in Schlieren herablief. »Sind Sie aus einem bestimmten Grund zu mir gekommen?« fragte er kühl.

»Ich wollte eigentlich nur rausfinden, wie stark der Wind ist«, entgegnete Whitlock vorsichtig.

»Ihr Gerede interessiert mich kein bißchen«, knurrte Zlotin. »Wenn Sie nichts Wichtiges zu sagen haben, würde ich vorschlagen, daß Sie in Zukunft den Mund halten und sich auf Ihre Arbeit konzentrieren.«

Whitlock hätte nichts lieber getan, doch leider hing alles davon ab, daß er seiner neuen Rolle stets treu blieb. Und was den echten Royce betraf, so war dessen Mißtrauen nur noch von seiner Geldgier überboten worden. Dieser Mann hätte ganz bestimmt hinter sämtliche Geheimnisse des Russen kommen wollen.

»Ein bißchen plaudern wird ja noch erlaubt sein«, meinte Whitlock achselzuckend.

»Sie wurden nicht angeheuert, um mir Gesellschaft zu leisten«, fauchte Zlotin ihn an.

»Wofür denn dann?« Whitlock betrachtete Zlotins Hinterkopf. »Jannoc hat nur was von Bewachen gesagt. Wen soll ich denn nun bewachen? Den Vater und die Tochter?«

»Sie werden es rechtzeitig erfahren.«

Whitlock verstummte und lauschte den rhythmisch gegen die Glasscheibe prasselnden Regentropfen. Jetzt, da keiner mehr sprach, ließ die noch mal die letzten zwölf Stunden an sich vorüberziehen.

Sie hatten Leipzig kurz nach Mittag mit Kurs auf München-Riem verlassen. Nachdem Zlotin sich dort sehr viel früher angekündigt hatte, führte er als Grund für die Verspätung »Probleme mit dem Motor« an. Daraufhin überprüfte ein Ingenieur die Maschine, konnte aber natürlich keinen Schaden feststellen, so daß sie bald wieder unbeanstandet weiterfliegen durften. Sechs Stunden später setzten sie auf dem Madrider Flughafen Barajas auf. Dort passierten sie problemlos den Zoll, tankten neu auf und setzten den Flug nach Portugals zweitgrößter Stadt Porto fort, wo bereits ein zuvor von Zlotin gemietetes Auto auf sie wartete. Während der Fahrt nach Matosinhos, einem kleinen Küstenort zehn Kilometer nördlich von Porto, brauten sich immer mehr düstere Sturmwolken über ihren Köpfen zusammen. Gleichwohl stiegen sie sofort nach ihrer Ankunft in ein Motorboot um, eine gut zwölf Meter lange Jacht mit dem Namen *A Agua Bruxa,* Wasserhexe. Zlotin hatte sie während seines Aufenthalts in Lissabon angemietet.

Weil er das Boot steuern mußte, schickte Zlotin Whitlock nach unten, damit er die Gefangenen beaufsichtigte. Die beiden saßen gemeinsam auf einer gepolsterten Bank, wechselten gelegentlich ein Wort und straften ihren Wärter ansonsten mit Nichtachtung.

Whitlock beobachtete Lisl aufmerksam, doch abgesehen davon, daß sie ihrem Vater hin und wieder ein tapferes Lächeln schenkte, verriet ihre Miene keinerlei Regung. Soviel

Entschlossenheit und Gleichmut bei einer Sechzehnjährigen in einer solchen Notlage konnte Whitlock nur bewundern. Er hatte noch immer die Szene auf der verlassenen Startbahn in Leipzig vor Augen, als Auerbach sie beiseitegenommen und über das tödliche Virus aufgeklärt hatte. Entgegen Whitlocks Erwartungen war sie weder in Panik noch in Hysterie ausgebrochen, sondern hatte ihren Vater fest umarmt und war dann schweigend Hand in Hand mit ihm zum wartenden Flugzeug gegangen. In diesem Augenblick hatte Whitlock begriffen, wie innig das Verhältnis zwischen Auerbach und seiner Tochter war. Seine eigene Lage wurde ihm um so unerträglicher, weil er weiter die Rolle des Kerkermeisters spielen mußte und sie nicht trösten, ihnen keine Hilfe anbieten durfte.

Zlotins Stimme riß Whitlock jäh aus seinen Gedanken. »Wir sind da!«

Whitlock rappelte sich auf und ging zu dem Russen hinüber. Zunächst vermochte er in der Dunkelheit nichts zu erkennen, doch plötzlich warfen Scheinwerfer gespenstische Schatten auf einen Felsen, der sich auf einmal fast unmittelbar vor ihnen auftürmte. Whitlock wich unwillkürlich einen Schritt zurück, als fürchte er, die Jacht würde jeden Moment daran zerschellen. Er faßte sich schnell wieder. »Sind Sie nicht ein bißchen zu nahe rangefahren?« fragte er.

Zlotin sah ihn schräg an. »Die Scheinwerfer verzerren die Sicht. Der Fels wirkt näher, als er ist. Wir haben noch genügend Spielraum fürs Anlegen.«

»Anlegen? Wo zum Teufel wollen Sie anlegen? Da ist nichts als nackter Fels!«

»Im Osten der Insel gibt's eine Höhle. Dort legen wir an.«

Ein Blitz zuckte durch die Dunkelheit und beleuchtete für einen Moment die schroffe Felswand. Whitlock beugte sich näher zum Fenster und sah erstaunt zu dem gewaltigen Felsen auf.

»Vierhundertsechsundsiebzig Meter«, sagte Zlotin, als hätte er Whitlocks Gedanken gelesen. »Enorm, was?«

»Woher kennen Sie die Höhe so genau?« Whitlock mußte sich festhalten, weil erneut eine Welle gegen das Boot krachte.

»Ich konnte mir die Baupläne für das Gefängnis beschaffen, das hier in den fünfziger Jahren errichtet wurde. Die Höhe des Felsens war mit eingetragen.«

»Auf der Insel ist ein Gefängnis?« fragte Whitlock verblüfft.

»Nicht auf, sondern in ihr. Inmitten des Felsens gibt es einen Hohlraum. Das Gefängnis hieß *La Fortaleza,* die Festung. Der Name dürfte für sich selbst sprechen. Es wurde in den achtziger Jahren geschlossen, als ein Feuer einen Teil der Anlage zerstörte. Für unsere Zwecke ist es aber ideal.«

Whitlock nickte unwillkürlich. »Eine tolle Idee. Aber wie haben Sie es nur entdeckt?«

»Das geht Sie nichts an!« fuhr Zlotin ihn an. Er deutete mit dem Daumen auf die Luke hinter ihm. »Bringen Sie den Professor und seine Tochter rauf. Wir legen in Kürze an.«

Als Whitlock in die Kajüte zurückkehrte, starrte Auerbach durch eines der Fenster in die Nacht hinaus. Weil sich seine Gestalt im Glas wiederspiegelte, wußte Whitlock, daß Auerbach ihn gesehen hatte; dennoch nahm der Deutsche ihn nicht zur Kenntnis. Lisl saß immer noch auf der Bank. Ihre Hände waren über dem Schoß gefaltet, ihr Blick gesenkt.

»Okay, Zeit zu gehen«, verkündigte Whitlock vom Fuß der Treppe aus. Er hatte in Leipzig mitbekommen, daß beide fließend Englisch sprachen.

»Wo sind wir?« fragte Auerbach, ohne sich zu ihm umzudrehen.

Whitlock war klar, daß er, allein schon um Mißverständnisse zu vermeiden, die Erklärungen besser Zlotin überlassen und jedes unnötige Risiko vermeiden mußte. »Sie werden es früh genug erfahren«, zitierte er Zlotins stereotype Antwort auf seine eigenen Fragen.

»Ich will es aber jetzt wissen!« beharrte Auerbach.

»Ich glaube nicht, daß Ihnen Forderungen in Ihrer Lage etwas nützen könnten. Los, gehen wir.«

»Ich möchte aber …«

»Gehen wir!« Whitlock baute sich vor Auerbach auf und hob drohend den Zeigefinger. »Es ist in Ihrem eigenen Interesse, wenn Sie tun, was man Ihnen sagt.«

Auerbach funkelte ihn an. Dann stürmte er an Whitlock vorbei, packte seine Reisetasche und stolzierte damit zur Treppe. Dort drehte er sich zu seiner Tochter um, die sich noch nicht von der Stelle gerührt hatte. Sie zögerte. »Lisl, komm!« rief er und winkte sie zu sich.

Lisl strafte Whitlock mit einem vernichtenden Blick, stand provozierend langsam auf und folgte ihrem Vater die Treppe hinauf.

Whitlock verzog den Mund. Auch wenn er hier nur eine Rolle spielte, ekelte es ihn vor sich selbst. Aber er war nun mal ein Profi und hatte einen Auftrag zu erfüllen, so schob er die Schuldgefühle schnell beiseite und eilte den anderen zur Kommandobrücke nach. Erst als er oben war, bemerkte er, daß die Jacht bereits durch das Innere einer Höhle tuckerte. Durch die Fenster bot sich ihm ein atemberaubender Ausblick. Seiner Schätzung nach mußte die Höhle mindestens siebzig Meter breit und doppelt so lang sein. Zur zerklüfteten, gewölbten Decke waren es auch noch gut dreißig Meter. Parallel zu einer der Längswände verlief ein Anlegesteg aus Metall, der allerdings die ersten Rostspuren zeigte, nachdem er jahrelang nicht mehr gepflegt worden war. Plötzlich glitt eine in den Fels integrierte Stahltür zur Seite. Jemenkow kam heraus und lief eine Metalltreppe zum Steg hinunter.

»Werfen Sie ihm das Tau zu!« befahl Zlotin Whitlock. Im nächsten Moment stieß das Boot auch schon sanft gegen ein am Steg angebrachtes Mattenpolster.

Whitlock kletterte aufs Deck. Schon auf dem Weg zum Tau spürte er, daß Jemenkows Augen ihm auf Schritt und Tritt folgten. Dann warf er das Tau über die Reling, Jemenkow schlang es um einen Poller, trat einen Schritt zurück und gab Zlotin mit nach oben gestrecktem Daumen zu verstehen, daß alles in Ordnung war. Zlotin wartete, bis Whitlock die Laufplanke aufgeklappt hatte, dann scheuchte er die Gefangenen an Land.

»Lassen Sie sie nicht aus den Augen«, forderte er Whitlock auf und zog Jemenkow zu einer kurzen Besprechung beiseite.

»Bin ich froh, daß wir mit dem Helikopter gekommen sind«, brummte Jemenkow. »Die See sieht ja ziemlich stürmisch aus.«

»Bin Schlimmeres gewöhnt«, meinte Zlotin mit einer wegwerfenden Handbewegung. »Sind Fisier und seine Frau da?«

»Wir sind vor etwa einer Stunde mit ihnen eingetroffen.«

Zlotin kniff die Augen zusammen. »Sie hätten doch schon am frühen Nachmittag ankommen sollen. Was ist passiert?«

»Das ist eine lange Geschichte, Oberst. Die UNACO hatte die Hände im Spiel.«

»Na gut, bringen wir die Auerbachs in ihre Zellen, und dann erstatten Sie mir Bericht.«

Jemenkow musterte Whitlock. »Wer ist der Neue, Oberst?«

»Der Ersatz für Berger. Er heißt Royce.«

»Auch ein Legionär?«

»Nein. Aber auch das ist eine lange Geschichte. Wo ist Major Rodenko?«

Jemenkow warf einen beunruhigten Blick in den Korridor. »In seinem Zimmer ...«

»Was ist los?« fuhr Zlotin ihn an. »Schauen Sie mir in die Augen, wenn ich mit Ihnen spreche, Hauptmann.«

Nur widerwillig sah Jemenkow auf. »Er hat getrunken.«

»Wo hat er das Zeug her?«

Jemenkow zögerte. »Er hat es auf dem Festland gekauft, Oberst.«

»Sie wissen, daß ich den Kauf von Alkohol streng untersagt habe. Warum haben Sie ihn nicht daran gehindert?«

»Mit Verlaub, Major Rodenko ist mein Vorgesetzter,

und ich hatte kein Recht, sein Handeln in Frage zu stellen«, antwortete Jemenkow steif.

Zlotin tätschelte ihm den Arm. »Sie sind ein guter Soldat, Valentin. Bringen Sie Professor Auerbach und seine Tochter in ihre Räume und finden Sie sich danach zum Rapport bei mir ein.«

»Und Royce?«

»Nehmen Sie ihn mit. Er soll die Festung kennenlernen.«

»Jawohl, Oberst!«

»Ach, noch was, Valentin. Royce kennt unsere Namen nicht. Es sollte dabei bleiben.«

»Jawohl, Oberst!«

Mit einer Chipkarte öffnete Zlotin die Stahltür und trat in einen spärlich beleuchteten Korridor. Eine weitere Tür an dessen Ende führte ihn in eine kreisförmige Halle. Von dort gelangte man in zwölf Korridore mit insgesamt hundertvierzig Zellen sowie in den Flügel der Kommandantur, in dem die Russen Quartier bezogen hatten. Dorthin lenkte Zlotin seine Schritte. Am Ende des beleuchteten Korridors lag Rodenkos Zimmer. Der Major hockte, das Kinn auf die Knie gestützt und mit dem Rücken an die Wand gelehnt, auf einem der Betten. In der Hand hatte er eine Wodkaflasche.

Er empfing Zlotin mit einem Grinsen. »Willkommen zu Hause, *tawarischtsch*. Setz dich doch.«

Zlotin stürmte auf ihn zu, riß ihm die Flasche aus der Hand und schleuderte sie gegen die Wand. »Ich dulde keinen Ungehorsam, vor allem nicht bei hohen Offizieren, die es besser wissen müßten!«

Rodenko starrte die zerborstene Flasche an und richtete sich schließlich etwas mühselig auf. »Ich hab' doch bloß diese eine Flasche vom Festland mitgebracht«, murmelte er kopfschüttelnd. »Eine armselige Flasche, sonst nichts.«

»Mir ist egal, ob du eine Flasche oder eine ganze Batterie gekauft hast. Das ändert nichts daran, daß du meine Befehle mißachtest! Was ist nur in den letzten Wochen aus dir geworden, Viktor? Du warst doch früher immer absolut korrekt. Du hast jeden Befehl ausgeführt, ohne je Fragen zu stellen, und hast jeden Fall von Insubordination bei den Unteroffizieren streng geahndet. Das ist nicht mehr derselbe Viktor Rodenko, den ich zwölf Jahre lang kannte.«

»Du klammerst dich an die Vergangenheit, Nikolai. Obwohl du ganz genau weißt, daß du nicht mehr die Macht hast, mich zur Rechenschaft zu ziehen. Das Kriegsgericht hat uns unsere militärischen Ränge aberkannt und uns unehrenhaft entlassen. Es gibt kein Zurück mehr.«

»Du behauptest also, ich wäre jetzt nicht mehr dein Vorgesetzter, aber du hättest immer noch das Recht, Jemenkow zu maßregeln, wenn es dir paßt, richtig?«

»Ich halte ihn damit doch nur bei Laune. Aber das funktioniert auch nicht mehr richtig.«

»Du warst genauso für den Putsch wie unsere ganze Truppe. Das kannst du nicht leugnen.«

»Ich leugne es auch nicht. Aber ich hatte andere Gründe als du. Seit ich zurückdenken kann, bin ich mit Leib und Seele Mitglied der Kommunistischen Partei, aber deswegen bin ich noch lange kein Ideologe. Das war ich noch nie. Und gerade du müßtest das eigentlich wissen. Die Armee war mein Leben, und ich sah sie durch Gorbatschows Reformen bedroht. Nur deswegen war ich für den Putsch. Du dagegen hast die Armee immer als Mittel zur Durchsetzung deiner politischen Überzeugungen betrachtet. Und das ist der Unterschied zwischen uns, Nikolai. Du und Jemenkow, ihr seht immer noch eine Zukunft für den Kommunismus in Rußland und würdet vor nichts haltmachen, um die Uhr bis zu den Tagen des Kalten Krieges zurückzudrehen. Davon hat mich der Putsch endgültig kuriert. Das Volk wollte einfach nicht mehr. Die Leute wären lieber gestorben, als die reaktionären Kommunisten noch mal an der Macht zu sehen. Da habe ich begriffen, daß ich in Rußland keine Zukunft habe. Der Kommunismus ist tot, Nikolai, mausetot.«

»Merkwürdig, daß gerade du das sagst. Ich habe nie eine Klage von dir gehört, als wir den Plan faßten, mit Jannocs Hilfe aus Rußland zu fliehen.«

»Was wäre denn die Alternative gewesen? Die Chance verpassen und uns die nächsten fünfundzwanzig Jahre im Gefängnis irgendwo in Sibirien einen abfrieren? Du hast verdammt recht: Ich habe mich nicht beklagt. Als wir Jannoc für die Flucht anheuerten, hieß es, wir sollten einen Auftrag für ihn erledigen und als Lohn dafür eine halbe Million Dollar in bar kassieren. Erst bei der Ankunft in Portugal hast du die Katze aus dem Sack gelassen und auf einmal verkündet, daß es eine geringfügige Änderung der Pläne gegeben hat.«

»Soll das etwa heißen, daß du nur wegen Jannocs Geld mitmachst?« fragte Zlotin.

»Richtig«, bestätigte Rodenko. »Ich habe nicht die Absicht, jemals nach Rußland zurückzukehren. Zumindest habe ich mit meinem Anteil am Geld eine gute Chance, in einem anderen Land eine neue Existenz aufzubauen. Es tut mir leid, wenn ich dich enttäusche, aber bei dieser Aktion ist es mir von Anfang an ausschließlich um Geld gegangen.«

Zlotin betrachtete nachdenklich seine Füße und sah erst nach einiger Zeit wieder zu Rodenko auf. »Warum sagst du mir das erst jetzt?«

»Ursprünglich wollte ich damit sogar so lange warten, bis Jannoc uns ausgezahlt hat, aber dann konnte ich die ganze Farce einfach nicht länger ertragen.«

»Was für eine Farce?«

»Ihr beide, vor allem Jemenkow, spielt seit unserer Ankunft hier nichts als Soldat. Wenn du mal keine Befehle erteilst, dann kommt Jemenkow mit seinem Oberst hier, Oberst dort. Das Getue treibt mich in den Wahnsinn, Nikolai!«

»Wir sind eben noch Soldaten«, beschied ihn Zlotin.

»Nicht mehr, und das weißt du genau.«

»Vielleicht nicht in deinen Augen, aber ich weiß, daß ich auch Hauptmann Jemenkows Standpunkt wiedergebe, wenn ich dem Kriegsgericht, das uns verurteilt hat, die Kompetenz abspreche.«

»Das ist doch verrückt, Nikolai ...«

»Laß mich ausreden!« donnerte Zlotin.

»Ist das auch einer von Ihren Befehlen, Oberst?« spottete Rodenko.

»Nein.« Zlotin hatte sich schon wieder beruhigt. »Du hast mir deinen Standpunkt erklärt, Viktor, da ist es nur recht und billig, wenn ich dir den meinen darlege.«

Dieser Logik konnte sich Rodenko nicht verschließen. »Na, denn«, brummte er.

»Ich habe mich auf Jannocs Forderungen eingelassen, aber nicht weil ich ihn als Mittel sah, um aus Rußland rauszukommen, sondern vielmehr um meiner Heimat etwas zurückzugeben. Ich verhehle nicht, daß ich die Absicht habe, ›die Uhr zurückzudrehen‹, wie du gesagt hast. Aber du weißt ganz genau, daß dahinter keine bloße Nostalgie steht, mit der sich allenfalls einige wenige Falken in der Armee abgeben: Im ganzen Land nimmt die Bereitschaft zur Wende zu. Welche Fehler das alte kommunistische Regime auch immer hatte – und ich wäre der letzte, der leugnen würde, daß es Schwächen gab –, so hat es allen zumindest Wohnung, Arbeit und bezahlbare Preise garantiert. Was hat uns denn die Regierung Jelzin gebracht? Arbeits- und Obdachlosigkeit und Armut. Aber das ist noch nicht alles. In praktisch jedem Staat, der von Moskau abgefallen ist, herrscht Bürgerkrieg. Täglich schlachten Russen einander im Streit um die Früchte der Unabhängigkeit ab. Wie läßt sich das rechtfertigen?«

»Es ist ihre Wahl, Nikolai«, hielt Rodenko ihm vor.

»Es ist eine Wahl, die sie damals getroffen haben«, verbesserte ihn Zlotin. »Aber je mehr Tote sie begraben, desto klarer wird mir, daß sie diese Entscheidung längst bereuen und den Preis für die sogenannte neue Demokratie nicht länger zahlen wollen.«

»Jetzt weißt du wenigstens, warum ich mich in den letzten Jahren von jeder Ideologie ferngehalten habe«, sagte Rodenko. »In der Politik gibt es keine Patentrezepte. Und es wird auch nie welche geben.«

»Was willst du machen, wenn wir hier fertig sind?« fragte Zlotin. »Ich sehe dich beim besten Willen nicht hinter der Theke eines Feinkostladens in einer Pariser Seitenstraße.«

»Ich mich auch nicht«, grinste Rodenko. »Aber gute Militärberater sind in Afrika heiß begehrt. Es dürfte nicht schwer sein, einen korrupten Diktator zu finden, der für jemand mit meinem Spezialwissen viel Geld springen läßt.«

»Bis ihn ein anderer korrupter Diktator verdrängt«, schnaubte Zlotin.

»Dann handle ich mit dem Nachfolger eben einen neuen Vertrag aus. Wie gesagt, Militärberater sind dort Mangelware ...« Rodenko verstummte. Im Korridor waren Schritte zu hören. Er spähte hinaus und sah, daß Jemenkow und Whitlock sich näherten.

»Wer ist der Typ neben Jemenkow?«

»Der Ersatz für Berger.«

»Schon wieder einer von Jannocs Hampelmännern?«

»Diesmal nicht. Ich erkläre es dir später. Im Moment genügt es zu wissen, daß er uns nicht kennt. Also in seiner Gegenwart keine Namen nennen.«

»Alles klar«, sagte Rodenko.

Sekunden später erschien Jemenkow in der Tür. »Wir haben die Gefangenen in ihren Zellen untergebracht, Oberst.«

Zlotin nickte. »Sehr schön. Ich werde Professor Auerbach und Dr. Fisier bald aufsuchen. Aber vorher möchte ich noch ein paar Dinge mit Ihnen besprechen. Treten Sie ein, Hauptmann.«

»Danke, Oberst.«

»Ach, Royce«, sagte Zlotin, als Whitlock Jemenkow folgte. »Haben Sie das Gefängnis gesehen?«

»Ihr Kumpel hat eine Führung für mich veranstaltet.«

»Er ist Hauptmann der russischen Armee!« bellte Zlotin. »In Zukunft sprechen Sie ihn mit seinem Titel an.«

»Er ist Hauptmann bei der *Spetznaz*« erwiderte Whitlock »Warum nennen Sie die Dinge nicht bei ihrem Namen?«

Jemenkow, der Zlotins Blick auf sich spürte, schluckte nervös. »Ich ... ich habe ihm nichts verraten, Oberst«, stammelte er. »Ich schwöre Ihnen, daß ...«

Zlotin gebot ihm mit erhobener Hand Schweigen. »Wie kommen Sie darauf?« fragte er Whitlock.

»Sie sprechen fließend Französisch, Deutsch und Englisch. Soviel ich weiß – verbessern Sie mich bitte, falls ich mich täusche –, ist die *Spetznaz* die einzige Einheit in der russischen Armee, deren Mitglieder intensiv in Fremdsprachen unterrichtet werden.«

»In Ihnen steckt mehr, als man auf den ersten Blick meinen könnte, Royce. Richtig, wir sind alle Offizier der Eliteeinheit *Spetznaz*.« Zlotin deutete auf Rodenko. »Dieser Herr bekleidet den Rang eines Majors und ich den eines Oberst.«

»Drei Offiziere der *Spetznaz*, die auf einer verlassenen Gefängnisinsel irgendwo vor der portugiesischen Küste hausen?« Whitlock musterte der Reihe nach ihre Gesichter. »Das wird ja immer rätselhafter. Aber was habe dann ich hier zu suchen? Wenn Sie einen Helfer brauchen, dann hätten Sie doch genausogut einen von Ihren eigenen Männern holen können.«

»Sie brauchen nur zu wissen, daß Sie der Ersatz für einen leichtsinnigen Kollegen sind, der zugelassen hat, daß ein in seiner Obhut befindlicher Gefangener gestorben ist.«

Whitlock begriff sofort, daß nur Abe Silverman gemeint sein konnte. Allerdings konnte ihn das nicht mehr überraschen. Sie hatten es ja schon die ganze Zeit vermutet.

»Und was ist aus meinem Vorgänger geworden?« fragte er.

»Er wurde hingerichtet«, antwortete Zlotin in beiläufigem Ton. »Aber wir jetzt haben Dringlicheres zu besprechen. Wie Sie bereits mitbekommen haben, wurden die Damen in einem anderen Flügel untergebracht als die Kryptologen. Sie tragen ab sofort die Verantwortung für sie, damit wir unsere ganze Aufmerksamkeit Professor Auerbach und Dr. Fisier widmen können.«

»Was fällt alles in meinen Bereich?« erkundigte sich Whitlock.

»Die üblichen Aufgaben eines Wärters, mehr nicht. Es

wird ferner von Ihnen erwartet, daß Sie den Frauen während ihres Aufenthalts auf dieser Insel das Essen zubereiten. In der Zelle neben der Ihren haben wir eine provisorische Küche eingerichtet. Sie ist klein, aber für unsere Bedürfnisse mehr als ausreichend. Den Damen wird zweimal täglich gestattet, ihre Zellen zu verlassen, einmal morgens und einmal abends.«

»Und wer kontrolliert die Schlösser für die Zellen?«

»Wir. Sie werden sehen, daß nur die benutzten Zellen verschließbar sind. Es hat uns einige Mühe gekostet, das Schaltbrett neu zu verkabeln. Alle Sicherheitstüren zu den Korridoren sind in Betrieb, und nur wir drei haben die Chipkarten, die uns den Zutritt zu den verschiedenen Flügeln erlauben. Da Sie keine Veranlassung haben, Ihren Flügel zu verlassen, benötigen Sie auch keine Karte.«

»Und wenn ich mit Ihnen Kontakt aufnehmen muß?«

»Wir alle haben Funkgeräte. Man wird Ihnen beizeiten eins zur Verfügung stellen.«

»Und was ist mit Waffen?« fragte Whitlock. »Ich habe gesehen, daß der Hauptmann eine Neunmillimeter Makarov in einem Holster trägt. Ist das hier die Standardausrüstung?«

»Für uns, ja«, brummte Zlotin.

»Und ich bekomme keine Waffe?«

»Ich glaube nicht, daß Sie eine Pistole brauchen, um eine Großmutter und eine Minderjährige in Schach zu halten.«

»Sie trauen mir nicht, was?«

»Vertrauen muß man sich verdienen.«

»Warum haben Sie mich angeheuert, wenn Sie nichts von mir halten?«

»Nicht ich habe Sie angeheuert, sondern Jannoc. Vergessen Sie das nicht.«

»Mit anderen Worten: wenn ich mir einen Fehltritt erlaube wie mein Vorgänger, dann könnten Sie mich ohne viel Federlesens über den Haufen schießen und im Meer versenken.«

»Ich bin mir sicher, daß uns etwas Originelleres einfallen würde.« Zlotin stand auf und nahm Rodenko beiseite. »Bring Royce bitte in seine Zelle und erstatte mir dann Bericht«, sagte er auf russisch »Wenn du zurückkommst, dürfte ich allerdings noch bei Auerbach und Fisier sein.«

»Der Dreckskerl gefällt mir ganz und gar nicht, Nikolai«, knurrte Rodenko mit einem giftigen Seitenblick auf Whitlock. »Er ist zu vorlaut.«

Zlotin tätschelte ihn am Arm. »Du wirst mir sicher einen interessanten Vorschlag für seine Entsorgung unterbreiten, bevor wir hier abreisen.«

Ein kaltes Lächeln spielte um Rodenkos Mundwinkel. »Darauf kannst du dich verlassen.«

»Ach, wenn du mit Royce losgehst, kommst du doch am Lager vorbei. Gib ihm ein Funkgerät.«

Rodenko nickte und wandte sich ab. »Royce!« fauchte er Whitlock an. »Kommen Sie mit!« Die zwei Männer verließen den Raum.

Jemenkow sah schweigend zu, wie Zlotin sich auf die Bettkante sinken ließ, das Gesicht hinter den Händen verbarg und unverwandt die zerborstene Wodkaflasche anstarrte. »Fehlt Ihnen was, Oberst?« fragte er beunruhigt.

Zlotin reagierte nicht.

»Oberst Zlotin?« Jemenkow trat näher heran.

Zlotin sah abrupt auf. Tiefe Furchen gruben sich in seine Stirn. »Was haben Sie gesagt?«

»Sie wirken so besorgt. Stimmt etwas nicht?«

»Nein, nein«, erwiderte Zlotin eilig. Er massierte sich die Stirn. »Alles in bester Ordnung. Es ist nur so, daß Major Rodenko nicht mit uns nach Rußland zurückkehren wird.«

»Ich verstehe nicht ganz.«

»Er hat sich entschlossen, uns zu verlassen, sobald die Akten entschlüsselt sind und Jannoc uns das Geld gegeben hat. Wahrscheinlich geht er als Militärberater nach Afrika.«

»Werden Sie ihn zurückhalten?«

»Sie meinen, ob ich ihn wegen Fahnenflucht erschieße?«

»Würden Sie das tun?« Jemenkow hatte miterlebt, wie

Zlotin im Afghanistankrieg mehrere Offizier, die desertiert waren, erschossen hatte.

»Nein«, sagte Zlotin nach längerem Schweigen.

»Ich verstehe.«

»Ich glaube nicht, daß Sie verstehen. Das hat nichts mit Freundschaft zu tun. Major Rodenko hat mir in Afghanistan das Leben gerettet. Mehr noch, er wäre dabei fast selbst draufgegangen. Wußten Sie das?«

Jemenkow lief rot an. »Nein, Herr Oberst.«

»Es geschah während der Kunar-Offensive '85. Beim Vormarsch auf Barikot wurde ich von einem Schrapnell am Bein getroffen. Ich blieb im Niemandsland mitten im Kugelhagel der Mudschaheddin liegen. Sie schossen pausenlos, aber Major Rodenko wagte sich aus der Deckung, rannte zu mir – das waren mindestens hundert Meter – und trug mich zurück in unsere Stellung. Erst danach kam raus, daß sie auch ihn getroffen hatten. Viermal, genauer gesagt. Zweimal in den Bauch, einmal in die Schulter und einmal in den Rücken. Und trotzdem hatte er sich nichts anmerken lassen. Nicht nur das, er zwang die Sanitäter sogar mit vorgehaltenem Gewehr, mich zuerst zu verarzten. Danach fiel er ins Koma, und nur den Ärzten in unserem Feldlazarett ist es zu verdanken, daß er überlebt hat.« Zlotins Augen flackerten zu der zerborstenen Wodkaflasche hinüber »Feiglinge werden wegen Fahnenflucht erschossen, Valentin. Aber welche Probleme Major Rodenko auch immer hat, er ist alles andere als ein Feigling.«

»Das weiß ich, Oberst.«

»Die plötzliche Veränderung in Major Rodenkos Verhalten hier in Portugal beunruhigt uns beide. Aber wir hatten vorhin eine Aussprache, und seitdem kann ich ihn sehr viel besser verstehen. Ich halte es für wichtig, Ihnen das zu erklären, und sei es auch nur, um Sie zu beruhigen. Aber was ich Ihnen gesagt habe, bleibt unter uns. Major Rodenko darf kein Wort erfahren.«

»Das versteht sich von selbst, Oberst!«

»Gut. Nun, ich glaube, es ist höchste Zeit für einen Besuch bei Professor Auerbach und Dr. Fisier.«

Alain Fisier sprang auf, als die Tür sich öffnete und Jemenkow in seine und Auerbachs Zelle trat. »Was ist mit meiner Frau?« rief er. »Was haben Sie mit ihr gemacht?«

»Ich kann Ihnen versichern, daß es Ihrer Frau gutgeht«, sagte Zlotin, der hinter Jemenkow auf der Schwelle stand. »Vor allem aber bin ich hoch erfreut, Sie endlich persönlich kennenzulernen, Dr. Fisier. Ich habe die meisten Ihrer Veröffentlichungen gelesen. Sie waren äußerst erhellend, vor allem für einen Laien wie mich.«

»Wer sind Sie?« fauchte Fisier.

»Ich bin der Verantwortliche hier.«

»Das ist keine Antwort auf meine Frage.«

»Ich fürchte, eine erschöpfendere Antwort werden Sie nicht bekommen.« Zlotin deutete auf den Stuhl hinter ihm. »Setzen Sie sich doch bitte.«

»Hören Sie, Sie Scheißkerl. Ich will meine Frau sehen. Sofort!«

Jemenkow packte Fisier, drehte ihm brutal den Arm hinter den Rücken und drückte ihn auf den Stuhl. »Hör gut zu«, zischte er ihm ins Ohr. »Wenn man dir etwas sagt, dann tust du das auch, ist das klar?«

Fisier nickte. Sein Gesicht war schmerzverzerrt, und als Jemenkow ihn losließ, hielt er sich sofort den Arm vor den Bauch und begann, das schmerzende Handgelenk vorsichtig zu massieren.

Auerbach, der sich bislang nicht gerührt hatte, starrte Jemenkow wütend an, dann wandte er sich an Zlotin. »Sie haben Ihren Standpunkt in aller Klarheit zu verstehen gegeben«, sagte er Fisier zuliebe auf französisch. »Hätten Sie jetzt vielleicht die Güte, uns zu sagen, was Sie von uns wollen?«

Auf ein Zeichen Zlotins hin holte Jemenkow Silvermans Aktenkoffer, placierte ihn auf dem Tisch in der Mitte der Zelle und trat zurück, damit Zlotin ihn öffnen konnte.

»Hierin befinden sich zwei in Leder gebundene Aktenmappen, deren Inhalt verschlüsselt ist«, erklärte der Oberst. »Ihre Aufgabe, meine Herren, besteht darin, den Text zu dechiffrieren.«

»Und wenn wir uns weigern?« knurrte Fisier.

»Dann würden Sie Ihre Frau und Fräulein Auerbach zu einem langsamen, qualvollen Tod verurteilen, ja, schlimmer noch, sie wären bei ihrem Sterben die ganze Zeit zugegen. Wollen Sie das denn wirklich, Doktor?«

Der Franzose hätte sich auf Zlotin gestürzt, hätte Auerbach ihn nicht zurückgehalten. »Ganz ruhig, Alain«, beschwor er ihn.

Fisier ließ sich niedergeschlagen auf seinen Stuhl zurücksinken. »Was seid ihr nur für Bestien!« schrie er in ohnmächtiger Wut.

»Ich möchte Ihre Frau ebenso wenig sterben sehen wie Sie«, sagte Zlotin. »Das würde nämlich bedeuten, daß es Ihnen nicht gelungen wäre, den Code zu knacken.«

»Haben Sie das Gegengift für das Virus hier auf der Insel?« fragte Auerbach.

»Ja. Wie ich Ihnen in Leipzig versprochen habe, wird es Ihrer Tochter verabreicht, sobald ich mich davon überzeugt habe, daß der Code geknackt wurde.«

»Und woher wissen wir, daß Sie Wort halten werden?«

»Sie wissen es nicht«, erwiderte Zlotin unverblümt. »Aber meines Erachtens haben Sie keine andere Wahl.«

Auerbach wandte sich an Fisier. »Wir werden uns darauf einlassen müssen, Alain. Wir sind es Lisl und Marie schuldig. Sonst kommen sie hier nicht mehr lebend raus.«

»Ich weiß«, stöhnte Fisier.

Auerbach sah wieder zu Zlotin auf. »Bevor wir uns an die Arbeit machen, müssen wir aber wissen, wer die Kodierung in Auftrag gegeben hat.«

»Es sind streng geheime Akten der United Nations Anti-Crime Organization«, antwortete Zlotin.

»Himmel!« ächzte Auerbach. Jede Farbe war aus seinem Gesicht gewichen.

»Ich hatte die UNACO immer für einen Mythos gehalten«, murmelte Fisier.

»Das wollten sie der Außenwelt immer weismachen, aber in meiner Zeit als Leiter der Abteilung Kryptologie beim BND ...« Auerbach verstummte. Er starrte Zlotin unverwandt an. »Aber natürlich! Jetzt dämmert es mir! Abe

Silverman ist Chefkryptologe bei der UNACO, und Dr. Fisier und ich waren seine Schüler an der Sorbonne. Das ist der Grund, warum Sie uns geholt haben, richtig?«

»Abe Silverman ist bei der UNACO?« fragte Fisier erstaunt. »Ich dachte, er wäre nach dem Ausscheiden aus der Mossad in Ruhestand gegangen.«

»Das war Teil der Desinformation durch die UNACO«, erklärte ihm Auerbach.

»Professor Silverman *war* Chefkryptologe bei der UNACO«, verbesserte ihn Zlotin.

Auerbach fuhr herum. »Was heißt *war*?«

»Professor Silverman ist tot. Darum mußten wir ja so schnell Sie und Dr. Fisier einschalten.«

»Sie haben ihn getötet?« rief Auerbach entsetzt.

»Nein, er hat einen Herzinfarkt erlitten. Ansonsten haben Sie natürlich recht. Wir sind auf Sie gekommen, weil Sie unter Professor Silverman studiert haben. Sie galten als Silvermans Protegé an der Sorbonne, nicht wahr, Professor?«

Auerbach ging zum Tisch hinüber, nahm einen der Ordner zur Hand und blätterte ihn durch. »Wir haben zwar unter Abe studiert, aber das nützt uns kein bißchen, wenn wir das hier dechiffrieren sollen. Ich wage die Behauptung – und darin wird mir Dr. Fisier zustimmen –, daß Abe in den letzten dreißig Jahren die weltweit führende Kapazität auf dem Gebiet der Kryptologie war. Wir können einen ganzen Monat mit diesen Akten zubringen und kommen womöglich nicht einen Schritt weiter.«

»Sie haben aber nicht einen Monat Zeit«, belehrte ihn Zlotin. »Ihnen bleiben noch etwa sechzig Stunden, ehe das Virus das Nervensystem Ihrer Tochter angreift.«

»Das ist doch Wahnsinn!« Erneut sprang Fisier auf. Jemenkow drückte ihn ebenso schnell wieder auf den Stuhl hinunter, konnte den Franzosen aber nicht bremsen. »Günther hat recht! Es kann Monate dauern, bis wir den Code entschlüsselt haben. Und Sie erwarten von uns, daß wir das in sechzig Stunden schaffen? Um Himmels willen, nehmen Sie doch Vernunft an! Wir brauchen mehr Zeit!«

»Ich schlage vor, Sie wechseln sich ab«, sagte Zlotin,

ohne sich weiter mit Fisiers Gefühlsausbruch abzugeben. »Rund um die Uhr, sagen wir im Achtstundentakt. Aber wie Sie das handhaben wollen, überlasse ich natürlich Ihnen. Alles, was sie für die Arbeit benötigen, ist vorhanden. Sollte dennoch etwas fehlen, wenden Sie sich an uns. Es wird immer jemand in der Nachbarzelle sein. Also, wenn Sie etwas brauchen, oder besser noch, wenn Sie den Code geknackt haben, rufen Sie einfach.«

»Wir brauchen mehr Zeit!« flehte Fisier verzweifelt.

»Sechzig Stunden, mehr Zeit hat Ihre Frau nicht, Doktor. Sie sind beide mit hohen Vorschußlorbeeren bedacht worden. Jetzt haben Sie Gelegenheit, Ihren Wert zu beweisen.« Zlotin nahm einen Bogen Papier aus der Tasche und legte ihn auf den Tisch. »Ich habe Ihnen drei Namen aufgeschrieben. Das sind die Mitglieder der UNACO, die ich bereits kenne: Vizedirektor Sergei Koltschinski; der Leiter der Abteilung Ballistik, Professor Marcel Toure; und Michael Graham, einer der Agenten. Sie haben vielleicht schon mal von Koltschinski gehört, Professor?«

»Ich hatte nur mit Silverman zu tun«, entgegnete Auerbach. »Die anderen sind mir kein Begriff. Aber das ist schließlich das Prinzip der UNACO: strengste Geheimhaltung auf allen Ebenen.«

»Schade«, sagte Zlotin.

Auerbach sah Zlotin in die Augen. »Was wollen Sie mit den Akten machen, wenn wir sie tatsächlich entschlüsseln? Verkaufen Sie sie?«

Zlotin sah auf die Uhr. »Sie verschwenden Ihre Zeit, Professor. Vergessen Sie nicht, Sie haben nur sechzig Stunden.«

Jemenkow nahm den Rest der Akten aus dem Koffer, breitete alles säuberlich auf dem Tisch aus und verließ mit dem leeren Koffer die Zelle.

Auch Zlotin machte Anstalten, zu gehen, drehte sich aber auf der Schwelle noch einmal um. »Sie haben gewiß schon erkannt, daß jeder Fluchtversuch zwecklos wäre. Sollten Sie trotzdem auf einen brillanten Einfall kommen, würde ich mir an Ihrer Stelle die Mühe sparen. Ohne eins von diesen Dingern hier würden Sie nicht sehr weit kommen.« Er hielt seinen elektronischen Schlüssel hoch. »Und natürlich müßten Sie auch noch das Gegengift für das Virus entdecken. Sie würden nur wertvolle Zeit verlieren. Guten Abend, meine Herren.«

Sobald Zlotin die Zelle verlassen hatte, schob Jemenkow die Karte in den Schlitz, und die Tür schloß sich automatisch.

»Warum haben Sie vorhin nicht auch Grahams Partnerin Sabrina Carver erwähnt?« wollte der junge Exoffizier auf dem Weg zu Zlotins Aufenthalts- und Schlafraum wissen.

»Auerbach war siebzehn Jahre lang Leiter der Abteilung Kryptologie beim BND«, sagte Zlotin und betätigte die Tür zu seinen Privaträumen. »Er muß über die gemeinsamen Aktionen von UNACO und BND Bescheid gewußt haben. Und das bedeutet, daß er auch die Namen der daran beteiligten Leute kennt.«

Jemenkow folgte Zlotin in dessen Zimmer. »Aber er hat gesagt, er würde nur Silverman kennen«, murmelte er.

»Genau. Wenn sie nun den Code knacken, besteht immer die Möglichkeit, daß Auerbach bestimmte Informationen manipuliert. Ich will nicht unterstellen, daß er es tatsächlich versuchen wird, aber wir können uns das Risiko nicht leisten. Wenn er uns also jemand anderen als Grahams Partner nennt, wissen wir, daß er an den Informationen in der Akte herumgepfuscht hat. Ich kenne noch die Namen zweier weiterer UNACO-Agenten, die in den achtziger Jahren von der *Spetznaz* zur UNACO übergelaufen sind. Mit Hilfe unseres Kontaktmanns in Moskau kann ich also auch alle sie betreffenden Angaben überprüfen.«

»Ich verstehe.« Jemenkow deutete auf einen kleinen Butangaskocher in der Ecke. »Möchten Sie einen Kaffee?«

»Ja, bitte.«

»Machen Sie gleich zwei.« Rodenko war unbemerkt eingetreten. »Royce ist in seiner Zelle.«

»Setz dich, Viktor. Ich möchte genau wissen, was heute

nachmittag bei dem Duell mit der UNACO geschehen ist.«

»Ich glaube, es ist besser, wenn Valentin es dir schildert«, sagte Rodenko und nahm auf einem der Holzstühle Platz. »Schließlich hat er unsere Flucht ausgeklügelt.«

So warteten sie, bis Jemenkow den Kaffee gemacht hatte. Die dampfende Tasse zwischen den Händen, lauschte Zlotin seinem Bericht.

»Sie kommen uns mit jedem Mal näher«, brummte Rodenko, als der Hauptmann geendet hatte. »Wir müssen uns was einfallen lassen, bevor es zu spät ist.«

Zlotin nippte an seinem schwarzen, bitteren Kaffee, dann beugte er sich vor und stützte die Ellbogen auf den Knien ab. »Es ist zu gefährlich«, sagte er nach einer Pause.

»Nicht, wenn wir ihnen eine Falle stellen«, meinte Jemenkow.

Zlotin musterte ihn. »Sie stimmen Major Rodenko also zu?«

»Ja, Oberst. Beim nächstenmal haben wir vielleicht nicht mehr so viel Glück.«

Zlotin nickte. »Ich sehe es nicht anders.«

»Was haben Sie vor, Oberst?« fragte Jemenkow.

»Ich brauche Ihnen wohl nicht extra zu sagen, daß Graham ihr bester Mann ist. Über Sabrina Carver weiß ich nicht sehr viel, aber wenn sie Grahams Partnerin ist, muß sie auch sehr gut sein, sonst würde er nicht mir ihr zusammenarbeiten.«

»Glaubst du etwa, wir könnten sie nicht reinlegen?« brummte Rodenko verdrießlich.

»Ich weiß es nicht, und darum halte ich es nicht für sinnvoll, das Schicksal herauszufordern.«

»Jemenkow und ich könnten sie ködern«, schnaubte Rodenko. Ihn empörte schon allein die Vorstellung, man würde ihm nicht zutrauen, es mit zwei UNACO-Agenten aufzunehmen, von denen einer zudem eine Frau war.

»Ich kann es nicht verantworten, euch beide auf eine solche Operation anzusetzen. Wenn etwas schiefginge ...«

»Nichts geht schief!« fiel ihm Rodenko ins Wort.

»Laß mich bitte ausreden, Viktor!«

Rodenko lehnte sich steif zurück und verschränkte die Arme vor der Brust, sagte aber nichts mehr.

»Sollte etwas schiefgehen, könnte ich diese Operation unmöglich allein zu Ende führen.« Zlotin schüttelte den Kopf. »Nein, so kurz vor Ablauf unseres Ultimatums kann ich das nicht riskieren.«

»Herr Oberst, falls es aber Graham und Carver in den nächsten Tagen gelingt, uns aufzuspüren, ist unsere ganze Arbeit umsonst gewesen«, gab Jemenkow zu bedenken. »Wenn wir sie dagegen jetzt eliminieren, ist die UNACO-Operation fürs erste gescheitert. Die müßten ein neues Team zusammenstellen, instruieren und nach Portugal schaffen. Das würde natürlich einen enormen Zeitverlust bedeuten. Die UNACO kämpft mindestens ebenso gegen die Uhr wie wir. Wir müssen die Initiative ergreifen. Das schulden wir unseren Genossen daheim, die darauf angewiesen sind, daß wir unseren Teil des Auftrags erfolgreich erledigen.«

»Valentin, Sie reden so wie ich, als ich so alt war wie Sie heute. Selbst wenn ich eine Strafe wegen Ungehorsam riskierte, ich hatte bei Meinungsverschiedenheiten nie Angst davor, meinen Vorgesetzten zu widersprechen. Sie haben vorhin etwas von einer Falle gesagt ... Dachten Sie da an etwas Konkretes?«

»Ja, Herr Oberst, und nur einer von uns wäre dafür erforderlich.«

»Dann schießen Sie mal los. Und wenn ich Ihren Plan für realisierbar halte, mache ich gerne mit.«

9

26. Dezember

Als das Telefon schrillte, war Graham binnen Sekunden hellwach. Er schaltete das Nachttischlämpchen an und nahm ab. »Hallo?« Er griff nach der Uhr. Es war 3 Uhr 30 morgens.

»Spreche ich mit Mr. Graham?« fragte eine Stimme.

»Ja, und wer sind Sie?« fragte Graham mißtrauisch.

»Luis Caldere. Erinnern Sie sich noch an mich?«

»Klar. Aus der Weinbar. Was wollen Sie?«

»Die wollen mich umbringen, *senhor*. Sie müssen mir helfen! Bitte!«

»Wer will Sie umbringen?«

Keine Antwort.

»Caldere? Sind Sie noch dran?«

»Ich bin noch dran. Aber wir können am Telefon nicht sprechen.

»Treffen wir uns doch – bitte ...«

»Nur wenn Sie mir ein paar Fragen beantworten ...«

»Die sind hinter mir her! Wenn Sie mir helfen, kann ich Ihnen sagen, wo Sie die Akten finden. Bitte, Senhor Graham, Sie müssen mir helfen! Wir treffen uns in einer halben Stunde am Getreidepier. Sie erkennen ihn an einem Lagerhaus mit weißem Dach – er ist nicht zu verfehlen. Ich werde zehn Minuten vor dem Eingang warten. Bitte holen Sie keine Polizei. Die wollen mich umbringen!«

»Was soll das heißen? Daß die Polizei hinter Ihnen her ist?«

Die Leitung war tot. Graham legte auf und fuhr sich nachdenklich mit den Fingern durchs Haar. Was zum Teufel sollte er tun? Alles wies auf eine Falle hin. Aber wenn er sich getäuscht hatte? Konnte er ein solches Risiko eingehen? Er nahm noch einmal ab und wählte Rusts Nummer.

Wenig später saßen sie zu dritt in Rusts Zimmer.

»Natürlich ist es eine Falle«, sagte Rust.

Sabrina, die vor dem Fenster stand, wandte sich den zwei Männern zu. »Und wenn es keine Falle ist, Jacques? Was ist, wenn Caldere die Wahrheit gesagt hat?«

»Ich habe gleich nach Mikes Anruf mit dem diensthabenden Offizier in der Zentrale der *Brigade für Sondereinsätze* telefoniert. Laut den vor der Bar postierten Wachtposten ist Caldere immer noch dort drin.«

»So spät in der Nacht noch?« wunderte sich Graham.

»Er hat eine Lizenz, die es ihm erlaubt, die offizielle Sperrstunde zu überschreiten. Aber das ist noch nicht alles. Die *Brigade* hört auch sein Telefon ab und erklärt mit Nachdruck, daß er in den letzten drei Stunden keine Anrufe getätigt hat.«

»Glaubst du, daß Jemenkow wieder mal in die Trickkiste gegriffen hat?« fragte Graham.

»Warum nicht? Immerhin hat er heute auch schon Morales getäuscht. Und dabei hat er jemanden nachgeahmt, den Morales seit Jahren gut kennt. Du hast Calderes Stimme erst einmal gehört. Das muß eine Falle sein.«

In diesem Moment klingelte das Telefon. Graham, der am nächsten saß, nahm ab. Dann reichte er den Hörer an Rust weiter. »Die *Brigade für Sondereinsätze*. Für dich.«

Rust hörte dem Mann am anderen Ende der Leitung mit zunehmend besorgter Miene zu. »Nein, unternehmen Sie nichts«, sagte er schließlich. »Danke, daß Sie mich informiert haben. Ich melde mich gleich wieder bei Ihnen, sobald ich die Lage mit meinem Team besprochen habe.«

»Was ist los, Jacques?« fragte Graham beunruhigt.

»Der diensthabende Offizier hat sofort nach unserem ersten Gespräch die Wachtposten gebeten, sich die Bar genauer anzuschauen. Nun, die Eingangstür ist nicht abgesperrt, aber von Caldere fehlt jede Spur. Im ganzen Haus war keine Menschenseele.«

»Wie konnte er unbemerkt an den Wachtposten vorbeischleichen?« fragte Sabrina.

»Ein anderer Hut und eine andere Jacke hätten gereicht«, brummte Graham. »Er hätte dann sogar zum Vordereingang hinausspazieren können. Solange innen die Lichter brannten, wäre niemand was aufgefallen.«

»Das legt den Schluß nahe, daß er wußte, daß er bewacht wird«, meinte Sabrina.

»Worauf willst du hinaus, Mike?« fragte Rust. »Daß jemand von der *Brigade* ihn gewarnt hat?«

»Na ja, ich bin mir sicher, daß es keiner von uns war. Also bleibt nur noch die *Brigade* übrig. Das bestätigt meinen Verdacht, den ich seit dem Fiasko gestern in Vila do Conde nicht mehr loswerde. Mich hat von Anfang an gewundert, daß die Russen den Campingplatz gleich gefunden haben, nachdem uns der Ort per Funk durchgegeben wurde. Jetzt bin ich davon überzeugt, daß ihnen jemand mit Insiderwissen den Tip gegeben hat.«

Sabrina starrte ihn bestürzt an. »Morales etwa?«

»Es hätte jeder aus der Kommandozentrale sein können, aber im Moment gibt es dringendere Probleme. Caldere ist weg. Die Frage ist nur, ist er auf der Flucht, oder will er uns in eine Falle locken?«

»Es gibt nur einen Weg, das rauszufinden«, sagte Sabrina.

»Stimmt.« Graham sah auf die Uhr. »Wir haben noch zwanzig Minuten Zeit, um zum Pier zu gelangen.

»Wenn sie euch aber doch in einen Hinterhalt locken wollen, dann ist euch hoffentlich klar, daß sie ihn schon lange vor dem Anruf geplant haben«, warnte Rust.

»Wir müssen rausfahren, Jacques«, widersprach Graham. »Was ist, wenn Caldere die Wahrheit sagt? Wenn er Todesangst hat? Eine solche Gelegenheit können wir uns nicht entgehen lassen. Wir müssen etwas riskieren, wenn wir an die Akten rankommen wollen, das weißt du genauso wie ich.«

»Da gebe ich dir recht. Trotzdem solltet ihr nicht allein losziehen. Ihr braucht Rückendeckung.«

»Wenn meine Theorie vom Maulwurf in der *Brigade* stimmt, dann möchte ich keinen von diesen Burschen in meiner Nähe haben, solange der Scheißkerl nicht enttarnt worden ist.«

»Das mit dem Maulwurf ist doch nur eine Hypothese von dir, Mike!« warf ihm Rust vor. »Du tust, als wäre sie eine Tatsache, hast aber keinerlei Beweise.«

Graham wandte sich an Sabrina. »Mach du den Schiedsrichter. Willst du die *Brigade* da reinziehen?«

»Nein«, antwortete sie kurz und bündig.

»Hör zu, *chérie* …«

»Wenn Mikes Befürchtung zutrifft, dann möchte ich nur mit absolut zuverlässigen Helfern dorthin«, fiel ihm Sabrina ins Wort.

»Na gut, ihr sollt euren Willen haben, aber meldet euch regelmäßig.« Rust deutete auf das Funkgerät neben sich.

Graham war schon auf dem Weg zur Tür. »Machen wir. Aber kein Wort an die *Brigade,* solange wir nicht zurück sind, einverstanden?«

»Einverstanden«, antwortete Rust widerstrebend. »Viel Glück.«

»Danke, Jacques«, lächelte Sabrina. Eine Sekunde später schloß sie die Tür von außen.

Ed Miller unterdrückte ein Gähnen und sah auf die Uhr. Noch eine Stunde, dann war diese Schicht zu Ende. Er freute sich schon auf sein Bett. Er wollte nur noch schlafen, am liebsten den ganzen Tag lang. Der Gedanke daran war aber auch schon das einzige Tröstliche in den letzten zwei Stunden gewesen. Er trank einen Schluck aus der Kaffeetasse und verzog angewidert das Gesicht. Das Zeug war ja kalt! Er spuckte es in die Tasse zurück, kurbelte das Fenster herunter und schüttete alles weg. Von draußen wehte ein kalter Wind herein. Ihn fröstelte. Hastig schloß er das Fenster wieder und wollte sich gerade eine frische Tasse aus der Thermoskanne einschenken, als im Seiteneingang des Hotels zwei Gestalten auftauchten. Den Kopf wegen des Windes eingezogen und die Hände tief in den Taschen vergraben, huschten sie zu ihrem Wagen. Mit einemmal hatte Miller seinen ganzen Frust vergessen. Obwohl er ihre Gesichter nicht sehen konnte, erkannte er Graham sofort an dessen Baseballmütze von den New York Yankees. Er stellte die Thermoskanne weg und schoß hastig mehrere Fotos. Dann wartete er, bis sie um die Ecke gefahren waren, ehe er selbst den Motor anließ, um ihnen in sicherem Abstand zu folgen.

Graham parkte in einer spärlich beleuchteten Sackgasse abseits der Rua Joao Envangelista ganz in der Nähe des Hafens. »So, da wären wir, aber wie finden wir den Getreidepier von hier aus?«

Sabrina studierte den auf ihrem Schoß ausgebreiteten Stadtplan. »Wenn ich mich nicht täusche, führt diese Straße nur noch zweihundert Meter weiter. Dann versperrt ein Zaun den Weg zum Haupteingang.«

Graham sah auf die Uhr. Es war fast vier. Er überprüfte seine Beretta, steckte sie ins Holster zurück und stieg aus. Sabrina tat es ihm gleich und folgte ihm einen schmalen Durchgang hinunter zu einem leeren Parkplatz. Gegenüber ragte rings um die Lagerhalle ein mindestens vier Meter hoher, oben mit Stacheldraht bewehrter Holzzaun auf. Sie gingen den Zaun entlang, bis sie den Eingang erreichten: ein aus zwei zerbeulten Metallflügeln bestehendes Tor, auf dem in ausgebleichten schwarzen Buchstaben die Worte *Doca do Trigo* prangten.

»Wir müssen drüberklettern«, flüsterte Sabrina.

Graham sah verzweifelt zum Nachthimmel auf. Ausgerechnet jetzt fielen die ersten schweren Regentropfen. Ein hastiger Blick nach links und rechts, dann zog er sich an den Metallstangen hoch. Oben angekommen, spähte er noch einmal in alle Richtungen. In einem Häuschen direkt neben dem Tor brannte Licht, doch niemand schien sich darin aufzuhalten. Das war schon mal ein gutes Zeichen. Zu seiner Linken entdeckte er das Hafen- und das Zollamt. Dort war alles stockfinster. Zweihundert Meter dahinter lag der Pier, auf dem wie Raubtiere in einem Sciencefiction-Film zwei gewaltige Kräne in die Höhe ragten. Im trüben Wasser darunter schaukelte verloren ein sperriger Frachter. Rechts machte Graham eine Reihe düsterer grauer Schuppen aus, doch eine Halle mit weißem Dach vermochte er nirgendwo zu entdecken.

»Siehst du was?« zischte Sabrina.

Ihm lag schon ein Nein auf den Lippen, als er hinter dem Zollamt ein isoliertes Gebäude erblickte. Hatte es ein schmutzigweißes Dach, oder war es von Anfang an grau gewesen? Von hier aus ließ sich das unmöglich bestimmen. Unter dem Dach stand auch etwas, doch er konnte es nicht identifizieren. Wie auch immer, das mußte ihr Ziel sein. Er beantwortete Sabrinas Frage mit nach oben gestrecktem Daumen und sprang auf der anderen Seite hinunter. Noch während er sich wieder aufrichtete, zog er seine Beretta. Dann huschte er zu einem Berg von verrosteten Fässern hinüber und ging in Deckung. Von dort aus konnte er durch die offene Tür in die Hütte schauen. Auf dem Tisch befanden sich eine Thermoskanne und eine aufgeschlagene Zeitschrift, doch von einem Nachtwächter fehlte jede Spur. Sollte es sich doch um eine Falle handeln? Wenn Verbrecher in ein Lager eindrangen, schalteten sie erfahrungsgemäß zuallererst den Nachtwächter aus.

Inzwischen war auch Sabrina über das Tor geklettert; sie lief zu Graham hinüber und ging neben ihm in Deckung. »Wo ist jetzt die Halle?« flüsterte sie und spähte in die Dunkelheit.

Graham deutete auf das Gebäude am anderen Ende des Geländes. »Dort drüben, glaube ich.«

Sie schirmte die Augen gegen den Regen ab und versuchte, etwas zu erkennen. Schließlich nickte sie. »Stimmt. Das muß sie sein.«

»Tja, es ist wohl besser, wir trennen uns und nähern uns der Lagerhalle aus zwei Richtungen«, brummte Graham. »Dann erwischen sie nur einen, falls sie uns wirklich in einen Hinterhalt gelockt haben. Lauf du immer den Zaun entlang. Er führt dich zur Rückseite der Halle. Ich versuche es von vorne. Treffen wir uns auf dem Pier in – sagen wir – fünf Minuten, okay?«

»Einverstanden.« Sabrina berührte ihn leicht am Arm. »Paß auf dich auf, Mike.«

Graham berührte kurz ihre Hand, dann rannte er im Zickzack-Kurs über offenes Gelände zum ersten der turmhohen Kräne hinüber. Dort hielt er kurz inne, um Luft zu holen, ehe er zum anderen Kran sprintete. Erst jetzt kauerte er sich nieder und sah sich um. Wegen des Regens mußte er die Augen zusammenkneifen. Von seiner Warte aus waren das Hafen- und das Zollamt gut zu erkennen, nicht aber die Lagerhalle. So musterte er den keine dreißig Meter vor ihm vor Anker liegenden Frachter. Wie auch der gesamte Pier schien das Schiff menschenleer zu sein. Sehr gut. Er huschte weiter zum Hafenamt und drückte sich, die Beretta mit beiden Händen umklammernd, mit dem Rücken an die weißgetünchte Wand. Eine Sekunde später wirbelte er herum, die Arme ausgestreckt, die Automatic im Anschlag. Und jetzt sah er jemanden. Vor dem Eingang zum Lagerhaus stand eine zusammengekauerte Gestalt, die Hände in den Taschen und den Hut tief ins Gesicht gezogen. Graham wischte sich die Regentropfen aus den Augen, doch aus dieser Entfernung ließ sich nicht beurteilen, ob es sich um Caldere handelte oder nicht. Ohne den Schatten der Mauer zu verlassen, schlich er auf das Lagerhaus zu und erreichte bald das einzige Fenster, das auf den Pier ging. Entgegen seiner ursprünglichen Absicht eilte er nicht sofort weiter, sondern blieb zunächst in Dekkung.

Die Gestalt registrierte die plötzliche Bewegung und fuhr herum. Graham erkannte sofort Calderes Züge unter dem Strohhut. Nach einem flüchtigen Blick in alle Richtungen winkte ihn der Portugiese hektisch zu sich. Graham richtete sich langsam auf und huschte auf ihn zu. Seine Pistole blieb die ganze Zeit auf Caldere gerichtet.

»Senhor Graham«, flüsterte der Mann aufgeregt, »ich dachte schon, Sie würden nicht mehr kommen. Sie haben doch nicht die Polizei mitgebracht?«

Graham gab keine Antwort.

Caldere verließ den Schutz des überhängenden Daches, unter dem er gestanden hatte. Im selben Moment krachte ein Schuß, eine Kugel pfiff dicht an ihm vorbei und schlug in die Wand ein. Graham ließ sich sofort zu Boden fallen und richtete die Beretta auf einen Stapel Kisten unmittelbar vor dem Wasser, aus deren Richtung der Schuß gekommen war. Allerdings konnte er nichts sehen.

Mit vor Angst verzerrtem Gesicht warf sich Caldere gegen das Tor. Es sprang tatsächlich auf, und er verschwand in der Halle.

Unterdessen fand Graham hinter einer Säule Deckung, die das Vordach abstützte. Die Kisten konnte er von hier aus immer noch sehen, doch vom Schützen fehlte jede Spur. Dennoch wagte er es nicht, Caldere zu folgen. Der Heckenschütze konnte jederzeit wieder abdrücken. Tröstlich war wenigstens, daß dieser Scheißkerl sich ebenfalls nicht herauswagen konnte, weil er sonst selbst ein gutes Ziel abgab. Ein Schuß würde genügen. Aber wer war das überhaupt? Einer von den Russen? Ein Polizist? Caldere hatte behauptet, sie trachteten ihm nach dem Leben. War es am Ende der Maulwurf innerhalb der *Brigade*? Vorausgesetzt, es gab überhaupt einen Maulwurf, wie Graham sich sofort vorhielt. Er sah auf die Uhr. Die fünf Minuten waren vorbei. Sabrina hatte bestimmt auch den Schuß gehört, aber würde sie es schaffen, sich von hinten heranzupirschen?

Auf der anderen Seite der Halle krachten zwei weitere Schüsse. Das mußte Sabrina sein. Eine der Kisten kippte um, und einen Augenblick lang glaubte Graham, Sabrina hätte den Mann getroffen, aber dann hörte er ein Rascheln. Der Typ wagte sich in geduckter Haltung hinter einer der Kisten hervor und zielte mit seiner Waffe in die Richtung, aus der die Schüsse gekommen waren. Offenbar begriff er erst jetzt, daß sie ihn in die Zange genommen hatten. Graham schoß sofort und traf ihn ins Bein. Er hörte den Typen aufschreien und sah, wie ihm eine Pistole aus der Hand fiel, die nur Zentimeter vor der Kante des Piers liegen blieb.« Obwohl er mit einer Hand das verwundete Knie umklammerte, robbte der Mann verzweifelt auf seine Waffe zu. Graham zögerte keine Sekunde. Er löste sich aus dem Schatten, sprintete zum Pier hinüber und beförderte die Pistole mit einem Tritt ins Wasser. Plötzlich tauchte auch Sabrina neben ihm auf. Während sie den Verletzten mit der

Beretta in Schach hielt, durchsuchte Graham ihn in aller Eile. Er hatte sonst keine Waffen bei sich. Mit dem Pistolengriff schlug er ihm gegen die Schläfe und drehte den Bewußtlosen dann auf den Rücken. Weder Sabrina noch er kannten den Mann, doch später hatten sie ja noch genug Zeit für ein Verhör. Hinter einer der Kisten fand Graham ein Stück Tau und verschnürte ihm damit Hände und Füße.

»War Caldere da?« fragte Sabrina.

»Ja. Der Schuß galt offenbar ihm. Jetzt ist er in der Lagerhalle. Hoffentlich gibt es nicht noch einen zweiten Ausgang, sonst haben wir ihn verloren. Aber ich denke, nach dieser kleinen Episode wird er gerne zur Kooperation bereit sein, wenn wir ihm Schutz durch die Behörden garantieren.«

Graham führte Sabrina zu der offenen Tür und bezog zunächst daneben Stellung. »Caldere!« rief er hinein. »Ich bin's, Graham. Sie sind jetzt in Sicherheit. Sie können rauskommen.«

Keine Antwort.

»Caldere!« rief Sabrina auf portugiesisch. »Wir haben den Kerl überwältigt. Wir können Sie schützen, wenn Sie auspacken wollen. Caldere? Hören Sie mich?«

»Ich habe Angst!« schrie der Mann auf englisch. »Die bringen mich um, wenn ich rauskomme!«

Graham unterdrückte einen Fluch. »Ich muß ihn holen«, sagte er zu Sabrina. »Paß du auf die Tür auf.«

»Laß mich gehen«, widersprach sie. »Wenn er Angst hat, muß man ihm gut zureden, und zwar am besten in seiner Muttersprache.«

Das ließ Graham gelten. Er deutete stumm auf die Tür, und Sabrina setzte sich in Bewegung. Kaum hatte sie die Schwelle überquert, als sie schon wieder anhielt. Nirgendwo brannte ein Licht. »Caldere!« rief sie in die Dunkelheit hinein. »Caldere, wo sind Sie?«

Stille.

»Caldere!« schrie Graham wütend. »Sie können jetzt rauskommen! Caldere!«

Sabrina tastete die Wand neben sich ab und fand einen Lichtschalter, doch es blieb finster. Auf einmal wußte sie, daß sie in eine Falle gelaufen waren. Sie wollte Graham noch eine Warnung zurufen, doch in diesem Augenblick peitschten bereits zwei Schüsse durch die Dunkelheit. Beide Kugeln trafen Graham in die Brust und warfen ihn gegen die Wand. Er sackte lautlos in sich zusammen.

»Mike!« schrie Sabrina voller Entsetzen und rannte zu ihm zurück.

»Lassen Sie ihn, Miß Carver!« bellte eine Stimme irgendwo aus der Lagerhalle. »Ich habe ihn mit zwei Kugeln ins Herz getroffen. Er ist tot.«

Sabrina wirbelte herum und richtete ihre Beretta aufs Geratewohl in die finstere Halle. Der Mann hatte makelloses Englisch mit allenfalls dem Hauch eines fremden Akzents gesprochen. Es mußte einer der Russen sein. Aber wie auch immer, er benutzte anscheinend eine Nachtsichtbrille, während sie hilflos in die Dunkelheit starrte.

»Lassen Sie die Beretta fallen«, ließ sich die Stimme wieder hören«, diesmal aus einem anderen Teil der Halle. »Ich habe Sie genau im Visier. Lassen Sie die Pistole fallen!«

Sabrina kannte die Regeln. UNACO-Agenten durften unter keinen Umständen ihre Waffen preisgeben. Aber wenn sie nicht gehorchte, würde er sie mit Sicherheit töten. Nun, die Regeln konnten nicht immer sakrosankt sein. Bisweilen mußten sie gedehnt werden, wenn die Situation dies erforderte. Sie warf die Beretta auf den Boden.

»Stoßen Sie sie weg!« befahl die Stimme.

Wieder tat sie, was von ihr verlangt wurde.

»Licht an!« befahl der Mann jetzt auf portugiesisch.

Plötzlich war die gesamte Halle in grelles Licht getaucht. Hunderte von Containern und mit Holzkisten beladenen Paletten waren säuberlich in langen, von einem Labyrinth aus schmalen Quergängen durchzogenen Reihen aufeinandergestapelt. Die Zwischenräume waren gerade so breit, daß die Gabelstapler, die für die Nacht in der Nähe des Tores geparkt waren, hindurchfahren konnten. Sabrina schielte zu ihrer Beretta hinüber. Sie lag gleich im nächsten Korridor, aber leider nicht in Reichweite. Aus den Augenwinkeln registrierte sie eine Bewegung auf der Laufplanke über ihr. Ein Mann beugte sich über das Geländer und starrte sie mit einem lüsternen Grinsen an. In der Hand hielt er eine Scorpion-Maschinenpistole. Diesen Typen hatte sie noch nie gesehen. Hinter ihm befand sich ein geöffneter Schaltkasten. Mit einem so simplen Trick hatte man sie also hereingelegt.

Der Mann glotzte sie noch immer an, als Graham seine Beretta in Anschlag brachte und zweimal schoß. Die Kugeln schleuderten den Typen über das Geländer. Graham wartete nicht den Aufprall ab, sondern sprintete blitzschnell in den Gang, in dem Sabrina bereits verschwunden war. In diesem Moment prasselte auch schon ein Kugelhagel auf die Stelle nieder, wo Graham soeben noch gelegen hatte.

Graham ließ sich gegen eine Kiste sinken und rieb sich vorsichtig die Brust. »Das tut immer noch höllisch weh«, stieß er zwischen aufeinandergepreßten Zähnen hervor.

»Ohne deine kugelsichere Weste würdest du jetzt gar nichts mehr spüren«, erwiderte Sabrina und hob ihre Beretta auf.

»Stimmt.« Er spähte zur jetzt leeren Laufplanke hinauf »Zumindest wissen wir, daß es wenigstens zwei sind.«

Eine Salve von Schüssen durchbrach die trügerische Stille. Offenbar waren sie alle auf das Tor gerichtet.

Graham rappelte sich auf. »Sie jagen uns. Der Typ, der gerade geschossen hat, ist ganz in der Nähe. Wir müssen ständig in Bewegung bleiben – das ist unsere einzige Chance. Wenn wir uns trennen, gewinnen wir mehr Überblick. Nur so können wir die Halle kontrollieren.«

Sabrina huschte zum anderen Ende des Gangs. Dort ging sie zunächst, den Rücken gegen eine Kiste gepreßt, in Deckung und wartete. Die Beretta hielt sie mit dem Lauf nach oben dicht vors Gesicht. Als Graham ihr signalisierte, daß niemand hinter ihr war, bog sie blitzschnell mit der Pistole im Anschlag in den nächsten Gang.

Gleichzeitig kroch Graham durch eine Lücke zwischen

zwei Containern in den Nachbargang. Auch dieser schien leer zu sein. Als Graham sich aufrichten wollte, bemerkte er am anderen Ende einen Schatten, der sogleich wieder verschwand. Kurz glaubte er, seine Augen hätten ihm einen Streich gespielt, doch ihm war klar, daß er jetzt kein Risiko eingehen durfte; sofort ging er wieder in Deckung. Mit angehaltenem Atem lauschte er nach Schritten, die sich früher oder später nähern mußten, aber kein Laut war zu hören. Ein anderer Verdacht beschlich ihn: Hatte er womöglich Sabrinas Schatten gesehen? Oder hatte ihn das grelle Licht getäuscht? Er steckte in einer Zwickmühle. Sollte er bleiben, wo er war, oder eine Konfrontation riskieren? Auf einen Schußwechsel mit einem von den Russen hätte er sich mit dem größten Vergnügen eingelassen – aber er wußte, daß ihm ein Sekundenbruchteil für den tödlichen Schuß reichen mußte. Gleichwohl stand seine Entscheidung bereits fest. Er wollte die direkte Auseinandersetzung. Und wenn er sich den Schatten nur eingebildet hatte, dann konnte ihm sowieso nichts passieren. Handeln war allemal besser als in der Nische zu kauern und zu warten, daß etwas geschah.

Er benetzte sich die trockenen Lippen, packte die Beretta fester und wollte schon in den Gang schleichen, als ein Schatten auf die Kiste ihm gegenüber fiel. Lautlos ließ er sich auf ein Knie sinken und hob die Pistole. Sein Finger krümmte sich um den Abzug. Der Schatten wurde größer. Graham biß sich auf die Lippe. Schweiß tropfte von seiner Stirn, und er kniff nervös die Augen zusammen. Dann verhielt der Schatten jäh. Graham schätzte den Abstand zu sich auf höchstens zwei Meter. Wenn er schießen wollte, dann jetzt. Aber wenn es am Ende doch Sabrina war? Na gut, er ging davon aus, daß er es im letzten Moment schon noch merken und nicht abdrücken würde, und außerdem war sie bestimmt längst in einem anderen Gang – trotzdem zögerte er.

Der Schatten rührte sich nicht von der Stelle. *Nun mach schon, du Scheißkerl,* flehte Graham. Er ertappte sich dabei, wie er vor sich hin grinste. Er war bereit für dieses

Schwein. Mit einemmal wich der Schatten wieder zurück und war einen Augenblick später ganz verschwunden. Graham fluchte still in sich hinein. Jetzt war genau der Fall eingetreten, den er unbedingt hatte vermeiden wollen. Er mußte sich aus der Deckung wagen, obwohl ihm bewußt war, daß nun womöglich der andere im Hinterhalt lag. Damit hatte sich das Blatt gewendet. Doch es gab kein Zurück mehr. Er mußte den Zweikampf suchen. Graham wischte sich den Schweiß aus den Augen, stützte sich mit dem Rükken am Container ab und schnellte hoch.

Der Lauf seiner Beretta zeigte auf einen Mann mit Tarnhose und Bomberjacke, der mit dem Rücken zu ihm am anderen Ende des Ganges stand. Am kurzgeschnittenen blonden Haar erkannte Graham sofort, daß es Jemenkow war. Der Russe hatte zwar etwas gehört, doch Graham hatte das Überraschungsmoment auf seiner Seite.

»Denken Sie nicht mal daran, Jemenkow«, knurrte er, als er sah, wie sich die Finger des anderen fester um die Makarov schlossen. »Weg mit dem Ding, und dann langsam mit den Händen in der Luft zu mir umdrehen!«

Jemenkow wandte den Kopf langsam in Grahams Richtung. Seine Augen wanderten instinktiv zu den Einschußlöchern in Grahams Jacke – dann riß er die Makarov hoch. Graham gab zwei Schüsse ab. Die erste Kugel traf Jemenkow im Bauch, die zweite riß seinen Brustkorb auf. Jemenkow schrie vor Schmerzen auf. Sein Gesicht war zu einer gräßlichen Grimasse verzerrt. Er taumelte rückwärts – und verschwand urplötzlich in der nächsten Reihe. Graham setzte ihm fluchend nach, raste um die Ecke und spähte in den Nachbargang. Jemenkow war wie vom Erdboden verschluckt; lediglich ein blutverschmierter Händeabdruck an einer Kiste und Blutspuren auf dem Boden bewiesen seine Nähe. Graham folgte den Spuren in einen dritten Gang, doch auch dieser war leer. Jemenkows Zähigkeit erstaunte den Amerikaner. Zwei Kugeln in Bauch und Brust, und trotzdem bewegte sich der Mann noch schnell genug. Die Blutspur führte bis zum Ende des Ganges. Dort blieb Graham vor dem letzten Stapel stehen und versuchte, sich zu konzentrieren. Am untersten Container klebte noch mehr Blut. Hier mußte Jemenkow gestolpert sein und hatte sich wohl mit letzter Kraft festgekrallt. Das bedeutete, daß er nach rechts abgebogen war. Graham spähte in den nächsten Gang. Er war leer. Also mußte es der übernächste sein. Graham spurtete um die Ecke, als er aus dem Augenwinkel eine Bewegung wahrnahm.

»Waffe fallen lassen, Graham!« bellte eine Stimme. Hinter einem Container trat Caldere hervor. »Waffe fallen lassen, habe ich gesagt!«

Graham stand in einer ungünstigen Schußposition. Wenn er verfehlte, würde Caldere ihn in jedem Fall treffen. Er überlegte, ob er hechten, sich abrollen und dann sofort schießen sollte, aber auch das barg ein enormes Risiko.

»Waffe fallen lassen!« knurrte Caldere erneut. Er kam Schritt für Schritt näher.

Graham wog noch seine Möglichkeiten ab, als plötzlich Sabrina lautlos hinter den Paletten auftauchte. Ihre Beretta war bereits auf Calderes Rücken gerichtet. Grahams Augen fixierten weiter den Portugiesen.

»Nein!« schrie jetzt Sabrina auf Portugiesisch. »*Sie* lassen Ihre Waffe fallen.«

Caldere erstarrte. In seinem Gesicht spiegelte sich Entsetzen; gemischt mit Verwirrung. Er hatte doch keinen Laut gehört! Aber da er nun von vorne und hinten in die Zange genommen wurde, hatte er keine andere Wahl. Langsam ließ er seine Pistole sinken.

Sabrina entwaffnete ihn hastig. »Wie viele sind Sie insgesamt?«

»Nur vier.« Caldere, der immer noch Graham gegenüberstand, bemerkte den Zweifel in dessen Augen. »Vier! Ich schwöre es Ihnen, Senhor!«

»Sie gehen jetzt schön voran zum Ausgang«, sagte Graham. »Wir folgen Ihnen. Und wenn Sie noch mehr kleine Überraschungen in petto haben, bekommen Sie die erste Kugel ab.«

»Was waren denn das für Schüsse vorhin?« erkundigte sich Sabrina bei Graham.

»Ich habe Jemenkow zweimal getroffen, aber er ist trotzdem entkommen«, antwortete Graham. »Keine Ahnung, wo er sich jetzt rumtreibt.«

»Mit etwas Glück ist er vielleicht tot«, meinte Sabrina.

»Darauf würde ich keine Wette abschließen.« Grahams Blick wanderte über den leeren Gang. »Du hältst Caldere in Schach, ich suche den anderen.«

Caldere wartete, bis Graham sich abgewandt hatte, dann schlug er völlig unerwartet nach Sabrina und traf sie mit der Faust an der Wange. Als Graham reagierte, war er schon davongerannt.

Auf einmal peitschte ein Schuß durch die Halle. Sabrina hechtete in den nächsten Gang, ließ sich blitzschnell abrollen und richtete noch im Aufspringen ihre Beretta auf eine Gestalt am anderen Ende. Es war Jemenkow. Ihr Finger krümmte sich um den Abzug, doch sie schoß nicht. Der Russe stand mit dem Rücken an die Wand gelehnt. Sein Kinn war auf die Brust gesunken, seine Makarov hing lose in der Hand, und seine Jacke war blutgetränkt. Mit schmerzverzerrtem Gesicht versuchte er dem Arm auf die Wunde in seinem Bauch zu pressen. Im Zeitlupentempo sank er zu Boden. An der Wand hinter ihm blieb eine Blutspur zurück.

»Mike, kümmere dich um Caldere!« rief Sabrina, ohne Jemenkow aus den Augen zu lassen, und näherte sich vorsichtig dem Russen. Die Beretta blieb unablässig auf seine Brust gerichtet.

Erst jetzt sah Jemenkow zu ihr auf. Seine Augen waren glasig, sein Atem ging stoßweise. Plötzlich schüttelte ihn ein heftiger Hustenanfall. Blut quoll über seine Lippen und tröpfelte über das Kinn.

»Pistole weg«, befahl Sabrina.

Jemenkow spuckte verächtlich auf den Boden und hob seine Waffe. Graham und Sabrina schossen gleichzeitig. Die Kugeln zerfetzten Jemenkows Brust und schleuderten seinen Kopf gegen die Wand. Die Pistole glitt aus seinen blutverschmierten Fingern und fiel zu Boden; sein lebloser Körper folgte gleich darauf nach. Sabrina lief zu ihm hinüber, beförderte die Pistole mit einem Tritt weiter weg und fühlte nach seinem Puls. Sie richtete sich kopfschüttelnd auf.

»Caldere ist auch tot«, verkündete Graham und deutete auf den zusammengekrümmt vor einer Kiste liegenden Portugiesen.

»Aber er ist nicht durch eine Kugel gestorben.«

»Was soll das heißen?«

»Sieht ganz nach Zyanidvergiftung aus. Wahrscheinlich hat Jemenkow ein in Zyanid getauchtes Geschoß benutzt. Die Todesschwadrone der *Spetznaz* sind im Afghanistankrieg oft so vorgegangen.«

»Dann wäre sogar ein Streifschuß tödlich, richtig?«

Graham nickte. »Caldere wurde nur in die Schulter getroffen. Ohne das Zyanid wäre er noch am Leben.«

»Aber wozu wollte Jemenkow ihn unbedingt töten?«

»Er wußte wohl zuviel. Jemenkow konnte nicht riskieren, daß er wichtige Informationen ausplauderte.«

»Hat er vor seinem Tod noch etwas gesagt?« wollte Sabrina wissen.

»Ja. Es klang wie ›*samba dancerino*‹.«

»Hm – vielleicht *samba dancarino*. Das heißt Sambatänzer.«

»Klingt ja sehr aufschlußreich«, brummte Graham.

Sabrina legte nachdenklich die Stirn in Falten. »Sag mal, könnte es auch *sambra dancarino* gewesen sein?« fragte sie.

»Vielleicht, ja. Was heißt *das* denn?«

»Schattentänzer. Und wenn ich mich richtig erinnere, hatte die UNACO im Nahen Osten einen Agenten, der so genannt wurde.«

»Woher sollte denn ein windiger Ganove wie Caldere einen unserer Agenten kennen?«

»Das weiß ich doch nicht«, verteidigte sich Sabrina. »Vielleicht war es ja auch nur ein Paßwort für einen von den Russen oder was weiß ich ...« Sie lächelte Graham an. »Zumindest haben wir einen Gefangenen. Hören wir uns doch mal an, was er zu sagen hat.«

»Ich würde mich nicht darauf verlassen, daß wir viel von ihm rauskriegen. Wahrscheinlich wurde er nur für heute angeheuert.«

»Einen Versuch ist es trotzdem wert«, meinte sie und setzte sich in Bewegung.

»Im Moment ist so gut wie alles einen Versuch wert«, meinte Graham resigniert.

Sabrina hatte bereits die Tür erreicht, als sie wie angewurzelt stehenblieb. »Mike«, sagte sie mit tonloser Stimme, »komm mal her.«

»Was ist denn?« rief Graham.

»Komm bitte her.«

Als Mike sie erreichte, stand sie vor einer quer über den Pier ausgestreckten Leiche. Es war ein Mann. Zwei Kugeln ins Gesicht hatten ihn getötet. Eine war durch das linke Auge gegangen, die andere hatte ihm die Nase zerfetzt. Obwohl eine dicke Blutkruste seine Züge verdeckte, erkannte Graham anhand der Kleider, daß das nicht der Typ war, den sie am Anfang überwältigt hatten.

»Vielleicht sind hier draußen noch mehr Killer«, murmelte Sabrina und sah sich nervös um.

»Er wurde von der Halle aus erschossen«, entgegnete Graham. »Schau doch, die Schüsse haben ihn auf den Rükken geschleudert. Wenn er von hinten getötet worden wäre, dann läge er jetzt mit dem Gesicht nach unten auf dem Bauch.«

»Aber natürlich!« Sabrina schlug sich an die Stirn. »Als du den Typen von der Laufplanke geholt hast, sind doch plötzlich Schüsse gefallen. Da wunderte ich mich noch, daß die so weit daneben gezielt haben, zumal sie doch wußten, wo wir waren. Jetzt verstehe ich, was passiert ist.«

»Aber wer ist das, wenn er nicht zu ihnen gehörte? Mit diesem Jackett sieht er eher wie ein Golfspieler aus.«

Sabrina trat in den Regen hinaus, kauerte sich über den Toten und ließ die Hand in die Innentasche seines Sakkos gleiten. Sie enthielt eine Brieftasche. Sabrina nahm sie an sich und kehrte in die Lagerhalle zurück.

»Und?« Graham sah sie fragend an.

Sie blätterte darin herum. Plötzlich wurde sie blaß. »O Gott, nein!«

Graham riß ihr die Brieftasche aus der Hand. Ganz vorne steckte in einer Klarsichthülle eine Karte. »Was steht darauf?« drängte Graham. »Ich kann doch kein Portugiesisch.«

»Es ist ein Presseausweis, ausgestellt auf einen gewissen Edward Miller. Er ist hier in Lissabon als freier Journalist tätig.«

Graham starrte den Toten sekundenlang schweigend an, dann drückte er den Ausweis Sabrina wieder in die Hand. »Funk sofort Jacques an und sag ihm Bescheid. Der andere Scheißer da draußen muß reden. Ob so oder so, er muß reden.«

Sabrina packte Graham am Arm. »Ich glaube, es ist besser, ich hole den Gefangenen rein.«

»Laß mich los, Sabrina!« zischte er wütend.

Sie lockerte den Griff. »Okay. Dann geh von mir aus raus und schlag ihn zu Brei, wenn du dich danach besser fühlst. Denn das hast du doch vor, oder?«

Graham starrte wortlos auf den Toten zu ihren Füßen.

»Wir haben es vermurkst«, fuhr Sabrina mit leiser Stimme fort. »Wir hätten uns diesen Miller längst schnappen müssen, aber das haben wir verpaßt, und jetzt werden sie uns deswegen die Hölle heiß machen. Und wenn du jetzt deine Wut an dem Gefangenen ausläßt, kriegen wir nur noch mehr Arger. Das ist es nicht wert, Mike. Laß mich das machen, einverstanden?«

Graham nickte schließlich. »Gut, dann erstatte ich Jacques Meldung. Er wird uns den Kopf abreißen, wenn er das mit Miller erfährt.«

»Kannst du's ihm verdenken?« murmelte Sabrina niedergeschlagen und verschwand in der Dunkelheit.

Rust tobte in der Tat. »Warum schickt ihr nicht gleich allen Nachrichtenagenturen ein Fax und sagt ihnen, daß die UNACO in geheimer Mission in Portugal tätig ist? Was beschränken wir uns auf den *New York Sentinel?* Die ganze Welt soll es wissen!«

»Du hast bei deinen Einsätzen wohl nie Fehler gemacht?« schrie Graham zurück.

»Natürlich habe ich welche gemacht. Einem davon verdanke ich diesen Rollstuhl. Aber ich habe immer versucht, daraus zu lernen. Bei euch liegt es dagegen auf der Hand, daß ihr absolut nichts dazugelernt habt! Erst laßt ihr zu, daß diese Katherine Warren euch bis nach Lissabon folgt, und dann darf sie euch auch noch auf Schritt und Tritt überwachen! Jetzt hat die Beobachtung einer angeblich geheimen UNACO-Operation ihren Kollegen das Leben gekostet, und Katherine Warren belagert förmlich die *Brigade für Sondereinsätze* und will bis ins Detail wissen, was heute nacht in der Lagerhalle geschehen ist. Sie hat alle Zutaten für eine Exklusivstory. Sämtliche Fernsehstationen Amerikas werden bei ihr Schlange stehen und Riesensummen bieten, damit sie ein Millionenpublikum mit eurem Scheißfiasko füttern können. Vielleicht sollten wir uns bei ihnen als Schauspieler verdingen, denn die UNACO ist dann sowieso am Ende, und wir sitzen alle auf der Straße.«

»Wir haben jede Vorsichtsmaßnahme getroffen, um Warren abzuschütteln«, brummte Graham.

»Offensichtlich hat das nicht gereicht.«

»Du hättest uns ja durch ein anderes Team ersetzen lassen können. Dann wäre das hier nie passiert.«

»Man hat euch weitermachen lassen, weil die *Strike Force Three* als das beste Team unserer Organisation galt.«

»Dann holt eben das ›nächstbeste Team‹, und wir kehren nach New York zurück und kündigen, um der UNACO weitere Blamagen zu ersparen.«

»Willst du das etwa?« fragte Rust.

»Willst *du* das etwa?« knurrte Graham.

»Ich will, daß die Akten unversehrt zur UNACO zurückgebracht werden, und glaube nach wie vor, daß ihr zwei das noch am ehesten schafft. Der Colonel sieht es übrigens auch so.«

»Hast du denn schon mit ihm gesprochen?« meldete sich Sabrina vom Fensterbrett aus.

»Ja. Er wollte sich gerade schlafen legen, als ich ihn erreicht habe.«

»Was hat er gesagt?«

»Er will, daß ihr weitermacht, aber ab sofort alles mit der *Brigade für Sondereinsätze* absprecht.«

»Hör mal, Jacques, seit heute nacht ist es doch endgültig erwiesen, daß dort einer von Zlotins Leuten sitzt!« rief Graham.

»Für mich ist gar nichts erwiesen!« fuhr ihn Rust an.

»Wir wissen von unserem Gefangenen, daß Caldere ihn vor Mitternacht für den Hinterhalt angeheuert hat«, erklärte Graham. »Die *Brigade* dagegen behauptet, Caldere hätte gestern nacht nur zwei Telefongespräche geführt, jeweils mit seiner Frau. Und dann ist ja auch noch Jemenkow im Spiel. Irgendwann muß er gestern nacht mit Caldere Kontakt aufgenommen haben. Aber er hat das Telefon nicht benutzt. Warum nicht? Weil beiden klar war, daß die Leitung abgehört wird. Und wie konnten sie es erfahren? Doch nur von einem Informanten, der Bescheid wußte.«

»Vielleicht haben sie auch nur *vermutet*, daß das Telefon abgehört wird«, entgegnete Rust. »Major Inacio war stinkwütend, als er von eurem Fiasko erfuhr – und zu Recht, denn die *Brigade* muß jetzt alles auf ihre Kappe nehmen, nur damit die UNACO anonym bleiben kann. Er hat Colonel Philpott gegenüber kein Blatt vor den Mund genommen, und der wiederum hat mir gegenüber Dampf abgelassen. Weil ich euch ohne Wissen der *Brigade* losziehen ließ, habe ich eine volle Breitseite abgekriegt. Die Konsequenz ist, daß wir uns von jetzt an strikt an die Regeln halten.«

»Mit anderen Worten: ab sofort wird uns bei jedem Gang ein Aufpasser an die Seite gestellt«, knurrte Graham.

»Genau. Und wenn euch das nicht paßt, werdet ihr durch die *Strike Force Eight* ersetzt. Ihr habt die Wahl.«

»Eine schöne Wahl«, murmelte Graham.

»Es sieht nicht so aus, als könnten wir es uns aussuchen«, antwortete Sabrina an seiner Stelle. »Also, wie geht es weiter?«

»Als erstes verlaßt ihr das Hotel«, erklärte Rust.

»Wohin gehen wir?«

»In ein sicheres Haus der *Brigade* in Estoril. Dann habt ihr wenigstens Katherine Warren vom Hals. Mit den Besuchen bei Sergei ist es damit natürlich auch vorbei, aber da er nicht dichtgehalten hat, ist das vielleicht auch ganz gut so.«

»Was geschieht mit Katherine Warren?« fragte Graham.

»Die *Brigade für Sondereinsätze* wird sie rund um die Uhr beschatten. Damit kann sie ohne deren Wissen nirgendwohin gehen.«

»Hoffentlich klappt die Bewachung dann besser als bei Caldere«, spottete Graham.

»Major Inacio hat schon eine interne Untersuchung veranlaßt, die klären soll, wie Caldere entwischen konnte. Er hat mir versprochen, sofort streng durchzugreifen, falls sich an irgendeiner Stelle Fehlverhalten nachweisen läßt.«

»Dann wird natürlich alles besser«, schnaubte Graham.

»Wann werden wir in das sichere Haus gebracht?« wollte Sabrina wissen.

»Sobald ihr gepackt habt. Ich habe schon eure Rechnung beglichen. Damit die Reporterin euch nicht schon wieder folgen kann, steht ein neuer Wagen für euch bereit.«

Sabrina war bereits auf dem Weg zur Tür. »Komm schon, Mike, packen wir unsere Sachen.«

Graham folgte ihr, drehte sich aber auf der Schwelle noch einmal um. »War der Colonel wirklich bereit, uns ersetzen zu lassen?« fragte er mit einem ungläubigen Kopfschütteln.

»Jedes Team ist im Moment im Einsatz. Ihr und die *Strike Force Eight* seid die einzigen Teams, die an Weihnachten noch verfügbar sind.«

»Mensch, die Kollegen können vielleicht eine alte Oma über die Straße führen, aber die Sache hier ist ihnen doch eine Nummer zu groß – oder siehst du das anders?«

»Na gut, sie haben einige Fehler gemacht, aber im Moment habt *ihr* bestimmt nicht das Recht, sie zu verurteilen.«

»Das hat gesessen«, murmelte Sabrina.

Graham zog ein finsteres Gesicht, gab aber keinen weiteren Kommentar ab.

Das dreißig Kilometer westlich von Lissabon an der portugiesischen Riviera gelegene Estoril ist eine Zufluchtstätte für im Exil lebende Monarchen und Diktatoren und seit der Jahrhundertwende auch ein kosmopolitischer Anlaufpunkt für die Mitglieder des internationalen Jet-Set.

Das hellblau getünchte sichere Haus der *Brigade für Sondereinsätze* stand, hinter einem Eichenwäldchen von der Küstenstraße aus nicht einzusehen, auf einem Hügel am Stadtrand. Von dort oben bot sich ein atemberaubender Blick auf die Altstadt, die nähere Umgebung und, so weit das Auge reichte, den Ozean.

»Daheim in den Staaten hätten sie uns wohl in einer Holzhütte an irgendeinem Tümpel in Pennsylvania untergebracht«, brummte Graham und öffnete die Glastür zur überdachten Loggia. »Von einem Palast wie dem hier können die meisten Amerikaner nur träumen.«

»Das Anwesen hat mal einem Filmstar gehört«, sagte Morales und folgte Graham auf die Loggia.

»Einem berühmten?« fragte Graham, den Blick auf den Atlantik gerichtet.

Morales schüttelte den Kopf. »Er ist nur in Portugal bekannt. Wir haben das Haus zwei Jahre nach seinem Tod gekauft.«

Graham setzte sich auf einen der Korbstühle. »Als sicheres Haus ist es wirklich ideal. Nur eine Zufahrt von der Straße, die man gut einsehen kann, und dazu eine Mauer um das ganze Grundstück. Es dürfte schwer sein, da unbemerkt reinzukommen.«

»Oder raus«, meinte Morales mit einem vielsagenden Lächeln.

Graham nickte und klopfte gegen die Glastür in seinem Rücken. »Kugelsicher?«

»Und sämtliche Fenster.«

Nun trat auch Sabrina zu ihnen hinaus und setzte sich auf den Stuhl neben Graham. »Ich könnte mir vorstellen, daß das Haus sich in der Sonne gewaltig aufheizt«, sagte sie, den Blick auf die dunklen Wolken gerichtet, die sich über dem Meer auftürmten.

»Stimmt, auch wenn es im Moment eher nach einem Sturm aussieht.« Morales lehnte sich gegen das Geländer und musterte sie mit vor der Brust verschränkten Armen. »Ich wollte Sie die ganze Zeit schon fragen, ob das Verhör des verhafteten Killers heute morgen etwas ergeben hat.«

»Nicht viel«, antwortete Sabrina. »Wir haben ihn Ihren Leuten übergeben, aber ich bezweifle, daß die mehr aus ihm herausbringen. Er war allem Anschein nach nur für den Hinterhalt angeheuert worden.«

»Wer hat ihn angeheuert?«

»Caldere.«

»Vermutlich in Jemenkows Auftrag«, sagte Morales.

Sabrina nickte. »Vermutlich.«

»Und wie ist Jemenkow zum Pier gelangt? Mit dem Boot? Per Helikopter?«

»Ihre Leute haben ein Motorboot in der Nähe der Lagerhalle gefunden«, erwiderte Sabrina. »Ein Mann, auf den Zlotins Beschreibung zutreffen könnte, hat es vor zwei Wochen in Lissabon gemietet.«

Morales richtete sich auf. »Na gut; ich muß jetzt los. In einer Stunde haben wir eine Lagebesprechung. Für alle höheren Offiziere besteht Teilnahmepflicht.«

»Haben Sie Neues über Katherine Warren gehört?« fragte Sabrina, bevor er sich abwandte.

»Nur daß sie seit Millers Ermordung unheimlich viel Wind gemacht hat. Major Inacio hat versucht, sie abzuwimmeln. Ich denke, bei der Besprechung wird er uns Näheres erklären. Ich rufe Sie an, sobald ich mehr weiß. Und wenn Sie nichts von mir hören, dann wissen Sie ja, wo Sie mich erreichen.«

Graham wartete, bis Morales gegangen war, dann stand er auf und stellte sich ans Geländer. »Es schien ihn ja mächtig zu interessieren, was der Gauner uns gesagt oder verschwiegen hat ...«

»Worauf willst du hinaus?« fragte Sabrina.

»Er meint, wenn Morales der Maulwurf ist, dann hat er vielleicht schon mal Kontakt mit ihm oder den Killern aufgenommen«, ließ sich Rust aus dem Wohnzimmer vernehmen. »Und darum könnte ihn der Verhaftete jederzeit belasten.«

Sie konnten ohne Bedenken offen miteinander reden, weil Sabrina das ganze Haus nach Wanzen abgesucht und nichts gefunden hatte.

Graham fuhr zu Rust herum. »Du kannst ja von mir aus meine Theorie vom Maulwurf abschreiben, Jacques, aber ich halte daran fest.«

»Ich schreibe sie nicht ab, ich lege mich nur nicht voreilig fest«, widersprach ihm Rust und schob sich ebenfalls auf die Loggia. »Ich wäre der letzte, der bestreiten würde, daß du in einigen Fällen den richtigen Riecher hattest, aber ich habe auch schon erlebt, daß du dich hin und wieder gewaltig verrannt hast. Der Colonel und ich mußten uns mehr als einmal wegen deiner haltlosen Verleumdungen bei Mitgliedern anderer Geheimdienste entschuldigen. Und seit dem Debakel heute morgen bewegen wir uns auf sehr dünnem Eis, Mike. Aus der Luft gegriffene Korruptionsvorwürfe an die *Brigade für Sondereinsätze* wären das letzte, was wir jetzt gebrauchen können. Habe ich mich klar genug ausgedrückt?«

»Absolut.«

»Na schön.«

»Aber ich weiß trotzdem, daß ich recht habe«, fügte Graham stur hinzu.

Rust blitzte ihn wütend an und schob sich zurück ins Wohnzimmer. »Ich muß noch ein paar Anrufe erledigen«, erklärte er in der Tür.

»Möchtest du einen Kaffee, Mike?« fragte Sabrina, als sie allein waren.

»Ja, warum nicht?«

Sabrina verschwand für eine Weile in der Küche und brühte frischen Kaffee auf. Als sie mit zwei dampfenden Tassen zurückkehrte, traf sie Graham im Wohnzimmer an. Der Wind draußen war ihm zu kalt geworden, und er hatte die Schiebetür geschlossen. Den Kopf in die Hände gestützt, saß er auf dem Sofa und hörte sie zunächst nicht eintreten. Erst als er den frischen Kaffee roch, sah er auf. »Tut mir leid, ich war in Gedanken ganz woanders«, entschuldigte er sich und nahm ihr die Tasse aus der Hand.

Sie setzte sich neben ihn. »Hab' ich gemerkt. Was beschäftigt dich so?«

Er stellte die Tasse auf dem Tisch ab und verschränkte die Hände ineinander. »Ich habe mir überlegt, daß Katherine Warren jetzt nach Millers Tod wahrscheinlich noch fester entschlossen sein wird, ihren Artikel rauszubringen.«

»Und Colonel Philpott wird noch fester entschlossen sein, sie zu stoppen.«

»Was ist, wenn er das nicht schafft? Was ist, wenn unsere Schnüffler ihr nichts anhängen können?«

»Sie werden schon was finden«, versicherte sie ihm. »Seit Bestehen der UNACO konnten sie noch jeden Störenfried kaltstellen. Das ist ja einer der Gründe, warum es unserer Organisation bisher möglich war, inkognito zu operieren.« Sie nippte an ihrem Kaffee und stellte die Tasse vor sich auf den Boden. »Aber dir geht es nicht nur um Katherine Warren, oder? Du weißt doch genauso wie ich, daß ihre Zeitung diese Story so oder so drucken will, unabhängig von der Sache heute morgen. Was bedrückt dich wirklich, Mike?«

»Wenn wir Zlotin nicht aufspüren, bevor es ihm gelingt, die Akten zu entschlüsseln, werden wir und alle anderen Agenten die Folgen zu spüren bekommen.«

»Das stimmt«, gab sie zögernd zu.

Ihr unsicherer Ton blieb ihm nicht verborgen. »Andererseits droht uns ein fürchterlicher Wirbel, wenn Katherine Warrens Story veröffentlicht wird. Und wir können nichts dagegen tun. Uns sind die Hände gebunden, Sabrina.«

»Mit anderen Worten: du hast Angst, die Kontrolle zu verlieren.«

»Die haben wir schon verloren, seit ich in New York über diese Warren gestolpert bin. Klar, unsere Schnüffler können sie oder ihre Zeitung vielleicht noch in Mißkredit bringen, aber das ändert nichts an unserer Machtlosigkeit. Das ist der eigentliche Grund, warum mir die Sache nicht gefällt.«

»Ich glaube, du empfindest jetzt das gleiche Mißtrauen den eigenen Leuten gegenüber wie damals, als Carrie und Mikey entführt wurden. Aber du weißt doch, daß deine Leute von der DELTA nichts dafür konnten. Du mußt endlich lernen, deinen Kollegen zu trauen, Mike. Du hast doch auch zu mir Vertrauen, oder?«

Graham starrte wortlos den Teppich an.

»Soll das etwa heißen, daß du mir nach all den Jahren immer noch nicht traust?« fragte sie.

»Ich traue dir doch«, antwortete er widerstrebend.

»Das klingt aber nicht gerade sehr überzeugt.«

»Ich traue dir, verdammt noch mal! Aber du hast dir mein Vertrauen *verdient*. Ich kenne keinen von den Leuten in der ›Abteilung Nestbeschmutzer‹, und jetzt hängt mein Überleben auf einmal von ihnen ab. Auf nichts anderes läuft es doch hinaus. Wenn sie dieser Warren nichts anhaben können, kannst du Gift darauf nehmen, daß jede Menge Killer auf uns angesetzt werden, sobald die Story rauskommt.«

»Sollte sie je veröffentlicht werden, wäre das das Ende der UNACO. Nicht nur wir würden gejagt, sondern sämtliche Mitarbeiter.«

»Gut, die Enthüllungen würden die UNACO schädigen, aber doch nicht zerstören. Wie denn auch? Katherine Warren hat ja keine echten Beweise für ihre Existenz. Das heißt, die UNACO wird schön stillhalten, aber uns wird sie im Regen stehen lassen. Klar, der Colonel muß zuallererst die Organisation schützen. Das Schicksal des einzelnen spielte neben dem großen Ganzen keine Rolle. Kannst du jetzt verstehen, warum mir unsere Situation so an die Nieren geht?«

»Das ist doch alles hypothetisch, Mike.«

»Es ist eine Vorahnung. Ich habe mich gefragt, was ich tun würde, wenn ich der Colonel wäre. Welche andere Wahl hätte er denn unter diesen Bedingungen?«

»Er würde weiter zu uns halten. Du weißt genau, daß es dem Colonel möglich wäre, uns eine neue Identität in einem anderen Staat zu verschaffen. Bei seiner gründlichen Arbeitsweise würde uns garantiert niemand aufspüren.«

»Und damit wäre alles gut?« entgegnete Graham. »Wir müßten unter den gleichen Bedingungen existieren wie geständige Mafiosi, die ihren Boß verpfiffen haben und sich jetzt ihr Leben lang ängstlich umsehen, ob auch wirklich kein Killer hinter ihnen steht. Denk doch nur an unsere Familien! Ich würde nie wieder meine Mutter sehen. Du könntest nie wieder deine Eltern besuchen. Willst du etwa so leben?«

»Wir beide waren uns der Risiken bewußt, als wir zur UNACO gingen«, sagte sie sanft.

Graham hielt es im Sitzen nicht mehr aus, er stürmte zum Fenster. »Verletzungen oder sogar der Tod, das sind Risiken, die ich akzeptieren kann. Aber ich habe mich mit meiner Unterschrift nicht bereit erklärt, mich von einer publicitygeilen Pressetussi an den Pranger stellen zu lassen. Ich hatte mir schon überlegt, ob ich nicht selbst einen Privatdetektiv auf diese Warren ansetzen soll, aber je mehr ich darüber nachdachte, desto klarer wurde mir, daß wir keine Chancen haben, wenn nicht einmal unsere eigenen Leute eine Leiche in ihrem Keller entdecken.«

»Wir können nur versuchen, unseren Auftrag so gut es uns möglich ist zu erledigen, und ansonsten hoffen, daß die ›Abteilung Nestbeschmutzer‹ doch noch was gegen Katherine Warren zutage fördert«, entgegnete Sabrina.

»Bis jetzt haben wir uns ja nicht gerade mit Ruhm bekleckert«, brummte Graham. »Und daß wir so lange nichts mehr von C. W. gehört haben, macht es auch nicht besser.«

»Hoffentlich ist ihm nichts zugestoßen.« Ein Anflug von Panik schwang plötzlich in Sabrinas Stimme mit.

»Ach, C. W. ist ein lebender Talisman. Er ist unser dienstältester Agent. Das Schlimmste, was ihm in seinen zehn Jahren auf Achse zugestoßen ist, sind ein paar Risse in seinen Designerklamotten.« Graham sah auf die nun schon fast schwarzen Wolken über dem Meer hinaus. Ein erstes Donnergrollen kündigte ein Gewitter an. »Nein, mach dir um C. W. keine Sorgen. Er überlebt uns garantiert alle.«

Whitlock war längst klar, daß die Russen ihn töten würden, bevor sie die Insel wieder verließen. Fast empfand er sich genauso als Gefangener wie die zwei Frauen, die er bewachen mußte. Aber was hieß schon ›bewachen‹? Seine Aufgaben bestanden darin, ihnen Essen zu kochen – für ihre eigene Verpflegung sorgten die Russen selbst – und sie zweimal täglich in die große Halle zu begleiten, in der sie sich für jeweils fünfzehn Minuten mit den Kryptologen treffen durften. Doch hätte es für solch banale Gänge wirklich eines lästigen Mitwissers bedurft? Die Russen hätten sie ohne großen Aufwand selbst bewältigen können. Und für müßiges Herumsitzen wollten sie ihm dreißigtausend Pfund zahlen? Nun, Whitlock hatte keinen Zweifel daran, daß Jannoc sich ihm erkenntlich zeigen wollte, weil er seiner Tochter das Leben gerettet hatte. Aber warum hatte er ihm das Geld nicht einfach in die Hand gedrückt und fertig? Warum weihte er einen Außenseiter in eine so heikle Angelegenheit ein? Und die verwirrendste Frage von allen: Warum hatte sich Zlotin auf dieses absurde Geschäft eingelassen? Ursprünglich hatte Whitlock es sich so erklärt, daß Zlotin ihn für die Entführung von Günther und Lisl Auerbach benötigt hatte. Doch je länger er darüber nachdachte, desto klarer wurde ihm, daß der Russe das auch ohne seine Hilfe geschafft hätte. Er konnte es drehen und wenden, wie er wollte, das Ganze ergab keinen Sinn.

Schließlich beschäftigte ihn noch Bergers Tod. Warum hatten sie ihn überhaupt getötet? Offenbar war er von ihnen als ersetzbar eingestuft worden. Aber das hieß doch nichts anderes, als daß sie ihn, Whitlock, genauso abservieren würden. Ein Indiz dafür war Zlotins Weigerung, ihm während seines Aufenthalts auf der Insel eine Waffe zu geben. Einen Wehrlosen konnte man ohne weiteres um die Ecke bringen.

Whitlock hatte an diesem Vormittag schon sämtliche ihm zugänglichen Zellen und die provisorische Küche nach einem Gegenstand abgesucht, der sich im Notfall als Waffe einsetzen ließe. Bis auf drei Plastiklöffel und zwei Dutzend Pappteller hatte er nichts gefunden. Natürlich gab es auch zwei Aluminiumtöpfe, aber die Vorstellung, er könnte sich unbemerkt an die Verbrecher heranschleichen und ihnen mit diesen Dingern eins überziehen, gehörte wohl eher in den Bereich Slapstick-Ideen. Kurz und gut, die Russen überließen nichts dem Zufall. Darum wußte Whitlock, daß sie ihn und die vier Gefangenen am Ende mit derselben kühlen, klinischen Präzision aus dem Weg räumen wurden, die für ihre Operation von Anfang an typisch gewesen war.

»Wach auf, Viktor!« Zlotin rüttelte Rodenko an der Schulter. »Viktor!«

Rodenko fuhr hoch. »Was ist los?«

»Valentin ist tot. Ich habe soeben vom Festland die Nachricht erhalten, daß er heute nacht erschossen wurde.«

Rodenko schwang die Beine auf den Boden. »Und Graham und Carver?«

»Die leben!« knurrte Zlotin mit zornbebender Stimme.

Rodenko stellte sich vors Waschbecken und spritzte sich kaltes Wasser ins Gesicht. Nachdem er sich abgetrocknet hatte, wandte er sich wieder Zlotin zu. »Jemenkow hatte doch alles bis ins letzte Detail geplant. Was ist schiefgelaufen?«

»Dieser Scheiß-Graham! Ich habe Valentin davor gewarnt, nach der gelungenen Aktion am Campingplatz gestern überheblich zu werden, aber er dachte wohl, Graham ließe sich noch mal übertölpeln. Hätte er sich nur an meine Anweisungen gehalten, dann wäre das nicht passiert!« Zlotin ging wütend hin und her, bis er abrupt vor Rodenko stehen blieb. »Ich hätte Valentin nicht losziehen lassen dürfen. Ich hätte es selbst erledigen müssen.«

»Dann lägst jetzt du in der Leichenhalle.«

»Da wäre ich mir nicht so sicher. Ich weiß, wie Graham arbeitet – weil er mein glattes Gegenteil ist. Aber gerade das fasziniert mich an ihm. Er ist kein Taktiker, er ist völlig unberechenbar und hält sich in den seltensten Fällen an die Anweisungen seiner Vorgesetzten. Sein Erfolgsrezept ist eine Mischung aus Draufgängertum und Intuition.«

»Das klingt ja, als wäre er unfehlbar«, brummte Rodenko und zwängte sich in seine Bomberjacke.

»Im Gegenteil!« rief Zlotin.

Rodenko zog seine Schuhe unter dem Bett hervor. Bevor er hineinschlüpfte, sah er noch einmal zu Zlotin auf. »Willst du ihn jetzt jagen?«

»Nein. Jetzt haben wir keine Chance mehr, sie zu überrumpeln. Außerdem haben wir bereits ein wertvolles Mitglied verloren. Da können wir so kurz vor dem Ziel kein Risiko eingehen.«

Rodenko schnürte sich die Schuhe zu und stand auf. »*Deinem* Ziel, Nikolai. Jemenkows Tod ändert nichts an meinen Plänen. Sobald diese Akten entschlüsselt sind und Jannoc uns das Geld übergeben hat, bin ich weg.«

»Du weißt ganz genau, daß ich diese Operation unmöglich allein abschließen kann«, stieß Zlotin hervor.

»Benutz' doch deinen neuen Rekruten«, spottete Rodenko. »Laß ihn was für sein Geld tun. Er sitzt den ganzen Tag nur faul rum.«

»Er bleibt, wo er ist!«

»Ich verstehe immer noch nicht, warum du ihn dir von Jannoc hast aufschwatzen lassen.«

»Ich habe meine Gründe, Viktor, und damit basta.«

»In diesem Fall hast du nur noch die Möglichkeit, Verstärkung anzufordern.«

»Dafür reicht die Zeit nicht mehr; die Operation ist fast abgeschlossen.«

»Du hast noch Zeit, und das weißt du auch. Du willst nur nicht, daß deine Auftraggeber von unseren Schwierigkeiten erfahren. Das ist der einzige Grund, warum du sie nicht anrufst. Aber so warst du ja schon immer. Der große Nikolai Zlotin würde sein Scheitern nie zugeben.«

»Hüte deine Zunge!« brüllte Zlotin.

»Wieso, was passiert sonst? Willst du mich wegen Unbotmäßigkeit maßregeln? Jemenkow magst du mit so was beeindruckt haben, aber bei mir zieht diese Tour nicht.« Er sah, wie Zlotins Hand zum Holster wanderte, in dem die Makarov steckte. »Na los, erschieß mich doch, Nikolai! Es wäre ja nicht das erstemal, daß du einen Offizier abknallst, bloß weil er dir mal seine Meinung sagt.«

Zlotin ließ die Hand sinken. »Was kostet es, wenn du die Operation mit mir zu Ende führst?«

»Du stellst mich ja als einen ...«

»Wieviel?« bellte Zlotin.

»Na ja, Jemenkow wird seinen Anteil nicht mehr brauchen, oder?« sagte Rodenko nach kurzem Nachdenken.

»Er gehört dir«, erwiderte Zlotin ohne zu zögern. »Damit hättest du doppelt soviel. Dreihunderttausend Dollar.«

Rodenko verzog die Lippen zu einem schlauen Grinsen. »Und ein guter Kommunist wie du wird für zweihunderttausend Dollar keine Verwendung haben. Die halbe Million, und ich mache mit. Dafür, daß du mit den Akten machen kannst, was du willst, und daß deine Auftraggeber nichts von der Sache heute morgen in der Lagerhalle erfahren, kommst du doch immer noch gut weg. Aber die Entscheidung liegt selbstverständlich bei dir.«

»Das Geschäft gilt«, entgegnete Zlotin in eisigem Ton.

»Tja, ich schätze, meine Schicht hat angefangen.« Rodenko legte sich sein Holster um und ging zur Tür. Dort wandte er sich noch einmal Zlotin zu. »Trotz allem tut es mir leid um Jemenkow. Ich weiß, daß du große Stücke auf ihn gehalten hast.«

»Die UNACO hat noch nicht unser letztes Wort in dieser Angelegenheit gehört«, erwiderte Zlotin mit sanfter Stimme. »Ich verspreche dir, auf die eine oder andere Weise werden sie den Tod von Hauptmann Valentin Jemenkow teuer bezahlen.«

10

Larry Ryan, der Herausgeber des *New York Sentinel*, saß schweigend im Fond des weißen Mercedes, der in den frühen Morgenstunden durch die verlassenen Straßen von New York brauste. Der Fahrer und ein zweiter Mann, der sich neben ihn plaziert hatte, trugen schwarze Strümpfe über dem Gesicht. Ryan war sich ziemlich sicher, für wen sie arbeiteten, hatte aber keine Ahnung, wohin sie ihn bringen wollten.

Das Telefon hatte ihn kurz vor drei Uhr morgens aus dem Schlaf geholt; es war Katherine Warren mit der Nachricht von Ed Millers Tod gewesen. Um seine Frau nicht zu wecken, hatte er das Gespräch in sein Arbeitszimmer verlegt. Es hatte ziemlich lange gedauert. Danach hatte er sich einen Kaffee gemacht. Wenig später hatte das Telefon schon wieder geklingelt. Ein anonymer Anrufer hatte ein Treffen mit ihm vereinbaren wollen, um mit ihm über die Folgen zu sprechen, die die Veröffentlichung von Katherine Warrens Story nach sich ziehen würde. Erst hatte er vermutet, hier wäre der findige Reporter eines Konkurrenzblatts am Werk, der irgendwie von Katherines Auftrag Wind bekommen hatte, doch als der Anrufer die Namen Mike Graham und Sabrina Carver fallen ließ, hatte Ryan sofort begriffen, daß der Anrufer der UNACO angehören mußte oder die Organisation zumindest genau kannte. Wie sonst hätte er ihm die Namen der Agenten nennen können? Wie auch immer, es war eine günstige Gelegenheit, etwas Neues zu erfahren, wenngleich ihm deutlich bewußt war, daß er genausogut in eine Falle tappen konnte.

Die Anweisungen waren wirklich einfach gewesen. Zwei Männer, die bereits vor seinem Haus in einem weißen Mercedes warteten, sollten ihn zum Treffpunkt bringen. Er durfte weder den Redakteur der Nachtschicht informieren noch irgendwelche Abhörgeräte an seinem Körper verstecken. Hielte er sich nicht an diese Anweisungen, würde das Treffen platzen.

Ihr Ziel war eine kleine katholische Kirche in Greenwich Village, vor deren Hintereingang der Wagen anhielt. Einer der zwei Männer sprang heraus und sah sich zunächst nach allen Richtungen um. Als er sich davon überzeugt hatte, daß ihnen niemand gefolgt war, winkte er Ryan heraus. Der Fahrer blieb hinter dem Steuer sitzen; seine rechte Hand lag am Griff des unter seinem Jackett verborgenen Revolvers.

Draußen wehte ein eisiger Wind. Ryan zog den Reißverschluß seiner Jacke bis oben zu und folgte dem Mann durch einen Torbogen zu einer massiven Eichentür. Wieder sah sich der Typ zuerst um, bevor er ein Klopfzeichen gab. Drinnen zog jemand den Riegel zurück, und die Tür ging mit einem Knarzen auf. Der Mann stieß ihn hinein und sperrte gleich wieder ab.

Der andere, der die Tür geöffnet hatte, trug ebenfalls eine Strumpfmaske. Unter seiner offenen Jacke trug er ein Pistolenholster. Sofort zog er einen elektronischen Wanzenanzeiger von der Größe einer Zigarettenschachtel aus der Tasche und fing an, Ryan damit abzutasten. Das Gerät leuchtete kein einziges Mal auf. Als er fertig war, forderte der Mann Ryan auf, seine Taschen auszuleeren, und unterzog ihn zum Schluß einer gründlichen Leibesvisitation. Schließlich nickte er seinem Kollegen zu.

»Folgen Sie mir«, sagte dieser und führte den Journalisten das matt beleuchtete Seitenschiff hinunter zu einem Beichtstuhl.

»Ihr habt ja alles bis ins Detail geplant.« Ryan konnte nicht umhin, diese Perfektion zu bewundern. »Kein Wunder, daß die UNACO so lange geheim geblieben ist.«

Die Tür zum Beichtstuhl wurde geöffnet, und der Mann forderte Ryan mit einem Zeichen auf, sich hineinzusetzen. Dann wurde die Tür auch schon wieder geschlossen. Ryan versuchte, durch das Gitter zu spähen und zu erkennen, wer auf der anderen Seite saß, doch war die Öffnung mit einem schwarzen Tuch verhängt worden.

»Ich muß mich für das theatralische Getue entschuldigen, Mr. Ryan, aber es ist leider unumgänglich«, meldete sich eine Stimme hinter dem Gitter.

»Ich verstehe schon«, erklärte Ryan. »Sagen Sie, ist das ein irischer oder ein schottischer Akzent?«

»Mr. Ryan, Sie sind sicher ein vielbeschäftigter Mann. Lassen Sie mich darum gleich zum zentralen Punkt kommen. Beabsichtigt Ihre Zeitung nach den Geschehnissen heute morgen in Lissabon immer noch, die Story über Mike Graham und Sabrina Carver weiterzuverfolgen?«

»Da können Sie Gift drauf nehmen. Ed Miller war ein hervorragender Reporter, der im Einsatz für seine Zeitung das Leben verloren hat. Wenn wir schon sonst nichts mehr für ihn tun können, dann schulden wir ihm zumindest die Veröffentlichung der Story, die er nicht mehr vollenden konnte.«

»Dabei spielt es für Sie wohl keine Rolle, daß Sie mit der Enttarnung der UNACO nicht nur das Leben Ihrer Mitarbeiter aufs Spiel setzen, sondern einer verdeckt ermittelnden Organisation ihre Grundlage entziehen?«

»Wenn die Vereinten Nationen eine geheime Antiterroreinheit geschaffen haben, dann hat die Öffentlichkeit ein Recht, das zu erfahren.«

»Die Standardantwort: ›Die Öffentlichkeit hat ein Recht, es zu erfahren‹«, schnaubte Philpott verächtlich. »Geben Sie es doch zu: Ihnen ist scheißegal, was die Öffentlichkeit denkt, solange Sie dicke Schlagzeilen über die Frontseite schmieren können und die Auflage steigt.«

»Sie haben mich bestimmt nicht hierher gebracht, um mit mir über Auflagenhöhen zu diskutieren.« Ryan grinste.

»Ganz gewiß nicht. Ich habe Sie holen lassen, weil ich hoffte, man könne vernünftig mit Ihnen reden. Aber das scheint nicht der Fall zu sein. Gut, dann greife ich zu meiner zweiten Option. Ich bin bereit, Ihnen ein Interview über die Arbeitsweise der UNACO zu geben. Im Gegenzug verlange ich von Ihnen, daß Sie die geplante Story über Graham und Carver zurückziehen.«

»Unmöglich!« ereiferte sich Ryan. »Diese Art von Story kriegt man nur einmal im Leben! Zwei Undercoveragenten bei brisantem Einsatz in Lissabon in Mordkomplott verwickelt! Noch dazu ist einer von ihnen ein von seiner tragischen Vergangenheit verfolgter Exfootballspieler und die andere eine aufregende Schönheit, wie sie nicht mal der *Playboy* zu bieten hat. Glauben Sie im Ernst, ich opfere so was für ein Interview mit jemandem, den ich nicht mal zu Gesicht bekommen habe?«

»Sie würden mich sehen, wenn Sie zustimmen würden. Sie würden nicht nur meinen Namen und Rang erfahren, sondern könnten darüber hinaus so viele Fotos machen, wie Sie wollen. Ich könnte Ihnen Details über unsere Operationen geben und ihre Authentizität mit genauen Zeit- und Ortsangaben belegen – das allerdings unter der Bedingung, daß Sie nur die Codenamen unserer Agenten nennen, nicht die richtigen. Zugegeben, Sie könnten dann Ihre Frontseite nicht mehr mit Sabrina Carvers Gesicht schmükken, aber bis ich fertig bin, haben Sie Stoff für eine ganze Woche. Überlegen Sie nur, wie das Ihre Auflage puschen würde.«

»Das ergibt doch keinen Sinn. Sie wollen Ihre Kollegen verkaufen, nur um Graham und Carver zu retten?«

»Ich würde niemanden verkaufen. Sie haben sich offensichtlich in den Kopf gesetzt, Ihre Story über die UNACO zu bringen und wissen ebenso wie ich, daß ich Sie nicht daran hindern kann. Ich betrachte mein Angebot als Versuch zur Schadensbegrenzung, der sich nebenbei positiv für Ihre Zeitung auswirken würde. Verstehen Sie, ich könnte dann meine eigenen Leute schützen und zugleich auch Sie und Ihre Familie.«

»Was soll das heißen?«

»So wie Sie in bezug auf Carver und Graham Ihre Hausaufgaben gemacht haben, sind auch wir nicht ganz untätig geblieben. Ich habe die Akte dabei. Sie haben eine äußerst attraktive Frau und zwei reizende Töchter. Wie alt sind sie gleich wieder? Ach, da steht es ja, vier und sechs. Sie haben wirklich Glück gehabt, Ryan. In Ihrem Leben stimmt einfach alles. Da wäre es doch ein Jammer, wenn Ihrer Familie etwas zustoßen würde.«

»Wollen Sie meiner Familie was antun, Sie Scheißkerl?« brauste Ryan auf. Er drückte das Gesicht förmlich gegen das Gitter, als wolle er sich auf Philpott stürzen.

»Natürlich nicht. Das Problem ist nur, daß Graham sich den Inhalt der Akte gestern per Fax nach Lissabon hat schicken lassen. Er wollte es mir gegenüber nicht direkt zugeben, aber ich vermute, daß er Sie schon aufs Korn genommen hat und zuschlagen wird, falls Sie sein Unternehmen auffliegen lassen. Auge um Auge – er ist einer von dieser Sorte. Und wenn er nicht Sie kriegt, dann kann es passieren, daß er sich ein Mitglied Ihrer Familie schnappt, um Sie zu erpressen. Selbstverständlich würde man Ihnen Schutz gewähren, aber zwei New Yorker Streifenbeamte können offen gesagt nicht viel gegen einen Eliteagenten ausrichten. Wir sprechen schließlich über Michael Graham.«

»Ich verstehe, worauf Sie hinauswollen«, knurrte Ryan. Er hatte seine Töchter vor Augen, wie sie gestern morgen ihre Weihnachtsgeschenke ausgepackt hatten. Was wäre, wenn ihnen wegen dieser Story tatsächlich etwas zustieße? Mit einer solchen Belastung würde er nie leben können. Nein, hielt er sich gleich wieder vor, so weit kommt es nicht. Schließlich bist du der Herausgeber einer der führenden Zeitungen des Landes. Du hast die Pflicht, diese Geschichte zu bringen. Trotzdem konnte er die Gedanken an seine Kinder nicht ganz verdrängen …

»Lassen Sie es sich durch den Kopf gehen, Ryan. Ich melde mich in den nächsten Tagen wieder.«

»Sparen Sie sich die Mühe.« Ryan bemühte sich um einen forschen Ton, war sich aber nicht so sicher, ob er damit seine Angst kaschieren konnte. »Ich habe mich bereits entschlossen, die Reportage über Graham und Carver zu bringen und garantiere Ihnen, daß unser Gespräch auch mitreinkommt.«

»Ich rufe Sie trotzdem an, falls Sie es sich noch anders überlegen sollten. Vielleicht brauchen Sie ja nur etwas Zeit, um rational über mein Angebot nachzudenken. Zumindest werde ich dann die Gewißheit haben, daß ich mein Möglichstes für den Schutz Ihrer Familie getan habe. Guten Tag, Mr. Ryan.«

»Hören Sie ...«, fing Ryan an, doch da wurde auch schon die Tür aufgerissen, und der maskierte Mann gab ihm zu verstehen, daß er herauskommen sollte. Ryan gehorchte nur widerwillig. Seine Augen suchten unwillkürlich die geschlossene Tür ab, hinter der sein Gesprächspartner gesessen hatte. Wenn er nur mal hineinspähen könnte ...

»Ich würde es Ihnen nicht raten, Mr. Ryan«, sagte sein Bewacher mit bedrohlich sanfter Stimme.

Ryan ließ sich widerspruchslos zu der Seitentür führen, durch die er auch hereingebracht worden war.

»Meine Kollegen fahren Sie nach Hause«, erklärte der Maskierte. »Ich hoffe um Ihrer selbst willen, daß wir uns nie wiedersehen.«

Draußen wurde Ryan wieder von dem Mann übernommen, der im weißen Mercedes neben ihm gesessen hatte und der ihn jetzt zum Wagen begleitete und mit ihm einstieg. Sekunden später brausten sie davon.

Unterdessen verriegelte der Maskierte die Kirche von innen und eilte zum Beichtstuhl. »Sie können rauskommen, Colonel. Er ist weg.«

Die Tür ging auf, und der Colonel trat ins Freie. Er strich sein Jackett glatt und deutete auf die Strumpfmaske. »Sie können das jetzt ruhig abnehmen.«

Der andere zog sich den Strumpf vom Kopf. Zum Vorschein kamen ein schmales Gesicht und kurzgeschnittene braune Haare, es war Danny Lowell, früher Offizier beim militärischen Abschirmdienst der USA und nun Teamchef der *Strike Force Eight.* Mit einem Griff durch die offene Tür entfernte er das schwarze Tuch sowie ein diskret unter dem Gitter angebrachtes Mikrofon.

»Haben Sie alles aufgenommen?« erkundigte sich Philpott und setzte sich in Richtung Portal in Bewegung.

Lowell nickte. »Mit einem Kompromiß wollte er sich nicht zufriedengeben, was, Sir?«

»Nein, aber das hatte ich auch nicht erwartet«, erwiderte Philpott.

»Ich kann Ihnen nicht ganz folgen, Sir«, gestand Lowell verwirrt. »Ich dachte, der Sinn der ganzen Veranstaltung wäre, ihm die Reportage über Mike und Sabrina auszureden.«

Philpott blieb jäh stehen. »Hatten Sie im Ernst geglaubt, ich würde einer Zeitung streng geheime Information anvertrauen und die ganze Organisation aufs Spiel setzen?«

Lowell sah betreten zu Boden. »Ich weiß nicht, Sir. Ich dachte, daß vielleicht der Generalsekretär der Vereinten ...«

»Was hat denn der Generalsekretär damit zu tun?« fuhr ihm Philpott barsch über den Mund. »Wer leitet die UNACO, Danny? Der Generalsekretär oder ich?«

»Natürlich Sie, Sir. Aber wir wurden ja erst vorhin über Ihre Unterredung mit Ryan informiert. Und das einzige, was ich über die Operation der Kollegen weiß, habe ich mir aus Ihren und Ryans Andeutungen zusammengereimt.«

»Soll das heißen, daß der diensthabene Offizier Sie nicht vollständig eingeweiht hat?« fragte Philpott in scharfem Ton.

»Die Zeit reichte nicht mehr dafür. Es ging ja alles so schnell. Wir sind erst vor einer Stunde zusammengetrommelt worden, haben es gerade noch geschafft, ein Mikrofon aufzutreiben, und dann mußten wir auch schon hierher fahren.«

Wiederwillig setzte sich Philpott auf eine der Bänke und erläuterte Lowell in groben Zügen den bisherigen Stand der Dinge.

»Um Himmels willen!« rief der Agent entsetzt. »Wenn das rauskommt, stehen die Killer Schlange!«

»Glauben Sie etwa, das wüßte ich nicht selbst, Danny?« blaffte ihn Philpott an. »Ich habe schon zusätzliche Leute damit beauftragt, in Ryans und Warrens Leben herumzuwühlen und vielleicht das eine oder andere Detail aufzutreiben, mit dem man sie zwingen könnte, ihre Pläne aufzugeben, aber leider sind sie bisher noch nicht fündig geworden. Und seit Millers Tod befürchte ich, daß Ryan die Story Katherine Warrens eher früher als später bringt. Darum habe ich das Treffen mit ihm sofort heute morgen veranstaltet. Er hat vielleicht noch nicht angebissen, aber zumindest ist er nachdenklich geworden. Das habe ich an seinem Ton gemerkt. Er ist ein mit allen Wassern gewaschener Journalist; Sie können davon ausgehen, daß er sich mein Exklusivinterview sichern will und trotzdem beabsichtigt, die Story über Mike und Sabrina weiter zu verfolgen. Aber genau darauf baue ich. Je länger ich ihn hinhalten kann, um so mehr Zeit gewinnt die ›Abteilung Nestbeschmutzer‹ für ihre Recherchen.«

»Warum haben Sie ihm gesagt, Mike könnte ihm etwas antun, wenn er die Sache durchzieht?« fragte Lowell. »Wollten Sie ihn einschüchtern?«

»Ich würde es eher so ausdrücken: Es ist mir gelungen, ihn zu verunsichern. Larry Ryan hat nur eine echte Achillesferse: seine Töchter. Er vergöttert sie geradezu. Wenn ich andeute, daß sie aufgrund der Reportage Ziel eines Anschlags werden könnten, überlegt er es sich bestimmt zweimal, bevor er den Startschuß gibt. Ich bezweifle, daß er sich davon abhalten läßt, aber zumindest gewinnen wir damit Zeit. Zugegeben, das ist pure Verzögerungstaktik, aber offen gesagt bleibt uns im Moment nichts anderes übrig.« Philpott stand auf und ging zur Tür. »Kommen Sie, verschwinden wir besser, bevor Ryan seine Leute losschickt und sie hier alles auf den Kopf stellen.«

Am Nachmittag desselben Tages traf Katherine Warren am JFK-Airport ein und fuhr unverzüglich zur Redaktion des *New York Sentinel* in der West Forty-third Street, wo sie von Ryan erwartet wurde.

»Willkommen daheim!« begrüßte sie ihr Schwager. Dann fielen ihm auch schon die Ringe unter ihren Augen auf. »Du siehst so aus, als müßtest du mal wieder eine Nacht durchschlafen.«

Sie funkelte ihn böse an. »Warum hast du mir die Story weggenommen, Larry?«

»Nach allem, was passiert ist, hielt ich es für das beste, dich nach Hause zu holen. Aber du täuschst dich, wenn du meinst, ich hätte dir die Story weggenommen.«

»Warum ich denn hier herumsitzen, wenn Graham und Carver immer noch in Lissabon arbeiten?« protestierte sie und stürmte zur Kaffeemaschine hinüber, um sich eine Tasse einzuschenken.

»Du hast doch selbst zugegeben, daß Graham und Carver binnen Stunden nach Millers Tod aus dem Hotel abgereist sind«, entgegnete Ryan. »Sie sind hinter dir her, Katy.«

»Ed hatte gute Kontakte in Lissabon. Mit ihrer Hilfe hätte ich sie wieder aufspüren können.«

»Die Spur ist kalt, Katy«, sagte Ryan leise. »Sie hätten dich nicht mehr in ihre Nähe gelassen. Hier kannst du mir mehr nützen, als wenn du in Lissabon Phantomen nachjagst.«

Sie trank einen Schluck Kaffee. Als sie die Tasse abgesetzt hatte, nahm sie eine Akte aus ihrer Handtasche und warf sie auf seinen Schreibtisch. »Das sind die Ergebnisse meiner Recherchen in Lissabon. Fotos, Orts- und Zeitangaben und alles, was dazu gehört.«

»Großartig.« Ryan schenkte ihr ein flüchtiges Lächeln, ließ das Dossier jedoch liegen, wo es war.

»Ist das alles? Nun ›großartig‹? Willst du's dir nicht mal anschauen?«

»Alles zu seiner Zeit, Katy.«

»Okay, raus mit der Wahrheit. Wo drückt dich der Schuh?«

In die Enge getrieben, erzählte Ryan ihr alles über die merkwürdige Begegnung in der Kirche.

»Hast du jemand vor Ort recherchieren lassen?« wollte sie wissen, sobald er geendet hatte.

»Ich habe gleich einen von der Nachtschicht hingeschickt, aber da war schon längst keiner mehr. Der Gemeindepfarrer wußte angeblich von nichts, aber die haben ihm bestimmt was gezahlt, damit er sich dumm stellt.«

Ein leises Lächeln spielte um ihre Mundwinkel. »Sieht

ganz so aus, als seien sie total verzweifelt. Ihre Nerven liegen bloß, Larry.«

»Durchaus möglich«, murmelte Ryan nachdenklich.

»Hör zu, Larry, glaubst du wirklich, daß die UNACO uns ein Exklusivinterview über ihre Operationen und Taktiken gewähren würde? Die wollen dich doch nur ködern, damit du die Story über Graham und Carver fallen läßt.«

»Und wenn dem nicht so ist?« rief Ryan. »Gut, ich gebe ja zu, das stinkt nach Geheimdienstintrige, aber was ist, wenn er es wirklich so meint? Bei allem Mißtrauen – auch das müssen wir bedenken. Wir haben Hintergrundinformationen und mehr als ausreichend Fotos von Graham und Carver. Demnach läuft die Sache tatsächlich auf eine größere UNACO-Operation hinaus. Andererseits haben wir immer noch keine konkreten Anhaltspunkte. Deine Materialien reichen zwar für einen Artikel, aber stell dir nur vor, wie die Story einschlagen würde, wenn sie vollständig wäre und wir den Beweis für die Existenz der UNACO in Händen hätten. Dann würden wir nicht nur Gerüchte verbreiten, sondern könnten uns auf eine direkte Quelle aus dem Herzen der Organisation berufen.«

»Ich halte das für Wunschdenken, Larry«, hielt ihm Katherine entgegen.

»Ich ja auch, aber es kann doch nichts schaden, wenn wir auf ihr Spiel eingehen. Es ist wirklich egal, ob die Story noch diese Woche gedruckt wird oder nach Neujahr. Vergiß nicht, die Konkurrenz hat keinen blassen Schimmer davon.«

»Wahrscheinlich hast du recht und es macht nicht viel aus, wenn wir warten, bis er die Karten auf den Tisch legt. Ich wollte den Artikel ohnehin noch mal gründlich überarbeiten. Außerdem möchte ich was über Ed schreiben. Das gehört unbedingt auch zur Story.«

»Gut.« Ryan wühlte in den auf seinem Schreibtisch gestapelten Ordnern herum, bis er den richtigen fand, und reichte ihn Katherine. »Hintergrundinformationen über die Familien von Carver und Graham. Faszininierende Lektüre. Ich habe sie zusammenstellen lassen, als du weg warst.« »Soll ich versuchen, Interviews zu kriegen?«

»Warum nicht? Carvers Vater war früher Botschafter in Kanada und Großbritannien. Und was noch besser ist: Grahams Schwiegervater agierte mal als Senator. Erzkonservativer Republikaner, ›Hawk‹ Walsh.«

Katherine klappte den Ordner auf und überflog die erste Seite. »Aha, Carvers Eltern leben in Miami und die von Walsh in Seaford, Delaware. Dann kann ich in ein, zwei Tagen bei ihnen vorbeischauen.«

»Nicht nötig. Carvers Eltern leben zwar in Miami, verbringen aber jedes Weihnachten mit ihrer Tochter hier in New York. Sie sind noch da.«

Katherine klappte den Ordner zu. »Um so besser. Ich fahre nachher rüber und höre mir an, was George und Jeanne Carver so über ihr Töchterchen erzählen können.« Sie ging zur Tür und legte auch schon die Hand auf die Klinke, hielt dann aber noch einmal inne. »Was ist eigentlich mit der verhüllten Drohung von heute morgen? Nimmst du sie ernst?«

»Muß ich ja wohl. Andererseits war das nicht die erste ernsthafte Bedrohung in meinem Leben – und bestimmt nicht die letzte. So was gehört nun mal zum Beruf.«

»Willst du Louise davon erzählen?«

»Das habe ich ein einziges Mal getan. Danach sah sie hinter jedem Baum einen Mörder. Ich will sie nicht noch einmal so belasten.«

Katherine lächelte. »Okay, ich schweige wie ein Grab.«

»Danke, das ist sehr nett von dir.«

Sie öffnete die Tür, und wieder zögerte sie. Ihre Miene war plötzlich sehr ernst. »Und du bist sicher, daß Graham so was zuzutrauen ist?«

»Keine Angst, Katy. Wir bringen die Story; da kann die UNACO machen, was sie will.«

Als Sabrina die Wohnzimmertür öffnete, löste Graham nur kurz den Blick vom Fernsehapparat.

Sie blieb auf der Schwelle stehen. »Was Besonderes?«

»Ein Fußballspiel«, brummte er.

»Wie aufregend«, meinte sie sarkastisch.

»Mhm«, erwiderte er zerstreut.

»Wo ist Jacques?« fragte Sabrina mit einem weiteren Versuch, seine Aufmerksamkeit zu wecken.

Graham deutete vage auf das Nachbarzimmer. »Im Büro.«

Jetzt erst trat Sabrina ganz ein. »Wie steht es denn?«

Er kniff die Augen zusammen. »Wie es steht?«

»Na ja, das fragt man so, wenn man wissen will, wie viele Tore die zwei Mannschaften jeweils geschossen haben«, belehrte sie ihn mit nachsichtiger Ironie.

Darüber dachte Graham einen Moment nach, bis er schließlich das Gerät ausschaltete. »Weißt du, ich sitze bestimmt schon eine halbe Stunde da und könnte dir nicht mal sagen, wer überhaupt spielt.«

»Ich weiß, was du meinst. In meinem Zimmer lag irgendein altes Taschenbuch. Ich habe auch gleich angefangen darin zu lesen, aber auf Seite zwanzig dämmerte mir, daß ich überhaupt nicht weiß, was drinsteht. Da habe ich beschlossen, runterzukommen und zu fragen, was ihr so treibt.«

»Jacques erledigt seit einer Stunde irgendwelchen Papierkram.«

»Dann kann ja wenigstens *er* sich ablenken«, seufzte Sabrina. »Ich habe gerade frischen Kaffee gekocht. Möchtest du eine Tasse?«

»Klingt toll«, sagte Graham und folgte ihr in die Küche.

Sabrina hatte soeben eine Tasse für Graham auf den Tisch gestellt, als Rust sich hereinschob. »Ah, *café!*«

»Und was hat dich aus dem Winterschlaf gerissen?« fragte Graham und goß etwas Milch in seine Tasse.

»Ich habe gerade ein Telefongespräch mit Colonel Philpott geführt.«

Sabrina hielt ihm eine Tasse entgegen und sah ihn fragend an.

»*Merci, cherie.*« Rust nahm sie ihr aus der Hand.

»Und was hatte der Colonel zu sagen?« erkundigte sich Graham.

Daraufhin berichtete ihnen Rust von Philpotts nächtlicher Begegnung mit Ryan.

»Dann hat er Ryan glatt gestanden, daß die UNACO existiert?« rief Sabrina bestürzt. »War das wirklich nötig?«

»Es ist ein Risiko, aber der Colonel mußte es eingehen, wenn sein Plan überhaupt Erfolgsaussichten haben soll. Überleg doch nur. Im Grunde hat er nur bestätigt, was Ryan ohnehin wußte. Was kann der Mann denn schon tun? Falls er die Story jetzt bringt und seine Quelle nicht nennen kann, hat er die Sensation verschenkt. Aber vor allem kam es dem Colonel darauf an, Zeit zu gewinnen. Wenn die ›Abteilung Nestbeschmutzer‹ etwas über Ryan oder Warren zutage fördert, wird nicht einmal das bißchen, was sie wissen, veröffentlicht.«

»Heißt das nicht, daß die ›Abteilung Nestbeschmutzer‹ immer noch im dunkeln tappt?« murmelte Graham enttäuscht. »Menschenskind, was machen die denn die ganze Zeit?«

»Sie haben alle Mann auf diese Sache angesetzt, Mike«, hielt ihm Rust wütend vor. »Du magst nicht viel von ihnen halten, aber seit zwei Tagen machen sie Überstunden, nur um deine Haut zu retten. Vergiß das bitte nicht, bevor du das nächstemal über sie herziehst.«

»Na ja, zumindest sind wir die Warren los«, schaltete sich Sabrina ein, um das Thema zu wechseln. Sie spürte, daß sich immer mehr Spannung zwischen den beiden Männern aufbaute.

»Nicht ganz«, belehrte Rust sie. »Kurz bevor der Colonel sich bei mir meldete, hat dein Vater bei ihm angerufen.«

»Mein Vater?« fragte Sabrina verdattert. »Was kann er denn von Colonel Philpott wollen? Und wie ist er an die Nummer rangekommen?«

»Offenbar hat dein alter Herr immer noch einflußreiche Freunde auf dem Capitol Hill. Jedenfalls hat er dort seinen Willen bekundet, den Colonel zu sprechen. Das hat man dann prompt der UNACO mitgeteilt, woraufhin der Colonel mit ihm Kontakt aufgenommen hat. Wie auch immer, allem Anschein war Katherine Warren heute morgen in deiner Wohnung.«

»Eigentlich sollte mich das gar nicht mehr überraschen«, meinte Sabrina mit einem resignierten Schulterzucken.

»Sie wollte deine Eltern ausquetschen, aber dein Vater hat ihr auf sehr diplomatische Weise zu verstehen gegeben, was sie mit ihrer Story machen soll.«

Sabrina lächelte. »Daddy konnte sich schon immer sehr gut ausdrücken.«

Rust war noch nicht fertig. »Wenn diese Zeitung es mit Sabrinas Eltern versucht hat, wird sie sich auch mit deiner Mutter in ihrem Altersheim in Santa Monica in Verbindung setzen, Mike. Doch für diesen Fall hat der Colonel schon vorgesorgt. Falls Katherine Warren oder sonst jemand dort vorspricht, wird man sagen, daß deine Mutter sich von einer Operation erholt und nicht gestört werden darf.«

»Von ihr würden sie sowieso nichts erfahren«, grinste Graham.

»Hast du deiner Mutter nichts von der UNACO erzählt?« fragte Sabrina.

Graham schob die Tasse vor sich auf dem Tisch langsam hin und her und schüttelte den Kopf. »Meine Mutter leidet unter der Alzheimerkrankheit. Manchmal ist sie völlig klar im Kopf, und dann gibt es Tage ... Menschenskind, da erkennt sie mich überhaupt nicht.«

»Das tut mir leid, Mike. Das wußte ich nicht.« Sabrina legte sanft die Hand auf seinen Arm.

Graham rutschte unbehaglich auf seinem Stuhl herum. »Ich habe dir ja auch nie davon erzählt. Es gibt eben Dinge, über die man normalerweise nicht spricht. Ich weiß auch nicht ... Na ja, vielleicht habe ich da die falsche Einstellung.«

»Glaubt deine Mutter immer noch, du wärst bei der DELTA?« fragte Rust.

»Nein. Sie weiß, daß ich nach der Sache mit Carrie und Mikie gekündigt habe. Ich kann mich noch gut erinnern, wie ich nach Santa Monica gefahren bin und es ihr erzählt habe. Sie sagte kein Wort, sondern saß die ganze Zeit mit Mikies Foto in der Hand vor dem Fenster. Ich glaube, erst in diesem Moment ist mir klar geworden, was sie in all den

Jahren, die ich bei der DELTA war, durchgemacht haben muß. Und darum habe ich meinen Wechsel zur UNACO lieber für mich behalten. Diese Ängste konnte ich ihr nicht noch mal zumuten. Sie glaubt, ich wäre jetzt freiberuflich als Sicherheitsberater tätig.«

Sabrina nickte. »So ist es wohl auch am besten.«

»Über dich weiß sie allerdings Bescheid«, fügte Graham mit einem Seitenblick auf seine Partnerin hinzu.

»Ach? Wie das?«

»Bei ihrem letzten Besuch in meiner Hütte am Lake Champlain hat sie ein Foto von uns gefunden. Weißt du noch, dieses Foto, das C. W. vor dem La Grenouille geschossen hat? Wir waren dort letztes Jahr mal essen.«

»Natürlich erinnere ich mich. Und was hast du ihr gesagt? Daß ich eine Kundin von dir bin?«

»Es wäre die beste Antwort gewesen, aber leider ist sie mir auf die Schnelle nicht eingefallen. So habe ich ihr eben gesagt, du seist meine Sekretärin.«

»Wie originell.«

»An ihren guten Tagen fragt sie immer noch nach dir«, meinte Graham mit dem Anflug eines Lächelns. Er wandte sich an Rust. »Ihretwegen brauchst du dir keine Sorgen zu machen. Sie kann ihnen nichts sagen, weil sie nichts weiß. Und von ›Hawk‹ Walsh wird diese Reporterin auch nichts erfahren. Es gibt nur etwas, auf das er noch wütender ist als auf mich, und das ist die Presse.«

Rust nahm es mit einem zufriedenen Lächeln hin. Doch dann wurde sein Gesicht auch schon wieder ernst. »Sabrina, dir ist sicher klar, daß du so schnell nicht mehr in deine Wohnung zurückkehren kannst, solange wir die Reportage nicht endgültig verhindert haben. Wir dürfen Warren auf keinen Fall noch mal auf deine Spur ansetzen.«

»Mit anderen Worten, ich werde in irgendein Hotel abgeschoben, richtig?«

»Und ich?« fragte Graham. »Werde ich etwa auch weggesperrt?«

»Leider ja, Mike«, erwiderte Rust. »Wir wissen nicht, ob die Zeitung schon Wind von deinem Schlupfwinkel am

Lake Champlain bekommen hat, und können uns kein Risiko leisten. Nach eurer Rückkehr werdet ihr fürs erste versteckt, und der Colonel hat schon angedeutet, daß ihr danach einen längeren Urlaub bekommt, damit ihr für eine Weile von der Bildfläche verschwindet.«

Graham stand auf und stellte sich ans Fenster. »Und wenn wir in den Schlagzeilen landen, verschwinden wir für immer«, knurrte er.

Rust trank seinen Kaffee aus und stellte die Tasse auf dem Tisch ab. »Tja, wenn ihr mich entschuldigt ... Ich habe heute abend noch einen ganzen Wust an Papieren abzuarbeiten, ehe ich mich aufs Ohr legen darf.«

Sabrina erhob sich nun ebenfalls. »Können wir dir irgendwie helfen?«

»Nein, *cherie,* es handelt sich um einen Stapel, den ich aus Zürich mitgebracht habe. Das ist der einzige Trost bei dieser nervtötenden Warterei – wenigstens komme ich so in meinem Papierkrieg weiter. Ich weiß, daß bei euch die Nerven bloßliegen, aber solange wir keine neue Spur haben, müssen wir hier aushalten und das Beste draus machen.«

Graham starrte Rusts Spiegelbild im Fenster an. »Und wenn wir keine kriegen? Sollen wir dann wirklich hier rumsitzen, bis uns die Decke auf den Kopf fällt?«

»Glaubst du etwa, ich wäre nicht minder frustriert als du, Mike? Aber uns sind die Hände gebunden, es sei denn, wir hören von C. W. – oder die *Brigade* spürt Zlotins Versteck auf.«

»Dann brauchen wir uns ja um nichts zu sorgen«, spottete Graham.

»Steigere dich da nicht rein!« fuhr Rust ihn an.

»Hör mal, Jacques, glaubst du nicht auch, daß C. W. sich längst gemeldet hätte, wenn ihm das möglich gewesen wäre? und was die *Brigade* betrifft ...« Grahams Stimme erstarb, doch sein Kopfschütteln sprach Bände.

»Deine ständigen Sticheleien gegen die *Brigade für Sondereinsätze* hängen mir langsam zum Hals raus!« blaffte Rust. »Sie sind eine der besten Antiterroreinheiten von ganz Europa und haben sich gewaltig für uns ins Zeug gelegt.«

»Ich wollte ja gar nicht gegen sie sticheln. Zlotin ist nicht dumm, Jacques. Er wird schon ein Versteck gefunden haben, auf das so schnell keiner kommt. Und genau das ist sicher auch der Grund, warum C. W. sich noch nicht melden konnte. Mir ist auch klar, daß die *Brigade* mit Volldampf nach ihm fahndet, aber genausogut könnten sie eine Nadel im Heuhaufen suchen.« Graham drehte sich zu Rust um und fuhr mit entschlossener Miene fort: »Über Caldere hätten wir Zlotin aufspüren können. Diese Chance haben wir verpatzt. Wenn C. W. jetzt nicht gerade ein Wunder vollbringt, sehe ich für uns eigentlich nur noch eine Möglichkeit, an die Akten ranzukommen: warten, bis sie auf dem Schwarzmarkt auftauchen, vorausgesetzt, Zlotin hat tatsächlich vor, Kapital daraus zu schlagen, wenn sie dechiffriert sind.«

»Mit anderen Worten: die UNACO müßte sie zurückkaufen«, vollendete Rust an Grahams Stelle.

Graham stürzte den Rest seines Kaffees hinunter. »Hätten wir eine andere Wahl?«

Darüber dachte Rust eine Weile nach, verließ dann aber stumm das Zimmer.

Im Wohnzimmer trat Schweigen ein, bis Sabrina es schließlich brach. »Aber selbst wenn die Akten auf dem Schwarzmarkt landen und wir sie kaufen, können wir uns nie sicher sein, ob nicht Kopien davon existieren.«

»Richtig, das wäre das schlimmste aller möglichen Szenarios«, stimmte Graham zu. »Aber so, wie es im Moment aussieht, haben wir keine andere Chance.«

»Vielleicht können wir auch auf einen Fehler von Zlotin hoffen, zumal er einen seiner Männer verloren hat.«

»Darauf würde ich mich nicht verlassen. Diese Sache lehrt ihn höchstens, daß er in Zukunft noch vorsichtiger sein muß als ohnehin schon. Noch einen Verlust kann er sich nicht leisten.«

»Es sei denn, er ersetzt Jemenkow durch C. W.«, sinnierte Sabrina.

»Das wäre das Wunder, das ich vorhin gemeint habe«, sagte Graham. »Aber selbst in diesem Fall kann ich mir nicht vorstellen, daß Zlotin C. W. an die Akten ranließe. Es ist alles eine Frage des Vertrauens, und in so kurzer Zeit hat sich C. W. bestimmt noch nicht Zlotins Vertrauen erwerben können.«

»Hilfe von oben könnten wir jetzt gut gebrauchen«, seufzte Sabrina mit gen Himmel verdrehten Augen.

»Ich würde mich auch gern auf einen Pakt mit dem Teufel einlassen, wenn unsere Probleme damit gelöst wären«, erwiderte Mike.

»Ich weiß, was du meinst.« Sie deutete grinsend auf die leere Kaffeetasse vor ihm. »Soll ich dir nachschenken? Das gehört ja wohl auch zu meinen Aufgaben als deine Sekretärin.«

Graham schob die Tasse wortlos zu ihr hinüber. Wie sie amüsiert feststellte, hatte er immerhin soviel Schamgefühl, daß er dabei verlegen den Mund verzog.

11

27. Dezember

»Sie haben den Code geknackt.«

Zlotin legte das Taschenbuch, in dem er gelesen hatte, beiseite und lief zu Rodenko hinüber, der in der Tür stand. »Hast du den Schlüssel?«

Rodenko nahm ein Stück Papier aus der Brusttasche seiner Jacke und reichte es Zlotin. »Sieht ganz so aus, als könnte unser Geschäft jetzt endlich anlaufen, Nikolai.«

»Es gibt nur einen Weg, das herauszufinden«, brummte Zlotin und deutete auf zwei Aluminiumkoffer in der Ecke.

Einer der Koffer enthielt einen tragbaren Computer mitsamt Laserdrucker, der zweite eine zusätzliche Festplatte. Rodenko sah zu, wie Zlotin die Geräte aneinandersteckte und am Ende eine Diskette ins Laufwerk schob. Auf dem Bildschirm erschienen unverständliche Zeichen.

»Wie lange hat Jemenkow eigentlich gebraucht, um den Text einzugeben?« wollte Rodenko wissen.

»Zwei Nächte«, antwortete Zlotin.

»Gar nicht mal so schlecht, wenn man bedenkt, wie umfangreich die Ordner sind.«

»Valentin gehörte schon der neuen Generation an. Er ist mit Computern aufgewachsen.«

»Ich jedenfalls nicht«, erwiderte Rodenko. »Und ich verstehe auch nicht, was du da machst.«

»Die zweite Festplatte enthält ein Programm, das die verschlüsselten Zeichen in den ursprünglichen Text zurückverwandelt, sobald wir es mit Silvermans Code füttern«, erklärte Zlotin, während er gleichzeitig die Zeichen auf dem Papier eingab. »Das dauert allerdings eine Weile. Dann aber erhalten wir Gewißheit, ob sie uns den richtigen Schlüssel gegeben haben oder uns nur täuschen wollten.«

»Wäre es dann nicht einfacher gewesen, den Text gleich selbst mit Hilfe des Computers zu entschlüsseln, statt die Kryptologen zu holen?«

»Ein solches Programm wäre viel zu kompliziert für einen herkömmlichen Arbeitsspeicher. Und selbst wenn wir so etwas hätten, würde es uns nichts nützen, es sei denn, es enthielte auch Elemente von Silvermans Code. Vergiß nicht, Viktor, ein Computer hat zwar ein enormes Gedächtnis, aber er kann nicht selbst denken. Er funktioniert nur im Rahmen der Parameter, mit denen er programmiert wurde.«

Rodenko nickte und ging wortlos zum Bett. Dort lag das Buch, das Zlotin bei seinem Eintreten gelesen hatte. Er blickte flüchtig auf den Titel, warf es auf die Matratze zurück und lief zur Tür. Mit in den Taschen vergrabenen Händen spähte er in den verlassenen Korridor, dann wandte er sich wieder zu Zlotin um. »Wann druckt er es aus?«

»Wenn er fertig ist«, erwiderte der andere gereizt.

Rodenko baute sich vor den Geräten auf, stampfte ungeduldig mit den Füßen auf und kehrte wieder an seinen Posten bei der Tür zurück.

»Was ist los mit dir?« schnaubte Zlotin. »Du führst dich auf wie ein werdender Vater.«

»Du weißt doch, daß ich zu diesen Dingern kein Vertrauen habe.«

»Das liegt daran, daß du sie nicht verstehst.«

»Das stimmt.«

Wie auf Geheiß glitt plötzlich der erste Bogen aus dem Druckerschacht. Zlotin nahm ihn in die Hand und las den Text.

»Und?« fragte Rodenko gespannt.

Zlotin überflog wortlos die nächsten Seiten. Erst danach würdigte er Rodenko wieder eines Blicks. »Funk Jannoc in Marseille an und sag ihm, daß der Code geknackt ist.«

Whitlock trat aus seiner Zelle, als er Schritte über den Flur näher kommen hörte.

»Hier sind zwei mehr, die Sie bewachen müssen«, verkündete Zlotin und deutete mit seiner Pistole auf Auerbach und Fisier.

Whitlock musterte die zwei Kryptologen stumm, während der Russe mit Hilfe seiner Chipkarte die Tür zu Marie Fisiers und Lisl Auerbachs Zelle öffnete und die zwei Wissenschaftler hineinwinkte. Kaum waren sie eingetreten, schloß er die Tür hinter ihnen.

»Haben sie die Dokumente für Sie dechiffriert?« erkundigte sich Whitlock, obwohl er die Antwort schon geahnt hatte, als er die Kryptologen vor der Tür hatte stehen sehen.

»Ja.«

»Wie geht es nun weiter?«

»Wenn alles nach Plan läuft, brechen wir morgen früh auf. Sobald wir auf dem Festland sind, bekommen Sie Ihr Geld, und dann sind Sie frei.«

»Warum können wir nicht jetzt schon abreisen?«

»Weil ich hier noch etwas erledigen muß«, erklärte Zlotin und steuerte auf die Tür am Ende des Korridors zu.

»Was ist mit dem Serum?« rief ihm Whitlock nach.

»Es wird den Frauen bei unserer Abreise injiziert.« Einen Moment später schloß Zlotin die Tür hinter sich.

Whitlock kehrte in seine Zelle zurück und setzte sich aufs Bett. Das sogenannte ›Serum‹ beschäftigte ihn schon seit einem Tag. Wenn seine Annahme stimmte, daß die Russen die Gefangenen töten würden, bevor sie die Insel verließen, dann erübrigte sich doch die Verabreichung des Gegenmittels. Und wenn dem so war, wozu gaben sie sich überhaupt mit einem Virus ab? Konnte es sein, daß die Spritze, die Zlotin Lisl Auerbach in Leipzig verabreicht hatte, in Wahrheit nichts als ein harmloses Schlafmittel enthalten hatte? Zlotin hatte Auerbach erklärt, er müsse Lisl beruhigen, und sie hatte tatsächlich während des Flugs nach Madrid geschlafen.

Nach sorgfältiger Abwägung all dieser Faktoren hatte sich Whitlock einen Plan für den Ausbruch aus dem Flügel, in dem er festgehalten wurde, zurechtgelegt. Dieses

Vorhaben mochte angesichts seiner bescheidenen Mittel verwegen sein, erschien ihm aber durchführbar. Den Ausbruch hatte er für morgen früh vorgesehen, doch da er nun wußte, daß Zlotin erst am darauffolgenden Tag abreisen würde, hielt er es für klüger, bis zur nächsten Nacht zu warten, wenn der gesamte Gefängniskomplex im Dunkel lag. Wenigstens das waren ideale Voraussetzungen für einen Plan, der ansonsten fast ausschließlich auf den Faktor Überrumpelung baute.

Zlotin betrat die Zelle neben seinem Quartier, die ihm als Operationszentrale diente. Sie beherbergte ein Funkgerät, ein Radarsystem, das jede Bewegung im Wasser oder in der Luft innerhalb eines Radius von zehn Kilometern anzeigen konnte, und zwei verstärkte Stahlschränke für das kleine Waffenarsenal, auf das die Russen vor Beginn der Operation mit Nachdruck bestanden hatten. Gemäß ihrer Vereinbarung hatte Jannoc ihnen die gesamte Ausstattung geliefert. Ein Frachter hatte sie heimlich hertransportiert.

»Bist du nach Marseille durchgekommen?« wollte Zlotin von Rodenko wissen, der mit dem Rücken zur Tür vor dem Funkgerät hockte.

Rodenko drehte sich grinsend um. »Ich habe Jannoc persönlich gesprochen. Er war ganz aufgeregt, als er die Nachricht hörte.

»Liegt das Geld bereit?«

»Es wartet schon auf uns.«

Zlotin zog einen Holzstuhl heran und setzte sich rittlings darauf. »Hat er gesagt, wann er kommt?«

»Jannoc kommt nicht persönlich. Saisse liefert das Geld an seiner Stelle.«

»Saisse!« schnaubte Zlotin verächtlich. »Und wann kommt er?«

»Er ist seit zwei Tagen in Lissabon und wartet nur auf die Order, uns das Geld zu überbringen. Laut Jannoc müßte es in den nächsten Stunden in unseren Händen sein.«

»Sehr gut. Das heißt, wir können mit den Verhandlungen über den Verkauf der Akten beginnen, sobald er wieder weg ist. Wenn alles klappt, kann ich bis Neujahr nach Rußland zurückkehren.«

»Ich werde ab und zu an dich denken, wenn du dir in der Tundra einen abfrierst, während ich an einem einsamen Strand in der Sonne brate – mit einem Cocktail in der einen Hand und einer halben Million Dollar in der anderen.«

»Das glaube ich dir aufs Wort«, erwiderte Zlotin sarkastisch und stand auf. »Um Mißverständnissen vorzubeugen: Das Geld bleibt bis zum Abschluß der Operation im Safe in meiner Zelle.«

»Warum sagst du mir nicht direkt, was du denkst, Nikolai?« knurrte der andere. »Du traust mir nicht mehr.«

»Ich traue dir deswegen nicht mehr, weil du dich seit unserer Ankunft hier so sehr verändert hast. Plötzlich hat alles, was du tust, einen Preis. So warst du früher nie, Viktor. Was ist los mit dir?«

»Zum erstenmal in meinem Leben tue ich etwas für mich und nicht für den geliebten Sozialismus. Und was war das doch für ein hehres Ziel! Die ganz oben waren eine Horde gesichtsloser Saurier, die vor Korruption stanken und in Saus und Braus lebten, während der Rest sich abstrampeln mußte, um einigermaßen über die Runden zu kommen. Das sind dieselben Saurier; die du wieder an die Macht bringen willst. Du lebst in der Vergangenheit, Nikolai; ich nicht, und das ist der Unterschied zwischen uns.« Rodenko warf den Kopfhörer auf den Tisch und sprang auf. »Aber du brauchst dir meinetwegen keine Sorgen zu machen. Ich habe dir mein Wort gegeben, daß ich diese Sache bis zum Ende durchziehe, und was immer sich sonst bei mir geändert hat, mein Versprechen halte ich.«

»Ich will es hoffen – allein schon um deinetwillen«, erwiderte Zlotin kalt und verließ abrupt den Raum.

»Helikopter im Anflug«, meldete Rodenko und trat auf die Schwelle von Zlotins Quartier

Zlotin sah von seinem Taschenbuch auf. »Saisse?«

Rodenko nickte. »Ich habe schon mit dem Piloten über Funk gesprochen und ihm die Landeerlaubnis erteilt. Sie müßten bald da sein.

»Gut, dann los.« Zlotin packte den neben dem Bett stehenden Diplomatenkoffer und lief aus dem Zimmer.

Die zwei Russen hasteten durch die Vorhalle und weiter über eine Metalltreppe zu einem langen, fensterlosen Korridor, der von dem Feuer, das vor Jahren in den oberen Stockwerken des Gefängnisses gewütet hatte, noch völlig verrußt war. An seinem Ende befanden sich in kurzem Abstand zwei Sicherheitstüren, die allerdings bereits offen standen und zu einer weiteren Metalltreppe führten, über die man direkt zum Landeplatz gelangte.

Zlotin beäugte die Treppe mißtrauisch. »Bist du sicher, daß die Stufen das aushalten? Beim letztenmal hätte ich mir fast das Genick gebrochen.«

»Jetzt kann nichts mehr passieren«, versprach ihm Rodenko. »Einige Stufen waren wegen des Feuers ziemlich beschädigt, aber ich habe sie abgeschraubt. Die übrigen sind absolut fest. Und ich muß es wissen, denn ich bin seitdem mehrmals rauf- und runtergestiegen.«

»Dann macht es dir auch bestimmt nichts aus, voranzugehen«, sagte Zlotin und deutete mit ausladender Geste auf die Treppe.

Um Rodenkos Lippen spielte ein höhnisches Lächeln. »Was für ein Unterschied! Der große Nikolai Zlotin folgt einem anderen.«

»Ich nenne es lieber gesunden Menschenverstand«, entgegnete Zlotin.

So ging Rodenko voran. Den Blick ständig nach unten gerichtet, stieg er vorsichtig über die fehlenden Stufen. Auf halbem Weg blieb er stehen und deutete auf eine größere Lücke, wo er zwei Stufen nacheinander hatte entfernen müssen. Freilich hätte er seinen Vorgesetzten nicht eigens darauf aufmerksam machen müssen, wäre dieser doch beim letztenmal, als er die Treppe benutzt hatte, hier fast in den Tod gestürzt, wenn er sich nicht gerade noch am Treppengeländer festgehalten hätte. Er riskierte einen Blick nach unten – zwischen ihm und dem Betonboden klaffte ein Abgrund von sechzig Metern Tiefe.

Oben angekommen, sperrte Rodenko mit seinem elektronischen Schlüssel die Tür auf und kletterte ins Freie. Der Helikopter, ein Westland Scout, mit dem sie die Fisiers auf die Insel gebracht hatten, stand in einem ausgebleichten gelben Kreis mitten auf dem Landeplatz. Damit er nicht von Maschinen, die über die Insel hinwegflogen ausgemacht werden konnte, hatten sie ihn unter einem Tarnnetz verborgen. Jannoc hatte ihn über seine zahllosen Unterweltkontakte erworben, und Rodenko hatte ihn für ihre Bedürfnisse umgebaut. So hatte er die Panzervernichtungsraketen entfernt, statt dessen den Unterbau verstärkt und direkt unter dem Cockpit eine 30-Millimeter-Maschinenkanone eingebaut, mit der man pro Minute sechshundertfünfundzwanzig Schüsse abfeuern konnte. Noch mußte sie ihre verheerende Wirkung an etwas Gefährlicherem erweisen als an ein paar Holzkisten, die Jemenkow zu Übungszwecken im Meer verteilt hatte, aber Rodenko ging davon aus, daß sie sich auch im Ernstfall bewähren würde.

»Da ist er!« rief Zlotin und deutete auf einen Punkt in der Ferne.

Mit zusammengekniffenen Augen blinzelte Rodenko zum Horizont – ohne Erfolg. Wenig später hörte er wenigstens ein schwaches Knattern, und schließlich entdeckte er die Silhouette des sich rasch nähernden Bell Jet Ranger. Ihm fiel wieder ein, wie nützlich ihnen im Afghanistankrieg Zlotins geradezu unheimliche Fähigkeit gewesen war, auch die unscheinbarste Bewegung mit dem bloßen Auge zu erkennen. Immer wenn sich die russischen Konvois mit ihren Lieferungen für die kriegsmüden Soldaten durch die gefährlichen engen Bergpässe wagten, hatten die Heckenschützen der Mudschaheddinrebellen auf der Lauer gelegen. Wegen der vielen Überfälle hatte man sehr schnell Einheiten der *Spetznaz* als Vorhut eingesetzt, damit sie die verborgenen Mudschaheddin aufspüren und die Information an die MIG-27-Geschwader weitergeben konnten, die dann sofort die feindlichen Positionen bombardierten, bevor die Konvois die Engpässe erreichten. Siebzehnmal hatte Zlotin einen solchen Vorhuttrupp befehligt, und stets hatte der Konvoi dank seiner Schläue und phänomenalen Weitsicht sein Ziel erreicht, ohne auch nur einmal angegriffen zu werden. Zlotins durch keinen Rückschlag getrübter Erfolg war beispiellos in der Geschichte des Afghanistankriegs.

Der Pilot setzte den Bell Jet Ranger sanft und in gebührendem Abstand zu dem anderen Helikopter auf dem Landeplatz ab. Saisse, sein einziger Passagier, fuhr sich sofort mit dem Finger über die Kehle, womit er dem Piloten zu verstehen gab, daß er den Motor abstellen sollte. Eilig löste er den Sicherheitsgurt, stieß die Tür auf – und verzog sein Gesicht, denn auf einmal fegte ein kalter Wind durch das Cockpit. Seine Augen wanderten zum Diplomatenkoffer in Zlotins Hand hinüber, doch er machte keine Anstalten, auszusteigen. Schließlich begegnete er Zlotins starrem Blick und bedeutete dem Russen mit einer Geste, näher zu kommen.

Zlotin ging zum Hubschrauber, duckte sich unter den sich immer langsamer drehenden Rotoren, öffnete die hintere Luke und kletterte hinein. Der Pilot wandte sich zu ihm um, sagte aber kein Wort.

»Haben Sie das Geld dabei?« fragte Zlotin.

Saisse hob eine abgewetzte Reisetasche vom Boden auf und legte sie auf seinen Schoß. »Sie kriegen das Geld erst, wenn ich sicher bin, daß der Schlüssel für den Code funktioniert.«

»Nein«, widersprach der andere. »Erst das Geld, dann erhalten sie die Akten.«

Zögernd warf Saisse die Tasche auf die Landefläche. Zlotin winkte Rodenko herbei und wartete, bis dieser die Reisetasche geborgen und sich damit zurückgezogen hatte. Dann erst händigte er den Aktenkoffer aus.

»Ich habe die erste Seite für Sie dekodiert, damit Sie sich von der Richtigkeit des Schlüssels überzeugen können«, erklärte der Russe und reichte Saisse einen Bogen Papier.

Der Franzose entfaltete das Blatt und schlug eine Akte

auf. Zlotin hatte die erste Seite abgeschrieben und über jeder Zeile die Schlüsselbuchstaben vermerkt, mit denen der Text dekodiert werden konnte. Saisse vergewisserte sich, daß diese Angaben stimmten und nahm sich dann eine willkürlich herausgegriffene andere Seite vor. Auch hier entdeckte er keinerlei Anzeichen eines Täuschungsmanövers. Am Ende öffnete der Franzose den zweiten Ordner und überprüfte auch ihn auf Unstimmigkeiten; stets ließ sich der kodierte Text mühelos in verständliches Englisch übersetzen. Schließlich verstaute er beide Ordner im Aktenkoffer, sperrte diesen ab und stellte ihn zu seinen Füßen auf den Boden.

Mittlerweile hatte sich Rodenko über die Reisetasche gekauert und zählte eins der Bündel mit gebrauchten Fünfzig-Dollarscheinen durch. Jedes Bündel sollte zwanzig Scheine enthalten. Rodenko legte das erste in die Tasche zurück und zog das nächste heraus.

»Will er etwa das ganze Geld zählen?« fragte Saisse verdrießlich.

»Nicht nötig«, versicherte ihm Zlotin. »Wenn etwas fehlt, wissen wir ja, wo wir Sie finden.«

»Es fehlt nichts!« fauchte der andere empört.

»Da Sie nun ja den Schlüssel für die Dechiffrierung der UNACO-Akten haben, wird Jannoc endlich erfahren, wer für den Tod seines Bruders verantwortlich ist. Aber vergessen Sie nicht: Rache kann eine gefährliche – und teure – Obsession werden, wenn man sich davon beherrschen läßt.«

»Ohne Monsieur Jannocs ›Obsession‹, wie Sie das nennen, würden Sie und Ihre Kollegen noch immer in einem russischen Gefängnis dahinvegetieren. Jetzt dagegen sind Sie frei und können eine halbe Million Dollar unter sich aufteilen. Vergessen Sie bitte *das* nicht, bevor Sie Monsieur Jannocs Wunsch nach Vergeltung für den Tod seines Bruders verdammen.«

»Wie könnte ich jemals seine Großzügigkeit vergessen?« spottete Zlotin und kletterte aus dem Hubschrauber. »Aber es war kein einseitiges Geschäft, Saisse. Ohne uns würde Jannoc immer noch im dunklen tappen.«

»Überschätzen Sie Ihre Bedeutung in dieser Operation nicht. Sie und Ihre Kollegen waren nichts als bezahlte Handlanger.«

»Ich kann mir nicht vorstellen, daß Jannoc all den Ärger auf sich genommen hätte, uns aus Rußland rauszuholen, wenn es ihm nur auf Handlanger angekommen wäre. Er hat uns benutzt, weil er wußte, daß wir Profis sind, die diesen Auftrag für ihn erledigen können. Und ich denke, wir haben sein Vertrauen mehr als gerechtfertigt, als wir die Sache nach Bergers schlimmem Fehler noch umbogen. Nein, wenn es ihm lediglich auf Handlanger angekommen wäre, hätte er sich gleich an Sie und Ihren unfähigen Helfer Berger wenden können. Ist es nicht merkwürdig, daß er nie daran gedacht hat, Sie selbst an die Spitze dieser Operation zu stellen?«

Saisse funkelte Zlotin wütend an. Unvermittelt knallte er die Luke zu und wies den Piloten mit einer Geste an, den Motor zu starten. Zlotin stellte sich unterdessen neben Rodenko und sah schweigend zu, wie die Rotoren in Schwung kamen, bis die Maschine abhob und in Richtung Festland abdrehte.

»Hast du nicht etwas vergessen?« fragte Zlotin seinen Kompagnon, als das Rattern der Turbomaschine in der Ferne verhallte.

Nur widerwillig reichte Rodenko Zlotin die Reisetasche, der damit sogleich die Treppe hinunterkletterte.

Nachdem Zlotin das Geld im Safe neben seinem Bett verstaut hatte, ging er in die Kommandozentrale und setzte sich vors Funkgerät.

Hinter ihm erschien Rodenko im Türrahmen. »Können wir miteinander reden?«

Zlotin wirbelte auf seinem Drehstuhl zu ihm herum. »Worüber?«

»Du hast mir nicht gesagt, was du mit den Aktenkopien vorhast. Hast du schon einen Kunden an der Leine oder willst du sie auf dem Schwarzmarkt anbieten?«

»Sagen wir es mal so – ich denke da an einen bestimmten Käufer.«

»An wen?«

»Die UNACO.«

»Du bist verrückt! Die würden dich auf der Stelle verhaften!«

»Und ihre einzige Chance verpassen, die Akten unversehrt zurückzuerhalten? Nein, das glaube ich nicht. Mir kann nichts passieren, solange alle Asse in meiner Hand sind.«

»Sind sie aber nicht. Jetzt kannst du nur noch auf eine Kopie des entschlüsselten Textes zurückgreifen. Das Original und der Schlüssel für den Code sind bei Jannoc. Deine Asse sind nichts mehr wert.«

»Zugegeben, Jannoc kann sie dechiffrieren, aber das Original der UNACO-Akten ist bei mir.«

Rodenko starrte Zlotin verdattert an »Wovon redest du da? Du hast die Akten doch Saisse gegeben. Ich habe selbst gesehen, wie er anhand einiger Seiten Stichproben gemacht hat.«

»Was ich Saisse gegeben habe, ist eine Kopie des verschlüsselten Textes, die Valentin in den Computer eingegeben hat. Danach hat er sie ausgedruckt und von einem Kontaktmann in Lissabon binden lassen. Saisse und Jannoc werden aber nie dahinterkommen, weil sie die Originalakten nie gesehen haben.«

»Trotzdem verstehe ich nicht, was das soll. Dein Trick ändert nichts daran, daß Jannoc jetzt eine Kopie der UNACO-Akten bekommt.«

»Wenn die UNACO die Akten an sich brächte, bevor sie Jannoc erreichen, würde das meine Verhandlungsposition beträchtlich stärken, oder siehst du das anders?«

»Nein«, antwortete Rodenko zögernd. »Aber wie würden sie erfahren, wann und wo sie die Akten beschlagnahmen können?«

»Von mir. Als ich in Marseille war, hörte ich zufällig ein Gespräch zwischen Jannoc und Saisse mit. Sie berieten, was sie mit den Akten machen würden, sobald sie sie in Händen hätten. Jannoc wußte, daß er unter Beobachtung der UNACO steht, darum beschlossen sie, die Akten außerhalb von

Marseille zu dechiffrieren und dann eine Zeitlang in einem Schließfach am Bahnhof zu deponieren, bis sie einer von Jannocs Leuten holen könne. Sollte die UNACO diese Schließfächer durchsuchen, würden sie nicht nur die Akten finden, sondern auch genügend Beweismittel, um Saisse und Jannoc für den Rest ihres Lebens hinter Gitter zu bringen.«

»Und was ist, wenn Jannoc uns verrät?«

»Wenn die UNACO Jannoc und Saisse verhaftet, sind wir längst über alle Berge. Und keiner von den beiden wird sagen können, wohin wir verschwunden sind. Was sollten sie den Behörden denn schon verraten? Nichts kann das Ergebnis unserer Verhandlungen mit der UNACO dann noch beeinträchtigen. Mach dir keine Sorgen, Viktor, mein Plan ist idiotensicher.«

»Aber nur solange die UNACO sich an dein Drehbuch hält«, brummte Rodenko.

»Was bleibt ihnen anderes übrig?«

Darüber dachte Rodenko eine Weile nach. Schließlich nickte er. »Wie immer hast du alles bis ins kleinste Detail ausgebrütet. Mit wem willst du reden? Mit Graham?«

»Graham ist nur ein kleiner Fisch. Wer Erfolg haben will, wendet sich direkt an die Spitze. Im Fall der UNACO ist das der Direktor, Colonel Malcolm Philpott.« Zlotin setzte die Kopfhörer auf und beugte sich über das Funkgerät. »Ich denke es ist Zeit für mein Eröffnungsgambit.«

»Schachmatt.«

Graham starrte bestürzt das Schachbrett an und ließ sich dann auf seinem Stuhl theatralisch nach hinten fallen. Schließlich hob er den Blick zu Sabrina. »Das ist jetzt das fünfte Spiel hintereinander, das du gewonnen hast.«

»Und du schuldest mir fünfzig Dollar«, erwiderte sie gelassen.

»Wo zum Teufel hast du nur so gut Schachspielen gelernt?«

»Mein Vater hat es mir beigebracht, als ich klein war.« Sie streckte ihm die Handfläche entgegen. »Fünfzig Eier. Her damit.«

Er stieß ihre Hand weg. »Etwaige Schulden werden erst dann beglichen, wenn wir fertig sind«.

Sie drohte ihm mit dem Zeigefinger. »Das hast du bisher nach jedem Spiel gesagt. Los, raus mit den Kröten.«

»Mike! Sabrina!«

Rusts scharfer Ton ließ sie alles vergessen. Sofort rannten sie zum Nebenzimmer.

Graham riß die Bürotür auf. »Was ist los, Jacques?«

Rust winkte beide zum Sofa. »Kommt rein und setzt euch. Ich hatte gerade den Colonel am Telefon. Zlotin hat soeben per Funk mit ihm Kontakt aufgenommen und ihm mitgeteilt, daß Abes Code heute geknackt wurde. Jetzt will er uns die Akten zurückverkaufen. Oder, wie er es ausgedrückt hat, er ist bereit, uns das Vorkaufsrecht einzuräumen.«

»Was hat der Colonel gesagt?« fragte Sabrina. »Er hat sich natürlich einverstanden erklärt. Das ist ein Geschenk des Himmels. Wir dachten schon, die Akten würden auf dem Schwarzmarkt landen. Selbstverständlich dürfen wir das Lösegeld nicht bezahlen, wo wir jetzt doch wissen, daß damit ein Coup in Rußland finanziert werden soll. Andererseits müssen wir ihn in dem Glauben lassen, wir seien zu Verhandlungen bereit. Sollte er auch nur Verdacht schöpfen, daß wir seine Pläne durchkreuzen wollen, würde er sofort aussteigen, und wir würden die Akten nie wiedersehen. Wir müssen so tun, als gingen wir auf seine Bedingungen ein. So gewinnen wir die nötige Zeit, ihn zu überlisten und die Akten komplett sicherzustellen.«

»Für wann ist das Treffen geplant?« fragte Sabrina.

»Heute nachmittag um vier Uhr. Das ist in weniger als zwei Stunden. Ursprünglich wollte er sich mit dem Colonel treffen, aber so kurzfristig wäre das nie möglich gewesen. Also hat er eingewilligt, statt dessen mit mir zu verhandeln.«

»Wo trefft ihr euch?« wollte Sabrina wissen.

»Hier.«

»Hier? Ich kann mir nicht vorstellen, daß die von der *Brigade* begeistert sein werden, wenn sie hören, daß der

Colonel den Standort ihres sicheren Hauses preisgegeben hat.«

»Der Vorschlag kam ja nicht vom Colonel«, erwiderte Rust.

»Aber wie konnte Zlotin wissen ...« Sabrinas Stimme erstarb. Mit einem Schlag hatte sie begriffen, was los war. »Insiderinformation! Mike hatte also doch den richtigen Riecher. Zlotin muß einen Kontaktmann innerhalb der *Brigade für Sondereinsätze* haben.«

»Okay, du hattest also recht«, brummte Rust, der Grahams bohrenden Blick spürte.

»Danke«, sagte Graham. »Da wir jetzt wissen, daß Zlotin einen Informanten in der *Brigade* hat, müssen wir sie von allen weiteren Aktionen ausschließen, bis der Schuldige enttarnt ist.«

»Wir können sie nicht einfach ausschließen, Mike, nicht nach all dem, was in der Lagerhalle geschehen ist. Der Colonel hat Major Inacio sein Wort gegeben, daß wir ihn in Zukunft über sämtliche Entwicklungen auf dem laufenden halten werden, und das habe ich auch jetzt noch vor.«

»In Zukunft?« fragte Graham mißtrauisch. »Worauf willst du hinaus, Jacques? Du wirst ihn doch nicht über das Treffen mit Zlotin informieren?«

»Selbstverständlich werde ich das, aber erst wenn Zlotin weg ist. Zlotin hat dem Colonel deutlich zu verstehen gegeben, daß er die *Brigade für Sondereinsätze* auf keinen Fall dabeihaben will. Er hat ausdrücklich auf einem Treffen mit mir allein bestanden. Kurz und gut: Was die *Brigade* nicht weiß, macht sie nicht heiß. Wir dagegen wissen, daß dieses Haus nicht verwanzt ist und daß Major Inacio die Wachposten, die bei unserem Eintreffen noch vor dem Haus standen, abgezogen hat. Folglich können sie unmöglich von dem Treffen mit Zlotin erfahren.«

»Inacio wollte mit dieser Geste doch nur seinen guten Willen zeigen, nachdem der Colonel versprochen hat, daß wir von jetzt an voll mit ihm zusammenarbeiten werden«, meinte Sabrina.

»Wenn etwas schiefgeht, übernehme ich die Verantwortung«, erklärte Rust. »Aber im Moment können wir es uns nicht leisten, Zlotin zu verärgern. Ich kann den Leuten von der *Brigade* doch nicht sagen, sie sollen ihn nach unserem Treffen beschatten. Er würde den Braten garantiert riechen und das Geschäft platzen lassen. Es geht um unseren Hals, nicht um den ihren. Ich halte es für das beste, wir sagen ihnen nicht Bescheid, zumindest im Moment noch nicht.«

»So sehe ich das auch«, stimmte ihm Graham zu.

Sabrina nickte. »Du hast gesagt, er wolle sich mit dir allein treffen. Was machen Mike und ich in der Zeit? Sollen wir uns diskret entfernen?«

»Ihr geht nirgendwohin. Hoffentlich gibt es keine Probleme, aber ich brauche euch im Notfall als Verstärkung.«

»Geht in Ordnung, Jacques.« Graham stand auf und stellte sich vors Fenster. »Eins muß ich gestehen: Ich freue mich darauf, den großen Oberst Nikolai Zlotin endlich persönlich zu Gesicht zu bekommen.«

»Du hältst dich schön im Hintergrund, Mike!« warnte ihn Rust. »Ich weiß, wie sehr du den Kerl über die Jahre verachten gelernt hast, aber wenn wir diesen Deal vermurksen, sind wir erledigt.«

»Keine Angst, ich werde ganz brav sein«, versprach Graham, den Blick versonnen aufs Meer gerichtet. »Darauf kannst du dich verlassen.«

Die Wanduhr hatte soeben vier geschlagen, als auch schon die Klingelanlage summte.

»Pünktlich ist er, das muß man ihm lassen«, brummte Rust und schaltete per Fernbedienung den Bildschirm ein, der mit der am Tor installierten Überwachungskamera verbunden war.

»Wie die meisten Soldaten, Jacques«, meinte Graham.

»Mit auffälligen Ausnahmen«, korrigierte Rust mit einem Seitenblick auf Graham. Da er auf dem Bildschirm nur einen Ford mit einem einzigen Insassen, Zlotin, sah, betätigte er den Öffner und schloß das Tor wieder, sobald der Wagen es passiert hatte. »Er ist im Anmarsch, Mike. Du wirst ihn bestimmt persönlich in Empfang nehmen wollen.«

Graham stand auf. »Nur zu gerne.«

»Aber vergiß nicht, dich ...«

»... zurückzuhalten«, vollendete Graham für ihn. »Du hast es mir oft genug eingeschärft.«

Rust scheuchte ihn mit einer Handbewegung weg. »Zieh ab.«

Graham lief zur Vordertür. Bevor er sie öffnete, hielt er noch einmal inne und atmete tief durch.

Zlotin hatte den Ford auf dem Kiesweg vor dem Garten geparkt und beugte sich gerade über den Rücksitz, um einen Diplomatenkoffer aufzuheben. Dann stieg er aus und trat auf die Veranda.

»Sie sind also Graham. Ich kenne Ihr Foto von unserem Dossier her und habe auch viel von einigen Kollegen gehört, die mit Ihnen zu tun hatten. Sie scheinen alle großen Respekt vor Ihnen zu haben.«

»Ja?« fragte Graham gleichgültig. »Tragen Sie eine Waffe bei sich?«

»Selbstverständlich. Sie doch sicher auch. Aber Sie erwarten doch hoffentlich nicht von mir, daß ich sie Ihnen aushändige.«

Statt zu antworten, forderte Graham den Russen mit einer Geste auf, einzutreten. Dann schloß er hinter ihm die Tür und ging voran in Richtung Wohnzimmer. »Hier lang«, sagte er schroff über die Schulter.

»Ich war sehr betroffen, als ich erfuhr, was Ihrer Familie zugestoßen ist«, erklärte Zlotin. »Wie makaber, daß es ausgerechnet die eigenen Leute waren, die sie ermordet haben!«

Graham gab keine Antwort.

»Es stimmt also doch«, fuhr Zlotin fort. »Ich habe in den Akten über Sie gelesen, daß Sie den Verlust Ihrer Familie verschmerzt haben, aber wegen all der Gerüchte über Ihr sprunghaftes Wesen war ich mir nicht sicher, ob ich das glauben soll.«

»Ich nehme an, Sie haben all das gelesen, bevor Sie degradiert und aus der *Spetznaz* hinausgeworfen wurden«, erwiderte Graham kalt.

Sie hatten die Wohnzimmertür erreicht. Graham ließ Zlotin den Vortritt, während er selbst auf der Schwelle stehenblieb. Der Russe bedachte ihn mit einem giftigen Blick und ging, sich nach allen Seiten umsehend, weiter. Einen Moment lang fixierte er Sabrina, die vor der Tür zur Loggia stand. Sie hielt seinem Blick stand, bis er sich am Ende Rust zuwandte. »Philpott hatte mir ein Gespräch unter vier Augen zugesichert.«

Rust drehte sich zu Sabrina um. »Du wartest mit Mike draußen. Wenn ich euch brauche, rufe ich euch.«

Sie nickte und verließ den Raum. Graham folgte ihr in den Flur und schloß die Tür.

Als er mit Rust allein war, beugte sich Zlotin als erstes über das Schachbrett auf dem Couchtisch und studierte die Stellung. Ohne aufzusehen, erklärte er: »Philpott hat mir gesagt, Sie hätten die Vollmacht der UNACO, über die Rückgabe der Akten zu verhandeln. Kann ich davon ausgehen, daß er Sie angewiesen hat, die *Brigade für Sondereinsätze* nicht einzuschalten?«

»Richtig«, antwortete Rust kurz angebunden. »Mich würde nur interessieren, wie Sie unseren Aufenthaltsort in Erfahrung gebracht haben.«

»Schwarz ist in acht, spätestens neun Zügen schachmatt«, murmelte Zlotin nach sekundenlangem Schweigen. Dann endlich sah er zu Rust auf. »Ich habe meine Quellen.«

»Bei der *Brigade für Sondereinsätze?*« Rust musterte aufmerksam Zlotins Gesicht.

Erwartungsgemäß zeigte der Russe keine Regung. »Wie gesagt, ich habe meine Quellen. Lassen wir es dabei bewenden.« Er schaffte auf dem Tisch Platz für seinen Diplomatenkoffer, dann setzte er sich aufs Sofa. »Wollen wir zum Geschäftlichen kommen?«

»Gern«, antwortete Rust und schob sich zum Tisch hinüber.

Zlotin klappte den Koffer auf. »Lassen Sie mich vorab

erklären, daß gegenwärtig zwei Kopien des verschlüsselten Textes in Umlauf sind. In meinem Besitz befinden sich die Originalakten und eine dechiffrierte Abschrift. Eine Kopie von Silvermans Original ist zusammen mit der Formel, mit deren Hilfe es entschlüsselt werden kann, auf dem Weg zu Jannoc in Marseille.«

»Doppelte Gefahr«, stieß Rust bitter hervor.

»Im Gegenteil! Ich kann Ihnen genau sagen, wo die Ordner deponiert werden sollen, nachdem Jannoc sie dekodiert hat.«

Rust runzelte mißtrauisch die Stirn. »Ich dachte, Sie und Jannoc würden ein Gespann bilden.«

»Das habe ich Jannoc weisgemacht. Er gibt sich dem Glauben hin, meine Rolle in dieser Operation sei mit der Übergabe der UNACO-Akten und des Schlüssels zur Dechiffrierung gegen einen bestimmten Geldbetrag beendet.«

»Sollten wir also die Kopien abfangen, bevor sie Jannoc erreichen, verfügen nur Sie allein über die Originale, womit ihr Wert erheblich steigen dürfte.«

»Ich bewundere Ihren Scharfsinn, *Monsieur.*« Zlotin entnahm seinem Koffer einen Umschlag und reichte ihn Rust »Er enthält sämtliche Angaben über den Ort, an dem die Akten verborgen werden sollen. Nennen wir das einfach eine Geste des guten Willens meinerseits.«

Rust schlitzte den Umschlag auf und nahm ein Blatt Papier heraus. »Marseille, Gare St. Charles, Schließfach 17.«

»Ich bin mir sicher, daß eins Ihrer Mikrofone das aufgezeichnet hat«, bemerkte Zlotin und sah sich im Zimmer um, als wolle er die verborgenen Wanzen lokalisieren.

»Dessen bin ich mir auch sicher«, entgegnete Rust und steckte das Blatt in die Jackettasche.

Als nächstes zog Zlotin einen Pappordner aus seinem Koffer und legte ihn vor Rust auf den Tisch. »Dieser Ordner enthält Kopien von einem halben Dutzend Seiten des verschlüsselten Textes zusammen mit den entsprechenden dechiffrierten Passagen. Bitte nehmen Sie sich die Zeit und prüfen Sie das nach.«

Rust schlug den Ordner auf. Den chiffrierten Teil ignorierte er – damit hätte er ohnehin nichts anfangen können – und konzentrierte sich statt dessen auf den Klartext. Er brauchte nur ein paar Absätze zu lesen, um zu begreifen, daß der Russe nicht bluffte. Kopfnickend legte er den Ordner wieder auf den Tisch. »Wieviel verlangen Sie?«

»Ich mag Menschen, die sofort zum Wesentlichen kommen. Fünfzig Millionen Dollar.«

»Was?« rief Rust bestürzt.

»Jeweils«, fügte Zlotin ungerührt hinzu. »Fünfzig für das Original und fünfzig für die dechiffrierte Abschrift. Insgesamt also hundert Millionen Dollar zahlbar in Rohdiamanten. Die UNACO hat drei Tage Zeit, um diese Forderung zu erfüllen. Ich werde am 30. Dezember um Punkt vier Uhr mit Colonel Philpott Kontakt aufnehmen und die Übergabemodalitäten mit ihm vereinbaren, vorausgesetzt, die UNACO zeigt sich willens, das Lösegeld zu zahlen. Falls nicht oder falls Sie den törichten Versuch unternehmen sollten, unseren Boten festzunehmen, ist das Geschäft geplatzt, und ich finde meine Kunden an anderer Stelle.«

»Glauben Sie im Ernst, bei der UNACO lägen hundert Millionen Dollar für die Rückgabe der Ordner herum?« fragte Rust, der sich immer noch nicht von dem Schock über die Höhe der Summe erholt hatte.

»Das nicht, aber die siebenundvierzig Unterzeichner der UNACO-Charta können das Geld mühelos beschaffen.«

»Und wie kommen Sie darauf, daß sie solchen unverschämten Forderungen zustimmen werden?«

»Ich hatte noch nicht genügend Zeit, die relevanten Abschnitte zu studieren, aber eins ist mir schon ins Auge gefallen; nämlich detaillierte Berichte über – wie soll ich sagen – kriminelle Vergehen bestimmter Mitgliederstaaten der Vereinten Nationen in den letzten zehn Jahren. Eine faszinierende Lektüre, und Sie wissen genauso gut wie ich, daß eine ansehnliche Reihe von Regierungen wichtiger Länder darüber stolpern würden, sollten ihre Praktiken enthüllt werden. Allein das müßte für sie schon ein Anreiz sein, ihren Anteil an der Summe zu zahlen.«

»Und was geschieht, wenn wir die Forderung zurückweisen? Gehen Sie auf den Schwarzmarkt?«

»Ich bekomme wahrscheinlich genauso viel auf dem Schwarzmarkt, wenn ich den Inhalt der Dossiers aufteile und portionsweise verkaufe.«

»Warum wenden Sie sich dann an uns, anstatt sie gleich auf dem Schwarzmarkt anzubieten?« fragte Rust mißtrauisch.

»Ganz einfach. Es ist eine Frage der Zeit. Von Ihnen bekomme ich das Geld sehr schnell. Ansonsten würde es Monate dauern, bis ich alle Transaktionen abgeschlossen hätte. Aber bitte verstehen Sie mich nicht falsch. Ich würde es ohne Bedenken tun, sollte die UNACO meine Forderungen nicht akzeptieren.«

»Ich bezweifle nicht, daß Sie so weit gehen würden«, erwiderte Rust wütend. »Aber selbst wenn wir Ihre Forderungen erfüllen sollten, welche Garantie hätten wir, daß Sie uns nicht täuschen? Immerhin haben Sie schon eine Kopie des Klartextes erstellt, und niemand kann Sie daran hindern, noch mehr anzufertigen und auf dem Schwarzmarkt anzubieten.«

Zlotin verstaute die Muster wieder in seinem Koffer. »Ich biete keine Garantien, so einfach ist das. Aber in dieser Angelegenheit haben Sie wohl kaum eine Alternative.«

»Sagen Sie, Zlotin, was will ein fanatischer Kommunist wie Sie eigentlich mit hundert Millionen Dollar anfangen?«

»Was ich mit dem Geld vorhabe, geht weder Sie noch sonst jemanden in Ihrer Organisation etwas an. Geben Sie lieber meine Forderungen an Philpott weiter. Wie gesagt, er hat drei Tage Zeit, uns eine Antwort zu geben. Ich bin sicher ...« Zlotin verstummte abrupt, als das an seinem Gürtel befestigte Funkgerät schrill piepste. Der Apparat war über einen Infrarotsensor mit einem Alarmgerät verbunden, das an seinem Wagen angebracht war. Jemand mußte daran vorbeigegangen sein.

»Was war das?« fragte Rust, während der andere das Gerät abstellte.

Zlotin gab keine Antwort, sondern stürmte auf die Loggia und spähte zur Auffahrt hinunter. Drei mit schwarzen Kapuzenmützen vermummte Männer huschten mit Sturmgewehren im Anschlag auf das Haus zu. Zlotin wirbelte herum. Seine Makarov zielte auf Rust.

»Was ist los?« fragte dieser. Seine Augen waren starr auf die Pistole gerichtet.

»Ich habe Philpott gewarnt«, knurrte der Russe. »Ich habe ihm gesagt, was passiert, wenn er versucht, mich zu täuschen.«

Rust griff nach seiner Beretta, doch Zlotin drückte bereits ab. Zwei Schüsse ins Herz schleuderten Rust gegen die Lehne seines Rollstuhls. Dann kippte er im Zeitlupentempo nach vorne und fiel auf den Teppich.

Ohne weiter auf sein Opfer zu achten, rannte Zlotin zur Zimmertür, sperrte ab, lief zurück zum Tisch und zerrte zwei Rauchgranaten aus seinem Koffer. Blitzschnell entsicherte er sie und schleuderte sie in zwei entegegengesetzte Ecken. Vom Flur drangen Grahams aufgeregte Rufe an sein Ohr, denen ein verzweifeltes Klopfen an der Tür folgte. Rauchschwaden breiteten sich rasch aus. Zlotin jagte auf die Loggia hinaus und zog die Tür hinter sich zu. Ein schneller Blick, und er hatte sich orientiert. In der Mitte stand ein Tisch. Er stürzte hinüber und kroch darunter; von der Auffahrt aus konnte ihn nun niemand mehr sehen. Er zog sein Funkgerät aus der Halterung und rief Rodenko an. »Wie lange brauchst du bis zum Haus?« zischte er, während seine Blicke unablässig in alle Richtungen schossen.

»Zwei, höchstens drei Minuten.«

»Ich sitze auf der Loggia fest. Allein kann ich mich nicht lange halten.«

»Bin schon unterwegs.«

Mit der einen Hand schnallte Zlotin das Funkgerät wieder an den Gürtel, mit der anderen hielt er die Pistole auf die Tür gerichtet. Zu seiner Erleichterung war sie kugelsicher. Solange sie geschlossen war, konnte ihm nicht viel passieren. Und sollten Graham oder Carver versuchen, trotz des dichten Rauchs zu ihm vorzudringen, würde er sie erledigen, sobald sie sich draußen blicken ließen. Andererseits mußte er damit rechnen, daß ihn die drei Maskierten, die er über die Auffahrt hatte laufen sehen, von unten angriffen. Nun, sie würden ihr blaues Wunder erleben, wenn sie Haken über die Brüstung warfen und hochzuklettern versuchten. Ein Angriff vom Haus aus würde ihn mit der Zeit allerdings in größte Schwierigkeiten bringen, vor allem wenn sie automatische Waffen benutzten. Er wischte sich den Schweiß aus dem Gesicht und sah auf die Uhr. Wo war Rodenko nur? Was hielt ihn auf?

Auf einmal hörte er Holz splittern. Jemand brach die Wohnzimmertür auf. Er benetzte sich die ausgetrockneten Lippen und packte die Makarov mit beiden Händen. Es war nur eine Frage der Zeit, wann die Tür aufflog. Plötzlich pfiff eine Kugel an ihm vorbei und schlug in der Mauer ein. Sie war von der Auffahrt gekommen. Konnten sie ihn etwa doch sehen? Schon wieder prasselte eine Salve. Querschläger prallten von der Brüstung ab, und eine der Kugeln schlug in den Korbstuhl hinter ihm. Erneut sah er auf die Uhr. Zwei Minuten waren seit dem Ruf an Rodenko bereits verstrichen. Wo steckte er nur?

Plötzlich zerfetzte ein nach oben gerichteter Kugelhagel den Boden. Sie standen also unter ihm und wußten, wo er war. Mit einem Hechtsprung rettete er sich in einen anderen Teil der Loggia. Ansonsten konnte er nichts tun. Ihm war klar, daß er seine neue Position preisgeben würde, wenn er das Feuer erwiderte. Wieder wischte sich mit dem Unterarm das schweißbedeckte Gesicht ab. Seine Augen hetzten hin und her. Die Zähne entschlossen aufeinandergebissen, wartete er auf die nächste Salve …

Endlich tauchte wie ein Raubvogel der Westland Scout hinter einem Eichenwäldchen auf. Und schon mähte die Maschinenkanone alles nieder, was sich unter dem verstärkten Unterteil des Helikopters befand. Zlotin hörte einen Schrei irgendwo unter sich, dann verstummte die Kanone wieder. Jetzt schwebte der Helikopter direkt über der Loggia. Und dann wurde auch schon eine Strickleiter durch die Luke herabgelassen.

Zlotin griff nach der Strickleiter, doch eine Windböe wehte sie an seiner ausgestreckten Hand vorbei. Er wartete, bis sie zurückpendelte, und wollte sie gerade packen, als die Tür aufflog und schwarzer Rauch aus dem Wohnzimmer herausquoll. Zlotin wirbelte herum und feuerte auf die Tür, dann griff er erneut nach der über ihn hinwegschwebenden Leiter. Diesmal bekam er sie zu fassen und forderte, mit der freien Hand wild gestikulierend, Rodenko auf, zuallererst höher zu steigen. Sein Partner verstand, doch plötzlich tauchte Graham in dem beißenden Rauch auf, warf sich mit einem gewaltigen Satz auf ihn und packte mit beiden Händen Zlotins rechtes Bein. Der Russe trat mit dem anderen Bein wütend nach ihm, traf ihn auch schmerzhaft am Kopf, konnte ihn aber nicht abschütteln. Mit einem gräßlichen Fluch schlug er ihm die Pistole an die Schläfe. Graham war benommen, doch er ließ nicht los. Zlotin trat erneut zu und erwischte ihn voll an der Schulter. Jetzt konnte sich Graham nicht mehr festhalten und krachte auf die Loggia.

Der Helikopter hatte schon abgedreht, als Sabrina durch die Tür hechtete. Sie kam blitzschnell wieder hoch und legte kniend auf den immer noch in der Luft baumelnden Zlotin an, der nun langsam mit der Strickleiter nach oben gezogen wurde. Sie hätte ihn mühelos abschießen können, aber sie brauchten ihn lebend, zumindest solange er die Akten hatte. Frustriert steckte sie die Beretta wieder ein und lief zu Graham hinüber, der sich mühsam aufrichtete. Als sie den klaffenden Riß über seiner linken Braue entdeckte, zuckte sie zusammen. Das Blut strömte über sein Gesicht und lief auf das bereits mit roten Spritzern übersäte Hemd.

Graham wischte sich mit dem Handrücken übers Gesicht. »Hast du Jacques gefunden?« fragte er besorgt.

»Nein, der Rauch ist noch zu dicht«, antwortete sie und half ihm auf.

Er stieß wütend ihre Hand weg. »Was willst du überhaupt hier draußen, wenn du ihn noch nicht gefunden hast?«

»Du hast gesagt, du übernimmst Zlotin. Darum bin ich dir gefolgt, falls du Rückendeckung brauchst.«

»Ich habe dir ausdrücklich befohlen, du sollst drinnen bleiben und Jacques suchen! Kannst du nicht einmal im Leben das tun, was man dir aufträgt?« bellte Graham. Unvermittelt stieß er Sabrina beiseite und verschwand im rauchverhangenen Wohnzimmer.

Sabrina schluckte ihren Ärger hinunter und folgte ihm. Beide riefen laut Rusts Namen, ohne Erfolg. Der Rauch begann sich allmählich aufzulösen, als Graham über den Rollstuhl stolperte. Er war leer. Auf Händen und Füßen suchte Graham weiter und tastete systematisch den Teppich ab, bis er schließlich gegen etwas stieß. Es war ein Schuh. Seine Hände wanderten den reglosen Körper hinauf. Plötzlich prallte er zurück. Er hatte das blutgetränkte Hemd ertastet. »Sabrina!« rief er in die dunklen Schwaden. »Ich habe Jacques gefunden. Er blutet stark. Ich trage ihn auf die Loggia!«

»Ich komme auch raus!« rief sie zurück.

Graham schob die Hände behutsam unter Rusts Schulter und Beine, richtete sich unter der schweren Last schwankend auf und trug ihn ins Freie. Auf der Loggia fühlte er als erstes nach seinem Puls, doch war ihm bereits klar, daß Rust tot war. Er zog seine Baseballjacke aus und bedeckte damit Rusts Gesicht. Nun erschien auch Sabrina in der Tür; langsam wandte Graham den Blick von dem Toten und sah zu ihr auf. Sie starrte einen Moment Rust an, lief dann zur Brüstung, umklammerte sie mit beiden Händen und sah aufs Meer hinaus. In ihren Augen standen Tränen. Sie wischte sie hastig mit der Fingerkuppe weg.

»Alles in Ordnung bei dir?« fragte Graham mit sanfter Stimme und legte ihr die Hand auf die Schulter.

»Klar«, antwortete sie tief durchatmend.

»Ich weiß ...« Er hielt abrupt inne, zog in einem einzigen Bewegungsablauf seine Beretta, warf sich zu Boden und riß Sabrina mit sich.

»Was ist los?« flüsterte sie.

»Ich habe dort drüben eine Bewegung gesehen.« Er deutete auf das Gebüsch hinter der Ausfahrt.

Sabrina zog ebenfalls ihre Beretta und spähte angestrengt in die bezeichnete Richtung. »Ich kann nichts sehen. Bist du dir sicher?«

»Ziemlich.«

»Okay. Gehen wir nachschauen.«

Sie kehrten ins Wohnzimmer zurück, wo sich der Rauch so weit gelichtet hatte, daß sie mühelos die Tür fanden. Den Rücken immer gegen die Wand gepreßt, schlichen sie den Flur entlang zur Haustür. Graham postierte sich unmittelbar daneben an der Mauer und gab Sabrina ein Zeichen. Jäh riß sie die Tür auf, und sofort sprang Graham mit der Beretta im Anschlag in die Öffnung. Die Auffahrt war verlassen. Nur am Fuß der Verandastufen lag reglos eine schwarzgekleidete Gestalt, daneben ein Sturmgewehr.

Graham lief hinüber und befühlte dem Mann eilig den Puls. Nichts mehr zu machen. So wie der Rücken des Mannes zugerichtet war, hatte ihn mindestens ein Dutzend Kugeln getroffen.

Auch Sabrina rannte jetzt ins Freie und sprintete im Zickzack zu einem Brunnen in der Mitte der Anlage, hinter dem sie wieder in Deckung ging. Von dort aus bemerkte sie eine zweite blutüberströmte Leiche, ebenfalls ein schwarzgekleideter Mann, der zusammengekrümmt unter der Loggia lag. Die Hauswand hinter ihm war mit Einschußlöchern übersät. Graham sah, was los war, und rannte geduckt zu ihr hinüber.

»Wer hat die geschickt?« flüsterte Sabrina.

»Den Waffen nach zu urteilen, würde ich auf die *Brigade für Sondereinsätze* tippen«, murmelte Graham.

»Aber was wollen sie hier?«

»Das werde ich hoffentlich gleich herausfinden«, knurrte Graham. Er zeigte auf das Gebüsch. »Wenn einer das überlebt hat, dann versteckt er sich dort hinten.«

»Geh du voran«, sagte sie. »Du weißt, wo du die Bewegung gesehen hast.«

Sofort löste sich Graham aus der Deckung und jagte zu

einer Eiche am Rand der Hofanlage hinüber. In ihrem Schutz packte er die Beretta mit beiden Händen und ließ den Lauf langsam über das Gebüsch wandern.

Unter einem Baum kauerte ein Mann. Sein zerschossenes linkes Bein war in einem grotesken Winkel verdreht. Er hatte seine schwarze Kapuzenmütze abgenommen und versuchte, damit das aus der Wunde quellende Blut zu stillen. Als Graham hinter der Eiche hervortrat, sah er ihn zwar, machte aber keine Anstalten, nach seinem Sturmgewehr zu greifen.

Graham ließ die Beretta sinken. *»Brigade für Sondereinsätze?«*

Der Mann nickte. Sein Gesicht war schmerzverzerrt.

»Sabrina?« rief Graham über die Schulter, wollte aber nicht warten, bis sie kam. Er kauerte sich neben den Verletzten. »Wird schon wieder, Kumpel. Wir fordern Hilfe an, und dann werden Sie in Null Komma nichts ins Krankenhaus gebracht.«

»Ich hab' schon gefunkt«, stieß der Mann zwischen zusammengepreßten Zähnen hervor. »Hilfe ist unterwegs. Meine Kollegen ...?«

Graham schüttelte bedauernd den Kopf. »Sind beide tot. Das tut mir sehr leid. Was ist überhaupt passiert?«

»Der Helikopter war mit einer Maschinenkanone bestückt.«

»Wer hat diesen Einsatz befohlen?«

»*Capitao* Morales.«

»Dieser Dreckskerl!« knurrte Graham. Er drehte sich zu Sabrina um, die hinter ihm getreten war. »Hast du das gehört?«

Sie nickte. »Glaubst du jetzt, daß Morales Zlotins Maulwurf ist?«

»Du etwa nicht?«

»Wir können später weitersprechen«, sagte sie. »Jetzt muß zuallererst dieser Mann verarztet werden. Ich geh' ins Haus und alarmiere seine Kollegen.«

»Die sind schon unterwegs.«

Sabrina legte dem Mann ihre Jacke um die Schultern,

nahm ihm behutsam die Mütze aus der Hand und gab ihm statt dessen ein sauberes Tuch. Wenn sie ihn schon nicht medizinisch versorgen konnten, wollte sie ihn zumindest etwas bequemer betten, bis die Helfer eintrafen. In diesem Moment war auch schon Motorenbrummen zu hören.

Graham sprang auf. »Sieht so aus, als würde die Kavallerie endlich eintreffen. Ich gehe ihnen schon mal entgegen.«

»Mike?« rief Sabrina ihm nach. »Wenn du eine Dummheit machst, reißt dir der Colonel den Kopf ab!«

»Hey, ich will ihnen ja nur sagen, daß sie diesem Burschen da helfen sollen ...«

»Und dich gleich mit Morales anlegen, wenn er dabei ist. Vergiß nicht, noch haben wir haben keine Beweise, daß er mit Zlotin unter einer Decke steckt. Halt dich gefälligst zurück, solange wir nicht alle Fakten kennen.«

Graham hörte schon nicht mehr zu. Er brach aus dem Gebüsch und stürmte auf zwei schwarze Mercedeswagen zu, die auf der Auffahrt vor dem Haus parkten. »Laßt ihn, er ist tot!« rief er einem Sanitäter zu, der sich gerade über den vor der Veranda liegenden Soldaten kauern wollte. »Da drüben im Gebüsch liegt ein Schwerverletzter. Er hat schlimme Schmerzen.«

Der Sanitäter sah zu einem anderen Mann auf, der mit dem Rücken zu Graham beim Wagen stand. Als dieser nickte, raffte er sofort seine Sachen zusammen und rannte zum Gebüsch.

Nun drehte sich der Einsatzleiter zu Graham um. Es war Morales. »Wir haben alles liegen und stehen lassen und sind hierher gerast. Was ist passiert?«

Statt einer Antwort packte Graham den Portugiesen und stieß ihn gegen den Wagen. »Jacques Rust ist tot, du Scheißkerl! Das ist passiert!«

Ein Soldat, der vor der Haustür Wache stand, kam die Treppe heruntergerannt. Sein Gewehr war auf Graham gerichtet.

»Nao!« bellte Morales und winkte den anderen zurück.

Der Soldat sah verständnislos zwischen Morales und

Graham hin und her, ließ aber langsam die Waffe sinken und kehrte auf seinen Posten zurück.

Morales hob beschwichtigend beide Hände. »Das mit Ihrem Kollegen tut mir schrecklich leid. Bitte glauben Sie mir das. Ich hielt es für einen Fehler, ein Team ohne Unterstützung in einen solchen Einsatz schicken, aber ich habe nur einen Befehl ausgeführt.«

»Wer hat Ihnen befohlen, ein Team zu entsenden?«

»Major Inacio. Wenn es geklappt hätte, wäre er bestimmt ausgezeichnet worden. Aber jetzt ist es schiefgegangen, und er wird einige unbequeme Fragen zu beantworten haben.«

»Da dürfen Sie nicht ganz unrecht haben«, brummte Graham und ließ ihn los.

Sabrina kam herbeigestürzt. »Mike, ich habe dir doch gesagt, du ...«

»Ist schon gut«, fiel ihr Graham ins Wort. »Inacio hat den Einsatzbefehl erteilt.«

»Major Inacio?« Sie sah Morales verblüfft an.

»Ja«, stieß dieser hervor.

»Woher wußte er, daß Zlotin hier war?« fragte sie.

»Das Haus stand unter Bewachung.«

»Ich dachte, Inacio hätte dem Abzug der Wachtposten zugestimmt.«

»Nur unter der Bedingung, daß die UNACO voll mit der *Brigade für Sondereinsätze* zusammenarbeitet. So war es nach dem Vorfall gestern morgen im Lagerhaus vereinbart worden. Aber Major Inacio traute dem Frieden nicht ganz. Und offensichtlich hatte er recht.«

»Was zum Teufel hätten wir denn tun sollen?« fuhr Graham ihn an. »Zlotin hat klargemacht, daß das Geschäft platzt, wenn die *Brigade* sich einmischt. Das war unsere letzte Chance, die Ordner vollständig zurückzuerhalten. Wir mußten uns auf seine Bedingungen einlassen. Aber jetzt hat Inacio alles kaputtgemacht.«

»Hätten Sie uns vertraut, dann wäre dieses sinnlose Blutbad vermeidbar gewesen. Wir hätten nicht zugelassen, daß Sie Ihren Aufenthaltsort an Zlotin verraten.«

»Da täuschen Sie sich aber gewaltig«, entgegnete Graham. Seine Augen suchten automatisch die von Sabrina. Er hoffte, sie würde die Initiative übernehmen und ihn vor einer überstürzten Reaktion bewahren, doch sie blieb stumm.

»Wie konnte er das Haus dann finden?« setzte Morales nach.

»Ich glaube, daß Inacio der Informant Zlotins innerhalb der *Brigade für Sondereinsätze* war«, sagte Graham. »Noch habe ich keine Beweise in der Hand, aber beantworten Sie mir doch bitte diese eine Frage: Wie, glauben Sie, hat Zlotin unseren Aufenthaltsort in Erfahrung gebracht?«

»Ich ... nahm an, daß Sie es ihm gesagt haben«, erwiderte Morales zögernd. Er schien ins Wanken zu geraten.

»Zlotin selbst schlug aber dem Colonel dieses Haus als Ort für das Treffen vor«, mischte sich Sabrina ein.

Morales hob beschwichtigend beide Hände. »Okay, gesetzt den Fall, Major Inacio arbeitet mit Zlotin zusammen, aus welchem Grund würde Zlotin dann sein Wissen um unser sicheres Haus preisgeben? Damit würde er ja praktisch eingestehen, daß er einen Kontaktmann innerhalb der *Brigade* hat. Das ergibt doch keinen Sinn.«

»Meiner Meinung nach ergibt das sehr wohl einen Sinn!« rief Graham. »Ich habe gesagt, ich glaube, daß Inacio Zlotins Kontaktmann *war!* Vergangenheit. Denn aus dem, was Zlotin heute nachmittag zu erkennen gab, geht eindeutig hervor, daß er jetzt auf eigene Rechnung arbeitet. Er hat uns genug Informationen gegeben, um Jannoc lebenslänglich einzusperren. Aber wenn er Jannoc nicht mehr braucht, dann kann er auch seine anderen Helfershelfer entbehren. Mit seinem Vorschlag, das Treffen hier abzuhalten, wollte er uns zu verstehen geben, daß er das sichere Haus kennt und sein Wissen einem Mitglied der *Brigade für Sondereinsätze* verdankt. Aus welchem Grund hätte er denn sonst darauf bestanden, die *Brigade* herauszuhalten? Sein Kontaktmann durfte nichts erfahren. Zlotin war klar, daß er sofort Truppen losschicken würde, um ihm gleiches mit gleichem zu vergelten.«

Sabrina deutete auf den Toten unter der Veranda. »Ich nehme an, er und die anderen zwei schoben vor dem Grundstück Wache, als Zlotin eintraf.«

Morales nickte. »Anhand der Fahndungsfotos haben sie ihn auf Anhieb erkannt. Sie meldeten das unverzüglich der Zentrale.«

»War Inacio in dem Augenblick zugegen?« wollte Graham wissen.

»Nein. Der diensthabende Offizier war ich. Aber ich habe Major Inacio informiert. Er gab mir den Befehl, sofort zuzuschlagen.«

»Offenbar konnte er nicht riskieren, auf Verstärkung zu warten«, schloß Graham. »Bis zu deren Eintreffen hätte Zlotin ja schon wieder weg sein können. Wie lautete sein Befehl eigentlich?«

Morales hatte den Blick auf den Boden gesenkt. Er wollte diesen ungeheuerlichen Verdacht noch nicht wahrhaben, obwohl auch er ihn jetzt für erwiesen hielt.

»Wie lautete sein Befehl, Captain Morales?« wiederholte Graham.

»Zlotin auf der Stelle töten«, antwortete der Portugiese mit kaum hörbarer Stimme.

»Und deswegen sind drei Männer gestorben«, ächzte Graham.

»Was soll ich jetzt tun?« fragte Morales.

»Nichts. Auf das Weitere haben Sie keinen Einfluß mehr. Ich stehe in Kontakt mit Colonel Philpott und werde ihm Jacques' Tod melden. Er wird die Ermittlungen gegen Inacio bei den hiesigen Behörden veranlassen, aber es ist völlig offen, ob sich die Vorwürfe dann noch aufrecht erhalten lassen.«

Morales' Blick schweifte ab, als zwei Soldaten ihren verletzten Kameraden auf einer Bahre aus dem Gebüsch trugen. »Und Sie sind den UNACO-Akten immer noch keinen Schritt näher gekommen?« fragte er.

»So nahe wie heute kommen wir nie wieder dran«, erwiderte Graham düster. »Denselben Fehler macht Zlotin kein zweites Mal, darauf können Sie Gift nehmen.«

Als Zlotin die Zelle Rodenkos betrat, saß dieser auf seinem Bett und reinigte seine Makarov, die er in ihre Einzelteile zerlegt hatte.

»Du hast heute großartige Arbeit geleistet«, lobte ihn Zlotin.

»Dafür bezahlst du mich schließlich auch.«

»Die Stimme des Söldners«, schnaubte Zlotin verächtlich.

»Mach dich ruhig lustig über mich, aber es waren nicht meine Pläne, die heute nachmittag über den Haufen geworfen wurden«, brummte Rodenko, ohne vom Magazin aufzusehen, das er gerade abwischte.

»Das war nichts als ein vorübergehender Rückschlag.«

»Und was willst du jetzt tun?«

»Ich habe bereits meine Vorgesetzten daheim informiert. Sie sind ebenfalls der Meinung, daß ich die Akten jetzt auf dem Schwarzmarkt verkaufen soll. Zugegeben, damit dauert es bedeutend länger, das für unsere Sache nötige Kapital zu beschaffen, doch das läßt sich nun mal nicht ändern.«

»Warum treibst du den Preis nicht einfach in die Höhe und bietest das Paket der UNACO noch mal an? Ich könnte mir vorstellen, daß sie jetzt eher zu Verhandlungen bereit sind.«

»Das Geschäft mit der UNACO ist geplatzt«, beharrte der andere kategorisch.

»War ja nur ein Vorschlag.«

»Ich habe den Auftrag erhalten, mich mit Major Koslow, meinem Schwager, im algerischen Oran zu treffen. Er wird mein neuer Partner sein.«

»Heißt das, daß du mich nicht länger brauchst?«

»Nur noch bis morgen. Eine Firma in Porto hat schon eine Cessna für mich besorgt und in meinem Namen die nötigen Formalitäten erledigt. Du brauchst mich nur noch morgen früh ans Festland zu fliegen. Danach bist du frei.«

»Wann brechen wir auf?«

»Bei Sonnenaufgang«, sagte Zlotin und ging zur Tür.

»Du kannst dich auf mich verlassen«, versprach Rodenko und widmete seine Aufmerksamkeit wieder der Makarov.

Graham wußte nicht, wie lange er nun schon auf dem Balkon stand, als ihn ein lautes Pochen aus seinen Gedanken riß. Eilig ging er zur Tür und spähte durchs Schlüsselloch. Eigentlich hatte er mit Sabrina gerechnet, doch es war Koltschinski. Er machte verdattert auf. »Sergei? Wie kommst du hierher? Der Arzt wollte dich doch erst nächste Woche entlassen!«

»Ich habe mich selbst vor einer Stunde entlassen«, erklärte Koltschinski. »Der Doktor war nicht allzu erbaut davon, aber wenn ich mich schone, wird es schon gutgehen.«

»Du bist aber schrecklich blaß. Glaubst du wirklich, du bist schon fit genug?«

»Ganz bestimmt, wenn du dich nur endlich dazu aufraffen könntest, mich hereinzubitten.«

Graham trat gehorsam zur Seite, damit der andere eintreten konnte. »Möchtest du einen Kaffee?«

»O ja, danke.« Koltschinski rieb sich die Hände. »Warum läßt du die Balkontür in einer dermaßen kalten Nacht wie heute sperrangelweit offen stehen? Man kommt sich ja vor wie in Sibirien!«

»Ich war auf dem Balkon draußen. Und hätte die Kälte, ehrlich gesagt, nicht gespürt, wenn du dich jetzt nicht beklagt hättest. Wahrscheinlich bin ich mit zu vielen anderen Dingen beschäftigt.« Er schob die Tür zu. »Ich nehme an, du hast die Sache mit Jacques schon erfahren.«

»Warum, glaubst du, bin ich gekommen? Der Colonel hat es mir vorhin am Telefon mitgeteilt.« Koltschinski ließ sich in einem der Sessel nieder. »Wie wird Sabrina damit fertig?«

»Seit wir das sichere Haus verlassen haben, ist sie sehr still. Ich glaube, während der Fahrt hierher hat sie kein einziges Wort gesagt, und nach der Anmeldung beim Portier hat sie nur was von einem langen Bad gemurmelt, das sie jetzt nötig hätte. Das ist nun schon eine gute Stunde her.«

Koltschinski nickte. »Sie braucht Zeit zum Alleinsein.«

Graham schenkte ihm eine Tasse Kaffee ein. »So habe ich es mir auch erklärt.«

»Es ist nur zu verständlich. Schließlich war er mal ihr Partner.«

»Mehr noch«, sagte Graham und setzte sich aufs Bett. »Sie hat zu Jacques immer wie zu einem großen Bruder aufgesehen. Sie selbst hatte ja nie einen. Erinnerst du dich noch, wie wir uns permanent in den Haaren lagen, als ich neu zur UNACO gestoßen bin?«

Koltschinski musterte ihn über den Rand seiner Tasse hinweg. »Nur zu gut.«

»Wußtest du auch, daß sie manchmal Jacques in Zürich anrief und ihm ihr Herz ausschüttete?«

»Nein, davon höre ich zum erstenmal.«

»Nun, sie tat das ja auch nicht so oft. Später haben wir uns zusammengerauft, aber ich erinnere mich noch gut, daß ich damals stinksauer war. Warum wandte sie sich nicht an C. W.? Schließlich war er der Chef unseres Teams, und nicht Jacques.«

»Ich habe nie ganz verstanden, warum du Jacques abgelehnt hast. Jetzt ist es mir klar.«

»Ich habe Jacques doch nie abgelehnt«, verteidigte sich Graham. »Im Gegenteil, ich hatte immer größten Respekt vor ihm. Er war ein Vollprofi, einer der besten in unserem Geschäft, aber das brauche ich dir ja nicht zu sagen.«

»Daß du ihn als Agenten geachtet hast, das habe ich gemerkt, aber privat bist du nie richtig warm mit ihm geworden, oder?«

Graham fuhr sich mit den Fingern durchs Haar. »Ich werde mit den wenigsten warm. Menschenskind, ich habe doch nur eine harmlose Bemerkung fallen lassen, und schon interpretierst du alle möglichen Zusammenhänge hinein.«

»Okay, okay, das Thema ist beendet«, brummte Koltschinski und deutete auf das Telefon. »Ruf bitte Sabrina an. Ich möchte etwas mit euch beiden besprechen.«

Sabrina hatte ihr Bad schon beendet und kam sofort herüber.

»Wie fühlst du dich, Sergei?« lautete ihre erste Frage.

»Noch ein bißchen wackelig, aber es wird schon besser.«

»Ich dachte, der Colonel würde rüberfliegen und die Sache persönlich in die Hand nehmen«, meinte sie. »Zumindest hat er etwas in dieser Richtung angedeutet, als Mike mit ihm telefonierte.«

»Das war auch seine Absicht, aber weil jetzt alle Teams in Einsatz sind, kann er die UNACO-Zentrale nicht verwaisen lassen. Darum hat er mich gebeten, die Operation an seiner Stelle zu leiten.«

»Für die UNACO oder den KGB?« fragte Graham.

Koltschinski sah ihn scharf an. Seine Augen verengten sich zu Schlitzen. »Was hat der KGB damit zu tun?«

»Du wirst doch dort der neue Direktor. Oder soll ich den neuen Namen benutzen – Russischer Geheimdienst?«

»Woher wißt ihr das?«

»Jacques hat es uns gesagt«, gab Sabrina zu.

»Nun, das ist richtig«, erklärte Koltschinski zögernd. »Aber bis zu meinem Wechsel bleibe ich stellvertretender Direktor der UNACO und werde meine Pflicht nach bestem Wissen und Gewissen erfüllen. Ich hoffe, ich habe damit für Klarheit gesorgt, aber solltet ihr immer noch Zweifel an meiner Treue zu dieser Organisation haben, äußert sie jetzt. Und wenn das der Fall ist, trete ich um des Erfolgs der Operation willen auf der Stelle zurück. Wir können es uns nicht leisten, in einer Atmosphäre des Mißtrauens und der Unsicherheit zu arbeiten, wenn so viel auf dem Spiel steht.«

»Ich habe nicht den geringsten Zweifel an deiner Loyalität zur UNACO«, versicherte ihm Sabrina eilig.

»Und du, Michael?« fragte Koltschinski.

»Wir verschwenden nur unsere Zeit«, brummte Graham. »Fahren wir lieber mit der Einweisung fort.«

»Als Einweisung läßt sich das kaum bezeichnen.« Koltschinski klappte seinen Aktenkoffer auf und nahm einen Ordner heraus. »Eigentlich handelt es sich nur um eine Information, die ich dir geben möchte, Michael, denn offenbar hattest du bei Major Inacio von Anfang an den richtigen Riecher.«

»Ist er schon verhaftet worden?« wollte Graham wissen.

»Er ist verschwunden.«

»Was meinst du mit ›verschwunden‹?« fragte Sabrina.

»Verschwunden eben.« Koltschinski nahm ein Blatt Papier aus dem Ordner und zeigte es ihnen. »Seine Frau bestätigt, daß er das Haus verließ, nachdem er Captain Morales den Tötungsbefehl erteilt hatte. Sie sagte, er hätte eine Reisetasche mitgenommen, aber sie wußte nicht, was sich darin befand. Seitdem hat ihn niemand mehr gesehen.«

»Hat er seiner Frau kein Ziel genannt?« drängte Sabrina.

»Nein. Aber schließlich ist sie es gewohnt, daß er weggeht, ohne zu sagen, wohin. Das gehört nun mal zu unserem Beruf. Eine steckbriefliche Fahndung ist bereits eingeleitet worden, aber bislang ohne Erfolg.«

»Wie lange hat es gedauert, bis die Behörden reagierten?«

»Zwei Stunden.«

»Theoretisch könnte er demnach das Land verlassen haben«, schloß Sabrina.

»Theoretisch, ja«, räumte Koltschinski zögernd ein.

»Vielleicht ist er auch schon tot«, spekulierte Graham.

»Selbstmord wäre nicht unwahrscheinlich, Sergei. Er muß gewußt haben, daß die Spur unweigerlich zu ihm führen würde. Hältst du es nicht auch für möglich, daß er aus Rache versuchte, Zlotin ermorden zu lassen, und sich dann selbst das Leben nahm?«

»Stimmt, das ist nicht auszuschließen, und einige seiner Kollegen haben diese Theorie auch schon geäußert. Aber solange wir keine Leiche finden, müssen wir annehmen, daß er noch lebt.« Koltschinski trank seinen Kaffee aus und verstaute den Ordner wieder in der Tasche. »Wenn ihr mich jetzt bitte entschuldigt – ich muß noch Jacques' Berichte zu dieser Operation studieren.«

»Bist du in unserem Hotel untergebracht?« fragte Graham.

»Ja. Mein Zimmer liegt im zweiten Stock, aber der Blick auf die Gärten ist nicht halb so aufregend wie bei euch oben.« Koltschinski erhob sich und stellte sich vor die Balkontür.

»Wahrscheinlich ein kleines Abschiedsgeschenk für einen, den man schon abgeschrieben hat«, meinte Graham.

»Die Operation ist noch nicht abgeschlossen, Michael«, erinnerte ihn der Russe. »Der Colonel hat die Direktoren aller wichtigen Geheimdienste informiert und davor gewarnt, daß Zlotin versuchen könnte, die Akten auf dem Schwarzmarkt zu verkaufen. Diese wiederum haben umgehend ihre Agenten alarmiert. Wenn die Dokumente auftauchen, erfahren wir das.«

»Und dann?« fragte Graham.

»Dann machen wir ein Angebot – wenn auch durch einen Strohmann. Bei dieser Gelegenheit werden wir hoffentlich Zlotins Operationsbasis lokalisieren und dann die notwendigen Maßnahmen zur Bergung der Dokumente ergreifen können.«

»Ein frommer Wunsch«, schnaubte Graham verächtlich.

»Ich habe doch gesagt, daß die Operation noch läuft. Und ich habe nie behauptet, daß die Sicherstellung der Akten leicht wäre. Im Gegenteil, Zlotin wird nach der heutigen Schießerei doppelt so vorsichtig handeln. Ob frommer Wunsch oder nicht, solange die Akten bei ihm sind, haben wir die Chance, sie zurückzubekommen. Eins müssen wir aber unbedingt verhindern: nämlich daß dechiffrierte Akten, wie banal der Inhalt auch sein mag, in die Hände von Dritten fallen, denn damit könnte die Existenz der UNACO bewiesen werden. Das wäre das sichere Ende unserer Organisation in der Form, wie wir sie kennen.«

»Dafür ist es wohl etwas zu spät, wo der *New York Sentinel* doch für die nächsten Tage eine Riesenstory über die UNACO plant«, meckerte Graham.

»Noch hält der Colonel sie mit dem Interview hin, das er Ryan in Aussicht gestellt hat. Solange Ryan glaubt, er wäre an einem doppelten Exklusivreport dran, wird er sich bestimmt gedulden.«

»Ewig wird er auch nicht warten«, brummte Graham.

»Mensch, der hat die Story des Jahres in den Händen! So etwas hält keiner länger als notwendig unter Verschluß.«

»Zugegeben, die Zeit wird knapp, aber gerade deshalb kommt es im Moment auf jede Stunde an. Unsere Leute finden schon noch einen Flecken auf Ryans ach so weißer Weste; außerdem weißt du genauso gut wie ich, daß die UNACO bis jetzt jede noch so verfahrene Situation umgebogen hat. Ihr Weiterbestehen als Geheimorganisation ist der schlagende Beweis dafür.«

»Bis jetzt«, sagte Graham gedehnt. »Ich weiß ja, daß du es gut meinst, Sergei, aber wenn Ryan oder Warren eine Leiche im Keller hätten, dann wäre sie doch längst ans Tageslicht gezerrt worden.«

»Hoffentlich täuschst du dich da«, murmelte Koltschinski, nahm seinen Koffer wieder an sich und ging.

Graham sperrte hinter ihm ab, dann drehte er sich zu Sabrina um. »Du warst so still. Geht es dir nicht gut?«

»Doch, doch. Ich habe nur nachgedacht, das ist alles.«

»Über Jacques?«

»Nein, ich dachte an C. W. Ich wünschte mir, er könnte uns irgendwie erreichen und uns sagen, daß es ihm gutgeht. Seit Heiligabend haben wir nichts mehr von ihm gehört, und nach der Katastrophe heute nachmittag im sicheren Haus ...«

»Ich habe dir doch gesagt, der Typ ist ein Hexer«, versuchte Graham sie zu beruhigen. »Keine Angst, er ist frisch und munter wie ein Fisch im Wasser und meldet sich bald wieder.«

»Wahrscheinlich hast du ja recht«, seufzte sie.

»Würde ich dich etwa anlügen«, fragte er in neckendem Tonfall.

»So was ist schon mal vorgekommen«, lächelte sie.

»Kann schon sein, aber diesmal bestimmt nicht. Vertrau mir.« Graham sah auf die Uhr. »Was? Es ist schon nach acht, und ich verhungere! Seit dem Frühstück habe ich keinen Bissen mehr gegessen. Wie sieht's mit deinem Appetit aus? Wir könnten ins Restaurant unten gehen.« Er merkte, daß ihre Augen sich verschleierten. »Na ja, ich kann gut verstehen, wenn du im Moment lieber allein sein willst. Du warst mit Jacques eng befreundet.«

»Jacques war wirklich ein guter Freund«, bestätigte sie nach nachdenklichem Schweigen.

»Ich weiß«, sagte Graham sanft.

Plötzlich stand sie auf. »Na komm schon. Du bist nicht der einzige, der am Verhungern ist.«

»Bist du sicher, daß du nicht noch ein wenig Zeit für dich brauchst?«

»Ich hatte vorhin schon Zeit für mich und fühle mich jetzt viel besser.« Ihr fiel ein unsicheres Flackern in seinen Augen auf. »Würde ich dich etwa anlügen?«

»Auch so was ist schon mal vorgekommen.« Er nahm seine Jacke vom Haken und folgte ihr in den Flur.

12

28. Dezember

Whitlock sah auf das Leuchtzifferblatt seiner Uhr. 0 Uhr 20. Der Zeitpunkt für die Flucht ...

Er nahm die Taschenlampe und trat in den Korridor. Dort verharrte er einen Moment und lauschte, ob aus der Zelle, in der die Gefangenen eingesperrt waren, Geräusche drangen. Überall herrschte Stille. Lautlos huschte er in die Nachbarzelle, in der die provisorische Küche eingerichtet war, und knipste die Taschenlampe an, nachdem er die Tür hinter sich geschlossen hatte. Der Lichtstrahl wanderte über die Gegenstände, die er gestern abend neben der Butangasflasche abgestellt hatte: einen Wecker und einen kleinen Rasierspiegel; beides hatte wohl Berger gehört; dazu einen Kerzenstummel, eine Streichholzschachtel und zwei Stück Elektrokabel von etwa gleicher Länge, die er in einer Zelle gefunden hatte.

Im Laufe des Abends hatte er bereits den Deckel vom Gehäuse des Weckers entfernt und an den Enden der Kabelstücke die Isolierung entfernt. Nun ging er neben der Butangasflasche in die Hocke und zündete die Kerze an. Da sie genügend Licht spendete, brauchte er die Taschenlampe nicht mehr. Als nächstes schraubte er die Schutzkappe von der Taschenlampe ab und nahm die Glasbirne heraus, die die feinen Glühfäden schützte. Jetzt kam der schwierigste Teil überhaupt – das Glas des Birnchens zu entfernen, ohne den Glühfaden zu beschädigen. Dazu mußte er die Birne ganz vorsichtig zwischen Daumen und Zeigefinger hin und her drehen, bis sie sich so weit gelokkert hatte, daß er sie etwas anheben konnte, aber nicht allzu hoch, denn der Glühfaden durfte auf keinen Fall zerreißen. Nach mehreren Minuten lockerte sich die Birne allmählich. Wie ein Kind, das beharrlich an einem wackeligen Zahn zupft, bis er sich widerstandelos ziehen läßt, machte er weiter. Die Konzentration trieb ihm den Schweiß auf die Stirn. Mit der freien Hand wischte er sich die Augen ab. Dann endlich löste sich das Glas, und er konnte sich im Licht der Kerze vergewissern, daß er den Glühfaden auch wirklich nicht beschädigt hatte. Nun öffnete er das Batteriegehäuse der Taschenlampe und klemmte das Ende des ersten Kabels an den negativen Kontakt und das andere an den Minutenzeiger des Weckers. Mit dem zweiten Kabel verband er auf die gleiche Weise den Stundenzeiger und den positiven Kontakt.

Fehlten noch die Streichhölzer. Er brach drei in der Mitte an, damit sie nicht wegrollen konnten, und placierte sie mit den Zündköpfen voran direkt an dem Glühfaden. Als das geschehen war, stellte er den Wecker auf zwanzig nach sechs. Noch einmal überprüfte er sein Werk, dann blies er die Kerze aus und richtete sich auf. Jetzt mußte er nur noch das Ventil der Gasflasche aufdrehen. Nach fünf Minuten würde das Gas in den Raum geströmt sein. Wenn die an den Weckerzeigern befestigten Kabelenden einander berührten, schloß sich der Stromkreis, die Taschenlampe wurde automatisch eingeschaltet, und der Glühfaden des Birnchens begann zu glimmen. Die Glut würde ausreichen, die Zündköpfe der Streichhölzer zu entflammen, und dann, in dem gasgefüllten Raum ...

Als Whitlock fertig war, hatten sich seine Augen längst an die Dunkelheit gewöhnt. Er legte nur noch seine Jacke unmittelbar neben der Gasflasche ab, dann ging er und schloß die Tür hinter sich. Sein nächstes Ziel war die Zelle direkt bei der Sicherheitstür. Dort brachte er den Rasierspiegel so unterhalb der geöffneten Tür an, daß er den gesamten Korridor überblicken konnte. Auf diese Weise war es ihm möglich, später von der Zelle aus die Russen zu beobachten, ohne selbst von ihnen gesehen zu werden. Und wenn sie erst einmal in der Küche verschwunden waren, würde er sich unbemerkt davonstehlen.

Andererseits war ihm bewußt, daß allzu vieles schiefgehen konnte, wenn die Russen auch nur in einem Punkt von seinem sorgfältig ausgeklügelten Szenario abwichen. Was machte er, wenn Zlotin die Sicherheitstür bewachen ließ? Oder wenn er sie hinter sich schloß? Wenn einer von ihnen im Korridor blieb? Doch bei allen Unwägbarkeiten hielt Whitlock seinen Plan immer noch für optimal – zumindest angesichts seiner beschränkten Mittel.

Whitlock wußte, daß die Russen ihn umbringen würden, wenn sie ihn erwischten. Gut, dann mußte er eben etwas früher sterben, hatten sie doch sowieso vor, sich der Geiseln und seiner zu entledigen, bevor sie die Insel verließen. So blieb ihm wenigstens noch eine Chance. Er hatte nichts mehr zu verlieren ...

Das ganze Gefängnis schien unter der Wucht der Explosion zu erbeben. Zlotin, der in seiner Zelle geschlafen hatte, riß die Makarov aus dem Holster und stürzte in die Kommandozentrale.

»Was ist los?« fuhr er Rodenko an, der nervös auf den Radarbildschirm starrte.

»Vielleicht ein Raketeneinschlag«, erwiderte Rodenko.

»Aber ich sehe nichts auf dem Bildschirm. Die Rakete müßte außerhalb des Radarbereichs abgefeuert worden sein.«

»Ich glaube nicht an eine Rakete. Die nehmen das Gefängnis doch nicht unter Beschuß, wenn sie den genauen Aufenthaltsort der Geiseln nicht kennen.« Zlotin sperrte den Waffenschrank auf, nahm zwei Nachtsichtbrillen und zwei AK-47 Sturmgewehre heraus, drückte Rodenko Gewehr und Brille in die Hand und stürmte zur Tür. »Komm schon!«

Rodenko stülpte sich die Brille über den Kopf und rannte seinem Chef nach. Binnen Sekunden erreichten sie den Flügel, in dem die Geiseln untergebracht waren. Zu beiden Seiten der Sicherheitstür bezogen sie Stellung. Da vom Korridor dahinter kein Laut zu hören war, forderte Zlotin Rodenko mit einer Geste auf, die Chipkarte in den Schlitz zu schieben. Noch während die Tür zur Seite glitt, sprang Zlotin in die Öffnung und schwenkte das AK-47. Er erkannte auf den ersten Blick, daß die Küchentür zerbeult auf dem Boden lag. »Royce!« brüllte er. Keine Antwort. Ohne auf das Klopfen und die verzweifelten Schreie der Geiseln zu achten, jagte er zu Whitlocks Zelle. Sie war leer. Mit einem Satz über die demolierte Tür erreichte er die Küche direkt nebenan und spähte hinein. Die Detonation hatte ein Loch in die Außenwand gerissen. Zlotin tastete sich durch den verwüsteten Raum und nahm den Schaden in Augenschein. Unten konnte er die Wogen gegen den Felsen branden hören und sehen. Plötzlich krachte ein weiterer Teil der Wand in sich zusammen; Zlotin konnte gerade noch zurückweichen. Dabei stieß er mit dem Fuß gegen die zerfetzten Überreste der Gasflasche und bückte sich danach.

Als Rodenko im Türrahmen erschien, drehte sich Zlotin langsam um. »Wenn das ein Raketeneinschlag gewesen wäre, hätte er die Wand nicht nach außen sondern nach innen geschleudert.«

Der andere spähte durch das Loch auf das Meer hinaus. »Was war es dann?«

»Los, raus hier!« zischte Zlotin. »Die Mauer kann jeden Moment einstürzen.«

Doch statt wegzulaufen, trat Rodenko auf Zlotin zu. »Was hast du da gefunden?«

Zlotin richtete sich auf. »Den Auslöser der Explosion. Eine lecke Gasflasche.«

»Und jetzt fehlt Royce«, brummte Rodenko. Er hob einen Wollfetzen vom Boden auf, den kläglichen Rest von Whitlocks Jacke. »Kann sein, daß er gestern abend vergessen hat, den Gashahn abzudrehen. Vielleicht hat er das Gas gerochen und ist nachsehen gegangen – hat in der Küche ein Streichholz angezündet.

»Dann wäre er doch in den Korridor geschleudert worden.« Ohne eine Antwort abzuwarten, eilte Zlotin in den Flur hinaus, den er jedoch verlassen vorfand. Er drehte sich wieder zu Rodenko um. »Und wo ist die Leiche?«

»Es war ja nur eine Theorie«, verteidigte sich Rodenko. »Vielleicht war er schon drin, als es passierte. Dann hätte ihn die Explosion ins Meer katapultiert. Wie auch immer, das kann er unmöglich überlebt haben.«

»Es sei denn, er hat das Ganze nur inszeniert, damit wir ihn für tot halten.«

Rodenko starrte seinen Chef entgeistert an. »Was hätte er von so etwas? Soviel er wußte, wollten wir ihm heute vor dem Abflug seinen Anteil auszahlen. Er ahnte doch nicht, daß wir ihn töten ...«

»Aber natürlich – die Kommandozentrale!« unterbrach ihn Zlotin. »Daß ich nicht gleich draufgekommen bin!«

»Worauf?« fragte Rodenko, doch Zlotin war schon losgerannt.

Rodenko jagte ihm nach, verlor aber Zeit, weil er die Sicherheitstür hinter sich schloß. Als er den Flügel erreichte, in dem sie ihre Kommandozentrale eingerichtet hatten, fand er die Sicherheitstür offen und die große Halle beleuchtet vor. Zlotin hatte unmittelbar neben der Tür Stellung bezogen.

»Was ist hier los, Nikolai?« flüsterte Rodenko.

»Jetzt ist für Erklärungen keine Zeit«, zischte Zlotin und nahm hastig die Nachtsichtbrille ab. »Wenn er da drinnen ist, will ich ihn lebend haben, verstanden? Lebend!«

Rodenko nickte stumm.

Zlotin verließ als erster die Deckung und stürmte weiter zur Kommandozentrale. Rodenko folgte und sicherte ihn von hinten ab. Erneut trat Zlotin nicht sofort in den Raum, sondern wartete neben der Tür und lauschte, ehe er mit vorgehaltenem Sturmgewehr auf die Schwelle sprang. Niemand war da.

»Durchsuch den Rest des Flügels«, befahl er Rodenko. »Er könnte sich in einer der Zellen verstecken.«

Mit der Chipkarte sperrte Rodenko die Sicherheitstür ab, bevor er die Inspektion begann. Als er wenig später unverrichteter Dinge in die Kommandozentrale zurückkehrte, war Zlotin verschwunden. »Nikolai?« rief er. Keine Antwort. Angst überfiel ihn. »Nikolai?«

Mit wutverzerrtem Gesicht kam Zlotin aus seiner Zelle gestürzt »Meine Schlüsselkarte ist weg! Sie lag auf dem

Tisch. Er muß sie benutzt haben, um zum Landeplatz rauszukommen. Wahrscheinlich will er den Hubschrauber sabotieren. Nur so kann er uns auf der Insel festhalten.«

»Der Hubschrauber ist abgesperrt«, knurrte Rodenko. Er zog einen Minisender aus der Tasche. »Nur damit könnte er das Schloß öffnen.«

»Trotzdem müssen wir oben nachsehen.«

Bevor Zlotin erneut davoneilen konnte, hielt ihn Rodenko am Arm fest. »Ich habe keine Ahnung, was hier gespielt wird, Nikolai, aber wenn wir Royce gefunden haben, schuldest du mir eine Erklärung.«

Zlotin riß sich wütend los und rannte weiter zur Metalltreppe am Ende der Halle. Dort setzte er die Nachtsichtbrille wieder auf und jagte, immer zwei Stufen auf einmal nehmend, zur nächsten Ebene hinauf. Sämtliche Sicherheitstüren, die sonst verschlossen waren, standen offen. Er spurtete den verkohlten Korridor hinunter und hielt erst am Fuß der Metalltreppe inne, die zum Landeplatz führte. Die Tür zum Landeplatz sechzig Meter über ihm war verschlossen. Er mußte warten, bis Rodenko herangekeucht kam, dann tasteten sie sich vorsichtig, damit sie keine der fehlenden Stufen übersahen, nach oben.

»Wenn er trotz allem in den Hubschrauber eingebrochen ist, könnte er dann die Maschinenkanone benutzen?« fragte Zlotin, als sie die oberste Stufe erreicht hatten.

»Nein. Jemenkow hat im Cockpit einen kleinen Computer installiert. Ohne ihn sind die Instrumente und die Kanone wertlos. Wenn Royce den Code für das Programm nicht kennt, kann er nichts damit anfangen.«

»Wenigstens etwas.« Zlotin deutete auf die Chipkarte in Rodenkos Hand. »Mach auf. Ich gehe voran.«

Rodenko wischte sich den Schweiß von der Stirn, dann schob er die Karte in den Schlitz. Sein AK-47 auf den Helikopter gerichtet, stürmte Zlotin ins Freie. Das Tarnnetz über der hinteren Luke war beiseite geschoben worden. Zlotin sah auf den ersten Blick, daß Whitlock sich am Armaturenbrett im Cockpit zu schaffen machte. Er rannte sofort los, doch erst als er den Hubschrauber schon fast erreicht hatte, bemerkte Whitlock ihn. Zlotin winkte ihn mit dem Sturmgewehr zu sich herunter.

Inzwischen war auch Rodenko zur Stelle und bedrohte Whitlock ebenfalls. Dieser begriff, daß er keine Chance mehr hatte, öffnete zögernd die Luke und sprang auf den Boden. Bevor er die Hände hob, ließ er etwas fallen – einen Wust ineinander verknäulter Kabel. »Wenn ich mehr Zeit gehabt hätte, hätte ich sauberer gearbeitet«, sagte er in bedauerndem Ton.

»Durchsuch ihn!« bellte Zlotin.

Rodenko schleuderte Whitlock gegen den Helikopter, fand aber als einziges einen Schraubenzieher in seiner Gesäßtasche. Er selbst hatte ihn gestern in der Kommandozentrale liegen lassen. Damit also hatte ihr Gefangener die Einstiegsluke und die Abdeckung aufstemmen können, die das sensible Steuersystem mitsamt seinen vielen Kabeln schützte.

»Ich nehme an, Sie haben Ihre Kollegen schon per Funk informiert«, brummte Zlotin. »Sonst hätten Sie ja keinen Grund für diese Schweinerei gehabt, es sei denn, Sie wollten nur unseren Abflug verhindern.«

Whitlock legte die Stirn in Falten. »Kollegen?«

»Ihre Kollegen von der UNACO – Mike Graham und Sabrina Carver.«

»Ich weiß nicht, wovon Sie reden. Mein Name ist …«

»Clarence Wilkins Whitlock«, fiel ihm Zlotin ins Wort. »Der Teamleiter der *Strike Force Three.*«

»Er ist von der UNACO?« fragte Rodenko verblüfft. »Wie lange wußtest du das schon?«

»Seit ich ihn in Marseille angeheuert habe«, antwortete Zlotin. »Das mit dem Foto war ein genialer Einfall, Whitlock. Wahrscheinlich ein Produkt Ihres Colonel Philpott. Und Sie wären damit auch durchgekommen, wäre Ihr angeblicher Maulwurf in der *Spetznaz* nicht einer meiner treuesten Mitarbeiter. Das war er übrigens auch schon damals, als die UNACO ihn rekrutierte.«

Whitlock wußte, daß es keinen Sinn mehr hatte, zu leugnen. »Ich verstehe. Indem Sie mich einstellten, konnten Sie mich nicht nur überwachen, sondern mich praktisch ausschalten, weil Sie mich von der eigentlichen Operation fernhielten.«

»Sie haben es auf den Punkt gebracht.«

»Warum haben Sie mich nicht einfach in Marseille getötet?«

»Wenn ihre Leiche aufgetaucht wäre, hätte die UNACO unweigerlich Jannoc ausgequetscht. Jannoc ist schwach. Bei genügend Druck hätte er ihren Leuten wahrscheinlich alles über die Insel verraten. Das wollte ich nicht riskieren. Wie Sie richtig erkannt haben, konnte ich Sie außerdem auf diese Weise aus dem Verkehr ziehen. Sie haben der UNACO nichts mehr genützt, hm? Na ja, bis vorhin zumindest nicht. Nun, wie gesagt, ich muß davon ausgehen, daß Sie bereits Verstärkung angefordert haben. Aber sorgen Sie sich nicht um uns. Wir werden jeden Angriff abwehren. Schließlich ist das hier eine Festung.«

»Sie zwei allein? Ich nehme doch an, daß Sie jetzt nur noch zu zweit sind. In den letzten Tagen hat sich Jemenkow hier nicht mehr blicken lassen. Kann es sein, daß sein Verschwinden mit der Abfahrt des Motorboots am Abend des ersten Feiertags zusammenhängt? Eine Zelle direkt über dem Anlegesteg bringt ihre Vorteile mit sich. Komisch nur, daß ich ihn nie habe zurückkommen hören.«

»Hauptmann Jemenkow wurde während eines Einsatzes getötet«, erwiderte der andere kurz angebunden.

»Mein Beileid!« sagte Whitlock kühl.

»Sein Tod ist bereits gerächt worden – durch den Tod von Jacques Rust. Ein Freund von Ihnen? Ich habe ihn persönlich erledigt.«

Whitlock stürzte sich auf Zlotin. Mit einem brutalen Kolbenhieb auf den Hinterkopf schmetterte Rodenko ihn zu Boden. Bewußtlos brach er vor Zlotins Füßen zusammen.

»Mein Beileid«, spuckte Zlotin voller Verachtung.

»Wenn er die UNACO informiert hat, ist es nur eine Frage der Zeit, bis es hier von Soldaten wimmelt«, murmelte Rodenko nervös.

»Eine, höchstens zwei Stunden, schätze ich.«

»Bis dahin kann ich den Hubschrauber unmöglich reparieren!«

»Solange du es nicht versuchst, kannst du es nicht wissen, würde ich sagen. Warum fängst du nicht einfach an, statt hier rumzujammern?«

Rodenko wich benommen zurück. Zlotins sarkastischer Ton hatte ihn getroffen. »Und was willst du so lange tun?«

»Ich bringe unseren Freund an einen sicheren Ort.« Zlotin hob den bewußtlosen Whitlock mühelos hoch und legte ihn sich über die Schulter. »Wenn du den Hubschrauber nicht repariert hast, bevor die Soldaten auf der Insel landen, brauchen wir den Kerl vielleicht noch als Pfand. Du willst doch sicher auch unversehrt von hier wegkommen.« Er setzte sich in Bewegung.

»Nikolai?« rief ihm der andere nach. »Warum hast du mir das mit Whitlock nicht früher gesagt?«

»Das ist alles eine Frage des Vertrauens, Viktor.« Zlotin packte Whitlock fester und verschwand mit ihm durch die Tür.

Sabrina fuhr schon beim ersten Schrillen des Telefons hoch. Sie schaltete das Licht ein und nahm ab. »Hallo?« Sie sah auf die Uhr. 2 Uhr 17.

»Sabrina, ich bin's, Mike. Sergei hat mich soeben angerufen. Wir sollen sofort zu einer dringenden Besprechung zu ihm kommen.«

»Hat er gesagt, worum es geht?« fragte sie mit zitternder Stimme. Vergeblich versuchte sie, sich die Aufregung nicht anmerken zu lassen.

»Nein, aber es muß wichtig sein, wenn er uns mitten in der Nacht zusammentrommelt.«

»Bin schon auf dem Weg.« Sie legte auf und schwang die Füße über die Bettkante. Da sie in ihrem grauen Trainingsanzug geschlafen hatte, brauchte sie nur noch in die Turnschuhe zu schlüpfen. Sie nahm den elektronischen Schlüssel und eilte hinaus. Statt auf den Lift zu warten, rannte sie die Treppe hinunter. Völlig außer Atem kam sie vor Koltschinskis Tür an und hob die Hand zum Klopfen, als sie hinter sich ein Klingelzeichen hörte. Der Aufzug hielt an, und Graham kam heraus. Über sein Gesicht huschte ein amüsiertes Lächeln, als er sie, die Hände in die Hüften gestemmt und immer noch keuchend, dastehen sah. Er stellte sich neben sie und klopfte.

Koltschinski zerrte sie sofort zu sich herein. »Setzt euch«, sagte er und schuf etwas Platz auf dem mit Akten übersäten Bett. »Jetzt dürften wir endlich den Jackpot geknackt haben. Vor wenigen Minuten hat sich C. W. beim diensthabenden Offizier in der Kommandozentrale gemeldet.«

»Hat er gesagt, wo er ist?« fragte Graham.

»Geht's ihm gut?« fügte Sabrina besorgt hinzu.

»Ja und ja. Wir wissen, daß es C.W. war, weil er sich mit seiner Geheimnummer ausgewiesen hat. Er ist in einem stillgelegten Gefängnis mit dem Namen *A Fortaleza* irgendwo vor der portugiesischen Küste. Den genauen Standort konnte er nicht nennen. Die Geiseln sind gesund und wohlauf. Er hat gesagt, daß er den Russen fürs erste entwischen konnte, rechnet aber damit, daß sie ihn bald wieder stellen. Das klang alles ziemlich wirr, aber er konnte es nicht genauer erklären, weil er noch einen Hubschrauber flugunfähig machen wollte. Er müsse die Russen unbedingt daran hindern, die Insel vor eurem Eintreffen zu verlassen. An dieser Stelle hat er die Durchsage beendet.«

»*A Fortaleza* – die Festung«, übersetzte Sabrina. »Hat der diensthabende Offizier rausgefunden, wo sie ist?«

»Nein, aber ich habe gleich Captain Morales bei der *Brigade* angerufen. Er hat mir erklärt, daß sie vor Porto liegt. Sie wurde vor einigen Jahren geschlossen. Ein Feuer hatte einen Großteil der Inneneinrichtung zerstört.«

»Ein perfekter Standort«, sagte Sabrina voller unverhohlener Bewunderung.

»Wann dringen wir dort ein?« fragte Graham.

»Sobald wir die Baupläne eingesehen haben«, antwortete Koltschinski. »Morales ist damit bereits auf dem Weg zu uns.«

»Hast du ihn auch über C. W. informiert?« wollte Sabrina wissen.

»Ja. Ich weiß, daß ich ihm irgendeine Räuberpistole hätte erzählen können, wie wir die Russen aufgespürt haben, aber dann hielt ich es doch für das Beste, die Karten auf den Tisch zu legen.«

»Wie hat er es aufgenommen?«

»Am Anfang nicht so gut. Er war verärgert, daß wir das gegnerische Lager ohne Wissen der *Brigade* infiltriert haben. Aber dann beruhigte er sich wieder, als ich darauf hinwies, daß es ganz gut war, daß Major Inacio nicht über C. W. Bescheid wußte. Er hätte die Information sicher an Zlotin weitergegeben. Mehr brauchte ich nicht zu sagen. Im Augenblick ist Major Inacio bei der *Brigade* ein ganz wunder Punkt, zumal es immer noch keine Spur von ihm gibt.«

»Du glaubst also nicht, daß sie uns später Scherereien machen, weil wir ihnen wichtige Informationen vorenthalten haben?«

»In Anbetracht der Tatsache, daß Jaques' Tod ausschließlich auf Major Inacios Verrat zurückzuführen ist, werden sie wohl mehr als bereit sein, alle Unstimmigkeiten zu vergeben und zu vergessen.« Koltschinskis Blick fiel auf Graham, der sich mit vor der Brust verschränkten Armen bei der Balkontür aufgebaut hatte. »Was ist mit dir, Michael?«

»Ich verstehe nicht, warum du unbedingt die *Brigade für Sondereinsätze* einschalten mußtest. Das hätten wir doch auch allein erledigen können.«

»In seinen Berichten hat Jacques deine Feindseligkeit gegenüber der *Brigade* ausdrücklich erwähnt«, brummte der Russe. »Anscheinend ist sie im Laufe der Operation sogar mehrmals offen ausgebrochen.«

»Du hast doch selbst gesagt, daß Inacio verantwortlich für Jacques' Tod ist. Ich würde sagen, das allein ist Grund genug, den Kerlen nicht zu trauen.«

»Ein verfaulter Apfel bedeutet doch nicht, daß der ganze Baum krank ist.«

»Zumindest würde ich mir den Baum genauer anschauen, du etwa nicht?«

»Worauf willst du hinaus, Michael? Daß Inacio Komplizen in der *Brigade* hat, die Zlotin weiter mit Informationen füttern?«

»Ich will auf überhaupt nichts hinaus, Sergei. Ich würde mich nur viel sicherer fühlen, wenn Sabrina und ich allein losziehen könnten.«

»Ich werde deine Anregung im Hinterkopf behalten, Michael. Aber zuerst muß ich die Baupläne sehen.«

Wie versprochen, brachte Morales eine Kopie der Baupläne des Gefängniskomplexes mit. Weil auf dem Tisch zu wenig Platz war, breitete er sie auf dem Bett aus, wobei einige UNACO-Ordner als Beschwerer benutzt wurden.

»Ich habe sie mir auf dem Herweg schon ansehen können«, erklärte Morales. »Soweit ich es beurteilen kann, gibt es zwei Eingänge. Der eine ist das Haupttor. Es liegt hinter dem Pier. Ansonsten gelangt man nur noch von oben, vom Hubschrauberlandeplatz hinein. Beide Eingänge werden durch schwere Sicherheitstüren geschützt, die die Russen garantiert auch benutzen.«

»Sie scheinen sich dessen ja ziemlich sicher zu sein«, bemerkte Koltschinski.

Morales zog eine Chipkarte aus seiner Tasche und reichte sie dem Russen. »Das haben wir bei Jemenkow gefunden. Es ist ein mit dem Sicherheitssystem der Anlage kompatibler elektronischer Schlüssel.«

»Ein nützliches kleines Ding«, sinnierte Koltschinski. Er drehte die Karte nachdenklich in den Händen hin und her, dann gab er sie Morales zurück.

»Es gibt noch einen dritten Zugang«, ließ sich Sabrina vernehmen, ohne vom Bauplan aufzusehen.

»Ich fürchte, da täuschen Sie sich, Miß Carver«, meinte Morales. »Es sind nur zwei Eingänge verzeichnet. Das geht auch aus dem Begleittext hervor.«

»Im Begleittext steht aber auch, daß an gleicher Stelle ein Schloß stand, das Mitte des siebzehnten Jahrhunderts gebaut und 1809 während des Befreiungskriegs von der französischen Flotte zerstört wurde.«

»Stimmt, das habe ich auch gelesen«, gab Morales zu. »Aber worauf wollen Sie hinaus? Wie Sie selbst gesagt haben, wurde das Schloß im Unabhängigkeitskrieg geschleift und nie wieder aufgebaut.«

»Das ist richtig. Aber aus dem Kommentar geht hervor, daß beim Bau des Gefängnisses zwei praktisch unversehrte Verliese entdeckt wurden. Es heißt, sie hätten den verheerenden Angriff der Franzosen übelebt, weil sie unter dem Meeresspiegel lagen.«

Graham beugte sich über Sabrina. »Das ist bestimmt eine faszinierende Sache, aber können wir nicht die Geschichtsstunde weglassen und zum Thema kommen?«

»Aber das ist ja das Thema!« rief sie und pochte auf ein bestimmtes Wort auf der Karte. »*Comporta.*«

Nun sah auch Morales genauer hin. »Das ist mir gar nicht aufgefallen«, gestand er schuldbewußt.

Graham stöhnte entnervt auf. »Ich störe nicht gerne, aber hätte jemand vielleicht die Güte, mir zu sagen, was *comporta* bedeutet?«

»*Comporta* heißt Schleusentor«, erklärte Sabrina. »Laut dem Text wurde eines in die Mauer eingebaut, hinter der die Verliese liegen. Wenn wir durch die Verliese eindringen, führt von dort eine Treppe in die ehemalige medizinische Abteilung der Anlage. Zwischen diesem Flügel und der Treppe gibt's eine Sicherheitstür, aber ich bezweifle, daß die Russen sie extra abgesperrt haben. Und selbst wenn, jetzt könnten wir sie ja mühelos öffnen.«

Graham studierte nun aufmerksam die Karte. Schließlich richtete er sich auf und schlenderte, die Hände in den Taschen vergraben, zur Balkontür, von wo aus er nachdenklich in den Sternenhimmel blickte.

»Darf ich auch mal sehen?« bat Koltschinski, der sich die ganze Zeit nicht aus dem Sessel gerührt hatte.

Sabrina brachte ihm den Plan und zeigte ihm die relevanten Punkte.

»Was schwebt dir jetzt vor?« erkundigte sich der Russe.

»Wir könnten versuchen, das Schleusentor von außen zu sprengen und auf diese Weise ins Gefängnis einzudringen.

Koltschinski nickte. »Das wäre eine Möglichkeit.« Er sah zu Graham hinüber, der immer noch in die Nacht hinausstarrte. »Michael, ich kenne diesen nachdenklichen Blick nur zu gut. Was ist es denn diesmal?«

»Ich denke, daß die Sprengung des Schleusentors eine gute Idee sein könnte – in der Theorie.«

»Und das heißt?« fragte Sabrina mißtrauisch.

»Das heißt: da wir über das Schleusentor Bescheid wissen, haben auch die Russen es entdeckt. Tatsächlich bleiben uns aber, wenn wir da unbemerkt eindringen wollen, nur zwei echte Möglichkeiten: durch den Haupteingang oder durch das Verlies. Den Landeplatz können wir vergessen. Die Russen würden jeden Hubschrauber hören, bevor er überhaupt in der Nähe der Insel ist. Darum schlage ich vor, daß wir beide Optionen nutzen. Wir sollten uns teilen. Sind wir erst mal drin, ist die Gefahr, daß sie uns stellen, nicht mehr so groß ...«

»Klingt vernünftig«, meinte Sabrina.

»Und was ist unsere Rolle in diesem Szenario?« erkundigte sich Morales. »Oder wird von uns erwartet, daß wir nachher für die UNACO die Aufräumarbeiten erledigen, wie nach dem Vorfall in der Lagerhalle?«

»Auf der Insel befinden sich vier Geiseln, Captain Morales«, hielt ihm Koltschinski vor. »Ich kann Ihnen versichern, daß Nikolai Zlotin sie im Falle eines Angriffs bedenkenlos als menschliche Schutzschilde benutzen würde.«

»So hat er es in Afghanistan gemacht«, bestätigte Graham. »Wenn Konvois durch von Afghanen gehaltene Bergpässe zogen, wurden Kinder von gerade mal drei Jahren vorne an die Panzer gebunden. Und tatsächlich wurde von den Konvois, die unter Zlotins Kommando standen, kein einziger überfallen. Das erklärt einiges, würde ich sagen: oder wie sehen Sie das?«

Morales gab keine Antwort. –

»Am meisten würde ich mir von einem unauffälligen

Vorgehen versprechen«, fuhr Graham fort. »Sabrina und ich, wir könnten uns reinschleichen und die Geiseln unversehrt rausbringen. Und nachdem wir uns verzogen haben, könnte die *Brigade für Sondereinsätze* zuschlagen und die Lorbeeren ernten. Überlegen Sie doch nur, wie Ihre Einheit nach Zlotins Ergreifung dastünde, vor allem nach der unsäglichen Inacio-Affäre.«

»Wir blieben aber auch als einzige im Regen stehen, wenn die Operation schiefginge«, brummte Morales.

»Das ist richtig«, meldete sich Koltschinski zu Wort, aber ich mache Sie darauf aufmerksam, daß Sie im Falle eines Sturms auf die Insel durch die *Brigade* den Tod von vier Geiseln zu verantworten hätten.« Er rollte den Bauplan zusammen und gab ihn dem Portugiesen zurück. »Selbst wenn Sie Zlotin und Rodenko töten sollten, wäre das nur ein schwacher Trost, sobald die ersten Vorwürfe laut würden. Mir ist bewußt, daß die UNACO hier keine Rechtshoheit hat und daß Sie als hoher Beamter der *Brigade für Sondereinsätze* mich jederzeit überstimmen können, dennoch hoffe ich, daß Sie unsere Einwände als sinnvoll akzeptieren.«

Morales beugte sich vor. »Angenommen, ich gehe auf Ihre Vorschläge ein, wie würde dieses ›behutsame Vorgehen‹ im einzelnen aussehen?«

»Wir müßten uns der Insel per Boot nähern«, sagte Graham. »Ich denke an Amphibienfahrzeuge – die fallen nicht so leicht auf.«

»Und wenn Sie bis ins Gefängnis vordringen?« bohrte Morales nach.

»Dann müßten wir improvisieren«, meinte Graham achselzuckend.

»Genausogut kann man sagen, uns wird im rechten Moment schon das Richtige einfallen«, erläuterte Sabrina, der Morales' skeptische Miene nicht entgangen war. »Wenn wir genau wüßten, wo die Geiseln eingesperrt sind, könnten wir unsere Strategie natürlich im voraus planen. Aber da das nicht der Fall ist, bleibt uns nichts anderes übrig, als zu improvisieren.«

»Wieviel Zeit würden Sie für das Ganze benötigen, wenn Sie allein reingingen?«

»Schwer zu sagen«, brummte Graham. »Mindestens dreißig Minuten, bis wir drin sind, und noch mal die gleiche Zeit für die Suche nach den Geiseln – immer vorausgesetzt, daß es keine unerwarteten Rückschläge gibt. Mit etwas Glück finden wir die Geiseln auch sehr viel schneller, aber realistischerweise würde ich von mindestens eineinhalb Stunden ausgehen.«

Morales überlegte. »Sechzig Minuten«, sagte er schließlich.

»Damit bleibt uns zu wenig ...«

»Und Sie garantieren uns, daß die beiden allein reingehen können?« fuhr Koltschinski dazwischen und würgte so Grahams Protest ab.

Morales nickte. »Aber wenn sie nach einer Stunde noch nicht draußen sind, übernehmen wir.«

»Das ist doch kein Rennen, bei dem der Schnellste gewinnt«, blaffte Graham. »Es geht um das Leben von mehreren Geiseln, falls Sie das vergessen haben sollten. Und unseren Kollegen haben sie inzwischen vielleicht auch schon erwischt. Wenn wir da reingehen, sollten wir Zeit haben, professionell zu arbeiten, aber das ist nicht möglich, wenn wir ständig auf die Uhr sehen müssen, um zu wissen, wann die Kavallerie angreift.«

Morales zog aus der Jackentasche ein Blatt Papier und reichte es Sabrina. »Sie können doch Portugiesisch, Miß Carver. Das ist ein Befehl. Ich war gerade im Begriff, das Hauptquartier zu verlassen, als einer meiner Vorgesetzten es mir in die Hand drückte. Eigentlich dürfte ich es Ihnen nicht zeigen, aber vielleicht verstehen Sie dann besser, in was für einem Dilemma ich mich befinde.«

Sabrina entfaltete das Papier und überflog schweigend den Inhalt.

»Und?« drängte Graham.

»Captain Morales hat den Befehl, mit einem Einsatzteam das Gefängnis zu stürmen und notfalls auch Gewalt anzuwenden.« Sabrina faltete das Blatt wieder zusammen und gab es Morales zurück. »Der Befehl muß ohne Verzug ausgeführt werden.«

»Begreifen Sie jetzt, warum ich Ihnen nur eine Stunde zugestehen kann?« fragte Morales Graham. »Aber auch so werde ich wahrscheinlich wegen Gehorsamsverweigerung vor ein Kriegsgericht gezerrt. Sollten Sie andererseits Zlotin richtig einschätzen, würde ich ein Selbstmordkommando auf die Insel führen. Bei dieser Operation haben wir bereits fünf Männer verloren. Sie können sich ja vorstellen, wie sich das auf unsere Moral ausgewirkt hat. Wenn es eine Chance gibt, die Geiseln ohne weiteres Blutvergießen rauszuholen, dann muß ich sie nützen, selbst wenn ich damit einen direkten Befehl mißachte.«

»Okay, eine Stunde«, murmelte Graham. »Wann geht es los?«

»Auf dem Militärflughafen am Rand von Porto steht ein Helikopter bereit. Mein Team müßte bereits dort sein. Wenn Sie mir auflisten können, was Sie alles brauchen, dann gebe ich das per Funk an den Piloten durch. Bis zu unserer Ankunft in Porto wird man es beschafft haben.«

»Sie bekommen die Liste«, versprach ihm Graham.

Sabrina stand schon bei der Tür. »Ich muß nur noch die Beretta und meine Jacke holen, dann kann es losgehen.«

»Ja, ich auch!« rief Graham und folgte ihr.

»Wir treffen uns dann unten in der Lobby«, sagte Morales.

»Michael!« rief Koltschinski Graham nach. »Vor eurem Aufbruch muß ich mit dir und Sabrina noch kurz etwas besprechen.«

Graham nickte, dann rannte er Sabrina hinterher, die das Zimmer bereits verlassen hatte.

»Die zwei scheinen sich ja gut zu verstehen«, brummte Morales, als er mit Koltschinski allein war.

»Sie vertrauen einander blind. Dazu haben sie die fast unheimliche Gabe, zu ahnen, was der andere denkt, vor allem dann, wenn sie unter Druck stehen. In meinen Augen macht gerade das ihre eigentliche Stärke aus. Und trotzdem könnten sie von der Persönlichkeit her nicht unterschiedlicher sein. Merkwürdig, nicht wahr?«

»Gegensätze ziehen sich an, heißt es«, meinte Morales und schob die Pläne wieder in den Umschlag.

»Das ist wahr«, entgegnete Koltschinski diplomatisch.

Morales lächelte. Er hatte die Anspielung verstanden. »Tja, ich muß den Luftwaffenstützpunkt anfunken und meinen Leuten Bescheid sagen, daß wir unterwegs sind. Wir sprechen uns wieder, sobald ich zurückkomme.«

Die beiden Männer schüttelten sich die Hand, dann war Koltschinski allein. Er ließ sich in den Sessel sinken und wartete auf die zwei Agenten. Als sie zurückkamen, bat er sie, die Tür zu schließen und sich aufs Bett zu setzen.

»Was wolltest du uns sagen, Sergei?« fragte Graham.

»Kannst du es dir nicht denken?« fuhr Koltschinski ihn an. »Den guten Morales magst du vielleicht reingelegt haben, aber er hat schließlich keine Ahnung von dem Memo, das der Colonel mir gestern nacht schickte.«

»Was hätte ich ihm denn sagen sollen? Daß der Colonel von einer Quelle in Frankreich erfahren hat, daß Saisse vor dem Überfall auf dich und Abe eine Radaranlage und zwei Sonarbojen auf dem Schwarzmarkt gekauft hat? Glaubst du im Ernst, er hätte Sabrina und mich so bereitwillig ziehen lassen, wenn er vermutet hätte, daß die Anlage bereits installiert ist?«

»Ganz bestimmt nicht«, brummte Koltschinski.

»Warum hast du Morales nichts von dem Memo gesagt, Sergei?« drängte Sabrina. »Ich dachte, die Führung der UNACO hätte nach der Geschichte im Lagerhaus die vollständige Kooperation mit der *Brigade* angeordnet.«

»Ich habe ja auch vor, ihn darüber zu informieren, nur möchte ich damit warten, bis ich weiß, ob Michaels Plan durchführbar ist. Es ist offenkundig, daß er in Captain Morales' Gegenwart bestimmte Details für sich behalten wollte.« Koltschinski wandte sich wieder Graham zu. »Ich nehme an, du hast noch etwas anderes vor, als nur zu ›improvisieren‹.«

»Ich habe in der Tat einen Plan, Sergei.«

»Aber wenn die Russen ihre Radaranlage und die Sonarbojen schon installiert haben, können wir uns der Insel nicht unbemerkt nähern«, wandte Sabrina ein.

»*Du* nicht«, sagte Graham und tätschelte ihr den Arm.

Sabrina musterte ihn mißtrauisch. »Warum werde ich den Eindruck nicht los, daß man mich für dumm verkauft?«

»Nein, wenn jemand für dumm verkauft wird, dann Zlotin«, entgegnete Graham mit einem zufriedenen Grinsen. »Dir kann nichts passieren, solange du dich an den Plan hältst.«

»Das werden wir ja gleich selbst beurteilen können«, sagte Koltschinski. Er faltete die Hände vor der Brust. »Los, Michael, raus mit der Sprache.«

13

»Wie lange dauert es noch, bis der Hubschrauber flugbereit ist?«

»Höchstens dreißig Minuten«, sagte Rodenko, ohne sich zu Zlotin umzudrehen, der hinter ihm ins Cockpit geklettert war. Im Licht der Taschenlampe prüfte er noch einmal nach, ob er die Kabel richtig angeschlossen hatte. Mit einem zufriedenen Nicken richtete er sich auf: »Ja, ich würde sagen dreißig Minuten. Der Schaden war doch nicht so schlimm, wie ich zuerst dachte.«

»Gut, denn wir bekommen Gesellschaft«, sagte Zlotin.

Rodenko kniff die Augen zusammen. »UNACO?«

»Das weiß ich noch nicht. Das Radar hat zwei Motorfahrzeuge erfaßt.«

»Luft oder Wasser?«

»Wasser. Sie kommen aus östlicher Richtung, also vom Festland.

»Was willst du unternehmen?«

Zlotin pochte auf das Nachtsichtfernglas, das um seinen Hals baumelte. »Zunächst muß ich wissen, wer überhaupt da draußen ist. Erst dann kann ich entscheiden, welche Reaktion angebracht ist.«

Rodenko stieg aus der Kabine und folgte Zlotin zum mit Stacheldraht eingezäunten Rand des Landeplatzes. Um sich vor dem kalten Wind zu schützen, schlug er den Kragen hoch und vergrub die Hände in den Hosentaschen. Zlotin suchte unterdessen das dunkle Meer mit seinem Fernglas ab.

»Dort sind sie!« rief er schließlich. »Zwei aufblasbare Amphibienboote, mit jeweils einer Person besetzt. Sie sind noch fünf, sechs Kilometer von uns entfernt, kommen aber rasch näher.«

»Graham und Carver?« spekulierte Rodenko.

»Ich kann ihre Gesichter nicht sehen, glaube aber, daß sie es sind.«

»Offenbar wissen Sie über unser Radarsystem nicht Bescheid«, meinte Rodenko.

»Offenbar.«

»Vom Helikopter aus könnten wir eine Rakete abschießen«, schlug Rodenko vor. »Soll ich die Vorbereitungen treffen? Sobald sie in Reichweite kommen, putzen wir sie weg.«

»Nein.« Zlotin ließ das Fernglas sinken. »Wenn wir sie abschießen, rufen wir nur die Verstärkung auf den Plan. Nein – je länger wir abwarten, desto gründlicher kannst du den Hubschrauber reparieren.«

»Was willst du dann tun?«

»Nichts«, sagte Zlotin.

»Du läßt zu, daß sie die Insel erreichen?«

»Genau das ist meine Absicht, Viktor. Sie haben nur zwei Möglichkeiten, hier einzudringen – entweder durch den Haupteingang, oder sie sprengen das Schleusentor. Der Wasserlandeplatz ist mit Infrarotdetektoren und Kameras bestückt. Selbst wenn sie Valentins Chipkarte haben, kommen sie da nicht weit, weil sie unweigerlich Alarm auslösen würden. Aber so wie ich Graham kenne, schickt er seine Partnerin bestimmt zum Haupteingang, während er selbst versuchen wird, das Schleusentor zu sprengen. Bei der DELTA galt er ja als Sprengstoffexperte. Nun, wenn er das tut, was ich annehme, wird unweigerlich das Verlies überflutet.«

»Woraufhin Whitlock ertrinkt«, grinste Rodenko.

»Und auch Carver«, fügte Zlotin hinzu.

»Vorausgesetzt, du überwältigst sie und sperrst sie ins Verlies, bevor Graham das Schleusentor sprengt.«

»*Vorausgesetzt* ich überwältige Carver?« schnaubte Zlotin. »Sie ist vielleicht gut, aber ich glaube nicht, daß sie mir gewachsen ist, du etwa?«

»Das wollte ich nie unterstellen«, verteidigte sich der andere.

Zlotin maß Rodenko mit einem kühlen Blick. »Eins wird Graham garantiert nicht wissen«, fuhr er fort. »Vor dem Schleusentor ist noch ein Gitter im Felsen verankert. Ich weiß nicht, wer es angebracht hat, jedenfalls ist es nicht im Originalbauplan verzeichnet. Mir ist es auch erst aufgefallen, als ich die Anlage inspiziert und die Sicherheitssysteme überprüft habe. Es wird einige Zeit dauern, bis er das Gitter entfernt hat, und wenn er dann endlich soweit ist, daß er das Schleusentor sprengen kann, wird Carver längst im Verlies hocken.«

»Warum bringst du sie nicht einfach um?«

»Carver ist der einzige Mensch, der Graham nach dem Verlust seiner Familie wirklich etwas bedeutet. Stell dir nur vor, welch ein Schlag das für ihn sein wird, wenn er begreift, daß er ihren Tod verursacht hat! Er gibt sich ja auch die Schuld für das, was seiner Frau und seinem Sohn geschehen ist. Damals wäre er fast daran zerbrochen. Diesmal wird er endgültig zerbrechen.«

»Das hört sich ja fast so an wie eine persönliche Sache zwischen dir und ihm«, meinte Rodenko.

»Gewissermaßen ist es das auch. Seit er mir durch seine Arbeit für die DELTA aufgefallen ist, verfolge ich Grahams Laufbahn genau. Es gibt nichts, was ich nicht über ihn weiß. Und umgekehrt ist es genauso. Ich glaube, Graham ist mein *Alter ego,* nur daß er auf der anderen Seite kämpft. Und gibt es einen besseren Weg, seinen Erzfeind zu zerstören, als ihn sich selbst zerstören zu lassen?«

»Du scheinst dir ja ziemlich sicher zu sein, daß Graham dir in die Hände spielt«, brummte Rodenko.

Zlotin starrte in die Dunkelheit hinaus. »Das wird er auch. Glaube mir, das wird er.«

Der von den Briten erfundene *Subskimmer,* der heutzutage bei den Eliteeinheiten der ganzen Welt im Einsatz ist, läßt sich binnen sechzig Sekunden von einem Überwasserfahrzeug in ein voll funktionsfähiges Unterseeboot verwandeln. So lag es auf der Hand, daß Graham neben ein paar anderen überlebensnotwendigen Dingen zwei *Subskimmer* bei der *Brigade* bestellt hatte. Die Liste war noch vor Grahams und Sabrinas Aufbruch an den Stützpunkt in Porto durchgegeben worden, und bei ihrer Ankunft auf dem irgendwo zwischen Porto und der Industriestadt Matoshinos gelegenen geheimen Armeeflughafen lag alles für sie bereit.

Nachdem Graham und Sabrina hastig in die Neoprenanzüge gestiegen waren, die Sauerstoffflaschen angelegt und sich das Gesicht mit Tarncreme eingeschmiert hatten, folgten sie Morales zum Strand, wo die gut fünf Meter langen *Subskimmer* im Wasser schaukelten.

»Zeitvergleich«, sagte Morales und schob den Ärmel seines schwarzen Sweatshirts zurück. »Bei mir ist es 3 Uhr 47.«

»Bestätigt!« riefen Graham und Sabrina unisono.

»Eine Stunde«, erinnerte Morales sie. »wenn wir bis dahin nichts von Ihnen gehört haben, rücken wir mit den Helikoptern an.«

»Bis dahin sind die Champagnerflaschen bereits entkorkt, und wir stoßen auf den Erfolg unserer Operation an«, lachte Graham.

»Wäre nicht schlecht«, meinte Sabrina und watete zum ersten Boot.

»Boa sorte!« rief Morales ihr nach.

Sie winkte ihm zu. *»Obrigado.«*

Morales wandte sich Graham zu. »Viel Glück.«

»Obrigado«, antwortete der Amerikaner, setzte seine Nachtsichtbrille auf und lief zum anderen *Subskimmer*.

Morales, der soeben noch gelächelt hatte, wurde sofort ernst. Auf ein Zeichen von ihm liefen zwei seiner Leute los und halfen, die *Subskimmer* ins tiefe Wasser zu schieben. Als die Gefährte endlich schwammen, kletterten Graham und Sabrina hinein und warfen die 85 PS starken Außenbordmotoren an. Mit nach oben gerecktem Daumen machten sie einander noch einmal Mut, dann preschte Graham voran. Sabrina folgte in kurzem Abstand.

Erst kürzlich hatten sie bei einem Manöver vor der Küste von Neufundland den Umgang mit *Subskimmern* unter erschwerten Bedingungen trainiert, im richtigen Einsatz erlebten sie heute allerdings ihre Premiere.

Ein schneidender, stürmischer Wind peitschte des Meer

auf, doch der Regen, den die Meteorologen vorausgesagt hatten, blieb vorerst noch aus. Den sich bedrohlich über ihnen auftürmenden Wolken nach zu urteilen, war es aber nur eine Frage der Zeit, bis es zu schütten anfing.

Sabrina, die immer noch dicht hinter Graham herfuhr, mußte in einem fort die Gischt von der Nachtsichtbrille wischen, die ihr Grahams Fahrzeug ins Gesicht spritzte. Schließlich wurde es ihr zu bunt. Sie gab Gas und flitzte von da an neben ihrem Partner her.

Als sie etwa zwei Kilometer vom Festland entfernt waren, stellte Graham den Motor ab, und Sabrina tat es ihm gleich, während er mit seinem Nachtsichtfernglas den Horizont absuchte. »Siehst du den Hubschrauber?« fragte sie.

Graham ließ das Fernglas sinken. »Nein. Aber von hier aus kann man den Landeplatz ohnehin nur zur Hälfte sehen. Und wahrscheinlich haben sie den Hubschrauber mit einem Netz getarnt und am hintersten Ende geparkt.«

Sabrina nahm ihm das Glas aus der Hand und hielt ihrerseits Ausschau. Doch auch sie vermochte den Helikopter nicht zu entdecken. Schließlich richtete sie das Fernglas auf die dunkle, furchteinflößende Fassade des Gefängnisses. »Sieht aus wie in einem der alten Boris-Karloff-Filme«, meinte sie und gab Graham das Fernglas zurück.

»Okay – du weißt, was du zu tun hast?« fragte er.

»Muß ich ja. Wir haben deinen Plan zigmal durchgesprochen.«

»Und du kommst klar damit?«

»Wie oft soll ich es dir denn noch sagen, Mike? Ich traue deinem Urteil. Wenn du sagst, mir kann nichts passieren, solange ich mich an deinen Plan halte, genügt mir das.«

»Dir wird auch nichts passieren«, versprach Graham.

»Mike, weißt du noch, was du Sergei damals im Krankenhaus gesagt hat? Du würdest Zlotin nicht töten, wenn er unbewaffnet wäre. Gilt das noch immer, nachdem er Jacques erschossen hat?«

»Jacques hatte ja eine Pistole«, entgegnete Graham.

»Damit hast du meine Frage noch nicht beantwortet.«

Graham hielt ihrem Blick einen Moment lang stand, dann deutete er auf ihren *Subskimmer*. »Du tauchst zuerst unter. Ich gebe Morales noch schnell durch, daß wir jetzt vorrücken, und folge dir dann.«

Hastig vertauschte Sabrina ihre Nachtsichtbrille mit einer Tauchermaske und traf die nötigen Vorbereitungen für die Fortsetzung der Fahrt unter Wasser. Zunächst verschloß sie das Abgasrohr, danach betätigte sie die in der Mitte des *Subskimmers* befindliche Saugpumpe, die sofort alle Luft aus den Seitenschläuchen abpumpte. Sekunden später drang Wasser ein. Als das Gefährt zu sinken begann, saß Sabrina bereits hinter dem Steuerhebel und schaltete die zu beiden Seiten des Bugs angebrachten Antriebsturbinen ein. Je nachdem wie sie den Steuerhebel bewegte, konnte sie das Boot nach links, rechts, oben oder unten lenken.

Kurz orientierte sie sich an dem ins Steuer integrierten Kompaß, dann fuhr sie los. Bei einer Höchstgeschwindigkeit von nur zweieinhalb Knoten kam sie zwangsläufig langsam voran. Sie blieb bewußt knapp unterhalb der Oberfläche des pechschwarzen Wassers, denn das Echolot – das ebenfalls in den Steuerhebel eingebaut war, warnte vor gefährlich spitzen Felsen am Meeresgrund. Technisch war Sabrina wirklich bestens ausgerüstet. Aber für diese Art von Unternehmen war das auch nötig.

Nach zwanzigminütiger Fahrt erreichte sie die Mündung der Höhle und vertäute den *Subskimmer* unter dem Pier. Lautlos tauchte sie auf, ging aber noch nicht an Land. Sie entledigte sich der Sauerstoffmaske und -flasche, setzte wieder die Nachtsichtbrille auf und begann, immer Wasser tretend, die Höhle näher zu inspizieren. Als erstes stach ihr eine oben auf dem Felsen angebrachte Kamera ins Auge. Sie war direkt auf das Tor gerichtet und würde sie unweigerlich einfangen, sobald sie den toten Winkel verließ. Daneben gab es einen Infrarot-Bewegungsdetektor am Ende des Piers, der offenbar erst kürzlich installiert worden war. Sabrina zweifelte nicht einen Moment daran, daß er in Betrieb war und sofort losheulen würde, wenn sie einen Fuß auf den Pier setzte. Andererseits würde eine Kugel genügen, um ihn zu zerstören. Die Frage war nur, ob es nicht noch einen zweiten gab. Und wenn ja, dann hatten die Russen ihn wahrscheinlich hinter der kleinen Hütte beim Eingang zur Höhle aufgebaut. Sie selbst brauchte das nicht zu kümmern – die Russen hatten ihr Tauchboot wohl längst mit dem Radar erfaßt und lauerten ihr jetzt irgendwo im Gefängnis auf –, aber für das Gelingen von Grahams Plan war es unabdingbar, daß sie sämtliche Infrarotdetektoren eliminierte, bevor sie das Tor passierte.

Sabrina schwamm weiter zu der am Pier verschraubten Leiter und erklomm die ersten Sprossen, bis sie den Kopf über die Kante des verlassenen Piers strecken konnte. Ihr Blick wanderte vom massiven Tor zum Infrarotdetektor. Der war ihr erstes Ziel. Sie holte ihre Beretta aus dem wasserdichten Plastiksack, den sie sich für die Tauchexpedition um die Hüften geschnallt hatte, stützte die Waffe auf der Kante ab und bewegte den Lauf, bis sie das rote Auge des Detektors im Visier hatte. Schon der erste Schuß war ein Volltreffer. Das Licht erlosch und der Detektor zerplatzte. Als nächstes wandte sie sich der Kamera zu und zerschoß ebenfalls auf Anhieb die Linse. Nun kletterte sie ganz auf den Pier, um sich sofort niederzukauern und auf die Hütte beim Tor zu konzentrieren. War dort ebenfalls ein Detektor verborgen? Es gab nur eine Methode, es herauszufinden – sie mußte sich bewegen …

»Beeindruckend, Ihre Treffsicherheit, Miß Carver«, hallte eine Stimme durch die Höhle.

Sofort ging Sabrina wieder in die Hocke und richtete den Lauf der Beretta auf den Pier. Erst jetzt entdeckte sie am anderen Ende der Mauer einen verrosteten Lautsprecher und darunter eine weitere Überwachungskamera. Wer auch immer diese Anlage bediente, verfolgte jeden ihrer Schritte, seit sie sich aus dem Wasser gewagt hatte.

Erneut dröhnte die Stimme los. »Ich nehme an, daß Sie Hauptmann Jemenkows Chipkarte haben. »Bitte fühlen Sie sich so frei und treten Sie ein. Unbewaffnet natürlich.«

»Zum Teufel mit dir!« zischte sie und zerschmetterte mit einer Kugel die Linse der Kamera.

»Wenn Sie versuchen ...«

Die Stimme erstarb mit einem Schlag, als Sabrina eine ganze Serie von Schüssen auf den Lautsprecher abgab. Sie schob ein neues Magazin ein und huschte weiter. Als sie an der Hütte vorbeikam, löste sie doch noch Alarm aus. Das Heulen war ohrenbetäubend, doch sie lief unbeirrt weiter bis zur Gefängnismauer; dort drehte sie sich um und brachte den Detektor mit einem Schuß zum Schweigen.

So weit, so gut, dachte sie. Allerdings war das erst der Anfang und noch der einfachste Teil gewesen. Ihr fiel wieder ein, was Mike im Hotel gesagt hatte: *Ich weiß, daß es für Zlotin ein persönlicher Triumph wäre, wenn es ihm gelänge, mich zu töten. Und die Krönung wäre es, wenn er dich dazu benutzen könnte, mich in eine Falle zu locken. Falls du dich also allein vor dem Haupttor blicken läßt, wird er garantiert alles daran setzen, dich lebendig gefangenzunehmen. Ich sage ja schon die ganze Zeit, daß er nur eine Schwäche hat – seine Berechenbarkeit. Und die können wir jetzt gegen ihn verwenden. Natürlich ist das mit einem ungeheuren Risiko verbunden, aber du mußt mir einfach vertrauen, Sabrina ...*

Und nun wurde ihr Vertrauen auf die Probe gestellt. Beunruhigt war sie deswegen nicht. Auf Mike war Verlaß. Ein Lächeln huschte über ihre Lippen. Sie wußte, daß sie sich auf ein halsbrecherisches Manöver eingelassen hatte, aber gerade das machte den prickelnden Reiz aus ...

Schneller zog sie den Reißverschluß einer der Taschen ihres Taucheranzugs auf und nahm die Chipkarte heraus. Den Rücken gegen die Mauer gepreßt, näherte sie sich dann dem Tor und schob die Karte in den Schlitz. Mit einem metallischen Klicken glitt das Tor zur Seite. Die Stille war mit Händen zu greifen, aber das überraschte sie nicht. Sie hatte mit hochspezialisierten *Spetznaz*-Agenten zu tun und nicht mit schießwütigen Amateuren. Wahrscheinlich lagen sie irgendwo in der Nähe der Tür im Hinterhalt und warteten ganz einfach ab. Natürlich war auch nicht auszuschließen, daß sie ihre Waffen bereits auf die Tür gerichtet hatten und abdrücken würden, sobald sie sich ins Gebäude wagte ... Nun, möglich war es, aber eigentlich glaubte sie nicht daran. Wie auch immer, sie mußte das Risiko eingehen. Sie holte tief Luft und hechtete über die Schwelle. Noch während sie sich abrollte, brachte sie die Beretta in Anschlag.

Der Korridor lag verlassen da. Sabrina spähte in alle Richtungen, prägte sich die Winkel ein, hinter denen die Russen sich verbergen konnten. Rechts von ihr lag der Wartebereich. Die Tür war angelehnt. Weiter hinten gab es noch zwei Räume. Mit geschlossenen Türen. Sabrina wußte, daß sie überall nachsehen mußte. Zunächst bezog sie jedoch neben dem Eingang zum Warteraum Stellung. Mit den Fingerspitzen stieß sie die Tür weiter auf, ehe sie plötzlich herumwirbelte und mit der Beretta in den Raum zielte.

Ein modriger Geruch stieg ihr in die Nase. Mitten im Zimmer lagen zwei Männer mit dem Gesicht nach unten auf dem Boden. Erst vermutete sie eine Falle und schlich vorsichtig weiter. Sie hatte sie fast erreicht, als ein schrecklicher Gestank ihr schier die Luft zum Atmen raubte. Mit dem fauligen Geruch des Todes war sie nur zu vertraut. Sie hielt sich die Nase zu, kauerte sich neben den ersten, und obwohl es sie ekelte, drehte sie ihn um. Es war Abe Silverman. Die Leichenstarre hatte längst eingesetzt und die Haut eine gespenstische bläulich-graue Farbe angenommen. Demnach mußte er schon mehrere Tage tot sein. Den zweiten erkannte sie ebenfalls auf Anhieb. Es war Helmut Berger. Sie hatte sein Foto in der UNACO-Akte gesehen. Von der linken Bauchhälfte verlief eine tiefe, gezackte Wunde nach oben. Offenbar war sie ihm mit einem Messer zugefügt worden. Aufgrund des Einstichwinkels nahm sie an, daß die Klinge mit ungeheurem Druck über den Brustkorb gezogen worden war und zum Schluß das Herz durchstoßen hatte. Der Tod mußte auf der Stelle eingetreten sein.

Plötzlich spürte sie jemanden hinter sich. Sie fuhr herum, doch schon traf sie ein spitzer Gegenstand im Nacken, ein kleiner Pfeil. Sie feuerte blind ins Halbdunkel – zu spät. Ein Schemen huschte in den Korridor hinaus und verschwand. Sabrina wollte sich aufrichten, doch ihre Füße waren auf einmal so wackelig, daß sie sich an einer Stuhllehne festhalten mußte, um nicht umzukippen. Wütend zog sie sich den Pfeil aus der Haut und schleuderte ihn auf den Boden. Den Stuhl vor sich her schiebend, wollte sie sich der Tür nähern, als ihre Beine endgültig den Dienst versagten – sie stürzte, mitten auf Berger. Verzweifelt mit den Füßen strampelnd versuchte sie, den Toten von sich wegzustoßen, doch schon drehte sich das Zimmer um sie, alles begann zu verschwimmen. Sie versuchte noch, sich die Nachtsichtbrille herunterzureißen, doch ihre Finger fühlten sich taub an. Die Beretta glitt ihr aus der Hand und fiel scheppernd zu Boden.

Dann nichts mehr.

In einem feuchten, düsteren Raum kam Sabrina wieder zu sich; sie nahm an, daß sie in einem der Verliese unter dem Gefängnis sein mußte. Offensichtlich stand sie aufrecht da, denn sie spürte den Steinboden unter den Füßen. Doch als sie sich bewegen wollte, merkte sie, daß ihre Arme nach oben durchgestreckt waren und daß die Handgelenke in einer stählernen Handfessel steckten. Sie war mit einer kurzen Kette vernietet, die von einem in die Wand eingelassenen Eisenring herabhing. In ihren Schläfen pochte unablässig ein dumpfer Schmerz. Voller Wut zerrte sie an der Kette, bewirkte damit jedoch nur, daß sich die Schmerzen ins Unerträgliche steigerten. Schließlich ließ sie sich resigniert gegen die Mauer sinken.

»Sabrina?« fragte eine vertraute Stimme neben ihr. »Fehlt dir auch nichts?«

»C. W.? Bist du das?« Sie spähte durch die Dunkelheit in die Richtung, aus der die Stimme gekommen war.

»Ja. Kannst du mich sehen? Ich bin ungefähr zwanzig Meter rechts von dir.«

»Im Moment kann ich gar nichts sehen«, stöhnte sie. »Das liegt an diesen Scheißnachtsichtbrillen. Wenn man sie abnimmt, ist man praktisch blind, und es dauert eine ganze Weile, bis sich die Augen umgestellt haben.«

»Fehlt dir auch nichts?« wiederholte C. W. seine Frage.

»Im Moment fühlt sich mein Kopf an wie ein Punchingball, aber ansonsten bin ich, glaube ich, nicht verletzt. Und du? Was ist mit dir? Wir haben uns schon große Sorgen um dich gemacht. Nachdem du dich so lange nicht mehr gemeldet hast, dachten wir schon, dir sei was zugestoßen.«

»Nach meiner Ankunft hier wurde ich praktisch mit den Geiseln zusammengesperrt.«

»Und wie bist du dann rausgekommen?«

»Das ist eine lange Geschichte. Wenn wir frei sind, erzähle ich dir mehr. Zlotin wußte von Anfang an, wer ich bin. Unser Mann bei der *Spetznaz* war nämlich einer von Zlotins Leuten.«

»Ich kann nicht sagen, daß mich das überrascht«, meinte Sabrina. »Hat Zlotin mich hierher gebracht?«

»Ja. Du warst bewußtlos. Aber dann hat er dir eine Spritze gegeben, wohl um dich zu wecken, und ist wieder verschwunden. Er wird uns bestimmt bald wieder beehren, wenn auch nur, um sich daran zu weiden, daß zwei UNACO-Agenten in seinem Netz zappeln.« Whitlock hielt abrupt inne. »Es sind doch nur wir zwei?« fragte er mit brüchiger Stimme. »Mike ist nicht dabei, oder?«

»Nein.«

»Gott sei Dank, wenigstens ...« Erneut verstummte Whitlock. Er glaubte, Schritte zu hören. »Psst, Zlotin kommt zurück.«

Sekunden später wurde die Zelle in ein – wenn auch mattes – Licht getaucht. Und erst jetzt begriff Sabrina, daß man sie in eine Folterkammer der übelsten Sorte gesperrt hatte. Zugang war einzig von oben her möglich. Und der Boden war nicht etwa eben, sondern fiel zum Schleusentor hin ab. In mittelalterlichen Schlössern hatte man die Verliese bewußt so gebaut, um von den Gefangenen ein Geständnis zu erzwingen. Es war ein einfacher psychologischer Trick gewesen: Den Gefangenen selbst fesselte man weiter oben in möglichst großer Entfernung vom Schleusentor an die

Wand, unten dagegen wurde eine ihm nahestehende Person, meist seine Frau oder ein Kind, angekettet. Öffnete man das Schleusentor und drang Wasser ein, steckte der Gefangene in einem entsetzlichen Dilemma. Entweder er gestand, oder er mußte mitansehen, wie ein geliebter Mensch ertrank. Dieser Trick wirkte so gut wie immer, doch oft ließen die Folterer das Wasser trotzdem weiter einlaufen, und alle beide ertranken. Erschrocken stellte Sabrina fest, daß sie unmittelbar vor dem Schleusentor an die Wand gekettet war.

Zlotin kletterte über eine Strickleiter zum Verlies hinunter. Bekleidet war er mit einer Flatterhose in Tarnfarben, einem blauweißen T-Shirt und einer offenen Fliegerjacke. In einer Hand trug er zwei Laternen. »Ich freue mich, daß Sie wieder bei uns sind, Miß Carver. Nachwirkungen sind doch hoffentlich ausgeblieben?«

Sie musterte ihn mit verächtlichem Blick. »Seitdem Sie hier sind, ist mir schlecht.«

Ein kaltes Lächeln, das seine Augen nicht erreichte, spielte um Zlotins Mundwinkel. »Ich kann Ihre Bitterkeit verstehen. Bestimmt wurmt es Sie, daß ich Sie so mühelos einfangen konnte. Und dabei gehören Sie doch zu den besten Pferden im Stall der UNACO.«

»Zwei von dreien ist nicht schlecht, Zlotin, aber noch haben Sie Mike nicht gekriegt. Und er ist der Allerbeste.«

»Das hörte ich auch schon, andererseits habe ich nicht die Absicht, ihn zu ›kriegen‹«, erwiderte Zlotin und hängte die Laternen an die Mauer. »Da der Helikopter jetzt abflugbereit ist, sehe ich keinen Grund, länger zu bleiben als erforderlich.«

»Und was wird aus uns?« fragte Whitlock.

»Ich würde sagen, das hängt ausschließlich von Graham ab. Soviel ich weiß, hat er vor, das Schleusentor zu sprengen und durch das Loch ins Gefängnis einzudringen. Wenn er wüßte, daß Sie dahinter angekettet sind, würde er es sich vielleicht zweimal überlegen, ob er wirklich Ihr Leben gefährden will. Dann müßte er nämlich zum Pier schwimmen und durch den Haupteingang hereinkommen. Das hieße allerdings wertvolle Zeit verlieren, und bis er Sie erreichen würde, könnten Sie schon tot sein. Was für ein schreckliches Dilemma. Ich wünschte, ich könnte so lange bleiben und miterleben, wie er es löst.«

»Und wie kann er wissen, daß wir hier sind?« fragte Whitlock.

Zlotin ging wieder zur Leiter. »Er müßte sie durch die Öffnung im Schleusentor sehen können.«

»Öffnung?« rief Sabrina. Ihre Augen wanderten unwillkürlich zum Schleusentor, von dem sie keine fünf Meter entfernt war.

Inzwischen war Zlotin die Leiter wieder zum Sims hinaufgeklettert. Dort befand sich direkt über dem Schleusentor ein Rad. Der Russe versuchte, daran zu drehen, doch es gab nicht nach.

»Was zum Teufel machen Sie da, Zlotin?« rief Whitlock entsetzt.

Statt einer Antwort stemmte sich Zlotin mit aller Kraft gegen das Rad. Er biß die Zähne aufeinander, verzerrte vor Anstrengung das Gesicht, und dann gab das Rad tatsächlich nach. Zunächst tröpfelte nur etwas Wasser ins Verlies, doch je mehr er drehte, desto breiter wurde die Öffnung. Als genügend Wasser hereinschoß, richtete er sich zufrieden auf. Noch einmal sah er zum Verlies hinunter, wo Whitlock und Sabrina verzweifelt an ihren Ketten zerrten.

»Sie sind wahnsinnig!« brüllte Whitlock.

»Ich verstehe nicht, warum Sie sich beschweren, Whitlock. Die Position ist doch günstig für Sie. Sie haben einen perfekten Aussichtspunkt und können wunderbar beobachten, wie Ihre Kollegin ertrinkt. Und wer weiß – wenn Graham sich beeilt, kommt er vielleicht noch rechtzeitig, um sie zu retten. Allerdings würde ich nicht unbedingt meinen Kopf darauf verwetten.« Zlotin gönnte sich ein leises Lächeln über seinen Scherz.

»Sie können uns doch nicht einfach so sterben lassen!« schrie Sabrina.

»Haben Sie nicht gesagt, Graham sei der Beste? Nun, jetzt hat er Gelegenheit, es zu beweisen. *Doswydanja*.«

Zlotin zog die Leiter hoch, und nachdem er sie auf den

Sims gelegt hatte, eilte er über eine Steintreppe und durch zwei offene Türen in den Teil des Gefängnisses, der früher die Krankenhausabteilung beherbergt hatte. Dort setzte er seine Nachtsichtbrille auf und lief weiter in sein Quartier, um die Reisetasche mit dem Geld für Rodenko und die Aktentasche mit den Ordnern aus dem Safe zu holen. Doch bevor er die Insel verließ, hatte er noch etwas anderes zu erledigen. Er lief zu dem Flügel, in dem die vier Gefangenen untergebracht waren, und stellte sein Gepäck vor der Sicherheitstür ab. Die Kryptologen hatten Wort gehalten, und dafür sollten sie schnell sterben dürfen …

»Wohin des Wegs?« rief eine Stimme hinter ihm.

Zlotins Hand wanderte automatisch zur Makarov an seiner Hüfte.

»Lassen Sie das. Sie sind tot, bevor Sie die Waffe berührt haben.«

Zlotin hob zögernd beide Hände. Sein Verstand arbeitete indes fieberhaft. Er hatte die Stimme sofort erkannt. Es war Graham. Er mußte sich durch den Haupteingang hereingeschlichen haben, während er Carver ins Verlies gebracht hatte. Es gab keine andere Erklärung. Aber warum hatten sie es auf dem gleichen Weg riskiert? Gut, er kannte Grahams Unberechenbarkeit, aber kein vernünftiger Mensch würde alles auf diese eine Karte setzen! Das war schlichtweg unverständlich, wo doch soviel auf dem Spiel stand. Nun, darüber konnte er auch später nachdenken, jetzt mußte er alles daran setzen, den Hubschrauber zu erreichen, damit sie von der Insel wegkamen, ehe die Verstärkung das Gefängnis stürmte. Eile war also angebracht, aber er durfte sich nicht den geringsten Fehler leisten, wenn einer wie Graham hinter ihm stand.

»Umdrehen!«

Zlotin gehorchte.

Graham, der sich hinter dem Eingang verborgen gehalten hatte, trat mit seiner Beretta im Anschlag auf Zlotin zu. »Rechte Hand auf den Kopf und mit dem Daumen und Zeigefinger der linken die Pistole aus dem Holster ziehen, aber ganz langsam.«

Zlotin folgte der Aufforderung. Ohne Graham aus den Augen zu lassen, zog er vorsichtig mit zwei Fingern die Makarov aus dem Holster und hielt sie Graham entgegen.

»Fallen lassen und mit dem Fuß in meine Richtung stoßen«, befahl Graham.

Wieder gehorchte Zlotin.

»Jetzt stellen Sie sich mit dem Rücken zu mir an die Wand und stützen sich mit den Händen ab«, sagte Graham und beförderte die Makarov mit einem Tritt zur Treppe.

Zlotin rührte sich nicht von der Stelle. »Ich biete Ihnen ein Geschäft an, Graham. Sie lassen mich frei, und ...«

»Nichts da!« unterbrach ihn der andere wütend. »Hände an die Wand!«

Zlotin reagierte nicht. »Eigentlich sollten Sie mich ausreden lassen. Sie könnten Miß Carver noch das Leben retten.«

»Wovon reden Sie da?«

»Carver und Whitlock sind in einem der Verliese angekettet. Das Schleusentor ist schon offen, und bei der Geschwindigkeit, mit der das Wasser hereinströmt, gebe ich Carver allenfalls noch fünf Minuten. Lassen Sie mich frei, dann gebe ich Ihnen die Schlüssel für ihre Ketten.«

»Ich zähle bis drei, Zlotin«, zischte Graham mit kaum vernehmbarer Stimme. »Wenn ich die Schlüssel dann noch nicht habe, schieße ich und hole sie mir. Los, her damit.«

»So einfach ist das nicht«, entgegnete der andere gelassen. »Ich habe sie nicht bei mir. Sie sind in meinem Quartier.«

»Und wo ist Ihr Quartier?« Grahams Atem ging immer unregelmäßiger. Er spürte auf einmal einen Knoten in der Magengrube.

»Werfen Sie Ihre Pistole weg, dann sage ich es Ihnen.«

»Bestimmt nicht.«

»Dann stirbt sie eben«, meinte Zlotin mit einem Schulterzucken.

»Und Sie mit ihr.«

»Der Tod macht mir keine Angst, Graham. Das sollten

Sie eigentlich wissen. Aber ich zeige Ihnen gern mein Quartier, wenn Sie mich gehen lassen. Einverstanden?«

Graham haßte sich dafür, daß er sich auf Verhandlungen mit diesem Kerl einließ, aber was blieb ihm anderes übrig? Sabrinas Leben hing davon ab. »Zeigen Sie es mir«, knurrte er.

Zlotin wußte, daß das seine letzte Chance war. Graham war nervös. Er hatte zugelassen, daß persönliche Gefühle sein Urteil trübten, ein Fehler, der ihm, Zlotin, nie unterlaufen wäre …

Zlotin gab vor, er wolle nach rechts abbiegen, und als Graham ihm arglos folgte, drosch er ihm blitzschnell die linke Faust an die Schläfe. Graham verlor das Gleichgewicht, krachte zu Boden und ließ die Beretta fallen. Zlotin wollte seine eigene Waffe holen, doch sie lag unerreichbar unter der Treppe. So zückte er sein Armeemesser, das er im Stiefel verborgen hatte, und näherte sich Graham, der verzweifelt die Hand nach seiner Beretta ausstreckte. Endlich schlossen sich seine Finger um den Kolben, doch als er sie hob, riß ihm der Russe die gezackte Klinge quer über den Arm. Plötzlich hing der Ärmel des Taucheranzugs in Fetzen, und aus einer tiefen Wunde spritzte Blut. Graham schrie auf und ließ die Beretta erneut fallen. Und schon rammte Zlotin die mit Stahl besetzte Stiefelspitze in Grahams Rippen. Der Amerikaner schrie wieder, doch zwang er sich, aufzustehen. Wenn er jetzt liegen blieb, war er tot, das wußte er.

Zlotin setzte zum Stich an, ließ sich Zeit – und stieß dann plötzlich zu. Graham konnte sich gerade noch mit einem Satz nach hinten retten. Den verletzten Arm gegen die schmerzende Rippe gepreßt, fixierte er das Messer. Schon setzte Zlotin zum nächsten Angriff an, täuschte einen Stich nach links vor, doch diesmal fiel Graham nicht darauf herein. Er fing den Arm ab und packte Zlotin am Handgelenk. Blitzschnell nahm Zlotin die linke Hand zu Hilfe, und weil Grahams Finger vom vielen Blut glitschig waren und ständig abzurutschen drohten, lockerte sich sein Griff. Um der Klinge zu entgehen, mußte er weiter zurückweichen und prallte schließlich mit dem Rücken gegen die Wand. Zlotin sah seine Chance. Er nahm all seine Kraft zusammen, und unerbittlich näherte sich das Messer Grahams Bauch. Der Amerikaner wußte, daß er jetzt improvisieren mußte, und zwar schnell. Abrupt verlagerte er sein ganzes Gewicht auf das linke Bein und brachte Zlotin damit aus dem Gleichgewicht. Und als er plötzlich sein Handgelenk losließ, schoß die Klinge geradeaus nach vorne und meißelte eine Narbe in die Wand. Im selben Moment verkrallte Graham die Finger in Zlotins Nachtsichtbrille und riß sie ihm herunter.

Jetzt war der Russe fast blind, und das nutzte Graham aus. Er entwand ihm das Messer, packte den Schaft mit beiden Händen und stieß ihm die Klinge tief in den Bauch. »Das ist für Jacques Rust!« keuchte er.

Zlotin taumelte gegen die Wand. Er preßte beide Hände gegen den Bauch, doch das heraussprudelnde Blut konnte er nicht aufhalten. Die Fassungslosigkeit stand ihm noch ins Gesicht geschrieben, als seine Beine zusammenklappten und er zu Boden stürzte.

Graham fühlte nach dem Puls. Nichts. Da er wußte, daß Rodenko noch irgendwo auf der Insel war, verbarg er eilig den Diplomatenkoffer und die Reisetasche in einer der Zellen und rannte sofort los zu den Verliesen. Ihm blieb nichts als die verzweifelte Hoffnung, daß es noch nicht zu spät für Sabrina war.

Den Grundriß der Anlage hatte er im Kopf; während des Flugs zur Küste hatte er ihn noch einmal eingehend studiert. So schlängelte er sich durch die labyrinthartigen Gänge, bis er keuchend im Krankenhaustrakt ankam. Dort hörte er Hilfeschreie. Sie lebten! Er kam also nicht zu spät. Erleichtert hetzte er durch den Korridor, das Warte- und das Behandlungszimmer, tauchte in einen weiteren Gang ein und sprintete zu der Sicherheitstür, die zu den Verliesen führte. Sie war offen. Er polterte die Treppe hinunter, kam schließlich auf dem Sims über den Verliesen an und entdeckte Whitlock und Sabrina. Whitlock stand bis zu den Hüften im Wasser. Und Sabrina? Zu seinem Entsetzen erkannte Graham, daß nur noch ihr Kopf und ihre ausgestreckten Arme über den Wasserspiegel ragten.

»Mike! Dreh die Schleuse zu!« schrie Whitlock.

Sofort rannte Graham zum Rad und stemmte sich mit aller Kraft dagegen. Es ließ sich nicht bewegen. Fluchend wischte er sich das Blut von den Händen und versuchte es nochmals.

Wieder ohne Erfolg.

»Was ist?« schrie Sabrina.

»Es klemmt!« stöhnte Mike und nahm einen dritten Anlauf.

Das Rad bewegte sich keinen Millimeter.

»Um Himmels willen, Mike, tu doch was!« schluchzte Sabrina.

»Was, glaubst du, versuche ich die ganze Zeit?« schrie er zurück. Er wischte sich die blutige Hand an der Mauer ab und drückte noch einmal, bis seine Arme zitterten. Dann zwangen ihn die Schmerzen in seinem zerfetzten Arm zum Aufgeben. Er konnte nicht mehr. »Das Scheißding rührt sich nicht!« keuchte er. »Ich komme zu euch runter. Vielleicht kann ich die Ketten aufschließen.«

»Was du auch machst, Mike, beeil dich!« schrie Sabrina. »Eine Minute noch, dann bin ich ganz unter Wasser!«

Graham riß sich die Nachtsichtbrille von den Augen, ließ die Strickleiter herunter, kletterte eilig ins Verlies und kraulte zu Sabrina, die bereits den Kopf nach hinten geworfen hatte und durch die Nase atmete, während die Wellen an ihrem Kinn leckten. Wasser tretend zog Graham sein Schweizer Armeemesser aus der Tasche und schob die Klinge behutsam in eins der Schlösser um Sabrinas Handgelenke. Vorsichtig drehte er sie hin und her, aber das Schloß ließ sich nicht öffnen.

»Beeil dich doch, Mike!« flehte Sabrina und spuckte Wasser aus. »Ich steh' schon auf Zehenspitzen!«

»Ich tu' doch mein Bestes.« Mike zog die Klinge heraus und führte sie vorsichtig wieder ein – nichts.

Sabrina fing an zu husten. Das Wasser drang durch ihre Nasenlöcher ein.

»Mike, sie ist untergegangen!« brüllte Whitlock entsetzt.

Sofort schob Graham beide Arme unter Sabrinas Schultern und zog sie trotz der gräßlichen Schmerzen zu sich hoch. »Ich muß die Schlösser aufkriegen, bevor sie naß werden«, erklärte er.

»Ich weiß«, sagte sie leise. »Im Testzentrum habe ich schon mal zwei Minuten ohne Atmen durchgehalten. Das schaffe ich wieder.«

»Keine Angst, bis dahin sind die Scheißdinger offen.«

Sabrina holte noch einmal tief Luft und gab ihm mit einem Nicken zu verstehen, daß er sie loslassen konnte. Als Graham sah, wie ihr Kopf unter den Fluten versank, traf ihn die Erkenntnis wie ein Schlag ins Gesicht: Wenn er die Schlösser für die Handschellen nicht binnen zwei Minuten aufsperrte, ertrank Sabrina.

Mit äußerster Konzentration führte er die Klinge in das andere Schloß ein. Daß er sich dabei auf die Lippen biß, die zu bluten begannen, merkte er gar nicht. Er drückte das Messer nach links und rechts – nichts geschah. Fluchend sah er auf die Uhr. Sabrina war nun schon bald eine Minute unter Wasser. Er versuchte es noch einmal. Diesmal stieß er nur die Spitze ins Schlüsselloch. Ohne Erfolg. Wütend drosch er die Faust gegen die Wand. Dann schob er das Messer wieder hinein.

Und auf einmal spürte er einen Widerstand ... Ganz langsam drehte er die Klinge weiter. Nur jetzt nicht abrutschen, dachte er. Dann endlich schnappte das Schloß zurück, und die Handschelle löste sich. Graham stieß einen Jubelschrei aus, doch seine Freude war nur von kurzer Dauer. Sabrinas Arm klatschte auf dem Wasser auf und versank. War sie bewußtlos oder schon tot? Nein, tot konnte sie nicht sein, schalt er sich wütend. Sie war doch eine der besten Taucherinnen in der UNACO. Aber was war dann geschehen? Einen Moment lang war er versucht, sie noch einmal hochzuziehen, aber damit hätte er nur noch mehr Zeit verloren. Das Wasser stand ihr nun schon bis zu den Unterarmen. Das war seine letzte Chance. Wenn er die andere Handschelle nicht in den nächsten dreißig Sekunden aufsperrte, geriet das Schloß unter Wasser – und Sabrina war tot.

Graham wischte sich mit dem Handrücken den Schweiß von der Stirn und schob die Klinge in das zweite Schloß. Eine Ewigkeit, wie es ihm schien, geschah überhaupt nichts, aber als er schon das Schlimmste befürchtete, stieß die Klinge gegen den erhofften Widerstand –, und endlich hörte er metallisches Klicken. Die Handschelle sprang auf.

Sofort packte er Sabrina am Handgelenk, riß sie zu sich hoch, schlang den Arm um ihre Brust und schwamm mit ihr auf die Strickleiter zu.

»Mike!« rief Whitlock.

Graham fuhr erschrocken herum. Bei seinen Bemühungen um Sabrina hatte er ganz vergessen, daß Whitlock auch noch da war. Entsetzt sah er, daß sein Freund schon bis zur Brust im Wasser stand. »Halte durch, Kumpel! Ich komme gleich zu dir! Aber erst muß ich versuchen ...« Er verstummte und deutete auf Sabrina.

»Gib mir das Messer, Mike«, sagte Whitlock. »Das Schloß müßte ich auch allein aufbringen. Man hat mir eine Kette nur um den Hals gelegt, und meine Hände sind frei.«

»Ach ja ... klar«, keuchte Graham. Während er mit dem gesunden Arm Sabrina hielt, streckte er den verwundeten Whitlock entgegen und drückte ihm das Messer in die Hand.

Whitlock bemerkte die klaffende Schnittwunde, sah, daß immer noch Blut daraus strömte, sagte aber kein Wort. Fragen konnte er später immer noch stellen.

Graham erreichte die Leiter, tauchte unter Sabrina hinweg und hievte sie wie ein Feuerwehrmann auf seine Schultern. So kletterte er mit ihr die Leiter zum Sims hinauf und legte sie sanft auf den Boden. Als erstes tastete er nach ihrer Halsschlagader. Kein Lebenszeichen. Er öffnete den Taucheranzug bis zur Brust, befreite Sabrina von der Kapuze, hob ihr Kinn und streckte gleichzeitig den Nacken. Dann drückte er ihr die Nase zu und blies ihr kräftig in den

Mund, bis ihre Brust sich hob. Nun mußte er warten, bis die Brust sich wieder senkte. Nachdem er diese Prozedur wiederholt hatte, fühlte er erneut den Puls. Immer noch nichts. Jetzt gab es nur noch eine Chance: äußere Herzmassage. Hastig zog er den Reißverschluß bis zum Nabel herunter, ertastete das Brustbein, legte den Ballen der rechten Hand darauf, die andere darüber und drückte mit seinem ganzen Gewicht. Dann ließ er los, damit die Brust sich heben konnte. Insgesamt fünfzehnmal wiederholte er diesen Versuch, wobei er nach je fünf Durchgängen den Puls fühlte. Noch immer nichts …

»Komm schon! Verlaß mich jetzt nicht!«

Er kehrte zur Mund-zu-Mund-Beatmung zurück und versuchte es danach erneut fünfzehnmal mit der Herzmassage. Kein Puls.

Whitlock, der inzwischen das Schloß der Halskette aufgebrochen hatte, kletterte hastig die Leiter hoch und kauerte sich neben Graham. »Mach du die Mund-zu-Mund-Beatmung; ich fahre mit der Herzmassage fort.«

Gemeinsam arbeiteten sie wie besessen. Sabrina blieb leblos.

»Was zum Teufel ist nur passiert?« stöhnte Mike und starrte zum Verlies hinunter. »Sonst hat sie doch viel länger ohne Luft durchgehalten.«

»Als Zlotin sie runterbrachte, war sie bewußtlos«, sagte Whitlock leise. »Er hatte sie betäubt. Das muß sie geschwächt haben.« Er legte Graham die Hand auf die Schulter. »Es hat keinen Zweck, Mike. Sie ist hinüber.«

Graham schüttelte wütend die Hand ab. »Nein! Wir machen es noch mal. Und noch mal. Mir ist egal, wie oft …«

»Mike«, unterbrach ihn Whitlock. »Sie ist tot.«

Graham stieß ihn wortlos beiseite und beugte sich über ihren Mund. »Atme, verdammt noch mal!« schrie er sie an und preßte den Handballen gegen ihr Brustbein. »Du sollst atmen!«

»Du hast getan, was du konntest«, sagte Whitlock leise. »Es ist vorbei, Mike. Sie ist tot.«

»Überhaupt nichts ist vorbei!« blaffte Graham und

stemmte sich noch vehementer gegen das Brustbein. »Sie will atmen, das weiß ich einfach! Komm schon, Sabrina, du schaffst das doch. Atme, verdammt noch mal, atme!«

Whitlock wollte Graham schon von Sabrina fortzerren, als er auf einmal sah, daß ihr Brustkorb sich hob. War das nur eine mechanische Reaktion auf Grahams immensen Druck? Doch dann hob sich die Brust erneut. Er legte die Finger an ihre Halsschlagader – und tatsächlich spürte er einen schwachen Pulsschlag. »Mein Gott, sie lebt!«

Graham atmete tief ein, drückte ihr noch einmal die Nase zu und blies alle Luft in ihren Mund. Durch den Luftstrom hob sich ihre Brust ... Danach geschah einen Moment lang nichts, doch als ihre Brust sich senkte, begann sie auf einmal Geräusche von sich zu geben. Zunächst war es eher ein leises Würgen, das aber schnell in ein heftiges Husten überging, als Graham sie in die Seitenlage brachte. Ein Schauer überlief ihren ganzen Körper, und sie erbrach sich auf den Boden.

»So was wie aufhören kennst du wohl nicht, was?« ächzte Whitlock mit einem nervösen Lachen. Erst jetzt begriff er, wie nahe sie daran gewesen waren, sie für immer zu verlieren.

»Was für eine Scheiße«, erwiderte Graham unwirsch und wandte sich wieder Sabrina zu, die mit schmerzverzerrtem Gesicht auf der Seite lag und sich beide Hände gegen den Bauch drückte. »Wie fühlst du dich?«

»Dumme Frage.« Und schon wieder übergab sie sich.

Whitlock richtete sich auf. »Du bleibst bei Sabrina. Ich mache mich auf die Suche nach Zlotin und Rodenko – wenn sie noch auf der Insel sind.«

»Zlotin ist tot«, sagte Graham.

»Und Rodenko?«

»Den habe ich nicht gesehen.«

»Ich kann mir schon denken, wo er ist«, knurrte Whitlock und setzte Grahams Nachtsichtbrille auf. »Wo ist deine Pistole?«

»Ich habe sie fallen lassen, als Zlotin zustach. Wahrscheinlich liegt sie noch irgendwo in der großen Halle.«

Whitlock ging wortlos zur Treppe.

»Sei vorsichtig, C. W.!« rief Graham ihm nach.

Rodenko brauchte Zlotins Puls nicht mehr zu fühlen. Schon als er ihn auf den Rücken drehte, wußte er, daß Zlotin tot war. Aber was war geschehen? Vor zehn Minuten hatte Zlotin ihm über Funk angekündigt, daß er nur noch den Diplomatenkoffer und die Reisetasche holen müsse und daß Rodenko den Hubschrauber startklar machen solle. Doch je mehr Zeit verstrichen war, ohne daß sich Zlotin hätte blicken lassen, desto unruhiger war Rodenko geworden. Schließlich hatte er den Motor abgestellt, seine Kalaschnikov gepackt und sich auf die Suche nach seinem Gefährten begeben.

Rodenko wußte, daß er die Insel schleunigst verlassen mußte, wenn er noch eine Chance haben wollte. Auf mehr konnte er jetzt nicht mehr hoffen. Den Gedanken, er könne einen von den Kryptologen als Geisel nehmen, verwarf er gleich wieder – das wäre nichts als Zeitverschwendung. Und das Geld? Hatte Zlotin es aus dem Safe geholt, bevor sie ihn erstochen hatten? Oder lag es noch dort? Es gab nur eine Möglichkeit, das herauszufinden.

Rodenko eilte in den Flügel, in dem sie sich einquartiert hatten. Da er eine Nachtsichtbrille trug, brauchte er kein Licht einzuschalten und so den Feind auf sich aufmerksam machen. Er huschte den Gang hinunter, hielt vor Zlotins Zimmer inne und drang mit vorgehaltenem Sturmgewehr ein. Der Safe stand offen. Und war leer. Rodenko stieß einen gräßlichen Fluch aus. Wenn dieser Graham Zlotin getötet hatte, dann konnte die Reisetasche jetzt überall sein. Die Zeit, danach zu suchen, blieb ihm nicht mehr. Jetzt konnte es nur noch heißen: nichts wie weg und wenigstens die eigene Haut retten. Wenn alle Stricke rissen, konnte er sich ja immer noch mit Koslow treffen …

Whitlock war schon auf dem Weg zum Landeplatz gewesen, als er weiter vorne in der großen Halle Rodenko entdeckte, der sich über Zlotin beugte. Er hatte auch die Kalaschnikov gesehen. Wäre er jetzt weitergelaufen, hätte das unweigerlich seinen Tod bedeutet, so war er in Deckung gegangen, bis Rodenko durch die offene Sicherheitstür verschwunden war. Dann bezog er in der Zelle, die der Tür am nächsten war, Stellung und wartete …

Erst hörte er Rodenko laut fluchen, dann seine Schritte über den Korridor hallen. Whitlock duckte sich. Er würde versuchen, Rodenko anzufallen, sobald er in der Tür erschien. Wenn er ihn überrumpeln wollte, dann war dies seine einzige Möglichkeit. Die Schritte wurden jetzt lauter, und als Rodenko vor ihm auftauchte, machte Whitlock einen gewaltigen Satz und rammte ihn gegen die Wand. Das AK-47 polterte zu Boden und schlitterte außerhalb der Reichweite der zwei Männer. Rodenko erholte sich schnell und versetzte Whitlock einen so brutalen Ellbogenstoß in die Schulter, daß dieser vor Schmerz stöhnend in die Knie ging. Sofort schickte der Russe einen Faustschlag an die Schläfe nach. Whitlock schlug der Länge nach hin, nur einen halben Schritt von der Kalaschnikov entfernt. Der Russe griff nach seiner Pistole, doch da hatte Whitlock schon das Sturmgewehr an sich gerissen und angelegt. Rodenko hechtete durch die Tür, als Whitlock abdrückte.

Whitlock rappelte sich auf und schlich, das AK-47 in beiden Händen, zur Tür. Der Kopf dröhnte ihm noch von dem Fausthieb. Plötzlich schlug Zentimeter über ihm eine Kugel in der Wand ein, und er ging schleunigst hinter der Tür in Deckung. Schritte waren zu hören, die sich schnell in der Ferne verloren. Bald herrschte vollkommene Stille. Whitlock wartete noch ein paar Sekunden, dann warf er sich durch die Tür, rollte sich ab und bezog auf einem Bein kniend hinter einer umgeworfenen Kiste Stellung. Die Halle war verlassen. Zwar mußte Whitlock weiter damit rechnen, daß Rodenko sich in einem der Flügel verbarg und schießen würde, sobald er die Deckung verließ, doch hielt er es für weitaus wahrscheinlicher, daß der Russe schon auf dem Weg zum Landeplatz war. Plötzlich fiel ihm siedendheiß ein, daß Rodenko garantiert die Sicherheitstür hinter sich abschließen würde. Hastig griff er in seine Hemdtasche. Zlotins Chipkarte war nicht mehr da. Er überprüfte die anderen Taschen – ebenfalls Fehlanzeige. Zlotin mußte sie wieder an sich genommen haben. Das hieß, er würde sie bei seiner Leiche finden.

Da er es inzwischen für ungefährlich hielt, sich hinter der Kiste hervorzuwagen, hastete Whitlock zu Zlotin hinüber und fand tatsächlich die Karte. Er steckte sie in die Tasche und stieg die Treppe zur nächsten Ebene hoch. Vorsichtig huschte er durch den verrußten Korridor, passierte zwei offenstehende Sicherheitstüren und erreichte die Treppe zum Landeplatz. Wie erwartet, war die Tür oben verschlossen.

Nachdem er sich vergewissert hatte, daß niemand hinter ihm war, begann er den gefährlichen Aufstieg. Er hatte bereits drei Viertel hinter sich gebracht, als er innehielt und sich der Vorsicht halber mit der freien Hand am Geländer festhielt. Vor ihm lag die bedrohlichste Stelle: zwei fehlende Stufen und darunter ein gähnendes Loch von sechzig Metern Tiefe. Geschickt kletterte Whitlock über die Lücke hinweg und stand wenig später unter der Tür. Er stützte sich mit dem Rücken an der Wand ab und schob die Karte in den Schlitz.

Motorenlärm donnerte ihm entgegen. Whitlock konnte hören, daß die Rotoren schon fast die fürs Abheben nötige Drehzahl erreicht hatten. Wenn er den Start verhindern wollte, mußte er schnell handeln. Whitlock packte Rodenkos Sturmgewehr mit beiden Händen und sprang ins Freie. Der Westland Scout stand in einem gelben Kreis in der Mitte des Platzes. Durch die Kabinenfenster konnte Whitlock sehen, daß Rodenko hektisch an den Schalthebeln herumhantierte. Sofort nahm er den Motorblock unter Beschuß – ohne jedes Ergebnis. Die Kugeln konnten der eigens von Rodenko montierten verstärkten Stahlplatte nichts anhaben. Whitlock versuchte sein Glück daraufhin mit dem Cockpit, doch bis auf ein paar Kratzer am kugelsicheren Glas erreichte er auch hier nichts.

Plötzlich hob der Hubschrauber ab und drehte sich wie

um eine unsichtbare Achse. Whitlock begriff sofort und rettete sich durch die Tür. Im selben Moment eröffnete Rodenko das Feuer mit der Dreißigmillimeter-Kanone. Die Kugeln schlugen wirkungslos in die Dachschräge über der Treppe ein, aber Whitlock landete unsanft auf einer Stufe, kam ins Stolpern und glitt weiter die Treppe hinunter. Auf einmal spürte er keinen Widerstand mehr. Sein Herz setzte einen Schlag aus – genau dort, wo die zwei Stufen fehlten, fiel er ins Leere. Verzweifelt griff er nach irgendeinem Halt und bekam gerade noch das Treppengeländer zu fassen. Die Finger nur einer Hand um die Geländerstange geschlossen, hing er über dem Abgrund. Er biß die Zähne aufeinander und streckte langsam auch die andere Hand nach oben, bis er sich damit ebenfalls festklammern konnte. Jetzt mußte er versuchen, mit den Füßen die nächste Stufe zu erreichen – um sich dann hochzuziehen. In der Manier eines Trapezartisten begann er, langsam hin und her zu pendeln, gewann an Schwung und wagte schließlich das Manöver. Er schwang das Bein über die anvisierte Stufe, verschätzte sich aber mit der Entfernung und brüllte vor Schmerz, als er mit dem Knie gegen die Stufenkante prallte. Er schluckte nervös. Der Schweiß brach ihm aus allen Poren, und seine Hände wurden immer rutschiger. Lange würde er sich nicht mehr halten können …

»Gib mir die Hand.«

Whitlock starrte erschrocken nach oben.

Dort kauerte Graham, der über ihn hinweggestiegen war, und streckte ihm die linke Hand entgegen. »Gib mir die Hand«, wiederholte er.

Trotz seiner Todesangst bemerkte Whitlock Grahams glasigen Blick und sein gespenstisch graues Gesicht. Er hatte schon zuviel Blut verloren und war dem Zusammenbruch nahe.

»Geh da weg, Mike. Du kannst jeden Moment umkippen. Ich zieh' mich schon selber hoch.«

»Gib mir die Hand, um Himmels willen!« zischte Graham und klemmte den verwundeten Arm zwischen zwei Geländerstäben fest, um sich abzusichern.

»Du hast selbst keine Kraft mehr. Bring dich in Sicherheit, verdammt!«

Fluchend beugte sich Graham so weit er konnte vor und schloß die Finger wie einen Schraubstock um Whitlocks Handgelenk. »Laß jetzt los.«

»Mike, du kannst doch nicht ...«

»Vertrau mir ruhig, Kumpel«, sagte Graham mit leiser, aber fester Stimme.

Whitlock wußte, daß er keine andere Wahl hatte. Seine Hand rutschte immer mehr ab. So ließ er los – obwohl er sah, daß Graham vor Schmerzen mit den Zähnen knirschte, als er mit einem Arm Whitlocks ganzes Gewicht halten mußte. Und doch zog er seinen Gefährten langsam, aber stetig zu sich nach oben.

Nach Sekunden der Anspannung, die ihm wie eine Ewigkeit erschienen, konnte sich Whitlock endlich mit der freien Hand an einer Stufe festklammern. Er stemmte sich hoch, und als er zu guter Letzt festen Boden unter den Füßen hatte, ließ er sich erschöpft gegen das Geländer sinken. Sein Gesicht war schweißgebadet; gleichwohl war ihm grenzenlose Erleichterung anzusehen. Er tätschelte Graham die Schulter. »Ich glaube, ich schulde dir was, Mike.«

»Kann schon sein. Hast du Rodenko erwischt?«

»Nein. Ich konnte nicht verhindern, daß er abhob. Und dann hat er mit der Kanone auf mich gefeuert. Ich mußte in Deckung springen, und da bin ich die Treppe runtergefallen.«

»Tja, damit hast du meine nächste Frage schon beantwortet«, meinte Graham.

»Wo ist Sabrina?«

»Bis zur Kommandantur ist sie mitgekommen, aber sie braucht offenbar noch etwas Zeit, um sich zu erholen ...« Graham hielt inne und richtete den Blick nach oben. »Hörst du das auch?«

Whitlock lauschte nun ebenfalls. »Mehrere Hubschrauber im Anflug«, bestätigte er. Er sah Graham unsicher an. »Sie sind doch hoffentlich auf unserer Seite, oder?«

Graham warf einen Blick auf die Uhr und stand auf. »Ja,

Brigade für Sondereinsätze. Pünktlich wie die Maurer. Komm, wir sagen ihnen am besten gleich, daß ab sofort sie für Rodenko zuständig sind. Er kann noch nicht weit gekommen sein.«

»Soll ich dich stützen?« fragte Whitlock, als er sah, wie unsicher Graham auf den Beinen stand.

»Nein, nein, geht schon«, brummte Graham und drückte sich den verwundeten Arm an den Bauch. »Ich fühle mich nur ein bißchen leicht im Kopf, das ist alles. Aber wenn du es genau wissen willst, im Moment ist der Arm noch das kleinere Problem. Zlotin hat mich mit dem Stiefel in die Rippen getreten. So wie sich das anfühlt, sind zwei gebrochen. Es tut höllisch weh.«

»Und du hast das die ganze Zeit mit keinem Wort erwähnt?« murmelte Whitlock, der sich von nun an dicht hinter Graham hielt, um ihn notfalls auffangen zu können.

Graham erreichte den Landeplatz. »Ich hatte ja keine Zeit ...« Er unterbrach sich mitten im Satz. »Der Teufel soll mich holen«, ächzte er unvermittelt. »Vielleicht habe ich diesen Morales doch gewaltig unterschätzt.«

Whitlock runzelte die Stirn. Wer war Morales? Er stellte die Frage zurück und trat nun ebenfalls ins Freie. Erstaunt registrierte er, daß der Westland Scout, eskortiert von zwei mit Raketen bestückten Alouette-III-Helikoptern, zurückkehrte. Ein Alouette flog unmittelbar über dem Westland Scout, der andere dicht dahinter. Beide hatten ihre Scheinwerfer auf den hilflosen Russen gerichtet. Rodenko war jeder Fluchtweg abgeschnitten.

»Auf dem Landeplatz aufsetzen!« dröhnte eine Stimme aus dem Außenlautsprecher einer der Alouettes. »Dann aussteigen und mit den Händen über dem Kopf auf den Boden legen. Sie haben zehn Sekunden Zeit. Wenn Sie bis dahin nicht reagieren, eröffnen wir das Feuer.«

Whitlock zerrte Graham zurück hinter die Luke, denn über ihnen schwebte der Westland Scout mit wirbelnden Rotoren heran und setzte auf. Dann wurde auch schon der Motor abgewürgt und die Einstiegsluke geöffnet. Mit erhobenen Hände sprang Rodenko heraus.

»Mit dem Gesicht nach unten auf den Boden legen und Hände über dem Kopf verschränken!« befahl die Stimme aus dem Lautsprecher.

Rodenko schielte mit zusammengekniffenen Augen ins grelle Scheinwerferlicht und gehorchte. Gleich darauf landete der erste Alouette neben dem Westland Scout. Sofort sprangen ein halbes Dutzend mit Maschinenpistolen bewaffnete Männer aus der Luke. Vier sprinteten zu Rodenko hinüber, zwei näherten sich mit vorgehaltener MP Whitlock und Graham.

Graham trat ins Freie. »Ich bin's, Mike Graham.« Er bemerkte, daß die zwei Männer Whitlock musterten.

»Keine Sorge, er gehört zu uns!« Nun kletterte auch Morales aus dem Cockpit und trat auf sie zu. Wie die anderen Mitglieder seiner Einheit war er schwarz gekleidet und hatte sich das Gesicht mit dunkler Tarnfarbe eingerieben. Er reichte den beiden Männern der UNACO eine Decke. »Sie müssen ja einen fürchterlichen Kampf hinter sich haben«, bemerkte er mit einem Seitenblick auf Grahams Wunde am Arm.

»Sie sollten erst mal den anderen sehen«, brummte Graham und hüllte sich sogleich in die Decke.

»Zlotin?« fragte Morales.

Graham nickte. »Er ist tot.«

Morales blickte um sich. »Wo ist Miß Carver?«

»Ich habe sie in der Kommandanturhalle zurückgelassen. Schicken Sie besser einen Ihrer Männer zu ihr runter, damit er sich um sie kümmert.«

»Und sagen Sie ihm unbedingt, er soll auf die Treppe aufpassen«, fügte Whitlock hinzu. »Sie ist lebensgefährlich.«

Morales drehte sich um und bellte einen Befehl. Der ihm am nächsten stehende Mann nickte und verschwand durch die Tür. »Ich fordere einen Sanitäter an«, sagte Morales, wieder an Graham gewandt. »Der kann fürs erste Ihren Arm verbinden. Später bringen wir Sie ins Krankenhaus.«

Whitlock begleitete ihn zum Hubschrauber; er sprach leise und eindringlich. »Mike muß möglichst bald ins Krankenhaus. Er hat viel Blut verloren. Sie sehen ja selbst, wie unsicher er auf den Beinen ist. Außerdem hat er einen Tritt in die Rippen abgekriegt. Kann sein, daß zwei gebrochen sind.«

Morales rief eilig ein paar abgehackte Sätze in sein Funkgerät. Gleich darauf setzte der zweite Alouette auf dem Landeplatz ab. »Es ist ein Sanitäter an Bord«, erklärte er. »Brauchen Sie eine Bahre?«

»Herrgott, es ist doch nur eine Stichwunde!« knurrte Graham. »Sie stellen mich ja gleich als Invaliden hin. Ich denke, ich kann allein zum Hubschrauber gehen.«

Whitlock drehte sich mit einem hilflosen Achselzucken zu Morales um, doch beide waren schnell zur Stelle, als Graham zu stolpern schien, dann allerdings weitergehen konnte.

»Ich schaff' das schon«, versicherte er ihnen hastig.

»Laß dir doch helfen, Mike!« rief Sabrina, die soeben ins Freie geklettert war und sich den drei Männern näherte.

»Sehen Sie, der Sanitäter ist schon da.« Morales deutete auf einen Mann, der auf sie zueilte. »Ich gebe Sie besser in die richtigen Hände.«

Der Sanitäter besah sich nur kurz Grahams Arm. »Kommen Sie, wir bringen Sie auf der Stelle ins Krankenhaus.«

Doch Graham wandte sich noch einmal zu Whitlock um.

»Bleibst du auf der Insel?«

»Klar. Ich muß Captain Morales zeigen, wo die Gefangenen eingesperrt sind. Warum fragst du?«

»Zlotin hatte einen Diplomatenkoffer und eine Reisetasche dabei. Ich kam nicht dazu, reinzuschauen, nehme aber an, daß die UNACO-Akten darin verwahrt sind. Ich habe sie im Flügel C versteckt. Die dritte Zelle rechts.«

»Ich werde sie bergen«, versprach Whitlock.

Sabrina legte den Arm um Grahams Taille und stützte ihn. »Komm, Mike, laß uns zum Hubschrauber gehen.«

»Mach doch keine Hektik«, brummte Graham ärgerlich, ließ sich aber widerstandslos führen.

»Es stimmt wirklich«, meinte Morales mit einem leisen Lächeln. »Gegensätze ziehen sich an.«

»Was?« fragte Whitlock verwirrt.

»Tut mir leid, ich habe nur laut gedacht. Die Gefangenen sind noch eingesperrt?«

»Ja. Wir hielten es für das Beste, sie nicht rauszuholen. In der Zelle waren sie zumindest nicht direkt in Gefahr.«

»Gehen Sie voran«, sagte Morales und winkte zwei seiner Männer zu sich.

»Ich frage mich nur, was die vier sagen werden, wenn sie merken, daß ich in Wahrheit zu den Guten gehöre«, murmelte Whitlock mit einem nachdenklichen Lächeln. »Na ja, es gibt wohl nur eine Möglichkeit, das zu erfahren.«

14

29. Dezember

»Es gab also gar keinen Virus«, brummte Philpott, nachdem er Whitlocks Bericht zu Ende gelesen hatte.

»Nein, Sir«, bestätigte Whitlock, der sich zum Rapport in Philpotts Büro im 22. Stockwerk der New Yorker Zentrale der Vereinten Nationen eingefunden hatte. »Als ich Rodenko aufforderte, das Gegenmittel herauszurücken, gab er zu, daß Zlotin die Geschichte mit dem Virus nur erfunden habe, um Professor Auerbach und Doktor Fisier zur Mitarbeit zu zwingen. Selbstverständlich ließen wir Lisl Auerbach und Marie Fisier trotzdem gleich nach der Rückkehr aufs Festland von einem Toxikologen untersuchen, aber er konnte keine Spuren einer fremden Substanz nachweisen. Anscheinend war ihnen wirklich nur ein harmloses Sedativum gespritzt worden.«

»Da bin ich aber erleichtert.«

»Das waren wir auch, als sie nach Ablauf der von Zlotin genannten Frist gesund blieben. Ich glaube, bis dahin waren auch die Frauen beunruhigt, obwohl der Toxikologe ihnen versichert hatte, daß keinerlei Gefahr bestünde.«

»Das ist nur zu verständlich.« Philpott lehnte sich in seinem gepolsterten Stuhl zurück und betrachtete noch einmal nachdenklich den Bericht, ehe er sich Whitlock wieder zuwandte. »Wie haben die Leute eigentlich reagiert, als sie erfuhren, daß Sie in Wahrheit für die UNACO arbeiten?«

»Am Anfang waren sie ganz schön feindselig, aber als ihnen dämmerte, daß sie es mir zu verdanken haben, daß die Behörden alarmiert wurden, tauten sie allmählich auf. Ihre erste Reaktion war wohl ganz natürlich, wenn man bedenkt, was sie alles durchgemacht hatten. Aber zu guter Letzt sind sie ja unversehrt befreit worden, und das ist schließlich das Allerwichtigste.«

»Was für einen Eindruck hatten Sie von Professor Auerbach?« wollte der Colonel wissen.

»Ich sah ihn kaum, aber soweit ich das mitbekam, war er dem Druck weitaus besser gewachsen als Dr. Fisier. Das gleiche gilt übrigens auch für seine Tochter. Ihre Gelassenheit hat mich jedesmal aufs neue verblüfft. Warum fragen Sie?«

»Wir brauchen einen neuen Leiter für die Abteilung Kryptologie als Ersatz für Abe Silverman.«

Whitlock nickte. »Und Sie denken an Auerbach? Da hätten Sie eine schlechtere Wahl treffen können, Sir.«

»Ich bin froh, daß Sie es auch so sehen, denn ich habe ihm die Stelle heute morgen angeboten.«

»Und wie hat er reagiert?«

»Er wird den Posten Anfang Februar antreten.«

In diesem Moment summte die Sprechanlage auf Philpotts Schreibtisch. Der Colonel betätigte einen Knopf unter dem Lichtschalter. »Ja, Sarah?«

»Mike Graham und Sabrina Carver sind jetzt da.«

»Schicken Sie sie rein.« Per Fernbedienung öffnete Philpott die Tür und schloß sie gleich wieder, als beide eingetreten waren. »Was macht der Arm, Mike?«

»Heute schon viel besser, Sir.«

»Und die Rippen?«

»Sie zwicken noch ein bißchen, aber wenigstens sind sie nicht gebrochen. Aus dem Röntgenbild geht hervor, daß sie nur geprellt wurden.«

»*Erhebliche* Prellungen am Brustkorb«, verbesserte ihn Philpott. »Ich habe heute morgen das ärztliche Gutachten erhalten.«

»Es hätte schlimmer ausgehen können«, meinte Graham und setzte sich auf eins der schwarzen Ledersofas.

Philpott deutete auf zwei Ordner in Sabrinas Hand. »Sind das Ihre Berichte?«

»Ja, Sir«, sagte sie und reichte sie ihm.

»Lassen Sie uns zunächst noch etwas klären. Mike, erzählen Sie mir doch bitte etwas über den Hintergrund zu Ihrem Plan, den Sie da ausgeheckt haben, um die Geiseln von der Insel zu holen.«

»Sergei hat versprochen, Sie in aller Ausführlichkeit aufzuklären«, sagte Graham hastig.

»Das hat er schon, aber ich würde es gern von Ihnen mit Ihren eigenen Worten hören. Wie kamen Sie darauf, die Sache so durchzuziehen, wie es Ihnen dann auch gelungen ist?«

»Zlotin hatte nur eine Schwäche, Sir – seine Berechenbarkeit. Er ging immer nach einem akribisch ausgearbeiteten Schema vor, und in neunundneunzig Prozent der Fälle zahlte sich das auch aus. Andererseits war ich seit meiner Zeit bei der DELTA mit seiner Vorgehensweise bestens vertraut. Darum wußte ich ganz einfach, daß ich der flexiblere von uns beiden bin und daß es mir darum gelingen könnte, ihn auszumanövrieren, wenn wir einmal aufeinanderstoßen sollten. Aber um ihn schlagen zu können, mußte ich mich zunächst in ihn hineinversetzen. Und das habe ich getan. Ich überlegte mir, wie er reagieren würde, wenn Sabrina und ich uns allein der Insel näherten. Er ahnte nicht, daß wir über die Radaranlage und die Bewegungsdetektoren Bescheid wußten. Das war schon mal unser erstes Plus. Weil der Luftlandeplatz von vornherein ausschied, gab es nur zwei Möglichkeiten, ins Gefängnis einzudringen: das Haupttor und die Verliese. Zwei Leute, zwei Optionen. Das perfekte Szenario für einen wie Zlotin. Er wußte, daß ich der Sprengstoffexperte der DELTA war; folglich ging er davon aus, daß ich versuchen würde, das Schleusentor zu sprengen. Und indem ich Sabrina durch den Haupteingang reinschickte, wiegte ich ihn auch in diesem Glauben. Nun, sie zerschoß sämtliche Infrarotdetektoren und die Überwachungskameras, woraufhin ich nach ihr unbemerkt durch das Haupttor ins Gefängnis marschieren konnte. Weil nur noch zwei Russen auf der Insel waren, wußte ich, daß einer entweder die Radaranlage beobachten oder oben auf dem Landeplatz Wache schieben würde. Also konnte nur einer Sabrina auflauern, und ich ging davon aus, daß das Zlotin sein würde.

Daß er Sabrina nicht töten wollte, stand für mich ebenfalls fest. Er brauchte sie lebend, fürs erste zumindest, um sie als Köder für mich zu benutzen. Darum gab ich ihm fünf Minuten, bevor ich dann selbst reinging. Den Rest wissen Sie ja schon.«

»Der Rest ist, daß Sie Ihre Partnerin um Haaresbreite verloren hätten«, entgegnete Philpott. »Oder gehörte das auch zu Ihrem Plan?«

»Sir, das ist nicht fair ...«

»Schon gut, schon gut«, fiel Graham Sabrina ins Wort und legte beschwichtigend die Hand auf ihren Arm. »Der Colonel ist völlig zu Recht wütend. Ich hatte nicht bedacht, daß Zlotin das Schleusentor öffnen würde und daß du ertrinken könntest. Das wird mich mein Leben lang verfolgen. Aber eins muß ich auch sagen, Sir: Wenn ich noch mal vor der Wahl stünde, würde ich genau dasselbe wieder tun.«

»Wir alle wissen, was wir riskieren, wenn wir einen solchen Auftrag annehmen«, erklärte Sabrina an Philpott gewandt. »Wir akzeptieren das als Teil unseres Berufs. Und wenn Mike mich fragen sollte, ob ich morgen wieder zu so was bereit bin, würde ich ohne zu zögern mitmachen. Wir haben die Geiseln unversehrt befreit, und das wäre uns nie gelungen, wenn die *Brigade für Sondereinsätze* die Insel gestürmt hätte. Allein schon deswegen ist Mikes Plan gerechtfertigt.«

»Da bin ich ja froh, daß Sie mit mir übereinstimmen«, sagte Philpott lächelnd.

Graham starrte ihn verblüfft an. »Heißt das, daß Sie meinen Plan ebenfalls gutgeheißen hätten, Sir?«

»Das habe ich sogar getan«, erwiderte der Colonel. »Sobald Sie das Hotel verlassen hatten, rief Sergei mich an. Ich kannte also die Risiken, aber ich gab ohne zu zögern grünes Licht. Wie Sabrina ganz richtig festgestellt hat, wären die Geiseln nie lebend herausgekommen, wenn die *Brigade für Sondereinsätze* schwere Waffen zum Einsatz gebracht hätte.«

»Was wäre denn passiert, wenn es nicht geklappt hätte, Sir?« fragte Graham mißtrauisch.

»Es hat geklappt. Lassen wir es dabei bewenden.«

»Wo ist eigentlich Sergei, Sir?« fragte Whitlock, um das Thema zu wechseln. »Er hat uns gesagt, er würde rechtzeitig zur Besprechung da sein.«

»Stimmt, sein Rückflug war für gestern abend gebucht, aber dann hat sich Rodenko plötzlich zur Kooperation bereit erklärt, allerdings unter der Bedingung, daß ihn Sergei verhört. Darum wird Sergei bis zum Abschluß der Vernehmungen in Lissabon bleiben. Das könnte noch zwei Tage dauern, falls Rodenko tatsächlich so viel weiß, wie er behauptet.«

»Ein geschickter Zug«, meinte Graham nachdenklich.

Sabrinas Augen wanderten zwischen Graham und dem Colonel hin und her. »Was meint er damit?«

»Jeder Rekrut der *Spetznaz* muß einen Eid darauf leisten, daß er dem Feind nichts über sich oder seine Organisation preisgibt«, erklärte Graham. »Auf die Verletzung dieses Kodex' steht die Hinrichtung. Rodenko weiß, daß ihn eine lebenslange Gefängnisstrafe erwartet, wenn er an die russischen Behörden übergeben wird. Seine einzige Chance, sich davor zu drücken, besteht in einem Kuhhandel. Mit anderen Worten: er tauscht seine brisanten Geheimnisse gegen eine Ermäßigung der Haftstrafe. Wenn er bis zu seiner Auslieferung wartet und erst dann seine ehemaligen Kollegen verpfeift, finden sich auch im neuen Sicherheitsdienst immer noch genügend Falken, die garantiert dafür sorgen, daß er den ersten Prozeßtag nicht mehr erlebt. Und gibt es eine bessere Methode, den Kopf aus der Schlinge zu ziehen, als Sergei, einem im Ausland lebenden liberalen Russen mit besten Beziehungen zum Kreml, sein Wissen preiszugeben? Wer weiß, was für Sonderbedingungen für ihn rausspringen, wenn Sergei ein gutes Wort für ihn einlegt.«

»Ob mildernde Umstände oder nicht, er wird in jedem Fall in einem russischen Gefängnis landen.«

»Nicht, wenn er schlau ist«, widersprach Graham mit einem Seitenblick auf Philpott. »Wie lauteten denn seine Forderungen für die Preisgabe seines Wissens?«

»Er hat sich bereit erklärt, den russischen Behörden die

Namen sämtlicher Mitverschwörer zu verraten, wenn dafür alle Anklagepunkte gegen ihn fallengelassen werden.«

»War man damit einverstanden?« fragte Whitlock.

»Ja. Er hat schon die Namen von über einem Dutzend russischer Politiker im Abgeordnetenhaus und mehrere hochrangige Angehörige der Armee als die Drahtzieher eines für Februar geplanten Staatsstreichs genannt. Damit hat er einen vermutlich blutigen und immens teuren Bürgerkrieg verhindert. Die Leute, die er verraten hat, sind bereits verhaftet worden. Laut einer Quelle im Kreml wurde bei ihnen auch eine beträchtliche Menge Belastungsmaterial sichergestellt. Sie werden sicher meine Auffassung teilen, daß das Eingehen auf Rodenkos Bedingungen ein geringer Preis für den Fang von so großen Fischen ist.«

»Aber man wird ihn doch nicht wieder auf freien Fuß setzen, Sir?« fragte Sabrina entsetzt.

»Wohl kaum. Immerhin steht die Ermordung von mindestens zwei Mitgliedern der *Brigade für Sondereinsätze* und des jungen Amerikaners Hardin, der in Calderes Club arbeitete, auf seinem Konto. Allein das wird ihm vor jedem portugiesischen Gericht dreimal lebenslänglich einbringen.«

»Trotzdem wird er in fünfzehn Jahren rauskommen«, schnaubte Graham.

»Und eine neue Identität bekommen«, ergänzte Philpott. »Das ist schon mit den Russen vereinbart worden. Er weiß, daß er jetzt auf der Todesliste etlicher Killerkommandos ganz oben steht.«

»Hat er bestätigt, daß die *Spetznaz* hinter dem Überfall auf den Konvoi steckte, der ihn damals in dieses Gefängnis am Rand von Moskau bringen sollte?« fragte Sabrina.

Philpott nickte. »Ja. Die Vorbereitungen traf Koslow mit Hilfe einiger sympathisierender *Spetznaz*-Offiziere. An der Durchführung beteiligte er sich allerdings nicht. Zlotin und Konsorten wurden dann mit gefälschten Papieren an Bord eines Fischkutters nach Schweden geschmuggelt. Dort nahm Saisse sie in Empfang und brachte sie nach Frankreich. Koslow ist inzwischen in Algerien verhaftet worden. Er soll nach Rußland ausgeliefert werden, wo er sich mit seinen Mitverschwörern vor Gericht zu verantworten hat.«

»Apropos Verschwörer, gibt es Neuigkeiten über Inacio?« erkundigte sich Graham.

»Bislang noch nicht«, brummte Philpott. »Er dürfte sich auch längst nicht mehr in Portugal aufhalten. Aber weil jetzt Interpol eingeschaltet wurde, ist es wohl nur noch eine Frage der Zeit, bis man ihn stellt.«

»Der Colonel hat mir vorhin übrigens gesagt, daß Saisse sich ebenfalls abgesetzt hat«, klärte Whitlock seine Kollegen auf.

Sabrina starrte Philpott entgeistert an. »Er konnte sich absetzen?«

»Aufgrund von Zlotins Hinweis war es uns möglich, die Akten sicherzustellen, als Jannocs Handlanger sie im Hauptbahnhof von Marseille deponieren wollten. Daraufhin führte die französische Polizei in allen zu Jannocs Imperium gehörenden Häusern zeitgleich Razzien durch, bei denen ihr über fünfzig von seinen Leuten ins Netz gingen. Wie mir ein Vertreter der *Gendarmerie* erzählt hat, sind sie zuversichtlich, daß sie Jannocs Ring in den nächsten Tagen komplett zerschlagen werden. Dazu kommen Anklagen gegen hohe Beamte in diversen Stadtverwaltungen und sogar Regierungsmitglieder, die er in der Tasche hatte.«

»Ist Jannoc auch verhaftet worden?« wollte Graham wissen.

»Ja, in seinem Casino *Le Boudin*. Wir haben jetzt genügend Beweismittel, um ihn lebenslänglich einzusperren.«

»Und von Saisse fehlt jede Spur?« meldete sich Sabrina wieder zu Wort.

»Seit er die Akten einem Kurier in Nantes übergeben hat, ist er nicht mehr gesehen worden. Jannoc schweigt beharrlich, aber es kursieren Gerüchte, wonach er Saisse verdächtigt, ihn verraten zu haben. Anscheinend waren die zwei sich genau seit dem Tag der Ermordung von Jannocs Bruder nicht mehr grün. Jannoc hat Saisse offen Ambitionen auf die Übernahme seines Imperiums unterstellt, und

Saisse wiederum gibt Jannoc die Schuld für mehrere verlustbringende Geschäfte, mit denen er die Organisation an den Rand des Bankrotts gebracht haben soll.«

»Könnte vielleicht eine Verbindung zwischen Saisse und Inacio bestehen?« sinnierte Graham. »Es kommt mir höchst verdächtig vor, daß beide zur gleichen Zeit untergetaucht sind.«

Philpott nickte. »An dieser Hypothese arbeitet gegenwärtig ein Team von Spezialisten in der Kommandozentrale. Bislang aber noch ohne Erfolg.«

»Vielleicht weiß Rodenko etwas«, schlug Whitlock vor.

»Angeblich hat er keine Ahnung. Nun, wenn Saisse und Inacio tatsächlich unter einer Decke stecken, sagt er wahrscheinlich sogar die Wahrheit. Es steht ja fest, daß die Russen Jannoc reingelegt haben. Und jetzt sieht es ganz so aus, als hätte Saisse ihn genauso betrogen. Im Moment ist die Verschwörungstheorie aber noch pure Spekulation. Die ganze Wahrheit erfahren wir erst, wenn einer von den beiden verhaftet wird.« Philpott fischte einen weiteren Ordner von seinem Schreibtisch und klappte ihn auf. »Seit ich den anderen Agenten die Nachricht von Jacques Rusts Tod überbracht habe, bin ich immer wieder gefragt worden, welche Vorbereitungen für die Beerdigung getroffen worden sind. Sabrina, ich weiß, daß Sie vor dem Rückflug Sergei eigens darauf angesprochen haben. Nun habe ich mich mit Jacques' Eltern in Verbindung gesetzt. Sie haben sich für eine Bestattung im kleinsten Kreis in seiner Heimatstadt Dijon entschieden. Selbstverständlich respektiere ich ihren Wunsch, und wenn ich ehrlich sein soll, halte ich es auch für besser so. Die Sicherheitsmaßnahmen für das gemeinsame Auftreten so vieler Agenten wären ein einziger Alptraum. Ein massiver Polizeieinsatz wäre nötig, und das würde eine Störung der privaten Trauerfeier bedeuten. Ich bin sicher, daß Sie das verstehen.«

»Ja, Sir«, sagte Sabrina leise. »Wird überhaupt ein Vertreter der UNACO dabeisein?«

»Ich werde im Namen der Organisation an der Bestattung teilnehmen«, erklärte Philpott. »Sergei wird Abe Silvermans Beerdigung in Haifa beiwohnen. Die Termine weiß ich leider noch nicht, nur daß beide Bestattungen für nächste Woche geplant sind. Selbstverständlich werde ich Sie informieren, sobald ich Näheres erfahre.«

»Haben Sie schon einen Ersatz für Jacques gefunden, Sir?« erkundigte sich Graham.

»Ja. C. W. ist offiziell zum neuen Koordinator für die Operationen in Europa ernannt worden. Nach Neujahr wird er seine Stelle in Zürich antreten.«

»Du schuldest mir fünfzig Eier, Sabrina!« rief Graham mit einem triumphierenden Grinsen.

Sie lächelte kokett zurück. »Tja, dann sind wir nach der Tracht Prügel, die ich dir im Schach verabreicht habe, quitt.«

»Habt ihr etwa eine Wette über die Nachfolge von Jacques abgeschlossen?« fragte Whitlock kopfschüttelnd.

»Du warst der natürliche Kandidat«, sagte Graham. »Zumindest sah ich das so.«

Als Sabrina den Blick Whitlocks bemerkte, erklärte sie mit einem verlegenen Grinsen: »Du hast dich ja schon mal in der Verwaltung versucht und dich dort nicht wohl gefühlt. Darum hielt ich es für ausgeschlossen, daß du den Job in Zürich annehmen würdest.«

Whitlock stand auf und lief zum Fenster. Dort drehte er sich wieder zu den anderen um. »Das stimmt, Sabrina; der Job als Vizedirektor hat mir wirklich keinen Spaß gemacht. Aber jetzt ist die Situation eine andere. Carmen hatte wohl recht, als sie mir sagte, ich sei zu alt für das Agentenleben. Wie auch immer, ich muß mich jetzt auf ein völlig neues Leben einstellen, weil ich bald Vater werde.«

Er hatte kaum zu Ende gesprochen, als Sabrina auch schon aufsprang und ihn stürmisch umarmte. »Das freut mich für dich, C. W.! Carmen ist jetzt bestimmt im Siebten Himmel!«

»O ja, das ist sie«, sagte Whitlock lächelnd.

»Glückwunsch, Kumpel«, schloß sich nun auch Graham an.

»Danke, Mike.«

Graham zwinkerte ihm zu. »Wie nennt ihr ihn denn, wenn es ein Junge ist? Clarence, wie seinen Vater?«

»Garantiert nicht. Ein schlichter Name wird's wohl auch tun.«

»Weiß Carmen das mit Zürich schon?« fragte Sabrina.

Whitlock nickte. »Ja. Bevor ich nach Frankreich geflogen bin, hatten wir wieder mal einen Krach. Und gleich nach meiner Rückkehr heute morgen haben wir uns ausgesprochen. Danach habe ich den Colonel angerufen und gebeten, mich als Bewerber für den frei gewordenen Posten vorzumerken. Er hat mir gesagt, ich wäre bereits einer von mehreren heißen Kandidaten. Und wieder eine Stunde später hat er zurückgerufen und mir mitgeteilt, der Generalsekretär habe seine Empfehlung angenommen und mich zu Jacques' Nachfolger ernannt. Carmen war begeistert. Es ist ja ein offenes Geheimnis, daß es zwischen uns in der letzten Zeit ganz schön gekriselt hat. Da ist der Umzug nach Zürich das Beste, was uns passieren konnte. Das ist unsere große Chance für einen Neuanfang. Ich kann es gar nicht erwarten, rüberzufliegen und den neuen Posten anzutreten.«

»Hoffentlich klappt es so, wie du es dir vorstellst, Kumpel. Aber wenn diese Warren ihre Story durchzieht, können wir jede Hoffnung auf eine Zukunft in der UNACO begraben.« Graham drehte sich zu Philpott um. »Ich nehme an, die ›Abteilung Nestbeschmutzer‹ hat immer noch nichts Brauchbares gegen sie zutage gefördert, oder?«

»Darauf wollte ich eben zu sprechen kommen«, entgegnete Philpott gelassen. »Ich habe Larry Ryan gestern abend angerufen und ihm mitgeteilt, daß Sie und Sabrina später bei ihm in der Redaktion vorbeikommen und etwas klären wollen, bevor die Story in Druck geht.«

Graham und Sabrina sahen einander bestürzt an. »Ich verstehe nicht ganz, Sir«, murmelte Graham.

Philpott lehnte sich genüßlich zurück. »Werden Sie gleich. Ich habe Ryan gesagt, daß Sie um Punkt vier bei ihm sein wollen. Seien Sie also pünktlich.«

Gleich beim ersten Klingeln riß Ryan den Hörer von der Gabel. »Ja?«

»Sicherheitsdienst, Sir«, sagte eine Männerstimme. »Ich habe hier einen Mr. Graham und eine Miß Carver, die behaupten, sie hätten einen Termin bei Ihnen. Aber ihre Namen stehen nirgendwo im Computer.«

»Sie werden erwartet«, versicherte Ryan ihm. »Lassen Sie sie unverzüglich in mein Büro führen.«

»Sehr wohl, Sir.«

Ryan drückte kurz auf die Gabel und wählte eine interne Nummer. »Katy, ich bin's, Larry. Laß alles stehen und liegen und komm sofort in mein Büro. Graham und Carver sind im Anmarsch.«

»Bin schon auf dem Weg.«

Ryan legte auf und stellte sich vor den Aktenschrank. Aus der obersten Schublade zog er einen Ordner. Damit kehrte er zum Schreibtisch zurück, schob alles andere beiseite und legte statt dessen den Ordner vor sich auf den Tisch.

Sekunden später klopfte es, und Katherine stürmte mit einem ganz ähnlich aussehenden Ordner herein. »Die von der UNACO haben wir ja ganz schön aufgeschreckt, was?« rief sie und schloß die Tür. »Wieso würden sie Graham und Carver den Wölfen zum Fraß vorwerfen, wenn sie damit nicht versuchen wollten, den Druck auf die Organisation zu mindern?«

»Das könnte stimmen. Vielleicht ist das tatsächlich eine Art Versuch zur Schadensbegrenzung. Aber laß uns doch einfach abwarten.«

»Welchen Grund sie auch haben, unsere Story wird damit nur noch glaubwürdiger. Hast du schon einen Termin für die Veröffentlichung ins Auge gefaßt?«

»Ich dachte an das erste Wochenende im neuen Jahr. Aber den genauen Termin legen wir bei der nächsten Redaktionskonferenz fest.«

Ein scharfes Klopfen beendete ihr Gespräch. Ryan schaltete eilig einen verborgenen Kassettenrecorder ein, der an mehrere diskret im ganzen Raum verteilte Mikrofone angeschlossen war, dann ging er zur Tür und öffnete. Ohne auf den Wachmann zu achten, wandte er sich direkt an Sabrina und Graham. »Kommen Sie bitte herein.«

Als sie eingetreten waren, schloß er die Tür wieder. »Ich nehme an, Sie kennen Miß Warren bereits«, sagte er und deutete auf die beim Fenster postierte Katherine.

Sabrina musterte sie mit einem verächtlichen Blick. »Die Lady kommt mir bekannt vor.«

Katherine konnte sich ein zufriedenes Lächeln nicht verkneifen. »Komisch, ich hätte sie nicht für eine schlechte Verliererin gehalten, Miß Carver.«

Sabrina hielt ihrem durchdringenden Blick stand. »Das Spiel ist noch nicht vorbei«, erwiderte sie in eisigem Ton.

»Das haben Sie sich offenbar nach Katys Abflug geholt«, meinte nun Ryan, an Graham gewandt, und deutete auf seinen verletzten Arm. »Hoffentlich nichts allzu Ernstes.«

»Wir sind nicht zum Süßholzraspeln gekommen«, knurrte Graham.

Daraufhin setzte sich Ryan hinter den Schreibtisch und breitete demonstrativ beide Arme aus. »Okay, was wollen Sie dann? Schließlich sind Sie diejenigen, die auf dem Treffen bestanden haben.«

»Wir wollen Ihnen einen Deal vorschlagen.«

»Dann machen Sie uns ein Angebot«, meinte Ryan mit einem süffisanten Lächeln. »Ich hoffe nur, Sie wollen nicht versuchen, uns unseren Knüller auszureden. Das hätte nämlich keinen Sinn. Er wird nach Neujahr veröffentlicht.«

Graham zog ungerührt eine Videokassette aus seiner Aktentasche und legte sie auf den Schreibtisch. »Das hier auch, wenn die Story in Druck geht.«

Ryan drehte die Kassette unschlüssig in den Händen hin und her. Schließlich sah er stirnrunzelnd zu Graham auf. »Und welch gräßliche Dinge enthält das Band? Muß ich jetzt gleich vor Angst schlottern?«

»Wieviel wissen Sie über die Vergangenheit Ihrer Frau, Mr. Ryan?« fragte Sabrina.

»Louise und ich haben keine Geheimnisse voreinander!« erklärte Ryan, während Katherine auf einmal sichtlich verunsichert wirkte.

»Dann wird Ihnen ja auch bekannt sein, daß Ihre Frau mit siebzehn in einer Art Rebellion gegen den aufwendigen Lebensstil ihrer Eltern von Zuhause auszog, um sich allein durchzuschlagen«, fuhr Sabrina fort.

Graham nickte. »Sie lebte ein Jahr lang in einer Kommune am Times Square, bis sie kapierte, daß dieses Leben zu nichts führte. Anschließend versöhnte sie sich wieder mit ihren Eltern und durfte mit deren Segen auf eine Schauspielschule gehen.«

»Das weiß ich doch alles«, entgegnete Ryan. »Was zum Teufel hat das Video damit zu tun?«

»Das müßten Sie eigentlich wissen, wenn Sie keine Geheimnisse voreinander haben«, belehrte ihn Graham und setzte sich auf einen der gepolsterten Stühle vor dem Schreibtisch. »Allerdings bezweifle ich, daß sie Ihnen auf die Nase gebunden hat, was für einen Film sie während der Zeit in der Kommune gedreht hat.«

»Film?« brauste Ryan auf, doch als er zu Katherine hinübersah, bemerkte er, wie aschfahl sie geworden war.

»Es war ein ganz billiger Film, gedacht nur für die New Yorker Untergrundszene«, erklärte Sabrina. »Es soll Leute geben, die so was Kunst nennen, aber die meisten betrachten es schlichtweg als Pornografie. Das wirklich Abstoßende an diesem Machwerk ist aber, daß darin auch Kinder mitspielen. Wir ertrugen es nur ein paar Minuten lang, dann mußten wir ausschalten. Das Band ist jetzt zu einer der Szenen zurückgespult, in denen Ihre Frau vorkommt.«

Ryan schob die Kassette in den Videorecorder, der auf dem Regal hinter ihm stand, packte wütend die Fernbedienung und schaltete den am anderen Ende des Büros postierten Fernseher ein. Er brauchte das Band nur wenige Sekunden laufen zu lassen, dann schaltete er entsetzt aus. Der nackte Körper, der da zur Schau gestellt wurde, gehörte eindeutig seiner Frau Louise.

»Wo haben Sie das her?« fauchte Katherine. »Von diesem Film gab es nur ein halbes Dutzend Kopien, und die wurden angeblich alle beim Brand einer Lagerhalle vernichtet.«

Graham sah ihr fest in die Augen. »Wir wissen von dem Brand, Miß Warren. Wir haben auch eine eidesstattliche Erklärung eines Lebenslänglichen in San Quentin. Er hat uns eine ziemlich genaue Beschreibung der Frau gegeben, die ihn dafür bezahlt hat, daß er die Halle anzündete.«

»Was wollen Sie damit andeuten?« stieß Katherine hervor.

»Nichts«, versicherte Graham ihr. »Wir könnten lediglich die Beweismittel weiterleiten, wenn es je zu einem Prozeß kommen sollte. Dann allerdings würden die Geschworenen Genaueres wissen wollen.«

»Der Brand ist uns offen gesagt egal«, sagte Sabrina. »Wenn dabei Tausende billigster Schundvideos zerstört wurden, ist das wirklich kein großer Verlust.«

»Sie haben meine Frage nicht beantwortet: Wo haben Sie das Video her?«

»Es wurde uns zu Verfügung gestellt«, sagte Sabrina. »Bei der UNACO haben wir ein Team, das nur eine Aufgabe hat: in der Schmutzwäsche all derer rumzuwühlen, die damit drohen, die Organisation bloßzustellen. Natürlich haben diese Leute Kontakte zu den zwielichtigsten Gestalten. Auf diese Weise sind sie wohl auch an das Videoband rangekommen. Wie sie es erworben haben, weiß ich nicht, und wenn ich ehrlich sein soll, will ich es auch gar nicht wissen.«

»Womit wollen Sie uns drohen?« fragte Ryan. »Wenn wir unsere Reportage über die UNACO bringen, schicken Sie dann Louises Arbeitgeber eine Kopie des Videos?«

»Wenn Sie die Reportage über die UNACO bringen, schicken wir eine Kopie dieses Videos an jede größere Fernsehstation im ganzen Land«, korrigierte ihn Graham. »Stellen Sie sich nur vor, wie sich das auf die Karriere Ihrer Frau als Moderatorin im Kinderfernsehen auswirken würde! Der Skandal wäre tödlich. Und selbst wenn sie ein dickes Fell hätte – was würden Ihre Töchter sagen? Sie wissen, wie gemein Kinder dieses Alters sein können. Ihre Töchter würden jeden Tag in Tränen aufgelöst von der Schule heimkommen. So was haben sie doch nicht verdient, oder?«

»Und dann wäre da noch Ihre Mutter«, setzte Sabrina an Katherine gewandt nach. »Sie sind nach New York zurückgekehrt, um nach zwei Herzinfarkten näher bei ihr zu sein. Überlegen Sie nur, was für ein Schlag es für sie wäre, wenn sie erführe, daß Louise solche Filme gedreht hat. Das wäre ihr Tod, nicht wahr?«

Graham stand auf und klappte seine Aktentasche zu. »Da wir nun unsere Karten auf den Tisch gelegt haben, sind Sie an der Reihe. In einer Stunde werden wir noch einmal an Sie herantreten und Sie um Ihre Antwort bitten. Wenn Sie sich für Ihre Story entscheiden, wissen Sie über die Konsequenzen Bescheid. Erklären Sie sich aber dazu bereit, die Geschichte fallenzulassen, müßten Sie sich von allen relevanten Informationen über die UNACO trennen. Dazu gehören auch sämtliche Fotos, die Sie im Zusammenhang mit Ihren Recherchen geschossen haben, und natürlich auch die Negative. Da Sie unsere Unterredung zweifellos auf Band aufgenommen haben, müssen wir auch auf Herausgabe der Kassette bestehen.«

»Und Sie dürfen natürlich den Originalabzug des Films behalten«, stieß Ryan bitter hervor.

»Das versteht sich von selbst«, bestätigte Graham.

»Sie überlassen nichts dem Zufall, was?« murmelte Katherine.

»Wir müssen die Anonymität unserer Organisation schützen, so gut wir können, Miß Warren«, sagte Sabrina und folgte Graham zur Tür. Auf der Schwelle drehte sie sich noch einmal um. »Sie haben aber gute Arbeit geleistet, Miß Warren. Mehr Glück beim nächstenmal.«

Katherine mußte sich zusammenreißen, um nicht die Tür hinter ihr zuzuschlagen. »Verfluchte Schlampe!« zischte sie und ließ sich auf den nächsten Sessel sinken.

Ryan schaltete den Kassettenrecorder aus, nahm das Band heraus und warf es in die oberste Schreibtischschublade. »Wann hast du zum erstenmal von dem Film gehört?«

»Louise hat mir kurz nach Ende der Dreharbeiten davon erzählt. Sie war damals pleite und zu stolz, um unsere Eltern um Geld zu bitten. Als der Film fertig war, hat es ihr leid getan, daß sie bei diesem Schund mitgemacht hat, aber da war es schon zu spät. Mein Gott, sie konnte so unglaublich naiv sein!«

»Wer hat den Brandstifter bezahlt?« fragte Ryan leise. »Du oder Louise?«

»Hör mal, Larry, du glaubst doch nicht im Ernst ...«

»Wer hat ihn bezahlt?« brüllte Ryan.

Katherine strich sich nervös eine Strähne aus dem Gesicht. »Ich. Ich mußte sie schützen. Verstehst du das nicht? Ich dachte, damit wäre die Sache aus der Welt, aber ich hatte mich getäuscht.«

»Weiß Louise von dem Brand?«

»Sie wußte, daß die Lagerhalle abgebrannt war, aber daß ich dahinter stecke, hat sie nie erfahren. Sie glaubt immer noch, daß das Schicksal es gut mit ihr meinte. Na ja, Louise war seit jeher das Unschuldslamm in unserer Familie. Das ist wahrscheinlich auch der Grund, warum sie bei Kindern so beliebt ist.«

»Ganz bestimmt«, brummte Ryan ironisch.

»Wirst du sie jetzt wegen des Films zur Rede stellen?«

»Was würde das denn bringen? Nein, manche Dinge bleiben besser ungesagt.«

»Eine kluge Entscheidung«, meinte Katherine. »Alles andere wäre langfristig nur eine Belastung für eure Ehe.«

»Und du hältst das hier für keine Belastung?« fuhr Ryan sie an. »Eine Ehe sollte auf Vertrauen basieren, aber vielleicht habe ich einfach zu hohe Erwartungen. Ich hätte mir damals schon denken können, daß sie nicht so perfekt ist, wie sie tat.«

»Ich weiß, daß so was weh tut, Larry, aber du darfst nicht vergessen, daß sie sich nichts als eine einmalige dumme Entgleisung geleistet hat – und daß sie damals außerdem noch minderjährig war.«

»Und damit ist alles wieder gut, oder was?« Ryan drosch die Faust auf den Tisch. »Die UNACO hat jetzt die perfekte Waffe gegen uns, und wir können nichts dagegen tun!«

Schweigen trat ein. »Wir hätten einen irrsinnigen Knüller gehabt«, murmelte Katherine schließlich. »Wir wären das Stadtgespräch gewesen, und jede Zeitung im ganzen Land hätte uns beneidet. Wir waren so dicht dran.«

»Ja«, antwortete Ryan. Er nahm den Ordner in die Hand und blätterte ihn durch. »Was hätte alles daraus werden können, Katy. Was hätte alles daraus werden können ...«

An diesem Nachmittag verließ Whitlock die Vereinten Nationen mit gemischten Gefühlen. Die Vorfreude auf die Herausforderungen, die ihn in seinem neuen Amt als Koordinator der Operationen in Europa erwarteten, wurde überschattet von der tiefen Trauer über den Verlust seines Freundes und früheren Partners bei der *Strike Force Three*, Jacques Rust. Auch fühlte er sich schuldig, weil er mit der Sprengung im Gefängnis bis nach Einbruch der Dunkelheit gewartet hatte. Hätte er sich an seinen ursprünglichen Plan gehalten und schon am Morgen zugeschlagen, wäre die Insel früher gestürmt worden und Rust vielleicht noch am Leben. Andererseits hatte er seine Aktion nur im Schutz der Dunkelheit durchführen können. Er steckte in einem unlösbaren Dilemma, und er wußte, daß ihn dies nicht nur heute, sondern den ganzen Rest seines Leben verfolgen würde.

Doch nun hatte er die Chance eines Neuanfangs mit Carmen. Sie freuten sich beide auf ihr erstes Kind und würden bestimmt wieder zu einem erfüllten Eheleben finden. Aber auch hier fiel ein kleiner Schatten auf sein Glück: Er mußte Abschied nehmen von seinem langjährigen Einsatz als Agent, ja, er war jetzt schon traurig. Doch es war nicht die Arbeit als solche, die er vermissen würde – im Gegenteil, er hatte sich längst eingestanden, daß er zu alt geworden war, um Verbrechern nachzujagen, die seine Kinder hätten sein können. Nein, was sich nicht ersetzen ließ, das war die Kameradschaft, die er in der *Strike Force Three* erlebt hatte. Nun blieb vom Originalteam mit Rust und ihm keiner mehr übrig. Das Ende einer Ära? Nein, er betrachtete es lieber als den Beginn einer neuen Ära, die ihn hoffentlich eines Tages als neuen Direktor der UNACO zurück nach New York führen würde. Und er wußte, daß Philpott genau das mit ihm vorhatte …

Als Whitlock seinen Wohnblock in Manhattan erreichte, war es bereits dunkel. Er steuerte seinen weißen BMW in die Tiefgarage und parkte ihn in der für ihn reservierten Bucht. Der Platz daneben war leer. Carmen war also noch unterwegs. Whitlock ging zum Aufzug und wollte gerade die Tür mit seinem Kartenschlüssel öffnen, als hinter einer Säule eine Gestalt auftauchte – Fabien Saisse. Er hielt sich eine Zeitung vor den Bauch, die er nun kurz lüftete, um seine Heckler & Koch zu zeigen.

»Tür aufmachen«, knurrte Saisse mit französischem Akzent.

Whitlock schob die Karte in den Schlitz, dann wurde er von Saisse in den Aufzug gedrängt, der den Knopf für den 7. Stock drückte.

»Was soll das?« fragte Whitlock.

»Das werden Sie beizeiten erfahren, *Whitlock*«, höhnte Saisse. »Oder möchten Sie lieber Royce genannt werden?«

Whitlock schwieg. Er überlegte fieberhaft. Im Moment hatte er keine Chance. Saisse würde abdrücken, bevor er seine Pistole ziehen konnte. Nein, er mußte warten und aufpassen …

Der Aufzug hielt im 7. Stock. Saisse scheuchte Whitlock zur Tür hinaus und folgte ihm mit unter der Zeitung verborgener Pistole. Vor seiner Wohnungstür zögerte Whitlock. Seine Hand wanderte in die Hosentasche.

»An Ihrer Stelle würde ich nur nach dem Schlüssel greifen«, zischte ihm Saisse ins Ohr.

Whitlock musterte ihn kühl, gehorchte aber und schloß auf. Die Tür führte direkt ins Wohnzimmer. Saisse stieß ihn hinein und machte hinter sich zu.

»Geben Sie mir Ihre Pistole«, befahl Saisse und richtete den Lauf der Heckler auf Whitlocks Brust.

»Ich bin nicht bewaffnet.«

»Ich wiederhole mich nicht.«

Whitlock zog sich schweigend die Jacke aus und warf

sie auf einen Stuhl. Dann hielt er beide Arme hoch, um Saisse zu zeigen, daß er nicht gelogen hatte. »Wir tragen unsere Waffen nur im Einsatz«, erklärte er. »Sobald ein Auftrag erledigt ist, wandern sie wieder ins Arsenal. Das ist bei uns Vorschrift. Eigentlich sollten Sie das wissen, wenn Sie die Akten gelesen haben. Da wird alles genau beschrieben.«

Nachdem Saisse ihn gründlich abgetastet hatte, deutete er auf den nächsten Stuhl. Whitlock gehorchte.

»Möchten Sie mir nicht sagen, was Sie von mir wollen?« brummte Whitlock.

»Informationen.«

»Und wenn ich sie Ihnen gegeben habe, bringen Sie mich um«, schnaubte Whitlock. »So ist das doch, oder?«

»Wenn Sie sich weigern, mir die Information zu geben, bringe ich Sie um. So ist das.«

Die Geschichte von Saisses Gewalttaten war in der UNACO-Akte ausführlich dokumentiert, darum mußte Whitlock davon ausgehen, daß der Franzose ihn töten würde, wenn seine Fragen beantwortet waren. Vorher würde er freilich kaum schießen. Whitlocks einzige Chance bestand folglich darin, ihn möglichst lange hinzuhalten und darauf zu hoffen, daß er einen Fehler beging. Schlimm war nur, daß Carmen irgendwann zurückkommen würde. Und seine Frau wollte Whitlock um alles auf der Welt heraushalten, in ihrem Zustand zumal. Doch im Moment hielt Saisse alle Trümpfe in der Hand ...

»Wie haben Sie meine Spur gefunden?« fragte Whitlock. »In den Akten waren doch keine Fotos.«

»Aus den Akten erfuhr ich nur den Namen Whitlock. Ich habe Ihre Adresse eruiert und warte schon seit Tagesanbruch. Daß wir uns kennen, habe ich erst gemerkt, als Sie heute morgen aus der Tiefgarage kamen.«

»Ihre Aktion hat also nichts damit zu tun, daß ich mich als Royce ausgegeben habe?«

»Nein«, erwiderte Saisse verächtlich.

»Also gut, was wollen Sie von mir wissen?«

»Sie und Ihr früherer Partner Jacques Rust wurden vor

vier Jahren mit einer Operation in Kairo beauftragt, in die auch der damals wichtigste Kontakt der UNACO im Nahen Osten verwickelt war. Von ihm ist nur der Codename bekannt: ›Schattentänzer‹.«

Whitlock erinnerte sich gut an diesen Einsatz. Angefangen hatte es mit einem heißen Tip von ›Schattentänzer‹. Demzufolge sollte eine Schiffsladung hochwertigen Heroins vom libanesischen Bekaatal unter schwerer Bewachung nach Kairo gebracht werden, wo ein europäischer Händlerring fünfzig Millionen Dollar in Form von Edelsteinen dafür bezahlen würde. Zusammen mit ›Schattentänzer‹ sollten Rust und Whitlock diesen Coup verhindern. Bis dahin hatten sie ›Schattentänzer‹ allerdings nie gesehen. Nun, er sollte sich als ein Herr mittleren Alters entpuppen, der gezeichnet war von der Angst, die ein Leben als Verräter zwangsläufig mit sich brachte. Einmal noch wollte er für die UNACO arbeiten und dann aussteigen. Philpott war einverstanden.

Und ›Schattentänzer‹ hatte auch schon einen Plan. Laut seiner Auskunft hatte es keinen Sinn, sich an Bord des Schiffs zu schleichen. Dafür war es zu gut bewacht. Das schwache Glied in der Kette war Kairo, genauer gesagt die Bezahlung: Keine Edelsteine – kein Deal. ›Schattentänzer‹ versprach ihnen, daß sein Team von handverlesenen Männern die Steine am vereinbarten Übergabeort kurz vor Abschluß des Geschäfts erbeuten und so das Geschäft platzen lassen würde. Dafür verlangte er eine halbe Million Dollar in bar und freies Geleit in ein anderes Land für sich und seine Familie. Whitlock und Rust trauten ihm nicht ganz, doch für ihren Zweifel handelten sie sich nur einen Rüffel von Philpott ein: ›Schattentänzer‹ würde ganz bestimmt seinen Teil des Auftrags erledigen.

Und das tat er auch. Obwohl weder Rust noch Whitlock beim Überfall zugegen waren, der im übrigen in eine blutige Schießerei ausartete, traf ›Schattentänzer‹ kurz danach mit den Edelsteinen in ihrem Hotel ein, wo ein Juwelier ihre Echtheit bestätigte. ›Schattentänzer‹ bekam sein Geld und wurde vereinbarungsgemäß in seine Heimatstadt Beirut geflogen. Am selben Abend starb er. Sein Wagen stieß frontal mit einem Laster zusammen. Er war auf der Stelle tot. Eine sofort angestellte Untersuchung durch die UNACO sollte jeden Zweifel an einem tragischen Unfall ausräumen …

Saisses Stimme riß Whitlock aus seinen Gedanken. »Er hat die UNACO getäuscht, *n'est-ce pas?*«

Whitlock erinnerte sich, wie der damalige ägyptische Polizeiminister, der Philpott mehr als einen Gefallen geschuldet hatte, auf Drängen des Colonels in der Unterwelt des Libanon das Gerücht ausstreuen ließ, ›Schattentänzer‹ sei der alleinige Drahtzieher des Überfalls gewesen und hätte die Edelsteine kurz vor seinem überraschenden Tod versteckt. Bei ihrer Rückkehr ließ der Colonel Whitlock und Rust Stillschweigen schwören; gemeinsam trugen sie eine geschönte Darstellung der Ereignisse in die UNACO-Akten ein. Was aus den Edelsteinen nach ihrer Übergabe an Philpott geworden war, hatte Whitlock nie erfahren.

»Und was wollen Sie von mir?« fragte Whitlock. »Sie haben aus den Akten von unserer Mission in Kairo erfahren und glauben jetzt, ich könnte Sie als beteiligter Agent zu den Edelsteinen führen. Es tut mir leid, wenn ich Sie enttäuschen muß, aber er hat uns alle reingelegt.«

»Wir wußten doch von Anfang an, daß die UNACO hinter dem Überfall steckte«, knurrte Saisse.

»Wir?« fragte Whitlock mißtrauisch.

»Glauben Sie etwa, ich sei rein zufällig über die Details zu Ihrer Kairoer Operation gestolpert und in der vagen Hoffnung, ich könnte vielleicht von Ihnen was über die verschollenen Steine erfahren, hierher geflogen? Ich bin gekommen, um einen in drei Jahren mit äußerster Präzision ausgearbeiteten Plan mit dem Abschluß zu krönen.«

»Sie haben mir immer noch nicht gesagt, wen Sie mit ›wir‹ meinen«, brummte Whitlock, mühsam um Fassung ringend. Mit einem Schlag war ihm aufgegangen, daß seine Einschätzung von Saisse als windigem Opportunisten ein krasses Fehlurteil war. Hier ging es um großangelegten Betrug, und er mußte dringend mehr darüber herausfinden, wenn er noch eine Chance haben wollte, den Franzosen zu überlisten.

»Ursprünglich waren wir zu fünft, aber jetzt sind nur noch zwei übriggeblieben. Wir haben uns im Libanon kennengelernt. Ich war dort vor drei Jahren im Rahmen eines UNO-Einsatzes stationiert, wie übrigens auch mein Adjutant Heinrich Berger. Die Portugiesen hatten ebenfalls eine Einheit hingeschickt.«

»Gehörten auch Inacio und Caldere dazu?«

»Joao Inacio und Luis Braga«, verbesserte Saisse. »Als wir uns zusammentaten, beschlossen wir, daß Braga nach seiner Rückkehr die Armee verlassen und seinen Namen in Caldere umändern sollte. Damit konnten wir verhindern, daß er mit Inacio in Zusammenhang gebracht wurde. Inacio war schon damals ein heißer Favorit für das Amt des Direktors der *Brigade für Sondereinsätze*. Wir mußten eben alle Spuren verwischen.«

»Ein kluger Schachzug«, kommentierte Whitlock. »Als Mike bei Inacio um Informationen über Caldere bat, gab der natürlich bereitwillig Auskunft, allerdings nicht ohne vorher sämtliche belastenden Details zu tilgen.«

»Wie gesagt, wir mußten alle Spuren verwischen. Wo doch fünfzig Millionen Dollar auf dem Spiel standen.«

»Und der fünfte Mitverschwörer?« fragte Whitlock.

Saisse grinste ihn triumphierend an. »Der wichtigste Kontakt der UNACO im Libanon – Nazir Barak.«

»Ich kann nicht sagen, daß mich das überrascht«, schnaubte Whitlock. »Barak arbeitete für jeden, der ihm Geld bot. Er war eine unerschöpfliche Informationsquelle, aber er war nie vertrauenswürdig. Und wie haben Sie das mit den Edelsteinen in Erfahrung gebracht?«

»Barak kannte ›Schattentänzer‹. Allerdings nicht namentlich. Er hatte ihm nur eins seiner vielen Pseudonyme genannt. Richtige Freunde wurden sie nie. Andererseits schien sie allein schon aufgrund der Natur ihres Geschäfts einiges miteinander zu verbinden. Darum suchte ›Schattentänzer‹ nach dem Überfall in Kairo bei Barak in Beirut Schutz, weil er wußte, daß in dessen Haus fur ihn die Möglichkeit bestand, sich zu verbergen, bis die Wogen sich wieder glätteten und er das Land ungefährdet verlassen konnte. Natürlich behielt er das mit dem Überfall für sich, aber er hatte nun mal einen Schlüssel in seinem Gepäck. Als Barak ihn darauf ansprach, erklärte er ihm, er gehöre zu einem Schließfach in Kairo, das er unter seinem richtigen Namen gemietet habe. Damals dachte sich Barak noch nichts dabei. Das Gerücht, daß ›Schattentänzer‹ den Raub der Edelsteine organisiert und kräftig abgesahnt hatte, breitete sich erst nach seinem Tod aus. Dann aber zählte Barak sofort eins und eins zusammen und begriff, was für einem großen Deal er auf der Spur war. Schließlich war er der einzige Mensch, der über diesen Schlüssel Bescheid wußte. Er fand ihn später unter ›Schattentänzers‹ anderen Habseligkeiten, doch solange er nur dessen Pseudonym kannte, nützte ihm der Schlüssel nichts. Und seine Nachforschungen ergaben auch nichts.«

»Wie kamen Sie und Ihre Kumpel hinter den Deal?«

»Barak war ein unverbesserlicher Spieler und hatte so ziemlich in ganz Beirut Schulden. Unter anderem stand er auch bei dort stationierten französischen und portugiesischen Soldaten in der Kreide. Mehr als einmal wurde er zusammengeschlagen, weil er seine Raten nicht rechtzeitig beglichen hatte, darum bat er schließlich Inacio und mich um Schutz. Wir benutzten ihn während unseres Aufenthalts im Libanon als Informanten. Nun, er war total verängstigt, und in seiner Verzweiflung deutete er an, daß er alle Schulden auf einen Schlag begleichen könnte, wenn er an die Edelsteine rankäme. Wir bedrängten ihn, uns alles über den Überfall zu verraten, was er wußte, und er erklärte sich auch bereit, uns als Gegenleistung für unseren Schutz am Gewinn zu beteiligen. So einfach war das.«

»Stand er immer noch unter Ihrem Schutz, als er in seinem Haus überfallen und erschossen wurde?« fragte Whitlock mit beißender Ironie.

Saisse zuckte die Schultern. »Sein Tod war kein großer Verlust. Der Schlüssel war bereits an einem sicheren Ort untergebracht; das war die Hauptsache. Erst nach seinem

Tod kamen wir auf die Idee, uns die Akten der UNACO zu beschaffen. Inacio wußte schon vor über einem Jahr, daß diese Antiterrorismuskonferenz geplant war. Natürlich mußten wir jeden Verdacht von ihm ablenken, darum sorgte ich dafür, daß der Eindruck entstand, der Wink stamme von Jannocs Kontakt bei der UNACO, Professor Marcel Toure.«

»Und Jannoc wußte nichts davon?«

»Absolut nichts. Wir brauchten ihn nur zur Finanzierung der Operation. Und mir war klar, daß er nur dann mitmachen würde, wenn wir ihn vom Nutzen der Akten für ihn selbst überzeugen konnten.«

»Natürlich.« Whitlock nickte verstehend. »Da ließen Sie Christian Jannoc ermorden und bogen es so hin, als sei es bei einer Schießerei mit einem Einsatzteam der UNACO geschehen. Auf diese Weise konnten Sie Jannoc ködern. In dem Glauben, so ließe sich der Tod seines Bruders rächen, machte er das Geld locker. Ein raffinierter Plan, Saisse.«

»Ich habe Christian höchstpersönlich erschossen«, sagte Saisse mit einem kalten Lächeln. »Keine unnötigen Spuren, nicht wahr?«

»Und wer hatte den Einfall, die Russen zu holen?«

»Ich. Ich wurde durch ihren Anwalt in Moskau auf sie aufmerksam. Sie wollten aus Rußland raus; wir brauchten ein erstklassiges Team für die Durchführung der Operation. Die ideale Partnerschaft. Selbstverständlich machte Jannoc von Beginn an mit. Den Rest kennen Sie ja wohl.«

»Und jetzt glauben Sie, ich könnte Ihnen ›Schattentänzers‹ wirklichen Namen nennen?« fragte Whitlock.

»Zumindest können Sie ihn in Erfahrung bringen. Laut der Akte haben Sie einen Computer hier in der Wohnung, der mit der Rechneranlage in der Kommandozentrale vernetzt ist.«

»›Schattentänzers‹ tatsächliche Identität war nur einer Handvoll hoher Beamter bekannt«, erklärte Whitlock. »Jede Information wird streng unter Verschluß gehalten, und ich kenne den Code für die betreffende Datei nicht.«

Saisses Finger krümmte sich um den Abzug. »Sie strapazieren allmählich meine Geduld, Whitlock. Zufällig habe ich nämlich den Akten entnommen, daß Sie die Vollmacht haben, sich Zugang zu allen geheimen UNACO-Dateien zu verschaffen.«

»Okay, ich besorge Ihnen die gewünschte Information«, beschwichtigte ihn Whitlock. »Der Computer ist in meinem Arbeitszimmer.«

»Stehen Sie langsam auf und heben Sie die Hände ...« Saisse hielt abrupt inne. Von der Wohnungstür her war ein Laut zu hören. Ein Schlüssel wurde gedreht.

Whitlocks Augen wanderten zur Tür. Carmen. Das hatte er befürchtet. Er mußte sie warnen. Die Tür ging auf, doch Saisse ahnte seine Gedanken. Bevor Whitlock einen Laut von sich geben konnte, schlug er ihm den Kolben seiner Pistole so an die Schläfe, daß er auf die Knie fiel. Dann stand Carmen auch schon im Zimmer. Ihre vor Angst geweiteten Augen entdeckten zuerst ihren Mann auf dem Boden, dann die Pistole in der Hand des anderen.

»Stehenbleiben!« knurrte Saisse, als sie Whitlock zu Hilfe eilen wollte.

»Mir fehlt nichts«, versicherte Whitlock ihr. »Tu, was er sagt.«

»Sehr vernünftig«, höhnte Saisse. »Machen Sie jetzt die Tür zu und kommen Sie her.«

»Sie wollen etwas von mir«, sagte Whitlock. »Lassen Sie meine Frau aus dem Spiel.«

»Herkommen!« befahl Saisse und richtete die Pistole auf Carmens Kopf. »Ich zähle bis drei. Eins ...«

»Meine Frau ist schwanger, Herrgott noch mal!« schrie Whitlock wütend. »Ich habe Ihnen doch gesagt, ich gebe Ihnen jede Information, die Sie wünschen. Lassen Sie sie in Ruhe!«

Saisse senkte den Lauf auf Carmens Bauch. »Zwei ...«

»Zum Teufel mit Ihnen!« brüllte Whitlock.

Carmen schluckte nervös. Zögernd schloß sie die Tür und trat auf Saisse zu. Sofort packte er sie, legte den Arm um ihre Kehle und drückte ihr die Mündung der Pistole an die Schläfe. »Whitlock, Sie legen jetzt beide Hände auf den

Kopf und gehen langsam in Ihr Arbeitszimmer. Wenn Sie den Helden markieren, ist Ihre Frau tot.«

»Bitte bleiben Sie ruhig, Saisse«, flehte Whitlock und rappelte sich hoch.

»Hände auf den Kopf!« bellte Saisse.

Whitlock ließ beide Hände auf den Kopf klatschen und bewegte sich langsam in Richtung Arbeitszimmer. Fieberhaft überlegte er, wie er den Kerl entwaffnen könnte ... Das Entsetzliche war, daß Saisse bei der geringsten Bewegung Carmen erschießen würde.

»O Gott!« keuchte Carmen und umklammerte ihren Bauch.

»Carmen!« schrie Whitlock voller Angst und machte einen Schritt auf sie zu.

»Stehenbleiben!« brüllte Saisse.

Carmens Beine sackten ein, doch irgendwie gewann sie das Gleichgewicht zurück. »Mir ist so schwindlig ... Kann ich mich nicht hinsetzen? Bitte, lassen Sie mich ...«

»Nein!« knurrte Saisse.

»Ich habe Ihnen doch gesagt, daß sie schwanger ist!« zischte Whitlock. »Sie kippt um, wenn sie sich nicht setzen darf.«

Saisse stieß einen wüsten Fluch aus, doch da er wußte, daß Carmen ihren Wert als Geisel verlor, wenn sie ohnmächtig in seinen Armen hing, schleifte er sie zum nächsten Stuhl. Wie um den Druck auf ihre Kehle zu mindern, ließ sie den Kopf zur Seite rollen, stieß noch einen Seufzer aus – und rammte Saisse dann unvermittelt den Absatz so wütend in den Rist, daß sich die Metallspitze ins Fleisch bohrte. Sein Schmerzensschrei erstickte abrupt, als sie ihm mit voller Wucht den Ellbogen gegen den Adamsapfel stieß. Saisse taumelte nach hinten, griff sich mit beiden Händen an die Kehle und würgte wie ein Erstickender.

Whitlock warf sich bereits auf Saisse, schlug die Hand, die die Pistole hielt, mit aller Kraft gegen die Wand und zwang ihn, die Waffe loszulassen. Ehe Saisse reagieren konnte, jagte Whitlock ihm zweimal die Faust in den Bauch und setzte mit einem Hieb ins Genick nach, als der andere vornüber kippte. Saisse verlor das Bewußtsein, bevor er auf dem Boden aufschlug. Mit wutverzerrtem Gesicht riß Whitlock ihn am Kragen hoch und begann, sein Gesicht mit den Fäusten zu bearbeiten.

Carmen stürzte sich auf ihn und versuchte, ihn von seinem Opfer wegzuzerren, doch er schob sie einfach beiseite und schlug unbeirrt weiter auf Saisse ein.

»Hör auf!« kreischte Carmen.

Erst jetzt hielt Whitlock inne. Er sah abrupt auf und blickte verwirrt um sich, bis seine Augen schließlich Saisses schrecklich zugerichtetes Gesicht erfaßten. Als er sah, was er getan hatte, breitete sich auf seinen Zügen jähes Entsetzen aus. Abrupt ließ er Saisse zu Boden sinken, wich benommen zurück und ließ sich aufs Sofa fallen. Er verbarg den Kopf in den Händen.

Carmen setzte sich neben ihn. »Ist ja gut«, sagte sie sanft und legte den Arm zärtlich um seine Schultern.

Whitlock hob langsam den Kopf. Noch immer drückte sein Blick absolute Fassungslosigkeit aus. »Ich weiß selbst nicht, was in mich gefahren ist«, murmelte er. »Ich meine ...« Seine Stimme erstarb. Er zuckte hilflos die Schultern.

»Aber ich weiß es«, sagte sie. »Du wolltest einfach deine Familie schützen.«

»Mein Gott, das Baby! Ist es ...«

»Dem Baby geht es gut«, versicherte sie ihm eilig.

»Bist du sicher?«

»Ganz sicher«, beruhigte sie ihn.

Whitlock deutete zum Telefon. »Ich muß Colonel Philpott anrufen, damit er Saisses Verhaftung veranlassen kann.«

Carmen stand auf. »Ich verarzte ihn bis dahin.«

»Das können auch die Cops tun«, knurrte Whitlock.

»Du weißt genauso gut wie ich, daß ich als Ärztin einen Eid darauf geleistet habe, jeden Hilfsbedürftigen zu versorgen, egal, was ich von ihm halte.«

Whitlock wußte, daß er in einem Streit den kürzeren ziehen würde. So griff er stumm nach dem Telefon.

»Dann ist das Puzzle ja endlich vollständig«, seufzte Philpott, nachdem Whitlock ihn informiert hatte.

»Inacio haben wir aber immer noch nicht«, erinnerte ihn Whitlock.

»Den kriegen wir bald«, meinte der Colonel. »Bei ihren Verbrechen waren Saisse und Inacio Partner, aber garantiert nur aus Eigennutz. Saisse wird bestimmt nicht den Kopf für einen anderen hinhalten – das entspräche nicht seinem Charakter.«

Whitlock nickte. »Wahrscheinlich nicht.« Er erhob sich und deutete auf das leere Glas neben Philpott. »Darf ich Sie zu einem zweiten Whisky verführen?«

Philpott hielt ihm das Glas entgegen. »Nur noch einen kleinen für unterwegs. Ich werde in einer Stunde in meinem Büro zurückerwartet. Dann muß ich der *Strike Force Ten* die Instruktionen für ihren neuen Auftrag erteilen.«

»Das ginge natürlich nicht: daß Sie eine Besprechung wegen eines Drinks verpassen«, schmunzelte Whitlock. Bei der Vorstellung, der Colonel könnte betrunken ins Büro wanken, mußte er unwillkürlich grinsen. Er hielt hastig die Hand vor den Mund.

»Nein, das ginge wohl nicht«, erwiderte Philpott mit einem breiten Lächeln. Damit verriet er Whitlock, daß er sein kleines Täuschungsmanöver sehr wohl durchschaut hatte.

»Wenn Caldere vor seinem Tod Mike doch nur etwas mehr hätte sagen können als ›Schattentänzer‹«, sinnierte Whitlock, während er Philpott nachschenkte.

»Er hätte mir gewiß einen Haufen Arbeit erspart«, stimmte Philpott zu. »Nachdem ich Mikes Bericht gelesen hatte, probierte ich tausend Möglichkeiten durch, um einen Zusammenhang zwischen Caldere und dem ›Schattentänzer‹ der UNACO herzustellen, aber jedesmal landete ich in einer Sackgasse.«

Whitlock reichte dem Colonel sein Glas. »Wie hätten Sie es auch ohne Saisses Information ahnen können, Sir?« Er setzte sich wieder, sah den feuchten Umschlag, den er vorhin beiseite geschoben hatte, und legte ihn behutsam auf seine wunden Knöchel.

»Was macht Ihre Hand?« erkundigte sich Philpott.

Whitlock schnitt eine Grimasse. »Tut immer noch höllisch weh.«

»Kann ich mir gut vorstellen, wenn Saisses Gesicht ein Gradmesser ist«, erwiderte der Colonel mit strenger Miene. »Er war so gut wie nicht ansprechbar, als die Cops ihn holten. Sie haben ganze Arbeit geleistet.«

Whitlock starrte schuldbewußt seine Hand an. »Ich weiß selbst, daß ich durchgedreht habe, Sir. Keine Ahnung, was da in mich gefahren ist. Wahrscheinlich brannte bei mir eine Sicherung durch, als ich begriff, wie nahe ich daran gewesen war, Carmen und das Baby zu verlieren. Ich weiß, daß sie von Saisse ohne mit der Wimper zu zukken umgebracht worden wären, sobald ich ihm die gewünschte Information gegeben hätte.«

»Und Sie auch«, ergänzte Philpott. »Ich kann Ihre Reaktion verstehen, C. W., aber das heißt noch lange nicht, daß ich sie gutheiße. Von den Agenten der UNACO wird erwartet, daß sie sich selbst jederzeit an die Gesetze halten.«

»Ich weiß, Sir«, murmelte Whitlock zerknirscht. »Mir ist auch klar, daß mein Aussetzer noch ein Nachspiel haben kann, wenn Saisse mich anzeigt.«

»Das dürfte die geringste Ihrer Sorgen sein. Saisse wird nur noch daran denken, wie er um lebenslänglich herumkommt und sich wohl kaum mit einer Beschwerde gegen Sie abgeben. Nein, was mich da schon eher beunruhigt, ist der Generalsekretär. Sie wissen ja, wie er sich aufregt, wenn er erfährt, daß Agenten das Gesetz selbst in die Hand genommen haben.«

»Glauben Sie etwa, daß jetzt meine Beförderung gefährdet ist?« fragte Whitlock bestürzt.

»Das ganz bestimmt nicht. Schließlich bin ich derjenige, der in der UNACO bei Personalentscheidungen das letzte Wort spricht, und nicht der Generalsekretär.« Philpott hob den Kopf und begrüßte Carmen, die soeben eingetreten war, mit einem Lächeln. »Wie fühlen Sie sich, meine Liebe?«

»Viel besser zumindest als Saisse«, antwortete sie und setzte sich aufs Sofa.

»Das kann ich mir denken«, brummte Philpott mit einem mißbilligenden Blick in Whitlocks Richtung. »C. W. hat mir erzählt, wie Sie Saisse ganz allein außer Gefecht gesetzt haben.«

Sie tat es mit einem Achselzucken ab. »C. W. hat mir kurz nach unserer Hochzeit die Grundlagen der Selbstverteidigung beigebracht, damit ich mich bei einem Überfall zur Not wehren kann. Hätte ich schon gesessen, hätte ich nichts mehr tun können. Erst dachte ich, er würde mir den vorgetäuschten Schwindelanfall nicht abkaufen. Aber dann muß er sich gedacht haben, ich würde ihm ohnmächtig nichts mehr nützen. Ich trat zu, als er mich zum Stuhl schleifte.«

»Trotzdem war das ganz schön mutig von Ihnen«, sagte Philpott. Er leerte sein Glas und stellte es auf den Tisch.

»An so was wie Heldentum denkt man nicht, wenn man seine Familie schützt.« Sie lächelte ihren Mann liebevoll an.

Philpott griff nach seinem Stock und stand auf. »Na gut, Sie müssen mich jetzt entschuldigen. Wie ich C. W. schon erklärt habe, muß ich zu einer Besprechung in die UN zurück. Noch etwas, C. W., ich erwarte Ihren vollständigen Bericht bis spätestens morgen um zehn Uhr auf meinem Schreibtisch.«

»Den bekommen Sie, Sir«, versprach Whitlock und begleitete den Colonel zur Tür.

»Wann genau fliegen Sie nach Zürich?« erkundigte sich Philpott auf der Schwelle.

»Am dritten Januar vom JFK-Airport mit der Swissair!« rief Carmen vom Sofa aus. »Ich kann den Einzug in unser neues Heim kaum noch erwarten!«

»Da wäre noch was, Colonel«, brummte Whitlock. »Eine Frage wollte ich Ihnen schon die ganze Zeit stellen: Was ist eigentlich aus den Edelsteinen geworden, nachdem sie Ihnen übergeben wurden?«

Philpott tätschelte ihm den Arm. »Haben Sie sich je gefragt, wo wir das Geld für das Züricher Hauptquartier hergenommen haben? Einen schönen Abend noch, C. W.«

»Ihnen auch, Sir«, entgegnete Whitlock lächelnd und schloß hinter dem Colonel die Tür.